Hundert kleine Zettel – eine Geschichte voller Gefühl, Traurigkeit und Lachen, ein wenig Mystik und mit einem Abschied, der dem Blick auf das Leben eine neue Perspektive verleiht.

Jan sitzt zu Weihnachten allein in seiner Küche. Vor ihm steht ein Kästchen voller Zettel, auf denen kleine Botschaften und Sinnsprüche stehen. Anhand dieser Zettel erinnert er sich an die zerbrochene Liebe zu Marlene.

Aber Marlene hat er sie nur selten genannt. Je nach Stimmung zwischen ihnen rief er sie mal knorrig Malle oder säuselte zärtlich Lenchen. Irgendwann hatte sie genug und wollte eine ganze Marlene sein. Das verstand er nicht. So Vieles blieb ihm am Mysterium Frau verschlossen.

So jagen sich die Missverständnisse, bis nichts mehr bleibt vom romantischen Miteinander. Jan setzt den Schlusspunkt mit einem letzten Zettel am Kühlschrank. Er ist nun allein in seinem halb leer geräumten Haus und fühlt sich einsam in seinem halb leer geräumten Leben.

Zu den Texten auf den Zetteln fallen ihm Geschichten und Melodien ein, die lange im Nebel der Erinnerungen verborgen waren, nun aber an die Oberfläche seines Bewusstseins blubbern. Und diese Erinnerungen wandeln sich zu kleinen und größeren Erkenntnissen, die ihn weiter in die Vergangenheit zu seiner wahren, großen Liebe zurück führen …

Metaré Hauptvogel

Gemeinsam mit ihrem Mann und der Maltipoo-Hündin Flocke liebt und lebt sie in den grünen Hügeln am Rande des Vogelsberges.

Einen Schwerpunkt in ihrem kreativen Tun ist die Malerei – mit Öl, Acryl oder Mondeluz auf Leinwand, Holz oder Stein, stets in Verbindung mit einem Gedicht oder Haiku.

Das Schreiben begleitet ihr Leben und künstlerisches Arbeiten schon fast ihr ganzes Leben lang. Mit 12 Jahren begann sie kleine Gedichte und Geschichten zu schreiben.

Viel später entstand das erste Buch – *Kalorien in der Pfeife*.

Auch in dieser Geschichte sind die Personen alle frei erfunden, aber auf ihrem Schreibtisch werden sie lebendig, entwickeln ihre Eigenheiten und freuen sich darüber, dass sie ihre Spuren hinterlassen dürfen.

Metaré Hauptvogel

Hundert kleine Zettel

Roman

Taschenbuch

Bibliografische Information der Deutschen Nationalbibliothek:
Die Deutsche Nationalbibliothek verzeichnet diese Publikation
in der Deutschen Nationalbibliografie; detaillierte bibliografische
Daten sind im Internet über dnb.dnb.de abrufbar.

© 2024 Metaré Hauptvogel
Verlag: BoD · Books on Demand GmbH, In de Tarpen 42,
22848 Norderstedt
Druck: Libri Plureos GmbH, Friedensallee 273, 22763 Hamburg
Alle Rechte beim Autor

ISBN: 978-3-7693-0100-7

Für Alexander Stams.
Deine musikalische Idee war die Inspiration zum Buch:
Danke. Posthum.
☺

Der Glaube
ist die Währung der Selbsttäuschung
und nicht des Wahnsinns.
Donald „Ducky" Mallard, NCIS

Die Geschichte entstammt wieder mal
den unendlichen Weiten meines Phantasieuniversums.
Von dort, wo die Grenzen von Traum und Wirklichkeit
miteinander verschmelzen.
Begebenheiten und Personen sind
von **A** bis **Ω** erfunden.
Eventuelle Ähnlichkeiten
mit was oder wem auch immer
wären also total zufällig
und in keinster Weise beabsichtigt.

Ausnahmen

Orte
Frankfurt am Main ☞ Sachsenhausen, Kalbachtal ☺
Madeira
Angkor Wat
Island
Arizona
Haslital, Schweiz

Personen
Samu Haber, Musiker

Zeit	2007 – 2017 sowie 1982 – 1996
Jan Winter	IT-Fachmann bei der Treu&Glauben-Bank Frankfurt, Musiker – Bassist und Sänger in der Band *Toffifee*
Svenja Winter	Tochter von Jan, *Elfenprinzessin* Riesen-Fan von Samu Haber
Marlene Sommer	Bankerin und Leiterin vom Team Investment bei der Treu&Glauben-Bank Frankfurt, später Yogini mit eigener *Yoga-Schule Marla*
Lilly Winter	Frau von Jan, Mutter von Svenja Geniale Malerin und Designerin
Herta Knopp	Schneiderin mit eigener Schneiderei *Knopp-Kiste*, Nachbarin, Freundin, Patentante (Gote = Godi) von Svenja
Matteo Rübli	Schweizer Banker und Alpen-Senn
Josefine Baer	Freundin von Svenja, genannt Fine
Henry und René Debold	Zwillinge von Rolf und Hilla Debold Spitznamen: Yang (Henry) & Yin (René)
Band Toffifee … und „Anhang"	Drummer Rolf Debold, bester Freund von Jan, Ehefrau Hilla – *Bäder Debold*, Traditionsbetrieb
	Gitarrist und Sänger Wolfgang Mantz Ehefrau Silke – Hundestation *Wow!Wau*
	Keyboarder Harald Abele Ehefrau Tabea, Tochter Suki – Dokumentarfilmer
	Saxophonist Jochen Baer – kommt erst später dazu Ehefrau Lydia, Tochter Fine und Hund Barney – „Bärenfamilie"

Omma Anna	Anna Schöneborn, Mutter von Lilly
Omi + Opi	Hannah und Edwin Winter, Eltern von Jan
Nino D'Angelo	NEIN – nicht der Sänger ☺! Inhaber vom *Ristorante D'Angelo* in Frankfurt
Jutta Weiß	Freundin von Marlene, Leiterin der Gleichstellungsstelle Frankfurt
Gerald Stegmann	Schreinerei & Polsterei *Möbelmanufaktur*
Pepe Oliveira	*Instalações Sanitárias Oliveira* Yara, Ehefrau – Tochter María und Sohn Pepe Junior
Suki Abele	Tochter von Harald und Tabea, Ehemann Vuyo, Söhnchen Ayo
Dr. Bert Burger	Rhönland-Klinik, Fachklinik für Psychosomatik, Psychiatrie, Psychotherapie, Rehabilitation, Prävention und privatärztliche Akutbehandlung in Thüringen
Treu&Glauben-Bank	Peter *Torpedro* Berger, Mitarbeiter im Team Investment Dolores Wingart, Assistentin von Marlene – später auch Yogini Heiner Klarens, Personalchef Klaus-Dieter Neu, CEO Vorstand – ersetzt durch Matteo Rübli

… und noch'n paar Personen mehr ☺

                                       aber diese hier sind die Wichtigsten …

INHALT

✻

2017	Mein Weihnachtsabend	7
	Memories & Lagavulin	8
2007-2017	Meine Zeit mit Marlene - Hundert kleine Zettel	9
2007	Blauer Himmel	10
2008	Weiße Watte-Wölkchen	38
2009	Wolken + Wind	66
2010	Sonnenschein + Regengüsse	95
2011	Dunkle Wolken mit Lichtblick	121
2012	Regenbogen	147
2013	Nebelschwaden	191
2014	Hagelschauer	215
2015	Schneetreiben	237
2016	Sturmtief	261
2017	Reinigende Gewitter	292
1982-1996	Meine Zeit mit Lilly - Jahre wie Marmor	320
1982	Aufbruch	321
1983-1984	Auf allen Ebenen	324
1985	Vom Winde verweht	327
1986	Endlos	330
1987	Rückzug	333
1988	Elfenreigen	339
1989-1991	Regenbogen	341
1992-1993	Herzweh	349
1994	Begegnung	352
1995	Frühlingshasel	354
1996	Müd	357
2017	Marlene – Mein Weihnachtsabend	370
	Memories & Mondeo	371
	Song 100 kleine Zettel	372
2019	Aus-Blicke	373
	… Aufbruch in unendliche Weiten …	374

MEIN WEIHNACHTSABEND - 2017

Willst Du recht haben oder glücklich sein?
Beides zusammen geht nicht.

Marshall B. Rosenberg

MEMORIES & LAGAVULIN
Hmhmhmhmhmhmm …
… was war das bloß für eine Melodie, die mir da im Kopf rumging?

★

Da saß ich nun an meinem Tisch in meiner Küche, starrte blicklos durchs regentropfenbeperlte Fenster. Draußen war alles grau und still. Hier drinnen auch. Kein Lachen, kein Rufen, kein trippelndes Laufen die Treppen rauf und runter, kein Klappern mit irgendwelchem Geschirr und auch keine Heilig-Abend-Fahrt mit Svenja nach Thüringen.
Es war Weihnachten, es gab keinen Schnee, und ich war allein.
Ich hatte eine Kerze angezündet, doch statt eines üppigen Festmahles stand vor mir eine kleine Kiste aus Holz, so wie sie früher mein Opa für seine Zigarren hatte. Diese Kiste begleitete mich nun schon viele Jahre. Darin waren ein Haufen Zettel, die diese Kiste schier unbändig füllten. Kleine Zettel, so wie sie für Notizen oder Randbemerkungen oder zum Einkaufen gebraucht werden. Weiße, gelbe, rosa Zettel. Post-its.
Mit Curd Jürgens, der leider schon genauso tot ist wie mein Opa, könnte ich grad ein Duett anstimmen: „60 Jahre und kein bisschen weise …" Aber wirklich kein einziges Bisschen! Statt Glücklich-Sein hatte ich lieber Recht-Haben gewählt. Angeblich geht ja beides zusammen nicht. Aber ich musste natürlich in mehreren (☹) Selbstversuchen prüfen, ob diese Aussage wirklich stimmt.
Tja, was soll ich sagen? Die kurze Genugtuung des Recht-Habens war nun dem langen Nachbrennen der Einsamkeit gewichen.
„In der Einsamkeit liegt Kraft, in der Stille Erholung." Dies stand auf einem der Zettel. Von Dir zu mir. Ha, ha, selten so gelacht.
Eine Melodie schwebte fern wie ein Nebelhauch durch meinen Kopf. Der Versuch ihr zu folgen war vergeblich, denn die Töne oder die genaue Sequenz ließen sich nicht fassen. Vor mich hin summend stand ich auf und holte meinen alten, schottischen Freund Lagavulin an den Tisch. Sechzehn lange Jahre gut gelagerter Whisky mit rauchigem Aroma und einem Hauch von Seetang und Meer. Romantik für einsame Männer. Pur.
„Ein Gläschen in Ehren kann niemand verwehren." Noch so'n doofer Spruch auf noch so'm doofen Zettel! Von mir zu Dir. Egal – bin sowieso in Unehren, kann ich mir also auch zwei Gläschen gönnen. Ha, ha, ha …

MEINE ZEIT MIT MARLENE
2007-2017 – Hundert kleine Zettel

… von Dir zu mir – von mir zu Dir …

Alexander Stams

2007 – BLAUER HIMMEL
Von der Sonne sollten wir eines lernen:
Wenn sie kommt, dann strahlt sie.

Aus Frankreich

❊

Die Stimmung war super. Wir hatten einen Auftritt im *Summa Summarum*, eine Musikkneipe in einem Gewölbekeller eines jahrhundertealten Hauses in Sachsenhausen. Das Publikum passte altersmäßig zum Haus und zu uns und sang unsere Soulballaden teilweise mit.

Wir, das waren der Gitarrist und Sänger Wolfgang, der Drummer Rolf, der Keyboarder Harald und ich, der Bassist. Manche Gesangparts übernahm auch ich. Wir nannten uns *Toffifee* – samtig, schmelzend, aber mit hartem Kern. Wir fanden den Namen spaßig und manch einer unserer Fans auch.

Wir spielten gerade *love train*, als ich sie im Publikum entdeckte. Ihre schulterlangen dunklen Haare schwangen im Takt mit. Ihre Haut bildete einen hellen und schönen Kontrast dazu. Und sie trug eine Brille, ein mit zartem, dunklem Gestell gefasstes Gebilde, das die Konturen ihres Gesichtes noch betonte. Sie sah in meine Richtung, lächelte, wiegte sich im Takt der Musik, und ihre Lippen formten den Text.

Ich bildete mir ein und hoffte, dass sie die ganze Zeit nur mich ansah, spielte meinen Bass und strahlte wie ein Gott ins Publikum, doch meinen Blick ließ ich ausschließlich auf ihr ruhen. Und wenn ich sang, richtete ich meinen Text an die schöne Unbekannte.

Unser Auftritt gefiel den Zuhörern so gut, dass sie lautstark nach Zugaben verlangten, die wir auch zweimal bereitwillig gewährten. Als wir dann endlich bei unserem wohlverdienten Abschlussbierchen am Tresen saßen, geschah es wirklich – sie kam auf mich zu und sprach mich an.

„Danke für einen perfekten Abend", sagte sie. Und sie sagte es nur zu mir und blickte mir dabei direkt und tief in die Augen. Ein Blick, der tiefer in meinen Körper rutschte, bis hinein in mein vibrierendes Musikerherz.

Meine Bandkollegen grinsten breit, Rolf zwinkerte mir zu und schmunzelte in sein Bier. Und mir schoben sich gerade kleine, rosarote Wölkchen unter die gar nicht mehr müden Füße. „Gern geschehen. Mögen Sie was trinken? Darf ich Sie einladen?"

Sie lächelte nur über meine bereitwillige Eifrigkeit, hob ihr Glas und schwenkte es leicht. Der dunkelrote Inhalt passte perfekt zu den dunkelrot geschminkten Lippen. Ich steh auf dunkelrot geschminkte Lippen. **Uuh, ja**. Das Gefühl in meinem Herzen rutschte noch tiefer in meinen Körper und verursachte eine wohlige Wärme in meinem Bauch.

Nun entdeckte ich auch ihre Hand, wie sie mit hellen, schlanken Fingern das Glas hielt. Und dunkelrot lackierte Fingernägel. Und unweigerlich rutschte das warme Gefühl aus meinem Bauch noch tiefer und landete siedend heiß – ja, genau da, wo es bei uns Männern eben landet.

Ich schluckte trocken, hob mechanisch mein Bierglas, wir tranken uns zu, und ich schüttete den kühlenden Inhalt in mich hinein, während sie nur an ihrem Wein nippte. Aber nun war ich gewappnet und mutig genug, sie nach ihrem Namen zu fragen.

„Marlene", gab sie preis, „und wir können gerne ‚Du' sagen. Dass Du Jan bist, habe ich bereits dem Programm entnommen."

Nicht nur wunderschön sondern auch noch zu intelligenter Kombination fähig. Noch zwei weitere Punkte, auf die ich bei Frauen stehe. Das reisefreudige Gefühl in meinem Körper verursachte mir nun gerade weiche Knie, um dann direkt wieder in mein Herz zu fliegen. Da blieb es dann auch voller Wohlbehagen.

Und dann plapperte ich. Ich neige dazu, drauf los zu plappern, wenn ich aufgeregt bin. Und ich **war** aufgeregt. Sie war ja auch eine aufregende Frau. Ja, ich merke es gerade – ich plappere wohl schon wieder.

Ja, naja, egal … Trotz meines wasserfallartigen Redeschwalles schaffte ich es, dass sie sich für den kommenden Abend zum Essen mit mir verabredete. Wir stellten fest, dass wir beide eine Vorliebe für italienisches Essen hatten, und so fiel unsere Wahl auf das *Ristorante D'Angelo*. Wir kannten es beide, gingen auch beide gerne dorthin und wunderten uns darüber, dass wir uns noch niemals zuvor dort begegnet waren.

Sie verstand auch gleich, dass jetzt erst mal die Band Vorrang hatte, weil ich mit meinen Bandkollegen die Instrumente in den Transporter bringen musste. Außerdem waren wir gemeinsam gekommen, und gemeinsam mit meinen Jungs wollte ich auch nach Hause fahren.

Wir verabschiedeten uns voneinander mit einem letzten tiefen Blick in die Augen und freuten uns auf den folgenden Abend.

❊

Himmel, war ich aufgeregt! Duschen, Haare in Form föhnen, peinlichst genau und schön glatt rasieren, dezent duftendes Rasierwasser in die Haut klopfen, bereit gelegte Klamotten anziehen, in die frisch geputzten Schuhe schlüpfen, Börse in die Hosentasche – Moment, ausreichend Bargeld drin? Ja, sowie diverse Kärtchen zum Bezahlen. Jetzt noch das Jackett – uh, was raschelte denn da im Seitentäschchen?

Ein kleiner Zettel kam zum Vorschein: „Wenn Du Dich in zwei strahlende Augen verliebst, pass auf, dass es nicht das Licht der Lampen ist, das durch die Ohren in den hohlen Kopf scheint. M. ☺"

Die Worte entlockten mir ein lautes Lachen! So ein frecher Geist! Sie gefiel mir immer besser. Den Zettel hatte sie mir wohl gestern noch heimlich verabreicht. Mit einem Magneten pinnte ich ihn an meinen Kühlschrank. Der erste Zettel von vielen, die im Laufe der Jahre noch folgen sollten.

Ich schnappte mein Handy und meine Schlüssel und wollte gerade aus der Haustür, als mir der Türgong um die Ohren schlug. Strahlend und breit stand Herta vor der Tür und hielt mit beiden Händen einen Henkelkorb mit rot-weiß-kariertem Tuch vor ihrem Bauch.

Herta ist die Gote, also Patentante, meiner Tochter Svenja und wohnt nur ein paar Häuser weiter. In den Jahren seit Lilly fort war, meinte sie, sowohl Svenja als auch mich immer wieder mal bemuttern zu müssen. Hatte ich sonst ja auch nichts dagegen einzuwenden, aber an dem Tag …

„Ei Guude, wie! Na, des is abbä aane prompte Begrüßung – un aach noch so schick!" Mit diesen Worten wollte sie an mir vorbei ins Haus.

Ich war zwar baff, aber trotzdem schnell genug, um ihre Drängelei mit überragender Präsenz zu vereiteln: „Was verschafft mir die Ehre Deines Besuches? Du warst doch erst gestern Abend hier bei Svenja."

„Äh – heut habbisch Pfannekuche gebagge un Äbblbrei gekocht. Könne mer nu prima mitenander verschpeise. Sischä möscht Svenjalein aach welsche."

Dem Korb nach zu urteilen hatte sie Pfannekuchen und Äbblbrei für eine ganze Kompanie dabei. „Svenja ist heute bei ihrer Freundin Fine, und ich habe einen Termin und wollte gerade gehen."

Das Lächeln fiel aus ihrem runden Gesicht und machte einer tiefen Enttäuschung Platz. In ihren großen Augen schimmerte es verdächtig wässrig.

„Abbaischhabbedochextra – ", brabbelte sie kläglich.

„Bitte, Hertalein, es tut mir leid, aber ich bin wirklich schon spät dran."
Ich trat einen Schritt vor, um sie zum Umkehren zu bewegen, doch sie blieb standhaft wie der Main Tower. Nun standen wir Bauch an Bauch mit dem Fresskorb zwischen uns.

„Bitte, nimm Deinen Korb und geh wieder heim, Hertalein, ja? Ein ander Mal gerne wieder, aber jetzt muss ich wirklich los. Und tu mir einen Gefallen: Ruf an, bevor Du wieder eine Pfannekuchen-mit-Äbblbrei-Aktion startest, ja?"

Ihr Aufschluchzen ignorierend, fasste ich sie an den Schultern und machte einen auf meinen Arbeitgeber, die Treu&Glauben-Bank: Ich schob sie zur Seite und machte mir den Weg frei. Zum Glück steht mein Auto stets vor der Garage. Fix kletterte ich hinein, startete und sah zu, dass ich endlich fortkam.

Sie tat mir schon leid, wie sie da immer noch fassungslos vor meinem Haus stand, aber – was kam sie auch unangemeldet?

Auf dem Weg zum Ristorante hatten sich sämtliche Ampeln Frankfurts gegen mich verschworen. Eine jede einzelne zeigte sich in strahlendem Rot, sobald ich auf sie zufuhr. Mit Parkplätzen ist es in der Stadt auch so eine Sache. Normalerweise parke ich lieber im Parkhaus, aber der anschließende Fußweg war mir heute zu lang. Ich wollte genau vor dem *D'Angelo* parken. Erst nach der dritten Umrundung fand ich ein fragwürdiges Plätzchen für meinen Wagen. War mir dann auch egal.

So schaffte ich es gerade noch, zur passenden Uhrzeit zu erscheinen. Und Marlene war tatsächlich pünktlich. Kaum saß ich am Tisch, kam sie auch schon herein. Die Begrüßung erfolgte mit einer leichten Umarmung und Küsschen auf beide Wangen, so, als würden wir uns schon lange kennen.

Es gab keinen Moment der Peinlichkeit. Wir unterhielten uns über alle möglichen Themen. Und zu allem, was ich anschnitt, hatte sie etwas zu sagen und eine eigene Meinung. Fand ich sensationell, und ich verliebte mich immer mehr in sie.

Der Ober musste drei Mal kommen, weil wir intensiv plauderten, statt unsere Speisenwahl aus der Karte zu treffen. Schließlich bat ich ihn um eine Empfehlung aus der Küche, wonach wir auch prompt bestellten.

Nach Seeteufel mit Salbei und Parma-Schinken, Panna Cotta con Frutti und Espresso kam Koch und Eigentümer Nino, den ich seit Jahren durch meine regelmäßigen Besuche inzwischen recht gut kennen gelernt hatte, mit drei Grappa an unseren Tisch.

Grinsend nahm er bei uns Platz: „Madonna, meine beiden Lieblingskunden haben sich endlich gefunden. Eigentlich hättet Ihr Euch schon mal viel früher begegnen müssen, so oft, wie jeder von Euch hierher kommt."

Stolz berichtete ich vom gestrigen Auftritt im *Summa Summarum* und dem dazugehörigen Kennenlernen. Er wünschte uns viel Glück und verabschiedete uns in die laue Nacht.

Wir aber mochten uns noch nicht trennen. Meine Svenja war für heute gut untergebracht, und so genoss ich es, noch gemeinsam schwatzend durch die nächtlichen Gassen zu spazieren und in einer Äbblwoi-Kneipe einzukehren.

Im Laufe des Abends erfuhr ich, dass sie ebenfalls bei der Frankfurter Treu&Glauben-Bank als Investment-Bankerin arbeitete, bei der ich in einer anderen Filiale im IT-Bereich tätig war. So viele Überschneidungen in unserem Leben – und erst jetzt waren wir uns begegnet.

Wir saßen dicht beieinander, so dass ich ihren wunderbaren Duft immer wieder genießerisch einatmen konnte. Und laufend begegneten sich spielerisch unsere neugierigen Hände.

Als ich sie dann viel später zu ihrem Auto brachte, hätte ich mich gerne mit einem Kuss von ihr verabschiedet. Sie lächelte mich an, drehte aber im letzten Moment ihr Gesicht zur Seite, so dass meine Lippen auf ihrer zarten Wange landeten.

„Vielen Dank für den schönen Abend, lieber Jan. Ich freue mich schon jetzt auf ein Wiedersehen." Also sprach Marlene, versank im Sitz hinter dem Steuer ihres Wagens, schloss die Tür und startete den Motor zu einem sonoren Brummen.

Ein wenig verdattert sah ich ihr hinterher, wie sie in ihrem kleinen Sportflitzer davonbrauste. Einerseits fand ich ihren Schnellstart doof. Aber andererseits beeindruckte mich ihr kleiner Widerstand auch. Wie auch immer – ich würde sie wiedersehen.

Mein breites Grinsen war von einem Ohr zum anderen festgetackert und hielt während des gesamten Heimweges bis ins Haus und ins Bad, wo mir das Zähneputzen schwerfiel, weil ich immer noch grinste …

❅

Durch diesen Frühling schwebten Lenchen und ich auf Rosenwölkchen. Mann! Hört sich das kitschig an! War aber so. Echt jetzt.

Da wir alles an Daten ausgetauscht hatten, was man heutzutage so braucht, um in Kontakt bleiben zu können, flogen Mails und SMS nur so zwischen uns hin und her. Getoppt wurden die elektronischen Flirts und Plänkeleien nur noch von unseren zu den unmöglichsten Zeiten geführten Telefonaten.

Meine süße Prinzessin Svenja mutierte mit ihren 12 Jahren endlich auch zur Teenie-Zicke. Machte mir aber erst mal so gar nix in meinem neuen Herzensglück. Ihre kleinen Allüren lockten auf meiner Stirn höchstens ein leichtes Runzeln hervor, das bald darauf in ein heimliches Grinsen mündete.

Einmal sprach sie mich auf die kleinen Zettel an, die jetzt mehr und mehr den Kühlschrank bevölkerten. „Sag mal, Papilein, wer is'n das ‚M' auf den Zetteln?"

O-oh, Obacht. *Papilein* sagt sie nur in absoluten Ausnahmesituationen. Also eigentlich nie. „Das steht für Marlene", machte ich ganz lässig, während ich meinen damals nigelnagelneuen und hammermäßigen Kaffeevollautomaten für einen Espresso auf Touren brachte.

„Soso. Ist die Deine Freundin?"

„Naja, also – äh – wir gehen manchmal zusammen essen oder ins Kino."

„Bring uns bloß keine fremde Frau ins Haus", verbat sie mir in strengem Ton eine Vertiefung unseres Bekanntheitsgrades und führte weiter in der Logik ihrer jugendlichen Lebenserfahrung aus: „Ich brauch keine Ersatzmutter. Für Notfälle hab ich ja immer noch die Godi."

Mir war und ist das Herzens- und Seelenheil meiner Tochter hochwichtig. Nachdem Lilly fort war und ich allein für unsere Svenja sorgen musste, habe ich das getan, was Lilly sich so oft gewünscht hatte: Ich habe meine Arbeit anders eingeteilt. Das meiste, was ich inzwischen zu tun hatte, waren organisatorische Abläufe im Koordinationsprozess. Sowas managte ich seitdem mehr und mehr von daheim aus. Das hatte ich nicht zuletzt auch meinen eigenen technischen Neuerungen und Vernetzungen im IT-Bereich der Frankfurter Treu&Glauben-Bank zu verdanken.

Svenjas Babyzimmer wurde mein Büro. Svenjalein durfte auf den Dachboden ins Elfenreich, das Lilly einst so voller Phantasie und Begeisterung gestaltet hatte. Kurz darauf hatte auch das Babybett ausgedient.

Gerald von der *Möbelmanufaktur* lieferte ein schönes, großes Einzelbett mit zartgrünem Himmel aus dem Wildholz-Programm, das Lilly noch mit entworfen hatte.

Jedenfalls konnte ich so die „Fremdhilfe" durch meine Eltern, Omma Anna und Patentante Herta, von Svenja kindlich-liebevoll Godi genannt, erfolgreich minimieren. Also gingen Marlene und ich weiterhin gemeinsam aus, und manchmal blieb ich auch über Nacht bei ihr. Natürlich nur dann, wenn Svenja entweder ihre Patentante heimsuchte oder bei ihren Großeltern weilte.

Doch zu uns ins Haus bat ich Marlene lange nicht.

❦

Im Sommer feierten die Kronberger ihr Erdbeerfest. Das tun sie schon seit über 100 Jahren. Svenjalein ging lieber zu ihrer Freundin Fine – die beiden fanden inzwischen, dass das Erdbeerfest nur was für kleine Kinder und alte Leute wäre. Außerdem hatte sie: „keinen Bock auf die Frau, die sicher auch in Deinem Kielwasser schwimmt." Naja, ich nahm's mit Papa-Humor.

Aber Lenchen und ich freuten uns schon auf Kaffee und Erdbeerkuchen und Erdbeerbowle und die Kronberger Erdbeerchen und – hach, gemeinsames Erdbeerkönig knabbern …

Wir fanden einen prima Parkplatz und machten uns auf den Weg ins Getümmel. Plötzlich bückte sich Lenchen und hob eine Brieftasche auf: „Huch, fast wär ich drauf getreten."

Sie schaute hinein und entdeckte einen Ausweis. Dann ging ihr Blick hoffnungsvoll über die Menge, ob sich dort ein suchender Mann befände. Natürlich war das nicht der Fall. Sicherheitshalber steckte sie die Börse erst mal in ihre Umhängetasche. Ich versprach ihr, dass wir den Mann, der im Ausweis stand, später aufsuchen würden, um ihm sein Eigentum zurück zu bringen. Zum Glück hatte er eine Adresse in Frankfurt.

Kaum waren wir ein paar Schritte gegangen, kam ein aufgeregter Mensch den Gehweg entlang, die Augen huschten stetig von links nach rechts, er schaute sogar in die Gosse am Rand.

Lenchen grinste und sprach ihn an: „Haben Sie was verloren?"

„Ja", bestätigte er verzweifelt, „meine Brieftasche! Es muss irgendwo hier gewesen sein. Hoffentlich konnte die nicht schon wer brauchen."

„Sind Sie Walter Körner?"
„Ja, das bin ich – woher kennen Sie denn meinen Namen?"
„Er steht in Ihrem Ausweis. Ich habe eben Ihre Brieftasche gefunden."
Mit diesen Worten überreichte sie dem völlig Überraschten seine Geldbörse.

Der freute sich so sehr über ihre Ehrlichkeit, dass er ihr einen Finderlohn anbot. Aber Lenchen lehnte dankend ab. Ich war ja so stolz auf sie.

Wir bummelten über den Schirnplatz und aßen Erdbeer-Crêpes. Danach gönnten wir uns eine Erdbeerbowle, von der ich aber nur die alkoholfreie Autofahrerversion bekam. Sie schmeckte trotzdem lecker.

Als wir verliebt den Erdbeerkönig knabberten, fiel mir auf, dass sie nur einen Ohrring trug. „Sag mal, Lenchen, trägst Du heute Deinen Schmuck asymmetrisch?"

„Wieso? Hab ich zwei verschiedene Ohrhänger?"

„Nö, nur einen im linken Ohr. Rechts ist frei."

„WAAAS!?" Entsetzt fuhr sie mit den Händen an ihre Ohren. „Ich muss einen verloren haben! Verdammt!"

Das Erdbeerfest war gelaufen.

In schweigendem Einverständnis traten wir den Rückweg an.

Beim Einsteigen ins Auto stutzte Lenchen, bückte sich zum zweiten Mal an diesem Nachmittag zur Erde und hob etwas auf. Dann wandte sie sich mir mit strahlendem Lächeln zu – und hielt tatsächlich ihren verlorenen Ohrring hoch.

„Schau mal, was ich hier, direkt am Auto, wiedergefunden habe!"

„Na, das ist ja wohl mal ne Belohnung", freute ich mich mit ihr.

Das Erdbeerfest war gerettet. Fröhlich untergehakt machten wir uns erneut auf den Weg Richtung Kronberger Burg, um weiter ausgiebig Erdbeeren, Umzüge und Musik zu genießen.

❄

Im August stand mein Geburtstag vor der Tür. Und es war nicht irgendein Geburtstag. Ich rundete in dem Jahr mit der fünften Null. Und nicht nur ich sondern auch alle anderen *Toffifees*. Wir vier kennen uns ja seit der gemeinsamen Schulzeit und sind alle ein Jahrgang.

Rolf beginnt den Reigen im Februar. Darum, und weil er im Santärgeschäft unterwegs ist, hat er den schönen Spitznamen Wassermann.

Darauf folgen unsere beiden Käfer – Wolfgang im Mai, der Maikäfer und Harald im Juni, der Junikäfer.

Ich bilde den furiosen Schlusspunkt im August und bin somit der Jüngste im Quartett. Darum haben mich die albernen Kerle auch früher immer Calimero gerufen …

Jedenfalls – 50 Jahre, ein halbes Jahrhundert, gefüllt mit jeder Menge prallem Leben von uns allen Vieren. Das wollten wir feiern. Natürlich mit vielen Gästen und vor allem mit Musigg.

Rolf besitzt einen schönen, alten Hof im Taunus. Zu dem Hofgebäude, das er mit seiner Familie bewohnt, gehören auch einige Nebengebäude. In einem davon hat er einen Raum eingerichtet, wo sich unsere Band ungestört jeden Mittwochabend austoben kann. Dort steht uns ein umfangreiches Equipment zur Verfügung: AMPs, eine PA mit Mixer (alles vom Feinsten!) sowie unsere Instrumente und – ganz wichtig! – ein Kühlschrank für unsere Kehlproben.

Jedenfalls wollten wir unsere Jubel-Fünfzig dort im Hof so richtig krachen lassen. Wir mit der Band und alle Gäste, die sich berufen fühlten, ebenfalls eine Darbietung ihrer Kunst zu geben. Die Gäste waren geladen, und die meisten hatten zugesagt, so dass wir uns auf mehr als 200 Leute freuen konnten.

Es gab nur ein Problem – Svenja kannte die neue Frau in meinem Leben bisher nur vom Erzählen. Die erste gemeinsame Begegnung hatte ich immer noch so vor mir hergeschoben, zumal mein Töchterlein wenig Interesse hatte, „die Frau in Papas Kielwasser" kennen zu lernen. Woher sie bloß diesen Ausdruck hatte? *Kielwasser.* Naja, auf jeden Fall wurde es nun aber höchste Zeit für ein erstes Treffen der beiden.

An einem Samstag opferte ich mich und ging mit Svenja zum Shopping auf die Zeil. Svenja freute sich, denn sie lag mir schon lange in den Ohren, dass ihr Sommer-Outfit unbedingt einer Erneuerung bedürfe.

Während unseres Einkaufbummels kamen wir an einer Zoo-Handlung vorbei. Damals hatten die eine große Voliere im Eingangsbereich, in der sich ein Beo tummelte. Er hatte einen Stamm mit Ästen in seinem Käfig, auf denen er lustig herumhüpfte.

Der Beo war gut drauf. Er pfiff und rief: „Hallo, meine Schöne!" als Svenja an das Gitter herantrat.

Die grinste und antwortete dem Vogel. „Hallo, selber schön. Magst Du was fressen?"

„Eeerdnuss! Gib Mynha eine Eeerdnuss!", verlangte der Schreihals prompt.

Svenja kicherte und griff in die Schale neben dem Vogelbauer, nahm eine Nuss zwischen zwei Finger und reichte sie ihm durch die Gitterstäbe.

Der Vogel legte seinen Kopf schief und nahm mit seinem starken Schnabel ganz vorsichtig die Erdnuss aus Svenjas Fingern.

Kaum hatte Mynha die Gabe verzehrt, näherte sich ein dicker, alter Mann mit Stock. Er schob Svenja rüde beiseite und klopfte mit dem Knauf ans Gitter, dass die Voliere bebte und der Beo fast vom Ast kippte. In dem Gekreisch, das der Vogel um Balance ringend ausstieß, steckte eine gute Portion Wut.

Der Dicke lachte keckernd und rief: „He, Du bleedes Vieh! Saach: ‚Ei Guude, wie.' Ei Guude, wie. Ei Guude, wie. Saach: ‚Ei Guude, wie.'"

Der Beo war noch ganz benommen von dem Angriff auf sein Zuhause und richtete erst mal sein Gefieder.

„Bis doch nur'n doofe Fladderer! Nu saach schon: ‚Ei Guude, wie.' Ei Guude, wie. Ei Guude, wie. Saach: ‚Ei Guude, wie.'"

Inzwischen scharten sich einige Leute um uns. Svenja und ich hielten gehörig Abstand zu dem unverschämten Sack. Der machte immer weiter mit seinen Beschimpfungen und Forderungen. Irgendwann ging ihm die Puste aus.

Diese Gelegenheit ergriff der Beo, drehte das Köpfchen hin und her, öffnete seinen schönen, goldorange schimmernden Schnabel und entließ laut und deutlich ein ärgerliches: *„Aaarschloch!!!"*

Der Typ lief puterrot an und hob seinen Stock.

„Hüülfe!", kreische Mynha. *„Hüülfe!"*

In diesem Moment kam der Besitzer der Zoo-Handlung und des klugen Vogels herbeigestürmt, hielt den Stock fest und schob den dicken, frechen Kerl gleichzeitig von der Voliere und vom Laden weg.

„Lass de Beo in Ruh! Verschwind und lass Disch ja net noch emol hier bligge, Du Labbeduddel!"

Unter schadenfrohem Gelächter machte der Dicke, dass er fortkam.

Wir bummelten weiter und hatten viel Spaß beim Aussuchen und Probieren von Kleidchen, Blüschen, Schuhen, Taschen und Hüten. Mein Herz zog sich zusammen, als Svenja sich mit verschiedenen Strohhutkreationen amüsierte. Eine halb verwischte Erinnerung an eine lachende Lilly mit Hüten und Mützen wehte durch meine Gedanken.

„Papa? Hallo? Erde an Papa. Bist Du noch da?" Svenja wedelte vor meinem Gesicht herum. „Sag doch mal – wie findst'n so'n Hütchen? Die sind grad echt mega angesagt."

Na, mit dem fetten Fingerzeig war meine Antwort schon vorgegeben. Breit grinsend hob ich beide Daumen: „Jou. Mega."

Die angesagte Kopfbedeckung wurde erstanden. Ich zahlte, Svenja nahm strahlend das Hütchen in Empfang und setzte es auch gleich auf. Wieder schob sich das Bild von Lilly mit Strohhut in mein Bewusstsein. Ich musste schlucken. Aber während ich tapfer weiter lächelte, überlegte ich, ob es wirklich eine gute Idee war, Lenchen meinem Töchterchen vorzustellen.

Egal, das musste ich jetzt durchziehen. Ich schaute auf die Uhr. „Sag mal, ich hab langsam Plattfüße von der Shopperei. Was hältst Du von einem Besuch in der Eisdiele?"

„Cool. *Yes*, das machen wir."

Klar, war Svenja begeistert. Svenja war ein kleines Eismonster. Für Eis hätte ich sie sogar mitten in der Nacht wecken dürfen. Ich baute darauf, dass Eis es möglich machte, dass Lenchen einigermaßen freundlich angenommen wurde.

Wir hatten uns für 15 Uhr in der Eisdiele verabredet. Lenchen würde „zufällig" ebenfalls dort auftauchen, sodass Svenja sie in lockerer Umgebung kennen lernen konnte.

Ein paar Minuten vorher saßen Svenja, die ihre Einkauftüten um sich herum gestapelt hatte und ich unterm Sonnenschirm und studierten die Eiskarte.

Svenja musste nicht lange überlegen: „Ich nehm ein Spaghetti-Eis mit Bananenscheiben und Schoko-Soße."

Unsere Bestellung kam auch flott, und wir löffelten genüsslich und entspannt drauflos. Wie aufs Stichwort erschien Lenchen.

„Ach, hallo, das ist aber eine Überraschung", begrüßte sie uns lächelnd.

Ich erhob mich, lächelte ebenfalls und begrüßte sie erfreut mit Küsschen links und rechts auf die Wangen.

Svenja blieb sitzen, kaute an ihrer Eis-Waffel und schaute interessiert zwischen uns beiden hin und her.

Ich ging direkt in die Offensive: „Bist Du auch auf Shopping-Tour und brauchst ne Pause?"

Lenchen griff den Ball auf und hob ihre Tüten an: „Ja, Sommerkleid und Sandaletten mussten mal wieder sein."

„Magst Du Dich zu uns setzen?" Manchmal kann meine Tochter auch nett sein.

„Gerne."

Ich drehte mich zu Svenja und legte ihr leicht die Hand auf die Schulter: „Svenja, das ist Marlene, von der ich Dir schon öfter mal erzählt habe. Sie arbeitet auch bei der Frankfurter Treu&Glauben-Bank. - Marlene, das ist meine Tochter Svenja."

„Tach auch, bist Du auch so'n Pixel-Crack wie mein Vater?"

„Nein, ich bin im Investment tätig."

„Was machst Du da?"

„Ich bin dafür zuständig, unsere Kunden bei ihren Investitionen zu beraten, also wie sie aus ihrem Geld mehr Geld machen können."

„Ahso, könnt ich Dir auch mein Sparschwein bringen?"

Lenchen schmunzelte: „Ja, könntest Du auch. Ich investiere Dein Geld, also ich lege es in einem gewinnbringenden Geschäft an, und dann könntest Du zum Beispiel ein Jahr später über einen höheren Betrag verfügen, ohne dass Du weiter etwas dafür tun musst."

„Cool. Das mach ich. Ich komm aber persönlich zu Dir in die Bank. Ich geb mein Schweinchen nicht meinem Vater mit."

„Das würde auch gar nicht funktionieren. Ich arbeite in einer anderen Filiale. Aber Deinen Vater solltest Du auf jeden Fall mitbringen."

„Warum?"

„Weil Du noch seine Unterschrift brauchst, wenn Du ein Geschäft abschließen willst."

„Ach so, ich dachte, weil Du ihn dann wiedersehen könntest."

Ich verschluckte mich fast an meinem Eis, aber Lenchen lachte locker. „Klar, das auch. Er ist ja auch ein richtig Netter, Dein Vater."

„Hm, joa, Papa ist in Ordnung."

Nach diesem grandiosen Lob lief die Unterhaltung weiter, ging über Schule und Hobbys, und langsam, aber sicher und vorsichtig lenkte Lenchen das Gespräch in die allgemeine Richtung zum Thema Feiern. Über Feuerwerk kamen sie dann zu Geburtstagen.

„Ich hab erst im Oktober Geburtstag. Aber Papa hat bald schon einen Riesengeburtstag. Er wird 50. Das wird ein cooles Kracherfest, weil auch seine Freunde, mit denen er in einer Band spielt, alle in diesem Jahr ein halbes Jahrhundert werden. Da kommen voll viele *people* und jede Menge

Musiker. Papa spielt Bass. Manchmal singt er auch."

„Wow, super! Das würd ich gern mal hören."

„Lässt sich machen", bot Svenja lässig an und drehte sich zu mir: „Papa? Lad die Marlene doch einfach auch zu Eurer Feier ein."

Ich war so baff, dass ich nur verdattert stammeln konnte. „Ja – äh – klar. Gute Idee. Ich lass Dir eine Einladung zukommen, Marlene."

Die gab mir breit grinsend ihre Visitenkarte mit den mir bestens bekannten Kontaktdaten: „Hier steht meine Mail-Adresse drauf. Schick mir einfach eine Mail mit der Einladung."

Die beiden Mädels waren heute einfach zu viel für mich.

❋

Ja, und dann war er da, der große Tag. Er fing auch gleich grandios an. Svenja weckte mich mit einer absolut schrägen Happy-Birthday-Hymne. Lautstark gesungen und gequiekt und mit nicht einem einzigen richtigen Ton. Mir klingelten meine zarten Musiker-Öhrchen, doch ich ertrug es mannhaft.

Mit dem letzten Quietscher fiel sie mir um den Hals und flüsterte mir ins Ohr: „Lieber Papa, hoffentlich war mein Gesang das Schlimmste, was Dir in Deinem neuen Lebensjahrzehnt passiert ist."

Naja, schiefe Töne für ein schiefes Lebensjahrzehnt ... Svenjas schauerlicher Gesang scheint mir jetzt fast noch das Beste daran gewesen zu sein. Fast.

Nach so viel Guten-Morgen-Geburtstagsglück zog ich mich erst mal an. Kaum war das geschehen, schallte der Türgong durchs Haus.

Ich öffnete und sah mich mit einer Riesentorte konfrontiert, auf der jede Menge Kerzen brannten. Hinter dem Flammenmeer kommandierte die Stimme von Herta: „Ei Guuude! Auspuste! Abbä alle uff aamol!"

Ich holte tief Luft und pustete. Holte erneut Luft und pustete. Und musste noch ein drittes Mal Luft holen, um weiter pusten zu können. Schließlich hatte ich es geschafft. *Fünfzig Kerzen ausgepustet.* Meiner Seel' – hab ich mich gefühlt. Schlapp und heroisch zugleich. Alter Sack und Feuerwehrrecke.

Herta deponierte die Monstertorte in der Küche. Dann konnte sie es sich nicht verkneifen und schmiss sich mit tausend guten Wünschen an meine breite Brust. Ich hielt sie fest und ihre Umarmung aus. War ich ihr wohl auch schuldig. Schließlich war sie in den vergangenen Jahren immer für Svenja und mich da gewesen.

Lilly, ach Lilly, Du fehlst ...

Ehe ich weiter in düstere Gedanken und Sehnsüchte sinken konnte, pries Herta ihre tolle Torte an: „Habbisch extra mit solsche Zudade gebagge, dasse übbä mehrere Tage hin schmegge dut. Kaan Fitzelsche Sahne drin oddä druff. Die sollste nämlisch hier im Haus behalde un nich zu derer Feier mitnemme."

Ich freute mich. Ehrlich. Zum Frühstück gab es heute für Herta und mich Kaffee aus meinem hammermäßigen Kaffeevollautomaten, für Svenja Tee und wir alle drei machten uns über die Torte her. Ja, und die war wirklich lecker. Nach einer hauchdünnen Schicht Marzipan schmeckte sie sehr nussig, total saftig und auch etwas schokoladig.

„Wasch isch'n da scho Schaftisches drin?" Mit vollem Mund bin ich leider meist ein wenig undeutlich in meiner Aussprache. Aber das war meiner Neugier geschuldet, die nicht warten konnte, bis der erste Bissen völlig zerkaut und runtergeschluckt war.

„Feine Raspel von zahde Karrode", verkündete Herta stolz.

Svenja und ich hörten gleichzeitig auf zu kauen, sahen uns mit großen Augen und dicken Backen an. Herta war wohl wieder mal auf einem ihrer Diät-Trips. Aber musste sie sich damit ausgerechnet an meiner Jubelfünfzigjahretorte austoben?

Meine tapfere Tochter schluckte den Bissen und meinte dann: „Gar nicht mal so schlecht."

Sie schob sich ein weiteres Stück in den Mund und grunzte leise beim Kauen, wie sie es immer tat, wenn ihr etwas besonders gut mundete. So ermutigt aß auch ich weiter. Tja, was soll ich sagen? Diese Torte war so lecker, dass es sogar noch ein weiteres Stück sein musste.

Und Herta strahlte über ihr ganzes, rundes Vollmondgesicht.

❄

Am frühen Nachmittag zogen Svenja und ich schon los. Wir holten ihre Freundin Fine ab, ihre Eltern waren ebenfalls eingeladen, kamen aber erst später mit den anderen Gästen. Oberursel, wo Rolf auf seinem schönen Resthof residierte und unsere Band ihren Proberaum hatte, war zwar mit dem Auto nur eine gute Viertelstunde entfernt, aber wir wollten ja auch noch die Bühne mit unserem Equipment bestücken und Soundcheck machen.

Um Bänke, Tische, Getränke, Kühlung und Buffet brauchte ich mich zum Glück nicht zu kümmern. Diese Organisation hatten meine Bandkollegen übernommen. Und die Wettergötter bescherten uns strahlenden Sonnenschein und einen knallblauen Himmel.

Kaum waren wir mit dem Soundcheck durch, trudelten auch schon die ersten Gäste ein – befreundete Musiker, die sich auf einen gemeinsamen Gig mit uns freuten, dann tauchten auch schon Verwandte und Freunde von uns Vieren auf, natürlich mit entsprechendem Anhang. Sie alle tummelten sich um Getränke, Eis und Kuchen.

Lenchen kam und wurde von meinem Töchterchen freundlich begrüßt.

Herta sah ich auch, sie winkte mir zu. Svenja liebte ihre Patentante sehr, lief gleich zu ihr und zog sie mit in die *fan base* direkt vor die Bühne zu Lenchen und Fine. Als sie auf Lenchen traf, fiel Herta das fröhliche Lächeln schlagartig aus dem Gesicht.

Zum Glück spielten wir gerade, und so konnte ich mich an meiner Gitarre festhalten. Leyla, eine damals ziemlich bekannte Soulsängerin, die auch manchmal mit uns auftrat, sang ein supersexy gehauchtes Happy Birthday an uns Vier durchs Mikrofon.

Da konnten Marylin und John F. aber einpacken!

Es wurde getanzt, gelacht, mächtig viel getrunken und den Speisen kräftig zugesprochen. Auf dem mit Blumen geschmückten Buffet tummelten sich lauter Leckereien, die man prima mit den Händen essen konnte. Von Fischhäppchen über Hackbällchen, Hähnchenbollen, gebratene Gemüsestreifen, Taccos, Chips und Dips reichte die Palette bis hin zu Scheiben von Ananas und Melone, Weintrauben und Heidelbeeren. Kleine Gläschen mit Quark und Joghurtcreme gefüllt standen mit winzigen Löffelchen bereit zum Schlemmen.

Abends leuchteten farbige Lichterketten mit winzigen LED-Birnchen rund um das Buffet, jede Menge Windlichter spendeten sanftes Kerzenlicht, und die Hardcorefans hielten Sternchen sprühende Wunderkerzen zu unserer Musik in die Höhe.

Auf jeden Fall war das Fest gelungen. Und es wurde der Auftakt zu unseren regelmäßigen Sommerkonzerten mit der Band und Freunden.

❋

Dann flog Lenchen in ihren bereits lang geplanten Urlaub nach Kanada, während Svenjalein und ich in unsere Finca auf Madeira düsten.

Über drei Wochen blieb sie fort, gondelte mit ihrer Freundin Jutta in einem Wohnmobil durch die enormen Weiten der kanadischen Landschaft, begegnete Lachse fangenden Bären, flog mit dem Heli über die Niagara-Fälle und stand in Toronto hoch oben auf dem Glasboden vom *Canadian National Tower*, damals der höchste Fernsehturm der Welt, mit direkter Sicht nach unten in die Tiefe – 553 Meter senkrecht bis zum Erdboden.

Als sie endlich wieder in Frankfurt landeten, holte ich sie am Flughafen ab. Mit großem Willkommenschild, Luftballons und Blümchen. Das volle Programm.

Über mein überschwängliches Begrüßungstheater lachten die beiden Mädels lauthals. Gentlemanlike nahm ich selbstverständlich auch die seltsame Jutta mitsamt ihren Koffern und baumelnden Riesenohrhängern mit. War ja kein großer Umweg, sie wohnte nur ums Eck von Lenchen, auch in einer schönen Altbauwohnung in Sachsenhausen.

Und da ich tochterfrei hatte, blieb ich einfach da. Lenchen litt ein wenig unter Jetlag, so wurde es ein gemütlicher Spätsommertag auf dem Balkon. Ich werkelte sogar in ihrer Küche herum und buk Pfannekuchen. Lenchen steuerte original kanadischen Ahornsirup bei, den sie gleich doppelt als Souvenir mitgebracht hatte. Auch ich Süßmaul erhielt eine Flasche.

„Sag mal, Deine Tochter hat doch jetzt bald Geburtstag, nicht wahr?"

„Ja, sie wird 13." Ich seufzte.

„Oha, jetzt beginnt der gemütliche Teil als Vater …" Sie grinste.

„Nicht wirklich", ich seufzte erneut. „Aber irgendwie kriegen wir beide das schon hin. Wir haben schon ganz andere Sachen geschafft."

„So? Was denn?", hakte Malle nach.

„Ach, nur so, nix Bestimmtes, wie man das halt so sagt", stotterte ich herum.

Doch Malle hatte die Chance erkannt und bohrte weiter. „Was ist eigentlich mit Svenjas Mutter? In all den Monaten, die wir uns kennen, hast Du sie bis jetzt noch nicht erwähnt."

„Sie ist von uns gegangen als Svenja ein Jahr alt war."

„Was? Du bist Witwer?"

„Nicht so ganz. Lilly ist halt weg."

„Wie – weg?"
„Naja, sie ist Künstlerin, lebt in ihrer eigenen Welt."
„Und hat keinen Kontakt zu Dir oder Eurer Tochter?"
„Kaum." Ich wollte dieses Thema sofort beenden, ohne unhöflich zu werden. „Magst Du uns mal einen Tee machen? Du hast doch so tolle Sorten zum Aufbrühen. Und vielleicht einen Keks dazu?"
„Du lenkst ab."
„Und Du insistierst. Lass es lieber. Du hast auch Deine vergangenen Geschichten, an die ich nicht rühre. Bleiben wir in der Gegenwart. Da haben wir genügend andere Themen, über die wir uns unterhalten können."

Malle lenkte ein, aber ihr Blick sagte deutlich, dass sie diese Frage zu einem späteren Zeitpunkt ganz bestimmt wieder aufgreifen würde. Damals bekam ich einen ersten Eindruck ihrer Bull-Terrier-Manier. Sie machte tatsächlich Tee, den wir dann im Wohnzimmer tranken, denn es dämmerte bereits, und die Luft wurde langsam frisch. Aber auch die Stimmung zwischen uns war ein wenig kühler geworden.

Sie stellte Kerzen und Windlichter auf den Tisch, zündete sie an, nahm ihren Teebecher, nippte leicht an dem dampfenden Inhalt, und dann fing sie leise an zu erzählen. Dass sie geschieden war, wusste ich bereits, hatte aber bisher noch nichts Näheres erfahren. War ja auch ihre Sache. Doch nun sprudelte es aus ihr heraus. Sie sprach von ihrem Ex-Mann und von ihrem Sohn Benjamin. Und sie erzählte vom Familienhund Apollo, einem wunderschönen Königspudel, von dem Benjamin nicht zu trennen war.

Es waren Osterferien, und sie war mit Benjamin und Apollo unterwegs, um noch Gemüse und andere Zutaten für das Mittagessen zu besorgen, als von irgendwoher ein Ball auf die Straße rollte.

Apollo liebte Ballspiele. Er bellte freudig und sauste blindlings hinter dem fremden Ball her, die Leine hinter sich her schleifend. Benjamin riss sich ebenfalls von ihrer Hand los und rannte hinter Apollo her.

Im selben Augenblick war der Laster da.

So ein schwerer 25-Tonner, der einen sehr langen Bremsweg hat.

Viel zu lang für Überraschungsmomente wie plötzlich auftauchender Ball oder Hund oder Kind.

Das Folgende erlebte Lenchen wie durch einen roten Schleier.

Die Schreie, das Bremsen, helfende Menschen, der LKW-Fahrer –

kalkweiß im Gesicht und am ganzen Körper zitternd, die Sirenen von Polizei und Krankenwagen, das bedauernde Kopfschütteln des intensiv, aber vergeblich bemühten Notfallteams.

Lenchens Mann gab ihr die Schuld daran, dass Junge und Hund nur deshalb auf die Straße hätten rennen können, weil sie nicht gut genug aufgepasst hätte. Und überhaupt war es unverantwortlich von ihr, mitsamt Hund und 9-jährigem Sohn einkaufen gehen zu wollen. Dabei wohnten sie damals in einer ruhigen Gegend mit einem kleinen Tante-Emma-Laden. Ein Einkaufsspaziergang, den sie schon oft gemeinsam unternommen hatten.

Die Ehe zerbrach. Lenchen begab sich in Therapie und vergrub sich in der Arbeit in „ihrer" Bank, machte Karriere. Jahrelang ging das so, bis sie vor Kurzem begonnen hatte, auch mal wieder auszugehen.

Inzwischen war es dunkel geworden, nur die Kerzen spendeten noch ihr warmes Licht. Lenchen hockte klein und mit in der Weite der Zeit verlorenem Blick in den Polstern und Kissen ihres Sofas. Eine einzelne Träne stahl sich aus ihrem Augenwinkel und rann über ihre Wange. Alle anderen waren längst geweint.

Tja, was soll ich sagen? Eine Weile hab ich sie stumm im Arm gehalten, etwas hilflos über ihren Arm streichelnd.

Ich hab es dann aber auch nicht weiter bei ihr aushalten können. Zum einen, weil ich sehr betroffen war von ihrer Geschichte. Und die musste ich erst mal verarbeiten. Zum anderen, weil ich selber in Erinnerungen rutschte, mit denen ich aber keinesfalls erzählenderweise gegen ihr traumatisches Erlebnis anstinken wollte.

Also habe ich mich nach einer Weile verabschiedet und bin nach Hause gefahren. Ich fand, dass ich mich sehr taktvoll verhalten hatte. Aber da hatte ich mich wohl getäuscht.

Inzwischen weiß ich – Frauen gehen mit Erlebtem und Erlittenem anders um als Männer. Männer nehmen hin, schweigen und verdrängen gerne. Frauen tauschen sich aus. So nach dem Motto: Geteilte Freude, doppelte Freude und geteiltes Leid, halbes Leid. Vor allem ist Frauen teilen und mitteilen wohl sehr wichtig. Wichtiger als Erklärungen oder schnelle Lösungsvorschläge.

Aber zunächst hatte ich andere Sorgen.

❋

Das mit den Frauensachen ereilte mein Töchterchen erst jetzt so richtig, so mit Pickeln im Gesicht, Busenwachsen und so. Bei ihrer Freundin Fine hatte es schon früher eingesetzt, daher hatte ich so eine ungefähre Ahnung, was da so alles auf uns zurollte. Dachte ich.

Eines Morgens gellte ein Schrei durchs Haus: „Aaaah! Ich steeerbe!"

Schwapp! Heißer Kaffee auf Hand und Hemd. Ich hatte mir gerade erst meinen Morgenkaffee aus meinem hammermäßigen Kaffeevollautomaten gezapft und mit drei ordentlichen Löffeln Zucker und aufgeschäumter Milch verfeinert. Nun fiel mir der Becher aus der Hand, polterte auf den Küchenboden, zerbrach in jede Menge Einzelteile, und die gesamte, braune Brühe verteilte sich in einer fetten Lache darum herum, färbte nässend meine weißen Socken und spritzte auch die helle Hose hinauf.

„*Verdammt!*", entfleuchte es mir, aber sofort, als der Schrei oben in ein Wimmern überging, fluteten Sorge und Angst durch meine Hirnwindungen und mein pochend Papaherz. Die Reste meines Lieblingsbechers und der Kaffeesee waren nicht mehr wichtig. Ich hastete die Treppe hinauf und stand vor der verschlossenen Badezimmertür, hinter der es heulte und jammerte.

Da die Klinke nicht nachgab, versuchte ich es mit klopfen und rufen: „Svenjalein, Süße, mach doch bitte die Tür auf."

Doch es kam nur unverständliches Gemurmel gemischt mit Schluchzern.

Ich versuchte es erneut: „Svenja! Was ist denn los? Bist Du verletzt?"

Endlich Geraschel, das Schloss der Tür wurde entriegelt. Eine verheulte Svenja sank in meine Arme und an meine breite Papaheldenbrust. Vorsichtig atmete ich auf. Erst mal.

„Ich verblute, Papa", nuschelte sie in mein Hemd.

Soweit ich erkennen konnte, war sie in Ordnung – nix kaputt, nix gebrochen, kein Schnitt irgendwo. Wieso sollte sie verbluten?

Ach, herrjeh!

Jetzt begriff ich, was los war.

Ach, meine kleine, große Svenja.

Puh, wie mir Lilly fehlte ...

Ich schlug einen sanften, beruhigenden Ton an: „Schätzelein, Du musst doch nicht weinen. Du weißt doch, dass das eines Tages einsetzen würde. Und vorbereitet bist Du ja schon eine ganze Weile darauf."

„Jaha", schluchzte sie weiter, „aber gleich sooo ..."

Ääh – mir fiel erst mal kein wirklicher Trost ein. *Ach, Lilly, für sowas braucht ein Mädel seine Mama!* Ich fühlte mich da ziemlich hilflos. Also hielt ich sie weiter in meinen Armen und streichelte ihr übers Haar.

„Was hältst Du von Heißer Schokolade mit Sahne und Kuscheln auf dem Sofa?", versuchte ich es mit der alten Tröstungsweise ihrer Kindheit.

Svenja schniefte nur kurz.

„Und für heute ausnahmsweise schulfrei?"

Svenjalein wurde still.

„Und ich melde mich im Büro ab für *home office?*"

Meine kleine Elfe schloss ihre zarten Arme enger um mich, begleitet von einem leichten Nicken und sanften Aufatmen.

Auch ich atmete erleichtert auf. Noch funktionierten die alten Papatricks …

Zuerst brachte ich Svenja im Wohnzimmer auf dem Sofa unter und sorgte dafür, dass sie es weich und gemütlich hatte. So mit vielen Kissen und flauschiger Decke und so.

Nachdem ich die Küche wieder zum Blitzen gebracht sowie die Scherben meines Lieblingsbechers mit einem bedauernden Lächeln im Müll entsorgt hatte, konnte ich mich um weitere Maßnahmen kümmern.

Zwei Anrufe und einen Kleidungswechsel später kochte ich Milch und Sahne in einem Topf auf, tat jede Menge Kakaopulver dazu und verfolgte den Farbwechsel beim Einrühren.

Schließlich wanderte ich mit zwei Bechern voll dampfender Heißer Schokolade, gekrönt mit einer ordentlichen Sahnehaube, ins Wohnzimmer. So saßen wir dann gemeinsam unter Svenjas Kuscheldecke gemütlich auf dem Sofa, pusteten in den heißen Inhalt unserer Becher und schlürften laut das süße, heiße Gebräu.

Erste Hürde zum Frausein gemeistert, Lilly. Auch ohne Dich.

❋

Eine Woche nach dem großen Frauwerdungsereignis feierten wir Svenjas „Wilde 13". Fünf Mädels trippelten jungdamenhaft am Geburtstagnachmittag heran. Es gab viel Gekicher und Geraschel und „Hachs!" und „Huchs!" beim Auspacken der Geschenke, dann fuhr kurz darauf auch schon mein Freund Rolf mit seinem Drummer-Transporter vor.

Heute transportierte er statt seines Schlagzeuges oder anderer Instrumente mich mitsamt den aufgeregt plappernden jungen „Damen".

Los ging's zum Frankfurter Reit- und Fahr-Verein. Dort hatte ich für die kleine Damenriege sechs Pferde und den entsprechenden Unterricht gebucht. Alle Mädels erhielten Reiterhelme, sie durften beim Satteln helfen und die Pferde eigenhändig in die Reithalle führen. Das Aufsteigen war gar nicht so einfach zu bewältigen, aber schließlich saßen sie dann alle mächtig stolz auf den großen, sanftmütigen Tieren.

Die Reitlehrerin gab sich auch sehr viel Mühe mit der unerfahrenen Truppe und konnte ihnen so einige Grundsätzlichkeiten vermitteln – wie man die Zügel hält, wie man richtig im Sattel sitzt, die Schenkel anlegt und so was alles. Die Mädels hatten rote Wangen vor Konzentration und waren mit Begeisterung bei der Sache. Zum Abschluss der Stunde waren sie soweit, dass sie sogar traben konnten.

Nach der Reitstunde durften die Mädchen die Pferde wieder zu den Boxen führen und auch noch beim Absatteln und Striegeln helfen.

Schließlich saßen alle wieder im Musik-Transporter, schnatterten wild und begeistert durcheinander, berichteten sich gegenseitig euphorisch von den Eigenarten ihrer Tiere und auch von ihren Empfindungen so hoch zu Ross.

Zu Hause hatte Herta sowohl meine Eltern und Omma Anna in Empfang genommen als auch drei Bleche Pizza vorbereitet, die ratzfatz bis auf den letzten Krümel verspeist wurden. Auch die großen Kannen mit Eistee wurden bis auf den letzten Tropfen ausgeschlürft. Und tatsächlich hatten die Mädels in ihren Bäuchen noch Platz für Eis mit Schokosoße.

Wir Erwachsenen saßen mit Bier und Pizza gemütlich im Wohnzimmer und beobachteten das Gekicher und Gegacker der nun wieder sehr kindlichen Fräulein im Garten, die zu lauter Musik von *Sunrise Avenue* tanzten und die Texte zu Samu Habers Songs mitjodelten.

❇

In jenem ersten gemeinsamen Herbst schleppte Lenchen mich manchmal in Ausstellungen, die ich dann auch brav mit ihr absolvierte, wofür ich dann in einer der vielen Sachsenhäuser Altstadtkneipen mit einem oder auch mehreren feinen Bierchen belohnt wurde.

Außerdem waren Lenchen und ich sehr kinophil. Meistens gingen wir in das kleine, feine *Harmonie* in der Dreieichstraße in Sachsenhausen. Die gemütlichen Polstersessel luden geradezu dazu ein, dem Geschehen auf der Leinwand weniger Beachtung zu schenken, dafür aber umso heftiger zu knutschen wie die Teenies. Und Lenchens Wohnung war nur ein paar Minuten zu Fuß vom Kino entfernt …

Eines Abends stand ich im Wohnzimmer vor dem Kamin, in dem ein munteres Feuerchen loderte und schaute mir das Bild darüber genauer an. Bisher hatte ich dem Bild in ihrer Wohnung kaum Aufmerksamkeit geschenkt, doch jetzt stutzte ich. Irgendwie kam es mir bekannt vor.

Es zeigt eine Gestalt von hinten, die auf einem Gipfel vor einer weiten, von Herbstlicht durchfluteten Berglandschaft steht und die Arme hochhält. Ein Wind greift in die Jacke, die sich aufbläht wie Flügel. Neben ihr auf dem Gipfel gibt es einen scheinbar toten Baum, doch an einem Ast entfaltet sich ein Blatt. Die Gestalt scheint fast abzuheben, um über die Landschaft zu segeln.

Den Malstil kannte ich doch!

Und da entdeckte ich auch die Signatur unten rechts – ein geschwungenes „L" innerhalb eines Herzchens. Ich hielt den Atem an und hatte Mühe, mich nicht wieder mal fast in meinen Erinnerungen zu verlieren. Vor vielen Jahren hatte Lilly das Bild gemalt und ihm den Titel: *Yes, I Can!* gegeben. Es war während einer Ausstellung verkauft worden …

Als Lenchen dann mit dem Tee ins Zimmer kam, saß ich bereits wieder auf dem Sofa. Über das Bild und seine Künstlerin sprach ich nicht. Doch an jenem Abend verabschiedete ich mich ein bisschen früher als geplant.

❄

So groß die Sehnsucht nach gemeinsam verbrachter Zeit mit Lenchen auch war, auf jeden Fall hielt ich die Mittwochabende für unsere Bandproben frei. An den Abenden kam immer Herta, um bei Svenja zu sein. Aber zu jedem Gig, egal wo, erschien Lenchen als unser persönliches Band-Groupie. Manchmal brachte sie auch ihre Freundin Jutta mit. Die mit den raspelkurzen Haaren und baumelnden Ohrgehängen, mit der sie in Kanada gewesen war.

❄

Dann nahte Weihnachten. Spätestens zu diesem Zeitpunkt verabschiedete ich meine Gespielinnen in den letzten Jahren, weil sie keinen Zutritt zu meinen familiären Feierlichkeiten bekamen. Meistens schon vorher, weil ich ja niemals eine der Damen in mein Haus einlud. Irgendwelche fremde Frauen konnte ich ja schließlich meinem Töchterchen nicht zumuten.

Lenchen war da aus anderem Holz geschnitzt. Sie war so eigenständig und hatte außerdem schon das besondere Privileg genossen, Svenja kennen gelernt zu haben und zu meinem Geburtstag im Sommer auch noch alle meine Freunde. Und dann waren da ja auch noch unsere sensationellen Zettelbotschaften, die wir uns immer wieder mal zusteckten und gegenseitig an unsere Kühlschränke pinnten.

Eines kühlen Dezemberabends schlenderten wir über den Sachsenhäuser Weihnachtsmarkt und blieben am Glühbierstand hängen. Ja, in Sachsenhausen gibt es nicht nur *Glühwein* sondern auch *Glühbier*. Und von erhitztem, ordentlich gewürztem und mit reichlich Kirschsaft und Honig angereichertem Starkbier kann man schon ziemlich schnell Sternchen sehen. Is' aber saulecker!

Wir schlürften also unser heißes Würzbier und plauderten über dies, das, jenes und wie unser Jahr bisher so verlaufen war. Und natürlich kamen wir auch auf die Weihnachtsfeiertage zu sprechen.

„Ich hab Urlaub über Weihnachten und Neujahr", fing Lenchen an.

„Mein letzter Arbeitstag ist Freitag, der 21. Und im neuen Jahr fang ich erst am Montag, dem 06. wieder an", verkündete ich.

„Dann haben wir ja beide volle zwei Wochen frei", strahlte Lenchen über beide rote Glühbierbacken.

„Jou", machte ich und preschte wagemutig weiter. „Dann könnten wir Silvester zusammen ins Neue Jahr feiern."

„Das könnten wir", nickte Lenchen. „Und wie sieht's an Weihnachten aus?"

Ich nahm erst mal einen dicken Schluck und hielt mich geschmacklich und gedanklich an den Gewürzen und speziell visuell an dem Sternanis fest.

Lenchen schaute mich erwartungsvoll schweigend an.

Ich zog leicht die Nase hoch, räusperte mich und beschied dann: „Am zweiten Feiertag kommen die Großeltern von Svenja, also meine Eltern und Svenjas Patentante Herta." Dass dann auch immer Omma Anna, Lillys Mutter, mit von der Partie war, behielt ich für mich. „Und am ersten Feiertag haben Svenja und ich traditionell Schlafanzuggammeltag mit Märchen im Fernsehen gucken und so."

„Hm, und an Heilig Abend?"

„Da machen wir Beide immer unseren Weihnachtsausflug", umschmeichelte ich Svenjas und meine regelmäßige Unternehmung an diesem Tag. Das war Lilly-Tag. Aber das ging Malle nix an. Noch nicht, jedenfalls.

„So? Weihnachtsausflug? Wo geht's denn da hin?"

„Nach Thüringen", entfleuchte es mir etwas unvorsichtig.

Malle riss die Augen auf. „Was? Nach Thüringen? Was macht ihr denn da?"

„Och, diesmal ist es halt Thüringen. Svenjalein darf sich immer ein Ziel im Umkreis von höchstens zwei Stunden Erreichbarkeit für unsern Heilig-Abend-Ausflug aussuchen. Alte Papa-Tochter-Tradition."

„Na, die zwei Stunden braucht Ihr dann aber bis Thüringen mindestens."

„Hm, tja, ist wohl so." Das war's aber mit meiner Auskunftsfreude. Lenchen kannte das bereits, und die schlaue Frau insistierte auch nicht weiter.

Im Gegenteil – nun breitete sie ihre weihnachtlichen Feierpläne genüsslich verbal vor mir aus: „An Heilig Abend treffe ich mich mit Jutta. Wir gehen dann immer ins *Kellertheater*, essen dort Kartoffelsalat mit Würstchen und amüsieren uns in der Vorstellung. Am ersten Feiertag ist ausschlafen angesagt, denn dann hab auch ich meinen Schlafanzuggammeltag. Am zweiten Feiertag ist wie bei Euch Familientag. Den verbringen meine Brüder samt Anhang und ich bei meinen Eltern im Taunus."

Sie strahlte mich an, und zum ersten Mal in all den Jahren hatte ich das Gefühl, dass nicht ich es war, der eine Grenzmauer um Weihnachten zog.

❉

Am 24. hockten Svenja und ich morgens in der Küche an dem kleinen Essplatz und frühstückten ausgiebig. Dafür war Svenjalein extra zum Bäcker gelaufen und hatte frische Brötchen besorgt. Ich hatte am Vorabend bereits das bestellte, weihnachtliche Blumengebinde in der Gärtnerei abgeholt. Svenja packte, wie jedes Jahr, ein Foto von uns beiden in einem selbst bemalten Rahmen in Weihnachtspapier. Diesmal tummelten sich dort grafisch irgendwelche Häschen und Rehchen mit roten Zipfelmützen schlittschuhlaufend und schlittenfahrend auf hellblauem Grund.

Dann waren wir soweit fertig zum Aufbruch.

„Was meinst Du, wie's diesmal wird?", fragte Svenja ein wenig bang.

„Ganz bestimmt gut", antwortete ich mit einer Sicherheit, von der ich im Inneren wenig überzeugt war. Ich drückte mein Töchterchen an mich. „Auf jeden Fall machen wir beide uns einen schönen Tag, ja?"

„Ja, Papa, das machen wir", bestätigte Svenja mit einem kleinen Lächeln und schon wieder ein bisschen fröhlicher.

Während der Fahrt plauderte sie über die Schule, über ihre Freundinnen und vor allem und ausgiebig über ihren Superschwarm und Leadsänger der Band *Sunrise Avenue* – Samu Haber. Natürlich hatte sie seine Musik dabei, und so hörten wir *On the way to wonderland* rauf und runter. Naja, ich fand, das passte zu unserer kleinen Reise. Wir waren schließlich auch auf dem Weg zu einer Art Wunderland.

Ungefähr zwei Stunden später rollten wir auf den Parkplatz vor der Rhönland-Klinik, atmeten noch einmal tief durch, stiegen aus, zogen unsere dicken Jacken an und schnappten unsere Mitbringsel. Svenja suchte meine Hand, als wir auf den Eingang des romantischen Gebäudetraktes zugingen.

Dieses Mal wies man uns im Empfangsbereich zu den Kreativräumen. Wir fanden Lilly im Malraum vor dem großen Skizzentisch, wo sie mit Pastellkreiden in beiden Händen auf einem riesigen weißen Bogen Papier einen Entwurf fertigte.

Als wir zu ihr traten, sah sie uns lächelnd, doch mit leicht umwölktem Blick an. „Ihr seid aber zwei schöne Menschen", begrüßte sie uns freundlich.

Naja, hätte schlimmer kommen können. Ich atmete vorsichtig auf, lächelte, brachte aber selbst kein Wort hervor. Ich starrte sie an wie damals, als ich ihr das erste Mal begegnete. Lilly trug ihre goldblonde Lockenmähne gebändigt in einen dicken Zopf, der ihr locker um den Nacken lag und vorne herab fiel. Um das Flechtende war ein blaues Band geschlungen. Himmelblau. Wie ihre Augen.

Ich spürte Svenjas Hand in meiner, die sich langsam entkrampfte. „Du bist auch schön, Mama", kam es leise aus ihrem Mund.

Lillys Augen gewannen an Klarheit, ihr Lächeln wurde breiter. Sie legte die Pastellkreiden beiseite und wischte ihre bunten Hände und Finger an ihrem Malerkittel ab. So, wie sie es auch früher immer getan hatte. Auch diesen Kittel hatte sie bereits in ein eigenes kleines Kunstwerk verwandelt. Zum Glück zog sie ihn aus und hängte ihn über den Stuhl.

Geschmeidig und grazil kam Lilly auf uns zu und umarmte uns beide liebevoll. Ich sog den süßen Duft ihres Haares ein, der immer ein bisschen was von einer Sommerwiese an sich hatte. Auch jetzt noch. Nach all den Jahren.

Lilly wollte ihre Tochter, die fast schon so groß war, wie sie selbst, gar nicht mehr loslassen. Eng umschlungen marschierten die beiden los, und ich dackelte hinterher zu ihrem Zimmer, das sie dort seit Jahren bewohnte.

Sie packte Svenjas Geschenk aus, gab ihr einen dicken Schmatz auf die Wange und reihte das neue Jahresfoto von uns beiden zu den anderen ein, die sie auf einem Sims sammelte.

Für mein weihnachtliches Blumengebinde erhielt ich ebenfalls einen dicken Schmatz auf die Wange. Dann arrangierte sie es in eine bereit stehende Vase, die auch schon mit Wasser gefüllt war.

Weiter ging es mit dem gegenseitigen Beschenkungsritual. Lilly überreichte Svenja einen dunkelblauen, mit Sternchen verzierten kleinen Karton, etwa schuhschachtelgroß. Obwohl wir bereits wussten, was darin war und auch eine Ahnung vom Motiv hatten, waren wir beide doch wieder überrascht, als Svenja das kleine Diorama aus der Schachtel hob.

Es zeigte eine Szene von Svenjas Geburtstag. Die Reithalle, die Pferde mit ihren Freundinnen, die Reitlehrerin in der Mitte und sogar Rolf und mich, wie wir als Zuschauer an der Bande lehnten.

„Wie machst Du das nur immer, Mama? Du weißt doch gar nicht, was wir an meinem Geburtstag unternommen haben."

„Aber ich bin doch immer bei Dir, mein Schatz. Schau genau hin, findest Du die kleine Elfe?"

Svenja und ich reckten die Köpfe vor, und tatsächlich entdeckten wir ein winziges, lichtvolles Wesen mit zarten Flügelchen.

„Da ist sie, auf der Schulter der Reitlehrerin!" Svenja war ganz aufgeregt.

Das war jedes Jahr so. Jedes Jahr suchte sie die kleine Elfe.

Und jedes Mal war sie irgendwo im Diorama versteckt.

Sie sammelte diese kleinen Kunstwerke ihrer Mutter in einem besonderen Regal in ihrem kleinen Elfenreich oben auf dem Dachboden unseres

Häuschens. Denn Svenja bekam jedes Jahr ein Diorama ihres Geburtstages, von dem Lilly niemand berichtet hatte.

Dieses Geburtstagsdiorama und dieser Tag, der 24. Dezember eines jeden Jahres, waren Svenjas Verbindung zu ihrer Mama. Und auch meine.

Lilly lächelte fein. „Ja, und so, wie die kleine Elfe dort, bin auch ich immer in irgendeiner Form bei Dir und passe auf Dich auf."

❄

Svenja nahm ich zum ersten Mal mit in die Rhönland-Klinik zu ihrer Mutter als sie fünf war. Dr. Burger hatte mir mitgeteilt, dass Lilly die geschlossene Abteilung hatte verlassen können und ein eigenes Zimmer bewohnen durfte.

Es hatte heiße Diskussionen mit ihrer Patentante gegeben. Herta war der Meinung, dass Svenja noch zu klein sei, um ihre Mutter in deren eigener Realität zu erleben. Ich fand, die Zeit war gekommen, ihr nicht nur von einer fern lebenden Mutter zu berichten, die in der kindlichen Vorstellungswelt nur in einem jährlichen Geburtstagsdiorama und im Elfenreich existierte.

Und das war auch gut so. Inzwischen war der gemeinsame weihnachtliche Besuch ein wichtiger und fester Baustein in Svenjas Entwicklung.

Für unseren Schlafanzuggammeltag hatte ich extra mein uraltes Tigerkopf-Shirt aus den Tiefen meines Kleiderschrankes hervorgekramt, das mich nun erinnerungsträchtig einhüllte und wärmte. Svenja war noch im Schlafanzug. So hockten wir zwei Seite an Seite mit dicken Socken an den Füßen unter einer kuschelig warmen Decke auf dem Sofa, schlürften Heiße Schokolade mit mächtig viel Sahne und sahen fern.

Gerade schauten wir Aschenbrödel zu, wie sie eichhörnchenflink durch den dicken Schnee des Winterwaldes hüpfte und den Prinzen mit seinen beiden Begleitern zum Narren hielt. Das zarte Gesicht mit den großen, dunklen Augen von Aschenbrödel *verwandelte sich vor meinem inneren Auge in das zarte Gesicht mit den großen, himmelblauen Augen von Lilly …*

❄

2008 – WEISSE WATTE-WÖLKCHEN

Die Kultur der Toleranz beginnt damit,
zu akzeptieren, dass der Andere anders ist.

Roman Herzog

❁

Tja, ins Jahr 2008 starteten wir dann mit einer richtigen Fete. Hatte sich irgendwie ganz spontan ergeben.

Wir feierten bei Rolf und Hilla auf dem Debold-Hof. Alle *Toffifees* mitsamt ihrem jeweiligen Anhang. Wir Männer kannten uns schon seit Schulzeiten, als wir gemeinsam in einer Musik-AG mit den verschiedensten Instrumenten herumprobierten. Damals gab es noch feste Klassen und AG's, also besondere Arbeitsgruppen, innerhalb der Jahrgänge. Unsere gemeinsame Liebe zu Blues und Rock hat uns über die Jahre hinweg zusammengehalten und sowohl unterschiedliche Interessen und Studiengänge als auch alle Wechselfälle des Lebens überstanden.

Rolf war von Haus aus handwerklich geprägt. Nach dem Abi absolvierte er eine Lehre im väterlichen Sanitärgeschäft, studierte BWL, übernahm dann den gut florierenden Laden und machte daraus den Riesenbetrieb *Bäder Debold* mit 153 Angestellten.

Hilla lernte er während des BWL-Studiums kennen. Sie war aus ähnlichem Holz gehauen wie Rolf und machte nach dem Studium aus ihrem Hobby einen Beruf. Sie backte für ihr Leben gern. Nun ließ sie auch andere an ihrer Vorliebe teilhaben, besaß bald eine kleine Bäckerei und belieferte Firmen und Hotels mit ihren besonderen Kreationen. Sie beschränkte sich allerdings auf Aufträge, die sie allein oder mit einigen Aushilfen bewältigen konnte, wuppte gleichzeitig ihr kleines Familienunternehmen (Mann, Haushalt, Doppel-Nachwuchs und den großen Hof mit einigem Getier, Blumen- sowie Gemüsegarten) souverän.

Woher nahm die Frau diese Energie und ihr großartiges Organisationstalent?

Jedenfalls sprang der Nachwuchs von Rolf und Hilla doppelt und direkt auf ihre beste Freundin Svenja zu. Sie waren im gleichen Alter, kannten sich seit Windelzeiten und gingen auch im selben Jahrgang ins Gymnasium Oberursel.

Die beiden Jungs, Henry und René, waren eine Nummer für sich.

Zwillinge, aber total unterschiedlich, sahen sich nur entfernt ähnlich. René, athletisch, mit dunklem Wuschelkopf und grauen Augen – Henry, eine halbe Stunde älter als sein Bruder, war lang und schmal, mit blonder Igelfrisur und braunen Augen. Irgendjemand hatte ihnen die Spitznamen Yin und Yang verpasst.

Beide Jungs sahen voller Ergebenheit auf meine kleine, zarte Svenja herab. Ihre sanft welligen, rotgoldenen Haare warf sie mit bereits recht gekonntem, weiblichem Schwung nach hinten und ließ ihren glitzernd grünen Blick von einem zum anderen wandern.

Hilfe, wie sollte das in Zukunft werden? Tja, es entwickelte sich alles ...

Unser Keyboarder und Weltenbummler Harald war mit seiner Frau Tabea auch bereits anwesend. Sie hatten sich zu Studentenzeiten in einem Kibbuz kennen und lieben gelernt. Harald und Tabea waren Dokumentarfilmer. Sie düsten durch die Länder dieser Erde und drehten Reportagen und Dokus zu Themen, die stets mit der Unterschiedlichkeit und den Besonderheiten von Menschen in ihren jeweiligen Lebens- und Arbeitssituationen zu tun hatten.

Ihre bereits erwachsene Tochter Suki (ihren Namen verdankte sie der Japan-Zeit ihrer Eltern) wandelte ganz im Sinne der beiden auf deren Spuren und reiste nach ihrem Abi seit ein paar Jahren selbst in der Welt herum.

Da trudelten auch unsere beiden Dauerverliebten ein – Wolfgang und seine Frau Silke. Sie hatten keine Kinder. Nachdem sie zu Anfang ihrer Ehe ziemlich verzweifelte Versuche in Sachen Familienplanung unternommen hatten, wurde in medizinischen Untersuchungen festgestellt, dass weder Wolfgang Kinder zeugen noch Silke welche empfangen konnte.

Nach reiflichen Überlegungen und auch Diskussionen in unserem sehr engen und intensiv am gegenseitigen Leben teilnehmenden Freundeskreis hatten sie sich dazu entschlossen, ihre Kinderlosigkeit anzunehmen. Zuerst machten sie irgendwie das Beste draus, schafften sich einen Hund an, dann noch einen.

Silke war Tierärztin, Wolfgang hatte mal Jura studiert, aber nur kurz als Rechtsanwalt gearbeitet. Er hatte den Grundsatz „Recht bekommt, wer recht laut brüllt" nie für sich verinnerlichen können. Der rechtschaffene Wolfgang ist auch heute noch der Überzeugung, dass wahres Recht sich letztendlich gegen jegliches Unrecht durchsetzt. So war er mit seiner sanften Art als Rechtsanwalt entsprechend wenig erfolgreich.

Inzwischen betrieben sie gemeinsam *Wow!Wau*, eine Tierarztpraxis mitsamt Auffangstation für verlassene Hunde und solche, die nur während des Urlaubs ihrer Herrchen und Frauchen zu Besuch waren. Außerdem gaben sie Kurse für ratlose Hundebesitzer, nahmen als Hundeflüsterer besonders schwierige Fälle an und betrieben eine eigene Beagle-Zucht.

Naja, auch irgendwie eine große, betriebsame Familie …

Dagegen nahm ich mich mit meiner kleinen Kernfamilie, die sich auf mich und Svenja beschränkte, irgendwie minimalistisch aus.

Ein neuer „Anhang" war diesmal dabei – Lenchen.

Nach Weihnachten war ich so nach und nach wieder im Alltag ohne Lilly angekommen und hatte mich bei Lenchen gemeldet. Ganz entspannt hatten wir am Telefon geplaudert und uns auf Kaffee und letzte Weihnachtsplätzchen bei ihr getroffen, als Svenja bei ihrer Freundin Fine war, um gegenseitig die Weihnachtsgeschenke und das neue iPhone zu bewundern.

Als ich meiner Tochter von der geplanten Silvesterfeier bei Rolf erzählte und dass auch Lenchen dabei sein würde, hatte sie reichlich albern ihre Augenbrauen hochgezogen und gepiept: „Ach, hat die Marlene tatsächlich Weihnachten überlebt?"

„Was soll *das* denn heißen?"

„Hm", sie schob die Unterlippe vor und zuckte mit den Schultern.

„Was – ‚hm'?", hakte ich nach.

„Ist die was Besonderes?"

„Wieso Besonderes?", wiederholte ich tumb.

„Na, erstens hast Du mir noch nie eine Kielwasserfrau vorgestellt. Zweitens hat noch nie eine davon Weihnachten überlebt. Und auch nix mit uns gefeiert. Schon gar nicht zweimal."

Kielwasserfrau! Über den Ausdruck kam ich einfach nicht hinweg. Doch Svenja blieb mir auch diesmal eine Erklärung schuldig. „Jedenfalls gibt es eine Fete bei Rolf und Marlene ist mit dabei. Okay?"

„Hm, ist mir egal."

Ihre Augen klebten auf dem Display ihres funkelnagelneuen iPhones, und mir war das Zugeständnis genug. Im November 2007 kam das erste Smartphone bei uns in Europa auf den Markt. Klar, dass ich als IT-Mensch sowohl mir selbst als auch meiner Tochter so ein tolles Ding samt Ohrstöpsel unter den Weihnachtsbaum gelegt hatte. Nun spielte sie ständig darauf herum, stellte persönliche Klingeltöne ein und lud sich jede

Menge Musik herunter. Natürlich vorwiegend Samu Haber und *Sunrise Avenue*.

Der Silvesterabend verlief fröhlich und ausgelassen. Alle hatten wir etwas zum Buffet beigesteuert, die Jungs bewunderten Svenjas iPhone, meine Bandkollegen das meine. Lenchen kannten alle bereits vom Sommerfest, und so wurde sie freudig begrüßt und freundlich in unseren Kreis aufgenommen. Lenchen ist ja eigentlich auch ein lockerer Mensch, der sich leicht in eine Gemeinschaft einfügen kann. Innerhalb einer Partnerschaft ist es dann doch eher so, dass alles gut läuft, solange es nach ihren Vorstellungen geht.

Um Mitternacht läuteten von überall her die Glocken, wir stießen mit Champagner an, auch die Teenies bekamen eine homöopathische Dosis. Dann gab es Feuerwerk. Rolf, der alte Pyromane, hatte sich wieder eine besondere Funkenshow einfallen lassen, die er nun enthusiastisch und zu unserer aller Begeisterung abfackelte.

Wir saßen noch lange beieinander, redeten, lachten und freuten uns alle auf ein gutes, neues Jahr.

❋

In den ersten Januartagen hatten wir alle drei noch frei. Das wollte ich nutzen und Lenchen zum ersten Mal zu uns nach Hause einladen. Natürlich besprach ich das erst mal mit Svenjalein.

Die war ganz erstaunt: „Hierher? Du willst die Kielwas- äh, die Marlene hierher zu uns einladen? Echt?"

Ich tat ganz lässig. „Ja, wir kennen sie doch jetzt schon recht lang."

„*Du* kennst sie schon recht lang."

Als ich nichts darauf erwiderte, setzte sie ihre Rede fort, die ebenfalls lässig klingen sollte. Ihre Worte wirkten jedoch eher altklug: „Aber soll mir recht sein. Sie ist ja recht erträglich." Bevor ich dazu etwas sagen konnte, schob Svenja hinterher: „Wie lang bleibt die denn?"

„Öh, naja, Kaffee, Kuchen, vielleicht Abendessen?"

„Aber ja nicht über Nacht!"

„He! Mal langsam." Ich schluckte eine heftige Antwort herunter, meinte nur beschwichtigend: „Nein, was denkst Du denn?"

Beruhigt zog die kleine Herrin meines Hauses erst die Nase hoch und dann sich selbst zurück in ihr Elfenreich, nicht ohne nochmals einen mahnenden Blick über die Schulter auf mich zu werfen.

Ich nahm ihn so gut wie möglich ausdruckslos entgegen, kicherte aber still in mich hinein.

※

Als Lenchen kam und der Türgong erklang, war ich doch tatsächlich aufgeregt, bat sie herein und nahm ihr die Jacke ab. Wir begrüßten uns beide leicht befangen mit Küsschen rechts und Küsschen links.

Dann bot ich ihr zur Wahl: „Erst Kaffee oder erst ‚Schlossbesichtigung'?"

„Genau in der Reihenfolge", lächelte sie.

Also warf ich meinen nigelnagelneuen hammermäßigen Kaffeevollautomaten an, stellte zwei Henkelbecher, Zucker und Milch daneben.

„Eine schöne und besondere Küche hast Du. Ist die neu?"

Ha, ich wusste doch, dass eine kultivierte und pragmatisch veranlagte Frau eine technisch voll ausgestattete Küche mit künstlerischem Touch sowie kleinem Essplatz zu schätzen wusste. Ich platzte fast vor Begeisterung und Stolz, als ich ihr die verschiedenen Vorzüge meiner neuen Küche zeigte und diverse Feinheiten ausgiebig demonstrierte.

Svenja und ich hatten sie erst vor etwas mehr als einem Jahr zusammen geplant. Und kurz bevor ich damals Lenchen kennen gelernt hatte, war sie eingebaut worden. Natürlich hatte das Team von der *Möbelmanufaktur* den Einbau durchgeführt und eine moderne, funktionsgerechte Küche geschaffen. Dabei waren als „historisches Element" die einstmals von Lilly traumhaft bemalten Küchenfronten erhalten geblieben. Das war uns beiden sehr wichtig.

Das Detail mit der Arbeitsplatte, die als Küchentisch aus der Wand hervorstand und von einem seidenmatt lackierten Baumstamm getragen wurde, war unser bester Einfall, fand ich. Die Idee, eine Arbeitsplatte abgerundet als Tisch sozusagen aus der Wand kommen zu lassen, stammte von mir. Svenja fügte die Finesse hinzu, statt eines schlichten Metallfußes einen Baumstamm als tragende Unterstützung zu nehmen. Sozusagen als zusätzliche Hommage an Lilly. Verriet ich aber Lenchen nicht.

Die nickte zustimmend und meinte dann: „Ich glaube, der Automat wäre dann soweit."

„*What?* Äh – wie bitte?" Abrupt wurde ich aus meinen Ausführungen gerissen. „Ja, hätt ich fast vergessen. Gut, dass Du mich erinnerst."

Zischend und dampfend brühte ich den Kaffee direkt in die Becher. Das Aroma verbreitete sich im Raum. Lenchen reichte ich ihren Kaffee pur. Ihre Vorliebe für schwarzen Kaffee kannte ich bereits.

In meinen Becher löffelte ich dreimal Zucker, schüttete ordentlich Milch dazu und betätigte ausgiebig den Milchaufschäumer. In stillschweigendem Einvernehmen schlürften wir das heiße Gebräu und blickten uns lächelnd und verliebt über unsere Kaffeebecher hinweg an.

Dann führte ich sie durch mein kleines Haus. Es ist ein Reihenendhaus an einem Eckgrundstück, mit Garage und Garten. An die Küche schließt sich das Wohn- und Esszimmer an, wo sie die Regalwand aus Wurzelholz bestaunte.

Von dort aus gelangt man auf die Terrasse und in den Garten. Der war schnell durchquert – er war nur wenig größer als die Terrasse, wies aber einen kleinen Teich mit Puschelgräsern auf. Aus Svenjas geöffnetem Dachfenster schallte Samu Habers volltönende Bass-Stimme rockend zu uns herunter.

„Deine Tochter hat einen intensiven Musikgeschmack."

„Ja, sie steht voll auf Samu Haber", schmunzelte ich.

„Ahja", grinste Lenchen zurück und war auch schon wieder auf dem Weg ins Haus.

Ich dirigierte sie in die Kellerräume, wo ich mir einen Musigg-Raum eingerichtet hatte. Stolz präsentierte ich ihr meine diversen Bass-Gitarren. Interessiert zupfte sie an den Saiten herum. Natürlich bot ich ihr eine kleine Kostprobe, drehte den Verstärker auf und legte los. Zum Applaus gab es noch einen mächtigen Knutscher.

Im oberen Stockwerk schauten wir in ein Zimmer, das mehrere Funktionen erfüllte. Dort hatte ich mein Büro eingerichtet. Es verfügte aber auch über eine bequeme Couch, so dass es außerdem als Gästezimmer benutzt werden konnte. Dann zeigte ich ihr das Bad mit der tollen Eckbadewanne, die sogar eine Massagedüsensprudelfunktion hat und schließlich das Schlafzimmer. Dort fiel ihr Blick auf das große Bild über dem Bett, das eine weite, lichtvolle Landschaft darstellte.

„*Wow*! Wie wunderschön. Leicht, luftig und voller Weite und Licht. Wie im Märchenland. Da drin könnte man sich verlieren. Und irgendwie vermittelt mir das Bild das Gefühl, es bereits zu kennen."

Ich holte tief Luft. Ich liebte dieses Bild, und es hing schon so lange hier. Doch jetzt befand ich mich ein wenig in Erklärungsnot. „Öh – das – hab ich mal geschenkt bekommen", erklärte ich lahm und lenkte dann schnell ab: „Aber jetzt erst mal: Herzlich willkommen in meiner bescheidenen Hütte!"

Und dann knutschten wir wieder ausgiebig, wurden aber abrupt aus unserem Himmelreich gerissen, als oben unterm Dach die Musik aufhörte, die Tür aufging und Svenja im selben Augenblick die Treppe herunter gefetzt kam.

„Hallo, junge Dame, schau mal, wer da ist", versuchte ich sie aufzuhalten und zu einem Minimum an Begrüßungshöflichkeit zu bewegen.

„Ja, Tach auch, bin dann mal wech!" Im Sauseschritt war sie an uns vorbei, weiter die Treppe hinunter gestürmt und aus dem Haus raus, ehe ich auch nur fragen konnte, wohin sie wollte und wann sie wieder zurück zu kommen gedenke.

„Geschäftige Jugend", meinte Lenchen nur schulterzuckend.

Ich fand es gut, dass sie es so locker nahm.

❋

Ende Januar war die Mitte des Schuljahres erreicht. Dementsprechend gab es Halbjahreszeugnisse. Svenjas Leistungen waren immer gut gewesen. Sie war so eine richtige, kleine Streberin. Auch jetzt, in der 8. Jahrgangsstufe, strotzte ihr Zeugnis nur so von hervorragenden Noten.

Natürlich war ich stolz auf die dauerhaft gute Arbeit meiner Tochter, während andere Eltern über Faulheit und miese Beurteilungen klagten. Trotzdem machte ich mir so meine Gedanken. Wie so oft saß ich bei Herta in der Schneiderei in der großen Stube, schlürfte Kaffee aus einem ihrer bunten Becher und verlieh meinen Bedenken vorsichtig Ausdruck.

„Jan, maan Lieber, des is Jammern uff *mäschtisch* hohem Niwoh. Sei doch libber froh, dasses bei die Svenja in de Schul gut laafe duht."

„Mag sein. Aber ist das normal?"

Ich bekam einen Blick von Herta, der eindeutig die Frage nach Normalität jeglicher Beurteilung enthob. Sagen musste sie nichts. Ich wusste auch so, was sie meinte.

„Ja, Du hast ja recht. Aber sie ist schließlich vorbelastet."

„Abbä glaisch dobbelt."

„Häh?"

„Ihre Mama is zwar verlorn im Reisch de Fantasie, abbä ihr Pabba steht dadefür mit baade Baane voll im Lebe."

Knallhart auf den Punkt gebracht. Tat weh und gut zugleich.

❄

Am Karnevalssonntag waren um Frankfurt herum Städteumzüge angesagt. Auch der Kunstkurs von Svenja und den Zwillingen nahm am Umzug in Oberursel teil. Im Rahmen eines Kunstprojektes waren sämtliche Kostüme von den Schülern selbst gebaut oder geschneidert worden. Svenja hatte viele Stunden in Hertas *Knopp-Kiste* zugebracht. Mit ihrer Hilfe hatte sie ein überaus fantasievolles Nixenkostüm in schillernden Meeresfarben gebastelt.

Um Svenja beim Nixengesicht und der entsprechenden Frisur behilflich zu sein, war Herta schon am frühen Morgen mitsamt großem *beautycase* herüber gekommen. Die fertige Nixe hatte in keinster Weise mehr etwas mit der Arielle aus Svenjas Kinderzeit zu tun.

Mein armes Papaherz hatte bei ihrem Anblick einen ziemlichen Kampf auszufechten. Es schwankte beständig zwischen Bewunderung, Stolz, Bedenken und Am-besten-verbieten-wollen hin und her.

Nachdem Herta mir und sich selbst bunte Filzhüte aufgesetzt und uns beide ebenfalls geschminkt hatte, fuhren wir drei nach Oberursel und trafen auf die Debold-Family.

Nun ja, von Henry und René wurde meine kleine Sexy-Nixe jedenfalls pfeifend und johlend begrüßt. Die beiden hatten ihren Spitznamen alle Ehre gemacht und sich tatsächlich als Yang und Yin verkleidet. Henry trug sämtliche Kleidung in Weiß mit einem weißen Zylinder auf dem Kopf, Gesicht und Lippen hatte er schwarz geschminkt. René genau anders herum – Kleidung und Zylinder schwarz, Gesicht und Lippen weiß.

Mit meinem iPhone nahm ich die vergnügte Dreiergruppe auf. Untergehakt bei Yang-Henry und Yin-René bildete sie grünblaugoldtürkisviolett schillernd den strahlenden Mittelpunkt zwischen den beiden hoch gewachsenen Jungen. Die besaßen inzwischen auch Smartphones, sodass ich mit ihnen allen dreien die geschossenen Fotos teilen konnte.

Der Oberurseler Umzug ging los, ich reihte mich mit Herta, Rolf und Hilla in die wogende Menge am Straßenrand. Irgendwer ließ eine Wodka-Flasche kreisen, die Stimmung stieg und die Guutsjes flogen.

Bald tänzelten auch die Kunstkids der 8. Jahrgangsstufe vom Oberurseler Gymnasium heran. Meine kleine Nixe warf Kusshändchen in die Menge. Yang und Yin winkten und lachten und hielten sich wie zwei Bodyguards an ihrer Seite.

Ein Junge hüpfte in einem Tyrannosaurus-Rex-Kostüm brüllend durch die Gegend und erschreckte damit nicht nur die Mädels.

Svenjas Freundin Fine stolzierte als *Liberty* in einem steifen, grünen Faltengewand herum. Ihr Gesicht war grün geschminkt mit orangefarbenen Lippen. Um den Kopf hatte sie Wirsingblätter drapiert und die Strahlen der Krone waren mit Karotten dargestellt. In der Fackel der Freiheit waren natürlich keine Flammen zu sehen, sondern eben auch – Karotten.

Auch die anderen Mitschüler waren höchst fantasievoll in der Gestaltung ihrer Kostüme gewesen.

Lilly hätten die ideenreich entwickelten Charaktere richtig Spaß gemacht.

Gut gelaunt machten wir uns alle anschließend auf den Weg und fuhren rüber zum Debold-Hof. Hilla hatte eine karnevalistische Kaffeetafel vorbereitet mit jeder Menge Krebbl in unterschiedlichsten Sorten und Ausführungen, die sich auf mehreren kleinen Tabletts versammelt hatten. Der absolute Hit waren die mit Schokoguss, Schokoladenkulleraugen und als Nase ein Mini-Schoko-Kuss.

Mann, hatten wir an dem Tag Spaß miteinander. Auch Herta war ganz entspannt und glücklich. Das Kostüm ihres Patenkindes war aber auch mit viel Lob bedacht worden. Sogar von den Lehrern.

❄

In den kommenden Wochen begrüßte ich Lenchen immer öfter in unserem Haus. Svenja gewöhnte sich daran und tatsächlich konnte sie „die Marlene" auch ganz gut leiden. Gerne setzte sie sich inzwischen eine Weile zu uns, um Tee zu trinken, während wir unseren Kaffee schlürften.

Ich muss jetzt noch lachen, wenn ich an den Kuchen von Lenchen denke, den sie mal extra gebacken hatte …

Svenja bewunderte die Verzierung des Kuchens – Lenchen hatte sich viel Mühe gegeben beim Dekor basteln, den Kuchen in eine Decke aus zartgrün eingefärbtem Marzipan gehüllt und mit einer hübschen Sonnenblume verziert.

Wir saßen also schön einträchtig beieinander. Lenchen schnitt an und gab uns jedem ein Stück auf die gierig entgegengestreckten Teller. Es war wie im Slapstick: Wie auf Kommando gabelten wir alle drei los – aber statt genießerisch zu kauen, rissen wir die Augen auf. Svenja spuckte alles wieder auf den Teller, Lenchen schob mit feinerer Manier den Bissen aus dem Mund auf die Gabel und dann erst auf den Teller.

Ich schluckte tapfer, spülte schnell mit einem Riesenschluck Kaffee nach und meinte ganz cool: „Interessante Würzung in Deinem Kuchen, Lenchen. Schmeckt irgendwie ozeanisch."

Die beiden sahen mich mit großen Augen an, und dann prusteten wir alle drei los und lachten uns schlapp, dass sogar Tränen kullerten und wir nach Luft japsen mussten.

Grandioserweise hatte Malle statt Zucker *Salz* in den Kuchen getan.

Ja, sowas konnte sie gut. Jedes Mal, wenn sie kochte oder backte, ging irgendwas mit den Zutaten schief oder brannte an. Einmal hatte Malle eine Gemüsepfanne machen wollen. Dabei hatte sie das Essen sowas von anbrennen lassen. Alles total verkokelt. Auch die Küche war voller Qualm, weil die arme Dunstabzugshaube völlig überfordert war.

„Quatsch", verteidigte sie sich, „das ist nicht verbrannt. Das hab ich in einer Kochsendung gesehen. Das nennt man ‚Röstaromen'."

„*What?!* Das sind keine Röstaromen. Aber ist nicht so schlimm. Wir können es abends beim Grillen verwenden. Als Holzkohle."

❁

Die Osterferien rückten näher. Normalerweise flogen Svenja und ich dann in unsere Finca auf Madeira. Den Luxus einer eigenen kleinen Ferienfinca finanzierte ich damit, dass das Häuschen zu den Zeiten, in denen wir uns dort nicht aufhielten, an Individualurlauber vermietet wurde. Machte alles die inseleigene Ferienverwaltung für mich. War ne prima Sache – so hatte ich mit dem ganzen Vermietungszirkus nix am Hut.

Die Malle fand das nur am Anfang gut. War ihr alles zu unflexibel, der Weltenbummlerin. Ach, ich plappere schon wieder …

Damals waren Lenchen und ich noch nicht gemeinsam über mehrere Tage unterwegs gewesen. Ich überlegte noch, wen meiner beiden Herzensdamen ich zuerst fragen sollte.

Lenchen – ob sie Lust hätte, uns nach Madeira zu begleiten?

Svenja – ob es ihr recht wäre, wenn Lenchen mit uns flöge?

Da kam Svenja, setzte sich zu mir aufs Sofa und kuschelte sich in meinen Arm. So etwas triggerte sämtliche Papa-Antennen in mir und löste sofort Alarmstufe Rot aus. „Na, meine kleine Elfenprinzessin, was hast Du denn auf dem Herzen?"

„Och, einfach nur so. Kuscheln mit Papilein."

Ahja, tags zuvor war ein vorsichtiger Papakuss noch mit einem vehementen: „Ich bin doch kein kleines Kind mehr, Pappa!" abgewehrt worden. Pappa – mit drei P. Heute ‚Papilein' und Kuschelwunsch? Hm, da war sicher was im Busch. Also schwieg ich erst mal.

Nach einer Weile war meiner kleinen Großen dann das Schweigen wohl doch zu blöd. Also fing sie an: „Willst Du eigentlich in diesen Osterferien wieder in unsre Finca?"

„Ja, schon."

„Hm."

„Was – hm?"

„Naja …"

Hilfe! So und ähnlich schwierig gestalteten sich seit einiger Zeit und in den nächsten Teeniejahren viele unserer Gespräche. Viel Getu' um kaum was.

„Was – naja?"

„Also – "

Das war mir dann doch zu doof. Ich hielt meinen Mund und wartete ab.

„Die Bärenfamilie fährt an die Nordsee. Nach Fanø. Und ich würd da gern mitfahren."

„*What?* Du willst lieber in den kalten Norden als in den warmen Süden?"

„Ja, schon. Die würden mich auch mitnehmen. Ich kann bei Fine im Zimmer schlafen. Und Barney kommt ja auch mit."

Barney war ein tapsiger Elo-Welpe und Neuzugang in der Familie Baer. Eigentlich liefen sie bei uns immer unter dem Spitznamen Bärenfamilie.

„Passt Dir das nicht? Wär das schlimm für Dich, wenn ich nicht mit Dir fliegen würde?"

„Doch, das wär schon okay. Aber wie kommst Du denn auf die Idee?"

„Weiß nicht. Fine und ich fänden das aber voll cool. Und die Eltern sind da ganz locker. Und mit Barney könnten wir dann endgeil über den Strand rennen."

Und so kam es, dass ich nur die Zustimmung von Lenchen für einen gemeinsamen Osterausflug nach Madeira brauchte. Die freute sich richtig. Zum Glück hatte sie bereits Urlaub für Ostern angemeldet. Ist immer bisschen schwierig für Ledige ohne Kinder mit Urlaubszeit während der Schulferien. Aber Lenchen hatte durch ihre Position in der Bank doch gewisse Vorteile.

❊

Gründonnerstag ging es dann für Svenja los. Nach der Schule Reisetasche packen. Absoluter Casual-Urlaub im Strandhaus war angesagt, viele Klamotten brauchte sie dafür ja nicht mitzunehmen.

Die Bärenfamilie wohnte ebenfalls im Kalbachtal, ums Eck auch in einem Reihenhäuschen, Hausnummer 7. Jochen und Lydia waren sehr bodenständig. Beide arbeiteten im *Hornbach*, Jochen als Gärtner, Lydia stundenweise als Aushilfe. Das spiegelte sich sowohl in ihrem Vorgärtchen als auch auf der Terrasse und im „Handtuchpark" hinterm Haus wider. Und von meinen früheren Abholbesuchen wusste ich auch um die standardisierte Individualität aus dem Dekor-Bereich von *Hornbach* in der Einrichtung ihrer Wohnräume.

Das Garagentor zierten sieben aufgemalte Zwerge, und von März bis Oktober tummelten sich scharenweise Gartenzwerge in den Außenbereichen. Von lieblich bis skurril, begleitet von putzigen Tierchen.

Entlang des kleinen Weges vom Gartentörchen zum Hauseingang platzierte Wächter mit Laternen, die des Nachts (natürlich mit per Zeitschaltuhr gesteuerter Leuchtdauer!) den Weg zum Haus beschienen. Dann mit Schaufeln, Rechen und Eimern bestens ausgestattete fleißige Gartenhelferchen. Einer hatte sogar einen Rasenmäher. Es gab Zwerginnen mit leicht debilem, schrägem Blick, der sich verführerisch auf die winzigen Weißbärte richtete. Am kleinen Teich aalten sich die Extravaganten mit Sonnenbrille, Bikini und Badehose, über deren Rand sich der kleine Schmerbauch wölbte. Und unter einem Azaleenbusch lag ein Gemeuchelter, noch mit dem Dolch im Rücken. Der Nachbarschaftsspäher mit Fernglas fand sich direkt neben dem englischen Postkasten am Gartentor, das in der Form eines Bären gestaltet war. Der erinnerte entfernt an Winnie Puuh.

Mittendrin und zwischendurch dann noch diverse Rehlein, Häschen und – direkt neben der Haustür: Bären. Drei fette Haribo-Bären. Unterschiedlich groß und unterschiedlich farbig. Rot für Papa-Bär, Weiß für Mama-Bär und Grün für Baby-Bär. Sie hatten einen relativ nützlichen Zweck, denn bei Dunkelheit erhellten sie den Eingangsbereich.

Bei unserer Ankunft fiel mein Blick auf das Fenster oberhalb der Küche. Das Fenster gehörte zu Fines Zimmer. Dort stand nun auch ein Gartenzwerg – mit Sonnenbrille auf der Nase und weit geöffnetem Mantel, darunter in nackiger, voller Pracht. Ich geriet in stillen Zweifel, ob ich mein Svenjalein tatsächlich mit den Baers an die Nordsee fahren lassen sollte, während ich mich Tausende von Kilometern entfernt auf Madeira amüsieren wollte.

Die Haustür stand sperrangelweit auf, in der kleinen Auffahrt parkte der Minivan mit geöffneter Heckklappe und offenen Türen. Waschkörbe voll mit Kleidung, Schuhen und Gummistiefeln befanden sich teils im Innenraum, teils noch davor. Einige Taschen leisteten ihnen Gesellschaft. Im Haus rumorte es, flogen fröhliche Stimmen und beschwingtes Gelächter hin und her, dazwischen bellte munter der Hund. Und im Hintergrund dudelte ein bluesiges Saxophon.

Ich kam dann doch zu dem Schluss, dass Svenja bei den Baers in guten Händen sein würde.

❃

Madeira war super. Meine Finca gefiel Lenchen. Ein kleines Steinhäuschen an der Steilküste bei Caniço mit unglaublichem Blick über das Meer. Erworben hatte ich es als halbe Ruine in dem Jahr, nachdem Lilly fort war. Ich brauchte neben unserem Zuhause, wo mich alles an Lilly erinnerte, etwas Neues, etwas Stabiles für Svenjalein und mich.

Aus der verfallenen Hütte war inzwischen ein gemütliches Häuschen geworden. Das Erdgeschoss nahmen zwei Räume und das Bad ein. Der große Raum beinhaltete Küche, Ess- und Wohnbereich gleichzeitig. Von dort aus wand sich auch eine schwungvolle Treppe auf den galeriemäßigen Dachboden, meinen Schlafbereich. Der zweite Raum im Erdgeschoss war Svenjas Reich. Das kleine, aber feine Bad hatte sicherheitshalber Pepe, der Installateur, gebaut.

Aber das meiste hatte ich während unserer Urlaube selbst restauriert. Erst vor zwei Jahren hatte ich noch über der Terrasse eine hölzerne Pergola errichtet und Blauregen daran gepflanzt. Nun rankte der sich schon als natürliches Dach über den Sitzbereich. Der olle Sonnenschirm hatte endlich ausgedient.

Die Hauptstadt Funchal mit ihren Sehenswürdigkeiten war nicht weit entfernt. Aber Lenchen und ich schafften es kaum, das große, schöne, mit einer weichen, schwingenden Matratze ausgestattete Bett zu verlassen …

Ausflüge in die Umgebung unternahmen wir ganze zwei Mal, kauften dabei auch das Nötigste zum Überleben ein. Vor allem etliche Flaschen vom kraftvollen, dunkelroten Mondeo, den wir gerne in der Dämmerung auf der Terrasse schlürften. Sogar ich, wo ich doch sonst ein kühles Bierchen jedem Glas Wein vorzog. Über uns die Sterne des Südens, unter uns die Lichter von Caniço, um uns herum das allgegenwärtige Zirpen der Grillen und der Duft des blühenden Blauregens.

Zum Abschluss unseres Liebesurlaubes besuchten wir noch das legendäre Blumenfest *Festa da Flor* in den Straßen von Funchal. Die ganze Hauptstadt putzt sich jedes Jahr um Ostern herum für dieses Ereignis märchenhaft heraus. Mit jeder Menge Blumen und in allen Farben. Überbordend sind die Wagen während des Korsos damit geschmückt.

Tänzerinnen, einzeln und in Gruppen, wogen als Blumen verkleidet und mit Blumen bestückten, riesigen, weit schwingenden Röcken durch die Straßen. Auf dem Rathausplatz versammeln sich Tausende von Kindern. Sie legen dort Blumen nieder und bauen daraus die *Muro da Esperança*, die Mauer der Hoffnung.

Froh gestimmt, fett verliebt und selbst nun auch voll der Hoffnung auf weitere Gemeinsamkeiten im Alltag von Frankfurt flogen wir wieder zurück in die Heimat.

❋

„Wasss!!?"

„Hast Du nicht zugehört?" Ich zog ihr die Stöpsel aus den Ohren, so dass sie mitsamt Kabel nun um ihren zarten Teenie-Hals baumelten.

„Mann, Pappa! Ich hör grad *Sunrise Avenue!*" (Pappa mit 3 P!)

„Marlene kommt heute und bleibt das gesamte Wochenende."

„**Die** schon wieder!"

„Was hast Du gegen sie? Ist doch eine nette Frau."

„Nett – genau. **Nett**."

„Und?"

„Warum muss die denn schon wieder zu uns kommen? Kann uns denn nicht lieber die Godi besuchen?"

„Die Godi? Wieso die Godi?" Mir fiel der Kiefer nach unten, und meine Augenbrauen schossen vor Überraschung in die Höhe.

„Ja. Die ist doch wirklich nett. Ich kenn sie schon mein ganzes Leben lang. Und die ist sowieso jeden Mittwochabend bei mir und kommt auch sonst immer mal mit Pfannekuchen oder mit Lasagne. Und sie kennt Samu Haber."

„Aber die Herta ist Deine Gote", kommentierte ich lahm die Argumentation meiner Tochter.

„Ist doch gut, da habt Ihr was tolles Gemeinsames."

„Äh – das ist aber nicht alles, was zählt."

„Was noch?" Provokant bis in die kleine Zehenspitze, dehnte Svenja ihre Zwei-Wort-Frage in die Länge.

„Naja, aber es gibt schon noch mehr zwischen Mann und Frau als Essen und Freundschaft", formulierte ich vorsichtig. Das Eis, auf dem sich unsere Unterhaltung bewegte, wurde dünn für mich.

„Pappa! Ich bin schon Dreizehn! Ich hab schon mal was von den Bienchen und den Blümchen mitgekriegt."

Das Eis knackte. Ich hielt lieber den Mund.

„Mensch, Pappa, und Du bist so im Alter zwischen Mumie und Zombie. Da wird die Sache schon wieder oberpeinlich."

KRACH! Mental landete ich nun im Eiswasser. Die sonst so geschäftigen Männchen in der Schaltzentrale meines Hirnes froren augenblicklich ein. Meine lästerliche Zunge hatte freie Fahrt: „Jetzt reicht es aber! Die dicke Herta ist unsere Nachbarin, eine gute Freundin und Deine Gote, von der ich weder Dich noch mich mit Pfannekuchen und Lasagne ebenso fett füttern lasse. Marlene ist eine eigenständige, interessante Frau, die schon des Öfteren bei uns zu Gast war. Und heute kommt sie für das ganze Wochenende. Erst mal."

Oje, das waren mindestens zwei Worte zu viel für Svenja. „***Erst mal?!***" kreischte sie los. „Erst mal?! Und dann zieht die hier auch noch ein oder was!?"

Mein Schweigen und meine knallrot angelaufenen Ohren waren beredter als jedwede Antwort, die ich mir hätte aus den Fingern saugen können.

„Boah, Mann, Pappa! Bist Du jetzt voll auf *midlife-crises*?" Svenja holte tief Luft und hackte schmollend auf den Nachteilen meiner Favoritin herum. „Mann, die kann gegen die Godi nicht anstinken. Die Malle kann nicht kochen, die weiß überhaupt nicht, wer Samu Haber ist und sowieso kann ich mit der nicht richtig quatschen, so wie mit meiner Godi."

Meine Reaktion erfolgte prompt: „Ich such aber keine Mutter für Dich. Ich will eine Frau für mich." Direkt am merklich noch eingefrorenen Hirn vorbei, über die Zunge geholpert und raus aus dem Mund.

Kaum waren die Worte dem Rand meiner Lippen entschlüpft, hätte ich sie am liebsten wieder ungesagt gemacht. Svenjas Augen wurden groß und dunkel. Fast hätte man meinen mögen, dass es aus ihren Ohren dampfte.

„Du bist so ein blöder Voll-Honk!"

Sie schrie sich noch ein paar ähnliche Nettigkeiten aus ihrem verletzten Herzchen, schnappte ein Kissen und warf es mir an den Kopf. Dann stampfte sie aus dem Wohnzimmer, die Treppe hinauf und noch eine Treppe bis hoch unters Dach, hinein in ihr kleines Elfenreich.

Ich hörte noch das krachende Zuschlagen ihrer Zimmertür und gleich darauf das wummernde Hämmern von *fairytale gone bad*.

Und den Gong der Haustür.

Einmal tief durchatmen, lächeln, Tür öffnen. Strahlend und schön stand sie mit ihrer kleinen Reisetasche im Eingang.

„Lenchen! Endlich. Komm erst mal rein. Magst Du einen Kaffee?" Ich schrie fast vor Begeisterung und auch, um gegen die markante Stimme von Samu Haber anzutönen.

„*Wow*, Deine Tochter mag es laut." Sie brachte die Stimmung auf den Punkt.

„Naja, sie ist 13. Wir waren damals ja nicht anders." Das Heischen um Verständnis funktionierte nur bedingt.

„Mag sein, aber ich schon. Ich mochte lauten Rock noch nie. Schon damals habe ich Klassik oder sanften Soul und Blues vorgezogen. In leisen Tönen."

Ich hörte die leichte Betonung auf dem Wort *leise* sehr wohl. Ohne Worte, aber galant, nahm ich ihr die Reisetasche ab und stellte sie an die Treppe. Ich spürte förmlich, wie sich unter meinen Füßen schon wieder das imaginäre, dünne Eis ausbreitete.

„Na, dann erst mal einen Kaffee auf ein schönes Wochenende", versuchte ich eine vorsichtige Einleitung.

Auf Malles kaum wahrnehmbares Nicken und dünnes Lächeln hin schmiss ich erst mal meinen hammermäßigen Kaffeevollautomaten an und brühte uns die inzwischen bekannten Mischungen.

Das Wochenende verlief insgesamt sehr holperig. Svenja stellte sich total quer. Die vorsichtige Annäherung von Svenja und Malle, die während der letzten Monate stattgefunden hatte, war wieder auf dem Nullpunkt, so, als hätte sie überhaupt nicht stattgefunden. Gemeinsame Mahlzeiten, zu denen ich Svenja nur überreden konnte, indem ich ihr bestechungsmäßig einen Ausflug ins Rebstockbad versprach, liefen in höflich-steifer Atmosphäre ab.

Das Kochen hatte sicherheitshalber ich übernommen, damit es nicht wieder zu Würz- oder sonstigen Küchenunfällen kommen konnte. So umschiffte ich wenigstens eine eventuelle Streitklippe.

Tja, was soll ich sagen?

Das Thema „gemeinsames Wohnen" war damit erst mal vom Tisch.

❄

Meine Mittwochabende mit den Proben von *Toffifee* waren safe. Seit Jahr und Tag kam an diesen Abenden Herta zu uns, naja, mehr zu Svenja, damit sie nicht allein war.

Aber auch hier zeigte Svenja sich nun widerborstig. „Ich kann auch gut mal einen Abend alleine bleiben. Ich bin ja jetzt schon alt genug."

„Das mag sein, aber immer noch 13", blockte ich ab.

„Na und? Ich mache nicht auf, wenn's an der Haustür gongt. Wenn jemand anruft, sehe ich auf dem Display, wer's ist, bei Fremdnummern oder Anonym gehe ich nicht ran. Ich guck nicht mal Fernsehen, ist eh nur Quatsch in der Kiste. Mit Feuer spiele ich auch nicht, zünde auch keine Kerze an. Und? Geht's jetzt?"

„Was hast Du vor?" Ich war immer noch misstrauisch.

„Gar nix. Bisschen Musik hören, bisschen chillen und bisschen recherchieren für mein Sommerreferat in Kunst – Goethe und die Farm", nuschelte sie den Titel des Themas.

„Goethe war niemals auf einer Farm", monierte ich besserwisserisch.

Svenja rollte genervt mit den Augen. „Far-ben", artikulierte sie dann überdeutlich. „Goethe und die Farben."

„Also, geht doch. Bist **doch** schon groß."

Der Haustürgong kündete Herta an, verhinderte ein zänkisches Ausufern unseres Disputes und gab mir die Gelegenheit, ohne mein Gesicht zu verlieren, vorsichtig nachzugeben: „Mach das mit Herta aus."

„Ei Guuude! - Was soll Svenja mit mir ausmache?"

„Ob ich noch einen Aufpasser brauche oder nicht, wenn Papa mal weg ist", grölte Svenja von hinten.

Herta reagierte prompt: „Och, siehste misch als Uffpassä? Isch dacht, mir ham mittwochs immä Mädelsamd. Hab uns extra Schippse mitgebracht. Nur mit Salz, so wie Du se am liebste magst."

„Ach, Godi, Du bist die Beste!" Mein Svenjalein jubelte. „Bleib ruhig hier. Vielleicht können die Chips und Du mir ja mit dem ollen Goethe helfen."

Jaja, Svenja liebte ihre Godi. Ich grinste in mich hinein, zwinkerte Herta zu und fuhr beruhigt zur Bandprobe.

❋

Bis zu den Sommerferien kam Lenchen nur sporadisch an Nachmittagen oder Abenden zu Besuch. Zu diesen Zeiten traf sie dann begrenzt auf Svenja, und langsam näherten sich die beiden wieder an.

Sobald Svenja mal ein Wochenende bei ihren Großeltern oder bei Fine verbrachte, sauste ich nach Sachsenhausen, wo Lenchen und ich ihre sturmfreie Bude jede köstliche Minute nutzten. Jedes Mal krachten wir wie ausgehungert aufeinander, labten uns gegenseitig, wobei tatsächliches Essen zur Nebensache wurde. Ausflüge und Unternehmungen traten völlig in den Hintergrund.

Svenja lieferte mit ihrem Referat zu *Goethe und die Farben* eine Einser-Arbeit, und überhaupt, war sie mit den Noten ihres Zeugnisses zum Abschluss der 8. Jahrgangsstufe wieder mal Jahrgangsbeste.

Sechs Wochen Sommerferien. Sechs Wochen *Finca Inverno* auf Madeira für mich. Die drei ersten Wochen mit Lenchen, denn Svenja flog mit Omi und Opi nach Tunesien. Dann kam Svenja zu mir, stolz wie Oskar, denn sie durfte allein fliegen. Meine Eltern brachten sie in Frankfurt zum Flieger, eine Stewardess kümmerte sich um sie. In Funchal stand ich bereits am Flughafen und holte eine stolz winkende und fröhliche Svenja ab.

Das war perfektes Timing, denn kurz vorher hatte ich Lenchen zum Abflug gewunken. Die flog nach Hause. Ihr Arbeitsalltag begann wieder, während ich mit Svenjalein weiter auf Madeira chillte. Meine langen

Ferienvergnügen hatte ich einer Sondervereinbarung zu verdanken, die ich damals mit der Bank getroffen hatte, als Lilly definitiv fort und ich künftig allein für unsere Tochter verantwortlich war.

❄

Nach den Sommerferien und Urlauben fanden sich die *Toffifees* mitsamt aller Anhänge wieder auf dem Debold-Hof ein, um das diesjährige Hof-Fest zu besprechen. Die Feier meines Geburtstages im letzten Jahr hatte uns alle inspiriert, Harald hatte bereits seit Wochen über Facebook unser Event regelmäßig angekündigt und Musiker eingeladen.

Heute machte er ein Foto von uns allen und setzte die Berichte um das Band-Event *Toffifees-&-Friends-Party* fort. Zum Ablauf und der Organisation des Buffets einigten wir uns recht fix. Und so gab es bald darauf wieder eine Riesenparty mit mehreren Bands und Solokünstlern. Sogar das Lokalradio war dabei und brachte einen Bericht über uns.

❄

Ja, und dann war auch schon wieder Svenjas Geburtstag da. 14 Jahre. Was macht man mit so jungen Frauen, die aber in ihrem Herzen noch totale Kinder sind? Auch hier war die Rettung wieder mal Herta.

Sie begeisterte die Mädels mit einem Nachmittag rund ums Filzen. Sie brachte ihnen bei, was Filzen überhaupt ist, erzählte lustig ein bisschen was zur Geschichte des Filzens, hatte einige Beispiele dabei, was man mit Filz so alles gestalten konnte und ließ die Mädels erst mal kleine Probestückchen anfertigen, bevor sie ans Umsetzen ihrer eigenen Ideen gingen.

Und irgendwie war Lilly an diesem Tag für mich sehr präsent. Wenn Svenja sich mit roten Wangen eifrig über ihr Filzfigürchen hermachte, *dann sah ich Lilly, wie sie damals Schmetterlinge, Blumen und Elfen aus Filz erschuf.*

Zum Abendessen hatte ich für die jungen Damen ein vegetarisches Buffet vorbereitet. In der Küche tummelten sich auf dem kleinen Esstisch verschiedene, gebratene Gemüse, nach Sushi-Art geformte Reisröllchen, Blätterteigtäschchen mit Ricotta und Spinat gefüllt, Melonenscheiben sowie Salat mit Ananas und Walnüssen. Eben so'n Zeug, worauf die Mädels ernährungsmäßig gerade voll abfuhren.

Auch zu diesem Geburtstag kamen Mum und Dad und auch Omma Anna.

❋

Es war Omma Annas letzte Feier.

Sie war mit diffusen Schmerzen im Unterbauch zur Frauenärztin gegangen. Es wurde Darmkrebs festgestellt. Kurz darauf war sie auch schon im St. Elisabethen-Krankenhaus.

Die OP war sehr kompliziert, dauerte fast sechs Stunden. Danach lag Omma Anna ungewöhnlich lange auf der Intensivstation. Einmal habe ich sie dort besucht, sie war aber kaum ansprechbar.

Frau Neubert neben ihr war etwa im gleichen Alter und hatte das gleiche Krankheitsbild. Darmkrebs, ziemlich weit fortgeschritten. Beide hatten einen Stoma, einen künstlichen Darmausgang, gelegt bekommen.

Als Omma Anna dann endlich auf die normale Station verlegt wurde, nahm ich Svenja mit zu Besuch.

Da lag sie in dem riesigen Krankenhausbett, hinten am Fenster. Ganz winzig unter der großen Bettdecke. Ein Tropf hing nebenan und träufelte langsam eine klare Flüssigkeit durch den Schlauch in die rechte Armvene. Sie hatte die Augen geschlossen und schien zu schlafen.

Es gab noch ein zweites Bett in diesem Raum. Direkt hier vorne neben der Tür und den Schränken. Darin lag Frau Neubert, ebenfalls mit Tropf bestückt. Allerdings hatte sie an ihrer Seite eine jüngere Frau, die ihre Hand hielt. Es war die Tochter von Frau Neubert.

Während sich Omma Anna nur langsam erholte, war Frau Neubert relativ flott in der Rekonvaleszenz. Sie hatte die Intensivstation in der Rekordzeit von drei Tagen bereits verlassen können, während Omma Anna über eine Woche dort hatte verbringen müssen.

Auch jetzt war sie sehr schwach, konnte nicht einmal mit Hilfe aus dem Bett aufstehen. Frau Neubert hingegen wackelte oftmals gern mitsamt mobilem Tropf den Gang entlang.

Auf meine Fragen hatten die Ärzte nur ein ratloses Schulterzucken. Die Krankenschwester war da mutiger: „Sie will einfach nicht mehr."

Ich hatte der Rhönland-Klinik eine Nachricht von Omma Annas Zustand geschickt und angefragt, ob es Lilly möglich wäre, zu kommen, um ihre Mutter noch einmal zu sehen. Trotzdem ihr die Nachricht sehr vorsichtig von Dr. Burger persönlich mitgeteilt worden war, hatte Lilly wohl sehr verstört reagiert und war auch selbst in Begleitung nicht fähig, die Reise von Thüringen hierher nach Frankfurt zu bewältigen.

Als ich an Omma Annas Bett herantrat, öffnete sie langsam die Lider. Sie sah mich an mit einem Blick von ganz weit her.

„Na? Alles okay?" Boah, bin ich **doof**! Diese Frage stellt man immer nur, wenn man eigentlich sieht oder weiß, dass **gar nix** okay ist. Und mir muss so'n Spruch natürlich im unpassendsten Moment aus dem Maul fallen.

„Ach, Junge …", hauchte sie nur. Und dann noch: „Ist Lilly auch da?"

Ich fühlte mich absolut hilflos. Doch Svenja war meine Rettung, denn sie ging sehr locker mit dieser beklemmenden Situation um.

„Hallo, Omma Anna, nein, Mama kann leider nicht kommen. Der geht's auch nicht so gut. Aber ich bin da. Und Papa. Ist doch schon mal was, oder?"

„Ach, Kind …", kam es wieder nur. Und dann noch: „So schade."

Meinte sie jetzt ihr derzeitiges Befinden oder Lillys Abwesenheit?

Plötzlich ging die Tür auf, zwei Schwestern kamen herein. Eine polterte gleich lauthals los, als ob alle hier im Raum und vor allem Frau Neubert sich an der Grenze zur Taubheit befänden.

„Ei Guuude! Frau Neubert, Tasche gepackt? Wolle mer glaisch mal umziehn in aan anneres Zimmä? War ja heut Morsche bei de Visite schon aangekündischt wodde."

Jou. Sehr sensibles Personal haben die hier. Ruck-zuck stöpselten sie das Bett ab und schoben die nette Frau Neubert mitsamt ihrem mobilen Tropf aus dem Zimmer, kaum, dass sie uns zum Abschied hatte einmal zuwinken können.

Die Tochter nahm die tatsächlich bereits gepackte Reisetasche aus dem Schrank, drehte sich aber noch einmal zu uns um. „Ich wünsche Ihnen und Ihrer Schwiegermutter alles Gute."

Ich nickte dankend.

Sie zögerte zu gehen, schaute in Richtung Kopfende von Omma Annas Bett, holte noch einmal tief Luft und meinte leise: „Ihr Leid wird wohl nicht mehr lange dauern. Der Dunkle Engel ist schon da."

Sie nickte noch einmal leicht, dann drehte sie sich um, ging hinaus und schloss die Tür.

Svenja und ich sahen uns an.

„Was war **das** denn für ne Nummer?", platzte ich heraus.

„Ach, Pappa!" Wieder mal war ich Pappa mit 3 P.

„Ja – was? Was sollte das? Siehst Du hier einen Schatten oder einen Geist?"

Sie antwortete tatsächlich ernsthaft: „Ich weiß nicht, ob ich hier ein dunkles Wesen sehe, auf jeden Fall fühlt die Luft um Omma Anna sich dick an."

Mir stockte der Atem. Scharf fasste ich meine Tochter ins Auge. Sollte sie jetzt auch diese Anzeichen entwickeln? Wie Lilly damals?

Wir blieben nicht mehr lange, denn Omma Anna reagierte nicht mehr auf uns. Sagte nichts und hielt die Augen geschlossen. Sie wirkte sehr weit weg.

Am selben Abend noch kam der Anruf aus dem Krankenhaus, dass Omma Anna gestorben sei. Einfach friedlich eingeschlafen. Wenigstens das.

Die Beerdigung erfolgte bald. Es war eine jämmerlich kleine Gruppe, die sich in der Trauerhalle auf dem Friedhof Frankfurt Westhausen versammelt hatte. Meine Eltern waren da und Herta und Svenja und ich. Auch hierbei fehlte Lilly. *Trotzdem hatte ich das Gefühl ihrer Anwesenheit, meinte sogar, ihren zarten Sommerwiesenduft wahrzunehmen.*

Und genau in dem Moment nahm Svenja meine Hand und flüsterte mir zu: „Mama ist da."

❋

Die Herbstferien verbrachten wir zu dritt auf Madeira. Svenja, Lenchen und meine Wertigkeit. Nachdem wir erst mal alle mit Samthandschuhen umeinander herumgeschlichen waren und vorsichtig das nahe Zusammenleben angetestet hatten, ging es recht bald ziemlich lustig zu.

Wir machten viele Ausflüge in die Umgebung, liefen barfuß am Strand durch die noch überraschend warme Brandung, spazierten durch die Gassen der Altstadt von Funchal, bummelten durch die bunte Markthalle und kauften dort jede Menge Gemüse und Obst ein.

Eines lauen Abends saßen wir alle drei nach dem Essen noch warm verpackt in dicken Pullis und Wollsocken unterm Blauregen und verfolgten das Farbspektakel des Sonnenuntergangs über dem Meer.

Svenja und ich unterhielten Lenchen mit Geschichten über einige Besonderheiten Madeiras. „Papa, weißt Du noch, als wir einen Tag lang an so einer Levada lang wanderten?"

Auf mein bestätigendes Nicken und fragenden Blick von Lenchen führte meine kluge Tochter weiter aus: „Das sind künstliche Wasserkanäle.

Die durchziehen die gesamte Insel. Sie haben eine traditionsreiche Geschichte und leiten die Wasser aus dem regenreichen Norden in den trockenen Süden. Zum Glück waren unsere Rucksäcke gut gefüllt. Jou, war ein langer, aber auch besonderer Tag. An dem haben wir nämlich den Elfenwald entdeckt."

„Elfenwald?", hakte Lenchen nach.

„Jou. Nee. Das ist ein Wald, wo der Lorbeer so groß und alt wie Bäume wird. Weil's da so märchenhaft schön ist, nennen sie ihn hier auch Feenwald. Ich nenn ihn aber Elfenwald. Auf jeden Fall fühlen sich da Feen und Elfen und alle möglichen besonderen Wesen wohl. Und da sieht's aus, wie mein Zimmer unterm Dach, nur in 3D."

Lenchens Gesicht war ein einziges Fragezeichen.

Also erbarmte ich mich und dozierte: „Es gab einmal eine Zeit, da war ganz Madeira von urwaldähnlichem Bewuchs bedeckt. Doch heute lassen nur noch einige geschützte Gebiete erahnen, wie es damals auf der gesamten Insel ausgesehen hat. Noch bevor Columbus Richtung Westen übers Meer segelte, um einen kürzeren und bequemeren Seeweg nach Indien zu finden, entdeckten die Portugiesen die Lorbeerwaldinsel und nannten sie in ihrer Sprache ‚Holz'.

So heißt sie noch heute, obwohl Madeira nur noch wenig davon zu bieten hat. Zum Glück hat die UNESCO den Lorbeerwald oder *Laurisilva* zum Weltkulturerbe erklärt, denn er ist einzigartig auf unserer Erde. Nur hier auf Madeira ist der Lorbeer so vielfältig vorhanden, und nur hier haben sich die Büsche zu Bäumen entwickelt. Manche sind mehrere hundert Jahre alt und haben wohl schon zur Zeit der Entdecker hier gestanden. Der Feenwald, von dem Svenja gerade gesprochen hat, liegt oben bei Fanal." Ich grinste, bevor ich fortfuhr: „Die Feen – "

„Und Elfen!", warf Svenja ein.

Ich nickte: „– und Elfen hüllen den Wald mit seinen uralten Bäumen gerne in Nebelschleier. Für einen Besuch dort sind neben Wanderschuhen darum auch Regenjacken wichtig."

Lenchen hatte sich begeistert vorgebeugt: „Ihr habt mich neugierig gemacht. Ich würde gerne mal einen Ausflug dahin unternehmen. Ist es sehr weit?"

„Nö. Ungefähr eine Stunde Autofahrt."

Also brachen wir am nächsten Morgen gleich nach dem Frühstück auf. Während der gesamten Fahrt plapperte mein sonst so morgenmuffeliges

Elfenprinzesschen munter und begeistert über den Feenwald (oder Elfenwald, wie Svenja ihn nannte) und dessen mögliche Bewohner, zog immer wieder Vergleiche zu den Malereien an den schrägen Wänden ihres Elfenreiches unterm heimischen Dach.

Wir waren in Caniço bei schönstem Sonnenschein gestartet. Nach einer Stunde Autofahrt hatten wir den Parkplatz vom Forsthaus erreicht. Natürlich war das Wetter dort oben in über 1.000 Metern Höhe herbstlich kühl und feucht. Triefende Nebelschwaden zogen über die Wiesen, verhüllten halb verfallene, moosbewachsene Zäune und Kühe, die dort frei herum stapften und in die diesigen Schwaden muhten, die nur eine Ahnung vom Lorbeerwald in der Ferne zuließen.

Nachdem wir die Nebelwiesen durchquert hatten, waren wir allein im Wald. Viele Touristen kamen nicht hierher. Nebel und Lorbeerbäume soweit das Auge reichte. Sobald wir unter die Bäume traten, fielen unzählige Wassertropfen auf uns herunter. Die unruhigen Kühe hatten wir längst hinter uns gelassen. Außer der tropfenden Nässe und unseren dumpfen Schritten auf dem Waldboden war hier kaum ein Laut zu hören.

Die knorrigen mit Moos und Flechten behangenen Bäume erzeugten eine einzigartige, fast schon mystische Atmosphäre. Manche von ihnen waren wirklich mehrere hundert Jahre alt. Dicke Nebelschwaden zogen immer wieder über den Wald, ließen lange Nebelfinger durch die Wipfel streifen und vertieften die geheimnisvolle Stimmung, die diese Bäume und uns umgab. Fast erwarteten wir, dass im nächsten Moment die Feen oder Elfen hinter dem nächsten Baum hervor lugten.

Und da war sie. Lilly. Ganz deutlich spürte ich ihre Nähe, ihre Präsenz in ihrem Wald, roch den zarten Sommerwiesenduft, der sie stets umhüllte.

Svenja griff nach meiner Hand. In stummem Verstehen tauschten wir einen lächelnden Blick. Und genau in diesem Moment wurden die Nebel heller, lichter. Teilweise brachen einzelne Sonnenstrahlen sich Bahn und brachten goldenes Leuchten in das Laub und die knorrigen Äste.

Ich wandte den Kopf, wollte wissen, ob Lenchen das Leuchten ebenfalls wahrnahm. Ja, und da tappte sie wie Hans-guck-in-die-Luft daher, und ihr Blick verfolgte den Tanz der Sonnenstrahlen durch die Flechten und Verästelungen.

Plötzlich stolperte Lenchen, gab einen erschrockenen Laut von sich und stieß gegen den Stamm eines Baumes. Das hinterließ einen blauen Fleck bei ihr und bescherte dem Baum eine Schramme. Sofort breitete sich ein stinkiger, fauliger Geruch aus.

„Iiih, was ist das denn?", jammerte sie.

Bei allem Ekel, den auch ich bei dem Gestank empfand, musste ich doch ein Lachen verkneifen: „Oje, es gibt hier im Lorbeerwald mindestens zwanzig verschiedene Arten, aber Du bist leider mit dem Stinker zusammengestoßen, Lenchen."

Die guckte zunächst verblüfft, musste dann aber lachen. Diese Eigenschaft habe ich an ihr immer gemocht: Sie konnte ungewöhnliche, leicht unschöne Situationen einfach weglachen.

Was mich besonders freute – in diesem Urlaub kamen sich endlich Lenchen und Svenja wieder näher und entdeckten gemeinsame Gesprächsthemen und Interessen.

❄

So kam es, dass Lenchen auch nach unserem Urlaub wieder häufiger Zeit in unserem Haus verbrachte. Ich machte sogar eine Schublade und einen kleinen Bereich im Kleiderschrank für sie frei.

Und unweigerlich stand auch Weihnachten wieder vor der Tür. Komisch, kaum war ein Jahr vorbei, war es auch schon wieder Zeit für Adventskränze, Kerzen, Sternen an den Fenstern, Plätzchen und Stollen, Weihnachtsmärkte, Glühwein und – Glühbier. ☺

Nachdem Lenchen mir im letzten Jahr den Glühbierstand auf dem Sachsenhäuser Weihnachtsmarkt gezeigt hatte, wollte ich natürlich unbedingt wieder zum Glühbiertrinken dorthin.

Tja, und es entspann sich auch wieder die gleiche Diskussion um die Weihnachtsfeiertage. Und es blieb auch beim gleichen Ausgang. Lenchen amüsierte sich an Heilig Abend mit ihrer Freundin Jutta im *Kellertheater* bei Kartoffelsalat mit Würstchen. Svenja und ich machten unseren Heilig-Abend-Ausflug.

„Wo geht's denn diesmal hin?", erkundigte sich Lenchen.

„Wie – wohin?" Ich war im ersten Moment ein wenig verdattert.

„Na, Svenja darf doch das Ziel bestimmen."

„Ach so, natürlich wieder Thüringen", holperte es aus meinem Mund.

„Wieso natürlich wieder Thüringen?" Malle hakte gnadenlos nach.

Mist, das Glühbier hatte mir einige Synapsen in der Schaltzentrale vernebelt. Und so startete ich keine Ausflüchte mehr, sondern platzte heraus: „Da fahren wir immer hin. Jedes Jahr."

Malle zog nur fragend eine Augenbraue hoch.

Ich plapperte munter weiter: „Wir besuchen dort Lilly. Svenjas Mutter."

Jetzt entgleisten Malles Züge für einen kurzen Augenblick, ihr Mund klappte auf, doch im selben Moment hatte sie sich auch schon wieder im Griff, machte den Mund wieder zu und bedachte mich mit einem Blick, der gleichzeitig Verstehen und weitere Fragen beinhaltete.

Das Glühbier lockerte weiter meine Zunge, und ich erzählte ihr von Lilly, von ihrer Genialität und von ihrer Schizophrenie. Dass Lilly jetzt seit nunmehr fast dreizehn Jahren zunächst in der Uniklinik hier in Frankfurt und dann dauerhaft in der psychiatrischen Klinik von Dr. Burger in Thüringen lebte. Dass Heilig Abend der Tag war, an dem wir sie besuchen durften. Mehr wäre ihrer Gesundung nicht zuträglich. Und wir hofften noch immer auf Gesundung.

Darum war für Svenja und mich der gemeinsame Schlafanzuggammeltag am Ersten Weihnachtsfeiertag so wichtig. Weil wir die in jedem Jahr anderen Erlebnisse unserer Lilly-Zeit verarbeiten mussten. Selten waren die Stunden in Thüringen entspannt und liebevoll. Meistens wirkte sie nur dumpf vor sich hin dämmernd. Dann war ein Gespräch nur sehr schwierig, denn wenn sie sprach, sprach sie ausschließlich in kryptischen Worten.

Ganz still hatte Lenchen mir zugehört. Nun legte sie nur sanft ihren Arm um mich und ihren Kopf an meine Schulter.

❄

Svenjalein und mich erwartete an diesem Heilig Abend eine herbe Enttäuschung. Nachdem Lilly im letzten Jahr so offen und fröhlich gewirkt hatte, war sie in diesem Jahr wieder still und in sich gekehrt, mit stumpfem, wie fest gefrorenem Blick. Das kannten wir schon. Wieder mal brauchte sie Medikamente zur Bannung der Dämonen. Dr. Burger begrüßte uns persönlich und erklärte, dass dieser Zustand mit dem Tod ihrer Mutter zusammenhinge.

Aber wenigstens schaffte Lilly es, unser Geschenk, das Jahresfoto von Svenja und mir, auszupacken und auf den Sims zu stellen. Und sie überreichte Svenja die Schachtel mit dem Diorama ihres Geburtstages.

Wieder hatte sie die Szene perfekt getroffen. Unser Wohnzimmer mit der Essecke und dem großen Tisch, an dem die Mädels saßen und nach Hertas Anleitung filzten.

Und auch die kleine, leuchtende Elfe war da. Auf der Schulter von Svenja.

2009 – WOLKEN UND WIND
Ärgere Dich nicht darüber,
dass der Rosenstrauch Dornen hat,
sondern freue Dich,
dass der Dornenstrauch Rosen trägt.

Aus Arabien

❋

In diesem Jahr waren meine beiden Mädels soweit, dass wir uns Gedanken über ein Leben miteinander machten. Svenja fand es inzwischen in Ordnung, dass Lenchen die meiste Zeit bei uns wohnte.

Wir alle drei genossen den ersten, warmen Frühlingstag im Garten auf der Terrasse und sahen den Fleisch- und Gemüsespießen zu, die lustig auf dem Grill vor sich hin brutzelten.

„Und wann genau ziehst Du jetzt voll bei uns ein, Marlene?", erkundigte sich Svenja neugierig.

„Hm, gute Frage – ich hab ja meine Wohnung in Sachsenhausen, die gut eingerichtet ist und auch einen Keller dazu, in dem ich jahreszeitlich Sachen lagere."

„Willst Du das alles mit hierher bringen? Papa und ich sind ja hier auch voll komplett eingerichtet und ausgestattet."

„Ich hatte mir überlegt, ob es sinnvoll wäre, meine Wohnung möbliert zu vermieten. Es gibt da so ein Arrangement unserer Bank, dass ausländische Angestellte, die über einen längeren Zeitraum hier tätig sind, Wohnraum zur Verfügung gestellt bekommen. Darüber könnte ich eventuell meine Räumlichkeiten anbieten."

„Guter Plan, Lenchen", bestätigte ich ihre Gedanken. Aber inzwischen kannte ich ihre abwägende Vorgehensweise. Darum fragte ich nach: „Oder gibt es auch noch Anderes zu bedenken?"

„Naja", verlegen rutschte sie auf ihrem Stuhl herum, „wenn ich erst mal einem solchen Mitarbeiter oder Mitarbeiterin meine Wohnung vermietet habe, bekomme ich sie nicht so schnell wieder zurück. Ich muss mich für den gesamten Arbeitsaufenthalt zur Vermietung verpflichten. Das können sechs Monate oder auch sechs Jahre sein."

„Ja – und? Wo ist das Problem?", fragte die unbedarfte Jugend.

Doch ich wusste sofort, was Lenchen Bauchschmerzen bereitete: „Und

Du hegst die Befürchtung, dass, wenn es hier mit uns zusammen doch nicht klappt, Du keine Rückzugsmöglichkeit mehr hast. Richtig?"

Sie nickte nur stumm. Ganz weit hinten in meinem Kopf rumorte ebenfalls ein wenig Unbehagen, und so hatte ich nichts, dass ich beruhigend hätte darauf erwidern können.

Svenja preschte in die schweigende Lücke: „Ach, Quatsch, Marlene, wir verstehen uns doch alle voll gut. Und wenn doch was schief gehen sollte in grauer Zukunft, dann kannst Du immer noch bei Deiner Freundin Jutta unterkommen. Ihr beide mögt Euch doch seit ungefähr tausend Jahren."

Lenchen musste laut lachen, und auch ich grinste vor mich hin. Meine Tochter war manchmal ganz schön pragmatisch veranlagt.

„Gemeinsam grillen ist auf jeden Fall besser als einsam schmoren."
Den Zettel fand ich nach jenem Abend an meinem Kühlschrank. ☺

❋

Die entsprechende Abteilung der Bank hatte, kaum dass sie die Erlaubnis erhielt, auch bereits einen Mieter gefunden. Es war ein CEO aus Omaha, Nebraska, der als Verbindungsglied zwischen der American National Bank und unserer Frankfurter Treu&Glauben-Bank für einige Jahre hier in *good old Germany* tätig sein sollte. Er brachte seine Gattin mit. Beide fanden Lenchens Wohnung und Sachsenhausen so *nice and absolutely marvellous*.

So kam es, dass Lenchen ein paar ihrer Sachen, an denen sie besonders hing, in genau sieben Umzugskisten packte und mit all ihren Kleidungsstücken, Taschen und Schuhen sowie einem antiken Schrank, einem Sekretär mit dazu passendem Stuhl (alle drei Möbel aus dem Art Deco und in hervorragendem Zustand) hier bei uns einzog.

Zuvor hatte ich den Lagerraum neben meinem Musigg-Raum im Keller entrümpelt, mein Arbeitszimmer im Obergeschoss geräumt und mich da unten eingerichtet. Mein schlichtes Sofa ließ ich oben im Zimmer, das ich in Lenchens Lieblingsfarbton Lavendel gemalert hatte.

Dort konnte sie nun ihre wunderschönen Möbel aufstellen und hatte ebenfalls einen Rückzugsort für sich. Ihre Lieblingsbücher und ein paar andere Deko-Stücke, die sie von ihren Reisen mitgebracht hatte, verteilte sie in dem großen Wohnzimmerregal links neben dem Fernseher, das ich ebenfalls frei geräumt und ihr zur Bestückung zur Verfügung gestellt hatte. Meine „Schätze" hatte ich zum Teil entsorgt und zum Teil auf der anderen Seite etwas komprimiert eingeräumt. Diese Lösung gefiel uns allen sehr gut.

Außerdem brachte sie noch ihr Lieblingsbild mit, das in ihrem Wohnzimmer über dem Kamin gehangen hatte – *Yes, I Can!*. Nun zierte es die Lavendel-Wand oberhalb des Sofas.

Irgendwie hatte ich das Gefühl, ein Teil von Lilly hätte nach Hause zurückgefunden. Aber das behielt ich lieber für mich.

❋

Ein paar Tage darauf fuhr Lenchen zu so einem von der Bank schon lang geplanten Führungskräftedings nach Hamburg – eine ganze Woche lang. Die Woche zog sich für mich, denn die Abende kamen mir auf einmal doppelt so lang vor. Nur die Mittwochabendbandprobe bot eine willkommene Ablenkung.

Ich kam gerade mit gepacktem Bass aus meinem Musigg-Raum und stiefelte die Treppe hinauf, als der Türgong ertönte. Svenja sprang hinzu, öffnete und fiel ihrer Patentante überschwänglich um den Hals.

„Ui, schön, dass Du da bist, Godi!"

„Ja, maane Süße, find isch aach. Guggemol, heut habbisch dungle Schoggoladepudding für uns dadebei."

Svenja freute sich kleinkindmäßig und trug die Schüssel sicherheitshalber gleich in die Küche. Und schon klappte auch eine Schranktür, klirrten Schälchen und Löffelchen.

Herta war aber noch nicht so ganz fertig und sah mich groß und fragend an.

„Na, Hertalein, was hast Du auf dem Herzen?"

„Saachemol, wohnt die Mallehne jetz hier bei Eusch?"

„Ja, sie ist vor ein paar Tagen hier eingezogen, aber im Moment auf einem Seminar in Hamburg. Warum?"

Kleiner Schnief von Herta und dann, leicht schnippisch: „Da braucht Ihr misch wohl künftig nimmer? Bin isch do jetz übbäflüssisch?"

O-oh! Zickenalarm! „Ach, Hertalein, **Du** wirst immer einen besonderen Platz in unseren Herzen und auch in unserer Mitte haben." Mann, kann ich vielleicht charmant sein. Bis hin zur Schleimigkeit.

Auch Svenja ließ alles fallen, kam aus der Küche geschossen und schmiss sich an Hertas breite Brust. „Aber Godi! Wie kannst Du denn sowas denken? Du bist und bleibst meine Lieblingstante und auch meine Vertraute. Und wenn die Marlene demnächst mittwochabends hier ist, kommst Du bitte trotzdem. Dann lassen wir die Marlene eben mit an unserem Mädelsabend teilhaben. Oder auch manchmal nicht, je nachdem. Gut?"

Nun standen wir alle drei als menschliches Knäul im Flur und schwörten uns ewige Verbundenheit und Treue wie einst die ollen Katten. Ich fand das alles ein bisschen übertrieben, aber wenn's die Mädels glücklich machte …

❄

Am Samstagnachmittag kam Lenchen dann endlich zurück. Da sie so lange fort gewesen war, beglückte ich sie zur Begrüßung erst mal mit einem dicken Knutscher, den sie heftigst erwiderte.

Dann geleitete ich sie sanft zum Sofa im Wohnzimmer und brachte ihr einen Begrüßungskaffee – so, wie Lenchen ihn liebte: Schwarz wie die Sünde und heiß wie die Liebe.

Ich setzte mich ihr gegenüber in einen Sessel und genoss den Augenblick. Die Strahlen der späten Nachmittagssonne fielen schräg ins Zimmer und hüllten Lenchen, wie sie mit dem dampfenden Becher in beiden Händen auf dem Sofa ruhte, in ein zartes, goldenes Leuchten. Sie war ganz bei sich, hatte die Augen geschlossen und atmete den Duft des Kaffees.

Das war einer der friedlichen Momente, wie ich sie liebte.

Schließlich schlug sie die Augen auf, nahm einen Schluck Kaffee, sah mich lächelnd an und erzählte von ihrer Seminarwoche. Sie hatte an einem Seminar teilgenommen, das Führungskräfte ermutigen sollte, einen sogenannten agilen Führungsstil zu praktizieren. So sollten Mitarbeiter zu mehr Eigenverantwortung und kreativem Arbeiten angeregt werden.

Bis dahin konnte ich ihr noch folgen. Sowas praktizierte ich schließlich mit meinen Mitarbeitern im IT-Team bereits seit Jahren.

Dann schmiss sie mit neu gelernten Vokabeln aus dem *business management* herum - *go an see yourself* - *alignment against autonomie* – *disagree and commit* – und all so'n hochgestochener Quatsch wie die militärisch basierte VUCA-Welt und *Scrum*, den alten Hut aus der Softwareentwicklung, jetzt superneu und hochbrisant ins Management interpretiert.

Wirklich neue Erkenntnisse brachte Malle also aus ihrem aufgebauschten Management Training nicht mit. Alter Wein in neuen Schläuchen, gewürzt mit feinsten Anglizismen.

Hab ja selbst ne Leitungsfunktion inne. Bei uns im IT-Bereich funktioniert alles nach dem bewährten Star-Trek-Prinzip: Ich bin der Captain, bei mir laufen alle Informationen zusammen, die meine Mitarbeiter eigenständig und eigenverantwortlich erarbeiten, aber letztendlich entscheide ich wer, wann, was, wie ausführt.

Meine Miene drückte wohl nicht das Interesse aus, das Malle erwartet hatte. „Das sind alles neue und hochmoderne Erkenntnisse aus der Business-Psychologie, Jan. Und die sind ganz bestimmt auch für Dich in Deinem Job von Nutzen."

„Hm, mag sein. Aber ich hab da so meine praktischen Erfahrungen, mit denen ich bisher gute Erfolge erzielt habe."

„Das heißt ja nicht, dass Du nicht auch mal neue Wege versuchen könntest."

„Aus der *try-and-error*-Phase bin ich aber mit meinem Team schon lange raus, Lenchen. Ich halte einen Führungsstil nach Captains Art für effektiver."

„Oh, Captain, mein Captain", machte sie, begleitet von einem ironisch schiefen Grinsen.

„Jawoll", erwiderte ich ungerührt, „probier Du mal Deine anarchistischen Ansätze aus. Wirst schon sehen, was Du davon hast."

„Ja, das mach ich auch. Und wenn es gut klappt, kannst Du ja immer noch davon profitieren."

Tja, wenn Malle sich erst mal in eine Meinung verbissen hatte, machte sie einen auf Bull-Terrier und ließ nicht mehr los. Das lernte ich da gerade.

Aber ich hatte die Wiedersehensfeier mit Kerzen, Blumen und Schampus im Badezimmer schon sorgfältigst rund um die große Eckbadewanne vorbereitet. Die wollte ich nicht gefährden. Darum lenkte ich ein. Ich nahm ihr den Kaffeebecher aus der Hand, sie selber in den Arm und knutschte sie ausgiebig.

Dann schnurrte ich: „Und jetzt komm erst mal mit rauf. Ich zeig Dir was."

Bereitwillig ließ sie sich von mir vom Sofa aufhelfen. Aneinanderklebend schafften wir es irgendwie die Treppe hinauf. Ich öffnete die Tür zum Bad, das bereits in den Schein von (ich glaub, das waren bald hundert) Kerzen getaucht war. Überall hatte ich kleine Blüten dazwischen gelegt. Nun ließ ich vor der staunenden und sichtlich beeindruckten Marlene den Schampuskorken knallen.

Da Svenjalein heute auf der Geburtstagsparty einer Klassenkameradin war, hatten wir beide sturmfrei. Das nutzten wir weidlich.

❋

In den Osterferien flogen wir dann alle drei zusammen wieder nach Madeira in unsere *Finca Inverno*. Svenjalein hatte mal die sinnige Idee, unseren Nachnamen Winter passend zur Insel auf Portugiesisch als Namen für unser Madeira-Domizil zu nutzen.

In diesem Frühjahr war es bereits ungewöhnlich warm, fast schon heiß. Und so tauchten wir sowohl in unserem kleinen Pool als auch im Meer ausgiebig ins kühle Nass. Ausflüge machten wir nur wenige, und das Einkaufen nötiger Lebensmittel, wozu auch wieder einige Flaschen Mondeo gehörten, erledigten wir in den Morgenstunden in der Markthalle von Funchal. In der kannten wir uns genauso aus und fühlten uns genauso heimisch wie in der Kleinmarkthalle in Frankfurt.

Einmal waren wir sogar im *Botanical Garden* von Funchal und kletterten zwischen geometrisch angelegten Rabatten, riesigen Kakteen, phantasievoll gestutzten Hecken und Büschen die Hänge hinauf und hinunter. Im Vogelpark bewunderten wir die vielen bunten Papageien, die dort teilweise frei herumflogen. Svenja kreischte, als ein Papagei sich tatsächlich auf ihrem halb im Spaß ausgestreckten Arm niederließ. Der Papagei kreischte genau im gleichen Tonfall zurück, und wir lachte alle, bis uns die Tränen die Wangen herunter liefen.

Schließlich genossen wir mit einem kleinen Picknick auf einer Bank unter einem der Schatten spendenden Bäume den atemberaubenden Anblick über Funchal und das Meer, umrahmt von duftender und farbenfroher Blütenpracht.

Sogar meine nahezu ständig ein wenig gelangweilt wirkende Svenja fühlte sich in dieser Umgebung sichtlich wohl, verzehrte genießerisch leise grunzend ihre Tramezzini. Wie sie da so mit ihren Stöpseln im Ohr kauend auf der Bank saß und mit den Beinen im Takt der nur für sie hörbaren Musik (mit Sicherheit Samu Haber ☺) wippte, zückte ich flott mein Handy und musste ganz schnell ein Foto machen. Sie war so versunken in Musik, Essen und In-die-Weite-gucken, dass sie es gar nicht bemerkte. Zum Glück, denn sonst hätte sie wieder einen Riesenzinnober veranstaltet. Sie hasst es, fotografiert zu werden.

Auf jeden Fall war es eine sehr idyllische Zeit, damals zu Ostern auf Madeira.

❋

„Oje, ich glaub, Wäschewaschen ist wieder mal dringend nötig", seufzte ich, als ich meine Unterwäsche samt Socken in den Korb quetschte, dessen Deckel sich schon nicht mehr schließen ließ.

„Das kann ich gerne morgen machen", schlug Lenchen liebenswürdigerweise vor. „Ich bin morgen daheim im *home office*."

„Das würdest Du tun?" Ich staunte über ihr Entgegenkommen.

„Ja, klar. Wir können uns ja abwechselnd um die Wäsche kümmern. Dieses Mal übernehme gerne ich. Beim nächsten Mal bist Du wieder dran."

Ich freute mich über ihren Vorschlag: „Hervorragend, denn morgen habe ich einen Terminmarathon in der Bank."

Das Abwechseln beim Wäschewaschen, Zusammenlegen und Bügeln ging jedenfalls einige Monate lang so. Dann genoss ich es immer mehr, nicht weiter für diese Fuddelei mit dem Sortieren für die jeweiligen Waschprogramme zu tun zu haben. Und hinterher die Einräumerei in die jeweiligen Schränke und Fächer. Und überhaupt – Bügeln! Hemden waren ja schon doof, aber die kleinen Blüschen von Lenchen, die sie unter ihren Kostümjacken zu tragen pflegte …

Da war es schon besser, dass Lenchen immer öfter den Wäschepart übernahm. Und ich war überzeugt, dass sie es sowieso lieber selber machte. Je länger Lenchen bei uns wohnte, legte ich mit ziemlicher Erleichterung mehr und mehr der häuslichen Tätigkeiten wie Waschen, Putzen und sogar Kochen wieder ab. Das alles hatte ich in den Jahren des Alleinlebens mit Svenjalein in irgendeiner Form mehr oder weniger gut geleistet.

Nur Lebensmittel jagen ging ich weiterhin lieber selber.

An einem Samstagnachmittag fuhren wir alle drei zu Omi und Opi zum Kaffee. Seit Omma Annas Tod hatte Svenja öfters das Bedürfnis, ihre Großeltern zu sehen. Ich fand das prima, denn ich hatte ein gutes Verhältnis zu meinen Eltern, und auch Lenchen fühlte sich bei ihnen wohl und angenommen.

Da saßen wir also auf der großen Dachterrasse (die war fast größer als mein Gärtchen hinterm Haus) gemütlich unterm Sonnensegel, quatschten über dies, das und jenes und schlemmten Mums selbstgebackenen Kuchen. Als Konditorin hatte sie es immer noch drauf.

„Kann ich heute hierbleiben?", fragte Svenja auf einmal mitten hinein in den Kaffeeplausch. Alle verstummten und sahen sie an. „Jou, ich hätt mal wieder Lust auf einen Scrabble-Abend mit Euch."

Meine Eltern waren aus dem Alter raus, in dem man sich noch über Teenie-Einfälle wunderte. Sie freuten sich einfach, dass ihre Enkelin Zeit mit ihnen verbringen wollte.

„Das Gästezimmer ist immer für Dich bereit, ein Nachthemd kannst Du von mir haben, und eine frische Zahnbürste hab ich auch noch im Vorrat."

Mum war immer für alles vorbereitet.

„Und heute Abend bestellen wir Pizza", ergänzte Dad fröhlich.

Und so kam es, dass Lenchen und ich uns alleine verabschiedeten.

„Eigentlich könnten wir doch wieder mal zum Essen ausgehen", schlug sie während der Heimfahrt vor.

„Warum? Ich hab heut Morgen vom Einkauf schönes Grillgut vom Metzger mitgebracht." Und Bier. Und ich hatte mich schon auf einen ruhigen Abend im Garten mit Grillen und Bierchen gefreut.

„Weil wir schon lange nicht mehr im *D'Angelo* waren, und ich mal wieder richtig gute, italienische Küche im kuscheligen Ambiente genießen würde."

„Ist doch prima, das Ambiente hier bei uns", meinte ich noch ein wenig lahm einwenden zu müssen. Aber mir schwante schon, wie unser Gespräch ausgehen würde.

„Ja, ist es. Und das schöne Grillgut lagern wir bis morgen im Kühlschrank, okay? Dann kann Svenja auch mitessen."

Ich gab mich geschlagen, machte mich ausgehfein und fuhr mit Lenchen nach Frankfurt zum *D'Angelo*. Ich sollte es auch nicht bereuen. Der Abend wurde sehr romantisch, denn wir fühlten uns beide wie in unsere Anfangszeit zwei Jahre zuvor versetzt.

※

Es regnete schon tagelang. Während eines besonders heftigen Regengusses flog eines Abends die Haustür auf und krachte an die Flurwand. Kurz vorher war ich heimgekommen und rubbelte mir gerade meine Igelfrisur trocken.

„Puha, ist das ein blödes Wetter!", tönte Malle laut und triefte die Fliesen im Flur nass.

Ich nickte in stummer Zustimmung.

„Und ich musste weit hinten in einer der Querstraßen parken, weil hier wieder alles voll war. Und mein Schirm scheint Urlaub zu machen."

Ich hörte geduldig zu, während sie sich immer mehr ereiferte.

„Jedenfalls musste ich minutenlang durch die Regenmassen latschen und bin jetzt völlig durchnässt."

Ich wusste nicht, was ich auf diese Selbstverständlichkeiten sagen sollte.

Aber dann kam es endlich: „Wieso steht Dein Auto immer in der Auffahrt und nie in der Garage? Stell es doch in die Garage, dann könnte ich meinen Wagen prima in der Auffahrt parken und müsste nicht immer erst mühevoll irgendwo hier in der Nähe einen Parkplatz suchen."

Ich holte tief Luft. Alle möglichen Gedanken und Erinnerungen schossen wie verrückt durch mein Hirn, mündeten schlussendlich in einer Drei-Wort-Essenz: „Das geht nicht."

„Warum nicht?"

„Die Garage ist belegt."

„Womit?"

„Äh – Lagerung – äh – Sachen. Da – lagern Sachen, die – äh – im Moment nicht gebraucht werden."

„Dann wär es vielleicht mal an der Zeit, eine Entrümpelung vorzunehmen."

„Warum?"

„Sachen, die ewig nicht gebraucht wurden, wirst Du aller Wahrscheinlichkeit nach auch in Zukunft nicht brauchen."

„Na und? Wen stört's?"

„Mich zum Beispiel."

„Warum?"

Jetzt wurde Malle richtig sauer: „Boah! Jan! Wir gehen jetzt zusammen in die Garage, und Du zeigst mir das Gerümpel."

„Nein." Ich weigerte mich. Strikt. „Wir gehen *nicht* in die Garage."

„Was soll das?"

„Nein. In die Garage geht niemand. Das ist absolutes Niemandsland. No go. Tabu. Verboten. Nullinger. Nada. Nix. Aus. Ich sag dazu auch nix weiter."

Malle klappte den Mund auf und wieder zu und holte tief Luft.

Ich verschränkte meine Arme und wappnete mich für einen weiteren Angriff.

Aber sie zuckte nur mit den Schultern, zog die nassen Schuhe von den Füßen und tappte die Treppe hinauf, um dann erst mal eine Stunde lang im Bad zu verschwinden.

Ob Malle schmollte oder nicht, war mir egal. Das Thema Garage war tabu.

❋

Und dann muckte Malle auch das erste Mal auf, als die Urlaubspläne für den Sommer selbstverständlich wieder Richtung Madeira gingen.

„Ich würd gerne mal mit Dir woanders hinfliegen."

„*What?* Wieso? Wohin denn?" Ich war gleichzeitig alarmiert und irritiert.

„Ja. Urlaub in Fernost zum Beispiel."

„Asien? Da, wo sie alle nur Reis mit Hund und Katz essen und in Rudeln herumlaufen, um alles zu fotografieren?"

„Du bist manchmal wirklich sehr albern." Noch lachte Lenchen. „Ich möchte nach Angkor Wat."

„Anker – watt?", machte ich leicht affig.

„Nun werd nicht komisch, Jan. Angkor Wat ist diese riesige Tempelanlage aus dem 12. Jahrhundert in Kambodscha. Manche der unglaublich gut erhaltenen Ruinen sind vom Dschungel derart vereinnahmt, dass Bäume ihre enormen Wurzeln um ganze Gebäudeteile geschlungen haben."

„Aha." Sie klang wie ein Werbeprospekt.

„Mehr hast Du dazu nicht zu sagen?"

„Naja, für eine Reise nach Asien braucht man besonders heftigen Impfschutz soweit ich weiß. Das will ich aber meiner Svenja auf gar keinen Fall zumuten."

„Wir würden keinen Rucksack-Urlaub machen, sondern in komfortablen Hotels wohnen und auch nur auf touristisch sicheren Pfaden wandeln. Da braucht es nicht unbedingt im Vorhinein besondere Impfungen."

„Hm, naja, kann ich ja mal überlegen", machte ich vage und hoffte, damit wäre das Thema vom Tisch. Diese Taktik klappte jedoch nur sehr selten bei Bull-Terrier-Malle.

„Frag doch Svenja mal, was sie davon hält, mehr von der Welt zu sehen, als Frankfurt und Madeira."

„Was soll ich sehen?"

Natürlich! Musste ja so sein, dass Miss Elefantenohr im passenden Moment in der Tür stand. Und Malle wandte sich ihr auch gleich zu.

„Was hältst Du davon, in diesem Sommer Urlaub in Kambodscha zu machen und unter anderem in den Ruinen von Angkor Wat herum zu klettern?"

„*Wow!* Wär ja mal ne voll coole Maßnahme."

Nun meldete ich mich aber endlich auch wieder mal zu Wort: „Und was ist mit unserer Finca auf Madeira? Unserem zweiten Zuhause?"

„Ach, Papa, die Finca kriegst Du mit Kusshand noch ein paar Wochen zusätzlich im Sommer vermietet. Wir können ja anschließend hinfliegen. Aber Angkor Wat – davon haben wir grad erst im Kunstgeschichtekurs gehört. René hat ein Referat darüber gehalten. Super Sache. Ja, lass uns da Urlaub machen."

So kam es, dass wir in den Sommerferien nach Asien reisten.

※

Nach einem fast 14-stündigen Flug und etlichen Reiseformalitäten kamen wir in Bangkok an. Zum Glück war es ein Direktflug. Das mäßige Essen konnte ich verknusen, da die Getränkeversorgung stimmte.

Jaa, und dann ging es schon gleich los mit einem Besichtigungsmarathon, kaum dass wir unser komfortables Hotel in der Innenstadt bezogen hatten. Schließlich ist die Hauptstadt Thailands ja bekannt für ihre prächtigen und sehr vielen Heiligtümer. Zum Glück hatten wir einen Guide, der uns auf dem Fluss der Stadt, dem Chao Phraya, per Boot durch das Netz der Kanäle schipperte.

In Rattanakosin, der Altstadt von Bangkok, schauen wir uns den imposanten Großen Palast an. Der alte Sitz der Könige ist fast eine kleine Stadt für sich.

Dann war der erste Tempel dran – Wat Phra Kaeo. Wir bestaunten in diesem Nationalheiligtum den berühmten Smaragd-Buddha. Elf Meter über uns tumb staunenden Touris thront er dort oben umgeben von zehn gekrönten Buddhas.

Dann natürlich kurz drauf Wat Pho, Tempel Numero Zwo. Da liegt so n riesiger Buddha rum und pennt. Hätt ich auch gern gemacht. Aber nein, Rundgang, Staunen und weiter ging's, rüber auf die andere Seite vom Fluss, Tempel Nummer Drei.

Der Wat Arun ist so n Khmer-Ding mit vier Ebenen, die durch mächtig steile Treppen verbunden sind mit so m Spitzturm in der Mitte der höchsten Ebene, nennt sich *Phra Prang*.

Tja, was soll ich sagen? Natürlich mussten meine beiden kunstbeflissenen Mädels den Turm erklimmen. Und natürlich mit mir im Schlepptau.

Erste Ebene: Vier Türmchen in allen vier Himmelsrichtungen mit Windgott auf Pferd. Svenja begeistert: „Hammer!" Malle fasziniert: „*Wow!*" Mir imponierten eher die fetten Kriegerstatuen. Pferde haben wir in Hessen auch.

Kletterpartie zur zweiten Ebene: Statt Türmchen jetzt jeweils ein Mondop, so ne Art Pavillon in Würfelform, aber mächtig verziert und innen drin Buddhas Lebensstationen mit Geburt, Erleuchtung und so.

Zwischen den Ebenen immer wieder so kleine Nischen mit Abbildungen von menschartigen Vogelwesen oder vogelartigen Menschwesen, hab ich nicht so wirklich verstanden.

Weiter klettern auf die dritte Ebene, wieder Nischen mit diesen Mischwesen und jeder Menge Affen, die in einer uralten Überlieferung, dem Ramakian-Epos, als treue Helfer ihrem göttlich-guten Phra Ram dienen.

Vierte Ebene: Endlich oben. Auch hier wieder an allen vier Ecken überdachte Nischen, diesmal vom Himmelsherrscher Indra besetzt, der auf seinem dreiköpfigen Elefanten reitet.

Ganz oben auf der Spitze des Turmes reitet noch ein Gott: Vishnu auf seinem Vogel Garuda.

War doch alles ziemlich beeindruckend. Vor allem die Blumen-Mosaike, mit denen der gesamte Tempelbau geschmückt ist. Buntes Porzellan und Muscheln, bestimmt über eine Million Teile, die in mühevoller Kleinarbeit da angebracht worden waren.

Dann endlich zurück schippern ins Hotel. Erholung am Pool, *diner and drinks*.

❊

Am nächsten Morgen erbarmungslos per Tuk-Tuk zum Marmortempel Wat Benchamabophit. Die abgekürzte Bezeichnung reicht schon. Der vollständige Name ist ein richtiger Zungenbrecher. Aber der gesamte Komplex macht Komplexe. Man fühlt sich ganz klein vor so viel Pracht und Göttlichkeit.

Zwischen Löwenstatuen und Marmorsäulen ging's durch die Vorhalle in die Haupthalle, wo eine enorme Buddha-Statue thront. Die haben damals sicher mindestens zwei bis drei Tonnen Bronze da drin verschmolzen.

Dann jede Menge Statuen in einem kolossalen Wandelgang. Ich glaub, es waren tatsächlich 50. Alle gleich groß, alle total unterschiedlich, alle superschön. Alle über Jahre hinweg gesammelt und zusammengetragen aus allen Teilen des Landes.

Ja. Ich merk's grad: Ich plapper wieder mal …

Haben mich aber wirklich schwer beeindruckt, diese Statuen. Genauso wie der über 100 Jahre alte Bodhi-Baum, eine sogenannte Würgefeige. Von dieser Art Bäume sollten wir in Angkor noch mehr sehen.

Am Nachmittag ausgiebige Tour über die *Straße des jungen Kronprinzen*, die Thanon Yaowarat. Wir starteten am Odeon-Circle, einem beeindruckenden, chinesischen Tor. In der Straße selbst und auch in den echt engen Nebenstraßen reihten sich Geschäftchen und Lädchen aller Art aneinander. Und jede Menge Lokale und Restaurants. Gold und Antiquitäten neben Touristenklimbim. Bücher zum Durchstöbern und Musikinstrumente zum Ausprobieren. Zwischendrin eine Telefonzelle mit chinesischem Dach.

Dann noch der Alte und der Neue Markt mit einem unglaublichen

Angebot von frischen und konservierten Lebensmitteln und Speisen zum Mitnehmen oder Gleich-dort-essen. Leute wimmelten, überall klingelte und hupte es. Und über Allem Düfte und Gerüche unterschiedlichster Art und Eindringlichkeit.

Meine süße Svenja fühlte sich leicht bis mittelschwer überfordert von den kakophonischen und olfaktorischen Eindrücken und wich mir nicht von der Seite. Malle war in ihrem Element, wuselte hierhin und dorthin, machte mal auf dieses, mal auf jenes aufmerksam.

Dann endlich zurücktuckern ins Hotel. Erholung am Pool, *diner and drinks*.

※

Früh am folgenden Vormittag dann wieder Reisetaschen packen und mit dem Flieger ab nach Kambodscha zum Weltkulturerbe Angkor. Einchecken ins Hotel in Siem Reap, dem Tor zu den Ruinen von Angkor.

Schon frech, diese Kambodschaner, denn der Name Siem Reap bedeutet „Niederlage der Siamesen", also der Thai-Nachbarn. Die Stadt selbst ist Angkor-Tourismus total mit jeder Menge Hotels, Bars und Restaurants.

Die nette Dame am Empfang unseres Hotels buchte uns einen Fahrer mit seinem Tuk-Tuk, das die dort in Kambodscha Remork nennen. Der gondelte mit uns die sogenannte „Große Tempeltour", so dass sich das Klettern und Laufen wenigstens einigermaßen in Grenzen hielt. So mussten wir auch nicht viel suchen, um die verschiedenen Bereiche in den weitläufigen Tempelanlagen zu erreichen und zu entdecken.

Und wir wurden mit Drei-Tage-Pässen versorgt, damit wir die Tempelanlagen überhaupt betreten durften. Die Einnahmen sollen wohl der Restaurierung und Erhaltung dienen. Es wurde auch immer wieder mal beim Eintritt kontrolliert, aber innerhalb der Anlagen schien es niemanden zu interessieren, was die Touris da so anstellten. Obwohl verboten, lehnten sich die Leute für bessere Sicht oder ungewöhnliche Fotoperspektiven an und über die Geländer. Manche kratzten irgendwelche Zeichen in die Steinwände, frei nach dem Dumpfbacken-Motto: „Ich war da." Und das in allen Sprachen. Sowas führt natürlich trotz aller Erhaltungsbemühungen zum beschleunigten Zerfall.

Und egal, wann und wo wir hinkamen – immer waren schon haufenweise andere Leute da.

Aber die Tempelanlage von Angkor ist ein steingewordener Traum aus den Tiefen der Zeit. Ja, sogar ich werde schwärmerisch bei so viel architektonischer und archäologischer Schönheit. Svenja stellte sich mit ausgebreiteten Armen hin und zitierte pathetisch aus dem Schul-Referat den Entdecker von Angkor Wat, Henri Mouhot: „*The work of giants!*"

Naja, aber so ganz falsch war ihr Pathos-Anfall nicht. Angkor Wat ist das größte, religiöse Bauwerk der Welt. Über 400 Quadratkilometer dehnt es sich aus. Die Tempelwände sind verziert mit menschlich-göttlichen Figuren, sogenannten Apsaras. Jede Säule, jede Mauer ist bedeckt mit Reliefs und Texten. Zwischen all den Touris leuchteten die orangefarbenen Gewänder buddhistischer Mönche, von denen einige noch sehr kindlich zu sein schienen.

Natürlich mussten wir auch hier wieder die höchste Ebene des zentralen Tempels erklimmen. Zugegeben: Der Rundumblick von dort oben über Anlage und Dschungel war eine echt spektakuläre Belohnung.

❋

Am nächsten Tag dann auf nach Angkor Thom. An den Eingangstoren lächelten riesige Gesichter geheimnisvoll auf uns Besucher herab. Mit den anderen Touris und den allseits gegenwärtigen Mönchen wuselten wir ameisengleich zum Bayon-Tempel im Zentrum. Von Weitem sieht der aus wie zufällig hingewürfelt.

Diesen Eindruck erweckten jede Menge Türme und Türmchen mit über 200 Gesichtern, die alle und alles aus allen Winkeln genauestens zu beobachten schienen. Sie überdauerten die Zeit, ganz im Gegensatz zum Königspalast sowie den Gebäuden und Wohnungen der Stadt, die alle aus Holz gebaut und somit nicht mehr vorhanden waren.

Schließlich auf nach Ta Phrom. Wer selber schon mal da war oder zumindest den Film *Tomb Raider* gesehen hat, weiß, wovon ich hier erzähle. Mich hat dieser Tempel am meisten beeindruckt, weil hier so gut wie nix restauriert oder wieder aufgebaut wurde. Er sah fast noch so aus wie zu seiner Fundzeit.

Jede Menge riesige Bodhi-Bäume überwucherten den Tempel, gaben den alten Mauern mit ihren enormen und dicken Wurzeln Halt, sprengten sie aber gleichzeitig auch auseinander. Und manchmal wirkten sie wie Rahmen für Bilder. So entdeckte ich zwischen den Wurzeln auch ein

Buddha-Gesicht. Oben in den Zweigen tummelten sich saumäßig viele Piepmätze und veranstalteten dort ohrenbetäubende Zwitscherkonzerte.

Vor dem von Wurzeln eingefassten Buddha-Gesicht stand ich eine Weile nachdenklich herum und hatte das Gefühl, dass Lilly mich daraus anblickte.

Eine kühle Hand schob sich in meine und Svenja lehnte sich an mich. „Sieht irgendwie aus, als würde Mama da zwischen den Wurzeln hocken. Wie eine kleine Gefangene. Naja, das ist sie ja wohl irgendwie auch. Gefangen in ihrer eigenen wurzelverschlungenen Gedankenwelt, mein ich."

Ihre leise gemurmelten Worte sanken tief in mein bubberndes Herz.

Ich schluckte, sagte nix, drückte nur leicht Svenjas Hand.

Die Kombi von konzertanten Piepmätzen, wuselnden Menschen, antiken Trümmern und lebendigen Bäumen mit raumgreifenden Wurzeln waren mein persönliches Highlight in unserem Tempel-Marathon.

❀

Am dritten Tag dann noch eine Extra-Tour nach Banteay Srei. Klar, dass die Mädels die *Zitadelle der Frauen* unbedingt sehen wollten. Eine Stunde lang tuckerte unser Remork-Fahrer uns durch eine Landschaft ausgedehnter Felder.

Sowohl der Tempel selbst als auch die Steinschnitzereien von Banteay Srei waren kleiner, aber feiner als in Angkor Wat. Meine beiden Mädels flippten fast aus und überboten sich in ihren Bewunderungsausrufen über die Khmer, die vor über tausend Jahren ihre Ideen und Geschichten in absoluter Ästhetik und Perfektion in Stein gemeißelt hatten.

Die Ruinen wurden von eindrucksvollen Wächtern mit Köpfen von Löwen, Menschen, Vögeln und Affen beschützt. Je näher wir dem Tempel kamen, desto deutlicher wurde auch die besondere Farbigkeit der Steine. Wellenartig wechselten die Faben von Rot über Gelb nach Grün zu Anthrazit.

Weiter ging's zur *(ENDLICH!)* letzten Station, zum *Fluss der tausend Lingas*. Man konnte aber nicht direkt mit dem Remork hinfahren. Wir mussten auch noch klettern. Keine Stufen diesmal, aber eine ganze Stunde lang bergan über Stock und Stein.

Und dann – endlich mal kein Tempel, sondern eine Heilige Stätte an einem kleinen Fluss, dem Stung Kbal Spean. Sehr erfrischender Besuch dort. Vor Urzeiten lebten dort Heilige Männer. Die haben sich die Mühe gemacht und mit viel Geduld und Geschick über ungefähr 150 Meter die Felsen im Bachlauf bearbeitet und außerordentliche Reliefs und Symbole von Shiva und Vishnu gestaltet. Ziemlich genial, aber auch ziemlich frivol.

Fand auch mein albernes Teenie-Girl, als erklärt wurde, dass einige hundert der in Stein geschlagenen Symbole, sogenannte *Lingas*, also Phalli, waren.

„Lauter Pimmel von Shiva!", kommentierte Svenja kichernd und völlig respektfrei.

❈

Jeden Abend, wenn die Tempel schlossen und die Sonne über Angkor unterging, begann das große Rennen nach Siem Reap. Alle Fahrer von Autos, Kleinbussen, Remorks und Fahrrädern überboten sich darin, möglichst flott zurück in die Stadt zu kommen. Manche lieferten sich atemberaubende Gefechte. Zum Glück hielt sich unser Fahrer ziemlich zurück. Das verdankten wir einem ordentlichen Extra-Bakschisch, mit dem ich ihn erfolgreich von seinen rennwütigen Kollegen ablenken konnte.

Im Süden der Altstadt Siem Reaps befand sich das Areal rund um den *Night Market* sowie den *Old Market*. Hier bot sich uns ein heftiges Kontrastprogramm zu den Tempeln. Das Einzige, was die beiden Bereiche gemeinsam hatten, war das menschliche Gewusel.

Wir trafen auf unterschiedlichste Speisen und Getränke, Souvenirs und Asia-Klamotten. Mobile Cocktailstände überall. Und lautstark wurden erholsame Massagen angepriesen. Musik aller Art dröhnte aus den Vergnügungstempeln. Besonders aus den Lautsprechern vom *Temple Club* krachten die Bässe und konkurrierten mit denen vom gegenüberliegenden Club *Angkor What?*.

Hihi, das erinnerte mich an mein despektierliches: „Anker – watt?" als Malle mir von ihrem Reisewunsch erzählte. Das Röhren war so massiv, dass es auch mehrere Restaurants entfernt kaum möglich war, sich normal zu unterhalten. Manche fühlten sich davon angemacht. Wir machten, dass wir weiterkamen. Möglichst sehr weit.

Besonders verlockend empfanden wir die Amüsierangebote im Altstadtviertel von Siem Reap alle drei nicht. Also dann lieber wieder: Erholung am Pool, *diner and drinks.*

❄

Dann erneutes Packen der Reisetaschen, mit dem Flieger zurück nach Thailand und ab zum Pattaya Beach. Ich freute mich auf eine ganze Woche Faulenzen am Strand. Nix mehr mit Tempel gucken, in Ruinen herumkraxeln und so. Einchecken ins Hotel und gleich eine feine Massage gebucht, damit der fette Muskelkater, den mir unser Tempelmarathon beschert hatte, gleich wieder verschwinden konnte.

Aber mit ruhigem Faulenzen am Strand von Pattaya war es dann so eher nix. Jet-Skis, Wasserscooter, Surfbretter zu Hauf: Sowohl am Strand als auch im Wasser. Dazu Kindergekreisch, Teeniegejohle, Beach-Volley-Ball-Verrückte, geschäftstüchtige Thais, die lauthals und vehement irgendwelche Waren, Massagen und Lotterielose anpriesen. Im Wasser röhrende Bananenboote mit kreischenden Menschen darauf. Zwischendurch Motorboote mit Wasserski-Freaks an der Leine oder Gleitschirm im Schlepptau.

Liege in solchem Gewimmel dort am Strand? Pah! Nix für mich. Malle zog auch einen Flunsch. Sogar Svenja wollte keine der angebotenen wilden Strandfreuden ausprobieren. In der Hotelanlage war es einigermaßen ruhig.

Also auch hier: Erholung am Pool, *diner and drinks.*

Alles in Allem – Asien war ne nette Erfahrung, aber meine Finca auf Madeira war mir lieber. Und genau dahin flogen Svenjalein und ich dann auch gleich für den Rest der Sommerferien, nachdem wir zu Hause die Wäsche gewechselt und die Reisetaschen neu gepackt hatten.

Malle musste wieder ins Büro. Sommerurlaub aufgebraucht.

❄

In diesem Jahr verfolgte Lenchen die Team-Geschichten in der Bank mit intensiven Umsetzungsversuchen. Mit den neuesten Erkenntnissen aus ihren eigenen Fortbildungsmaßnahmen erstellte sie in einer enormen Fleißarbeit einen „Leitfaden zu Aktionen für *team-fastening*".

Sie setzte auch gleich mutig ein langes *team-weekend* von Freitag bis

Montag für ihre acht Mitarbeiter an und verschwand mit ihnen per Dino-Taxi Richtung Heilbronn zur *Heuchelburger Warte*.

Svenja und ich würden uns ein gemütliches Wochenende machen. Dachte ich zumindest.

Meine große Teenie-Tochter hatte jedoch ihre eigenen Pläne und verschwand ebenfalls. Am Freitagabend war Fete angesagt. Zur Beruhigung meines verzagten Papaherzens waren aber nicht nur Fine sondern auch Henry und René mit dabei.

So kam es, dass ich allein, aber gemütlich, im Garten chillte, mit kühlem Bierchen und Steak vom Grill. Ich schaute in die Glut, abwechselnd in Gedanken mal bei Svenja, mal bei Malle, mal drifteten sie weit zurück in die vergangenen Jahre mit Lilly. Dabei hatte ich die Uhr mit dem unerbittlich vorwärts rückenden Zeiger im Blick. Wir hatten vereinbart, dass Svenja um Mitternacht zu Hause sein sollte. Es wurde später und später. Im Fernsehen gab es nur noch blutrünstige Ami-Krimis.

Es wurde halb Eins – nix. Verdammt, wo steckte sie nur?

Es wurde Eins – nix. Ans Handy ging sie auch nicht.

Es wurde halb Zwei – nix. Ans Handy ging sie immer noch nicht.

Es wurde Zwei – nix. Ich überlegte schon, ob ich die Polizei alarmieren sollte, da klingelte mein Handy.

Svenja strahlte mich zwar vom Display an, aber in mein Ohr lallte René. Oder war es Henry? Egal. „Ongl Ja-han? Kannsuhuns abholn? Wir ham Svennie un Fine gereddet un sin hier alle im ‚O-de-on'. Abba irnxwie fährt da kein Bus ühüberhaups nich mehr."

Noch einigermaßen ruhig polterte ich los: „Ich komme sofort!"

Kaum hatte ich den Auflegeknopf gedrückt, rief ich auch schon Herta an. Von meiner chilligen Bier&Grill-Ruhe war nicht ein Fitzelchen mehr übrig.

„*HERTA*", brüllte ich ins Handy, „schmeiß Dir eine Jacke über und komm aus dem Haus. Wir müssen Svenja retten!"

Kaum hatte ich den Wagen gestartet und den Gang eingelegt, da wurde die Beifahrertür aufgerissen und Herta schwang sich auf den Sitz.

„Ei, was dann? Fahr los, un dann erzähl in kurze Wodde." Auf Herta konnte man wirklich Burgen bauen.

Ich gab Gas. Vollgas. Wie ein angestochener Stier jagte ich durch die nächtlichen Straßen nach Frankfurt. Das damalige *Odeon* war mein Ziel, inzwischen haben sie das Ding umbenannt in *Le Panther*.

Jedenfalls erklärte ich nach Luft japsend, dass Svenja, Fine sowie Henry, René und noch ein paar Andere discomäßig in Frankfurt abfeierten.

„Un was genau is jetze los mit Svenja?"

„Weiß nich. Is auch egal. Muss sie holen."

Den Weg ins Nordend schaffte ich in der Rekordzeit von 11 Minuten, mitsamt Blitzer. Egal, bin im Rechtschutz. Und so parkte ich auch ziemlich dreist mitten vor dem *Odeon*. Herta und ich sprangen beide gleichzeitig aus dem Wagen und rannten Richtung Eingang.

Und da sahen wir sie auch schon, die kleine Gang. Svenja und Fine hingen bei Henry und René im Arm. Oder war es umgekehrt? Weiße Gesichter, alle vier. Ich spürte, wie ich innerlich ruhiger wurde.

„Was ist los? Was habt Ihr mit den Mädels gemacht?", polterte ich los. Naja, vielleicht war ich nur ein winziges Bisschen ruhiger als vorhin.

„Wir ham ga nix gemacht, Ongl Jan." Henry. Und dann gleich René: „O'er doch – wir ham was gemacht – wir ham die ßwei gereddet, ham wir."

„Hallllo, Babba, guuuddaschudabis." Svenja. Fine guckte nur und klappte dabei eulenmäßig die Augen auf und zu.

Oh, Mann! Die waren ja hackevoll! Und die Mädels zitterten in der frischen Nachtluft. Extrem synchron zogen Herta ihre Jacke und ich mein Sweat-Shirt aus. Herta wickelte Fine in ihre Jacke, und ich hüllte Svenja in meinen kuscheligen Sweater, in dem sie fast völlig verschwand.

Zum Glück ist mein Auto groß genug, so dass die vier allesamt auf der Rückbank Platz finden konnten. Natürlich fuhr ich die beiden Helden auch nach Hause und lieferte sie auf dem Debold-Hof ab. Rolf und Hilla nahmen die zwei grinsend entgegen.

Dann fuhren wir weiter nach Hause ins Kalbachtal. Der letzte Teil des Rückweges verlief allerdings nicht ganz problemlos. Ein paar Minuten vor dem Ziel fing Svenja an zu würgen, und ehe ich anhalten konnte, damit sie die Tür öffnen und in die Gosse kotzen konnte, brach der ganze Scheiß aus ihr heraus.

Fine, die bis jetzt zwar kein Wort hatte hervorbringen können, schnappte nach dem Saum meines schönen, neuen Sweat-Shirts und hielt es Svenja als Auffangschale vors Gesicht.

Als ich den Wagen zum Stehen brachte, konnte ich dem Kind nur noch aus dem Shirt helfen, nahm die Ärmel und Saumenden, formte sie zum Beutel und entsorgte denselben samt Kotze-Inhalt umgehend im Abfallkorb der S-Bahn-Haltestelle, neben der wir gerade angehalten hatten.

Herta hielt sich zwar die Hand vor den Mund, aber ich konnte an ihren Augen und zuckenden Schultern sehen, dass es sie vor Lachen schüttelte.

❋

Am darauffolgenden Vormittag kam Herta mit einer Riesentüte Brötchen und Croissants. Ich war schon auf, aber noch nicht wirklich wach.

„Ei Guude, wie? Was macht unsä Sorgekindsche?"

„Mein kleiner Kotzbrocken schnarcht noch", raunzte ich im Halbschlaf.

Herta rammte mir ihren Ellbogen in die Seite, griff gleichzeitig nach der Brotschale und schüttete die noch warmen Backwaren hinein. „Du bis un bleibs aan ungehobbelte Kerl, Jan Winter. Halt libber de Mund un mach Kaffe."

Rau aber herzlich und direkt in ihren Ansagen. Das ist unsere Herta. Ich trollte mich, schmiss meinen hammermäßigen Kaffeevollautomaten an und braute uns zwei große Becher Morgenkaffee Marke *Extra Stark* mit jeweils drei Löffeln Zucker und jeder Menge aufgeschäumter Milch.

Der erste Schluck des heißen Gebräus rann mir weich und warm die Kehle hinunter und wärmte mir den Magen. Da hörten wir auch schon Svenja oben rumoren. Nach einer kurzen Stippvisite im Bad kam sie elfengleich – oder wie heißt das große graue Tier mit dem langen Rüssel? – die Treppe herunter gestapft. Noch im Schlafanzug schlurfte sie zu uns in die Küche.

Ich konnt's mir nicht verkneifen und hielt ihr grinsend ein warmes, duftendes Croissant entgegen. „Guten Morgen, meine Brech-Elfe, magst Du ein Croissant zum Frühstück?"

Svenjas Gesichtsfarbe wechselte von Kalkweiß in eine leicht grünliche Note, und sie entschwand schleunigst mit: „Boah, Pappa!" in die Gästetoilette.

Leider sind die Wände hier im Haus nicht schalldicht. So bekamen Herta und ich bedauerlicherweise die gesamte Geräuschpalette der Restentleerung ihres Magens mit.

Kopfschüttelnd meinte Herta: „Nu bis Du nich nur aan ungehobbelte Kerl sondän aach noch aan Rabevaddä."

„Liebste Herta, Rabeneltern sind, ganz im Gegensatz zu ihrem Ruf, äußerst liebevolle Eltern, die sich innig und sehr fürsorglich um ihre manchmal etwas missratene Brut kümmern", erwiderte ich zuckersüß und fügte noch hinzu: „Ich mach meinem gebeutelten Rabenkind jetzt mal einen Pfefferminztee. Der tut ihr immer gut."

Ich setzte also Teewasser auf, und gleichzeitig füllte ich auch ein großes Glas mit warmem Wasser, damit Svenjalein sich erst mal den Mund ausspülen und sich so vom ärgsten Geschmack befreien konnte.

Statt aber mit dem Glas wieder im Gästeklo zu verschwinden, gurgelte und spülte sie hingebungsvoll hier in der Küche und spuckte alles in die Spüle.

Wir verfolgten dieses Schauspiel halb angewidert, halb fasziniert.

Herta gab nur einen trockenen Kommentar von sich: „Manschmal merkt mer schon, dass dem Kind die Muddä fehle dut."

Ihre kleine Frechheit bescherte ihr einen empörten Blick von mir.

Mit noch immer leicht grünlichem Teint und ein wenig schielendem Blick tappte Svenja zombimäßig mit ausgestrecktem Arm Richtung Frühstückstisch und versuchte, ihre Teetasse zu fassen.

„Knapp daneben ist auch vorbei", kommentierte ich ihre fahrigen Bewegungen. Herta verfolgte das Schauspiel stumm.

„Boah, Pappa!"

„Jou. Einen Versuch hast Du noch. Greif zu."

„Isch glaub – isch leide unte-her – *BURPS!*" Unfein entschlüpfte meiner Elfenprinzessin ein müffelnder Rülpser.

Ich zog nur die Augenbrauen hoch.

Svenja riss sich zusammen und artikulierte einigermaßen deutlich: „Isch leide under einer – Quantenniveauoszillationsverßöge-he-rung."

Als alter Trekkie kicherte ich in mich hinein, aber Hertas Gesicht war ein einziges Fragezeichen.

„Das war Commander Data in *Star Trek Next Generation*. Er meinte damit eine Verzerrung im Subraum", erklärte ich ihr. „Das arme, gebeutelte Kind hier bezeichnet damit wohl seine katermäßige Grobmotorik."

Svenja warf mir einen vernichtenden Blick unter halb gesenkten Lidern zu, schnappte sich ohne jeglichen Kommentar ihre Teetasse und schlich wieder hinauf in ihr Elfenreich. Kurz darauf ertönte wieder einmal Samu Haber.

Ausnahmsweise nicht ganz so laut wie sonst.

※

Am Nachmittag verfrachtete ich meine immer noch saft- und kraftlose Tochter ins Auto und karrte mit ihr zum Debold-Hof.

Rolf empfing uns beide breit grinsend. Hilla hatte schon Kaffee und Tee gemacht, und statt Kuchen und Kekse gab es heute mal Zwiebel-Quiche und Cornichons. Henry und René hockten schlapp und bleichgesichtig am Tisch und schlürften Fenchel-Tee.

„Na, dann schießt mal los – was war denn das für eine Aktion heut Nacht?" Rolf zog seine beste Strenger-Chef-Miene und erfasste die drei gequält dreinschauenden Ausgehmonster mit undurchdringlichem Blick.

Ich kannte Rolf schon sehr lange und wusste daher genau, dass er innerlich feixte. Aber bei den Dreien hatte sein Blick den gewünschten Erfolg. Abwechselnd und stockend berichteten sie von der Party im *Odeon*, zu der sich fast alle aus ihrer Jahrgangsstufe eingefunden hatten.

Die Softdrinks kreisten, und alle rockten zu dröhnenden Discoklängen. Irgendwann kam eines der Mädel auf die Idee, Svenja in die rotgoldene Mähne zu greifen und sie straff nach hinten zu ziehen, so dass ihre rosigen Segelöhrchen deutlich sichtbar waren. Kichern, Fingerzeige und allseits dumme Sprüche waren natürlich die Folge. Einer der Jungs fasste sie an den Ohren und schrie: „Flieg, Dumbo, flieg!" Immer wieder und wieder.

Fand Svenjalein gar nicht lustig. Sie kreischte, es entstand eine Rangelei mit Schubsen und Knuffen, alle gegen Svenja. Nur Fine, Henry und René standen ihr bei. Das Personal der Disco war aufmerksam geworden, pfiff Sicherheitskräfte herbei, zwei Meter große, durchtrainierte Muskelpakete. Mit einem letzten Rest von Geistesgegenwart schlang René die Arme um Svenja und brachte sie Richtung Ausgang. Fine und Henry deckten den Rückzug.

Ja, und dann waren sie draußen, alle vier. Betroffen, wütend und traurig zugleich, emotional total aufgewühlt und sternhagelvoll. Was mit den Anderen war, hatten sie nicht mehr mitbekommen. War auch egal.

Keine Stunde hatte es gebraucht, und der Freundeskreis der Schüler war auf vier Menschen geschrumpft.

✳

Am Montagnachmittag kam Lenchen von ihrem *team-fastening*-Seminar zurück. Zur Begrüßung beglückte ich sie mit einem großen Becher voll mit dampfendem, schwarzem Kaffee und den neuesten Nachrichten aus unserm Hause. Doch irgendwie hatte ich den Eindruck, dass sie meinen Ausführungen nicht so ganz folgte.

Schließlich machte sie einfach die Augen zu, holte tief und laut Luft und platzte dann heraus: „Das ist ja alles sehr interessant, was hier so alles passiert ist, aber lass mich doch erst mal wieder ankommen. Ich hab selber ziemlich vollgepackte vier Tage hinter mir und heute eine lange und anstrengende Heimfahrt mit etlichen Staus auf der Autobahn. Ich bin gerade nicht besonders aufnahmefähig für häusliche Querelen."

Boing, die Malle! Hätte sie ja auch in etwas anderem Ton sagen können. Ich darauf prompt: „Tja, wenn Dich das alles hier nicht interessiert, dann komm eben erst mal runter vom Ast und hier wieder an."

Noch'n Boing, diesmal der Jan! Zunge schneller als Hirnschaltzentrale kann ich immer wieder gut.

„Bist Du jetzt so doof oder tust Du nur so?", pampte sie zurück.

„Weißichselbanich!", schwallte ich, spurtete in den Keller in meinen Musigg-Raum, schmiss die Tür zu und den Verstärker an. Ruck-zuck ließ ich auch den Bass ertönen, dass es nur so rumpelte. Darin gleichen Svenjalein und ich uns doch sehr: Probleme lassen sich gut mit Musigg wegpusten, statt sie in Gequatsche zu zerfleddern.

Nach einer Weile hatte ich mich ausgetobt und wackelte wieder nach oben. Aber hier herrschte absolute Stille. Ich schaute ins Wohnzimmer, in die Küche, rief halbherzig nach Marlene und auch nach Svenja. Aber nix. Keine Antwort, kein Laut.

Ich stieg die Treppe hinauf, guckte auch hier ins Schlafzimmer, in Malles Zimmer, ins Bad – wieder nix. Nun stapfte ich die Treppe zum Elfenreich empor und klopfte an Svenjas Zimmertür. Dahinter war zwar leises Gemurmel zu hören, aber es kam kein *Herein* für mich. Ich öffnete trotzdem die Tür.

Und da saßen die beiden in die weichen Filzfelsen gekuschelt, jede einen dampfenden Becher in den Händen und hielten Kaffee-Tee-Kränzchen. Ohne mich. Hatte ich wohl verdient. Sehe ich heute so. Damals aber nicht. Machte ziemlich einen auf beleidigte Leberwurst und hielt mich nach Aufmerksamkeit heischend im Türrahmen auf. Bekam ich aber nicht.

Phö, sollten die doch machen, was sie wollten, die blöden Weiber! Treppe runter, Jacke an, ab ins Auto und rausfahren zu Wolfgang und Silke auf die Hundefarm. Da war ich wenigstens willkommen. Von Wolfgang, von Silke und von den Hunden, mit denen ich erst mal ausgiebig über die große Wiese tobte.

❉

Tage später hockten Marlene und ich mit einem Kaffee in der Küche und schauten dem Regen zu, wie er draußen niederfiel. Auf einmal fing sie an zu erzählen. Vom *team-fastening*, das in den vier Tagen engen Beinanderseins von Arbeitskollegen fast in ein *team-breaking* ausgeartet war.

Spannungen, die auch schon latent während der normalen Zusammenarbeit in der Bank bestanden hatten, brachen sich nun in dieser halbprivaten Atmosphäre des luxuriösen Ambientes in der *Heuchelburger Warte* schnell und heftig Bahn. Der Name des Seminarortes war wohl unfreiwillig Programm und begünstigte wohl das Emporblubbern von tiefer sitzendem Kollegenneid an die Oberfläche der geheuchelten Freundlichkeit im Miteinander der Kollegen und Kolleginnen. Es kam zu heftigen Auseinandersetzungen und sogar zu Kompetenzstreitigkeiten.

Lenchen versuchte es zunächst mit freundlicher Bestimmtheit und Appellen an jeden Einzelnen ihrer Truppe. Das brachte ihr aber nur den Vorwurf der Schwäche ein.

Tja, was soll ich sagen? Es kam eben so, wie ich es schon seit Jahren praktiziere. Mit viel Mühe behauptete Malle sich als Chefin des Teams, indem sie das Star-Trek-Prinzip anwandte.

Jetzt, im normalen Alltag der Bankgeschäfte, gab es noch einige, kleinere Nachbeben, die sie aber als „Captain" nun recht schnell in den Griff bekam. Aber dieser ganze Teamstress in Kombination mit Arbeitsstress nagte an ihren Kräften.

Ich sagte es zwar nicht, aber an meinem Blick merkte sie deutlich, was ich dachte: Ich hatte es ihr ja gleich gesagt.

Um unsere private Missstimmung nicht weiter ausufern zu lassen, fing ich Lenchen wortlos auf, indem ich sie besonders zärtlich in die Arme nahm und das ganze unselige Teamzeugs weg knutschte.

Naja, jetzt so im Rückblick, hätt ich ja vielleicht auch anders handhaben können, die Situation.

❄

Svenjas Geburtstag in diesem Jahr wurde sehr ruhig. Keine Mädelsfeier wie in den letzten Jahren. Sie wünschte sich ein „altmodisches Kaffeekränzchen" mit mir und Lenchen, mit Omi und Opi sowie Herta, die auch gleich den Geburtstagskuchen backen und mitbringen durfte. Was diese nur allzu gern für ihr Patenkind tat. 14 Kerzen prangten auf der Torte, die mit kleinen Elfen, Vögelchen und Blümchen verziert war. Herta war genau so eine Künstlerin wie ihre Freundin Lilly.

Die fehlte natürlich in der Runde. Das sagte ich aber nicht.

Für den Abend hatte Svenja ihre liebsten Freunde, Fine, Henry und René ins *D'Angelo* zum Pizza-Essen eingeladen. Fahrdienst für das fröhliche Kleeblatt leisten und bezahlen durfte – ich.

❄

In den kühlen Herbsttagen entdeckte Svenja den Beanie-Trend für sich. Dauernd lief sie mit irgendeiner dieser Mützen herum, zog das Ding in die Stirn, über die Ohren, mal wickelte sie ihre Haare mit hinein, mal bappte das Teil in kleinerer Form auf ihrem Kopf, so dass die rotgoldene Pracht ihrer Haare darunter hervorquoll.

Gegen diese Mützen hatte ich im Grunde nichts, aber im Haus hatten diese Dinger nichts auf ihrem Kopf zu suchen. Spülten bei mir heftig unschöne Erinnerungen hoch …

Doch an einem Tag wollte sie ihr Beanie partout nicht absetzen.

„Boah, Pappa! Heute ist der 30. Novemba", motzte sie los.

„Ja. Und?"

„Du weißt aber auch gar nix."

Ich holte tief Luft, um ruhig zu bleiben. Diese Ratespielchen kannte ich ja schon. Also zog ich nur meine Augenbrauen hoch und starrte sie an.

„*Blue-Beanie-Day*, Papa", bequemte sie sich doch zu einer rudimentären Ergänzung.

„Ja. Und?" Ich weiß, ich kann auch ganz schön nervig sein. Aber ich konnte immer noch keinen tieferen Sinn in ihren Ausführungen erkennen.

„Da trägt man ein blaues Beanie den ganzen Tag."

„*What?!*" Das rutschte mir so raus.

Svenja kicherte und setzte noch eins drauf: „Ja, und abends geht man auch damit schlafen."

„Nee, ne? Nicht wirklich – oder?" Der Jugend traute ich so einiges an Verrücktheiten und Marotten zu. Ich weiß ja, wie wir damals waren.

Sie grinste nur und zuckte dabei mit den Schultern. Sie war guter Stimmung, und die wollte ich nicht durch weitere Bemerkungen verderben. Also hielt ich meinen Mund und nahm sie lieber in den Arm.

Beanie war jedoch nicht nur ein Modetrend für Svenja. Beanie war auch ihr Schutz vor durchaus realen kleinen Monstern.

Das war mir damals allerdings nicht klar.

❄

Ja, und dann war auch schon wieder Weihnachten. Dieses Mal würden wir drei gemeinsam chillen und den Zweiten Feiertag mit unseren beiden Familien feiern. Nur der traditionelle Besuch in Thüringen blieb Svenja und mir allein vorbehalten.

Lenchen hatte auch kein Problem damit. Sie freute sich auf ihre eigene Tradition mit ihrer Freundin Jutta, zumal die beiden sich schon länger nicht gesehen hatten.

Ich mochte Jutta nicht besonders. Sie war eine Frau mit raspelkurzen Haaren. Dafür baumelten verrückte, lange Gehänge an ihren Ohren. Sie schminkte sich nicht, und ihre Art sich zu geben, war recht burschikos. Hing vielleicht auch mit ihrem Job zusammen. Sie leitete das Frankfurter Büro zur Gleichstellung von Frauen und musste sich ständig mit männlichen Chefs und Arbeitgebern auseinandersetzen.

Ihr Tonfall kam bei mir nicht besonders gut an. Sie konnte nur selten auf Privat umschalten, fiel mir gern ins Wort oder provozierte mit ihren Aussagen, die sie gern in Form von Fragen stellte.

So in der Art von: „Was würdest Du sagen, wenn Dir sowas passierte?"

Oder: „Was genau willst Du damit erreichen?"

Mein Favorit war allerdings: „Und was sagst Du als Mann dazu?"

Nun ja, war am Heilig Abend nicht mein Problem. Meine Gedanken waren bereits woanders, als Svenja und ich uns von Lenchen verabschiedeten, um unsere Fahrt nach Thüringen anzutreten.

❋

Diesmal wurden wir von den heftigen Klängen der Rolling Stones empfangen, zu denen Lilly elfengleich in ihrem Zimmer herumhüpfte. Als sie uns im Türrahmen stehen sah, lachte sie und nahm uns bei den Händen. Alle drei tanzten und rockten wir dann zu *Under my Thumb*.

Bei diesen Klängen verwischten sich gerade wieder die Zeiten in meinem Kopf. Nur mit Mühe konnte ich die Gegenwart und die dazugehörige Situation in meinen Gedanken halten.

Lilly lachte und erzählte, dass sie seit ein paar Wochen ein eigenes kleines Atelier zur Verfügung bekommen hatte, mitsamt einem Schlüssel, damit sie es verschließen und sicher sein konnte, dass nur sie es betreten und benutzen konnte. Aber zeigen wollte sie es uns noch nicht.

Nun ja, zur Sicherheit besaß ganz bestimmt auch das Klinikpersonal einen Schlüssel. Aber das dachte ich nur, sagte nix und freute mich mit ihr. Lilly ist mit einer genialen Kreativität und riesigem Können gesegnet, die nun endlich wieder zur Entfaltung kommen konnten.

Natürlich hatten wir das obligatorische Jahresfoto von uns beiden und auch ein weihnachtliches Blumengebinde für Lilly. Und sie beglückte Svenja mit einem weiteren Diorama ihres Geburtstages. Dieses Mal hatte sie zwei Szenen in zwei „Zimmern" dargestellt. In einem Zimmer war das Kaffeekränzchen zu sehen, samt Geburtstagstorte und allen Anwesenden, auch Marlene. In dem anderen Teil das *Ristorante D'Angelo* - Svenja und ihre Freunde mit ihrer Riesenpizza am Tisch und ich an der Bar. Die kleine Elfe hockte zierlich oben auf der Trennwand. Wie Lilly das immer wissen und umsetzen konnte, erstaunte uns jedes Mal wieder.

Und es gab noch eine neue Nachricht: Im Frühjahr würde Lilly eine kleine Wohnung im Klinikkomplex erhalten, in der sie eigenständig leben und doch an den Betreuungen und Aktivitäten der Klinik teilhaben konnte.

Die Nachricht über diesen enormen Fortschritt ließ mein Herz hüpfen.

❋

Den Schlafanzuggammeltag verbrachten Svenja, Lenchen und ich Heiße Schokolade schlürfend weitestgehend auf dem Sofa, sahen Filme und Märchen, vor allem natürlich *Drei Haselnüsse für Aschenbrödel*. Der Film war eine weihnachtliche Tradition, zum Glück auch von Lenchen. Fernsehtechnisch waren wir da alle Drei auf einer Wellenlänge.

Am zweiten Feiertag luden wir Herta ins Auto, holten Mum und Dad ab und fuhren alle zusammen in den Taunus zu Lenchens Eltern. Ihre Brüder kamen mit ihren Frauen, Kindern und Hunden. Es war das erste Mal seit vielen Jahren, das auch Lenchen nicht alleine auftauchte. Alle reagierten tiefenentspannt auf so viele neue Menschen und freuten sich mit uns.

2010 – SONNENSCHEIN UND REGENGÜSSE

Die Kunst zu leben besteht darin,
zu lernen im Regen zu tanzen,
statt auf die Sonne zu warten.

<small>Gene Kelly</small>

※

Malle hielt mir einen Briefbogen unter die Nase. „Schau mal, was Deine Tochter sich vom Herzchen geschrieben hat."

Ich nahm das Stück Papier, warf einen flüchtigen Blick darauf, stutzte und las die Geschichte, die meine süße Svenja ersonnen hatte.

Luisa mit den Ohren

Luisa war ein nettes Mädchen. Sie hatte große, ausdrucksvolle, blaue Augen, war von zartgliedriger Gestalt und feinsinnigem Gemüt. Doch Luisa hatte Ohren.

Ohren hat wohl jeder, ja. Aber Luisa war ein besonderes Mädchen mit besonderen Ohren.

Luisas blonde Haare endeten in einem Pagenschnitt an den Schultern. Die schulterlangen Haare sollten ihre Ohren verdecken. Doch die Haare waren seidigfein, schön glatt und glänzend.

Luisas Ohren guckten aus der Frisur heraus. Und manchmal, wenn die Sonne schien, leuchteten Luisas Ohren rosatransparent wie venezianisches Glas. Luisa mochte ihre Ohren trotzdem nicht.

Im Frühling ging Luisa gern über die eben erblühten Wiesen und Felder ihres Dorfes spazieren. Die kleinen Kinder kamen jedes Mal angerannt und riefen: „Osterhase! Osterhase! Der Osterhase kommt und bringt uns bunte Eier!" Luisa aber wollte nicht der Osterhase sein.

Im Sommer schwamm Luisa im Dorfteich. Sie konnte sehr gut schwimmen. Und wenn sie auf dem Rücken im Wasser lag, konnte sie seelenruhig dahintreiben, denn ihre großen Ohren hielten ihr Gesicht immer über Wasser. Luisa sah aus wie eine wunderschön erblühte Seerose. Luisa aber wollte keine Seerose sein.

Im Herbst ging Luisa wieder über die nun stoppeligen Felder ihres Dorfes spazieren. Die Kinder ließen bunte Drachen in den weiten blauen Himmel steigen. Der Wind kam und blies Luisa mit den Ohren in die Luft, als sei sie selbst ein bunter Drachen. Er wehte sie hin und her und schaukelte sie in seinen sanften Wolkenarmen. Das genoss Luisa sehr, aber dennoch wollte sie kein Winddrachen sein.

Im Winter trug Luisa eine dicke, wollene Mütze über ihren Ohren. Sie lief mit den anderen Kindern Schlittschuh auf dem zugefrorenen Dorfteich und rodelte mit ihnen um die Wette die kleinen Hügel hinunter. Sie bauten einen dicken Schneemann, und Luisa steckte ihm große Ohren an den Kopf.

Nur im Winter war Luisa einfach Luisa.

Meine Hand mit dem Briefbogen sank herab. Erwartungsvoll und stumm schaute ich Malle an.

„Was sagst Du denn nun dazu?", hakte sie nach.

„Was soll ich sagen? Phantasievoll und gut geschrieben."

„Tust Du nur so blöd? Oder kapierst Du wirklich nix?" Malles Empörung malte rote Flecken auf ihren Hals und in ihr Gesicht.

„Was soll ich denn kapieren? Ist das eine Hausaufgabe in kreativem Schreiben für den Deutschunterricht?"

Sie schnaubte verächtlich. „Mann, manchmal bist Du wirklich zum An-Die Wand-Klatschen! Deine Tochter leidet."

„Woran?"

„An ihren Segelohren! Das, was sie dort in eine märchenhafte Geschichte gekleidet hat, sind eigentlich ihre eigenen Kümmernisse."

„Das Mädchen in der Geschichte hat ganz andere Haare als Svenja. Bei Svenja lugt kein einziger kleiner rosa Segler aus ihrer dicken, rotgoldenen Pracht heraus", mauerte ich.

„Du ignoranter Pinsel! Svenja hat schon oft darüber geklagt, dass sie in der Schule deswegen gemobbt wird."

„Dann muss sie sich halt ein dickeres Fell anschaffen. Blöde Mitschüler gab es zu allen Zeiten. Die sterben einfach nicht aus."

„Da hast Du allerdings recht. Aber heutzutage sind sie schlimmer als früher. Heute nutzen sie Handys, Facebook und andere Plattformen, um ihre Gemeinheiten zu verbreiten."

„Dagegen muss sich die junge Dame halt wehren."

Malle schloss die Augen, atmete hörbar aus und setzte zu einer längeren Predigt an: „Ein Gymnasium ist ein Haifischbecken, voller hormongesteuerter Möchtegernerwachsener auf Beutefang. Dein armer, kleiner Goldfisch mittendrin. Und mit ‚wehren' und ‚dickem Fell' sieht es bei einer unsicheren Teeniepersönlichkeit schlecht aus."

„Und Du als versierte Bankerin hast da auch den absoluten psychologischen Durchblick", unterbrach ich ihren selbstgefälligen Sermon.

„Dafür braucht man keine psychologische Schulung, nur ein bisschen Einfühlungsvermögen."

„Das Du hast und mir absprichst."

Malle ballte die Faust und hämmerte sie auf meine Brust. „Du sturer Hund von einem Vater! Rede wenigstens mal mit ihr."

Ich konnte nicht anders. Ein breites Grinsen zog über mein Gesicht, meine Arme legten sich ganz wie von selbst um die Frau, deren dunkle Augen vor Empörung funkelten und blitzten.

„Ganz wie Du meinst, Lenchen", murmelte ich noch, bevor ich sie küsste.

Glücklicherweise wehrte sie sich nur kurz, kuschelte sich dann aber bereitwillig in meine Arme und küsste mich zurück.

„Wirst Du denn mit Svenja reden?"

„Ja-ha, wenn Du das wirklich für so notwendig hältst."

„Ja, halte ich."

„Und wenn Du so – von Frau zu Frau, mein ich – ist ja vielleicht ein bisschen einfacher?" Das war der falsche Vorschlag.

Malle reagierte auch prompt, indem sie sich aus meinen Armen wand und gleich wieder drauf los schimpfte: „Jan! Sie ist **Deine** Tochter. Rede mit ihr."

Auf diesen Befehlston hin zog ich leicht den Kopf ein, nickte aber brav.

Kurz darauf kam Svenja aus der Schule. In diesem Jahr besuchte sie den 10. Jahrgang des Gymnasiums. Früher nannte man den Abschluss der 10. Klasse „Mittlere Reife". Naja, so mittelreif könnte Svenja so gerade mal sein. Eher noch grün im Großraum hinter ihren niedlichen Ohren.

Ich kicherte unmerklich in mich hinein, ob meines netten Wortspieles, rief mich aber gleichzeitig zur Ordnung. Schließlich machten gerade diese süßen kleinen Öhrchen meiner Svenja mit Abstand Ärger. Oh, Mann! Ob ich es in diesem Leben noch schaffen würde, ein ernsthaft seriöser Vater zu sein?

Die Haustür ging auf, ich guckte aus der Küche um die Ecke, um

Svenja zu begrüßen.

„Hi, Papa", erwiderte sie lässig, warf gezielt den Rucksack unter und ihre Jacke an die Garderobe. Ihre wollweiße Schlabbermütze behielt sie auf.

Wenn sie jetzt noch blaue Schminke benutzt hätte, sähe sie aus wie Schlumpfinchen. Das behielt ich aber doch lieber für mich. So schlau war ich schon. Ihr Beanie in verschiedenen Formen und Farben trug sie seit letztem Herbst, aber Schlumpfine durfte ich sie nicht nennen.

„Hi, Süße, was geht ab?"

Schräger Seitenblick von Svenja. „Oh, Mann, Papa. Lass das mal mit den Versuchen in Jugendsprache. Kann nur in die Hose gehen."

Ich lachte. Sie stimmte ein. Und da fasste ich Mut und zeigte ihr den Zettel mit ihrer Geschichte. „Sehr phantasievoll und gut geschrieben, Svenja."

„Danke." Dann, als sie genauer hinsah: „Woher hast Du den Zettel?"

„Äh, den – ich – ist doch egal. Jedenfalls find ich die Geschichte gut. Hat sie mit Dir zu tun?"

„Wieso? Woher hast Du den Zettel?"

„Da geht es doch um *Deine* süßen Öhrchen – oder?"

„Woher. Hast. Du. Den. Zettel?"

„Marlene und ich haben uns über Deine kleine Geschichte unterhalten. Fühlst Du Dich mit Deinen Ohren nicht wohl?"

„Verdammt! Wer von Euch Beiden hat in meinem Zimmer rumgeschnüffelt? Du oder die Malle?"

„Hier im Haus schnüffelt niemand in jemandes Zimmer herum." Ich fand mich richtig gut, wie ruhig ich blieb und dennoch hart an der Sache. „Aber beantworte mir doch lieber mal meine Frage."

Doch Svenja war schließlich mein eigen Fleisch und Blut.

Und auch meines Geistes Kind.

Und daher ebenso hartnäckig.

„Die Geschichte lag auf *meinem* Schreibtisch. In einem Stapel auf meinem Schreibtisch. An die Geschichte konntest Du nur kommen, wenn Du in *meinem* Zimmer und an *meinem* Schreibtisch rumgeschnüffelt hast."

„Das ist jetzt erst mal nicht von Belang."

„Das ist sehr wohl von Belang", näselte sie höhnisch.

Das Gespräch lief in die absolut falsche Richtung. Ich holte tief Luft und verlegte mich aufs Betteln. „Tut mir leid, Svenjalein, aber ich bin doch beunruhigt, wenn ich denken muss, dass Dich etwas bedrückt."

„Boah! Hat sich was mit *Svenjalein*! Lass mich bloß in Ruhe! Und halt Dich aus meinem Zimmer raus!"

Sie grapschte sich den Zettel aus meiner Hand und rannte die Treppen hinauf in ihr Elfenreich. Krachend flog die Tür ins Schloss. Gleich darauf wummerten die Bässe durchs Haus. Immer noch *Sunrise Avenue*, immer noch Samu Haber – markante Gitarrenriffs: *Not again*.

„Na, das hast Du aber schlau angefangen." Malle lehnte im Türrahmen, im Gesicht ein maliziöses Grinsen.

Leicht betäubt stand ich da. Mit hängenden Mundwinkeln, hängenden Schultern und hängenden Armen. Und wohl auch hängenden Ohren. ☹

„Ich brauch jetzt erst mal n Kaffe", murmelte ich vor mich hin.

Der Gedanke gab mir wieder die Bewegung zurück und befähigte mich, meinen hammermäßigen Kaffeevollautomaten anzuwerfen.

„Danke, dass Du fragst – ja, ich möchte auch einen Kaffee."

Diese Worte von Malle führten bei mir zu einem irritierten Blinzeln. Vorsichtshalber hielt ich aber meinen Mund und holte einfach nur zwei Kaffeebecher aus dem Schrank.

Malle schlürfte ihr Gebräu wie immer heiß und schwarz.

Mit leicht hochgezogener Augenbraue sah sie meinem Ritual zu, wie ich drei Löffel Zucker einrührte, meinem Kaffee ordentlich Milch zufügte, zischend und brodelnd den Milchaufschäumer betätigte, den Löffel im Becher beließ, mit dem Daumen festhielt und so meinen Kaffee trank.

„Und nun?" Malle blickte mich über den Becherrand hinweg an.

Leicht bis mittelschwer hilflos nuschelte ich in meinen Becher: „Weißnich."

Malle zeigte Erbarmen. „Soll ich mal mit ihr reden?"

Erleichterung. „Ja. Wann? Jetzt gleich?"

„Langsam, Du Schnellschießer. Hast ja eben gesehen, wohin solch ein direktes Verhör führt."

Enttäuschung. „Hmmm."

„Gib mir ein paar Tage. Schaffst Du das?"

Hoffnung. „Ich versuch's."

❈

Drei Tage später saßen Lenchen und ich abends auf dem Sofa und sahen fern. Es war Sonntagabend, wir schauten einen Rosamunde-Pilcher-Film. Das mochten wir beide.

Jawohl – ich bin ein Mann und stehe dazu: Ich mag Rosamunde-Pilcher-Filme. Natürlich nur wegen der hervorragenden Naturaufnahmen.

„Übrigens", begann sie, „ich hatte eine lange Unterhaltung mit Svenja."

Sofort war die Handlung im Film nur noch Nebensache. Lenchen hatte meine komplette Aufmerksamkeit. Erwartungsvoll sah ich sie an.

„Ja, nun, Fazit ist: Sie wünscht sich eine Schönheits-OP, um sich die Ohren anlegen zu lassen."

Mir klappte der Unterkiefer nach unten, die Augenbrauen schossen in die Höhe, und aus meinem Mund klang ein entgeistertes: *„What!?"*

„Jaaa", brummelte Malle beruhigend, „ist ja wirklich nicht einfach für sie. Ihre Schulkameraden hänseln sie. Sie haben sie sogar schon festgehalten und an ihren Ohren gezogen."

„Soll sie sich entsprechend wehren."

„Wie bitte? Soll sie denen dann mit der Faust auf den Kopf hauen, wie Bud Spencer in den 70ern?"

„Was sagt ihre Freundin Fine?"

„Die ist auch keine wirkliche Hilfe gegen die Mobber. Und sie bestärkt Svenja auch noch in ihrem Wunsch nach zart angelegten Ohrmuscheln."

Mir schoss das Blut in den Kopf, in meinen Ohren rauschte es.

Mit dicken Backen atmete ich pustend aus.

Dann legte ich los: „Hallo?! Geht's noch? Es gibt so viele Jugendliche, die anders aussehen als der sogenannte ‚normale Durchschnitt'. Es gibt dicke Teenies, Teenies mit dunkler Hautfarbe, Teenies mit Knollennasen oder Teenies, die viel kleiner sind, als ihre Altersgenossen. Soll denen dann mal eben das Fett abgesaugt, Bleichmittel auf die Haut geschmiert, die Nase gerichtet oder gar auf die Streckbank gelegt werden, damit es mit der Größe besser passt?"

Malle schwieg und sah weiter dem Film zu.

„Äh – und – und was sagst *Du* dazu? So als erwachsene Frau?"

„Ich kann sie verstehen."

Ich – Unterkiefer runter, Augenbrauen rauf – und wieder: *„What!?"*

„Ich würde eine Operation befürworten."

„Das war jetzt unmissverständlich."

„Hoffentlich hast Du nicht nur die Worte verstanden, sondern auch die Bedeutung."

„Ja, hab ich. Meine Tochter möchte sich mit zarten 14 Jahren freiwillig unters Messer legen, um an ihren süßen Öhrchen herum schnippeln zu lassen, damit sie einem gängigen Schönheitsideal entsprechen kann. Und Du findest das auch noch gut."

„Es waren wohl doch nur die Worte, die bei Dir ankamen."

„Was gibt's denn sonst noch zu verstehen?", erwiderte ich trotzig.

Nun holte Malle tief Luft. „Sie leidet, Jan. Svenja leidet unter Anfeindungen, die sie nur wegen ihrer abstehenden Segelohren bekommt."

„In Indien sind sie ein Symbol für Intelligenz", trotzte ich weiter.

„Wir leben aber nicht in Indien. Wir leben in einem anderen Kulturkreis. Und wir leben außerdem in Hessen. Und noch spezieller: Wir leben in Frankfurt."

„Was soll *das* denn heißen?"

„Verdammt, Jan, mach hier nicht einen auf sturen Hinterwäldler. Mobbing zwingt die stärksten Typen in die Knie. Und Deine Tochter ist zwar intelligent, aber auch sensibel. Und sie ist ein Teenie. Teenies haben eh kein starkes Selbstwertgefühl, weil sie mit sich selber schon nicht besonders gut klarkommen. Wenn dann noch Hänseleien und Angriffe dazu kommen, gibt das einen Knacks in der Seele."

„Was soll das heißen, Malle? Denkst Du, meine Tochter ist beknackt und muss zu einem Seelenklempner?"

Entnervt schloss Malle ihre Augen: „Wenn sie jetzt keine physische Hilfe bekommt, dann braucht sie spätestens in ein paar Jahren tatsächlich psychische Hilfe."

„Will heißen?" Hartnäckig bohrte ich weiter.

„Boah!" Malle schlug mit der flachen Hand auf mein Knie. „Jetzt mal kurz und knapp für Dein Männerhirn: Erlaube Svenja eine Ohrmuschel-Operation. Du ersparst ihr damit jahrelanges, seelisches Leiden. Und du bleibst weiterhin ihr Held."

Das war eine Argumentation und eine Begründung, die ich nachvollziehen konnte und verstand. Besonders den letzten Satz. Ja, ich wollte noch ein bisschen weiter der Held meiner kleinen Elfenprinzessin sein. Früher war das alles einfacher. Es genügte, wenn ich sie tröstend in den Arm nahm, wenn sie mal hingefallen war oder ihr Bäuchlein zu reiben, wenn sie Bauchweh hatte.

Nun musste es eine Schönheits-Operation sein. Meine Widerstandsmauer bröckelte. Wenn ein solcher Eingriff ihr zu einem besseren Selbstbewusstsein verhelfen konnte, dann sollte ich mich wohl zu einer Erlaubnis durchringen.

„Na gut", quetschte ich mir schließlich ab. „Dem Film hab ich jetzt sowieso nicht mehr richtig folgen können. Ich geh jetzt rauf zu Svenja und spreche mit ihr."

„Soll ich mitgehen?"

„Nee, lass mal, Lenchen, danke, aber das muss der Papa jetzt alleine hinbiegen."

Soviel merkte ich auch: Sie wusste genau, dass ich mit dem Gespräch mein angekratztes, väterliches Heldentum aufpolieren wollte. Und ich merkte auch, dass sie es mir nicht so recht zutraute. Ich mir eigentlich auch nicht. Aber das wollte ich natürlich auf gar keinen Fall der ach-so-verständnisvollen Malle auf die Nase binden.

So marschierte ich also die Treppen hinauf unters Dach und klopfte an die Tür meiner Tochter.

Erstaunlicherweise kam kein: „Wasss?!"

Es kam ein ermutigendes: „Ja, komm rein."

Also öffnete ich die Tür und betrat vorsichtig lächelnd ihr kleines Elfenreich.

Meine Güte, hier herauf kam ich nur noch selten. Das hatte auch einen guten Grund. Alles hier in diesem Raum unterm Dach erinnerte mich an Lilly. Hier hatte sie gearbeitet, gelacht und ihre grandiosen Kunstwerke geschaffen. Der ganze Raum selbst war ein einziges Kunstwerk. Die schrägen Wände waren so bemalt, sodass man das Gefühl hatte, man betrete eine weite, lichte Waldlandschaft, die von jeder Menge Tierchen, Fabelwesen und Elfen bevölkert wurde. Es gab ein Waschbecken, das wie eine kleine, in Stein gefasste Quelle aussah. Dicke Felsen lagen mitten im Raum. Hatte sie mit Herta zusammen gestaltet und blickecht gefertigt aus kuscheligem Filz. Der in verschiedenen Grüntönen schimmernde Teppichboden mutete an wie moosbewachsener Waldboden, auf den die Sonne scheint. Es gab nur wenige Möbel, alle aus ihrer eigenen Wildholzkreation. Gerald führte sie immer noch im Programm der *Möbelmanufaktur*. Ein großer Schreibtisch, ein paar Regale, in einem davon die Geburtstagsdioramen, nach Jahren sortiert, ein kleiner Schrank und ein Bett, über dem sich ein zartgrüner Seidenstoff als Himmel wölbte.

Und alles wirkte so unglaublich ordentlich. Wenn ich mich da an meine eigene Teeniebude erinnerte …

Svenja lag bäuchlings auf ihrem Bett, hatte ausnahmsweise keine Musik laufen, sondern las in einem Buch.

Ihre Stimme holte mich in die Wirklichkeit: „Ach, Du, Papa …"
Ohne Lächeln. Aber wenigstens ein Papa mit nur zwei P.
Trotzdem baute mich der trockene Spruch nicht gerade auf. Mein Herz sank. Ich fing es auf und nahm es in beide Hände, griff mir ihren Schreibtischstuhl und rollerte ihn heran.

Bedächtig begann ich: „Svenja, unser Streit liegt mir im Magen."
„Ach, schon gut, die Marlene hat mit mir gesprochen."
„Ja, und in dem Gespräch ging es doch um mobbende Mitschüler."
„Hmmm." Schräger Seitenblick.
„Und es ging um Deinen Wunsch nach flachen Öhrchen."
„So?" Sie drehte sich auf die Seite und stützte sich auf ihren Ellenbogen.
„Nun, ich denke, das ist etwas, worüber wir genau recherchieren sollten, ehe ich Dich schnippelnden Chirurgenhänden überlasse."

Jetzt hatte ich ihre volle Aufmerksamkeit. Sie legte das Buch beiseite und setzte sich aufrecht auf die Bettkante. „Echt jetzt? Erlaubst Du so ne OP?"

„Vielleicht."
Und dann argumentierte ich mit den unterschiedlichen Teenies und ihren diversen körperlichen Defiziten. Dass ein Mensch sich nicht über sein Aussehen definieren sollte. Dass man sich niemals von anderen niedermachen lassen sollte, sondern selbstbewusst die Stänkerer in ihre Schranken weisen sollte.

Svenjas Gesicht wurde immer länger und immer röter. Schließlich platzte sie zornig mitten in meinen gut gemeinten Vortrag: „Ach, Pappa! Du hast null Ahnung, wie es unter Zehntklässlern zugeht!"

„Dann sag's mir."
„Mann, die – die – da fängt eine an, kommt grinsend an und meint: ‚Heute schon geflogen, Dumbo?' Dann kommen zwei Jungs, packen zu – ja, und dann flieg ich. Quer durch den Raum. **Niemand** hilft mir. Fine halten sie fest. Henry und René sind grad in einem anderen Kurs. Sowas machen die **immer** nur, wenn die Jungs grad nicht da sind. Weil die mich sonst raushaun könnten."

Ich machte den Mund auf, aber ehe ich irgendwas dazu sagen konnte, redete sie händefuchtelnd weiter. Ihre grünen Augen sprühten Blitze.

„Die, die nicht mitmachen, stehen daneben und filmen mit ihren Handys. Wenn Du mir nicht glaubst, kannst Du ja mal ins Netz gucken. DuTube oder Fatze-Bock. Da kannst Du noch andere Nettigkeiten finden, die die mit mir anstellen." Sie machte eine kleine Pause und sah mir tief in die Augen. „Und eh Du jetzt wieder mit irgend so nem Schrankenquatsch anfängst: Ich hab **NULL** Chance bei sowas. Wehren ist nicht. Wird dann nur **noch** schlimmer."

Ich antwortete zunächst mal mit betroffenem Schweigen.

Mir waren tatsächlich die Argumente ausgegangen.

Es war noch einmal ein tiefer Luftholer nötig, aber dann schaffte ich es: „Ja, Svenja. Ich erlaube es."

Und da flog sie mir entgegen und umarmte mich heftig. „Papa! Danke! Du rettest mein Leben! Du bist mein Held!"

Meine Welt war zwar noch ein bisschen wackelig, aber doch auch wieder in Ordnung – ich war immer noch ihr Held.

Und ich war auch Lenchens Held, als ich ihr von der Unterredung berichtete. Das ließ sie mich zu meiner Freude in der Nacht auch ganz deutlich spüren. ☺

※

Lenchen kam zunehmend gestresst aus der Bank nach Hause. Auch die Überstunden nahmen zu. Ich fragte nicht, sondern wartete ab, ob sie reden wollte. Wollte sie nicht. Aber eines Abends fing sie an.

„Ich hab mich heute zu einem Yoga-Kurs angemeldet."

Ich zog die Augenbrauen hoch: „Aha?"

„Ja, ich brauch was zum Stressabbau. Und für einen neuen Fokus."

„So? Das geht mit Yoga?"

„Ja. Jutta macht das schon seit ein paar Monaten."

„Ach, Jutta macht das auch?"

„Ja. Sie sagt, es geht ihr damit besser."

„Hmhmm", hüstelte ich

„Meine Güte, Jan! Eine Unterhaltung mit Dir ist manchmal sogar noch schwieriger als mit einem meiner aufmüpfigen Mitarbeiter."

Aha, daher wehte der Wind. Ganz dünnes Eis. So sanft wie möglich fragte ich also: „Was genau möchtest Du mir denn nun mitteilen, Lenchen?"

„Ist das so schwer zu begreifen? Ich brauch was zum Ausgleich für den Stressquatsch in der Bank. Darum hab ich mich zum Yoga angemeldet. Jetzt gehe ich jeden Mittwochabend mit Jutta zum Yoga, um vielleicht mal einen anderen Blickwinkel einnehmen zu können."

Ääh – häh? Das hatte sie doch gerade erzählt. Bisschen abgehackt vielleicht, aber nix anderes hatte sie gesagt. Hatte ich vorhin schon nicht verstanden. Was wollte sie denn hören?

„Prima: Ich bin mittwochabends bei der Band, und Du gehst zum Yoga."

„Ist ja nicht so, dass Svenja mich dann bräuchte."

„Wieso?", fragte ich ganz vorsichtig. Was hatte Svenja jetzt damit zu tun?

„Herta hat das all die Jahre prima gemacht."

„Ja, und – ?"

„Ich bin doch eh nur geduldet bei den beiden."

„Quatsch!" Das entfleuchte mir so.

„Ist ja auch egal. Ist ja sowieso alles egal. Dir ist es ja auch egal."

Was für ein Ausbruch! Und ich wusste wieder mal nicht, was ich auf sowas erwidern sollte. Ich verlegte mich aufs Fragen: „Nix ist egal. Was ist denn eigentlich los?"

Tiefer Seufzer von Marlene.

Ich wartete ab.

„Ach, immer dasselbe. Seit meinem unglückseligen Versuch, neue Methoden in der Mitarbeiterführung einzusetzen, läuft nix mehr rund in der gemeinsamen Arbeit. Immer öfter hab ich mit versteckten Fehlern zu kämpfen, Anweisungen werden einfach ‚vergessen' (sie malte Anführungszeichen in die Luft) oder direkt abgelehnt. Beschwerden von Klienten häufen sich. Einer meiner Leute feindet mich sogar offen an, allerdings nur, wenn sonst keiner es mitkriegt."

„Dann knöpf Dir den Burschen doch mal vor und sag ihm, wo's lang geht."

„Hab ich bereits. Der grinst nur und macht weiter."

„Dann geh zu Heiner und sprich mit ihm." Heiner Klarens ist der Personalchef.

Entnervt sah sie mich an: „Würdest Du sowas tun?"

Ich überlegte kurz. „Hm, möglicherweise. So n Gespräch unter Vorgesetzten könnte was bringen."

„Das sehe ich anders. Aber ich weiß wirklich nicht weiter."

Ich wusste es auch nicht. „Und deswegen machst Du jetzt Yoga?"

„Und deswegen mach ich jetzt Yoga. Zur Änderung meines Fokus."

❋

Apropos Fokus-Änderung: Herta hatte einen Freund. Seit Neuestem. Nach all den Jahren hatte sie jetzt einen Freund. Den hatte sie im Supermarkt an der Obsttheke kennen gelernt, an der Tiefkühltruhe waren ihre Einkaufswagen aneinander gestoßen und an der Kasse hatten sie hintereinander gestanden. Nach erledigtem Einkauf tranken sie in der Bäckerei, die dem Supermarkt angeschlossen war, einen dicken Café Latte. Und jetzt verbrachten sie immer häufiger und immer mehr Zeit miteinander.

Bisher waren Herta die Mittwochabende mit Svenja stets heilig gewesen, auch mit Manni, dem neuen Freund. Aber Svenja ging stark auf die 15 zu und motzte immer häufiger, dass sie keinen Babysitter mehr bräuchte.

„Ich hab die Godi sehr lieb und geh auch gerne mal so auf einen Schwatz zu ihr in die *Knopp-Kiste*. Aber die muss nicht extra jeden Mittwochabend für mich opfern. Ich kann auch gut mal einen Abend für mich alleine daheim sein."

Also probierten wir es mal. Mein armes Papaherz war nicht sehr beruhigt, und so beschwerte ich mich während der Probe bei meinen Kumpels über die Aufmüpfigkeit meines Töchterleins.

Da bekam ich aber erst recht Gegenwind.

Harald, dessen Tochter Suki als junge Erwachsene allein durch die Welt reiste, meinte nur lakonisch: „Suki konnten wir schon mit zehn Jahren mal für ein paar Stündchen allein zu Haus lassen. Und mit Zwölf weigerte sie sich, zu den Familientagen mit zu fahren. Da blieb sie dann einen ganzen Nachmittag und Abend allein daheim. Manchmal kam eine ihrer Schulfreundinnnen zu ihr, aber ganz bestimmt kein Babysitter. Mach Dir mal nich ins Hemd, Alter."

Naja, soviel zu meiner alleinerziehenden Überfürsorge.

Aber das mit Hertas Freund ging leider nicht lange gut. Nach drei Wochen kam sie rüber und heulte sich bei mir aus. Malle war noch in der Bank. Wir hockten uns also erst mal in die Küche, ich schmiss meinen hammermäßigen Kaffeevollautomaten an und machte uns Beiden zwei Becher voll mit Tröstebrühe. Damit war ich bestens für eine höchstwahrscheinlich tränenreiche Klage gewappnet. Mit viel aufgeschäumter Milch und drei Löffeln Zucker.

Jaa, so musste Kaffee sein – blond und süß!

Tja, und kaum, dass ich Hertalein ihren dampfenden Becher vor die Nase gesetzt hatte, legte sie auch schon los.

„Der war so lustisch, de Manni. Über Gott un die Welt konnt mer quatsche. Aber vor paar Tache kamer ganz zerknirscht zu mir innie *Knopp-Kist* un jault mer die Ohrn voll, dass es ihm nach der Scheidung so schlescht gehe dät. Erst warisch ja noch vollä Verständnis, abbä dann klaachter über die hohe Unterhaltszahlunge un Geldschwierischkeide, in die er dadedursch gerate wär. Da klingelten schon maane Alarmglöckschä."

Endlich holte sie Luft und trank einen großen Schluck Kaffee.

„Vorgestern saachdä unsä Treffe ab, er hätt kaan Auto. Isch habben gefraacht, warum, da maanter, de Motor hätt schlapp gemacht un er wär jetz in de Werkstatt. Isch war so gutmütisch und wollt ihm helfe. Erst hat er sisch noch en bissche geziert, abbä dann durft isch ihn abhole, un unsä Amd war geredd et."

Sie schnaubte ärgerlich und nahm einen weiteren großen Schluck Kaffee.

„Gestern bin isch glaisch zu ihm in saane klaane Scheidungsbud. De Manni war leischt angespannt, weil die Werkstatt aane fast fümfschtellische Kostevoranschlach präsentiert hätt. Er überlescht, ob die Reparatur sinnvoll wär oder er glaisch aan neus Auto kaafe sollt. Isch beschtärk den Simpel aach noch, indem isch maant, saan in die Johr gekommenes Gefährt würd wohl noch fleißisch weidä teure Magge entwiggle."

Der nächste Schluck Kaffee war fällig.

„Heut maant dä Hampl, er wär bei de Bank gewese, abbä die däde ihm kaane weitere Aufstockung von saim Kredit gebbe, ob isch ihm so als gestandene Geschäftsfraa liebenswürdischäweis aushelfe dät."

Sie schlürfte ihren Becher leer und heulte los.

„Für wie bleed hält de Schlampsack misch eischentlisch? Ganz deutlisch habbich ihm gesaacht, dassä von mir zwar Verständnis für saane Situation bekäm, abbä uff gaa kaanen Fall Geld. Da wurd de Schtinkschtiefl rischtisch fresch: So aane wie isch könnt froh sein übern Kerle wie ihn, dadefür könnt isch wohl aa paar Euro springe lasse."

Sie japste nach Luft und sah hilfesuchend in ihren leeren Becher. Diesen

113

Wink verstand ich sofort und schmiss auch gleich meinen hammermäßigen Kaffeevollautomaten an, um ihr den Becher erneut zu füllen.

„*So aane wie isch!* Wofür hält de Babbsack sisch denn? Dä is jo schließlisch aach kaan Adonis! Un aan junge Hüppä schon lang net!"

An diesem Abend brauchte ich kaum etwas zu sagen. Zustimmend zuhören, einen Kaffee nach dem anderen brauen, Hertalein ab und zu in den Arm nehmen, Taschentücher reichen. Das reichte als tröstendes Verständnis.

Hab ich hingekriegt.

❋

In all den Jahren ohne Lilly hatte ich mich kochtechnisch stark entwickelt. Von Pizza, Pommes und Fischstäbchen aus der Tiefkühltruhe hatte ich mich systematisch über Fertiggerichte und Dosenprodukte zum Freikochen mit einzelnen, auch frischen Lebensmitteln hochgearbeitet. Unterstützt und angeleitet durch die vereinfachten Rezeptangaben auf den Gewürztüten von Miss Maggi und Mister Knorr für Kochidioten wie mich.

Und ich hatte mich auch im Grillbereich als ganzer Kerl erwiesen. Meine sensationellen Gartengrillfleischgerichte verfeinerte Svenjalein gern mit den abenteuerlichsten Sößchen, die wir im Supermarkt finden konnten. Auf Salat legten wir beide nicht so den größten Wert. Schließlich wollten wir den armen Tieren ja nicht ihr gesamtes Essen wegfuttern. Die sollten lieber dick und fett werden, damit wir sie dann verspeisen konnten. Natürlich nur solche, die *bio* aufgewachsen und auch *bio* geschlachtet worden waren.

Das mit dem Salat sah aber Malle völlig anders. Für sie war Salat ganz wichtig. Auch Fisch, Aubergine, Zucchini, Mais, Kartoffeln und Ananas gehörten für sie auf den Grill. Mehr als Fleisch. Und Svenja fand das auch noch gut. Naja, zumindest hatte sie auch weiterhin nix gegen Steak und Burger einzuwenden. Ich dagegen beäugte die Gemüse-Parade auf dem Grill eher argwöhnisch.

Aber wie sagt mein fränkischer Kollege Frederik in der Bank so schön? „Für den, der's moch, isses des Gresste." Hauptsache, die beiden Mädels machten mir mein Fleisch und mein Bier nicht madig.

„Übrigens, Janni-Schatzi?"

Oje, wenn die Malle schon so anfing! Also guckte ich nur, sagte lieber nix.

„Der Knopf Deines Hemdes leistet Schwerstarbeit über Deiner Leibesmitte."

Die gewählte Ausdrucksweise machte das Gesagte nicht besser. Mir purzelte wieder mein berühmtes Wort des Unverständnisses über die Zunge: *„What?!"*

„Naja, Dir könnte ein bisschen mehr Gemüse und ein bisschen weniger Bier auch nicht schaden."

Das war ein Sakrileg!

An mein Grillfleisch und an mein Grill-Bierchen durfte keiner rühren!

In schärfstem Protest tat ich meinen Unmut kund: ***„Hmpf!"***

Malle zeigte sich wenig beeindruckt, schnappte meinen Teller und häufte jede Menge von dem Gemüse- und Salatkram darauf. Dann gönnte sie mir ein winziges Stückchen Fleisch, aber ohne Sößchen.

Lächelnd stellte sie mir den Teller hin und wünschte in ihrem sanftesten, kehligsten Sexyton: „Guten Appetit, Liebster."

Und mein Bier tauschte sie gegen ein großes Glas Wasser aus. Gegen **Stilles** Wasser. Ohne den winzigsten Blubber.

Ich saß da, klappte meine Augen auf und zu und wollte dem Anblick doch nicht trauen. Zunge und Lippen warteten auf Input vom Hirn. Der einzige Einwand, den die Grauen Männchen aus der Schaltzentrale herunterschickten, war: „Äääh – häh?" Nicht wirklich eloquent.

Svenja fand sich ein, schaute sich die Bescherung auf meinem Teller an und meinte dann bewundernd: „Hammer, Papa, bist Du jetzt ein Fast-Veganer?"

Das richtete mich auf. Ich grinste.

„Tut bestimmt auch Deinem Bäuchlein gut."

Schlagartig fiel mir das Grinsen wieder aus dem Gesicht.

„Vor allem, wenn Du auch das Bier weglässt."

Malle drehte sich zur Seite. Aber ich wusste genau, dass sie kicherte.

Ich streckte ihnen allen beiden meine Zunge entgegen und machte mich über meinen Fast-Veganer-Teller her. Mit Todesverachtung schlabberte ich auch das Stille Wasser.

Tja, was soll ich sagen? So ging es dann das ganze Wochenende. Auch bei den Brötchen zum Frühstück wurde ich auf halbe Ration gesetzt. Den ersten Schluck Kaffee prustete ich in die Spüle.

„Bäh! Da ist ja gar kein Zucker drin!"

„Zucker ist gestrichen."

„Dann nehm ich eben Süßstoff."

„Süßstoff gibt's nicht. Das Zeug ist Gift."

Ich versuchte noch ein paar Protestlaute, stieß aber auf Granit. Und dann kam auch noch Svenjas Kommentar: „Mensch, Papa, das schaffst Du schon. Du bist doch schon groß."

Ich erinnerte mich – den blöden Spruch hatte ich ihr oft aufs Ohr gedrückt, als sie noch klein war und ich sie zu irgendwelchen Leistungen anspornen wollte. Die Quittung bekam ich nun.

Die folgenden Wochen waren die Hölle. Aber: Bis zum Sommerurlaub war mein Waschbärbauch weg, und ich konnte den Gürtel tatsächlich wieder drei Löcher enger schnallen. Auch die Badehose stand mir wieder besser.

In meinen Kaffee kam sofort wieder Zucker.

❦

Doch bevor wir wieder in unser zweites Zuhause auf Madeira fliegen konnten, stand noch die Ohren-OP für Svenja an. Direkt am ersten Ferientag fuhren wir in eine renommierte Frankfurter Klinik. Die Vorgespräche und die entsprechenden Voruntersuchungen waren längst gelaufen.

Wir wurden freundlich in Empfang genommen, und der Eingriff selbst war in etwas weniger als zwei Stunden erledigt. Zur Sicherheit blieb Svenja über Nacht zur Beobachtung dort. Alles verlief problemlos, und so konnte ich sie am nächsten Tag wieder abholen.

Die Erholungsphase nach der Operation sollte etwa vier Wochen dauern, aber mit einigen Vorsichtsmaßnahmen konnten wir schon ein paar Tage später in unsere Finca im warmen Süden düsen.

Malle wollte unbedingt nach Norwegen. Ich aber nicht. Das sollte sie besser zusammen mit Jutta machen. Vor vielen Jahren war ich mal in Schweden gewesen. Mit Lilly. War schön damals. Aber noch weiter hoch in den Norden war mir zu kalt. Und für Svenja wäre solch eine Exkursion durch die rauen nordischen Gefilde nach dem Öhrchenanlegen auch zu strapaziös gewesen.

❦

Zum Ende der Sommerferien trudelten wir alle wieder zu Hause ein. Malle kam mit prallen Erinnerungen an die Norwegen-Fahrt und jeder Menge Fotos. Auch Jutta fand sich samt klimpernder Ohrgehänge ein. Sie schaffte es sogar, bei der Begrüßung einmal **keine** doofe Bemerkung an mich los zu lassen.

Meine Eltern erschienen, Dad machte einen etwas blassen Eindruck unter seiner Sonnenbräune. Aber beide lachten und waren guter Laune. Sie erzählten von ihrem Urlaub auf *Terrassinien*. Die beiden Reiseveteranen waren in diesem Sommer nicht wie gewohnt auf Tour gegangen, hatten es sich stattdessen auf ihrer großen Dachterrasse gemütlich gemacht und jeden Tag ein anderes kulinarisches Abenteuer direkt ins Haus bestellt.

Herta hatte eine herbe Wanderung über Schweizer Gipfel gemeistert und dabei etliche Kilos eingebüßt. Stand ihr richtig gut. Sie sah sogar fast hübscher aus als zu Lillys Zeiten. Und neue Freundschaften hatte sie auch geschlossen.

Grillfete im Garten mit Fotos gucken, die Geschichten dazu erzählen und Erlebnisse schildern war angesagt. Und ich durfte mir endlich wieder selbst auf den Teller legen, was ich wollte: Fleisch samt Sößchen und Bierchen. Gemüse und Salat überließ ich großzügig den anderen.

Als es dunkel wurde, ging die bunte Lichterkette an und Svenja verteilte Windlichter zur romantisch-idyllischen Illumination auf dem Tisch und im Gärtchen. So saßen wir noch lange an diesem lauen Abend gemütlich beieinander, erzählten, machten alberne Witzchen und lachten viel.

❊

Nach so viel Urlauberei hatte sich natürlich ein ziemlicher Berg Wäsche angesammelt. Und Malle meinte, mich mal wieder in die Tätigkeit des Wäsche-Waschens einführen zu müssen. Eigentlich hatte es sich ganz gut eingespielt, dass sie sämtliche Wäsche wusch, die im Haus anfiel.

Sie war also im Keller. Ihre Stimme schallte durchs Haus, als sie nach mir rief. „Jan!"

Ich hasse es, wenn jemand durchs Haus brüllt.

„Ja-han!"

Phh! Sollte sie gefälligst nach oben kommen und mich in normaler Lautstärke ansprechen.

„JAN!!"

Ich hatte es mir im Wohnzimmer mit dem iPad gemütlich gemacht und recherchierte wichtige Komponenten zu einem neuen Song für die *Toffifees*.

„JA-HAN!!!"

Die brüllte immer lauter. Mann, das nervte vielleicht!

„WAS?!", brüllte ich einfach zurück.

„Komm runter."

„Kann grad nicht. Wichtig."

„Komm runter, verdammt!"

„Blöde Nervensäge. Kannst Du nicht alleine waschen? Machst Du doch sonst auch immer. Ständig diese Nölerei. Und überhaupt – das Rumgebrülle kann ich gar nicht leiden." Ich brabbelte so vor mich hin, bewegte mich aber nicht. Aber konzentrieren konnte ich mich auch nicht mehr.

„Was sagst Du da?!", tönte es aus dem Keller.

„NIX!"

„Komm endlich runter, verdammt noch mal!"

„Boah, Du gehst mir sowas von auf den Geist!" Mir schwoll der Hals zu. Eine weitere Recherche konnte ich jetzt erst mal vergessen. Heftig erhob ich mich vom Sofa, dass meine Knie gegen die Tischkante knallten.

AUAA!!! Ich rieb meine schmerzenden Knie und versuchte, die Qual weg zu hecheln. Alles Malles Schuld.

Dann stapfte ich in den Keller. Schön laut, damit Malle hören konnte, dass sie mich gestört hatte und ich quer durchs Haus laufen musste, nur, weil sie mir was sagen wollte.

„Was willst Du?" Wie die schon da stand, mit in die Arme gestemmten Hüften neben vollen Wäschekörben vor Maschine und Trockner.

„Du wirst mir jetzt beim Sortieren helfen."

„What?!" Ich glaubte nicht, was sich da in meine Ohren und durch die Hörschnecken hindurch in mein Hirn bohrte.

„Kochwäsche – 60 Grad – 40 Grad – 30 Grad. Jeweils ein Häufchen." Dabei grinste Malle auch noch frech.

„Bist Du Panne? Dafür rufst Du mich von meinen Recherchen weg?"

„Die kannst Du nachher weiterführen", erwiderte sie völlig stoisch und unsensibel.

„Seit wann kannst Du sowas nicht mehr alleine?"

„Warum sollte ich das tun? Ich bin nicht Eure Waschfrau."

„Hast Du jetzt einen Knall?"

„Nö, aber wir können auch gerne zukünftig jeder für sich getrennt Wäsche waschen. Ich meine paar Brocken und Du Dein und Svenjas Großaufkommen."

Stumm sortierten wir gemeinsam die einzelnen Teile zu Häufchen.

Kaum waren Waschmaschine und Trockner soweit, zitierte Malle mich wieder in den Keller und knallte mir die Körbe voll mit frisch gewaschenen und trockenen Wäschestücken vor die Füße.

„Was soll das?"

„Du wirst mir jetzt helfen, die Wäsche zusammen zu legen."

„Warum?"

„Weil das unsere gemeinsame Wäsche ist. Und die werden wir jetzt auch gemeinsam zusammenlegen."

Ich grummelte noch ein bisschen vor mich hin.

Malle überhörte das geflissentlich.

Da kam mir ein T-Shirt von Malle in die Finger. Ich warf es ihr zu.

„Was soll das?", fragte jetzt Malle irritiert.

„Das ist nicht meins."

Malle kniff die Augen zu Schlitzen, griff sich ein Teil, das sie eben gefaltet hatte und schmiss es mir an den Kopf. „Und die ist nicht meine."

Eine meiner Unterhosen wickelte sich halb um meinen Kopf.

Ich warf ihr noch einen wütenden Blick zu, den sie unbewegt erwiderte. Ohne weitere Worte falteten und sortierten wir nun die einzelnen Wäscheteile, rollten Socken und Strümpfe auf und stapelten die Hand- und Badetücher.

Im Jahr davor war das noch anders. Da hatten wir abwechselnd die Wäsche gemacht oder auch manchmal zusammen. Nur in freundlicherer Stimmung.

Hm, ob Malle *das* gemeint hatte?

❋

Mitte August hatte die Schule wieder begonnen. Für den September war ein betriebliches Praktikum angesetzt. Alle hatten einen Praktikumsplatz, und bis Monatsende wurden die Mädels und Jungs von den Lehrern noch einmal vorbereitet.

Svenjas Freundes-Kleeblatt hatte es einfach gehabt: Henry und René hatten bei Papa Rolf in der Firma Einsatz gefunden, Fine war von ihrem Papa im Baumarkt untergebracht worden, und Svenja durfte zu Gerald in die *Möbelmanufaktur*, um dort in den Tischlerbereich hinein zu schnuppern.

Während der vier Wochen Praktikum in der *Möbelmanufaktur* hatte Svenja ausreichend Zeit, um die vielfachen und abwechslungsreichen Tätigkeiten eines Tischlers kennen zu lernen. Gerald sorgte dafür, dass Lillys Tochter von einfacheren bis aufwändigen Reparaturen hin zu Restaurierungsarbeiten einiges kennen lernte. Sie durfte zu Kunden mitfahren, um dort maßgefertigte Möbel einzubauen (so wie unsere Küche). Und was ihr am meisten Spaß machte: In der letzten Woche durfte sie unter Anleitung ein eigenes, kleines Projekt verwirklichen.

Svenja hatte sich dort in der entspannten, fast familiären Atmosphäre der *Möbelmanufaktur* äußerst wohl und anerkannt gefühlt. Auch die immer noch spürbare Wertschätzung ihrer Mutter und deren früherer Mitarbeit hatten ihr richtig gut getan. Gerald fand, dass Svenja gute Chancen hatte, in die künstlerischen Fußstapfen von Lilly zu treten.

Zum Abschluss hatte sie ein tolles Zeugnis über ihre Zeit als Praktikantin erhalten. Sie war dermaßen begeistert, dass sie nun unbedingt Tischlerin werden wollte.

„Dafür brauch ich nicht mal Abitur, Papa, Abschluss 10. reicht völlig."

„Und wenn Du irgendwann dann doch noch mal studieren möchtest? Dann fehlt Dir aber Dein Abi."

„Nö. Studieren hab ich kein Bock. Mach ich bestimmt nicht."

„Sagst Du so in Deinem jugendlichen Übermut."

„Och, Manno …", maulte sie und zog eine Schnute.

„Lass Dir dieses Schuljahr noch Zeit zum Überlegen und Abwägen."

Damit gab sie sich erst mal zufrieden. Ich aber nicht. Sagte ich aber nicht.

❦

Im neuen Schuljahr war Svenja von ihren Mitschülern sowohl für ihren Mut, an sich herum schnippeln zu lassen als auch für das wunderschöne Ergebnis der nun flach am Kopf liegenden Öhrchen bewundert worden. Sie trug auch keine Beanies mehr und war launemäßig wieder obenauf.

Zu ihrem Geburtstag lud sie die „alten" Mädels trotzdem nicht ein.

Lieber verbrachte sie den Nachmittag und Abend mit ihrem Kleeblatt im Rebstockbad mit seinen tollen, langen Rutschen. Zum ersten Mal ohne mich, ohne Herta, ohne Omi und Opi. Natürlich durfte ich die Vier wieder kutschieren und Svenja mit dem nötigen Kleingeld versorgen.

Am Tag vor Svenjas Geburtstag liefen wir zu viert bei Mum und Dad auf – ich mit meinen drei Damen Svenja, Lenchen und natürlich Herta. Ich liebte diese warmen Sonnentage des beginnenden Herbstes. Besonders, wenn wir sie mit Kaffee und Torte auf der Terrasse meiner Eltern verbringen konnten. Dad saß schon einsatzbereit unterm Sonnensegel auf der schönen, großen Terrasse voller blühender Pflanzen am Tisch und strahlte uns entgegen. Wenn Dad so strahlte, ging in meinem Herzen sie Sonne auf.

„Schön, dass Ihr da seid. Schaut mal, die Dame meines Herzens hat ihre berühmten Mini-Torten gebacken, gleich zwei in den Sorten, die Du so liebst, Svenja. Für jede Zahl Deines neuen Lebensjahres eine."

Es gab eine Himbeer-Sahne-Torte mit einer Kerzen-1 oben drauf und eine Schokotorte mit der ergänzenden 5, ebenfalls als Kerze aufgesteckt. Svenja klatschte vor Begeisterung in die Hände und jubelte. Manchmal war sie eben doch noch mein kleines Mädchen.

Svenja hatte ihre kleine Reisetasche und auch ihren Schulsack dabei, denn sie wollte bei Omi und Opi übernachten und von dort aus zur Schule fahren. Dass es mir bei dem Gedanken daran, dass Svenja allein, ohne die gewohnten Mitfahrer, mit der S-Bahn quer durch Frankfurt düste, im Nacken kribbelte, wollte ich nicht laut sagen. Aber wahrscheinlich standen meine Gedanken als Leuchtbuchstaben auf meiner Stirn.

Natürlich hatte meine sensible Elfenprinzessin wie immer erraten, was in mir vorging: „Boah, Papa, ich bin wirklich kein Baby mehr! Und ich kenn mich voll aus mit der S-Bahn. Außerdem bin ich jetzt *15*."

Als ob *das* eine Qualifikation wäre! Noch drei Jahre bis zur Volljährigkeit und noch eine Ewigkeit bis zum Erwachsen-Sein. Auch das stand mir wohl ins Gesicht geschrieben, obwohl ich mir weiterhin jeden Kommentar verkniff. Ich schnaubte nicht einmal.

„Ach, Papilein, ich hab Dich *sooo* lieb!" Mit diesem Seufzer umarmte mich meine Prinzessin heftig. Und mein gequältes Papaherz? Schmolz dahin …

In dieser Papa-Tochter-Glückseligkeit beim Verabschieden flüsterte sie mir noch etwas Beunruhigendes ins Ohr. „Du, Papa, hast Du gemerkt, wie wacklig Opi drauf ist?"

Ja, aber bis zu diesem Moment hatte ich es erfolgreich verdrängen können.

❂

Marlene hatte zunehmend Schwierigkeiten, sich mit der Situation und den Mitarbeitern in ihrem Job zurecht zu finden. Inzwischen schlugen die Wellen hoch. So hoch, dass sie zum Vier-Augen-Gespräch mit dem Personalchef Heiner Klarens zitiert wurde. Hätte sie mal lieber auf mich gehört und wär vor ein paar Wochen selber zu ihm gegangen. Säh dann jetzt besser für sie aus.

Weder hatten ihre neuen Ideen mit den anarchistischen Ansätzen in ihrer Mitarbeiterführung Erfolg gezeigt noch die danach und seither praktizierte Methode vom Star-Trek-Prinzip. Besonders einer ihrer Mitarbeiter war scharf auf ihren Posten und ihre Privilegien. Verstecktes Mobbing bis hin zu offenen Auseinandersetzungen hatte sie in den letzten Monaten erdulden müssen.

Natürlich hatte das Auswirkungen auf die Effizienz ihrer Arbeit. Ihr Team rollte auf ein grottenschlechtes Jahresergebnis zu.

„Ja, und dann meinte Heiner, falls sich im letzten Quartal nicht gravierende Verbesserungen sowohl im Team als auch in den Ergebnissen zeigen, könnte mein Job ab Jahresanfang vakant werden."

Lenchen saß vor mir, die Augen groß und kohlrabenschwarz. Tränen stiegen auf, und schon kullerte die erste ihre Wange herab. Es folgte ein wahrer Sturzbach. Betroffen hielt ich sie im Arm, wusste aber keine Worte, die ihr im Moment hätten Trost bieten können. Alles, was mir einfiel, waren Plattitüden von: ‚Wird schon nicht so schlimm werden' bis zu: ‚Wenn eine Tür zugeht …'

Da hielt ich dann doch lieber meinen Mund. So schlau war ich schon.

Sie arbeitete wie ein Büffel, mit Überstunden, Wochenenden, sogar Urlaub versagte sie sich. Das hieß dann für uns: Herbstferien auf Madeira ohne Lenchen. Ich hatte ihr sogar angeboten, den Aufenthalt in der Finca zu canceln, um hier bei ihr zu sein. Das lehnte sie aber ab.

War vielleicht auch ein bisschen halbherzig vorgebracht, mein Vorschlag. Schließlich konnten weder ich noch Svenja etwas dafür, dass sie Stress im Job hatte.

※

An Heilig Abend marschierte Malle wie im Jahr zuvor zu ihrer Freundin Jutta. Endlich hatte sie sich Urlaub gegönnt, bis ins neue Jahr. Bis zur Erschöpfung hatte sie gearbeitet. Nun blieb ihr nichts weiter übrig, als die neuen Abschlusszahlen im Januar zu erwarten.

Svenja und ich machten uns mit den üblichen Gaben, Jahresfoto von uns beiden und weihnachtlichem Blumengebinde, auf nach Thüringen. Dort kam etwas Neues auf uns zu. Lilly lebte seit einigen Monaten mit Hilfe und Unterstützung durch das Klinikpersonal in einer der Rhönland-Klinik-eigenen Wohnungen. Vom Empfang aus wies man uns den Weg.

Auf unser Klingeln hin öffnete sie die Tür und empfing uns mit strahlendem Lächeln. Ihre unglaublich blauen Augen blitzten wie früher, und ihre goldblonde Lockenmähne wallte offen über ihre Schultern.

Svenja stand ihr gegenüber wie ein Spiegelbild. Sie war inzwischen genau so groß wie ihre Mutter. Und genau so zierlich und bildschön. Die gleiche, cremefarbene Haut, die zart rosigen Wangen. Nur, dass Svenjas Augen in einem auffallenden Grün glitzerten und ihre lockige Mähne rotgolden schimmerte.

Meine beiden Mädels. Gleich darauf lagen sie sich in den Armen. Ich stand selig lächelnd daneben und genoss den Anblick.

Stolz zeigte Lilly uns ihre Wohnung. Auf etwa 50 Quadratmetern gab es ein kleines Duschbad, ein separates Schlafzimmer, eine Kochnische mit offenem Wohnraum und winziger Terrasse, auf der sie jede Menge Blumentöpfe in verschiedenen Größen stehen hatte. Alle gut eingepackt fürs Überwintern.

An einer Schnur, die von einem Haken in der Decke herabhing, hatte Lilly Glückwunschkarten geklammert. Jedes Jahr zum Geburtstag hatte Herta sie ihr geschickt, als Bindeglied zu ihrem Leben mit uns im Kalbachtal.

Auf einem Regal reihten sich die Fotos von uns, die wir ihr jedes Jahr mitbrachten. Sie wirkten wie eine zeitliche Dokumentation. Während Svenja von einer kleinen Knospe zu einer zarten Blüte herangereift war, war ich mit den Jahren – äh – immer reifer geworden. Naja …

Sie hatte selbst eine asiatische Linsensuppe für uns zubereitet, so mit Bananen und Curry und schön scharf. Außerdem hatte sie einen schokoladigen Bisquite gebacken, den sie uns mit Zimtsahne servierte. Dazu gab es Heiße Schokolade aus flüssiger Sahne und dunklem Kakao. So hatte ich mir uns drei früher immer vorgestellt, als Familie.

Svenja packte ihr Diorama aus. Und tatsächlich zeigte es eine lebendige Szene aus dem Rebstockbad, in dem jede Menge Menschlein herumwimmelten. Mitten drin Svenjas Freundes-Kleeblatt mit der kleinen leuchtenden Elfe auf Svenjas Schulter. Dieses Miniaturpanorama war wirklich ein Meisterstück.

Bevor wir gehen mussten, nahm Lilly uns mit hinüber ins Haupthaus der Klinikanlage, wo sie uns durch die Gemeinschaftsräume zu ihrem besonderen Raum führte, zu dem sie einen Schlüssel besaß.

„Dr. Burger hat mir schon länger ein eigenes kleines Atelier gestattet, in dem ich in diesem Jahr fast jeden Tag gearbeitet habe. Den Schlüssel brauche ich, weil meinen Bildern und Skulpturen sonst vielleicht ein Leid geschehen könnte. Manche der Bewohner hier sind ziemlich abgedreht." Dann fügte sie noch schulterzuckend hinzu: „Naja, ich weiß schließlich selbst am besten, was so alles passieren kann, wenn die Dämonen zu mächtig werden."

Sie öffnete die Tür, ließ sie aufschwingen und uns den Vortritt in ihr Reich. Svenja und mir klappten gleichzeitig die Münder auf, und mit großen Augen bestaunten wir Lillys Werke, die sie innerhalb dieses einen Jahres geschaffen hatte.

An den Wänden lehnten Bilder mit unterschiedlichsten Motiven, auf einem Arbeitstisch lag eine pralle Mappe, eine begonnene Skizze, Pastellkreiden daneben, mit denen sie wohl daran arbeitete. Daneben ein Arbeitspult mit einer unvollendeten Figur aus Speckstein.

Es gab ein Regal, in dem sich ihr Arbeitsmaterial tummelte. Acryl- und Ölfarben, Leinöl, Pinsel in verschiedensten Größen, mit Borsten oder Haaren, sortiert und mit den Stielen griffbereit in Gläser gestellt, Terpentin zum Reinigen, Bunt- und Bleistifte in allen Härtegraden, Skizzen- und Aquarellpapier sowie Leinwände. Dann noch Specksteine und das passende Werkzeug, Feilen, Raspel und Stahlwolle. Auch bereits fertige Skulpturen befanden sich dort.

Doch das Beste waren die Wände. Alle waren sie bemalt. Sogar die Tür. Das meiste war zwar erst anskizziert, aber schon erkennbar.

Doch statt Waldszenen wie im Elfenreich daheim unterm Dach, hatte sie das Meer in all seiner Vielfalt aufleben lassen. Strand mit dicken Felsen, auf denen Seehunde lagen. Weiter Blick übers Wasser, Licht und Wolken, die sich dunkel und hell am Horizont türmten. Jede Menge Seevögel, die durch die Lüfte schwebten. Landschaften unter Wasser mit Korallenriffen und bunten Fischschwärmen. Märchenhafte Szenen von einem Neptun-Schloss, das Nixen unterschiedlichster Art bevölkerten.

Auch das Waschbecken war mit Muscheln und Steinchen beklebt.

„Die Idee dazu kam mir bereits vor zwei Jahren. Da entstanden auch die ersten Skizzen, die ich damals noch im gemeinschaftlichen Malraum anfertigte. Dann kam aber die Geschichte mit Mutter, und ich erhielt einen herben Rückfall. Hab dann einige Zeit gebraucht, bis ich wieder imstande war, auch nur an Arbeit zu denken. Aber seitdem geht es mächtig aufwärts."

„Vor zwei Jahren?", quiekte Svenja. „Da war ich an Karneval als Nixe unterwegs!"

Lilly lächelte still.

Und mir hatte es die Worte aus dem Hirn geraubt.

❄

An unserem traditionellen Schlafanzuggammeltag konnte ich Malle nur schwer um mich haben. Sie dagegen zeigte umso mehr Kuschelbedürfnis. Ich vergrub mich in längst zig Mal gesehenen Filmen und Märchen und ließ weitestgehend Svenja plaudern.

Ihr Schwärmen von Mama Lillys Fortschritten sorgte leider auch nicht für Entspannung. Im Gegenteil: Malle sah mich häufiger mit fragenden Blicken an. Die ignorierte ich aber stoisch.

Heute weiß ich: Das Problem war, dass Marlene eben **Marlene** war. Und nicht Lilly. Das konnte ich ihr aber nicht sagen. Dafür konnte sie ja nix. Und vor allem hätte ich das erst mal vor mir selber zugeben müssen. Das verdrängte ich damals aber vehement und erfolgreich.

Am Zweiten Weihnachtsfeiertag dann wieder mit Herta und meinen Eltern zum Familienfeiertag bei Malles Eltern, deren Haus bereits voll war mit ihren Brüdern samt Anhang. Naja, durch die vielen Leute hob sich mein eigenes Gefühl mit mir selber wieder, und ich konnte Malle wieder besser ertragen.

Allerdings gefielen mir Mum und Dad nicht besonders gut. Das heißt, sie wirkten auf mich – äh – hört sich jetzt doof an – alt. Naja, sie bewegten sich langsamer als ich es gewohnt war. Und irgendwie hatten sie mehr Falten als noch im Jahr zuvor. Dünner waren sie auch. Aber sie lachten, drückten uns alle und machten einen fröhlichen Eindruck.

2011 – DUNKLE WOLKEN MIT LICHTBLICK
Auch die dunkelste Gewitterwolke
trägt am Rand einen Silberstreif.
_{Aus China}

❋

Das neue Jahr begann mit einem Knaller. Nicht unerwartet, aber doch heftig. Unser Arbeitsalltag hatte gerade wieder begonnen, da kam Malle eines Abends kreidebleich nach Hause.

Das schrie förmlich nach meinem Allheilmittel: Ich schmiss meinen hammermäßigen Kaffeevollautomaten an, braute zwei Kaffee, setzte Malle an die kleine Küchentheke und uns die vollen Becher vor die Nase.

Und dann wartete ich erst mal ab. Ich kannte das ja schon. Malle brauchte immer eine Weile, bis sie sich sortiert hatte und ihr Erlebtes in Worte fassen konnte. Aber ich ahnte sowieso schon, wovon sie berichten würde.

Schlückchenweise schlürfte sie ihren heißen, schwarzen Kaffee.

Und schließlich begann sie stockend: „Ich – äh, hm – heute Nachmittag kam kurz vor Büroschluss ein Anruf aus der Personalabteilung. Heiner wolle mich umgehend sprechen. Ich konnte mir schon denken, weshalb. Die neuen Abschlusszahlen waren da. Kaum saß ich vor ihm, präsentierte er mir sowohl den Quartalsbericht als auch eine schematische Darstellung über den gesamten Jahresverlauf im Vergleich der verschiedenen Teams. Es war gruselig, die dramatisch absteigende Erfolgslinie meines Teams zu sehen. Und ich, als die verantwortliche Teamleiterin, darf nun die Konsequenzen ziehen."

Sie verstummte und starrte in ihren Kaffeebecher.

Nach einer Weile fragte ich: „Wie sehen diese Konsequenzen aus?"

Sie seufzte tief. „Ich hab die Wahl. Entweder akzeptiere ich den Verlust meines Status als Teamleiterin sowie eine Versetzung in eine andere Filiale. So ins *Hessish Outback* oder Neue Bundesländer oder so. Oder ich ziehe mich komplett aus meinem Job bei der Bank zurück, für die ich seit fast 25 Jahren tätig bin."

Ich schluckte. Das war ein dicker Brocken. „Aber eigentlich warst Du doch bisher immer sehr erfolgreich."

„Ja, schon, aber was für den Vorstand zählt, sind eben die grottigen

Ergebnisse des letzten Geschäftsjahres. Naja, und die Beschwerden der Mitarbeiter. Und besonders die aus der Klientschaft. Speziell die machen eine weitere Tätigkeit durch meine Person in dieser Position untragbar für die Bank. Unsere Arbeit gründet auf einer persönlichen Vertrauensbasis. Und die sei durch meine unfähigen Handlungen gefährlich gestört."

„Wie würdest Du Dich in einer anderen Filiale auf einem einfachen Teamstuhl fühlen?"

„Scheiße."

„Wie sieht es mit einer Abfindung aus?"

„Scheiße."

„Wie jetzt?"

„Keine Abfindung bei Weggang. Dass keine Schadenersatzansprüche gegen mich geltend gemacht würden, sei Abfindung genug."

„***What!?*** Frechheit! Das lässt Du Dir aber nicht bieten, Lenchen."

„Stimmt. Lass ich mir auch nicht. Aber von der hauseigenen Rechtsabteilung lasse ich mich auch nicht beraten. Die kann zwar auch für Belange des Personals in Anspruch genommen werden, aber den Anwälten dort unterstelle ich Parteilichkeit. Wahrscheinlich zu Unrecht, will ich aber trotzdem nicht."

„Das musst Du auch nicht. Bist Du im Rechtsschutz?"

„Ja. Ich kenne zwar keinen Anwalt, aber das findet sich."

„Ich könnte Wolfgang anrufen. Der war doch mal Jurist. Vielleicht hat der noch Kontakte."

„Danke, aber nein, das brauchst Du nicht. Ich ruf Jutta an. Als Leiterin der Gleichstellungsstelle hier in Frankfurt kennt sie Gott und die Welt."

Ich mochte Jutta zwar als Person nicht, aber die Idee fand ich gut.

※

Innerhalb der nächsten Tage war Marlene hochmotiviert unterwegs. Zuerst räumte sie ihren Arbeitsplatz. So amimäßig mit Karton, in dem sie ihre persönlichen Arbeitsutensilien und ein paar Dekoteile verstaute. Mich hatte sie mitgenommen, um ihr unterstützender Kartonträger zu sein.

Während wir mit ihrer persönlichen Assistentin Dolores Wingart, die immer treu zu ihr gehalten und sie in allen Belangen loyal unterstützt hatte, noch einen Abschiedskaffee tranken, kamen tatsächlich ihre Team-leute so nach und nach, um sich mehr oder weniger entsetzt von ihr zu verabschieden.

Zum Schluss kam *Torpedro*. Peter Berger hatte diesen Spitznamen, weil er meistens so ziemlich alles torpedierte, was er finden konnte. Maßnahmen, neue Ideen und Vorschläge, auch und besonders die Teamleitung von Marlene. Hauptsächlich war es sein Verdienst, dass ihre Aktionen in falsche Richtungen liefen oder Fehler in Unterlagen auftauchten. Sie wusste es, konnte es aber nicht beweisen. Die beratene Kundschaft reagierte unwirsch und ließ ihren Unmut natürlich beim Vorstand laut werden, statt damit zu ihr zu kommen.

„Ach, Marlene, das tut mir aber jetzt leid, dass Du hier komplett aufhörst."

„Ach, Peter, ich danke Dir für Deine falsche Anteilnahme."

„Was? Willst Du mir was unterstellen?"

„Nö. Du bist schon so tief gesunken, bei Dir passt nix mehr drunter."

Torpedro lief rot an, holte tief Luft und feuerte eine freche Salve: „Besser, Du verziehst Dich jetzt. Aber ganz schnell. Du hast hier nichts mehr zu suchen."

Malle versteifte ihren Rücken, hob grinsend ihren Kopf noch ein Stück an. Instinktiv wich Peter einen Schritt zurück.

Leise und akzentuiert setzte Malle ihren verbalen Sezierdegen an: „Dein Vorschlag, lieber Peter, ist, wie die meisten Deiner Vorschläge, eher suboptimal. Aber das lässt wieder mal mehr als deutlich erkennen, dass Deiner Mutter der Alkohol während der Tragezeit mit Dir äußerst gut geschmeckt hat."

„Bist Du jetzt völlig übergeschnappt?", quiekte er los.

„Nicht völlig", gab Malle sanft und lächelnd zurück.

„Du miese – ", brauste Peter auf.

„Lass es!", bremste sie ihn scharf. „Sei lieber vorsichtig. Ich merke gerade, dass Dein Adrenalinspiegel steigt. Adrenalin macht zwar schnell, aber auch dumm. Obwohl – viel verderben kann der Botenstoff bei Dir eh nicht."

Das Rot in Peter Bergers Gesicht wurde noch einige Nuancen dunkler. Es war faszinierend zu beobachten, wie es hinter seiner Stirn ratterte. Aber aus seinem Mund purzelten nur unartikulierte Laute.

Und Malle konnte es nicht lassen. Sie trat noch einmal nach: „Doch auch für Dich gibt es einen kleinen Trost. Du bist sicherlich nicht komplett unbrauchbar. Schließlich weiß ich, dass Du einen Ausweis für Organspende hast."

Wenn Malle gereizt wird, kann ihr keiner das Wasser reichen.

❄

Dann rief sie Jutta an. Die empfahl ihr Tanja Rosenthal, eine Anwältin, mit der die Gleichstellungsstelle oft zusammenarbeitete und die entsprechende Erfolge aufzuweisen hatte.

Sie hatte auch gleich am darauffolgenden Tag Zeit. Von diesem Termin kam Lenchen mit einem Lächeln zurück.

„Stell Dir vor, Jan, sie hat sich nur von einer Seite meines Arbeitsvertrages Kopien gemacht. Außerdem hat sie sofort mit Heiner in der Bank telefoniert, sich kurz vorgestellt und um ein umgehendes gemeinsames Gespräch gebeten, um sich vielleicht noch außergerichtlich einigen zu können."

„Na, die scheint ja wohl auch vom schnellen Einsatzkommando zu sein."

„Aber ganz bestimmt. Heiner wollte noch einige Einwände anbringen, da hat sie ihn einfach abgewürgt und gemeint, wenn er die weiteren zustehenden Herren kontaktiert habe, könne er per Mail gerne einen zeitnahen Termin für das Gespräch bekannt geben."

„Die lässt ja wirklich nichts anbrennen."

„Nö. Ist auch gut so. Und das Beste kommt noch. Stell Dir vor, ich war noch mit Tanja im Gespräch, als keine Mail, sondern gleich ein Rückruf von Heiner kam. Nun haben wir übermorgen um 11 Uhr einen Termin in der Bank."

„Prima, ich drück Dir die Daumen."

❄

Zwei Tage später kam Lenchen grinsend mittags nach Hause.

„Einsatz für Deinen hammermäßigen Kaffeevollautomaten, Jan", rief sie schon, kaum, dass sie die Tür aufgeschlossen hatte.

Sie grinste immer noch, als sie sich an die kleine Küchentheke setzte und ich uns zwei Becher Kaffee aufbrühte.

„Also, das Treffen fand im Besprechungsraum statt. Tanja hatte mich instruiert, selber kein einziges Wort zu sagen, stattdessen zu lächeln und ausschließlich ihr die entsprechenden Ausführungen zu überlassen. Dann saßen wir uns am langen Tisch gegenüber. Klaus-Dieter Neu, CEO des Vorstands, Jens Kotting, CEO Investment & Vermögen und Heiner, in seiner Funktion als Personalchef mitsamt schriftführender Assistentin Silva Schneider. Alle schön nebeneinander mit dem Rücken zur Fensterfront."

„Ui, und ihr durftet auf der gegenüberliegenden Seite ins Licht blinzeln?"

Lenchen nickte. „Meine Anwältin und ich wurden super vom Sonnenlicht angestrahlt. Aber ich schuf erst mal eine vernünftige Basis und bat Silva, die Vertikalstores zu schließen. Danach ging alles ganz schnell."

Sie nahm erst mal einen großen Schluck Kaffee und führte dann weiter aus: „Tanja ließ sich auf keinerlei Small-Talk-Geplänkel ein, knallte Kopien meines Arbeitsvertrages jedem einzelnen der Herren vor die Nase, ergriff dabei sofort das Wort und führte aus, dass mein Arbeitsvertrag eine entsprechende Klausel, gelb gemarkert, für eine Abfindung im Falle eines freiwilligen Ausscheidens meinerseits enthielt. Dieser Umstand sei gegeben, da man mir die Wahl gelassen hatte, zu bleiben oder zu gehen. Die Abfindung selbst stehe aber in keinster Weise mit Erfolg oder Nichterfolg meiner Tätigkeit in Zusammenhang, entsprechender Passus ebenfalls gemarkert. Sie ist auf jeden Fall zu leisten."

Fast prustete ich meinen Kaffee zurück in den Becher, so musste ich lachen.

„Naja – die Herren sträubten noch etwas das Gefieder, drohten damit, vor Gericht zu gehen. Ich hielt das von Tanja empfohlene Lächeln tapfer aufrecht, während meine Anwältin sich gemütlich zurücklehnte, die Hände vor dem Bauch verschränkte und grinste. Es dauerte eine Weile, aber schließlich legte der Neu beide Hände flach auf die Tischplatte und tat zähneknirschend seine Entscheidung kund: ‚Abfindung genehmigt. Herr Klarens, weisen Sie die Personalbuchhaltung an, die entsprechende Auszahlung vorzunehmen.'"

„Glückwunsch, Lenchen!", rief ich aus.

„Genau das meinte der Kerl direkt an mich gewandt auch: ‚Glückwunsch, Frau Sommer. Nehmen Sie ihre Abfindung, aber glauben Sie ja nicht, dass Sie noch bei irgendeiner Bank eine Anstellung finden werden.'"

„So, wie ich Dich kenne, hast Du das nicht unkommentiert gelassen."

Sie grinste breit. „Genau. Ich konnte es mir wirklich nicht verkneifen.

Ich sagte also: ‚Danke. Und ich bitte außerdem um ein Arbeitszeugnis, damit ich es mir unter den Klodeckel kleben kann.'"

Ich lachte lauthals und drückte Lenchen einen dicken Schmatzer auf die Lippen. „Frauenpower vom Feinsten, Lenchen. Da blieb den Herren gar nichts anderes übrig, als klein beizugeben."

„Hihi, und stell Dir vor, wie doof doch manche Menschen sein können. Tanja öffnete schwungvoll die Tür. Es gab einen kleinen Knall und einen etwas größeren Aufschrei, weil *Torpedro* sich nicht hatte entblöden können, Lauschposten an der Tür zu beziehen, die er dann gerade eben vor den Kopf bekommen hatte."

Ich kicherte in mich hinein. „Sicher hast Du auch ihm noch ein Wort des Abschieds gegönnt."

„Klar. Sogar mehrere. Und auch schön laut, dass vor allem die noch im Besprechungsraum befindlichen Herren es mitbekamen."

„Was hast Du vom Stapel gelassen?"

„‚Ach, der Herr Berger hat an der Tür gelauscht. Manche Menschen sind wirklich der atmende Beweis dafür, dass ein Existieren ohne Hirn möglich ist.'"

Wir lachten, bis uns die Tränen die Wangen hinunterliefen und uns die Bäuche weh taten.

Dann wollte ich wissen: „Hast Du schon Pläne oder eine Idee, was Du künftig machen willst?"

„Erst mal zurücklehnen und schön gemütlich die Beine hoch. Der olle Vorstandsfuzzi kann sich hacken legen. Als Bankerin will ich auf gar keinen Fall mehr arbeiten. 25 Jahre Bankendasein lassen sich zwar nicht mal so eben abstreifen, aber die feudale Abfindung gewährt mir genügend Zeit für eine feine Selbstfindung. Ideen werden dann schon kommen."

Die erste hatte sie schon. Sie fand, mit fast 60 Jahren könne sie prima mitsamt Abfindung der Treu&Glauben-Bank in den Vorruhestand gehen.

❦

Osterurlaub. Flieger nach Madeira und chillen in der Finca war angesagt. Doch diesmal wollte Svenja lieber in Frankfurt bleiben. Gerald hatte ihr angeboten, während der Osterferien wieder in der *Möbelmanufaktur* zu jobben.

„Äh, wir wollten aber doch wieder los nach Madeira. Lenchen kommt auch wieder mit."

„Na, dann bist Du ja nicht alleine, Papa."

„Nö, aber Du. Und das geht auf gar keinen Fall."

„Ach, alles schon mit Godi klar gemacht. Ich darf solange bei ihr wohnen. Und zur Schreinerei fahren und abholen tut sie mich auch."

Tja, was sollte ich da noch groß sagen?

Ich gab ihr also mein Einverständnis. Dafür bekam ich eine fette Umarmung. Sogar mit Schmatzer. Naja, manchmal schien ich ja doch nicht so falsch zu liegen mit meinen Entscheidungen und Handlungen. Und als Teenietochtervater genoss ich diesen selten gewordenen Zärtlichkeitsausbruch sehr.

Lenchen und ich ließen alltägliches Einerlei samt Gedanken an die Zukunft in Frankfurt zurück und schwelgten auf Madeira in romantischer Zweisamkeit. Ich liebte diese Momente, in denen wir zum Beispiel einfach nur abends auf der vom Blauregen beschützten Terrasse saßen.

Die sanfte Flamme einer kleinen Kerze ließ den Mondeo in unseren Gläsern dunkelrot funkeln. Tief unter uns lag das Meer weit und lavendelfarben in den abendlichen Schatten der untergehenden Sonne. Intensiv ließ sie in der ungetrübten Atmosphäre des Südens den Horizont in Rot-, Orange- und Gold-Tönen aufflammen, die langsam in leuchtendes, kühles Türkis übergingen, immer dunkler Blau werdend bis hinauf zum silbern funkelnden Nachthimmel.

Lenchen saß neben mir, genoss den Anblick, das Zirpen der Grillen und die laue Luft, schwer von frühlingshaften Düften. Ich betrachtete sie. Ihr klares Profil mit dem energischen Kinn, den vollen Lippen, der kleinen, geraden Nase und der hohen Stirn, die durch den modisch-lässigen, leicht überlängten Kurzhaarschnitt ohne Pony besser zur Geltung kam.

Kurz vor unserem Urlaub hatte sie mich mit dieser neuen Frisur überrascht. Der helmartige Pagenschnitt gehörte der Vergangenheit an. Ich fand's gut.

✺

An einem Sonntag im Mai waren wir bei meinen Eltern zur Diamantfeier mit Kaffee und Kuchen eingeladen. Svenja und ich mit Lenchen. Und natürlich war auch Herta mit dabei. Die zählt ja eigentlich auch zur

Familie. Wir luden also Herta mit ins Auto, kutschierten nach Frankfurt und juckelten mindestens eine Viertelstunde ums Karree auf der Suche nach einem Parkplatz.

Dann standen wir vor dem Hauseingang und klingelten. Es dauerte ungewöhnlich lang, bis aus der Gegensprechanlage ein: „Ja, bitte?" ertönte.

„Hi, Omi, wir sind's", piepte Svenja gleich los, „machst Du bitte auf?"

Der Summer ertönte. Zum Glück hatte das Haus einen nachträglich eingebauten Aufzug, denn die Beiden wohnten oben auf dem Dach in einem schicken Penthouse. Fünf Stockwerke laufen, wäre weit mehr als nur eine Herausforderung gewesen. So jedoch gondelten wir gemütlich empor.

Die Fahrstuhltür öffnete sich, und es bot sich uns ein phantastisches Bild: Das Nachmittagslicht fiel schräg durch das Flurfenster und umhüllte die beiden Arm in Arm dastehenden alten Leutchen mit einem sanften, goldenen Strahlen. *Als wären sie nicht von dieser Welt ...*

Svenja neben mir stutzte kurz und warf mir einen fragenden Blick zu. Dann stürzte sie los und umarmte ihre Omi und ihren Opi ganz lang.

Ich störte den innigen Moment, indem ich zärtlich-rüpelnd meinte: „Hey, wir wollen auch noch ‚Hallo' sagen."

Also, die ganze Begrüßungszeremonie fühlte sich irgendwie strange an.

Zum Kaffee kamen dann noch Katja und Tobias, ein junges Paar, das ebenfalls im Haus wohnte. Sie mochten meine alten Herrschaften und machten manchmal kleinere Besorgungen für sie. Ich schaute zwar regelmäßig vorbei, aber ein Kommen mal eben auf die Schnelle war bei meinem getakteten Tagesablauf in der Bank oder auch vom Kalbachtal aus nicht immer so einfach zu bewerkstelligen.

Auf der Torte, die die Konditorei geliefert hatte, prangte eine 60 und ein stilisierter Diamant.

„Ja, ihr Lieben, am 15. Mai 1951 haben wir geheiratet. Das ist auf den Tag genau nun 60 Jahre her, mehr, als ein halbes Jahrhundert", klärte Dad auf und lächelte Mum an.

Die zwei kannten sich seit ihrer Kindheit. Mit 15 hatte Bäckerlehrling Edwin verkündet: „Die Hannah heirate ich mal." Aber das war in den Zeiten des zweiten Weltkrieges.

Mit 17 wurde er zur Wehrmacht eingezogen. Die letzten wirren Kriegsjahre rissen nicht nur diese beiden Liebenden auseinander. Lange nach

Ende des Krieges fanden sie sich mit Hilfe einer Suchsendung durch das Radio wieder.

Dad war in französische Gefangenschaft geraten, hatte es aber mit seiner Zwangsarbeit bei einem Bäcker gut getroffen und kam mit französischer Spitze fürs Brautkleid und vielen neuen Rezepten in die Heimat zurück.

„Wie war das denn damals, als Ihr geheiratet habt?" Svenja als Kind des neuen Jahrtausends konnte sich nur schwer bis gar nicht vorstellen, wie das Leben Anfang der 1950er Jahre so ablief.

Adenauer war Bundeskanzler und übernahm im Frühjahr 1951 außerdem das Amt als Außenminister. Im zerbombten Frankfurt waren noch immer Aufräumen und Aufbauen angesagt. Dad gründete eine Bäckerei & Konditorei, Mum arbeitete kräftig mit. Schließlich war sie Konditorin. Dann eröffneten sie noch ein Café. Währenddessen Heirat, dann das lange Warten auf Nachwuchs. Endlich, juhu, ein Sohn und Erbe. Zu meinem Glück bestanden meine Eltern letztendlich nicht auf der Weiterführung ihres aus eigenen Kräften erbauten Geschäftes durch mich. Ich durfte lernen und mich für das begeistern, was mir lag. Das war damals Vieles, aber eines ganz bestimmt nicht – Backen.

„Und was für Musik habt Ihr gehabt?"

Grinsend stand Dad langsam auf, hielt sich am Stuhl fest und intonierte mit leicht brüchiger Stimme: „Ham Se nich, ham Se nich, ham Se nich ne Braut für mich?"

Dabei drehte er seine Hüften vorsichtig im Takt, griff die Hand von Mum und drückte ihr einen Schmatz darauf. Die kicherte glücklich wie ein junges Mädchen.

Svenja hielt beide Daumen nach oben. „Boah! Ihr zwei seid ja ein krasses Team, aber meine Musik von Samu Haber find ich doch besser."

„Habt Ihr aach aane Hochzeitsfahrt gemacht?", erkundigte sich Herta.

„Ja, aber erst Anfang August und auch nur für fünf Tage. Wir hatten damals einen VW-Käfer, bei dem war die Heckscheibe noch geteilt. Mit dem knatterten wir in die Hauptstadt von Oberfranken – nach Bayreuth. Dort fanden nach dem Krieg zum ersten Mal wieder die Bayreuther Festspiele statt. Wir kamen in den Genuss von *Parsifal*, inszeniert vom Enkel Richard Wagners. Wie hieß der gleich, Hannah? Weißt Du's noch?"

„Wieland. Wieland Wagner war's."

„Ja, genau, Wieland. Wieland Wagner inszenierte den *Parsifal*."

Meine Eltern hielten Händchen und lächelten sich selig an.

„Ach, und Hannah, weißt Du noch? Die Knef damals in dem Film?"

„Jaja", nickte Mum eifrig, „das war zu jener Zeit ein riesiger Skandal. Die spielte damals die Hauptrolle in dem Film von Willi Forst – ", sie stockte und sah Dad an.

„*Die Sünderin*", ergänzte er.

„Ja", machte sie wieder weiter. „*Die Sünderin*. Paar Sekündchen nackt im Pool. In der hochprüden Zeit von 1951. Es hagelte jede Menge Proteste von Seiten der katholischen Kirche. Es gab Demonstrationen *für* den Film. Und es gab Demonstrationen *gegen* den Film. Vor Kinos, die den Film spielten, wurden Barrikaden errichtet. Klagen wurden eingereicht und gingen bis zum Bundesverwaltungsgericht und sogar bis zum Bundesgerichtshof. In vielen Städten wurde der Film tatsächlich verboten, hier in Deutschland und auch in etlichen anderen Ländern."

„Aber warum denn?", wunderte sich Svenja.

„Naja, Hildegard Knef, jung und schön, schwamm nackelig im Pool und ließ für einige winzige Momentaufnahmen ihre nackte Rückseite samt Po und auch ihre nassen Brüste sehen."

„*Waaas?* Das war alles?" Svenja konnte es gar nicht fassen.

„Außerdem", führte Dad weiter aus, „empörte sich die katholische Kirche besonders wegen der Szene am Schluss. In dem Film geht es um ein sehr unkonventionelles Liebespaar. Sie heißen Marina, die eben von der Hildegard Knef dargestellt wurde, und Alexander. Den spielte der – "

Nun stockte er und sie ergänzte: „Gustav Fröhlich."

„Ja", machte Dad weiter. „Gustav Fröhlich. Der spielte den Alexander im Film. Alexander war Maler, verlor aber sein Augenlicht und fand das Leben nicht mehr lebenswert. Die ganze Geschichte wird sehr dramatisch erzählt und dargestellt. Eben auch mithilfe dieser berühmt-berüchtigten Nacktszene. Aber was fast noch schlimmer war: Zum Schluss reicht seine geliebte Marina ihm auf seinen Willen hin ein Glas Wasser, worin sich eine tödliche Menge Schlafmittel befindet. Dann nimmt Marina auch sich selbst das Leben."

„Jou. Die Katholen nennen sowas *Tötung auf Verlangen*. Und dann auch noch Selbstmord." Svenja nickte ernst. „Ist für die alles Todsünde. Haben wir mal im Ethik-Unterricht diskutiert. Über sowas gehen auch heut noch die Meinungen stark auseinander."

Für einen Moment breitete sich betroffene Stille aus. Meine Eltern saßen händchenhaltend nebeneinander. Auch das junge Pärchen hatte die Hände ineinander verschränkt und schaute sich an.

Ich war froh, dass Malle meine Hand in Ruhe ließ.

Dann ging ein sehnsüchtiges Lächeln über die Gesichter meiner Eltern: „Mein Gott, wie jung wir damals waren, so Mitte Zwanzig."

Mum seufzte und sah zu Katja und Tobias: „Ihr seid doch in etwa jetzt im gleichen Alter wie wir damals – oder?"

Katja nickte. „Ich bin 24."

„Und ich 26", setzte Tobias nach.

„Hach! Genau wie wir damals!", tönten meine Eltern in einem fröhlichen Unisono.

„Und ins Kino gehen wir auch gern. Ich find ja so Vampirfilme gut." Katja.

„Ich steh mehr so auf Science-Fiction wie die *Transformers*." Tobias.

„Und von Harry Potter hab ich nicht nur die Bücher gelesen. Den letzten Teil der Verfilmung von *Die Heiligtümer des Todes* möcht ich auch noch im Kino sehen." Svenja.

„Ei, un isch find de Til Schweischä mit seim Töschtersche Emma in *Kockowääh* supä." Herta.

„Bisschen was Intellektuelles: *The King's Speech* mit Colin Firth als King George VI. finde ich grandios. Bin gespannt auf die Oscarverleihung." Malle.

„Ja, der war prima, aber *Pirates of the Carribean* oder *Fluch der Karibik* setzt auch in jeder weiteren Verfilmung noch mal ein Ausrufezeichen dazu. Jetzt läuft gerade der vierte Teil." Ich.

Unser Durcheinander an unterschiedlicher Filmbegeisterung hatte die Stimmung wieder gelockert und angehoben. Es blieb auch weiter lustig und gut gelaunt. Katja und Tobias tauten sichtlich auf, und wir lachten alle sehr viel.

Vor allem genoss ich es, meine Eltern so gelöst und heiter zu sehen.

❋

Zwei Tage später wandelte sich die Heiterkeit in traurige Fassungslosigkeit.

Katja rief mich aufgeregt an, weil sie eigentlich meinen Eltern wie an jedem Dienstag einen frischen Blumenstrauß bringen wollte. Aber auf ihr mehrfaches Klingeln hin öffnete niemand. Sie hatte einen Notschlüssel.

Den holte sie und schloss auf.

„Ich ging hinein und rief nach ihnen. Keine Antwort. Und auch sonst ganz still in der Wohnung. Sehr ungewöhnlich. Genau. Fort konnten sie nicht sein. Sie gehen kaum mehr aus. Und dann – " Katjas Stimme brach.

Das Nächste, was aus meinem Handy drang, war lautes Schluchzen. Ich befand mich mitten in einer Teambesprechung. Blöd aber auch. Während Katja schluchzte, gestattete ich mir keine Katastrophenphantasie, schickte aber alle meine Leute raus zur Kaffeepause.

Nun konnte ich frei reden. „Katja, bitte beruhige Dich. Was war dann?"

Mein Bauch hatte längst die Antwort parat.

Mein Hirn verweigerte die Annahme.

„Dann – *schnief* – dann bin ich durch die Räume. Und dann – im Schlafzimmer hab ich sie dann gefunden. Genau. Jan, Deine Eltern liegen da angezogen auf dem Bett. Aber, Jan, ich konnte es sehen. Ich konnte sehen, dass sie nicht nur schliefen. Ich sah, dass ihre Seelen nicht mehr in ihnen waren. Jan, ich sah, dass sie tot waren. Genau. Bitte, Jan, komm ganz schnell."

Wie in Trance gab ich meinen Mitarbeitern Bescheid, verließ die Bank, rief Herta an und Svenja und Lenchen. Dann sauste ich rüber zum Haus von Mum und Dad. Das lag in der Nähe vom Zoo, also nur ein paar Straßen entfernt. An dem Tag schien der Aufzug besonders langsam zu fahren. Ich eilte den Flur entlang in die Wohnung und stand endlich im Schlafzimmer.

Und schaute ungläubig und wie betäubt auf meine tatsächlich wie schlafend da liegenden Eltern.

Unübersehbar ein Brief auf der Kommode. Feinstes Büttenpapier mit Füller beschrieben. Zwei verschlungene Herzen in ein paar Strichen auf den Umschlag gezeichnet. Ich öffnete ihn und las.

Lieber Jan, liebe Svenja,

unsere Entscheidung ist lange und wohl durchdacht. Bitte seid weder traurig darüber noch grollt uns.

Wir hatten ein gutes, erfülltes Leben mit sehr vielen, wunderbaren Momenten. In letzter Zeit aber ist uns der allgemeine Tagesablauf immer schwerer gefallen. Einkäufe habt Ihr oder Katja und Tobias für uns erledigt. Manches haben wir uns auch liefern lassen.

Die Beine wollten uns nicht mehr so richtig tragen. Die Hände hatten kaum noch Lust, etwas fest zu halten. Sogar das einfache Atmen war oft schwierig. Wir sind immer gerne gereist, doch unsere Ausflüge in die Welt beschränkten sich leider nur noch auf Erlebnisse im Fernsehen oder Besuche auf unserer Terrasse.

Dort haben wir, in der Sonne sitzend, auch unseren letzten, gemeinsamen Kaffee geschlürft und noch einmal Schokoladenpudding gegessen. Darin befand sich unser Ticket für unsere größte und längste Reise, die wir wohl nun angetreten haben. Selbst bestimmt. Das war uns sehr wichtig. Ehe wir zu schwach oder vielleicht doch zu doof wurden.

Erinnerungen wurden immer präsenter. Dafür ist unseren Gedanken Vieles für den Alltag Wichtige immer öfter einfach entglitten.

Und – wir hatten Angst davor, "übrig" zu sein, wenn einer von uns Beiden vielleicht hätte früher gehen müssen als der Andere. Und auf gar keinen Fall wollten wir in irgend so einem "Alte-Leute-Knast" landen, wo man kleinkindmäßig betreut wird. Oder gar pflegebedürftig. Unmündig.

Diese Vorstellung war so grausig für uns, dass wir uns für unseren Weg entschieden haben. Bitte, bitte: Habt Verständnis dafür und behaltet uns lieb, so wie wir Euch geliebt haben. Dich und Svenja. Und auch Marlene. Aber vor allem auch Lilly. Und nimm Herta ganz lieb von uns in den Arm.

Und dann lasst bitte unsere Körper sich im Feuer transformieren. Die Asche dürft Ihr anonym in einem Friedwald begraben. Ihr braucht keinen Platz des Gedenkens, denn wir leben in Euren Herzen weiter.

Danke noch einmal an alle für Eure Teilnahme an unserer lebendigen und lustigen Diamantfeier. So vergnügt und fröhlich sollt Ihr uns in Euren Gedanken behalten.

Fühlt nun noch einmal eine letzte, warme Umarmung von uns.

In Liebe und Dankbarkeit,
Mum & Dad – Omi & Opi – Hannah & Edwin

Ich stand da mit dem handgeschriebenen Brief, blickte auf die wunderschöne Schrift von Mum, las die Worte und die Unterschriften von Mum und Dad – und konnte es doch nicht fassen.

Darum hatten die Beiden sich am Sonntag so seltsam herzlich und ein bisschen wehmütig von uns allen verabschiedet.

Nun lagen sie da. In ihre schönste Kleidung gehüllt, Hand in Hand auf ihrem großen, breiten, weichen Bett. Sie lächelten beide. Und waren doch irgendwie nicht mehr da. Fast ihr gesamtes Leben hatten sie gemeinsam verbracht. Nun teilten sie auch den Tod miteinander.

Die gesamte Szene mutete so unwirklich an, beinah fremd.

Auf einmal fühlte ich mich unglaublich einsam.

Und dann kullerten und rollten und flossen sie. Wie Sturzbäche rauschten Tränen und Rotz aus Augen und Nase. Irgendwo in einer Hosentasche fand ich noch ein verknülltes Tempo, grabbelte es hervor und trocknete damit einigermaßen mein nasses und aufgeweichtes Gesicht.

Ich ging ins Wohnzimmer, setzte mich in Dads Sessel und brauchte lange, um mich wieder einigermaßen zu fassen.

Ein winziges Quäntchen Trost wehte als feiner Sommerwiesenduft zu mir heran. So riecht nur Lilly.

❊

Die Tage danach waren alptraumhaft. Zum Glück hab ich meinen Lagavulin. Der zieht schöne Nebelschleier vor diese Erlebnisse. Also, dann trau ich mich jetzt und puhle mal die Erinnerungsfetzen an Wasdanach-geschah hervor …

•

Alarmieren des Rettungsdienstes. Zum Glück kommt nur der Notarzt, bringt einen Helfer mit. Und wohl auch Zeugen. Alarmieren der Polizei. Die kommen zu zweit. Außerdem ein Kommissar. Der erklärt das gemütliche Schlafzimmer meiner Eltern zum Tatort. Verhöre. Erst mich, dann Katja, die ja die Beiden gefunden hat.

•

Die friedlich aussehenden Überbleibsel meiner Eltern werden in die Pathologie gebracht. Bestätigung dessen, was Mum in ihrem Brief mitgeteilt hat: Tod durch starkes Barbiturat im Schokoladenpudding.

•

Information meiner kläglichen Restfamilie – Svenja, Lenchen, Herta. Und Freunde – Rolf und Hilla, Wolfgang und Silke, Harald und Tabea. Und eine Nachricht in die Rhön-Klinik an Dr. Burger.

•

Organisation der Feuerbestattung und Beisetzung. Waldfriedhof Oberrad. Wir stehen in einem der Trauerhaine. Neben einem Baum ist ein kleines, rechteckiges Loch ausgehoben. Die Urnen mit dem, was letztlich von meinen Eltern übrig geblieben ist, werden gemeinsam hinunter gelassen.

Das Wetter an diesem Sommertag ist trüb. Nur fahl steht die Sonne hinter grauen Schleiern am Himmel. Zum Glück regnet es nicht. Das wär dann doch zu viel des Klischees. Dennoch unterstreicht das blasse Sonnenlicht das farblose Gefühl in meinem Herzen.

Svenja an meiner Seite. Der scheint es ähnlich zu gehen. Kann auch nicht mehr weinen. *Und wieder der feine Duft nach Sommerwiese.* Der Druck von Svenjas Hand in meiner wird ein bisschen fester.

Wissend sehen wir uns an. *Lilly ist da.*

❅

In dem Café, das mal meinen Eltern gehörte, saßen wir dann alle an einem Tisch. Svenja, Herta, Lenchen, Katja und Tobias. Und ich. So wie am Sonntag der Diamantfeier. Bloß, dass Mum und Dad in der Runde fehlten.

Und Lilly natürlich. Mir war schon klar, dass sie nicht persönlich kommen konnte. *Dafür spürte ich sie umso eindringlicher.*

Die Gespräche drehten sich um dies, das und jenes, um die liebenswerten Alltagskleinigkeiten, die wir mit den Beiden erlebt hatten. Und ganz langsam wurde die Stimmung ein bisschen lockerer, die Traurigkeit ein winziges bisschen kleiner. Sie blieb in unseren Herzen, aber in unsere Augen schlichen sich winzige Funken von wärmendem Frohsinn, wenn wieder eine kleine Albernheit aus dem Pool der Erinnerungen stieg.

Und dann meinte Svenja auf einmal: „Du, Papa, ich hatte an dem Diamant-Sonntag ein längeres Gespräch mit Opi."

„So? Um was ging's?"

„Naja, Du weißt schon", machte sie kryptisch.

Innerlich wappnete ich mich für weitere Rätsel. „Ich weiß Vieles, aber was meinst Du jetzt genau?"

„Na, meinen Plan."

Oh, Gott, Kind! Svenja hatte immer irgendeinen Plan von Irgendwas. Jede Menge Pläne hatte sie. „Welcher von den Vielen?"

Jetzt klang sie bereits ein wenig genervt ob der Begriffsstutzigkeit ihres alten Herrn. „Boah, Pappa! Statt Abi lieber Ausbildung machen."

„Aha. Und?"

„Also. Ich mach jetzt doch weiter bis zum Abi."

„Wie kam's zu diesem Sinneswandel?"

„Wegen Opi."

„Wegen Opi? Was hat der denn mit Deinem Abi zu tun?"

„Opi meinte, mit so einem Abschluss hätt ich was fürs Leben oder so und der wär immer für was gut. Und lernen fällt mir doch eh leicht. Weil, alles kann man verlieren, aber nicht das, was man mal gelernt hat. Das bleibt. Sagt Opi. Und ich glaub ihm das."

Wow! Dank an meinen weisen Dad. Posthum.

„Du kannst ja gerne in Deinen Ferien öfter mal bei Gerald arbeiten. Der ist sicher dankbar für Ferienhilfe, die er nicht erst anlernen muss."

„Genau. So hab ich mir das auch gedacht. Und nach dem Abi erst mal Ausbildung. Ich könnt ja dann vielleicht auch noch Design studieren. Oder auch nicht. Ich könnt auch ganz im historischen Sinne auf die Walz gehen."

Ich nahm sie in den Arm. „Alles das könntest Du, mein Schatz. Und noch viel mehr. Auf jeden Fall freue ich mich über Deine Pläne. Und auch darüber, dass Dein Opi Dir noch so einen guten Rat geben konnte."

❅

Tja, apropos Pläne: Malle. Malle hatte auch Pläne. Jede Menge. Und alle waren sie mehr oder weniger für die Tonne. Trotz eingereichter Unterlagen für ihren Vorruhestandsbezug wollte sie es noch einmal versuchen und für eine private Investmentfirma arbeiten, hatte sogar ein Vorstellungsgespräch ergattert, um dann dem Typen eine Abfuhr zu erteilen.

„Warum hast Du den Job abgelehnt, den Du so favorisiert hast?"

„Bah, das war mir einfach zu blöd da."

„Solch eine eloquente Antwort hätte ich Dir gar nicht zugetraut."

„Danke", grinste sie und fuhr fort: „Also, ich komm da an und steh vor nem hochmodernen Bürokomplex mit Riesenempfangshalle und gläsernen Aufzügen zu denen man nur durch eine Sicherheitsschleuse gelangen kann. Aber erst, sobald man an der *reception* den ‚Derfschein' zum *Entering* erhalten hat."

Ich zog nur eine Augenbraue hoch. Welche Laus hatte denn der Malle an der Leber geknabbert?

„Im entsprechenden Stockwerk angekommen, wieder eine *smiling reception*. Anmeldung, dann freundlich lächelndes und persönliches Geleit von einer Kaffee-Tee-Prinzessin."

„Moooment, hab ich da was verpasst? Was ist denn eine Kaffee-Tee-Prinzessin?"

„Meist die quietschblonde, quietschblöde Nichte von irgendeinem Oberboss, darauf spezialisiert, Teebeutel von Kaffeepulver unterscheiden zu können. Im günstigsten Fall besitzt ein solch feenhaftes Wesen noch die besondere Fähigkeit, daraus entsprechende Getränke herzustellen, die dann tatsächlich genießbar sind."

Meine nächste Augenbraue war dran. Auch sie ging nun in die Höhe.

„Die Kaffee-Tee-Prinzessin trippelte mir also voran und führte mich durch die Büroräume, alles *made in steel and glass*, die wenigen Wände und spärlichen Möbel mit viel Silber, Weiß und Grau gestaltet. Alles sehr über- und durchsichtig. Als *styling break* dann noch ganz gezielt und solitär aufgestellte, gleich große *plants in pots*. Bananen, Fächerpalmen, Elefantenfüße."

Ich sagte immer noch nix.

Süffisant fuhr sie fort: „Dann saß ich schließlich einem Jungspund Marke *Torpedro* gegenüber. Haare gelackt nach hinten, in den Tarnfarben des Büros gekleidet - anthrazitfarbener Anzug, weißes Hemd, weiß-silberne Krawatte. Nur Schuhe und Gürtel fielen völlig aus dem Rahmen. Er trug doch tatsächlich cognacfarbene Schuhe mit passendem Gürtel. Konnte ich durch die Glasplatte seines Schreibtisches sehen. Stand ja nix drauf außer nem winzigen *Apple*."

„Äh – wofür genau hattest Du Dich beworben? Als Raumausstatterin oder als Modeberaterin?"

„Boah, Jan! Ich wollte Dir bloß einen kleinen Eindruck verschaffen, in was für ein Petrischalenprogramm ich da fast geraten wäre."

„Und was hat die kleine Bazille Dir sonst zu bieten gehabt?"

„Hihi, der war gut! Ja, meine *qualifikations* waren gar nicht so *interesting*. Stattdessen ließ er sich weitschweifig aus über die *clear-mind-philosophy* der

Firma, deren mächtig wichtigen *clients world wide* und den damit *connecteten* unendlichen *ressources* sowie selbstverständlichem *personally twenty-four-hour-service per mobilefone*, *iPad* und *what-do-I*-sonst-noch-*know*."

Malle schnappte nach Luft. Ich hielt dieselbe an.

„Ist ja nich so, dass ich solchen anglizismengespickten Verbalquatsch nicht verstehe – " Sie zog mit beiden Augen nach innen schielend eine Schnute und brach ab.

Und ich gab ihr ein verständnisvolles Fazit: „Das war Dir einfach zu blöd da."

„Genau!", grölte sie und ich stimmte laut lachend ein.

❈

Den langen Sommerurlaub auf Madeira hatten wir alle drei dringend nötig. Und erst mal machten wir auch nix, außer im Pool planschen, faul in der Sonne liegen oder im Schatten sitzen und lesen. Meist schnarchte ich dabei sanft weg, dann fiel mir das Buch auf die Nase. Störte aber nicht weiter.

Unsere Haare wurden heller und bildeten einen schönen Kontrast zu unserer Haut, die immer dunkler wurde. Svenja mit ihrer zarten Elfenhaut trug regelmäßig Sonnenschutzcreme Faktor 50 auf. Auch im Schatten. Trotzdem nahm auch sie langsam eine zarte Bräune an.

Ungefähr alle fünf Tage stutzte ich meinen Urlaubsbart.

Lenchen fand mich damit sexy.

Svenja pfiff und rief: „Huhuuu! *Daddy Cool!*" Sie drehte das iPad mit dem eben aufgerufenen You-Tube-Video von *Boney M* mit dem Song *Daddy Cool* auf volle Lautstärke. Im Sommer 1976 **der** Hit. Damals stand ich im Abi, war fast 19 und damit nur etwa vier Jahre älter als Svenja heute.

Nun wackelte sie in ihrem grünen Bikini herum, wie ehedem der dürre Spinnefix Bobby Farrell.

•

Es gibt da in der Nähe unserer Finca einen Felsen. Dorthin spazierte ich immer wieder gern. Da konnte ich so gut einfach nur sitzen. Sitzen, in die Ferne übers Meer schauen und atmen.

Da fielen diese blöden Gedankenkarusselle einfach aus dem Kopf. Das Einzige, was blieb, war so eine angenehme, watteweiche Leere.

Inzwischen habe ich gelernt, dass Meditationsfreaks Jahre brauchen, um mit speziellen Übungen in diesen Zustand gelangen zu können. Ich brauchte nur auf dem Felsen sitzen. Dann klappte das ziemlich flott, das Entsorgen von meinem Gedankenmüll.

Naja, an einem Morgen war ich ziemlich früh wach und wanderte erst im Haus rum, dann aus der Tür hinaus. Wie von selbst bewegten sich meine Füße den schon so oft gegangenen Pfad zum Felsen.

Und dann saß ich da, schaute in die Ferne und atmete.

Die wirbelnden Gedankenstrudel um Lenchens Job-Verlust und ihre Vorruhestandspläne, Svenja, die immer mehr Frau wurde, den Tod meiner Eltern, sogar die Sehnsucht nach Lilly kamen langsam zur Ruhe, flossen schließlich ins Nirgendwo.

Sitzen. In die Ferne schauen. Atmen.

Plötzlich sachtes Steinchenrollen, schwaches Schlürfen von Schuhen, Pusten und leises Schnaufen. Dann legten sich zwei Arme um mich, und Svenjalein rutschte dicht neben mich auf den Felsen. Sie sagte nichts, lehnte nur ihren Kopf an meine Schulter.

So saßen wir, schauten in die Ferne und atmeten.

•

Lenchen hatte Yoga-Matten gekauft. Für jeden von uns eine. Die legte sie neben dem Pool aus und begann mit ihren Yoga-Übungen. Svenja fand auch das cool und fragte, ob sie mitmachen dürfe. Lenchen zeigte einladend und fröhlich lächelnd auf eine der Matten.

„Hey, *Daddy Cool!* Mach auch mit! Hier ist noch ne Matte frei für Dich."

Ich wollte kein Spielverderber sein, begab mich trotz knackender Knie auf die Matte, versuchte mich am Sonnengruß und verrenkte mir prompt den Rücken. Daraufhin verlegte ich meine sportlichen Aktivitäten in den Pool auf die Schwimmmatratze, stemmte dabei mit einer Hand einen schönen, eisgekühlten Longdrink mit Strohhalm und Schirmchen und nannte diese Übung: *Schlürfender Delphin.*

•

Als unser Vorrat an Mondeo zur Neige ging, war wieder mal Einkaufen fällig. Svenja zog *chilling in the shadows* vor, hängte sich die Stöpsel ihres iPhones in die Ohren und ließ sich von Samu Haber in dieselben säuseln. Die rockige Musik, die er mit seiner Band spielte, liebte sie nach wie vor und dudelte die Songs vom neuen Album *Out of Style* rauf und runter.

Beide Mädels hatten mich überredet, Svenja für die Dauer eines Einkaufes allein in der Finca zu lassen. Nach einer langen Liste mit Vorsichtsmaßnahmen und jeder Menge guter Ratschläge verdrehte Svenja die Augen und schob mich aus dem Haus.

Mit leichtem Grummeln im Bauch machte ich mich also mit Lenchen auf den Weg nach Funchal. Meine Laune hob sich, als ich sie so mit schwingendem Rock vor mir herlaufen sah. Mehr als nur ein Kerl drehte sich mit glitzerndem Blick nach ihr um. Bevor jedoch einer dieser glutäugigen Inselportugiesen ihr zu nahe kommen konnte, legte ich mal lieber meinen Arm um sie und schlenderte mit ihr in inniger Zweisamkeit durch die Markthalle und die alten Gassen.

Als wir mit vollen Körben wieder zurückkehrten, tönte die markige Stimme von Samu Haber und schallendes Gelächter von der Blauregen-Terrasse. Meinen besorgten, väterlichen Blick um die Ecke schweifen lassend, entdeckte ich dort einen braungebrannten Jüngling in kurzen Jeans, der den tänzerischen Anweisungen meiner Tochter zum Rhythmus von *Hollywood Hills* Folge leistete. Ich erkannte in ihm den Sohn von Pepe, dem Installateur, der samt seiner Familie in all den Jahren inzwischen zu unserem Freund geworden war. Die Beiden hatten sichtlich Spaß.

Ich blieb lässig, trug erst mal die Körbe ins Haus und räumte gemeinsam mit Lenchen unsere Einkäufe in die Schränke. Auch hier hatten wir einen kleinen Kaffeevollautomaten, nicht ganz so hammermäßig wie daheim, aber dennoch ließ sich mit ihm ordentlich Espresso brauen.

Das rasselnde Mahlen holte Svenja herein, Pepe Junior im Schlepptau. Meine Güte, seit letztem Jahr war aus dem schlaksigen Knaben ein Mann geworden, durchtrainiert, mit breiten Schultern und ansehnlichem Sixpack, der unter dem offen getragenen Hemd deutlich erkennbar hervor blitzte.

„*Olá*, Lena, *olá*, Jan! *Pai* schickt mich. Meine große *irmã* María hat ihr erstes Baby bekommen. Sie kommt uns heute mit ihrem Mann und dem kleinen Manolito besuchen. Das feiern wir. Und ihr sollt dabei sein."

•

Frisch geduscht und fein gemacht trafen wir am Abend ein. Mit viel *Olá*, Umarmungen und Küsschen wurden wir von Pepe und Yara und ihrer großen Familie empfangen. Natürlich wurden wir von María und ihrem Mann Gustavo erst mal zum Babybestaunen geführt. Der kleine Manolito schlief selig mit Daumen im Mund auf weißen Spitzenkissen in einer Wiege unterm Olivenbaum.

Der rustikale Tisch bog sich unter der Last der Speisen, gebraten, gesotten und gebacken. Jede Menge große Krüge mit Sangría und Wasser waren ebenfalls auf der Tafel verteilt. Irgendwo tauchten Gitarren auf, wer konnte, spielte und alle sangen aus voller Brust tönend mit.

Die Feier unter den alten Olivenbäumen und dem weiten Himmel voller Sterne darüber wurde lang, laut und lustig. Und alle drei fühlten wir uns als Teil dieser liebenswerten und glücklichen Familie.

❄

Nach den Sommerferien startete Svenja tatsächlich in ein weiteres Schuljahr, Jahrgangsstufe 11. Und Malle wollte jetzt Yoga-Lehrerin werden.

„Wäre es nicht sinnvoller, Du schaust Dich nach einem richtigen Job um?"

„Wie meinst Du das?"

„Äh, Du hast vor einem Jahr mit Yoga angefangen, und bald beginnt Dein 7. Lebensjahrzehnt."

Malles Stimme wurde spitz. „Was willst Du mit diesen Offensichtlichkeiten sagen?"

Ich formulierte vorsichtig. „Dass Du sehr wenig Erfahrung mit Yoga hast."

„Aha. Und außerdem meinst Du, dass ich zu alt für sowas bin? Nur, weil Du fünf Jahre jünger bist als ich?"

Herrjeh, der Alltag hatte uns wieder. Und auch das bekannte dünne Eis, auf dem sich viele unserer Gespräche bewegten, breitete sich aus. „Ich empfehle Dir lediglich eine informative Unterhaltung mit Deiner Yoga-Lehrerin."

„Damit die mir dann klar macht, dass ich zu alt für sowas bin?"

„Ich denke, nach erst einem Jahr mehr oder weniger regelmäßiger Übungen bist Du zu unerfahren für so ein weites Feld wie Yoga."

„Ach, jetzt bin ich nicht nur alt sondern auch noch *unerfahren*?"

Langsam wurde ich sauer. „Wie bist Du denn drauf? Weder das Eine noch das Andere hab ich gesagt."

„Aber gedacht", trotzte Malle.

„Die Gedanken sind frei." Rutschte mir so raus. Zunge schneller als Hirn. Kann ich immer wieder gut. Respekt egal, Hauptsache, der Gag sitzt ... ☹

Heulend rannte sie hinauf in ihr Zimmer und knallte die Tür zu.

Dafür ging die Haustür auf. Svenja. Wie aufs Stichwort. Mit gekonntem Schwung und präzisem Treffer landeten ihr Schulrucksack unter und ihre Jacke an der Garderobe im Flur. Hatte sie schließlich schon viele Jahre geübt.

„Was ist denn bei Euch los?"

„Nix."

„Wie – nix? Nix kann nicht sein, sonst würd die Marlene nicht heulen."

„Hmpf."

„Was hast Du gemacht?"

„Nix."

„Nochmal: Nix kann nicht sein, sonst würd die Marlene nicht heulen."

„Hmpf."

„Boah, Pappa! Jetzt komm mal auf den Punkt und sag halt, was los ist!"

Irgendwie hatte ich das Gefühl, dass unsere Rollen des nach Verständnis suchenden Erwachsenen und des aufmüpfigen Teenagers vertauscht waren. Also kratzte ich den letzten Rest Vernunft für eine sinnvolle Antwort zusammen: „Malle will Yoga-Lehrerin werden."

„Ist doch cool. Wo ist das Problem?"

Svenja gab keine Ruhe, bis ich ihr von dem kurzen Disput zwischen Malle und mir erzählt hatte.

„Ich setz jetzt Teewasser auf, und Du schmeißt Deinen hammermäßigen Kaffeevollautomaten für eine dunkle Malle-Brühe an."

Klare Worte. Klare Ansage. Konnte ich.

„So. Und jetzt geh ich zu ihr für ein Gespräch von Frau zu Frau."

Sprach's, schnappte sich beide Becher und stapfte los, hinauf zur schmollenden Malle.

Ich atmete tief durch und stapfte ebenfalls los, aber hinunter in meinen Musigg-Raum, stöpselte den Verstärker an und tobte ein wenig mit meinem Lieblingsbass herum. Der begleitete mich schon seit Jahrzehnten.

Hatte Lilly mir mal zum Geburtstag geschenkt.

❉

Geburtstag. Svenja. Ah, ja. Komischer Tag für mich.

Dass Lilly fehlte, war ja sozusagen normal. Omma Anna war nun auch schon fast drei Jahre tot. Und in diesem Jahr nun auch noch meine Eltern. Puha, das Leben lief ab wie im Zeitraffer. Aber Herta war da, unser Fels in der Brandung. Und auch Malle hatte sich wieder eingekriegt.

In diesem Jahr war tatsächlich wieder Mädelsgeburtstag angesagt. Das

Motto war: *Beauty-Party*. Und so schleppten Herta und Malle mit vereinten Kräften an, was so alles zu einem *beauty-wellness-day* gehört. Reinigungskram, Masken und Cremes. Nagellacke in verschiedensten Farbtönen. Klämmerchen, Spangen und Schleifchen für die Haare.

Naja, und für das leibliche Wohl der jungen *beauty-queens* hatte ich ein Buffet mit Speisen zum Selberbasteln angerichtet. Becher mit Sesamstängchen, Stix von Gurken und Möhrchen, unterschiedliche Dips von mild bis markant, aufgebackenes Oliven-Ciabatta, Miniaturhackbällchen (einmal mit Soja, einmal mit Rind, jeweils mit einem grünen und einem roten Fähnchen kenntlich gemacht ☺), knusprig gebratene Tofuwürfel, verschieden gefüllte, kleine Wraps, Tortellini-Salat, Ananasringe und Melonenscheiben.

Und natürlich gab es, extra von Herta für die jungen Damen mitgebracht, eine Riesenschüssel Dunklen Schokoladenpudding. In der Mitte machte sich eine aus weißer Schokolade gegossene 16 breit.

Das Wetter spielte mit. Die *big beauty* am Himmel verwöhnte uns Anfang Oktober tatsächlich mit goldener Wärme und wolkenloser, strahlend blauer Weite. Alle Mädels hatten Sonnenliegen dabei und ihre jeweiligen *beauty-cases*. Die wurden natürlich von dienstbaren Vätern oder Brüdern herbei getragen, die sich dann auch sklavengleich sofort wieder unsichtbar machten.

Als Samu Haber die ersten Töne von *Somebody help me* erklingen ließ, tat ich es ihnen nach, wünschte den Damen allseits einen im wahrsten Sinne wunderschönen Tag und machte mich vom Acker.

❈

Den ganzen Herbst hindurch war Malle hochbeschäftigt mit sich und ihrem Körper. Morgens stand sie um 05 (!) Uhr auf, duschte 10 Minuten lang kalt (!), zog Joggingklamotten an, trank eine Tasse heißes Wasser (!) sowie einen Espresso, schnappte sich zwei Stöcke und flitzte flotten Schrittes los – *power-walking* nannte sie das.

Hinterher mixte sie sich einen *morning drink*: Eine wilde Kombi aus Früchten, Gewürzen und Karotten-Saft. Kaffee trank sie kaum noch, dafür Yogi-Tee. Na, dann, wann's schee mocht …

Im September hatte sie einen Wochenendyogalehrerinvorbereitungskurs belegt. Dafür war sie in den ältesten Ashram Deutschlands im

Westerwald gefahren. Das fand sie dann so toll, dass sie nach Svenjas Geburtstag erneut aufbrach und den restlichen Oktober dort als Yoga-Gasthelferin verbrachte.

Zum Glück hatte Svenja noch genug Lust, in den Herbstferien mit ihrem alten Vater wieder nach Madeira zu fliegen. Dachte ich zumindest. Aber dann durfte ich mich die meiste Zeit mit mir selber beschäftigen, weil das gnädige Frollein mit Pepe Junior im siebten Liebeshimmel schwebte. Also, ich passte schon auf, dass die Zwei nicht allzu große Dummheiten anstellten!

❉

Im November begann Malle dann eine intensive Ausbildung zur Yoga-Lehrerin. Vier Monate lang jeweils einmal eine Woche ab in den Westerwald. Und zu Hause ging's mit regelmäßigen Übungen mehrmals am Tag weiter.

Außerdem morgens *power-walking* mit anschließendem *morning drink*, wie gehabt. Das Rezept brachte sie auch ihrem Koch im Westerwälder Ashram näher. Der nahm es sogar in das vegetarisch-vegane Frühstücksprogramm auf.

Auch vor unserem Essen machte sie nicht halt.

„Fleisch, Fisch, Eier, Alkohol und Rauchen sind während der Ausbildung nicht erlaubt", tönte sie mantramäßig.

„Äh – Du rauchst doch gar nicht", meinte ich und zog dabei gleich beide Augenbrauen hoch.

„Nö, aber mein Mondeo bleibt halt im Keller."

„Tu Dir keinen Zwang an."

„Du könntest ein bisschen Solidarität zeigen."

„Ich trink nur ganz selten Mondeo."

„Aber dafür gerne mal ein Bierchen am Abend."

„Erquickend und labend", grinste ich.

„Sicherlich, das könntest Du aber auch mal eine Zeitlang lassen."

Malles Lächeln war eigentlich keins. Es reichte nicht bis zu ihren dunklen Augen.

„Ganz sicher nicht! Die Yoga-Lehrer-Ausbildung machst Du, nicht ich. Du kannst gerne einen ganzen Gemüsegarten rauf und runter futtern, aber für mich bleibt immer noch Fleisch das beste Gemüse. Und mein abendliches Bierchen gönne ich mir auch weiterhin."

Mein Lächeln erreichte nicht mal meine Mundwinkel.

Klamottenmäßig beschränkte sie sich auf ihr *power walking outfit* sowie ihre eng anliegenden Yoga-Teile. Dagegen hatte ich nix. Brachte ihre knackige Figur schön zur Geltung.

Jeden Tag breitete sie im heimischen Wohnzimmer mindestens vier Mal ihre Yoga-Matte aus, um intensiv ihre Übungen zu machen. Natürlich auch mit entsprechender Pling-Ploing-Begleitmusik und Räucherstäbchen. Überall hatte sie ihre Yoga-Bücher verteilt. Wenn sie nicht übte oder ihr Gemüse dünstete, zog sie sich die indischen Weisheiten *en gros* rein.

Meine Arbeitszeiten verlegte ich daher vermehrt aus dem *home office* ins Büro. Sehr zur Freude meiner Mitarbeiter, die ihren Captain nun im Direktkontakt aufsuchen konnten.

❋

Und dann war irgendwie auch schon wieder Weihnachten.

Same procedure as last year? Same procedure as every year …

Svenja war froh gestimmt, aber ich fürchtete, dass es in diesem Jahr nicht so gut laufen würde. Und genauso war es auch. Die Nachricht vom Tod meiner Eltern, denen Lilly früher liebevoll verbunden gewesen war, hatte sie erneut so durcheinander gebracht, dass sie wieder in einem Zimmer in der Klinik lebte.

„Mein Atelier hab ich immer noch. Manchmal kann ich sogar arbeiten."

Lilly war blass, sprach leise, mit unbewegtem Gesicht. Der Himmel in ihren blauen Augen wirkte ein wenig stumpf, ohne das geringste Funkeln. Sie saß im Sessel und bot uns zur Begrüßung ihre Hand, hielt sie hoch, als wär sie die Queen persönlich. Das übliche, weihnachtliche Gebinde sowie das Foto von Svenja und mir nahm sie ähnlich huldvoll entgegen.

In all ihrer neuerlichen Dumpfheit hatte sie es trotzdem wieder geschafft: Das magische Geburtstags-Diorama für Svenja zeigte die jungen Schönheiten im Garten auf ihren Liegen, mit Spiegeln bewaffnet und all den anderen kleinen Schminkutensilien. Herta und Malle mitten drin. Und die winzige, leuchtende Elfe auf Svenjas Schulter.

Svenja, genauso blass wie ihre Mutter, hielt sich still an meiner Seite. Das Lächeln auf ihrem Mund war ganz klein, wie gefroren und in ihren Augen konnte ich die zerbrochene Hoffnung erkennen.

Und mir brach das Herz gleich zwei Mal.

Doch es gab auch eine schöne Überraschung: Ich bekam ebenfalls ein Diorama. Es zeigte die Diamantfeier meiner Eltern, alle, wie wir da saßen und fröhlich waren.

Auch hier war die kleine Elfe mit dabei.

Diesmal saß sie auf meiner Schulter.

2012 – REGENBOGEN
Die Hoffnung ist der Regenbogen
über dem jäh herabstürzenden Bach des Lebens.
Friedrich Nietzsche

Die ersten Monate waren weiterhin geprägt von Malles Yoga-Manie. Sie übte und lernte weiter wie verrückt, um sich dann sowohl einer schriftlichen als auch einer mündlichen Prüfung zu unterziehen. Des Weiteren leitete sie regelmäßig Yoga-Gruppen, wofür sie sich jedes Mal ein ausführliches Konzept zusammenstellte.

Alles lief gut, und sie erhielt das begehrte und hart erarbeitete Zertifikat vom Yoga-Berufsverband. Nun war sie offiziell Yoga-Lehrerin (BYV).

Doch damit war Lenchen noch nicht zufrieden. Sie machte weiter mit einer Ausbildung zur Business-Yoga-Lehrerin. War mindestens genauso anspruchsvoll, wie die Grundausbildung. Weiterhin verbrachte sie so manches Wochenende im Westerwälder Ashram, um auf die nötigen Unterrichtseinheiten zu kommen. Manchmal sogar ganze Wochen.

Naja, so wurde es wieder etwas ruhiger daheim.

Dafür wurde es in mir immer unruhiger.

Ich vermisste Mum und Dad.

Ich vermisste Lenchen.

Und ich vermisste Lilly.

Und Svenja wurde auch immer eigenständiger. Oft war sie an den Mittwochabenden während meiner Bandprobenzeit bei Fine zum Quatschen. Dann hockte sie wieder bei Herta in der *Knopp-Kiste*. Oder sie und Fine fuhren mit zum Debold-Hof, um mit Henry und René abzuhängen, während wir probten.

In der Zeit, die ich nun wieder mehr und mehr mit mir selber verbringen musste, machte ich alles Mögliche. Manchmal hockte auch ich bei Herta im Schneiderstübchen. Dann schlürften wir becherweise Kaffee und schwatzten über Gott und die Welt. Ich machte Recherchen für die Band, Kontakte und Termine für Gigs, spielte meinen Bass oder saß einfach nur rittlings auf Lenchens Biedermeierstuhl, die Arme um die Rückenlehne geschlungen in dem Zimmer, das jetzt Lenchens Lavendelzimmer war und schaute in die Weite des Bildes *Yes I Can!*, das Lilly einst gemalt hatte.

Mann, war das ein Aufstand gewesen, als Malle irgendwann das kleine, geschwungene „L" im Herzchen auf dem Bild überm Bett im Schlafzimmer entdeckt hatte …

„Jan, was bedeutet das?" Sie fing ganz harmlos an und zeigte mit dem Finger auf das Signum.

„Das ist ein Künstler-Signum."

„Das dachte ich mir bereits", konterte sie spitz. „Auf meinem Bild ist es ebenfalls zu sehen. Und das habe ich während einer Ausstellung gekauft. Die Künstlerin heißt Lilly Winter. Also, wer hat Dein Bild gemalt?"

„Ebenfalls Lilly Winter."

„*Deine* Lilly Winter." Das war keine Frage, das war eine Feststellung. „Und wir schlafen zusammen unter diesem Bild."

„Hast Du ein Problem damit?"

„Ob ich ein Problem damit habe?", quietschte sie los. „Ja, natürlich hab ich ein Problem damit, Jan."

„Wieso?", machte ich. So nach dem Motto: Stell Dich doof, dann hast Du's gut. Klappte aber dieses Mal nicht. Klappte bei Malle meistens nicht.

„Reicht es nicht, dass in Deiner supermodernen Küche die künstlerischen Küchenfronten Lilly gestaltet hat und noch aus Eurer gemeinsamen Küche stammen?"

Gesagt hatte ich das so deutlich nie, aber Lenchen war ja nicht doof.

„Reicht es nicht, dass Svenjas Elfenreich unterm Dachboden eine Rund-um-Gestaltung von Lilly ist?"

„Das ist für Svenja die Verbindung zu ihrer Mutter", murrte ich dann doch.

„Boah, Jan, manchmal bist Du solch ein – "

Ich stopfte meine Hände in die Hosentaschen und wartete weiter ab.

„– solch ein – Weckmann!"

Meine Fäuste bohrten sich tiefer in die Abgründe meiner ausgebeulten Jeans, dafür gingen meine Augenbrauen in die Höhe. „*What!?*"

„Nix als Rosinen im Kopf."

„Dafür aber ein hartes Pfeifchen." Oh, Mann! Wo bleiben die Kerle in meiner Grauen Schaltzentrale, wenn ich sie brauche? Ich zog bereits den Kopf ein, doch wider aller Erwartung schwallte Malle mich nicht beleidigt zu.

Nö. Malle lachte. Lauthals.

Zunächst stutzte ich, stimmte dann aber ein. Bald darauf kugelten wir lachend und kichernd übers Bett. Später hängten wir das Bild ab. Dafür kam ein vergrößertes und auf Leinwand gezogenes Foto von uns beiden im Abendlicht von Angkor Wat an die Wand. Konnte ich mit leben.

Aber die weite, lichte Landschaft von Lilly nahm ich mit in meinen Musigg-Raum im Keller und hängte das Bild so auf, dass mein Blick darauf fiel, sobald ich beim Üben mit dem Bass den Kopf hob.

Und zum Glück wusste Malle noch nix von dem Wurzelholzprogramm, dass Lilly für die *Möbelmanufaktur* entworfen hatte. Sonst hätte ich das halbe Wohnzimmer und vor allem das Bett aus dem Haus schmeißen müssen.

❅

Irgendwann im winterlichen Sauwetter hatte Malle mich wieder wegen der verschlossenen Garage gelöchert. Natürlich hatte ich wieder unwirsch reagiert. Sie war sauer geworden, und ich hatte sie mächtig abgebügelt. Sie wollte nicht locker lassen, also schnappte ich mir meinen *Barbour*, den Regenhut dazu und haute erst mal ab. Derartigen verbalen Aggressionsquatsch brauchte ich nicht.

Nach einem langen Marsch durch Kälte, Nebel und Nässe kroch ich bei Herta unter. Die verpasste mir erst mal ein Handtuch, dann einen dampfenden Pott Kaffee und einen Tröstekeks. Und nach meinem Bericht auch einen „Einlauf".

„Ei, Jan, Du bis abbä aach en Dummbeudel! Du kanns doch net immä weglaafe, wenn Dir was net passe dut."

„Jaaa, weißichdoch", brummte ich in meinen Becher.

„Un was willste nu mit derer Garasch mache?"

„Hertalein, Du weißt doch, was da drin ist."

„Eiwei, eiwei …"

„Genau."

„Wegschließe bringt nix widder."

„Hmpf."

„Warum zeigstes die Mallehne net oifach?"

„Bist Du jeck?", fuhr ich auf.

„Vielleicht könnt Ihr zusamme dadefür aane Lösung finne."

Ich war es leid. „Hm, mal sehn." Vage Zustimmung hielt meist von weiterem Insistieren ab. Kurz drauf machte ich mich auf den Heimweg.

❋

Tja, was soll ich sagen? Wochen später, Jan wieder mal allein zu Haus, ertappte ich mich eines Abends dabei, wie ich mein Schlüsselkästchen aus der Garderobenschublade durchwühlte. Irgendwo unter den über Jahre hinweg gesammelten Schlüsseln zu irgendwelchen Schlössern hatte sich auch der Garagenschlüssel versteckt.

In dem Moment kam Svenja nach Hause, in giggelnder Begleitung von Fine.

„Hallo, Jan."

„Hallo, Papa. Was suchst'n da?"

„Hallo, Ihr Beiden. Och, nix Bestimmtes. Einen alten Schlüssel. Ist nicht so wichtig. Und? Was habt Ihr noch vor? Ihr seht so unternehmungslustig aus."

Sie kicherten wieder. „Skypen, Papa."

„Mit wem?", fragte ich, obwohl ich es mir denken konnte.

„Boah, Papa, mit Pepe natürlich!"

„Natürlich", grinste ich. „Sag Grüße von mir."

„Mach ich." Und – *schwupp* – waren sie die Treppen hinauf ins Elfenreich.

Endlich fand ich den Garagenschlüssel und nahm ihn an mich. Ich stapfte in den Keller, holte die Bohrmaschine, einen Dübel und einen Edelstahlhaken aus der Werk-Ecke, marschierte mit meiner Bob-der-Baumeister-Beute in meinen Musigg-Raum und dübelte den Haken direkt neben Lillys Bild in die Wand. Daran hängte ich den Schlüssel. Spätere Benutzung nicht ausgeschlossen.

Konnte mich aber lange nicht überwinden, ihn zu gebrauchen.

❋

Und dann kam es, wie es kommen musste. Kurz vor den Osterferien krachte es im Dachgeschoss. Die Tür vom Elfenreich wurde aufgerissen und donnernd zurück ins Schloss geschmettert. Heulend kam Svenja die Treppen herunter gerast und schmiss sich an meine breite Papaheldenbrust.

Das konnte nur eines bedeuten. Also hielt ich meinen Mund und meine kleine Elfenprinzessin fest in den Armen. Sanft strich ich ihr übers Haar. So wie früher, wenn sie sich als kleines Mädchen die Knie aufgeschürft hatte.

„Däbldund", nuschelte sie wimmernd in mein Hemd.

Ich schaffte es, ein Kichern zu unterdrücken. „Wie bitte?"

„Der – *schnief* – blöhöde Huuund", winselte sie etwas deutlicher.

Ich ahnte, wen sie meinte, fragte aber trotzdem: „Wer?"

„Pepeeeeeee", jaulte sie.

Ich atmete tief durch. Halten, Haare streicheln. Abwarten.

Und tatsächlich beruhigte sie sich langsam.

„Magst Du mir sagen, warum Pepe auf einmal ein blöder Hund ist?", fragte ich schließlich und drückte ihr ein Taschentuch in die Hand.

Sie schnäuzte sich. Laut, trompetend und ausgiebig. Mein Gott, wie viel Rotz aus so nem niedlichen, kleinen Näschen kommen konnte.

„Der hat ne andere! Eine von der Insel. Das passt besser, hat er gemeint. Er wär zu jung für so lange nur Sehnsucht haben, bis ich mal wieder nach Madeira komm. Der ist doch herzhirnamputiert, der Typ! Denkt der, ich hätt hier keine Sehnsucht? Ich wollt sogar auf die Chance verzichten, wieder in der *Möbelmanufaktur* zu arbeiten in den Osterferien, obwohl der Gerald mir das wieder angeboten hat. Nur, damit ich ihn endlich wiedersehen kann, den Kacker. Der kann sich jetzt gehackt legen. Alle Kerle können sich jetzt gehackt legen. Ich geh zum Gerald in die Tischlerei. Da wollen die mich wenigstens."

Na, das war ja mal ein Statement. Ziemlich powerfraumäßig von meinem kleinen Mädchen.

❈

Endlich war Malle mal wieder zu Hause. Gerade noch rechtzeitig vor den Osterferien. Begeistert berichtete sie von ihrem *erkenntnisreichen* Business-Yoga-Lehrerin-Kurs, von dem *köstlichen*, vegetarisch-veganen Essen, von den *superlieben* Leuten und vom *wunderschönen* Westerwald rund um den Ashram.

Hach, ja, wenigstens eine, der das Leben traumhafte Adjektive schenkte.

Und dann verkündete sie: „Was hältst Du davon, wenn ich in diesen Ferien wieder mit nach Madeira fliege?"

Eigentlich war das keine Frage. Und es gab auch nur eine Antwort darauf: „Viel."

„Öhm – mehr hast Du dazu nicht zu sagen?"

Was sollte ich denn noch mehr sagen? „Ich freue mich, wenn Du mitfliegst. Wir werden die Finca für uns allein haben. Wie gefällt Dir das?"

„Guuut", gurrte sie in meinen Arm gekuschelt.

Mir reichte das als Antwort.

Svenja kam während der Osterferien wieder bei Herta unter. Die hatte das Gästezimmer schneller vorbereitet, als Svenja ihre Bitte aussprechen konnte. So sehr freute sie sich darüber. Und genau wie im letzten Jahr, bot sie ihr auch gleich den Fahr- und Abholservice zur Tischlerei. Liebeskummer behandeln inklusive. Na, um das leibliche und seelische Wohlergehen meines Töchterleins musste ich mir wohl keine Sorgen machen.

So starteten wir frohgemut in unsere Auszeit auf Madeira.

Es wurde wirklich wieder sehr idyllisch und romantisch mit uns Beiden. Wir schwammen im Pool und im Meer, schlürften in der Abendsonne Mondeo unterm Blauregen und liebten uns leidenschaftlich, wo es uns gerade überkam. Manchmal trafen wir Pepe Senior und seine Frau Yara, ließen das Thema unsere beiden Kinder betreffend wohlweislich aus. Außerdem unternahmen wir etliche Spaziergänge.

Aber meinen Lieblingsplatz oben auf dem Felsen zeigte ich Lenchen trotzdem nicht. Den kannten nur Svenja und ich.

Und das blieb auch so.

※

Ha, außerdem war das Jahr 2012 das Jahr der Feiern!

Wir *Toffifees* wurden alle nacheinander 55 – Wassermann Rolf im Februar, anschließend die beiden Mai- und Juni-Käfer Wolfgang und Harald und *last but not least* ich, Calimero, im August. Dazwischen wurde noch im April mein Lenchen 60 Jahre und allen voran Herta im Januar 50. Zu jedem Termin trafen wir uns dann auch jedes Mal alle mitsamt Kindern im *D'Angelo*, tafelten, tranken und feierten uns gegenseitig.

Alle zusammen brachten wir es nun auf 330 Jahre …

Darum gab es im Sommer dann auch noch die große 330-Jahre-Motto-Feier auf dem Debold-Hof. Alle Gäste mussten im Stil von 1682 gekleidet erscheinen. Die Greuel des 30jährigen Krieges lagen damals eine

Generation zurück. Barocke Zeit, üppige Zeit. Bombastische Kleidung mit jeder Menge Spitze, Männlein wie Weiblein trugen die Haare lang und mit vielen Locken. Ganz schöne Herausforderung für uns und unsere Gäste.

Trotzdem sich alle in ihrem Styling weitestgehend daran hielten, wurde die ganze Sache leicht bis mittelschwer anachronistisch, weil wir natürlich auch wieder Auftritte mit der Band eingeplant hatten und andere Gigs von befreundeten Künstlern erwarteten.

Uli Edelmann, der Leiter des Musikinstrumentemuseums Frankfurt, kam tatsächlich mit einer Laute und bot eine Melodei aus alter Zeit. Er wurde begleitet von seiner als Schäferin gekleideten Frau mitsamt Stofflamm im Arm. Sie blies eine Schalmei, so ne antike Oboe. Spitzenvorstellung von den beiden!

Und dann kam noch die Superüberraschung.

Svenjas Kleeblatt erklomm die Bühne. Henry und René mit Bass und Gitarre, auf beiden klebte das Symbol von Yang und Yin. Fine schleppte eine große Trommel an.

Svenja schnappte sich das Mikro. Während die Jungs ihre Instrumente einstöpselten, machte Svenja eine kurze Moderation: „Verehrte Gäste, liebe Geburtstagler, seid alle gegrüßet. Es wollen Euch nun erfreuen: Henry mit seinem schwarzen Brutalo-Bass, René mit seiner weißen Schönheit, Fine an ihrer großen Trommel und ich – Svenja, die Träller-Tussi. Zusammen sind wir: *The Lucky Shamrock*. Hat's jetzt alles vor 330 Jahren so noch nicht gegeben, macht aber nix. Nun öffnet Eure Ohren und Eure Herzen, liebe Leut, denn wunderlei Tön hört Ihr hier und heut."

Mucksmäuschenstill war es im Hof. Dann ging es los.

Svenja fing an zu summen, ganz tief, ganz leise, wurde immer lauter, die Töne immer höher. Aus ihrem offenen Mund drang eine sehnsuchtsvolle Melodie, Fine setzte mit ihrer Trommel ein, dann kam Henry dazu und entlockte seinem Bass seltsam brummende Laute. René fügte sich mit seinen Riffs harmonisch in Svenjas mystisch-vokale Weise.

Als die ungewöhnliche Darbietung verklungen war, blieb es für einige Sekunden weiterhin mucksmäuschenstill. Und dann legten wir und unsere Gäste los. Wir klatschten, wir johlten, wir pfiffen vor Begeisterung. Das Klatschen ging über in den einheitlichen Rhythmus, der nach Zugabe verlangte.

Die gaben *The Lucky Shamrock* auch bereitwillig.

Und alle waren restlos begeistert.

Zu vorgerückter Stunde kam dann Lenchen auf die Bühne und sang mit mir im Duett den *Kussi-Tussi-Blues*. Den hatten wir unserem Freund Dieter Götz aus Nidda zu verdanken, der eigentlich ein super Hornist ist. Den Text hatte er gemeinsam mit Richie Dee Hauck erarbeitet, einer nicht nur im Vogelsberg ziemlich bekannten Sängerin und Dozentin für Gesang aus Schotten. Die Melodie beruhte auf einem typischen Blues in e-Moll.

Nun gönnten sie uns diesen Song zu unserer Feier, und Richie hatte Lenchen sangestechnisch ein wenig gecoacht. Natürlich waren die Beiden auch dabei, standen mit uns auf der Bühne und machten den Backgroundchor.

„Isch steh do an de Thek, unn mach ne Tussi an,
die sagt zu mir: *„Kloaner, kumm doch ma näher ran!"*
Isch sah ihr in die Aache, unn mer wor glei klar,
das isse, die fress isch mit Haut und Haar.

Das is de Blues, das is de Blues,
Das is de Blues, das is de Blues,
das is de Kussi-Tussi-Blues. (wir beide)

Nach 15 Cola Cognac, isch kann Eusch sache,
da warn bei mir die Hemmunge wie weg geblase,
es ging dann uff die Tanzfläsch un des war geil,
von Tango bis Twist, es war alles debei.

Das is de Blues, das is de Blues,
Das is de Blues, das is de Blues,
das is de Kussi-Tussi-Blues. (wir beide)

Hey, Klaaner, was wills Du denn von mir –
isch trink Sekt un Du säufst Bier.
Du kannst mer viel erzähle, red ruhisch weider,
je späder de Abend, um so breider.
Was soll isch Dir saache, bist net mein Fall,
und wenn Du des maanst, dann hast Du en Knall.

Bist net de Deckel uff mein Eimer, bist en Macho, en Schleimer.
Bist net de Deckel uff mein Eimer, bist en Macho, en Schleimer.

Da brauche mer gar net drüber redde –
Du würdst Amerika heut net entdecke.
Isch lass Disch ziehen, net redde – net schwätze –
geh rauche un hol Zigaredde.

Isch fühl misch beschisse, die Tussi iss weg,
die hat was in de Blus gehabt, des war werklisch nett.
Isch trink noch en Cola Cognac, und geh dann haam,
uff mich wadd nämlisch mei Fraa – ganz allaa dehaam.

Das is de Blues, das is de Blues,
Das is de Blues, das is de Blues,
das is de Kussi-Tussi-Blues. (wir beide)

Joo, Joo, Jooooooo ...

KUSSI-TUSSI-BLUES – by Dieter Götz + Richy Dee Hauck ©

❋

Das Ziel für unseren Sommerurlaub bot wieder mal reichlich Diskussionsstoff. Ich hatte genug vom Feiern und Schlemmen. Malles Yoga-Lernerei ging mir auch langsam aber sicher auf die Nerven. Ich wollte einfach nur wieder zum Chillen in die Finca.

Svenja hatte „Null Bock" auf Madeira. Dies war wohl einem einzelnen Bewohner von Caniço anzulasten.

Malle war die Urlaubsplanung überhaupt zu statisch. Sie wollte wieder mal Abwechslung. Als ob sie die nicht schon genug hatte, mit ihrer dauernden Düserei in den Westerwald und ihren meditativen Phantasiereisen, die sich angeblich *sooo* realistisch anfühlten.

Nun denn, Svenja wollte ihre Sommerferien entgegenkommenderweise splitten. Drei Wochen Madeira, aber nur, wenn Fine mit dabei sein durfte. Von mir aus gern, wenn die Bäreneltern nichts dagegen einzuwenden hatten. Hatten sie nicht. Die restliche Zeit wollte Svenja wieder in der

Tischlerei der *Möbelmanufaktur* verbringen. Dort war sie eine gern gesehene Hilfe.

Lenchen würde ebenfalls drei Wochen Madeira gutheißen, wenn danach noch ein etwas exotischeres Ziel in Frage käme.

Eine zweite Reise nach „Irgendwo" würde ich aber nur ohne Svenja machen, wenn sie während ihrer Jobberei wieder bei Herta Unterschlupf fände.

Herta hatte immer noch regen Kontakt mit ihrer Wandergruppe, die sich in diesem Sommer wieder in der Schweiz zum Wandern treffen wollte. Herta, immer wieder der Fels in unserer Lebensbrandung, richtete es so ein, dass sie in der Zeit von Svenjas Ferienjobwunsch auf jeden Fall für sie da sein konnte.

Schweißtreibend, diese Sommerurlaubsdebatten. Nun ging es „nur noch" darum, wohin der „exotische" Teil unserer Ferienplanung weisen würde.

„Island?" Treuherziger Augenaufschlag und Blick, wie ihn früher nur Lady Di drauf hatte. Lenchen saß vor mir auf dem Sofa mit ihrem trainierten Yoga-Body, dem drolligen, leicht verwuschelten Kurzhaarschnitt, der sie wie ein junges Mädchen wirken ließ. Nur haben junge Mädchen keine lustigen Silberfäden im dunklen Haar …

Irgendwie musste ich mir jetzt selber treu bleiben. Also versuchte ich, ein möglichst brummiges Gesicht zu ziehen und grummelte: „*What?*"

„Jaaa", nun bekam ihr Blick ein schwärmerisches Leuchten. „Land aus Feuer und Eis. Land der Gletscher und Geysire."

„Land der Kälte und des Nebels. Land der Spinner und Vögelgucker."

„Ach, Jan, Du alter Miesmacher!"

„Hmpf!"

„Island ist auch das Land der Elfen und Kobolde …"

❈

Tja, was soll ich sagen? Natürlich flogen wir nach Island.

Liegt noch nördlicher als Norwegen. Schon da wollte ich nicht hin. Aber erst mal ging es in meine geliebte Finca auf Madeira. Da, wo es schön warm ist! Zum ausgiebigen Chillen.

Fine leistete Svenja Gesellschaft und Beistand. Mit ihr gemeinsam schaffte mein herzwundes Töchterlein sogar ein Treffen mit Pepe Junior.

Der war aber so naiv, ihr seine neue Flamme Catarína vorzustellen. Er kam mit ihr in den Garten unserer Finca.

Als Vater fand ich diese saudumme Aktion eher gut.

Als Mann konnte ich mir bei so viel Blödheit nur die flache Hand vor den Kopf schlagen: „Hej obbe!", wie der Hesse sagt! Nun ja, Pepe war noch ein sehr junger Mann. Vielleicht lernte er ja heute was fürs Leben.

Ich verzog mich ins Haus in Richtung Kaffeevollautomaten, aber so, dass ich die vier im Blick hatte. Erst mal einen schönen Kaffee brauen und aus sicherer Entfernung zugucken und zuhören. Durch die offenen Türen konnte ich prima jedes Wort verstehen.

Es kam, wie es kommen musste. Die beiden jungen Damen taxierten einander mit abschätzigen Mienen. Catarína sagte etwas. Natürlich verstand Svenja kein Wort. Aber der Ton macht die Musik, und ein Bild sagt mehr als tausend Worte.

Svenja interpretierte Stimmklang und Körperhaltung und gab in gleichem Tonfall eine Antwort. Natürlich auf Deutsch. Verschränkte Arme, Kopf erhoben, Kinn vorgereckt. Dann feuerte sie: „Hallo? Geht's noch? Hat die kein Benehmen? Aus welchem Stall hast Du die denn raus gezogen? Was will die mir sagen?"

Mit erschrockenen Vogelaugen guckte Pepe zwischen den beiden Mädels hin und her, die sich portugiesische und deutsche Wortbrocken um die Ohren pfefferten.

Schließlich traute er sich, sprach aber leider zuerst seine Catarína in ihrer gemeinsamen Muttersprache an.

Sofort legte Svenja wieder los: „Hey, Du Honk, Ihr seid hier bei uns, also red gefälligst erst mal mit mir!"

Pepe zog den Kopf ein, versuchte es nun an Svenja gewandt: „Ihr seid doch beide tolle Frauen. Ich dachte, wenn Ihr Euch kennt, dann würdet Ihr Euch verstehen."

Catarína gab ihm eine Kopfnuss und rasselte ihm was ins Ohr.

Svenja gab ihm einen Tritt vors Schienbein und plärrte in sein anderes Ohr.

Sie fanden wohl beide, dass seine Idee ziemlich idiotisch war.

Ich kicherte still in mich hinein und nahm einen großen Schluck Kaffee. Das war ja großes Kino. Fehlte nur noch Popcorn.

Die lauten Stimmen hatten Lenchen aus ihrer Meditation geschreckt, für die sie sich auf die Galerie zurückgezogen hatte. Nun lugte sie mit großen Augen über die Brüstung.

„Jan, was ist denn da los?", fragte sie leise.

„Pepe stellt Svenja seine neue Freundin vor."

„O-oh! Aus Liebesstreitigkeiten muss man sich raushalten, besonders bei Teenies." Sprach's und verschwand gleich wieder. Lenchen ist eine kluge Frau, die klug zu handeln versteht. Meistens. Oder zumindest oft. Wenigstens damals.

„Seh ich auch so", murmelte ich grinsend in meinen Becher.

Kurz drauf zischte Pepe Junior mit Catarína von dannen.

Svenja hatte sich während ihrer Anwesenheit auf ihre Wut konzentriert. Nun aber stürmte sie herein und schmiss sich an meine breite Papaheldenbrust. Ich konnt grad noch so meinen Kaffeebecher auf der Anrichte rettend abstellen. Dann hielt ich mein weinend Töchterlein in den Armen und murmelte Trösteworte aus ihrer Kinderzeit.

„Boah, Papa! Ich bin doch kein Baby mehr!", näselte sie unter Tränen.

Naja, zumindest protestieren konnte sie noch in ihrem Weltschmerz. Also hielt ich sie einfach nur fest und strich ihr sanft über die rotgoldenen Locken.

Fine kam angeschlichen und streichelte ihrer Freundin den Rücken.

Lenchen gesellte sich auch zu uns und brachte praktischerweise gleich eine ganze Packung Papiertaschentücher mit.

Das war's dann mit geruhsamem Chillen in der warmen, südlichen Sonne. Den Rest unserer Madeira-Zeit hatte immer einer von uns Tröstedienst. Fast war ich sogar froh, als wir wieder nach Hause durften. Trotz allem braun gebrannt und mit hellen Sonnenreflexen in den Haaren.

Naja, in den darauf folgenden Wochen konnte Svenja sich in der Tischlerei und unter Hertas weichen Fittichen verkriechen.

Aber ich musste mit Malle, dicken Klamotten und Wanderstiefeln in den kalten Norden nach Island, wo die Sonne selbst im Hochsommer kaum mal die 20-Grad-Marke des Thermometers knacken konnte, weil Wolken, Regen und Nebel sie meistens daran hinderten.

❉

Unser Gespräch im Flieger von Kopenhagen nach Keflavík drehte sich um die mystischen Aspekte unserer Islandtour.

„Das mit den Elfen ist doch sicher nur ein Werbegag", meinte ich skeptisch.

„Also ich finde das spannend, selbst wenn die Geschichten nicht stimmen", sagte Lenchen.

Dann schaute sie fragend zu einem Mann auf der gegenüberliegenden Seite des Ganges: „Was meinen Sie, gibt es in Island Elfen?"

Der lächelte fein. „Das müssen Sie schon selbst herausfinden."

Aber dann erzählte er die neueste Geschichte von Árni Johnsson, einem isländischen Parlamentsabgeordneten. Der hatte einen 30 Tonnen schweren Stein im Zuge von Straßenbauarbeiten auf einen LKW laden lassen. Der Felsen war wohl der Sitz einer Elfenfamilie. Der Brocken wurde dann samt Familie auf eine der Inseln von Vestmannaeyjar, den Westmännerinseln, gebracht.

„*What?!*" Ich.

„Echt?" Lenchen.

„Ja", nickte der Mann bekräftigend. „Die Story von dem Elfenumzug ging durch alle Medien."

Ich pustete die Backen auf und guckte aus dem Fliegerfenster. Langweilig da draußen. Nur Wasser unter uns. Die spinnen, die Isländer.

Lenchen war deutlich beeindruckter als ich. „Ich hab mal gelesen, dass sogar eine Straße wegen der Elfen verlegt wurde. Sie führte wohl durch ein Elfenwohngebiet. Die haben richtig Stress gemacht, Unfälle verursacht und so."

„Ja", nickte der Mann wieder. „Das war zwischen Reykjavík und Kópavogur. Im Touristenbüro von Hafnarfjördur gibt es eine Karte, auf der die Wohnsitze der Elfen eingezeichnet sind."

Grinsend schüttelte ich den Kopf. Den Mann konnte ich einfach nicht ernst nehmen.

Da wurde der Kerl philosophisch: „Machen mystische Geschichten von Elfen und Trollen nicht gerade auch den Reiz dieses Landes aus? Die Natur Islands ist bis heute urgewaltig und übermächtig. Durch flammendes Nordlicht, wilde Stürme, spuckende Geysire, gewaltige Vulkanausbrüche und unberechenbare Gletscherläufe, die Strommasten, Häuser und ganze Straßen in ihren tosenden Fluten mitreißen können, führt sie uns so oft unsere kleine, menschliche Bedeutungslosigkeit vor Augen."

Mittlerweile rollte der Flieger auf der Landebahn von Keflavík aus. Aber der Mann ließ nicht locker. Er nahm sein Boardgepäck, grinste und winkte zum Abschied: „Fahren Sie mit offenen Augen durchs Land. Vielleicht zeigen sich die Elfen ja. Zumindest ihre Wohnstätten sind überall zu finden."

Lenchen machte große Augen. Ganz still war sie geworden. Ich war mir nicht sicher, was ich von dem Typ halten sollte.

Doch tatsächlich fanden wir Elfenwohnungen. In Reykjavík und überall im ganzen Land. Wir entdeckten sie in Vorgärten, hinter Ställen, auf Hügeln und manchmal sogar auf Balkonen. Wenn das ursprüngliche Heim der Elfen und Trolle einer Baumaßnahme weichen musste, hatten die Menschen die Häuschen als Ersatz für sie gebaut und liebevoll mit bunten Farben bemalt.

Vor manchen wehte sogar eine kleine Nationalflagge.

❄

Als eingefleischte Städter starteten wir zum Eingewöhnen erst mal mit der Erkundung von Reykjavík. Eigentlich eine moderne Großstadt, genau wie Frankfurt. Fette, vierspurige Straßen, moderne Häuser, schnuckelige Altstadt mit See (ich glaub, die nennen den *Tjörnin* oder so), mit Lädchen, Kneipen, Galerien und Cafés. Alles schön bunt – wie hingezaubert in eine karge Landschaft vor einem wilden Meer. Lilly hätt's hier gefallen.

Aber ich war ja mit Malle da. Und die zog mich natürlich gleich in son Museum. Die muss ja immer alte Brocken gucken im Urlaub. Da steht die drauf. Naja, aber da in dem Museum *871±2* hat's mich dann doch gepackt. Das Ding heißt so, weil die Funde dort mit minimaler, zeitlicher Abweichung auf das Jahr 871 n.Chr., also Wikingerzeit, datiert werden konnten.

Mitten auf dem Bürgersteig stolperten wir fast über einen fetten Glaskasten. Der ist bestimmt einen Meter hoch und steht über einem Loch. Unten drunter die ehemalige Ausgrabungsstätte eines Langhauses. Gehört jetzt alles zur Ausstellung im Museum. Natürlich mussten wir es entern. Also Treppe runter und ab in die staubige Vergangenheit.

Denkste! Alles supercool und supermodern gestaltet. Alte Funde mit modernster Technik präsentiert. Hat so gar nichts von angestaubtem Museumsflair. Klar strukturiert und eher düster gehalten. Soll aber einen Eindruck vom harten Siedlerleben aus der sogenannten *Landnahmezeit* der Wikinger vermitteln.

Um die ganze Ausgrabung herum führt eine Art Rundweg. An den Wänden dort gibt es Vitrinen mit kleineren Funden wie Gerätschaften,

Angelzeug, Schmuck, also Fibeln und Glasperlen und sogar Spielzeug zu sehen. Das, was die da als „Puppe" bezeichnen, sieht aus wie ein Klumpen Holz.

Naja, Lenchen war jedenfalls hoch begeistert und musste sich auch die Erklärungen reinziehen, die man per *Touchscreen* aktivieren konnte. Gab's zweisprachig, also isländisch oder englisch. Da war ich dann schon wieder genervt. Mann, ich muss genug Englisch in meinem Job lesen und quasseln! Nach der zweiten Erklärung langte es mir. Ich wanderte alleine weiter, auf der Suche nach dem Ausgang.

Dabei kam ich dann an einem Erdhaufen vorbei, von dem sie behaupten, das wär mal eine aus Torf und Stein errichtete Hofmauer gewesen. Zur Unterstützung des Vorstellungsvermögens von so ignoranten Besuchern wie mir gab es eine riesige digitale Darstellung dieser ehemaligen Mauer. Natürlich wieder mit isländischen oder englischen Erklärungen per *fingertouch*. Hab ich mir aber erspart.

War ich froh, als wir endlich aus dem Museum wieder draußen waren. Aber ein Blick in Lenchens vor Begeisterung strahlende Augen ließ mich meinen Kommentar zurückhalten. Stattdessen fragte ich sie lieber, wie es ihr gefallen hätte. Ui, da hatte ich aber was losgetreten! Sie wollte gar nicht mehr aufhören zu schwärmen.

Ich wusste mir nicht anders zu helfen – ich legte den Arm um sie, lächelte zu ihren Ausführungen und geleitete sie zielgerichtet in ein nahe gelegenes Café. Mit Kaffee und Kuchen war das dann alles besser zu verkraften.

In Reykjavík wohnten wir in einem komfortablen und gemütlichen Hotel in der Altstadt. So konnten wir in den drei Tagen Einstimmungszeit doch noch einiges an bequem erreichbaren Schönheiten besichtigen, bevor es dann mit dem Campmobil rund um Island ging.

Natürlich mussten wir nach so viel altem Kram zum Ausgleich etwas Zukunft tanken. Also auf zum futuristischen *Perlan*, einer wahren Perle der modernen Architektur.

An der *Harpa Music Hall*, die erst im Jahr zuvor Eröffnung gefeiert hatte, bestiegen wir den Shuttle, der uns in einer etwa halbstündigen Fahrt aus Reykjavík hinaus und hinauf zum *Perlan Museum* brachte. Eigentlich sind das sechs blütenblattförmig um eine gigantische Glaskuppel herum angeordnete Riesentanks, die die Warmwasserversorgung der Stadt sichern.

Wir kletterten dort hinauf und hinaus auf eine Plattform, die rund um die Glaskuppel herum führt und atemberaubende Ausblicke bietet – über Reykjvík, über den Fjord mit den anbrandenden Meeresfluten und auch bis hin zu den Bergen und Gletschern im Inland.

Natürlich haben wir dann noch in der *Kaffitár* unter der Glaskuppel in Kaffee und Kuchen geschwelgt.

Zum Abschluss, bevor wir uns dann mit dem Campmobil auf Tour begaben, schleppte Malle mich noch in die *Hallgrímskirkja*. Die Frontgestaltung symbolisiert die Basaltsäulen im Westen Islands. Diese selbstbewusste, schwungvolle Architekturlinie der Kirchenfront entlockte mir ein erstaunt-begeistertes Pfeifen.

Apropos Pfeifen: Drinnen gibt es eine 5.572-Pfeifen-Orgel. Irgendjemand übte auf ihr, als wir die Kirche besuchten. Wir setzten uns also still hin und hörten zu. Auch wenn ich mit den *Toffifees* sonst eher blues- und soul-mäßig unterwegs bin, jubelte der Musiker in mir mit den perlenden Orgeltönen.

Diesen Kirchenbesuch genoss ich sehr.

❋

Ja, und dann ging es los mit unserem Natur-Trip per Campmobil. Zum Glück waren wir beide in der Lage so ein Ding zu chauffieren. So konnten wir uns auf unserem mehr als 2.000 Kilometer langen Road-Trip rund um Island immer wieder mal abwechseln. Wir hatten großzügige 17 Tage dafür eingeplant, so dass wir am Tag höchstens 2-3 Stunden mit Fahren verbringen mussten.

Zuerst wollten wir auf den Spuren von Jules Verne zum „Mittelpunkt der Erde". Also auf zum Gletschervulkan Snæfellsjökull. Dessen Höhle Vatnshellir führt mittenrein ins Erdinnere. Wir schlossen uns einer geführten Tour an und wandelten fast zwei Stunden auf romantisch-düsteren, erstarrten Lavapfaden, vor vielen tausend Jahren von glühend heißer Magma geschaffen.

Von glühend oder heiß war leider gar nix mehr zu spüren. Gut, dass wir unsere Wanderstiefel und dicken Jacken trugen. Da unten war's saukalt.

Wir waren eine kleine Gruppe von acht Leuten. Der *Guide* hatte uns alle mit orangefarbenen Sicherheitshelmen und Stirnleuchten ausgestattet sowie jede Menge Sicherheitshinweise vorgetragen. Erst dann stieg er mit uns eine lange Wendeltreppe in die unterirdische Wunderwelt hinab.

Wir schlängelten uns entlang der Spur des Lavastroms durch die Düsternis. Manchmal mussten wir ein bisschen klettern. Schließlich gelangten wir in eine große Höhle. Da muss wohl mal ein Regenbogen hineingefallen sein. Wände und versteinerte Lavaformationen schimmerten im Licht unserer Leuchten in den unglaublichsten Nuancen.

Unser *Guide* empfahl uns, einen sicheren Stand zu suchen. Dann machten wir alle unsere Stirnlampen aus. *Bah, war das finster!*

Rascheln von Stoffen. Atmen. Ansonsten Stille. Niemand sprach ein Wort, niemand hustete. Schweben in der Dunkelheit, denn irgendwie spürte ich den Boden unter meinen Füßen nicht mehr. Die Begriffe von „Oben und Unten" oder „Links und Rechts" hatten plötzlich ihre Bedeutung für Raumgefühl verloren. Der Raum selber schien nicht mehr zu existieren und ebenso Zeit und ihre Dimensionen. Hört sich komisch an, war aber so.

Leichte Panik ergriff mich, manifestierte sich als blubbernder, kalter Klumpen in meinem Magen.

Doch mit einem Mal war da ein inneres Leuchten. Nicht in der Höhle – in mir selber. Ich fühlte mich sanft von einem feinen Sommerwiesenduft umfangen. Eine unglaubliche Sicherheit umgab mich. Lilly war da.

Schließlich knipsten wir alle wieder unsere Lampen an.

Den Rest der Erkundungstour bekam ich dann nur noch schemenhaft mit und war froh, als ich nach dieser überwältigenden Erfahrung endlich wieder zur Oberfläche in warmes Tageslicht aufsteigen konnte.

❊

Die *Ebene der Volksversammlung* war unser nächstes Ziel – Thingvellir.

Mein Geografie-Lehrer tauchte aus der Tiefe meiner Erinnerungen. Und seine verzweifelten Versuche uns die Theorie zu den tektonischen Platten und ihren Bewegungen näher zu bringen.

Nun klingelten seine Worte wieder in meinen Ohren: „Es gibt sieben solcher Erdplatten, die sich von Anbeginn der Zeit hier auf diesem Planeten gegenseitig herumschieben. Sie werden auch Kontinentalplatten genannt. Meist liegen die Reibungsgrenzen dieser Platten unter Wasser. In Island nicht. Da könnt Ihr wirklich einen Spaziergang zwischen zwei dieser Platten, also zwischen zwei Kontinenten machen."

Island ist zwar ein eigenständiger Staat, liegt aber sowohl auf dem europäischen als auch auf dem amerikanischen Kontinent. Das hat Island den beiden Platten zu verdanken, deren Grenze hier an die Oberfläche tritt. Und die bewegen sich immer noch auf unserer lebendigen Erde, driften immer weiter auseinander und spalten Island nach Osten und Westen auf, unterstützt durch Vulkanausbrüche und Erdbeben.

Wenn man so will, beginnt die Spaltung der Erde Islands in Thingvellir. Doch Thingvellir ist auch einer der geschichtsträchtigsten Orte dieser Welt. Hier begann die Geschichte der isländischen Nation. Am Logberg, dem *Stein des Gesetzes*, fanden die ersten Versammlungen statt. Eine natürliche Plattform mit einer Felswand im Rücken bot den idealen Platz, um Reden zu halten, Gesetze zu verkünden und Recht zu sprechen.

Wir standen oberhalb des Thingplatzes und sahen auf den Versammlungsort hinunter. Eine isländische Nationalflagge, blau wie der Himmel mit einem Kreuz aus Feuer und Eis, war dort aufgestellt und flatterte lustig im Wind.

Die Weite dieses Landes, die prickelnde Luft, der in der dunstigen Atmosphäre sich verlierende Horizont, die weißen und grauen Wolkenberge, die Sonnenwimpern, die sich lang und golden durch deren Ränder den Weg zur Erde bahnten – all diese Eindrücke verwischten die Konturen zwischen Heute und Damals, zwischen Zeit und Raum, zwischen Wahrheit und Traum vor meinen Augen und in meinem Herzen.

Lilly war da, hielt meine Hand und lächelte. Ihre Locken schimmerten golden in der Sonne, ihre Augen strahlten im Blau des Himmels. Sie zeigte hinunter in die Ebene, wo sich Tausende Menschen aus allen Regionen Islands versammelten, um am Althing teilzunehmen. Für ihren Aufenthalt während des Sommers bauten sie provisorische Hütten aus Torf, Stein und Segeltuch.

Beschlüsse wurden gefasst, und Recht wurde gesprochen. Kaufleute boten ihre Waren feil, Bier wurde gebraut und floss in Strömen, Gaukler, Narren und Diebe trieben ihr Unwesen, frisch geschärfte Schwerter wurden sicher in ihren Schäften versenkt, Geschichten machten an den Feuern die Runde, Neuigkeiten wurden ausgetauscht, Pläne und Ehen geschmiedet.

„Jan?"

Eine Stimme von weit her.

„Jan? Was ist los?"

Ich blinzelte. Blinzelte noch einmal. Blinzelte mich wieder zurück in die Gegenwart. In die Gegenwart ohne Lilly. Sah in das besorgte Gesicht von Lenchen. Lenchen hielt meine Hand. Nicht Lilly.

„Jan? Bist Du okay? Du wirkst, als wärst Du gar nicht richtig bei Dir." Damit hatte sie wohl recht.

Später, als wir abends vor unserem Campmobil saßen und in den mystischen Farben des nordischen Sonnenunterganges schwelgten, erzählte ich ihr von der seltsamen Zeitverschiebung, in die ich oben am Thingplatz geraten war.

Aber nix von Lilly.

❅

Die beiden nächsten Tage verbrachten wir damit, das Gebiet der heißen Quellen im Haukadalur zu erkunden. Wir stellten unser Campmobil auf den Parkplatz vor dem supertouristisch abgestimmten *Geysir-Center* ab. Dort konnte der erschöpfte Touri in verschiedenen Restaurants seinen Hunger stillen, seinen Bedarf an Reise- und Souvenir-Kitsch decken oder ziemlich sinnvolle Dinge erwerben, die noch für den *outdoor*-Aufenthalt in Islands weiter Natur benötigt wurden.

Wir machten uns wanderfein, kletterten aus dem Campmobil und latschten über die Straße dahin, wo's dampfte. Richtung Strokkur. Dann, fast erwartet und doch erschreckend, viele Menschen hinter einer Sicherheitsleine. Wenn der Strokkur seine heiße Wassersäule 20-30 Meter hoch in den Himmel spuckte, sprühte er dabei auch feine Wasserschleier über die erschauernd quiekende Menge. War aber gar nicht mehr heiß. Nur nass. ☺

Strokkur war ein großartiger Entertainer. Er machte es spannend, ließ sein Wasser brodeln und blubbern wie im Kochtopf, ließ immer wieder kleine, Wölkchen Wasserdampf zum wartenden Publikum wabern, gluckste heftiger – und beruhigte sich dann doch wieder zu sanfterem Sprudeln.

Doch dann, *endlich*, wölbte sich eine Wasserglocke über dem Loch, wurde größer und höher und schoss brausend und säulenförmig in die Höhe. **Wusch!**

Nur, um Sekunden später wieder in sich zusammen zu fallen, das Loch zu füllen und erneut vor sich hin zu blubbern. Das machte der so alle fünf bis zehn Minuten. Wir waren so fasziniert von dem Schauspiel, das

Strokkur jedes Mal perfekt inszenierte, dass wir lange dort verweilten, um das stets wechselnde weiß-blaue Geblubber, das in immer neue Fontänen ausbrach, zu betrachten.

Und ich hatte ein ganz intensives Gefühl. Lilly war da, kuschelte sich an meinen Rücken und lugte mit großen Augen hervor.

Schließlich gingen wir doch weiter. Kurz drauf standen wir vor einem fast kreisrunden, weißlichen bis leuchtend blauen Wasserspiegel. *Der Geysir.* Der Namensgeber aller spuckenden Wasserlöcher. Jahrhunderte hindurch brach sich eine ungeheure, fast 70 (!) Meter hohe Wassersäule aus ihm Bahn. Also mehr als doppelt so hoch wie der beeindruckende Strokkur hervorbrachte. Dann, seit Anfang des letzten Jahrhunderts etwa – nix mehr. Stille. Mit ganz wenigen Ausnahmen im Jahr 2000.

Ein leises Flüstern in meinem Ohr: „Der Geysir ist müde. Er hat sich schlafen gelegt und träumt vor sich hin." Lilly.

Noch ein bisschen weiter oberhalb befanden sich zwei kleine Wasserlöcher wie Augen direkt nebeneinander. Eins milchig trüb, am Rand dunkel, zur Mitte hin immer heller werdend. Das andere hell, klar und türkisblau. Tief in wunderblaue Welten konnten wir blicken. Eine magische Anziehungskraft ging von Beiden aus. Wie tief mochten sie reichen?

„Grummel, grummel!"

Lenchen und ich schauten gleichzeitig auf unsere brummenden Bäuche und lachten los. Wir gehorchten den unmissverständlichen Befehlen und machten uns auf zum *Geysir-Center*, wo wir in eines der zwanglosen Restaurants einfielen und hervorragende Suppen vertilgten.

Dann machten wir uns samt Campmobil auf in Richtung Gullfoss. Aber nur bis zum nächsten Campingplatz, wo wir über Nacht blieben. Unser Frühstück am nächsten Morgen nahmen wir dann vor unserem Camper ein und genossen den Ausblick über die Ebene der Geysire, von wo Strokkur uns zum Abschied noch einige Male grüßte.

❈

Unser nächster Stopp führte uns zum Gullfoss, dem *Goldenen Wasserfall*. Er ist einer der größten in Island. Seine Wassermassen stürzen in zwei Stufen über 30 Meter in die Tiefe. Schon oft waren Pläne zur Errichtung von Kraftwerken gemacht worden, um seine Energie zu nutzen. Zum Glück war das jedes Mal gescheitert. Inzwischen steht der Gullfoss unter

Naturschutz. Das ist einer mutigen Bauerntochter zu verdanken, die in den 1920er Jahren wild um den natürlichen Erhalt des Wasserfalles gekämpft hat. Zum Dank wurde ihr ein Denkmal errichtet und ein Weg nach ihr benannt – *der Sigriður-Weg*.

Es gibt eine schöne Legende, warum dieser Wasserfall der „Goldene" heißt: Es war einmal ein reicher Bauer. Durch gutes Wirtschaften häufte er sein Leben lang Gold in einer Truhe an. Gleichzeitig war er aber überaus geizig, wie leider viele reiche Menschen. Auch nach seinem Tod gönnte er seinen Erben das Gold nicht. Lieber versenkte er seinen Goldschatz in den reißenden Fluten des Wasserfalles. Seitdem heißt er *Gullfoss – Goldener Wasserfall*.

Wir liefen Richtung Wasserfall, sahen ihn aber nicht. Nur sein donnerndes Rauschen hörten wir schon von Weitem. Und wie Fahnen wehte glitzernde Gischt über die Ebene, denn die enormen Wassermassen ergießen sich aus der Ebene heranbrausend in eine tief ausgewaschene Schlucht.

Über eine breite Treppe gelangten wir hinunter, folgten dann einem schmalen Weg zum Wasser und standen schließlich zusammen mit ziemlich vielen anderen Touris auf einem breiten Felsplateau.

Über uns donnerte aus über zehn Metern Höhe der Gullfoss die erste Stufe zu uns herab. Breit und wuchtig fiel er unter uns bestimmt noch zwanzig Meter tief und verschwand in einer schmalen Spalte.

Gischt sprühte und rieselte wie feiner Regen auf uns nieder. Wir waren glücklicherweise schlau genug gewesen, Regenjacken anzuziehen. Aber besser wären dazu noch Ohrstöpsel. Mann, machten die fallenden Wasser einen Lärm! Oh-ren-be-täu-bend!

Aber das Licht, das sich in der tosenden Gischt brach, zauberte die schönsten Regenbogenfunkel, in denen kleine Elfen zu tanzen schienen. Wie in Lillys Bildern. *Und wieder hörte ich das glückliche Lachen von Lilly.*

Lenchen berührte mich am Arm und bedeutete mir, wieder hinauf zu gehen. Wir wanderten noch einen anderen Weg entlang, der uns an den oberen Rand des Wasserfalles brachte. Hier trafen wir auf nur wenige andere Touris.

Unter uns der Fluss, die breiten Kaskaden und der Tourifelsen. In der Ferne, als Abschluss einer weiten Ebene, eine Bergkette und ein Stück weiter ein Gletscher. Laut Karte sollte das der Langjökull sein.

Wir fanden den Ausblick spektakulär.

Weiter ging's zum *Wald von Thor* – Thórsmörk. Ich weiß, eigentlich schreibt Thór sich mit dem isländischen Buchstaben „Þ", genau wie Thing oder Þing. Bin aber kein Isländer, auch kein Wikinger. Darum benutze ich „th" statt „Þ", das für mich immer aussieht wie ein „P".

Ich wollte unbedingt zum Seljalandsfoss. Wir standen ja auch schon auf einem kleinen Parkplatz in der Nähe. Doch bevor ich zu dem Wasserfall durfte, musste ich erst mal Malles Wunsch Folge leisten und den „Skandalvulkan" erstürmen. Der Eyjafjallajökull hatte zwei Jahre zuvor, im April 2010, mit seinem heftigen Ausbruch den Flugverkehr in Europa lahmgelegt.

Frühmorgens ging's also los, mit gut gefüllten Rucksäcken, Wanderkarte und Handy mitsamt GPS. Malle hatte eine Heidenangst, in dem riesigen Naturschutzgebiet verloren zu gehen und den Rest ihres Lebens unter Moorbirken in Gesellschaft von Polarfüchsen verbringen zu müssen. Naja …

Dieser Marsch war meine wohl alptraumhafteste Wandererfahrung, denn diese Tour war mehr als nur anstrengend. Hatte Malle, die sich vorher schon schlau gemacht hatte, natürlich nicht verraten. Für ihren durchtrainierten Yoga-Body kein Problem, für meinen zurückhaltenden Schreibtisch-Body schon. Auch, wenn ich gerne wandere – die vielstündige Kraxeltour über immer noch dampfende Lavafelder Richtung Krater brachte mich an den Rand meiner körperlichen Kräfte.

Aber immer wieder umgab mich ein feiner Sommerwiesenduft, hörte ich leises, aufmunterndes Flüstern. Die sanfte Unterstützung von Lilly ließ sowohl meine Lungen als auch meine Muskeln durchhalten.

Anfangs genoss ich die sensationellen Ausblicke noch. Der Tag war zwar leicht gräulich verhangen, aber um uns herum war alles schön grün, fast giftig grün leuchtete das Moos sogar.

Dauerte aber nicht lange, dann schwanden alle Farben. Schwarze, in unterschiedlichsten Strukturen erstarrte Lava zeigte genau den Weg, den sie sich etwa zwei Jahre zuvor glühend gebahnt hatte. Viel stehen bleiben war nicht – die Lava war immer noch so heiß, dass die dicken Sohlen unter unseren Wanderschuhen sonst bestimmt weggeschmolzen wären.

Und es dampfte überall.

Und stank wie Hölle.

Ich wollte nur noch weg.

Ausblick vom Gipfel? Egal.

Der wolkenverhangene Tag wurde sowieso immer dunkler, Nebelschwaden zogen auf, verdichteten sich teilweise sogar zu Nebelbänken. Mich überkam die leise Befürchtung, dass wir uns doch trotz Wanderkarten und GPS auf dem Rückweg verirren könnten und dann vielleicht sogar bei Malles Moorbirken und Polarfüchsen Unterschlupf suchen müssten …

Zum Glück stieß ich bei Malle auf keinerlei Widerstand.

Also ab, zurück Richtung Leben.

❊

Am nächsten Tag durfte ich dann zum Seljalandsfoss. Das Besondere an ihm ist, dass er bogenförmig über die Abbruchkante einer Felswand etwa 65 Meter tief stürzt, so dass wir auch *hinter* die fallenden Wassermassen gehen konnten und um den Wasserfall herum.

Ja, Island hat's mit Umrundungen und Rundwegen …

Der olle Gletschervulkan Eyjafjallajökull ragt direkt hinter der Felswand auf, konnten wir aber vom Wasserfall aus nicht sehen. War mir auch nicht wirklich wichtig. Aber das, was sich nun vor unseren Augen auftat, war wirklich Atem beraubend. Nebel und Wolken hatten sich über Nacht verzogen und einem strahlend blauen Himmel und schönstem Sonnenschein Platz gemacht.

In einem weiten Bogen fielen die Wasser in ein natürliches Auffangbecken. Darüber spannte sich, fast physisch greifbar, ein unglaublich farbenprächtiger Regenbogen. *Und Lilly mittendrin. Lachend, fröhlich und winkend.*

Über einen von der Gischt feuchten Weg und eine ebenso feuchte Treppe tappten wir vorsichtig hinter den Vorhang aus fallenden, funkelnden Tropfen. Regenjacken und -hüte taten hier zusammen mit Gummistiefeln gute Dienste.

Die Ohren wurden trotz Ohrstöpsel fast taub durch den brüllenden Lärm der donnernden und tosenden Wassermassen. Die Gischt wirkte wie eine Dusche. Es war grandios! ☺!

Langsam kletterten wir weiter, suchten teilweise mit den Händen an den glitschigen Wänden Halt. Schließlich traten wir wieder hinter dem

kalten Wasservorhang hervor und hinaus in den warmen Sonnenschein, spazierten noch am See entlang und über eine hölzerne Brücke zurück.
Und Lilly sang Jubellieder in meinem Kopf.

※

Unbedingt mussten Lenchen und ich auch den Landmannalaugar erklimmen. Schlimmer als der Aufstieg auf den steilen Stinkevulkan zwei Tage zuvor konnte es sicher nicht werden.

Es gab verschiedene Möglichkeiten am Landmannalaugar zu wandern. Wir starteten am Hüttenareal für Wanderer und wählten den „einfachsten" Weg. Der führte uns am *Hot Pot* vorbei, einem Teich von natürlich warmem Wasser, in dem man auch baden konnte. Da wollte ich nachher unbedingt hinein!

Doch zunächst kletterten wir mal wieder über und um große, bunte Lavabrocken und folgten kaum erkennbaren Pfaden durch ein stark zerklüftetes Lavafeld, das Laugahraun.

In der Ferne stieg Dampf auf – Fumarole, so ne Art Dampfablassventil für den Brennisteinsalda, ein Vulkan, in dem es noch immer brodelt. Und stinkt. Aber nicht ganz so schlimm wie am Tag zuvor.

Wohl tausendmal blieben wir stehen und genossen die atemberaubenden Ausblicke. Landmannalaugar und seine Kollegen schimmerten hier in den tollsten Nuancen und Schattierungen. Viel Rot und Braun, Akzente in Blau und Grau, dazwischen grün-gelbe Sprenkel und Schichten. Jede Menge Weiß-Töne von Schneeresten und Kalkabsonderungen.

Traumhafte Farbenspiele, wie sie besonders Lilly gefallen hätten.

Manchmal fühlte ich mich in Island wie in einer anderen Welt.

Nach dem spektakulären Lavafeld kamen wir an einem lustig blubbernden Flüsschen entlang durch Grænagil, die *Grüne Schlucht*. Sehr malerisch. Und an manchen Stellen hallte es so schön, wenn man jodelte.

Was mir strafende Blicke von Malle bescherte.

Und ein leises Kichern von Lilly.

Unser Weg war wieder mal ein Rundweg, der uns schließlich zurück zu den Hütten brachte. Ich war schon ganz wild auf ein Bad im *Hot Pot*, den „warmen Quellen der Leute vom Land".

Um ins warme Wasser zu steigen, musste man sich entkleiden. Banale Erkenntnis. Waren aber immer irgendwelche fremde Leute da. Es gab dort zwar eine hölzerne Plattform mit Geländer, wo wir unsere Sachen lassen konnten, aber das war's auch schon. Glücklicherweise trugen wir bereits Badehose und Bikini unter unseren Wanderklamotten.

Also rein in die warme, überraschend klare Brühe. Wohlig strecken und räkeln, die schweren Glieder wieder leicht werden lassen. Hihi, und die weniger schlauen oder weniger gut vorbereiteten anderen Touris bei ihren Verrenkungen beobachten, die sie unter mehr oder weniger geschickt gehaltenen Badetüchern vollzogen, um ihre Bekleidung loszuwerden oder wieder an den Körper zu bekommen, ohne tiefere Einblicke auf irgendwelche edel-intimen Körperteile gewähren zu müssen …

Wir nutzten später die Gelegenheit, im Duschcontainer zu duschen und uns ohne irgendwelche Verrenkungen anzukleiden.

※

Auch am nächsten Tag gab es Wasserfälle. An den Wasserfällen konnten wir uns einfach nicht satt sehen. Nun wollten wir zum „Schwarzen Wasserfall", dem Svartifoss. Der heißt so, weil schwarze Basaltsäulen einen mystischen Rahmen bilden, über den sich ein Gletscherfluss eiskalt in die Tiefe stürzt.

Wir marschierten los, nachdem wir wieder einen Platz für unser Campmobil gefunden hatten. Hier war alles tourimäßig ausgeschildert. Den Weg fanden wir also problemlos.

Während wir so vor uns hintiefelten, entdeckten wir eine kleine Abzweigung zum „Wasserfall der Hunde", dem Hundafoss. Er ist jetzt nicht so der Brüller wie die großen Fälle, hat aber etwas Tragisch-Romantisches.

Eine Legende erzählt einen sehr traurigen Grund, wie der Hundafoss zu seinem Namen kam: Einst gab es nach einer großen Gletscherschmelze eine riesige Überschwemmung. Sie bedrohte die wenigen Menschen und Tiere, die in dieser Gegend lebten. Von Panik gehetzt sollen Hunde den Wasserfall hinunter gesprungen sein. Und wohl auch andere Tiere. Gruselige Vorstellung.

Nach diesem Schlenker wanderten wir weiter zum Svartifoss, geschaffen und geformt durch die mächtigen Kräfte von Feuer und Eis.

Zum Wasserfall selbst mussten wir einen schmalen Weg hinabsteigen. Mit in den Nacken gelegtem Kopf schauten wir die dunklen, sechseckigen

Basaltsäulen hinauf, aus deren theatermäßigem Halbrund mittig eine schmale Kaskade fast dreißig Meter tief zu uns herabstürzte. Ein großartiges Schauspiel vor einer nahezu magischen Kulisse.

Mir war, als würde die Zeit sich verlangsamen, das Licht sich in der Gischt zeitlupenartig in Millionen Farbenfunkel zersplittern und gleichzeitig einen zarten Sommerwiesenduft verströmen. Lilly war wieder da.

Malle rammte mir ihren Ellbogen in die Seite. „Hey, Jan, wo bist Du wieder?"

„Äh – *what?* Hier natürlich", blinzelte ich mich wieder in den richtigen Zeitenfluss.

Schräger Seitenblick von Malle. „Hmm, ich musste Dich erst anrempeln, bevor Du mal reagierst."

„Und? Was gibt's so Wichtiges?"

Malle holte tief Luft. Ich befürchtete bereits einen schwallartigen Sermon zu meinem daneben liegenden Benehmen, aber es kam nur die Wiederholung ihrer Frage, die ich verpasst hatte.

„Erinnern Dich diese schwarzen Basaltsäulen an etwas, Jan?"

„An was sollten die mich erinnern?"

„An die *Hallgrímskirkja* in Reykjavík."

„Wieso?"

„Der Architekt der Kirche wurde durch diese einzigartige Felsformation zur Gestaltung der Frontfassade inspiriert."

„Ahja …", nickte ich bedächtig.

Normalerweise erwartete ich jetzt mindestens ein: „Boah, Jan!" Aber nix. Malle verhielt sich weiter zahm. Irgendwie beunruhigend.

❃

Weiter ging's zum ewigen Eis. Wir hatten uns einer kleinen Gruppe angeschlossen und machten uns mit ihnen zusammen auf den Weg zum Jökulsárlón. Er ist wahrscheinlich der bekannteste Gletschersee an der Südküste von Island. Der Weg zog sich an den Ausläufern des Vatnajökull entlang. Winzig klein fühlten wir uns in dieser bombastischen Gletscherwelt.

Um sicher in blau schimmernden Eishöhlen innerhalb des mächtigsten Gletschers der Welt herum zu wandern, war es zum Glück noch zu früh im Jahr.

Wir waren unter einer leicht verhangenen Sonne gestartet, doch innerhalb weniger Stunden wechselte das Wetter von umhertreibenden Wolkenbergen zu dunklen Regenwolken, die uns einen kalten Schutt bescherten. Dann wieder brannte die Sonne auf uns nieder. Also ganz normales, isländisches Wetter.

Endlich erreichten wir Jökulsárlón. Das Blau und Weiß von Wasser und Eis haute mich um. Der Ort war voller Zauber und Magie. Langsam dahin treibende, türkisfarben schimmernde Eisschollen. Hunderte von Papageitauchern und Möwen flatterten kreischend auf und nieder, schwammen in den dunkelkalten Fluten hin und her, auf der Jagd nach Futter.

Wir enterten ein Amphibienfahrzeug, gondelten durch diese phantastische und faszinierende Landschaft. Das Eis bildete skulpturenhafte Wesen, die in der unheimlichen Stille der Gletscher und Eisberge dahin träumten.

Ich tauchte ein in die unglaublichen Blau-Töne, das leise Plätschern. In der Tiefe tummelten sich Nixen und Seehunde. Eine der Wasserfrauen winkte und lächelte mir zu, zog mich in ihren Bann. Lilly …

„Hey, Jan! Bist Du jeck?" Malles Stimme brüllte mir ins Ohr, ihre Finger krallten sich in meine dicke Jacke.

„Wie-wieso? Was – was machst Du denn da?"

„Das frag ich *Dich!* Es sah gerade aus, als wolltest Du über Bord rutschen."

„Ins Eiswasser? **Iiich?**" Meine Augenbrauen sausten unter der Sonnenbrille hoch bis unter den Rand meiner Wollmütze.

Sie seufzte. „Ach, Jan, irgendwie scheint Dir Island nicht zu bekommen."

„*What?!* Ist doch toll hier. Hätt ich mir nicht so spannend vorgestellt."

„Hmm, ja, ich mir auch nicht. Irgendwie hab ich immer öfter das Gefühl, dass wir nicht alleine sind."

„Sind wir ja auch nicht. Guck Dich mal um. Reisegruppe und so."

„Das meinte ich nicht. Und das weißt Du auch."

„Hmpf!" Ich wandte meinen Blick wieder in die eisigen Weiten. In keinster Weise war ich bereit, auch nur ein einziges Wörtchen über Lillys mentale Besuche verlauten zu lassen.

Schließlich entließ uns das Amphibienfahrzeug wieder an Land, und wir wanderten weiter Richtung Lavastrand. Blaues Eis und winterliche Kälte hatten wir längst hinter uns gelassen, Mützen, Jacken und Handschuhe in unseren Rucksäcken verstaut, Schuhe und Strümpfe baumelnd angebunden. Ganz warm kitzelten die schwarzen Basaltgrissel unter unseren nackten Füßen.

Die Sonne schien. Die sanfte Brandung spülte immer wieder Eisschollen an den dunklen Strand, die vom Jökulsárlón hinaus ins Meer getrieben waren. Das Licht brach sich in ihrer eisigen Starre, glitzerte und funkelte vor schwarzem Sand und blauen Fluten. Eine irisierende Stimmung.

Bis das Wetter kippte. Von einer Minute auf die andere.

Dunkle Wolkenberge trieben am Himmel dahin, der Wind frischte auf, wurde zum Sturm. Zum Glück war es nicht mehr weit bis zum Campmobil. Fast riss es uns die Tür aus der Hand, als wir hinein hechteten, um uns vor Wind und Sand in Sicherheit zu bringen. Gnadenlos drang er in jede Öffnung, in jede Ritze, prickelte und piekte auf Händen und Gesicht, rieselte aus allen Falten unserer Kleidung.

Fast die gesamte Nacht lang lauschten wir dem Peitschen des Windes und Jaulen des Sturmes und fanden kaum Schlaf.

※

Bilderbuchidylle.

Bunte, historische Häuser inmitten eines Fjordes, rundherum schützende Berge, schneebedeckt und mit kleineren und größeren Wasserfällen gesegnet.

Seyðisfjördur. Mitte des 19. Jahrhunderts als Handelszentrum gegründet, reich geworden durch den Heringsfang, stark durch die Kultur der norwegischen Kaufleute beeinflusst. Ihre Häuser brachten sie einst als Bausatz mit aus Norwegen. Auch die himmelblau angemalte Kirche.

Lenchen und ich beendeten einen eher ruhigen Tag mit einem Bummel entlang der kleinen Werkstätten, Ateliers und Shops von Kunsthandwerkern, die ihre Kreationen anboten: Von Schmuck, Skulpturen und Bildern bis hin zu den berühmten Islandpullovern. Und überall erklang Musik, von Straßenmusikern, aus verschiedenen Cafés und Bistros.

In einem der Restaurants speisten wir sehr angenehm und lecker zu Abend. Ein kleiner Spaziergang nach dem Essen und vor dem Schlafen führte uns weg von Häusern und Hafen an den Rand der Bucht. Entspannt standen wir Arm in Arm am Ufer. Große Steine und Felsen lagen locker verstreut herum, als hätten einst Riesen mit Murmeln gespielt. Die

Sonne hatte den Horizont erreicht, aber der Himmel war noch hell und auf den Wellen flirrte schimmernd das abendlich rosige Licht.

Auf einmal zeigte Lenchen aufgeregt auf ein kleines Wesen, das pfeilschnell durch die Wellen auf uns zuhüpfte. Im flachen Wasser vor uns fing es an zu bellen, richtete sich auf und klatschte mit den Vorderflossen.

Wir lachten über diese Begrüßung und spendeten begeistert Beifall, indem auch wir klatschten wie die kleine Robbe. Allerdings mit unseren Händen. Dann saß sie vor uns, bewegte nur noch den Oberkörper hin und her und sah uns unverwandt an. Und ich hatte den Eindruck, dass sie mir direkt in die Augen und von da aus weiter und tiefer bis hinein in meine Seele blickte.

Sommerwiesenduft umfing mich. Lilly war da, und ich hörte ihr leises Raunen: „Folge der Robbe und hilf ihr."

Ich ging einen Schritt auf die Robbe zu, da bellte sie kurz und bewegte sie sich von mir weg. Ich wollte ihr tatsächlich folgen, doch Malle hielt mich zurück: „Lass das Tierchen in Ruhe, Jan."

So blieb ich stehen, doch die Robbe drehte sich um, warf mir wieder einen tiefen, auffordernden Blick zu, richtete sich auf, klatschte erneut mit den Vorderflossen, bellte wie ein Hund und stieß zusätzlich ein klagendes Heulen aus. Nun ignorierte ich Malles Rufe und ging der Robbe nach.

Ich musste mich beeilen, um mit ihr „Schritt" halten zu können, denn sie robbte erstaunlich schnell voran. Immer wieder blickte die Robbe zurück und vergewisserte sich, dass ich ihr auch wirklich folgte. Schließlich verschwand sie hinter einem großen Felsen, der direkt am Wasser lag.

Also machte ich, dass ich hinterherkam. Und da sah ich es. Verstrickt in ein altes Fangnetz lag dort eine weitere, etwas größere Robbe und blickte mich aus großen, traurigen Augen an. Neben ihr hatte sich die kleine Hilfesucherin ausgestreckt. Erschöpft von ihrer Suche. Ihre Nase berührte eine Vorderflosse, die aus dem Netzgeflecht herausragte.

Nach dem ersten Schreck ging ich langsam auf die beiden zu und versuchte, die Stricke zu entwirren. Zum Glück habe ich immer ein Taschenmesser dabei, das mir nun gute Dienste leistete. Aber ich kam nur langsam voran. Das Netz musste wohl schon lang verloren im Meer umhergetrieben sein, denn die Fasern waren ausgelaugt, starr vor Salz.

Unerwartet kam Hilfe. Lenchen war da und säbelte mit ihrem Taschenmesser mit an den verklebten Stricken herum. Schließlich war es geschafft. Die große Robbe war befreit und richtete sich auf. Sie schüttelte sich, Sand und kleine Steinchen von sich abschüttelnd, stieß ein tiefes Bellen aus und sah uns dabei dankbar an.

Sommerwiesenduft. Lilly. „Du hast ihrem Mann das Leben gerettet – und ihr wohl auch."
Die kleine Robbe schmiegte sich kurz an ihren Mann. Dann robbten beide schleunigst ins Wasser und verschwanden im Meer.

Während Lenchen und ich noch am Ufer auf einem Felsen saßen und stumm vor Staunen auf die Wellen blickten, in die die beiden glücklichen Robben eingetaucht waren, tauchte vor uns noch einmal die kleine Robbe auf. Sie setzte sich aufrecht vor uns hin, öffnete sie ihr Mäulchen, spuckte etwas in ihre Flossen und legte mir eine große Muschel direkt vor meine Füße.

Dann richtete sie wieder ihren intensiven Blick in meinen, bellte kurz, drehte sich um und verschwand im letzten Abendlicht wieder in den Wellen.

Stumm, staunend und mit Tränen in den Augen sahen Lenchen und ich uns an.

❋

Am nächsten Tag machten wir uns auf den Weg zum Dettifoss, holperten eine *gravel road* entlang und brauchten für knapp dreißig Kilometer länger, als für die Strecke von Seyðisfjördur hierher.

Froh, nach einer ziemlich herausfordernd rütteligen Fahrt unser Campmobil verlassen zu können, machte ich sogar mit bei Malles lockernden Yoga-Übungen. Dann fühlten wir uns fit für den Weg über die Felsplatten.

Rauchschwaden stiegen aus dem Boden auf, wie von einem großen Feuer. Doch die Schwaden waren kein Rauch, sondern wieder mal Gischt. Gischt, die der mächtige Dettifoss versprühte, der hier seine Wassermassen mehr als vierzig Meter hinunter in eine breite und tiefe Schlucht fallen ließ.

Tief unten wand sich der Fluss durch einen Canyon, den er mühevoll in tausenden von Jahren in die senkrecht aufragenden Felswände geschnitten hatte. Direkt an die Sturzkante hatte uns der kleine Weg geführt.

Wir hatten ja nun schon einige Wasserfälle gesehen.

Jeder war unglaublich. Beeindruckend. Einzigartig. Wundervoll.

Auch der Dettifoss. Er lärmte, er toste, er brauste und gischtete. Ein lautes, begeistertes Brüllen löste sich aus meiner Brust im Einklang mit seiner wilden, ungebändigten Urgewalt.

Dieser ergreifende Anblick war die fürchterliche Anfahrt wert.

❋

Jaaa. Und dann sollte es so richtig märchenhaft werden. Dachte ich zumindest. Wir erreichten Ásbyrgi – die Elfenhauptstadt.

Also, Ásbyrgi ist keine Stadt. Ásbyrgi ist eine Schlucht.

Vor allem: Ásbyrgi ist ein mystischer Ort.

Auch hierzu gibt's eine Sage:

Odin raste auf seinem achtbeinigen Pferd Sleipnir durch die nordischen Weiten. Einmal berührte einer der acht Hufe des Götterpferdes die Erde. Der heftige Tritt verewigte sich – Ásbyrgi, die *Hufeisenschlucht*, war entstanden. Sleipnir und sein Reiter waren wohl von wahrhaft titanischen Ausmaßen. Die Energie des nordischen Gottes musste wohl mitsamt dem Huf in die Erde gesunken sein, denn auch das kleine, verborgene Volk der Elfen fühlte sich von diesem Ort angezogen. Ásbyrgi gilt auch heute noch als die Hauptwohnstatt der Elfen von Island.

Wir steuerten den Campingplatz an, auf dem wir unser kleines mobiles Heim abstellten. Es war bereits Mittag, und so kletterten wir nach einem schnellen Imbiss zunächst auf den Inselfelsen – Eyjan, ein isolierter Brocken mitten in der Landschaft. Zu dem gab's keine Sage. Aber der Ausblick von dort oben war wirklich sensationell, zudem sich auch langsam der Tag in einem spektakulären Feuerfarbenrausch verabschiedete. Wir erkannten noch die *Hufeisenschlucht*, wohin wir dann am nächsten Tag wollten.

Sowohl der Weg zum Felsen als auch oben auf dem Plateau war zum Glück gut gekennzeichnet. Im letzten, zarten Abendschimmer erreichten wir wieder unser Campmobil.

❋

Neuer Tag. Endlich Ásbyrgi. In dieser Schlucht wuchsen tatsächlich Bäume. Ein lichter, kleiner Wald von Birken, nicht besonders hoch, dafür mit ungewöhnlicher, silbergrauer Rinde. Ich atmete tief ein und dachte, leises Wispern und Trippeln zu hören. Malle meinte aber ganz trocken, das wären keine Elfen, nur der säuselnde Wind in den Blättern und Gräsern. Naja …

Auf jeden Fall gab's mal wieder einen Rundweg. Ganz Island schien aus lauter Rundwegen zu bestehen. Knirschend latschten wir auf einem Kiesweg zum Botnstjörn, einem kleinen See. In den ergoss sich malerisch über eine senkrechte Wand aus rotem Felsgestein ein Miniwasserfall.

Im Wasser selbst lagen von quietschgrünem Moos überwucherte Steine und kleinere Felsen. Von Touris fett gefütterte, dicke Enten paddelten dort herum, schnatterten und bettelten auch uns um Speisung an. Wir hatten aber nix.

Alles wirkte wie in einem von Fürst Pückler höchstselbst entworfenen und gestalteten Landschaftsgarten. Ein Stückchen weiter bergauf genossen wir den Aus- und Überblick auf das pittoreske Halbrund des Sees und den lichten Birkenwald über die Ebene bis hin zum Eyjan und weiter zu den in violett-blauem Dunst verschwimmenden Bergen.

Romantisch. Aber vom Zauber der Elfen keine Spur. Auch von Lilly nicht.

❋

„Wal bläst!" Aufgeregt fuchtelte ich mit dem Finger hinaus aufs Meer, wo eine kleine Dunstwolke über dem Wasser stand.

Malle und die anderen „Walbeobachtungsmatrosen" reckten die Hälse. Ein Buckelwal tauchte auf, schwamm einen Moment an der Oberfläche, äugte zu unserem Schiff herüber, das Fahrt auf ihn machte. Der Wal tauchte wieder ab, die Fluke peitschte das Wasser.

Ergriffen und still standen wir Wal-Touris an der Reling unseres Wal-Beobachters. Dann wieder der Blas, auftauchen, abtauchen. Das wiederholte der Wal einige Male, bis er mit einem letzten großen Flukenschlag wieder in den blauen Tiefen verschwand.

Dann erschien eine Gruppe von Zwergwalen. Die waren ganz mutig und trauten sich nah an uns heran. Wir waren alle gut eingewiesen worden, und so warf niemand irgendwelche Futterbrocken über Bord. Aber als zwei Orkas auftauchten, suchten die Zwergwale das Weite.

Unser Schiff war bereits wieder auf Heimatkurs, als eine Delfinschule flott angeschwommen kam. Spielerisch drehten sie ihre Runden um das Schiff, sprangen hoch aus dem Wasser, ließen sich klatschend wieder zurück ins Nass fallen und stießen dabei Töne aus, die wie ein keckerndes Lachen klangen.

„*Uiii*, da sin ja auch zwei kleine Baby-Fine dabeiii", quietsche es deutsch und kleinkindmäßig neben mir. Hellblondes Haar lugte unter einer knallblauen Pudelmütze hervor. Das Mädel unter der Mütze mit dem dicken, wippenden Bommel klatschte begeistert in die Hände und hüpfte dabei ein paar Mal auf und ab. Sie war sicherlich schon Mitte Zwanzig. Hatte sich aber definitiv ein hohes Entwicklungspotential aus ihrer Kindheit bewahrt.

Auf der Rückfahrt verwöhnte uns die Crew mit Heißer Schokolade und Zimtschnecken. Der süße Geschmack mischte sich mit der salzigen Luft auf der Zunge und sorgte bei Lenchen und mir für begeistertes Augenrollen bei Kauen mit vollen Backen. Svenjalein würde jetzt bestimmt behaglich leise grunzen.

Ein gelungener Superausflug an einem Supertag. Es war mein Geburtstag.

Wieder an Land bummelten wir noch ein wenig durch Húsavík, einen der ältesten Siedlungsorte hier auf Island. Son oller Wikinger war der erste Round-Trip-Touri, der im 9. Jahrhundert mit seinem Schiff einmal um Island herum fuhr. Winterliche Stürme stoppten ihn und seine Mannschaft. Als sie einige Wochen später wieder aufbrachen, blieb einer der Männer zurück und baute das erste Haus in der Bucht.

So heißt der Ort auch noch heute: *Hausbucht* – Húsavík.

❋

Eine kurze Fahrt brachte uns von der Küste weg, weiter zum Myvatn, dem Mückensee. Er ist zwar einer der größten Seen in Island, aber vor vielen hundert Jahren haben Vulkane ihre Lava in ihn hinein gespuckt. So ist er zu einem Flachwassersee geworden. Ein wahres Schlaraffenland für Forellen und Vögel, denen Wolken von Mücken direkt in die Mäuler und Schnäbel schlupfen.

Wir konnten allerdings unbeschwert in der kargen Pseudokraterlandschaft herumwandern, denn es hatte einen Kälteeinbruch gegeben. Anfang August. Irgendwo auf dieser Welt war es jetzt Sommer. Aber in Island trugen die eigentlich schwarzen Vulkane am Myvatn weiße Schneehauben und wir dicke Jacken und Mützen.

Ein paar Kilometer östlich vom Myvatn stank es bestialisch nach verfaulten Eiern. Weißer Dampf verwischte das ohnehin blasse Blau des

Himmels völlig. Der total kahle Bergrücken des Námafjall leuchtete in verschiedenen Rot-, Orange- und Brauntönen. Námafjall – der *Minenberg*. Bis vor ungefähr 150 Jahren wurde dort Schwefel abgebaut.

Uns war schon ein wenig mulmig, als wir so zwischen den fauchenden Schlammtümpeln und kochend heißen Solfataren herumwanderten und schmale Bachläufe heißen Wassers überquerten.

Gar nicht so tief unter der in diesem Gebiet sehr dünnen Erdkruste brodelte und gurgelte es immer noch, erzeugte an der Oberfläche eine bunt gefärbte Hexenküche, in der es zischte und stank. Dampfende Schlammtöpfe, voll von unablässig blubberndem, blaugrauem Schlamm. Aus kleineren bis größeren Steinhaufen quoll Wasserdampf. An den Steinen blauweiße und schwefelgelbe Ablagerungen. Alles erinnerte an Lillys künstlerische Farben- und Formenspiele.

Die unterirdischen Kräfte zogen mich in ihren Bann. Farbige Schlieren von Schwefelgelb, Himmelblau, Schneeweiß und Schlammgrau ließen wieder mal Zeit und Raum verschmelzen. Den Gestank um mich herum nahm ich kaum noch wahr, denn mich umgab ein feiner, zarter Sommerwiesenduft.

Lilly. Da war sie wieder. Endlich.

Wie immer holte Malle mich mit einem Wortschwall ins Hier und Jetzt zurück. Sie plapperte irgendwas über die vulkanische Landschaft, durch die wir marschierten. Die Hälfte hatte ich nicht mitbekommen.

„… und die hautnahe Begegnung mit den Kräften der Natur ist faszinierend, auch wenn der Gestank reichlich gewöhnungsbedürftig ist, nicht wahr, Jan?"

Ich machte nickend: „Hmpf."

Normalerweise hakte Malle nach, wenn ich einsilbig antwortete. Aber hier schien ihr mein Laut einer diffusen Zustimmung zu reichen. Vielleicht war dies ja den Höllendämpfen geschuldet.

Wir erklommen einen Schwefelhang und hatten von dort einen herrlichen Blick über die Solfataren-Landschaft. Dort oben wehte glücklicherweise ein frischer Wind. Freies Atmen war wieder möglich.

Ein Sonnenstrahl brach sich gerade Bahn durch dicke, graue Wolkenberge. Er fiel inmitten der ockerbraunen Landschaft auf einen kleinen See und ließ ihn in einem milchigen, himmlischen Blau aufleuchten. Wasserdampf zog wolkig über die Oberfläche und stand in großen Schwaden am Ufer.

Unwirklich, geisterhaft. Und doch so einladend. Aber große Schilder mit Verboten und Informationen warnten vor einem Bad im magischen Blau – unter der Wasseroberfläche lagen *hot spots*, die so heiß waren, dass sie uns verbrüht hätten. Dicke Rohrleitungen führten zu einem Kraftwerksgebäude mit einem großen Schornstein, aus dem Wasserdampf strömte. Lenchen und ich mussten laut lachen, denn das Gebäude erinnerte uns an das Modell der Dampfmaschine aus dem Physikunterricht im Uraltfilm *Die Feuerzangenbowle* … ☺

Wir wanderten weiter durch die karge Landschaft.

Und dann trafen wir wieder auf die Spalte, den tektonischen Riss, der sich durch ganz Island zieht und den Inselstaat zwischen den Kontinenten Europa und Amerika aufspaltet. Hier war die Kluft zwar tief, aber so schmal, dass ich mir den Spaß erlaubte, ein paar Mal hinüber und wieder herüber zu hüpfen. Ich fühlte mich dabei tollkühn und wie ein kleiner Junge.

Malle mimte eine erschrockene und strenge Mama, schimpfte herum und wollte, dass ich aufhörte mit dem Quatsch.

Das spornte mich aber umso mehr an. Ich hüpfte und sprang über der Tiefe hin und her, fast schon mechanisch, manisch, immer weiter - hin, her, neuer Kontinent, alter Kontinent, Amerika, Europa, Gegenwart, Vergangenheit, Marlene, Lilly - *bis ich ein mildes Mahnen verspürte, dass ich mein Glück hegen müsse, statt es übermütig heraus zu fordern.*

Und genau da passierte es.

Beim letzten Hüpfer zurück bröckelte der Rand unter meinem Tritt. Auch rasche weitere Schritte brachten nix, außer noch mehr rollende Brösel unter meinen Schuhen.

Ich rutschte ab.

Immer weiter.

Meine Hände griffen ins Leere, denn da wuchs nix, woran ich mich hätte festhalten können. Mein Herz raste bei dem Gedanken, dass ich mich und mein Leben verlieren würde in zerrissener Tiefe.

Nur der beherzte Zugriff von Marlene ließ mich im wahrsten Sinne wieder Fuß fassen. Als ich letztendlich wohlbehalten wieder neben ihr stand, gab sie mir erst eine kräftige Kopfnuss, nahm mich dann ungestüm in ihre Arme, um mit mir schließlich in einer wilden Knutscherei zu versinken.

Erst viel später waren wir bereit für unseren nächsten Erkundungspunkt rund um den Myvatn.

Wir hatten von einer Grotte oder Höhle gehört. Der unglaubliche Name: Grjótagja. Ein Name, bei dessen Aussprache man Gefahr lief, sich die Zunge zu verknoten. Es sei denn, man war Isländer. Trotzdem, diese Höhle wollten wir finden. Wenige Schilder wiesen uns den Weg.

Zwischen Felsen hindurch gelangten wir hinein in die Erde und hinunter in eine Höhle mit einem kleinen See. Zum Glück war nur noch ein weiteres Pärchen mit ihrem kleinen Sohn da, denn die Höhle war nicht sehr groß. Aber zauberhaft. Die Sonne schickte lange Bahnen aus Licht durch das Felsenloch, ließ das Gestein schimmern und das kristallklare Wasser in strahlendem Blau leuchten.

Der Junge kraxelte abenteuerlustig zwischen Felswand und glänzendem See herum. Ihn reizte wohl die spiegelglatte Oberfläche, denn er kniete sich hin und streckte seine Hand aus, um sie zu berühren. Gerade noch rechtzeitig hatte der Vater ihn am Schlafittchen und zog ihn hoch.

Ein Bad wäre ihm nicht gut bekommen, denn Feuerriese Sutur heizte aus dem tiefen Inneren der Erde das Wasser im Felsenbecken schon seit Jahrhunderten auf. Oder war es die vulkanische Aktivität? Egal, auf jeden Fall war das Wasser sicherlich mehr als sechzig Grad heiß.

Auch in der Höhle selbst war es dadurch recht warm. Mit unseren dicken Jacken begann es ungemütlich zu werden, also zogen wir weiter.

❋

Auf dem Weg vom Mývatn nach Akureyri machten wir an einem weiteren Wasserfall Halt, dem Goðafoss – *Wasserfall der Götter*. Klar, auch der hatte seine Legende, wie er zu seinem Namen kam. Sie reichte zurück ins Jahr 1000, als den Isländern der christliche Glaube übergestülpt wurde und sie ihre heidnischen Götter aufgeben sollten.

Der norwegische König Olav I. wollte ganz Skandinavien zum Christentum bekehren. Sein missionarischer Eifer beschränkte sich nicht nur aufs Predigen. Sein Motto war: „Entweder Taufe oder Kopf ab."

Die Isländer aber waren schlau. Sie ließen sich zwar taufen und nahmen auch offiziell das Christentum als Staatsreligion an, huldigten aber weiter ihren alten, nordischen Göttern.

Der erste Olav war auch nicht dumm. Er bekam Wind von der Bigotterie seiner isländischen Untertanen. Rigoros verweigerte er ihnen dringend benötigte Holzlieferungen, wenn sie nicht völlig zum Christentum übertreten würden. Um seiner Forderung zusätzlich Nachdruck zu verleihen, ließ er die Bilder und Skulpturen ihrer Götter in den Wasserfall werfen.

Die waren wahrscheinlich immer noch sauer über solch eine respektlose Behandlung, denn auch uns waren sie nicht so richtig hold. Ziemlich schlaff und fahl hing die Sonne hinter Nebelschleiern und Wolkenschlieren. Wenigstens war es einigermaßen trocken. So machten wir uns auf den kurzen Fußweg, der uns direkt zu den mächtigen Felsen ganz nah an den Wasserfall führte. Von dort aus hatten wir einen großartigen Ausblick auf den Goðafoss.

In einem weiten Bogen von über dreißig Metern Breite donnerten die Wasser, geteilt durch einzelne große Felsen, etwa zwölf Meter tief in ein riesiges Becken. Ein wenig erinnerte mich die halbrunde Ausbuchtung an das Tal der Elfen, an Ásbyrgi, nur viel wuchtiger.

Festgelegte Wege oder Aussichtspunkte gab es nicht. Auf einem der Felsen suchten wir uns den Platz mit der besten Sicht auf den Wasserfall. Dabei kletterte ich wieder mal reichlich wagemutig über die Felsen direkt am Rand oberhalb des Wasserfalles herum, etliche Meter über dem tosenden Fluss.

Die grauen und blauen Farben des Tages verschwammen in der Gischt zu einem blass verhangenen Regenbogen, der sich mir wie eine Brücke entgegen streckte. Als ich sie betreten wollte, war Lilly da. Sie hielt mich zart zurück und warnte mich, den Verlockungen der Elfen zu folgen.

Ich kam zu mir, ganz nah an der Abbruchkante stehend. In meinen Ohren rauschte es. Das kam aber nicht vom Brausen des Wasserfalles. Und dieses Mal hatte nicht Lenchen mich gerettet.

Hab bis heute nicht kapiert, was mich immer wieder in die Nähe von tiefen Abgründen zog.

❅

Unser nächstes Ziel war Akureyri, die Hauptstadt im Norden, wie die Isländer sie nennen. Es gibt dort eine Universität und eine imposante Kirche, die der gleiche Architekt geschaffen hat, der auch für die Hallgrímskirkja in Reykajvík verantwortlich war.

Stadtbummel über die Hafnarstræti, Café-Besuch, Besichtigung der Kirche mit den bunten Fenstern, Botanischer Garten sowie Essen im

Restaurant zogen irgendwie nebulös an mir vorbei. Meine Gedanken waren immer noch gefangen von der enormen Landschaft und den Abenteuern, die wir in den letzten Tagen erlebt hatten.

Der Eyjafjörður konnte mein Bewusstsein wieder erreichen. Von der Kirche oben auf dem Hügel konnte man ihn schon sehen. Viele Kilometer lang und breit erstreckt er sich mit einer Insel in seiner Mitte.

Wir fuhren dann auch hin, holperten ein bisschen an seinem Ufer entlang und entdeckten eine geschützte Stelle, wo wir über Nacht blieben.

❋

Nach einer eindrucksvollen Fahrt am Fjord entlang, die doppelt so lang dauerte, als wir gedacht hatten, weil die Straße so schlecht war, kamen wir nach Hofsós. Ja, öh, war dann auch eher so nix los da.

Im Dorf steht eines der ältesten Häuser im Land, das Pakkhúsið. Natürlich befindet sich darin ein Museum. Ansonsten gibt es in dem alten Handelsort schöne bunte Häuschen, und ein paar Kilometer entfernt liegt die kleine Torfkirche Gröf. Sie stammt aus der Mitte des 17. Jahrhunderts, wurde aber wenig wertgeschätzt und war über lange Zeit hinweg mehr oder weniger dem Verfall preisgegeben. Erst vor etwa fünfzig Jahren hat man sie wieder aufgebaut und versucht, ihren alten Charme erneut zu beleben. Irgendwie hat mich das Schicksal der kleinen, standhaften Kirche aus Torf gerührt.

Das geplante Bad im *infinity pool* ersparten wir uns, machten aber einen langen Strandspaziergang und bewunderten die Basaltsäulen am Ufer, die wie ein Land-Art-Projekt wirkten. Vielleicht ein Kunstkonzept der alten Götter?

❋

Unser letzter Stopp vor Reykjavík war Laugarbakki. Bei nieselig-nebligem Wetter machten wir noch einmal eine ausgiebige Wanderung zu einem Wasserfall. Mit dem Kolufossar bekamen wir gleich drei Wasserfälle zum Preis von Einem ☺ - den oberen und die beiden unteren Fälle, die beide nach der Trollfrau Kolu benannt worden waren.

Der Fluss, der den Wasserfall speist, hat Jahrtausende lang Zeit gehabt, um eine tiefe Schlucht in das Lavagestein zu graben. So dunkel und feucht wie die Schlucht, war leider auch der ganze Tag.

Am Abend rissen noch einmal die Wolken auf zu einem spektakulären Farbenspiel am Horizont. Wir hatten angenehm zu Abend gespeist und waren dann noch einmal Richtung Strand gelaufen. Dort entdeckten wir ihn dann auch, den dreibeinigen Felsen, meerumspült, vom Abendlicht rotgolden umflossen und lange, violette Schatten werfend.

Ein wunderbarer, romantischer Abschluss unserer Fahrt rund um Island.

❋

Der Kreis schloss sich langsam. Reykjavík hatte uns wieder. Wir sagten unserem rollenden Heim, in dem wir nun über zwei Wochen verbracht hatten, Lebewohl und checkten wieder in „unserem" komfortablen und gemütlichen Hotel in der Altstadt ein. An der Rezeption freute man sich, uns heil und gesund wiederzusehen. Sie hatten uns sogar dasselbe Zimmer reserviert, von dem aus wir unsere Reise rund um Island gestartet hatten.

Gut, dass wir vor unserem *round trip* im Hotel einen weiteren Rucksack mit frischer Kleidung deponiert hatten. Während unseres Aufenthaltes in wilder Natur hatten wir es gar nicht wahrgenommen – dafür nun umso mehr: Unsere Sachen und auch wir selbst stanken wie die Moschus-Ochsen …

Rucksäcke, Schuhe, Klamotten flogen erst mal auf den Boden. Lenchen und ich stürmten gemeinsam die große Dusche, schäumten uns gegenseitig gründlich und liebevoll ein. Wir brauchten **seeehr** lange unter dem breiten, heißen Schwall, der sich hart und fest über uns ergoss.

Gegen Abend waren wir dann ziemlich hungrig und gönnten uns ein feines Candle-Light-Diner im hauseigenen Restaurant.

❋

Am nächsten Vormittag schloss sich der Kreis weiter, als uns das Taxi zum Flughafen Keflavík fuhr. Im Flieger selbst hatten wir dann noch ein Erlebnis der besonderen Art, wie es wohl nur im mystischen Island möglich ist.

Auf der gegenüberliegenden Seite des Ganges saß wieder der Mann, der uns während der Herfluges von den Elfen in Island erzählt hatte. Er grinste uns fröhlich entgegen und erkundigte sich auch gleich freundlich nach unseren Erlebnissen und ob wir denn auch Begegnungen mit Elfen gehabt hätten.

Zum Glück sprudelte Lenchen gleich los. So konnte ich mich fein lächelnd im Hintergrund halten.

❄

Zu Hause versuchten wir unsere zärtlich-liebevolle Stimmung weiter in den Alltag zu retten, was uns auch tatsächlich eine Zeitlang gelang.

Svenja berichtete begeistert von ihrer weiteren Helferzeit in der *Möbelmanufaktur* und dem Beginn des neuen, letzten Schuljahres. Während des Urlaubes hatten wir zwar einige Male telefoniert, wenn es Handyempfang gab, aber ich war sehr froh, als ich meine große Tochter endlich wieder in meine Papa-Arme schließen konnte.

Und natürlich wurden wir von allen bestürmt, von unserer Rundreise zu berichten. Also trommelten wir unsere Freunde zusammen, reservierten den größten Tisch im *D'Angelo* und feierten dort unsere Rückkehr und auch meinen 55er nach. Schließlich war mein Geburtstag in unsere Urlaubszeit gefallen.

❄

Der Alltag hatte uns erneut voll im Griff. In der Bank gab es wieder mal ein neues Projekt im IT-Bereich, so dass ich häufiger Zeit vor Ort verbringen musste, als im bequemen *home office*.

Lenchen nahm ihre Yoga-Studien wieder auf und tauschte unser gemütliches Heim gegen etliche Aufenthalte in ihrem Westerwälder Ashram ein.

Svenjas Anwesenheit beschränkte sich auf Schlafen, Kleidungswechsel und Nahrungsaufnahme. Meist war sie in Sachen Lernen oder Feierbesprechungen unterwegs. Die Abivorbereitungen liefen sofort vom ersten Tag an auf Hochtouren, sowohl lerntechnisch als auch die Planung zu den Abifeiern, denn damals wurden in diesem Schuljahr gleich zwei Jahrgänge verabschiedet. Außerdem feierte das Gymnasium sein 100jähriges Bestehen. Svenja war mit Fine und den Debold-Jungs in sämtliche Aktivitäten eingebunden. Gleichzeitig hockten sie auch ständig zum Lernen beieinander.

Mein Gott, wenn ich da an meine eigene Abizeit dachte, die ich reichlich entspannt angegangen war …

Svenjas Geburtstag fiel auf einen Dienstag. Es wurde wieder so ein Kaffee-Kuchen-Geburtstag mit anschließendem Pizza-Essen. Herta kam natürlich mit einer Torte. Eigentlich waren es zwei, nämlich eine Eins und eine Sieben. Unter der mit heller Schokolade überzogenen Eins verbarg sich eine Schoki-Torte, die Sieben war eine Vanille-Torte und trug einen dunklen Überzug.

Svenja warf ihrer geliebten Godi einen seltsam umwölkten Blick und ein schiefes Lächeln zu. Die hatte eine komisch-unschuldige Miene aufgesetzt. Fine grinste sich eins, aber Henry und René, die hell-dunklen Zwillinge, waren ganz aus dem Häuschen. Naja …

Abends sind wir dann alle zusammen ins – na, wohin wohl? Richtig – ins *D'Angelo* zum Pizza-Essen. Svenja hatte darauf bestanden, dass auch wir Eltern alle mit dabei sein sollten. Also saßen Svenjas Kleeblatt, pardon *The Lucky Shamrock*, Rolf und Hilla sowie Lydia und Jochen am Tisch. Natürlich war auch Herta mit dabei. Und sogar Lenchen war extra zu Hause geblieben.

Naja, am Wochenende startete dann doch noch die richtige Fete mit ihren Freunden, *karaoke meets self-made-music* war das Motto. Gärtchen und Wohnzimmer platzten fast aus allen Nähten!

Drei Tage vorher war Svenja mit Flugblättern in der Nachbarschaft unterwegs gewesen, um alle über ihre ausnahmsweise geräuschvollere *birthday-party* vorzuwarnen.

Woher hatte das Mädel diese vernünftige Voraussicht? Von mir bestimmt nicht. Und auch in Lillys Welt war Rücksicht auf andere eher ein Fremdwort gewesen.

Es wurde laut, lang und lustig gefeiert. Alle hatten Spaß, sogar die Nachbarn spendeten über die Gartenzäune hinweg Applaus.

❊

Eines Abends kam ich ziemlich geschafft nach Hause. Das neue IT-Projekt hatte wieder einen anstrengenden Tag mit etlichen Meetings und praktischen Tests sowie den unvermeidlichen Fehlerbehebungen gefordert. Ich freute mich auf ein entspannendes Feierabendbierchen einfach nur vor der Glotze.

Im Aufschließen hörte ich bereits Stimmen und Lachen. Malle hatte wohl Besuch. **Och, nö!** Ausgerechnet heute, wo ich eigentlich mein Hirn abschalten und niemand Fremdes mehr um mich haben wollte.

Im Wohnzimmer empfing mich eine lustige Damenrunde. Die Prosecco-Flaschen kreisten, die Stimmung war entsprechend. Ich holte tief Luft. Am liebsten hätte ich die giggelnden Weiber einfach vor die Tür gesetzt, zumal Jutta unter ihnen war. Aber ich hielt mich zurück. Noch.

„Hallo, alle miteinander! Na, Ihr habt ja richtig Spaß."

Lenchen sprang auf und auf mich zu, drückte mir einen dicken Schmatzer auf die Wange und ein gut gefülltes Glas in die Hand.

„Jan, gut, dass Du da bist. Es gibt was zu feiern", juchzte sie glücklich.

„So? Was denn?", fragte ich, nun tatsächlich interessiert.

„Ab sofort gebe ich Yoga-Kurse in der Gleichstellungsstelle Frankfurt." Sie strahlte wie ein Honigkuchenpferd.

Puh, gut, dass ich nicht den Rausschmeißer gegeben hatte.

❋

Dann war auch schon wieder Weihnachten.

Svenja und ich machten uns am Heilig Abend mit unseren üblichen Jahresgaben auf den Weg nach Thüringen. Lenchen verbrachte den Tag mit Schönheitspflege und traf sich mit Jutta und noch anderen Mädels zu ihrem Kino-Ritual in Sachsenhausen.

Wie immer waren wir Beide gespannt, was uns in diesem Jahr erwartete. Nicht im entferntesten Winkel meines erfindungsreichen Hirnes hätte ich mit solch einer Wandlung gerechnet …

Lilly stand am Empfang und hielt bereits nach uns Ausschau.

Als wir die Tür öffneten, fiel ein Sonnenstrahl direkt auf sie, ließ ihre goldenen, langen Locken leuchten. Mir blieb fast das Herz stehen, denn sie erschien mir wieder wie das unglaublich goldige Mädel, das mit mir vor dreißig Jahren auf einem Rolling-Stones-Festival getanzt hatte.

Svenja und ich hielten beide den Atem an. Unbeschreiblich, was Lillys von goldenem Sonnenlicht umflossener Anblick in uns auslöste.

Lilly selbst brach den Zauber, tänzelte leichtfüßig auf uns zu, lachte ein glückliches, glockenhelles Lachen und nahm uns gleichzeitig in ihre Arme.

„Ach, ist das schön, dass Ihr Beide da seid. Kommt gleich mit. Ich habe wieder meine kleine Wohnung hier beziehen dürfen. Mein Atelier habe ich auch noch. Ich habe viel gearbeitet, seit es mir wieder so gut geht. Aber das zeige ich Euch später. Erst will ich hören, wie es Euch ergangen ist in diesem unglaublichen Jahr."

Sie sprudelte nur so vor lauter Freude und Begeisterung, hakte sowohl Svenja als auch mich unter und führte uns aus dem Empfang, durch das Haupthaus, hinaus, über den Hof und zu der Wohnung, in die sie im Sommer wieder Einzug gehalten hatte.

Freudig nahm sie mein weihnachtliches Gebinde entgegen und stellte es in eine Vase auf ihrem kleinen Couchtisch. Neben der Schnur mit Hertas angeklammerten Glückwunschkarten bekam das Foto von Svenja und mir seinen Platz auf dem kleinen Regal bei den anderen Fotos ihrer Sammlung und wir zwei dicke Schmatzer.

Ähnlich wie zwei Jahre zuvor servierte sie uns ein wärmendes Essen. Diesmal war es ein würziges Thai-Curry und zum Nachtisch ein Schokoladenpudding mit gesalzenen Pistazien bestreut. Irritiert schmeckte ich der salzig-süßen Note hinterher. Ein bisschen wie auf dem Wal-Beobachter in Island.

Und endlich überreichte sie Svenja die dunkelblaue Box mit den Sternchen drauf. Als Svenja den Deckel abhob, und wieder einmal eine Szene ihrer Geburtstagsfeier zum Vorschein kam, waren wir trotzdem wieder aufs Neue überrascht und fasziniert.

Bis ins kleinste Detail hatte Lilly die *karaoke meets self-made-music*-Party dargestellt. Zu einem Zeitpunkt, als *The Lucky Shamrock* ihren Auftritt hatten. Die kleine goldene Elfe fanden wir unter den Gästen, die beim Kaffeekränzchen und Pizza-Essen dabei gewesen waren. Lilly hatte sie alle auf ein italienisches Flaggenbanner gemalt, das sich rund um die Box zog.

Der dicke Hammer für mich kam dann noch, als sie uns mit in ihr Atelier nahm. Sie schloss auf, ließ die Tür aufschwingen und uns den Vortritt. Sie selbst betrat hinter uns den Raum, langsam und erwartungsvoll.

Tja, was soll ich sagen? Wir – ääh – wir waren sprachlos.

Zwei Jahre zuvor hatten wir Skizzen und Teilausmalungen an den Wänden bewundert. Doch nun war alles fertig. Die Unterwasser- und Meeresszenen waren mit Farbe belebt. Vielfarbige Fische schwammen in schillernd blauen Fluten. Das Neptun-Schloss schob sich in zarten Türkis-, Mint- und Rosé-Tönen auf dem Meeresboden zwischen Korallenfelsen sanft in den Vordergrund. Nixen umschwammen den Thron, auf dem Neptun sich mit seinem Dreizack königlich präsentierte.

Die Meeres- und Strandszenen waren belebt von vielerlei Getier. Möwen, Albatrosse und Papageitaucher *(what?!)* schwebten vor dunklen und hellen Wolkenbergen und im himmlischen Blau.

Im Hintergrund einer weiten, ockerfarbenen Landschaft erhoben sich glitzernde Gletscher, strömten von Regenbogen überspannte Wasserfälle an Felswänden herab. *(What?!)*

Seehunde und Robben aalten sich auf sonnenbeschienenen Felsen. Fast konnte ich den ollen Seebären sein trauriges Lied brummen hören: „Öch woiß nöcht, wos soll ös bödoitön …"

So ähnlich erging es mir, denn aus den Wellen vor dem leuchtenden Horizont erhob sich ein Buckelwal mit aufgerichteter Fluke und Blas. Aufmerksam äugte er in Richtung Betrachter. *(What?!)*

Ich spürte und schmeckte die salzige Brise, hörte das Gekreisch der Seevögel und das Platschen der Wellen. Wo war ich jetzt? War ich wieder in Island?

„Nein, mein Lieber, Du bist hier in Thüringen." Lilly antwortete auf meine Frage, die ich gar nicht laut formuliert hatte. „Aber ich war oft bei Dir in Island in diesem Sommer."

Ich war zu keiner weiteren Unterhaltung fähig, nahm Lilly in die Arme und vergrub mein Gesicht in ihren goldenen Locken.

Ganz zart duftete sie nach Sommerwiese.

❀

Zum Glück war Svenjalein von Lillys unglaublicher Leistung genauso geflasht wie ich. Die meiste Zeit während der Heimfahrt schwiegen wir einträchtig und hingen beide unseren Gedanken nach.

Schlafanzuggammeltag. Kuschelzeit für die Familie. Svenja hatte ein großes Bedürfnis nach Nähe. Lenchen leider auch. Wieder rettete ich mich in einen Guckmarathon von Filmen und Märchen im Fernsehen, natürlich auch *Drei Nüsse für Aschenbrödel*, in dem das Gesicht der Schauspielerin wie immer für mich zum Gesicht von Lilly wurde.

Ich wusste nicht mehr, wie mir geschah. Traum und Realität verwischten sich. Der *round-trip* um Island mit Lenchen wurde in meiner Erinnerung mehr und mehr zu einer Reise mit Lilly. Mir war furchtbar schwindelig, fühlte mich selbst ein bisschen wie Island. So mitten entzwei gerissen.

Wurde ich jetzt auch in die phantastisch-schizophrene Welt von Lilly gezogen? Aber eigentlich war es ganz einfach.

Ich wollte ein Leben mit Lilly. Und nicht mit Lenchen.

Und wieder verdrängte ich meinen Herzenswunsch in die tiefsten Winkel meiner Seele. Weil er nicht zu verwirklichen war.

Weil das Leben eben so war, wie es war. Ohne Lilly. Sondern mit Lenchen.

2013 – NEBELSCHWADEN

Wenn man seine Ruhe nicht in sich selbst findet,
ist es zwecklos, sie andernorts zu suchen.

La Rochefoucauld

❋

Wir begrüßten das neue Jahr wieder mal auf dem Debold-Hof. Rolf hatte einen ordentlichen Zauber mit seinem Feuerwerk veranstaltet, das wir mit jeder Menge „Aaahs!" und „Ooohs!" würdigten.

Die Runde hatte sich erweitert. Die *Toffifees* hatten Zuwachs bekommen. Jochen, Fines Vater, spielte doch tatsächlich Saxophon! Nach all den Jahren, die wir uns (zugegebenerweise nur flüchtig) kannten, kam nach Svenjas wilder *karaoke-meets-self-made-music*-Party heraus, dass Jochen schon seit einiger Zeit Saxophon spielte. Und zwar richtig gut.

Zurückhaltend wie er war, hatte er nie einen Ton darüber verlauten lassen. Doch nun war er zu einem weiteren, kreativen *Toffifee* geworden. Und wir fühlten uns mit ihm irgendwie „zusammener". ☺.

Darum war die Bärenfamilie mit in der Silvester-Runde, samt Elo Barney, der sich als sehr untypischer Hund erwies. Als Feuerwerk und Knallerei losgingen, saß er da: Brav und aufmerksam, mit funkelnden Augen, wackelnden Öhrchen und wedelndem Schwänzchen. Manchmal legte er den Kopf in den Nacken und stimmte jaulend in die Vertreibung der alten Geister ein.

❋

Ein neuer Geist hatte sich auch in Lenchens Hirn manifestiert. Von der leitenden Bankangestellten war sie zur Jungunternehmerin heran gereift. Begonnen hatte es mit ihren Yoga-Ausbildungen, ging über in einzelne Yoga-Kurse und mündete nun in der Gründung ihrer eigenen *Yoga-Schule Marla*.

„Wie kommst Du denn auf den Namen?", wunderte ich mich.

„Er soll meine Veränderung zeigen."

„*What?*"

„Eigentlich ist das ja der Kosename aus meiner Kinderzeit."

„Oje, Du wirst doch nicht schon kindisch? Sooo alt bist Du doch noch gar nicht", frozzelte ich grinsend.

Lenchen reagierte entspannt. „Nö. Aber das Leben dreht seine Kreise wie eine sich empor windende Spirale."

„Häh?" Meine Augenbrauen rutschten hoch, mein Kinn herab.

„Kinder sind ganz bei sich. Je erwachsener wir Menschen werden, desto mehr verzetteln wir uns im Außen. Wenn die Entwicklungsspirale sich mit den Jahren weiter windet, kommen wir wieder mehr zu unserem Selbst. So ne Art *back to the roots*, nur auf einer anderen Ebene des Bewusstseins. Ich bin jetzt ziemlich nah an meiner Mitte. Und das drücke ich mit meinem kindlichen Kosenamen aus. Den ich übrigens gar nicht mal so kindlich finde."

Ich holte tief Luft und nickte schweigend. Intellektuell konnte ich ihr zwar folgen, doch so richtig nachvollziehbar war die Schwurbelei ihrer Gedanken für mich nicht. Machte auch nix.

Die Gleichstellungsstelle Frankfurt hatte Lenchen im letzten Herbst die Räume für die Yoga-Schule in deren Haus ermöglicht. Natürlich war ihre Freundin Jutta, die dort die Leiterin war, ihre maßgebliche Fürsprecherin. Aber das war nur die Grundlage, auf der Lenchen ihre Leistung als Yoga-Lehrerin aufbauen musste.

Und die nutzte Lenchen gut. Begeisterung und Nachfragen waren so groß, dass sie schon nach einem Monat zwei weitere Kurse anbot. Nach drei Monaten fragten bereits Firmen ihr Yoga-Business-Angebot für deren Mitarbeiter an.

Inzwischen hatte sie eine Kollegin aus der Ashram-Zeit mit ins Boot geholt, die einen Teil der Kurse in der Yoga-Schule abdeckte. Ihre ehemalige Assistentin Dolores hatte ebenfalls der Treu&Glauben-Bank den Rücken gekehrt und lernte bei Lenchen Yoga.

Ja, Lenchen ging ab wie Zäpfchen.

❄

Es war Sonntag. Ein Wochenende, an dem Lenchen mal zu Hause war. Dafür war Svenja unterwegs. Na, sollte sie. Das Mädel hatte definitiv zu wenig Spaß. Meine Güte, sie war jetzt 17, stand in ihrem Abi-Jahr und hatte nur ein Ziel – das beste Abi aller Zeiten hinzulegen.

Ich war zu meiner Zeit mehr mit allem anderen beschäftigt als mit der Lernerei. Hab trotzdem ein passables Abi gebaut. Außerdem gab es für meinen Studiengang *Mathe und Informatik* keinen Numerus Clausus.

Svenja wollte nicht mal studieren, sie war ganz fixiert auf eine Ausbildung als Tischlerin in der *Möbelmanufaktur*.

Naja, an dem Sonntag war sie jedenfalls unterwegs. Irgendwas wegen Arbeitskreis Abi-Feier oder so. Svenja hatte anfangs von den wildesten Ideen zur Gestaltung einer solchen Feier erzählt. Und es sollte eine Riesenfeier zur Verabschiedung gleich zweier Jahrgänge werden. Inzwischen hatte sich das Thema heraus kristallisiert: Rund um *Star Wars* sollte es gehen. Außerdem wurde das Gymnasium Oberursel ehrwürdige 100 Jahre alt.

Lenchen und ich hatten es uns gemütlich gemacht. Einfach nur mal faul rumliegen, lesen, fernsehen, knutschen. Wir hatten spät und ausgiebig gefrühstückt, nur das Nötigste in den Kühlschrank zurück geräumt, ansonsten alles einfach stehen lassen wie schon am Abend zuvor und waren zum gemütlichen Teil des Tages übergegangen.

Mittags hatten wir uns was vom Chinesen kommen lassen, was wir zu einem Rosamunde-Pilcher-Film vor dem Fernseher verspeisten. Leere Verpackungen, schmutziges Besteck und abgefutterte Teller hatte ich aus dem Wohn-Ess-Zimmer geräumt und ebenfalls in der Küche auf der Arbeitsplatte und über die Spülmaschine verteilt.

Nachmittags warf ich meinen hammermäßigen Kaffeevollautomaten an und brühte uns zwei Becher voll – schwarz wie die Sünde für Lenchen, blond und süß für mich. Dazu servierte ich uns Käsekuchen. War dann gerade noch ein Plätzchen in der Küche frei zum Abstellen der ausgetrunkenen Becher und krümeligen Dessertteller.

Es war augenfällig: Abendessen zubereiten würde schwierig werden, denn es war eigentlich kein Platz mehr auf den Arbeitsflächen.

Nun ja, ich hatte die geniale Idee, dass sich darum Lenchen kümmern sollte. Schließlich hatte ich mich morgens aufgerafft, um auf Brötchen- und Kuchenfang zu gehen. Außerdem hatte ich immer alles abgeräumt.

„Ich hätt da mal ein Hüngerchen", verkündete ich mit hoffnungsvollem Blick auf Lenchen, die nach einer ausgiebigen Zärtlichkeitsrunde gerade ganz weich in meinem Arm lag.

Sie lächelte, strich mir eine Haarsträhne aus der Stirn. „Soll ich uns mal was Feines zaubern?"

„Gerne", gurrte ich.

Lenchen stand also auf, marschierte Richtung Küche und ich räkelte meinen Luxuskörper weiter auf dem Sofa. Gerade hatte ich mir die

Fernbedienung geschnappt und wollte ein wenig durch die Kanäle zappen, da ertönte ein missmutiges Aufstöhnen aus der Küche. Aha, Lenchen hatte das Chaos entdeckt.

„Jahan, kommst Du mal bitte?"

Och, nö. So hatte ich mir das nicht vorgestellt.

„JAN!", erschallte es nun ungeduldiger.

„Was denn?", flötete ich. Wieder mal nach dem Motto: Stell Dich doof, und Du hast es gut. Klappte aber auch diesmal nicht. Nicht mit Malle.

Tapp, tapp, tapp machten ihre nackten Füße auf den Fliesen und auf dem Parkettboden. Dann stand sie auch schon im Wohnzimmer vor dem Sofa, die Hände aufreizend in die Seiten gestützt.

„Jan, so geht das nicht. Wir machen gemeinsam Unordnung, also räumen wir auch gemeinsam auf. Komm jetzt bitte mit in die Küche."

Widerstand war zwecklos. Mit nur leicht unterdrücktem Stöhnen rappelte ich mich also auf und tappte hinter ihr her in die leicht müffelige und ziemlich überfüllt wirkende Küche. Unschlüssig blieb ich stehen, strich mir über meinen Wochenendbart.

„Warum hast Du die Spülmaschine nicht gleich bestückt? Warum hast Du die Pappverpackung vom Chinesenfutter nicht sofort entsorgt? Jetzt stinken die Essensreste rum und locken Fliegen an." Malle schimpfte wie ein Rohrspatz.

„Du wolltest doch jetzt Abendbrot machen", erinnerte ich sie höflich. Kam aber gar nicht gut bei ihr an.

„Ja, wie denn in dem Chaos hier?"

„Dann räum's halt auf. Gehört dazu", meinte ich noch mutig.

„*BOAH! Verdammt!*", brüllte sie los. „Ich bin doch nicht die Putzhilfe hier! Pack sofort den Müll in den Beutel. Und dann bring ihn auch gleich raus."

Ich wusste, wann ich aufzugeben hatte.

„Spül den Eimer aus, und tu auch gleich einen neuen Beutel hinein."

Ich holte tief Luft, sagte immer noch nix, tat einfach das Verlangte.

Inzwischen hatte sie die Spülmaschine geöffnet und wies nun mit einladender Geste auf das schmutzige Geschirr und auf die noch leeren Drahtkörbe.

Meine Augenbrauen gingen in die Höhe, aber mit wortlosem Gehorsam war es nun vorbei: „Das kannst Du viel besser. Immer, wenn ich die Spülmaschine einräum, sortierst Du nachgerade die Teile wieder um."

„Okay, dann reich mir die einzelnen Teile an. Ich sortier sie ein."

Bull-Terrier-Malle ließ nicht locker. Aber, siehe da, ruck-zuck war die Küche aufgeräumt, die Spülmaschine und Malle summten zufrieden vor sich hin.

Doch eine Forderung hatte sie noch auf Lager: „Hier. Nimm das Schwämmchen, und wisch Spülbecken, Tisch und Arbeitsbereiche sauber. Und denk dran, mit dem Microfasertuch alles zu trocknen."

Ich blieb lieber still und kam auch dieser Aufforderung nach.

Mit Schwämmchen und Microfasertuch bewaffnet, erfüllte ich die letzte Aufgabe. Als ich dann endlich gnädig entlassen war, wankte ich schwer geschafft wieder Richtung Sofa. Ich fühlte mich wie Herkules nach dem Ausmisten von Augias Rinderställen.

Aber kurz darauf wurde ich belohnt: Mit einem wunderbar angerichteten Abendbrotteller. Sogar ein Bierchen servierte Lenchen mir dazu.

Ja, ich merk's grad: So manches Mal ist Maulhalten wohl besser als immer gleich drauflos poltern. Schaffe ich nur zu selten.

❋

Und dann war es soweit. Die Abi-Arbeiten waren geschrieben, das Schuljahr vorüber. Die gesamte Schulzeit war geschafft. Fehlten nur noch die Abschlussfeierlichkeiten.

Doch vorher überbrachte Svenja mir eine Einladung zum Direx.

„Hast Du in der letzten Sekunde Deiner Schulzeit doch noch was ausgefressen?", grinste ich.

„Nö, weiß auch nicht, was der will." Sie zuckte mit den Schultern und blickte unschuldig drein. Ein bisschen zu unschuldig, fand ich. Aber mehr war partout nicht aus ihr heraus zu bekommen.

Nun ja, es stellte sich heraus, dass Svenja ein dermaßen gutes Abi gebaut hatte, dass sie unter den Stipendien, die jährlich zur Verfügung gestellt wurden, wählen durfte. Es gab noch fünf weitere Einser-Abiturienten, aber denen würde, wie auch vier weiteren Kandidaten, ihr Stipendium zugeteilt.

Und dann der Eklat. Svenja bedankte sich für die Ehre – und lehnte ab.

Schulleiter Räuber (der heißt wirklich so!) hoffte auf Unterstützung meinerseits. Die gab ich auch – aber zu seiner Enttäuschung lächelte ich fein, verteidigte die Entscheidung meiner Tochter und tröstete ihn mit der Möglichkeit, nun ein weiteres Stipendium vergeben zu können. Natürlich gab es nach diesem Gespräch unter uns noch die unvermeidliche Diskussion. Wenn sie schon ihr Ziel des Super-Abis erreicht hatte und die absolute Wahl unter den Stipendien hatte, sollte sie die doch auch, *verdammt nochmal*, nutzen. Ich dachte an mich, der absolut kein Bäcker werden, sondern lieber Mathe und Informatik studieren wollte. Und an Lilly, die so darum gekämpft hatte, selbst studieren zu können.

Und nun hatte unsere hochintelligente Tochter alle Möglichkeiten der akademischen Welt wie auf dem Silbertablett vor sich – doch nicht mal eine davon zog sie auch nur in Erwägung. Sie wurde nicht mal mehr wütend, als ich ihr mein Unverständnis (zum wievielten Mal?) entgegen schleuderte.

„Ach, Papa, das haben wir doch alles schon längst durchgekaut. Mama und Du – Ihr seid Beide mit Euren Berufswünschen Euren Herzen gefolgt. Nur, weil ich den ganzen hochintelligenten Kram mit dem kleinen Finger absolviere, muss ich doch keine verschrobene Professorenlaufbahn anstreben. Mir liegt es am Herzen, zunächst praktisch arbeiten zu dürfen. Ich *liebe* den Duft von Holz, ich *liebe* es, Holz anzufassen, zu formen, ihm nach seinen persönlichen Eigenschaften neue Gestalt zu geben. Das Arbeiten mit dem entsprechenden Werkzeug und den Maschinen ist nicht wirklich schwierig, aber es dient dazu, meine Ideen und Pläne umzusetzen."

Ich holte Luft und wollte nochmals einige Einwände vorbringen. Als ich Svenjas nachsichtiges Lächeln sah, verstummte ich.

„Ja, ich weiß, bis zur Verwirklichung eigener Ideen ist es noch ein langer Weg. Aber ich bin bereit, ihn zu gehen. Und wer weiß? Vielleicht folgt dann doch noch ein Design-Studium? Oder Kunst? Oder – wir werden sehn."

❋

2013 wurde zum ersten Mal ein Doppeljahrgang Abiturienten verabschiedet. Eine Stunde vor dem großen Fest gab's einen eindrucksvollen Sektempfang. Schüler, Eltern, Lehrer, Gäste, Vertreter von lokaler Presse und Fernsehen sowie natürlich die Abiturienten selber – alle waren an diesem Abend festlich gekleidet erschienen.

In die damals neu gestaltete Aula zogen bei feierlichen Klängen die Abiturientinnen und Abiturienten paarweise ein. Die Reihe der jungen

Leute schien kein Ende zu nehmen – es waren *zweihundertundsechs* (!) junge Damen und Herren. Und tatsächlich passte die gesamte, glückliche Abiturientenschar auf die große Bühne, die sie schließlich komplett ausfüllten.

Ich wusste ja, mit wie viel Engagement und Herzblut Svenja an den Vorbereitungen teilgenommen hatte. Doch an jenem Abend konnte ich sehen, welch enormen Aufwand und welche Anstrengungen die diesjährige Abiturfeier für alle Beteiligten bedeutet hatte.

Die Schulleitung verteilte die Zeugnisse und ehrte sechs Abiturienten, die ihr Abi mit 1,0 bestanden hatten. Auch Fine war unter ihnen. Svenja wurde besonders geehrt, denn sie hatte es tatsächlich geschafft, in allen Fächern die besten Abiturarbeiten seit Jahrzehnten abzuliefern.

Die Stipendien wurden vergeben. Zum Glück war ja im Vorfeld bereits geklärt worden, wer welches Stipendium erhielt. So war allen der Eklat von Svenjas dankender Ablehnung auf großer Bühne erspart geblieben. Trotzdem ging ein erstauntes Raunen durch den Saal, warum die beste Abiturientin leer ausging. Es wurde aber keine Erklärung abgegeben.

Getreu dem Abi-Motto: *May the force be with you – möge die Macht mit Dir sein*, gaben der Schulleiter, die Studienleiterin sowie eine Lehrerin ihren ehemaligen Schülern wohlwollende Grußworte mit auf den neuen Abschnitt ihres Lebensweges.

Die Abiturienten hatten ein Mädel und einen Jungen ausgeguckt, die sich im Namen aller mit einer entsprechenden Rede bedankten. Alles war sehr festlich und formell. Das anschließende Kulturprogramm der Abiturienten begeisterte alle. Die beiden Moderatoren aus eigenen Reihen begannen mit einer spritzigen und pointierten Ansprache und führten locker durch das umfangreiche Programm.

Die einstigen Leistungskurse zeigten selbstgemachte, mit viel intelligentem Humor gewürzte Filme zu ihren Themen. Die waren teilweise sehr aufwändig gestaltet und sehr professionell umgesetzt worden.

Die Herren Lehrer ekelten sich vor nix. Sie tanzten zunächst sportlich zu Limboklängen, um dann zum Abschluss ihrer Darbietung ein Männerballett vorzuführen, das sie sehr elegant mit einer Palette von Schwanensee bis hin zu modernen Interpretationen vollführten. Es gab tosenden Applaus und begeisterte Pfiffe.

Dann folgten *The Lucky Shamrock*, die sich aus dem Musik-Leistungskurs gebildet hatten. Die Vier hatten bei unserer 330-Jahre-Geburtstagsfeier im letzten Sommer ihr Debut gegeben: Svenja mit ihrem getragenen Gesang, begleitet von Fine mit ihren Trommeln. Henry und René stiegen mit brummendem Bass und samtig klingender Gitarre ein.

Es war wie damals: Der letzte Ton verklang – und sekundenlang herrschte Stille im großen Saal. Und dann brauste donnernder Applaus auf.

Beim großen Finale auf der Bühne wurden etliche Tränen vergossen. Natürlich hatten sowohl Lenchen als auch Herta mich zur Feier begleitet. Vor lauter Rührung schniefte die gute Godi neben mir und zückte verstohlen ein Taschentuch.

Und noch jemand nahm an den Feierlichkeiten teil. Feiner, zarter Sommerwiesenduft erfüllte meine Nase. Lilly war da.

Und dann ging's endlich ab zur Abi-Party.

❋

Tja, was soll ich sagen? Svenja hielt an ihrem Wunsch Tischlerin zu werden weiterhin fest. Und irgendwie konnte ich sie sogar verstehen. Da sie aber erst im Herbst volljährig wurde, war auch meine Unterschrift noch beim Ausbildungsvertrag gefragt.

Den Termin hatte Svenja bereits selbst vereinbart. Und so fuhren wir eines schönen Vormittags in die *Möbelmanufaktur* zu Gerald. Er empfing uns in seinem Büro. Der helle Raum war so groß, dass er in der Mitte mit einem freistehenden Regal aus Wildholz in zwei Bereiche aufgeteilt war: Es gab den Arbeitsbereich mit seinem großen Schreib- und Skizzentisch und zwei bequemen Besucherstühlen davor sowie den Besprechungsraum mit langem Konferenztisch. Dort hingen an den Wänden rundum Portrait-Fotografien in Bildergröße, die alle Mitarbeiter zeigten.

Auch Lilly war darunter. Immer noch. An ihrem Bild war eine weiße Rose befestigt.

Svenjas grüne Augen wurden rund und groß. Offensichtlich war sie noch nicht hier oben gewesen. „Da ist ja Mama", wisperte sie.

Ich nickte nur stumm.

Glücklicherweise kam Gerald zu Hilfe: „Ja, sie ist immer noch Teil der Firma und maßgeblich beteiligt an unserm Erfolg. Zu uns gekommen ist sie mit ihren Filzfelsen, die auch heute noch in unserer Polsterei gefertigt werden. Von ihr stammen die Entwürfe zur Wildholzkollektion und zu so einigen anderen, besonderen Stücken."

Svenja strahlte, denn sie konnte den Stolz und die Bewunderung in Geralds Stimme hören. Und auch meinem Herzen wuchsen kleine Flügelchen.

❈

In diesem Jahr gab es glücklicherweise keine Urlaubsdiskussion. Die Sommerzeit in meinem kleinen Finca-Paradies auf Madeira war also *safe*. Und meine beiden Frauen flogen auch beide mit in die Wärme, zum Meeresrauschen und zum Zirpen der Zikaden.

Nur wenige Tage später tauchten Fine, Henry und René auf. Grinsend standen sie mit Seesäcken, Gitarrenkästen und Trommeltaschen eines späten Vormittags vor der Tür. Svenja quietschte vor Begeisterung und fiel Fine um den Hals. Henry und René hielten beide Svenja eng umschlungen und vergruben die Gesichter in ihren dicken Locken.

Nach ausgiebigem Toben im Pool saßen wir alle entspannt unterm Blauregen auf der Terrasse und gabelten Penne mit Pesto aus einer riesigen, dampfenden Schüssel.

„Nach diesem Sommer haut's uns Vier heftig auseinander." Fine.

„Da mussten wir uns einfach aufmachen – " Henry.

„ – um nochmal entspannte Zeit miteinander verbringen zu können." René.

„Find ich total mega." Svenja.

Alle kauend und mit vollem Mund.

„Wie sieht es denn aus?", wollte Lenchen wissen. „Was macht ihr alle ab Herbst?"

„Mein Stipendium bringt mich zum Architektur-Studium nach Berlin." Fine lächelte, warf aber Svenja einen seltsamen Blick zu.

„Klar – für Fine Baer kommt natürlich nur Bärlin in Frage", kalauerte ich.

„Wir studieren erst mal BWL in München und übernehmen dann Papas Konzern", tönte René, und Henry nickte bekräftigend, während er sich eine Gabel voll Penne in den Mund schob.

„Und ich hab meinen Ausbildungsvertrag zur Tischlerin in Frankfurt." Svenja fixierte Fine mit grün-glitzerndem Blick. „So, wie ich es mir schon seit Jahren wünsche."

Fine lief rot an, warf wütend ihre Gabel auf den Tisch und platzte heraus: „Du schmeißt Talent, Begabung und Deine Intelligenz wie Perlen vor die Bäume!"

„Säue", korrigierte Henry.

„Bäume – Säue! Is doch egal! Sie hat nich nur'n Einser-Abi gemacht, sie war die totale Überfliegerin mit zehn Sternchen. Sie hatte als Erste die Wahl unter allen Stipendien. Svenja, sogar Cambridge oder Harvard hast Du verschmäht."

„Du verstehst es immer noch nicht", murmelte Svenja. Auch sie hatte ihre Gabel niedergelegt, sich zurückgelehnt und die Arme verschränkt.

„Nö. Tu ich auch nich. Tut keiner."

Ich holte Luft und wollte gerade etwas sagen, da stupste Malle mich warnend unterm Tisch an. Mann, wie ich das hasste! Trotzdem ließ ich statt Worten aus meinem geöffneten Mund lieber die Gabel mit Penne hineinfahren.

Dafür warf sich Henry in die Bresche: „Nu lass sie doch. Wie Du gerade so schön bemerkt hast, ist Svenja intelligent genug, ihre eigenen Entscheidungen zu treffen."

„Außerdem zählt nicht nur Hirn sondern auch Herz. Und ihr Herz hängt nun mal an der Tischlerei. Für die man übrigens auch jede Menge Hirn braucht", ergänzte René.

„*Hallo?!* Ich bin hier. Ich kann sprechen. Ihr müsst mich nur fragen", pampte Svenja mitten rein in die Unterhaltung, die über sie hinweg geführt wurde.

„Ja, und warum lässt Dein Vater das zu? Dass Du Dich unter Wert verkaufst?" Fine ließ nicht locker.

„Frag ihn selber. Auch er sitzt hier am Tisch und hört Dich", muffte meine Tochter.

„Genau. Jan, was sagst Du als Vater dazu, dass Deine superintelligente Tochter Stipendien ausschlägt, die ihr internationale akademische Möglichkeiten eröffnen würden? Dass sie lieber im kleinkarierten Frankfurt bleibt und eine Karriere als Holzwurm in deutschen Landen anstrebt?"

Wow! Gut gebrüllt, kleine Baerin. Ich erinnerte mich, dass Fine sehr engagiert für die Schülerzeitung tätig gewesen war. Entsprechend fiel auch meine Antwort aus: „Und warum hast Du Dich für Architektur entschieden? Deine Begabungen liegen eindeutig im wortgewandten und insistierenden Bereich des investigativen Journalismus."

Fines Gesichtsröte vertiefte sich zu einem dunklen Rot, und dann flüsterte sie fast: „Weil ich unter anderem gut in Mathe bin. Weil ich alles, was mit Bauen zu tun hat, gerne mag. Weil ich mein Stipendium genau dafür erhalten habe. Ohne wählen zu können. Und weil ich unbedingt raus will aus dem Kleinbürgertum vom Kalbachtal."

„Dann ist doch Deine Entscheidung für das Stipendium der Universität der Künste in Berlin genau richtig für Dich, nicht wahr, Fine?", lächelte Lenchen.

Fine nickte nur.

Svenja umarmte ihre Freundin und murmelte: „Dann verstehst Du jetzt sicher auch, warum ich ebenfalls meinem Herzen folge, dabei aber lieber in meiner gewohnten Umgebung bleibe. Ein anschließendes Studium hab ich ja noch nicht völlig ausgeschlossen. Aber jetzt brauch ich erst mal was Erdnahes. Und das Tischlereihandwerk zu erlernen, bietet sowohl praktische als auch kreative Herausforderung."

„Ach, Svenni, ich hätt Dich so gern weiter in meiner Nähe", schluchzte Fine.

„Aber während eines Studiums in Cambridge oder gar in Harvard wäre ich noch viel weiter von Dir weg. Du bist immer in meinem Herzen, Süße. Und für alles andere gibt's Handy, Facebook und Skype."

„Und die Wochenenden", quakte Henry.

„Und die Semesterferien", setzte René nach.

❉

Mann, war ich froh, dass die Kiddies da waren. Die kleine Finca platzte zwar fast aus allen Nähten, auch logistisch waren die jeweiligen Badbesuche eine Herausforderung, aber ich genoss das jugendliche Gewusel um mich herum. Vor allem, weil es mir half, der zu intensiven Nähe mit Malle hin und wieder zu entfleuchen, auf meinem Stein zu sitzen und über Land und Meer zu schauen.

Malle ging mir nämlich zunehmend auf den Keks. Ich weiß gar nicht mal, warum eigentlich. Und ich kann auch eigentlich gar keinen richtigen Grund nennen. Eigentlich war sie wie immer.

Ach, ja, ich merk's grad wieder mal: Ich plappere – ***eigentlich …***

Jetzt hab ich's! Malle gab sich eine Riesenmühe, immer nett und verständnisvoll zu sein: Bemüht. Malle war mächtig bemüht.

In Personalbewertungen ein Todesurteil …

❀

Es regnete. Es regnete schon den ganzen Samstagmorgen.

Malle hatte ein Business-Yoga-Engagement bei der Sparkasse Frankfurt und würde das gesamte Wochenende zu tun haben.

Das Kleeblatt machte Führerschein. Alle vier hatten gerade Fahrstunden. Superübung im Regen! Mit Sicherheit unternahmen die vier anschließend noch etwas miteinander. Sie kosteten gerade jede Minute ihres Noch-Zusammensein-Könnens aus. Svenja war ganz bestimmt vor heute Abend nicht zu Hause.

Auf einen Kaffee-Pott-Schwatz zu Herta konnte ich auch nicht, denn die hatte Besuch von ihrer Schweizer Wandergruppe.

Somit war ich ganz allein zu Haus. Tja, was soll ich sagen? Wenn Jan allein zu Haus ist, dann fällt dem immer ziemlich viel schräges Zeug ein ...

Und so geschah es dann: Wie ferngesteuert stieg ich die Treppe hinab in meinen Musigg-Raum, nahm den Schlüssel für die Garage vom Haken neben Lillys Bild, stapfte wieder empor, durchs Wohnzimmer, durch den Garten und stand schließlich vor der Hintertür der Garage. Ich holte noch einmal tief Luft, drehte den Schlüssel im Schloss und ließ die Tür aufschwingen.

Düster war's da drin, und ein kalter, muffiger Hauch wehte mir entgegen. Seit vielen Jahren hatte ich weder die Hintertür noch vorn das Rolltor geöffnet.

Die Garage war Tabu. Niemandsland.

Doch nun trat ich ein.

Langsam. Schritt für Schritt.

Ich betätigte den Lichtschalter.

„Klack!" machte es, dann brummte es, und nach all den Jahren nahm die Neonbeleuchtung unter der Decke flackernd und plinkernd ihren Dienst auf.

Sozusagen Aug' in Aug' standen wir uns gegenüber. Alter Schwede ...

Und dann – dann ging nix mehr. Hirn, Herz und Knie wurden mir weich und schwabbelig wie nasse Schwämme. Grad noch, dass ich das Licht löschen und mich nach draußen retten konnte.

Nach Luft japsend knallte ich die Tür zu, schloss drei Mal ab und rannte wie von Furien getrieben wieder zurück ins Haus.

Die Garage *blieb* Tabu. Niemandsland.

✻

Der Regen des Tages ging in der Nacht nahtlos über in wolkenbruchartige Gewitter. Ich wachte auf, weil es dermaßen dauerblitzte, rumpelnde Donner im Schlepptau, die sogar das trommelnde Rauschen des Regens übertönten.

Svenja hatte als kleines Mädchen stets Angst bei solchem Wetter. Wahrscheinlich war das immer noch so, behauptete mein Vater-Herz. Also stand ich auf und tappte barfuß nach oben ins Elfenreich.

Tatsächlich! Dort lag sie, ganz klein zusammengerollt unter ihrer Bettdecke. Nur ihre Augen lugten mir durch einen winzigen Spalt entgegen.

„Alles okay bei Dir?", fragte ich leise und überflüssigerweise.

„Neiiin", kam es jämmerlich aus den Federn.

Wieder blitzte es so fett, dass der gesamte Raum kurz taghell erleuchtet war. Und gleich darauf ließ ein krachender Donnerschlag das gesamte Haus erzittern.

„Papaaa", piepte sie.

Ich schlupfte zu meinem wimmernden, großen, kleinen Mädchen unter die Decke und hielt sie fest wie früher. Sie kuschelte sich an mich, wurde ruhiger *und kurz, bevor wir beide einschliefen, vernahm ich noch einen zarten Sommerwiesenduft.*

„Mama is auch da", murmelte mein Svenjalein noch.

Dann segelten wir gemeinsam ins Land der Träume.

✻

Das Telefon klingelte. Es klingelte ausgerechnet, als ich auf der Toilette und gerade dabei war, mich zu säubern. Ich ärgerte mich, dass ich mich von den dudelnden Tönen wieder mal hetzen ließ.

Mein Blick fiel auf das Display. Furchtbar lange Nummer. Ich nahm trotzdem ab und meldete mich. „Winter."

„Ja, gun Tach", nuschelte es aus dem Hörer. „Hier is Frau Schmdlng von *Reckjonal.de*. Binnich da richtich bei *Yoga-Schule-Marla?*"

„Richtig."

„Kannich ma die Frau Sommer sprechn?"

„Die ist im Moment nicht im Hause."

„Nicht im Hause. Soso. Kann die mich ma zurück rufm, wenn die wieder im Hause is?"

„Worum geht's denn? Vielleicht kann ich ja weiterhelfen."

„Um die Mail, die wir der Frau Sommer schon letzte Woche geschickt ham."

„Soso", machte nun auch ich.

„Ja, äh, ob sie weiter bei uns gelistet wern möcht."

„Wie bitte?"

„Die muss ja nur ihre Kundndatn mit uns abgleichn. Genau."

„Wenn Frau Sommer dies wünschen würde, hätte sie bereits auf Ihre Mail geantwortet."

„Also, der Eintrach in unsere Liste is ja schließlich kostnlos. Un jetz rufich au no an. Da kannich ja wohl ma ne Antwort erwartn." Die Nuschelei hatte einen ärgerlichen Klang bekommen.

„Aber nicht von mir. Wenden Sie sich bitte an Frau Sommer persönlich. Gerne auch wieder per Mail."

Die Frau mit dem undeutlichen Namen und der nuscheligen Aussprache grunzte ungehalten.

Nun reagierte auch ich ungehalten. „Wenn Sie mir ins Ohr grunzen, ist das der Zielführung des Gespräches nicht dienlich. Ich geb Ihnen mal einen kleinen Tipp: Bevor Sie den nächsten Anruf tätigen, sollten Sie an der Freundlichkeit Ihrer Kundenkommunikation arbeiten."

Grinsend drückte ich auf die Taste mit dem roten Hörer.

Kurz drauf kam Lenchen nach Hause. Als ich ihr von dem Telefonat erzählte, stutzte sie: „Wie hieß die Dame nochmal?"

„Äh – hab ich schon wieder vergessen. Außerdem hat die genuschelt."

Lenchen klappte ihr *note book* auf und durchsuchte ihre Mails. „Kann es sein, dass ihr Name Lisbeth Schmiedeling war?"

„Schmiedeling? Ja, könnte hinkommen."

„Bisschen doof ist ja schön ..."

„Wieso?"

„Na, in ihrer Mail schrieb sie, ich bräuchte nur reagieren, wenn sich meine Kundendaten geändert hätten. Haben sie nicht. Darum hatte sich für mich eine Antwort erübrigt."

„Vielleicht sollte die mal sorgfältiger arbeiten, würde viel Zeit und doofe Telefonate sparen", grinste ich.

❊

Fine begann in Berlin mit dem Architekturstudium an der Universität der Künste. Glücklicherweise war ihr als Stipendiatin ein kleines Appartement im Studentenwohnheim sicher. Jochen, Lydia und Barney begleiteten sie und halfen ihr noch beim Einrichten.

Henry und René starteten mit Horrido und Juhu mit dem eigenen Auto nach München. Die beiden waren typisch reiche Söhne aus gutem Hause – eigenes Auto (tatsächlich nur eins gemeinsam für die Zwillinge!), eigene Bude, denn Papa hatte überall so seine Verbindungen, auch in München. Mehr Musik und Neugier aufs Leben als alles andere im Kopf. Erinnerte mich ziemlich an meine eigenen Studienjahre.

Svenja dagegen war mir fast ein bisschen zu ernsthaft. Doch auch sie startete enthusiastisch in ihr neues Leben *after school*. Beeindruckt berichtete sie von ihrem ersten Arbeitstag, an dem sie formell in der *Möbelmanufaktur* begrüßt wurde. Die gesamte Belegschaft hatte sich im Besprechungsraum versammelt. Gerald hielt eine kurze, knackige Ansprache und nahm Svenja feierlich in den *Kreis der Möbelmanufakteure* auf. Der Galerie wurde ihr Foto-Bild zugefügt. Alle klatschten und umarmten sie.

Gleichzeitig erlebte sie den bewegenden Abschied des Gesellen Paul Jost, der für drei Jahre auf die Walz ging. Genau wie an Lillys Bild wurde auch eine weiße Rose an seinem Portrait befestigt. Gerald überreichte ihm Arbeitsbuch, Hut und Stab für die Walz. Alle nahmen ihn noch einmal in die Arme, dann marschierte er los.

Ganz nach alter Tradition.

❊

Svenja war noch oben im Elfenreich zum Skypen mit dem Kleeblatt. Lenchen und ich *chillten* bereits mit einem kühlen Feierabendbier im Garten. Gerade wollte ich Steaks und Gemüsezeugs auf den Grill legen, da klingelte es an der Haustür. Wir sahen uns fragend an, denn wir erwarteten keinen Besuch. Ich raffte mich auf und tappte zur Tür.

„Hallo Hertalein, das ist ja schön! Komm rein, wir sind im Garten. Ich hab auch noch ein Steak für Dich da, das ich auf den Grill schmeißen kann."

Herta lachte glücklich: „Dann schmeiß emol glaisch zwaa druff, Jan, isch hab do noch jemande mit dadebei."

Hinter Herta stand ein Typ, heller kurzer Igelkopf und ziemlich groß. Jedenfalls bestimmt einen halben Kopf größer als ich.

„Guten Tag, ich bin der Matteo", begrüßte er mich mit Schweizer Zungenschlag sowie kehligem „ch" und streckte mir freundlich lächelnd die Hand entgegen.

Na, *das* war mal eine Überraschung! Unser Hertalein hatte einen Lover. Einen kernigen Typen aus der Schweiz. Und gar nicht mal so unsympathisch.

Lenchen sprang freudig auf und umarmte Herta und auch Matteo gleich mit.

„Mer habbe aach Mitbringsel aus die Schwiez für Eusch", kündigte Herta an.

„Jo, Schwyzer Schoki, Krüterli und Kas." Matteo hielt eine Papiertüte mit Alpenmotiv hoch, aus der ein Flaschenhals, eine fette 400-g-Tafel Ragusa Classic sowie zwei Dreiecke ragten. Lenchen zog die gleich hervor. Statt dem Firmennamen stand auf dem einen Dreieckkarton „Marlene", auf dem anderen „Jan". Der lugende Flaschenhals entpuppte sich als Appenzeller Alpenbitter. Außerdem fand sich ein dickes Stück La Gruyère in der Tüte.

Okay, der Typ durfte bleiben. ☺.

In dem Moment kam Svenja angelaufen. „Hab ich doch richtig gehört! Die Godi ist da." Und fiel derselben gleich stürmisch um den Hals.

Herta lachte glücklich, stellte auch ihr erst mal ihre Schweizer Eroberung vor und hielt ihr ebenfalls eine Tüte hin: „Schau emol, was mer für Disch mitgebracht habbe."

Auch Svenja bekam eine Alpentüte mit schokoladigem Inhalt und einem Dreieckkarton, auf dem „Svenja" aufgedruckt war. Hertas Patenkind führte ein kleines Freudentänzchen auf und freute sich wie ein Schneekönig.

Ich schleppte noch jede Menge Steaks, Gemüse sowie Scheiben von der Ananas herbei und platzierte alles auf dem Grill. Inzwischen kreiste der Kräuterlikör und die Stimmung stieg.

„Wann und wie habt Ihr Euch denn kennen gelernt, Godi?"

„Och, naja", stammelte die und sah hilfesuchend zu Matteo.

„Jo, das war im letzten Jahr, als Herta mit ihrer Wandergruppe oben auf der Alpe Station gemacht hat."

„Und seitdem versteckst Du ihn vor uns?" Ich war ganz empört.

„Naa, net verstegge, es hat halt aan bissel gedauert mit uns zwaa."

„Ischt ja auch nicht so leicht. Mein Job war oben auf der Alpe. Da konnt ich nit einfach so davon stiebe, wie ich's manchmal gerne gwollt hätt."

„Und jetzt bist Du kein Alm-Öhi mehr?" Ich weiß, das war ein wenig despektierlich, aber Matteo nahm's sportlich und lachte.

„Nein, mein *sabbatical* ist nun vorbei."

Er schaute Herta an. Herta schaute ihn an. Beide grinsten glücklich wie die Honigkuchenpferde.

„Und was machst Du jetzt? Kommst Du hierher nach Frankfurt? Hier gibt's aber keine Alm."

„Aber Banken", grinste Matteo.

„Jetzt sag bloß, Du bist Banker?", machte Lenchen erstaunt.

Matteo nickte.

Wir lachten alle lauthals. Was für ein Klischee – ein Schweizer, der seinen Lebensunterhalt als Alm-Öhi und Banker verdiente! Besser ging's nicht.

Dachten wir. Doch nun wandte Herta sich an Lenchen und erzählte: „Nachdem Du aus die Treu&Glaube-Bank ausgeschiede bis, hat's do noch rischtisch Schtunk gegebbe."

„Ich weiß, Dolores hat mir einiges berichtet."

„Un dass aaner von die Vorstandsfuzzis im letzte Jahr sei Kapp nemme musst?"

„Ja, der Neu", nickte Lenchen. „Sie haben aber eine Weile gebraucht, bis sie einen adäquaten Ersatz für ihn gefunden hatten. Es gab einige kommissarische Leitungen, aber seit Kurzem hat da wohl ein – Schweizer – Einzug – gehalten." Lenchens Worte kamen immer langsamer, je schneller die Erkenntnis dämmerte.

Jetzt nickte Matteo bestätigend: „Der bin wohl ich."

Das Leben bewegt sich in Kreisen und Runden. Nicht nur in Island.

❈

Man hatte mich vorgewarnt. Svenja sollte auf jeden Fall um Mitternacht noch wach und angezogen sein. Kein Problem. Ich lud Herta und Matteo ein, mit uns in Svenjas Geburtstag hinein zu feiern. Lenchen hatte etliche Flaschen Champagner Rosé kühl gestellt, jede Menge Gläser bereit, aber versteckt.

Gegen 20 Uhr kamen die beiden, und wir starteten die Vorbereitungen für ein langes Abendessen. Den Tisch im Essbereich vom Wohnzimmer hatte Lenchen festlich gedeckt. So mit weißer Tischdecke, Kerzen und Blumen, Gedecktellern, jeder Menge Besteck für Entree, Hauptspeise und Dessert, eine Auswahl an Gläsern für Aperitif, Hauptgang und Digestif sowie Wasser und natürlich Champagnerschalen. Man hätt meinen können, Königs kämen zu Gast.

Naja, schließlich wurde meine ~~kleine~~ ☺ Elfenprinzessin 18 und somit volljährig. Abi hatte sie mit Bravour bestanden, auch die Führerscheinprüfung sowie die Ausbildung in ihrem Traumberuf begonnen. Das waren wohl eine Menge Gründe, um edel zu feiern.

Wir tafelten also lang und ausgiebig. Kurz vor Mitternacht holte ich das rosa Prickelwasser aus der Kühlung und schenkte ein. Die Zeiger standen beide auf 12, da ließen wir die Gläser erklingen. Mitten hinein in unsere Glückwünsche läutete es Sturm an der Haustür.

Erstaunt guckte Svenja in die kleine Runde und dann mich an.

„Na, geh schon, Tochter. Kann ja nur für Dich sein", grinste ich.

Kaum hatte Svenja die Tür geöffnet, ging das Spektakel los. Eine mannsgroße 18 wurde im Vorgarten in Flammen gesetzt, Feuerwerk zischte bunt und pfeifend in den Himmel, Kuhglocken wurden geschüttelt, eine dicke Trommel erklang im Hintergrund und dann sang es aus vielen Kehlen: *„Happy Birthday to you!"* Laut. Schräg. Herzlich.

Alle waren sie gekommen. Alle *Toffifees* mit Anhang, natürlich Fine, Henry und René, die extra aus Berlin und München angereist waren, Gerald und alle Arbeitskollegen der *Möbelmanufaktur*. Alle lachten, alle freuten sich und alle wollten Svenja umarmen.

Svenja war völlig überwältigt von diesem Geburtstagsgruß, lachte und weinte gleichzeitig, schmiss sich allen in die Arme und blieb schließlich bei Henry und René hängen.

Wir luden noch zum Umtrunk ein. Es waren genügend Champagner, Bier und Wasser da. Und ich wunderte mich, wie viele Menschen in meine kleine Hütte passten.

Am Samstagmorgen machte ich mich auf zum Bäcker und holte jede Menge Brötchen und Croissants zum Frühstück. Als ich mit meiner Beute heimkam, hatten meine beiden Damen den kleinen Frühstückstisch in der Küche bereits vorbereitet, und mein hammermäßiger Kaffeevollautomat summte sich warm.

Ich legte meine ofenfrischen Errungenschaften in den Brotkorb. Svenja drehte sich noch einmal um, um den Weißtannenhonig, den sie so mochte, an den Tisch zu holen. Den Moment nutzte ich, um eine kleine Schachtel auf Svenjas Brettchen zu platzieren.

Lenchen und ich beschäftigten uns nun sehr intensiv mit dem Aufschneiden unserer Brötchen.

Svenja setzte sich hin und stutzte: „Was ist *das* denn?"

„Sieht aus wie eine mintgrüne Schachtel mit roter Schleife", meinte Lenchen in beiläufigem Ton.

„*Das* seh ich auch. Aber was soll das sein?"

„Am besten schaust Du mal nach", riet ich ihr.

Umständlich löste sie die dicke Seidenschleife und hob den Deckel ab. Watte quoll ihr entgegen, die sie flott beiseite schob. Und dann entschlüpfte ihrer Kehle ein heiseres Gieksen.

„*Huch*, das ist ja ein Autoschlüssel! Ist der für mich?"

Sie brauchte nur in unsere grinsenden Gesichter zu schauen, um die Bestätigung darin zu sehen.

„Wo ist das dazugehörige Gefährt?"

An Frühstück war nicht mehr zu denken. Und es machte mir nicht mal was aus, dass ich noch keinen Schluck Kaffee bekommen hatte. So sehr riss mich ihre erwartungsvolle Freude mit.

Sie stürmte aus dem Haus, wir hinterher. Draußen blieb sie abrupt stehen und suchte mit den Augen die Straße rauf und runter.

„Kleiner Tipp: Geh mal Richtung Tante Herta."

Sofort sauste sie los. Vor Hertas *Knopp-Kiste* entdeckte sie den mintgrünen Cinquecento mit der riesigen roten Schleife. Quiekend und mit den Armen wedelnd hüpfte sie darauf zu, um ihn dann wie eine Häuptlingstochter johlend zu umtanzen. Fehlten bloß noch Federn im Haar ... ☺

Herta und Matteo kamen breit grinsend vor die Tür und gesellten sich zu uns. Als Svenja sich ein wenig beruhigt hatte, fiel sie mir um den Hals.

Ich fing sie auf. „Das darfst Du jetzt bei Lenchen und Herta auch machen. Die haben beide einen Großteil zum Kaufpreis mit dazu gegeben.

Und Matteo auch: Er übernimmt für die gesamte Zeit Deiner Ausbildung sowohl die Versicherung als auch die Steuern für Dein Auto."

Mit Freudengeheul umarmte Svenja uns alle immer wieder abwechselnd. Und auch sämtliche Nachbarn durften an Svenjas lautstarkem Freudentaumel teilhaben. Die Bärenfamilie kam schließlich auch dazu. Fine und die Jungs waren seit Svenjas Geburtstag am Mittwoch für ein verlängertes Wochenende daheim geblieben.

Die beiden Mädels zupften die Schleife vom Auto, drückten sie mir in den Arm und starteten sofort zu einer ausgiebigen Probefahrt. Mit Sicherheit hatten sie den Debold-Hof zum Ziel.

Kurzerhand luden wir Herta und Matteo sowie Jochen und Lydia zum Frühstück zu uns ein. Brötchen und Croissants hatten wir ja genug …

❉

In diesem Herbst flogen wir zum ersten Mal weder nach Madeira noch irgendwohin. Irgendwie wollte ich zu engen Kuschelkurs mit der netten, zuwendungsfreudigen Malle vermeiden. Das gelang mir auch ganz gut, denn unsere Terminkalender waren beide randvoll gefüllt.

Malles Yoga-Kurse liefen mega-gut. Die *Toffifees* hatten mehrere Gigs, und wir gingen wieder mal ins Studio für professionelle Tonaufnahmen. Seit Jahren arbeiteten wir mit einem weltweit renommierten Tonkünstler zusammen. Dazu fuhren wir gerne raus in die Wetterau zum alten Keltenfürsten vom Glauberg.

Unsere Tonspuren wurden alle einzeln im SOUND UP Studio aufgenommen. Toningenieur Eddi Schwertfeger optimierte unsere jeweilige Einzelleistung. Seinem geschulten Supergehör entsprechend gab er präzise Anweisungen zur Verbesserung unserer Spielweise. Am Mischpult schnitt er dann alles zusammen.

Zuerst war Rolf dran, unser Drummer, der die Basis vorgab. Dann ich mit meinem Bass, um den Rahmen zu bilden. Danach kam Harald mit seinen Keyboard-Einlagen. Der hatte sich das einfach gemacht und brachte nur einen Stick fürs Mischpult mit, denn die Aufnahmen seines Spieles hatte er bereits im Vorfeld bei sich daheim erledigt. Eddi war beeindruckt von der Qualität und mischte „alles unter".

Dann hatte unser Gitarrist Wolfgang seinen Termin. Der war ein bisschen aufgeregt, denn in der Hundestation daheim waren gleich zwei schwangere Hündinnen abgegeben worden. Die eine hatte gerade geworfen, bei der anderen stand der Wurf noch kurz bevor. Auch Jochen dudelte seinen Part mit dem Saxophon in die Gesamtproduktion. Zum Schluss waren dann die Gesangseinlagen dran. Dann Feinabstimmung, schließlich *mastern*.

Insgesamt zogen sich die Arbeiten über mehrere Tage. Wir hatten jede Menge Spaß dabei, und die fertigen Aufnahmen waren nachher der Hammer.

❆

Seit Mitte Oktober hing Svenja regelmäßig vor dem Fernseher, wenn *Voice of Germany* lief. In der Jury befand sich nämlich zum ersten Mal Samu Haber. Und das durfte sein größter Fan natürlich nicht verpassen. Das Finale wurde kurz vor Weihnachten gesendet.

Was Svenja nicht wusste: Ich hatte längst Karten für die Finalsendung im Studio Adlershof in Berlin besorgt. Mit *backstage*-Ausweis.

Ein paar Tage bevor es los ging, eröffnete ich ihr, dass sie und Fine das Finale live miterleben durften. War *das* eine Aufregung und ein Gequieke, als ich ihr die Karten überreichte und sie auch noch die *backstage*-Ausweise entdeckte. Die Fahrt nach Berlin machte sie mit ihrem hübschen Cinquecento, den sie Meister Yoda getauft hatte.

Ich fand mich mega-cool, dass ich meine Elfenprinzessin so alleine in die Welt ziehen ließ, aber Malle, Herta und auch meine lieben Bandkollegen lachten mich aus und betitelten mich als „Helikopter-Papa".

Tatsächlich klebte ich während der Finalsendung von *Voice* vor dem Fernseher. Vor allem, wenn die Kamera ins Publikum schwenkte, schwenkten meine Argusaugen mit.

„*DA!* Da sind sie. Alle beide. Svenja und Fine. Guck doch, Lenchen, schau genau hin! Da strahlen und winken sie ins Bild. Meine Güte. Meine Tochter grinst in eine Fernsehkamera. Lenchen! Nun schau doch hin! Svenja sieht aus wie ein Profi." Ja, ich weiß, ich war vielleicht ein wenig aufgeregt.

Aber selbst Malles nachsichtiges Grinsen und leichtes Augenrollen konnten mir meine Freude nicht verderben.

Schon gar nicht, weil mich ein leichter Sommerwiesenduft umfing.

Hach, ja …

Während unserer jährlichen Heilig-Abend-Fahrt nach Thüringen plapperte Svenja fröhlich über die Sendungen von *Voice of Germany*, die sie im Herbst zunächst intensiv vor der Glotze verfolgt hatte.

Und natürlich erzählte sie in Dauerschleife vom *live* erlebten Finale in Berlin und dem anschließenden *backstage*-Besuch bei Samu Haber. Der so glänzende, goldig verwuschelte Haare hatte. Und immer lag so ein leichtes Lächeln um seinen Mund, das bis zu seinen Augen reichte. Und dass diese Augen in einem unglaublichen Himmelblau strahlten. Und dass er überhaupt so locker und natürlich wäre. Und sein radebrechendes Deutsch diesen großen, muskulösen Mann ein bisschen niedlich erscheinen ließ. Und – überhaupt …

Ich hörte geduldig zu. Die gesamten zwei Stunden lang. Und wunderte mich dabei, wie ein Wesen, das mit so umfassender Intelligenz gesegnet war, solchen schwärmerischen Sermon von sich geben konnte.

An dem „Troll", der die Staffel gewonnen hatte, ließ sie kein gutes Haar. Die meisten hatte der sowieso am Kinn statt auf dem Kopf. Samu Haber hatte zwei Kandidaten im Finale gehabt. Von denen hatte Svenja die bunt tätowierte Frau favorisiert.

Naja, singen konnte die ja, aber mit laufenden Comics konnte ich so eher nix anfangen. Hielt aber wohlweislich meine Klappe. Soll doch jeder machen, was ihn oder sie glücklich macht. Hauptsache, Svenja kam nicht auf die Idee, ihre schöne, cremefarbene Haut bebildern lassen zu wollen.

Apropos Bilder: Wieder mal wartete eine Überraschung auf uns. Eine strahlende Lilly kam uns am Empfang entgegen und entführte uns gleich in den Gemeinschafts- und Besucherraum.

Der war in eine kleine Galerie verwandelt worden, in der Lillys Werke präsentiert wurden. Eine Wand gab es, an der hingen lauter Portraits in sanften Pastelltönen, helle Kreide auf braunem Karton, jedes etwa 60 x 60 cm groß. Auch Svenja und ich waren darunter. Ich erkannte auch Dr. Burger, einige Schwestern sowie den ein oder anderen der Patienten.

Dann die „Unterwasserwand". Öl auf Leinwand, alle unterschiedlich groß. Jedes einzelne Bild stellte eine eigene Szene dar, aber alle zusammen ergaben eine Geschichte. Manche waren mit Hölzern oder Seilenden verbunden oder mit Muscheln bestückt, die reliefartig in das jeweilige Bild eingearbeitet waren.

Zwischendurch, platziert auf einzelnen Säulen, ihre Specksteinfiguren. Sehr reduziert in der Form stellten sie die unterschiedlichsten Gemütszustände dar. Durch die minimalistische Gestaltung wirkten sie besonders berührend.

„Die Werke Ihrer Frau können auch erworben werden", erklang da die sonore Stimme von Dr. Burger hinter mir. „Seien Sie mir Beide gegrüßt, Herr Winter, Svenja." Er sah sie an und grinste jungenhaft: „Darf ich jetzt Frau Winter zu Ihnen sagen?"

Svenja grinste zurück. „Nö, bleiben Sie mal bei Svenja. Frau Winter ist meine Mutter. – Die Bilder von Mama sind der Hammer." Sie stolperte kurz über ihren ungewollten phonetischen Reim, redete dann aber gleich weiter: „Und kaufen kann man die auch?"

„Nicht mehr alle", machte Lilly stolz, „denn bei der Vernissage hat sich der Bürgermeister die ‚Unterwasserwand' komplett fürs Rathaus gesichert."

Das war grandios, aber auch typisch für Lilly und ihre Kunst.

❄

Auf dem Nachhauseweg hielt Svenja ihr jährliches Geburtstagsdiorama geöffnet auf dem Schoß, um es ausgiebig in allen Einzelheiten zu betrachten.

„Da sind tatsächlich alle, die mir um Mitternacht ein Ständchen gebracht haben, mitsamt der feurigen 18 im Vorgarten."

Sie schwieg eine Weile und fuhr dann fort: „Ich bekomme diese Dioramen nun schon mein Leben lang, aber jedes Jahr staune ich wieder über Mamas Treffsicherheit. Und ich komm nicht dahinter, wie sie das macht. Die eine Wand außen hat sie wie den Eingang vor Godis Haus gestaltet. Mit Meister Yoda auf der Straße. Samt roter Schleife."

„Und? Hast Du auch die kleine Elfe entdeckt?"

„Ja. Sie sitzt doch tatsächlich als Figur auf der Kühlerhaube wie bei einem Rolls Royce. Unglaublich."

Svenja schüttelte den Kopf. Aber ihr glückliches Lächeln zog sich breit und quer über ihr ganzes Gesicht, von einem Ohr zum andern.

❄

2014 – HAGELSCHAUER

Der Mensch hat dreierlei Wege, klug zu handeln:
- durch Nachdenken – das ist der edelste,
- durch Nachahmen – das ist der leichteste,
- durch Erfahrung – das ist der bitterste.

Konfuzius

❋

Das Jahr 2014 geizte nicht mit eisigen Momenten.

Nun, da auch Svenjas Auto draußen auf der Straße stehen musste, wagte Malle mal wieder einen Vorstoß in Sachen Garage. Nach meinem Erlebnis im letzten Herbst hatte ich noch viel weniger Lust, sie zu öffnen.

Und Malle hatte auch noch die grandiose Idee, dieses Thema anzusprechen, als wir bei Herta und Matteo zu einem eigentlich entspannten Abendessen eingeladen waren. Kam natürlich bei mir überhaupt nicht gut an. Um den Abend nicht gleich zu crashen, verhielt ich mich ziemlich einsilbig.

Die neutrale Schweiz versuchte immer wieder, dem Gespräch eine andere Wendung zu geben. „Also, Ihr Lieben, wir haben Euch eine Ankündigung zu machen", erklärte Matteo gemütlich wie nur ein Schweizer es kann.

Er hatte unsere Aufmerksamkeit, doch ausgerechnet jetzt machte der Kerl eine ausgiebige Pause, um in Hertas Anblick zu versinken.

Ich stupste sie vorsichtig an.

„Ja, was Rübschen Eusch mitteile wollt – "

„– ist Folgendes:"

„Mer habbe beschlosse – "

„– dass Knöpfchen und ich in diesem Jahr heiraten möchten."

Na, *das* hatte ja jetzt gedauert, bis es raus war. Wir freuten uns natürlich, wollten wissen, ob sie schon einen Termin angedacht hatten. Da war der behäbige Schweizer aber mal so richtig schnell.

„Hah, jooo – den haben wir schon. Es soll der 26. Juli sein. An diesem Tage sind wir uns damals zum erschten Mal begegnet. Das ist auch der Tag meiner Geburt. Wir haben uns diesen Termin bereits beim Standesamt und im Palmengarten gesichert."

„Trauzeusche braucht mer heut kaane mehr. Abbä mer hoffe, dasser trotzdem komme dut."

Na klar, wollten wir das. Wir freuten uns mit den beiden.

Ich kicherte still in mich hinein. Rübchen und Knöpfchen!

Matteo heißt doch tatsächlich mit Familiennamen Rübli. Kein Scherz!

Ein gestandener Kerl von 57 Jahren, beeindruckend groß und muskulös, CEO im Vorstand der Treu&Glauben-Bank Frankfurt, den seine zukünftige Frau verliebt *Rübchen* nannte.

Der Alpenriese lächelte ebenso verliebt sein *Knöpfchen* an. Herta Knopp, die „klaa Gewalt". ☺. Herrin der Schneiderei *Knopp-Kiste* und gute Freundin. Immer. All die Jahre lang. Wenn es jemand verdient hatte, endlich glücklich zu sein, dann sie. Unser Hertalein.

Ja, ich merk's grad – auch ich neige zu Verniedlichungen …

Die Gespräche drehten sich nun um die Art der anschließenden Feier, um das Kleid, das Herta tragen würde und wohin die Flitterwochen gehen sollten.

Ich dachte schon, dass das Thema „Garage" glücklich umschifft worden sei, doch wenn Bull-Terrier-Malle sich erst mal in eine Sache verbissen hatte, ließ die bekanntlich nicht locker. Und schon ging es wieder los.

Herta wehrte ab: „Nu lass des doch emol mit derer bleede Garasch."

„*Du* musst ja auch nicht bei Wind und Wetter oder gar des Nachts vom Auto zum Haus minutenlang durch die Straßen laufen."

„Malle, an Dir ist eine große Tragödin verloren gegangen", maulte ich.

„*Ich* bin hier nicht die Diva", pampte Malle zurück.

„Führst Dich aber so auf."

„Du brauchst ja bloß mit mir in die Garage zu gehen, und alles ist gut."

„Hmpf!"

„Nu lass halt gut sein für heut, Mallehne", versuchte Herta sie zu beruhigen.

„Ach, ja, klar, Herta, Du musst ja wieder mal Jan nach dem Maul reden. Eure Seilschaft reicht ja auch bis in alte, gemeinsame Tage."

„Was willstn *dademit* saache?"

„Pfffff …"

„Das weiß sie doch selber nicht. Die will bloß stänkern. Aber mir langt's jetzt. Herta, Matteo – es tut mir leid, aber es ist besser, wenn ich jetzt gehe."

Sprach's, stand auf und marschierte nach Haus. War mir doch egal, was Malle noch so trieb. Die war ja schon groß und hatte einen eigenen Schlüssel.

Zu Hause verzog ich mich gleich in den Keller in meinen Musigg-Raum und schloss mich dort mit einem Six-Pack ein. Ich kuschelte mich in meinen großen Sessel und nuckelte an meinen Bierflaschen. Dabei verlor ich mich in der lichtvollen Weite von Lillys Bild. Am Haken daneben hing der Garagenschlüssel.

Dort blieb er auch.

❊

Malle kriegte sich wieder ein. Ich mich auch. Das Thema „Garage" war abermals abgehakt. Vorerst.

Svenja war in der Ausbildung und somit fast ganztägig außer Haus, doch mein Tagesablauf und Arbeitsverhalten änderte sich trotzdem nicht sonderlich. Ich machte Vieles im *home office*, war zeitweise vor Ort in der Bank, aber nur, wenn dringend erforderlich. Und meinen Urlaubsrhythmus behielt ich auch bei. Das waren die von mir so gewöhnt. Was sollte ich daran ändern, solange ich mit meinem Team gute Arbeit leistete?

Apropos Urlaub: Es ging mal wieder um ein „etwas exotischeres" Reiseziel. Im überredenden Sticheln war Malle unschlagbar.

„Arizona", flötete Malle schwärmerisch.

„*What?!* Da gibt's doch nur Steine und ‚Kacktüsser'!"

„Aber ganz tolle Steine. Und ganz *enorme* Kakteen."

„Und heiß ist es da."

„Na und? Auf Madeira auch."

„Hmpf!"

„Ich würd sooo gern den Grand Canyon sehen."

„Isn Riesengraben."

„Und per Pferd durch das Monument Valley reiten, wie Cowboys in einem Edel-Western."

„Jou. Und im flammenden Abendrot mit wundgeriebenem Ar-*äh*-Hintern unterm Kaktus hocken und Mundharmonika spielen, dann *baked beans* aus dem Blechnapf, heiß gemacht überm Feuerchen. Danach Kaffee mit mächtig Satz unten am Boden der ausgebeulten Kanne."

„Witzbold", machte Malle nur, um gleich weiter zu schwärmen: „Und den Horseshoe Bend will ich sehen, diese Mäanderschleife, die der Colorado River unterhalb vom Lake Powell in den Sandstein gezogen hat."

„Sowas haben wir hier auch", brummelte ich.

„Was? Wie kommst Du darauf? Wo?"
„Na, im Saarland. Die Saarschleife."
„Mag sein, kannst Du aber nicht wirklich miteinander vergleichen."
„Hmpf!"
„Außerdem möchte ich durch die Sandsteinauswaschungen vom Antelope Canyon wandern. Muss ein *sehr* mystisches Erlebnis sein. Die Steine selber sehen aus wie erstarrte Wellen roten Wassers."

Tja, was soll ich sagen? Genau so wurde es gemacht. Und es war die Hölle.

❋

Nirgendwo habe ich mich verlorener gefühlt, als in den heißen, fast unendlich scheinenden Weiten Arizonas. Die Weite und die Kühle, selbst das regnerische und neblige Wetter in Island und die stinkenden Schlammtöpfe am Myvatn hatten mir ein heimeligeres Gefühl vermittelt.

An keinem Tag, zu keiner Stunde, nicht mal in einem winzigen Blitzmoment war Lilly zu spüren. Nur Malle war um mich. Stets, immer, dauernd. Und ständig versuchte sie, mich für alles Mögliche dort zu begeistern.

An den Grand Canyon erinnere ich mich nur mit Muskelschmerzen. In voller Wandermontur schleppte Malle mich auf und ab durch den Canyon. Irgendwann legten wir mal eine etwas längere Pause ein, um die Aussicht auf die grandiose Landschaft zu genießen. Das heiße, rote Land mit seinen imposanten Felsformationen atmete eine Geschichte, die älter war als die Besiedelung und Kolonialisierung durch abenteuerlustige und im Glauben eifernde Einwanderer.

Wir hatten den Canyon fast ganz für uns allein. Um es mal mit unserem gemütlichen Schweizer Freund Matteo zu sagen: „Hah, joo, des ist schon ein einmaliges Gefüüühl ..."

Aber eben ohne Lilly.

Sogar einen Tagesritt durch das Monument Valley habe ich über mich ergehen lassen. Hab mich dabei gefühlt, als wär ich Teil von *Spiel mir das Lied vom Tod*. Wie befürchtet, machten mir schmerzende Schenkel sowie ein wunder Hintern noch tagelang das Sitzen und Laufen schwer.

Dann am Colorado River, aus mehr als tausend Metern Höhe, eine dramatische Aussicht: Ganz nah hockten wir am Felsrand über dem Horseshoe Bend. Welches Götterpferd den wohl ausgetreten hatte?

Der Fluss mäandert dort wie die Saarschleife, nur in anderen Farben. Statt jeder Menge sanft miteinander harmonierendes Grün und Blau, kämpften dort Orange, Rot und fette Erd-Töne der Felsen mit dem Petrolblau des Wassers.

Allerdings ist dies auch einer der beliebtesten Touri-Orte. Entsprechend war das Gewimmel dort. Ganz im Gegensatz zu meinem Herzen, das nur von einer schmerzhaften Leere gefüllt wurde.

Nur ein bisschen vorbeugen, dann war der Flug in die Tiefe unausweichlich. Ehe ich ausprobieren konnte, wie weit ich mich vorbeugen konnte, bis der Punkt erreicht war, an dem die Körperspannung die Balance nur so eben noch ausgleichen konnte, fühlte ich mich von Malles Armen umschlungen.

Ihr Lachen war ein bisschen zu gackernd, als sie sich auf den Rücken schmiss, mich fest in ihren Armen haltend.

„Was treibt Dich bloß immer zu solch Waghalsigkeiten, Jan?"

Ich blieb sowohl ihr als auch mir die Antwort schuldig.

Aber auch durch den Antilope Canyon bin ich mit Malle geschlurft, diesen vom Wasser ausgespülten Riss in der Erde. Wir waren zu Mittag dort, als das Sonnenlicht sich Bahn bis zum Grund brach. Sicherlich ein malerischer Anblick, doch ganz bestimmt nicht mystisch und – naja, kein sanfter Sommerwiesenduft, kein Lilly-Gefühl, nur ein leicht unangenehmes Ziehen in der Brust.

Mann, war ich froh, als wir endlich wieder zu Hause waren.

✻

Meine fehlende Begeisterung während unserer Tour durch die roten Weiten von Arizona stießen natürlich Malle bitter auf. Entsprechend unentspannt ging es dann zu Hause weiter.

Es waren die unzulänglichen Alltagsquerelen, die das Liebvolle unseres Miteinanders fast unmerklich vor die Wand schoben.

Klamotten, die rumlagen. Schuhe, die im Weg standen. Das Toilettenpapier verkehrt herum abrollend aufgehängt. Die berühmte Zahnpastatube, falsch ausgedrückt. Benutzte Tassen oder Schalen, die sich auf der Spüle türmten. Spülmaschine ein- oder ausräumen, Müll entsorgen, Hausarbeit überhaupt. Die Wäsche: Waschen, trocknen, zusammenlegen, in den Schrank räumen – jeder Handgriff ein eigenes Diskussionsthema.

Und Einkaufen: Wer, wann, was, wo einkauft. Ob Fleisch oder Gemüse, Supermarkt, Bauer oder beim Türken, über die diversen Qualitäten konnten wir uns minutenlang ereifern. Eier: Ja, nein, vielleicht? Malle meinte eher nein, denn Eier würden stinken, vor allem, wenn sie in der Pfanne gebraten würden. Also, da hörte der Spaß aber auf! Wenn ich mir vorstellte, kein Spiegelei mehr braten zu dürfen – das ging gar nicht!

Oder wer, wann, wie lange das Bad blockierte …

Statt solche Unstimmigkeiten weg zu lachen oder mit einem Kuss zu entschuldigen, wie wir es früher gemacht hatten, verfielen wir zunehmend in grummelndes, schmollendes Schweigen.

Svenja ergriff immer häufiger die Flucht und sauste mit ihrem mintgrünen Meister Yoda übers Wochenende entweder Richtung Berlin zu Fine, nach München zu Henry und René oder (was seltener vorkam) die jungen Studiosi hielten sich im jeweiligen Elternhaus auf. Dann war das Kleeblatt hier in Frankfurt unterwegs.

Malle fand das natürlich in Ordnung. Die jungen Leute waren schließlich volljährig, auf Orientierungskurs ins Leben und hatten das Recht auf eigene Erlebnisse. Erfolge wie Fehler. So wie wir zu unserer Zeit eben auch.

Ich stellte das gerne immer wieder mal in Frage.

✼

Seit Ostern machte Malle mächtig Dampf mit ihrer Yoga-Schule. Unter anderem bot sie Out-Door-Yoga an. Alle zwei Wochen samstags, wenn die Wettergötter gnädig gesonnen waren, versammelte sie sich mit ihren Yoginis am Main-Ufer und legte los. *Sonnengruß* und so.

Es war sogar ein Artikel darüber in der Frankfurter Rundschau erschienen samt Bild der fröhlichen Yoga-Lehrer mit ihrer Ober-Yogini in ihrer Mitte.

Über Zulauf konnte sie sich nicht beklagen. Wenn auch beim ersten Mal nur einige Teilnehmerinnen aus ihren Yoga-Kursen dabei waren, so wurden es von Mal zu Mal mehr. Die Stunden im Freien bot sie kostenlos an. Mitmachen konnte jeder, der eine Matte mitbrachte.

Wer unbedingt wollte, durfte eine Spende in eine Box stecken. Mit der Methode hatte Lenchen Supererfolg. Sie erhielt an solchen Tagen mehr Einnahmen, als wenn sie Eintritt verlangt hätte. Und auch die Teilnehmerzahl in ihren Kursen wuchs. Es entstanden sogar Wartelisten.

Lenchen nahm weitere Lehrer in ihr „Kollegium" auf, erweiterte so ihr Angebot und erfreute die Yoga-Willigen damit, dass sie nicht mehr so lange auf einen Kurs warten mussten.

Ich fand klasse, was sie machte. Ich fand auch klasse, dass sie so viele Menschen damit begeistern konnte. Das sagte ich ihr auch, stellte mir damit leider selbst ein Bein.

„Dann komm doch mal mit in eine Schnupperstunde. Oder zum Main-Ufer, wenn Dir frische Luft lieber ist."

„Och, öh, nö. So beweglich bin ich nich."

„Eben. Aber mit den entsprechenden Übungen wirst Du beweglicher."

„Und ich kenne die Übungen nicht."

„Macht nix, ich zeig Dir alles."

„Und die anderen flotten Teilnehmer lachen sich schlapp über den sich verknotenden Kartoffelsack?"

„Du wirst Dich nicht blamieren. Ständig kommen neue Anfänger dazu."

„Och, öh, nö. Lass mal. Ich bin ein prima Bassist und turne lieber mit meinen Fingern auf den Saiten herum."

„Wir können gerne auch zu Hause üben. Nur wir beide."

Ich und *Herabschauender Hund* und so? Puuuh!

Nur mit Mühe konnte ich mich ihrer Begeisterung entziehen.

❄

Ende Juli brannte die Sonne vom völlig wolkenlosen Sommerhimmel über Frankfurt. Hochromantisch lugte der Himmel knallblau durch das verglaste Dach vom Pavillon *Haus Rosenbrunn* im Palmengarten. Genau das Richtige für eine Eheschließung.

Dort hatten wir uns alle feierlich versammelt. Alle *Toffifees* mit Anhang, Svenja, Fine, die Debold-Zwillinge, auch Suki, die Tochter von Harald und Tabea. Matteos Verwandtschaft aus der Schweiz war extra angereist.

Ich saß neben Herta, Elena flankierte ihren Bruder Matteo. Alle anderen Hochzeitsgäste waren auf Gartenstühlen rund um den kleinen Brunnen platziert, seinem Namen getreu schwammen Rosenblüten darin.

Bevor die Standesbeamtin loslegte, stupste Herta mich sacht an. „Du, Jan, isch hob so aan Gefühl, als ob die Lilly hier bei uns sein dät. Es duftet grad wie uff aane Sommäwies."

Ich konnte nur stumm nicken.

Die Standesbeamtin sprach feierliche Worte, Herta und Matteo himmelten sich an und tauschten die Ringe.

Draußen waren unter Palmen und anderen Bäumen ein Sektempfang und ein nettes Mittagsbuffet vorbereitet. Die fette Springbrunnenanlage sorgte für ein angenehmes Klima. Wir lachten und schlemmten bis in die Nachmittagsstunden, dann verabschiedete sich das Brautpaar in eine Flitterwoche. Die wenigen Tage waren der Bank geschuldet, in der es wohl wieder mal hoch herging.

Der Rest der Gesellschaft samt Schweizern wurde kurzerhand von Rolf und Hilla auf den Debold-Hof eingeladen, wo die schweizerisch-deutsche Feierei noch lange zwanglos und fröhlich weiter ging.

Es war Neumond in dieser Nacht.

Der perfekte Beginn für ein spätes Eheleben.

Alles auf null, alles auf neu.

Und weil der Himmel so dunkel war ohne Mond, strahlten die Sterne dafür umso heller. Sogar der Verlauf der Milchstraße war zu erkennen.

❄

Kalbacher Kerb.

Ein historisches Ereignis, das traditionell jedes Jahr gefeiert wurde. Zur Tradition gehörte auch, dass sich die Kerbeburschen am Mittwoch vor der Kalbacher Kerb trafen, um die Kerbelies zu basteln. Die Kerbeburschen, eine lustige Truppe von 35 Männern zwischen 18 und 61 Jahren. Jochen und mich hatten sie in diesem Jahr auch gefangen. Wir mussten also mitmachen. Naja.

Reinhard war Pfleger im Seniorenheim. Die alten Leutchen dort hatten begeistert ihre Kleiderschränke ausgemistet, so dass wir einen Sack voller Klamotten für die Kerbelies zur Verfügung hatten. Dazu Stroh, Kordel und drei große Nadeln. Die Schnäpse kreisten, die Stimmung stieg.

Aus lauter Jux und Übermut zogen wir „Burschen" das, was die Kerbelies nicht brauchte, selber an. Einige hatten mit großen, bunten Blumen bedruckte T-Shirts ergattert, einer war in eine verschlissene Kittelschürze gewickelt. Reinhard hatte sich sogar einen ausgeleierten Büstenhalter um seine ausgeprägte Männerbrust geschnallt.

Egal, wie's aussah. Ein echter Kalbacher Kerbebursch ekelte sich vor nix.

Heiko (der auch den DJ beim Fest selber machte) hatte sich eine olle Strumpfhose über den Kopf gezogen. Die schlabbrigen Beinenden hingen ihm wie Karnickelohren an den Seiten herab. Eines davon wies eine stattliche Laufmasche auf. Hasenmäßig hoppelte er herum und schrie: „Hattu Möhrchen? Hattu Möhrchen?" Immer und immer wieder, bis ihm der bärige, in einem Schottenrock tapsig tänzelnde Jochen tatsächlich eine Möhre vor die Nase hielt. Woher er die auch hatte. Auf jeden Fall war das Gelächter groß.

Doch dann hing Verzweiflung in unseren Blicken: Die drei großen Nadeln zum Zusammennähen der einzelnen Teile der Lies waren spurlos verschwunden. Und eine Kalbacher Kerb ohne Kerbelies? Undenkbar! Zu den Frauen nach Hause laufen, um neue Nadeln zu besorgen? *Definitiv un-denk-bar!*

Und so krochen 35 abenteuerlich kostümierte Männer auf dem Boden herum und drehten quasi jeden Strohhalm, jedes Blättchen und jedes Steinchen um. Ab und zu rummste es, wenn vor lauter Eifer zwei Köpfe zusammenstießen. Dann wurde gekichert und geprustet, über die Köpfe gerieben, auf die Schultern geklopft, und weiter ging die krabbelnde Suche.

Plötzlich kreischte einer ekstatisch: „Da is aane!"

Kurz drauf der nächste erleichterte Seufzer: „Isch hab noch aane!"

Es raschelte, schnaufte und stöhnte noch eine Weile, dann der letzte, befreite Aufschrei: „Un hier habbisch die dridde Naddel!"

Einträchtig beugten wir uns über die Strohpuppe und nähten die diversen Extremitäten an. Der Kerb stand nichts mehr im Wege.

❀

Leichte Nebelschleier zogen durch das Kalbachtal, als wir Kerbeburschen uns frühmorgens auf den Weg in den Kalbacher Wald machten, um einen schönen, geraden und vor allem hohen Baum zu holen. Bald hatten wir den vom Förster bereits Bezeichneten gefunden, geschlagen und ab ging's zum Festplatz damit.

Zuerst banden wir unsere Lies ganz oben in der Krone fest. Dann stellten wir den prächtigen, fast zwanzig Meter hohen Baum mit seiner „lieblichen Lies-Last" auf. Bei all der Plackerei wurden wir von der Försterei und der Feuerwehr mit schwerem Gerät sach- und fachgerecht unterstützt.

Allerdings bestand für unsere frisch gestopfte Lies auch das Risiko einer Entführung. Denn es gab eine weitere Tradition: Die Kerbelies wurde gern mal von besonders Übermütigen aus der Krone stibitzt. Auslösen ging nur gegen Hochprozentiges. Im vergangenen Jahr passierte das gleich zwei Mal. Ob unser Strohmadel wohl in diesem Jahr hoch und fest genug hing?

Natürlich gab es einen ökumenischen Gottesdienst, denn die Kerb hat ihren Ursprung in der Kirchweih des Mittelalters. Bevor es also mit der traditionellen, rauschenden Feierei losging, schallten erst mal besinnliche Töne durch das Festzelt: *„Lobet den Herre, den mäschtische Könisch der Ähre."*

Drei fette Böllerschüsse krachten, dann stach unser Kerbemädsche Marita das Äbblwoifass an. Fast alle Bewohner von Kalbach hatten sich samt Gästen eingefunden und füllten die Bierbänke im Festzelt bis auf den letzten Platz. Entsprechend ausgelassen war die Stimmung.

Weniger begeistert waren Svenja und Fine, die auf gemeinsamen, elterlichen Wunsch mal wieder ein Wochenende daheim verbringen sollten. Und sie mussten mit zu den Festlichkeiten.

Ich konnte die beiden ja verstehen. Das Kerbeburschendings war ja noch ganz lustig, zog aber unweigerlich die Teilnahme an sämtlichen Festivitäten der Kerb nach sich. Auch mir ging die Bierzeltromantik mitsamt der Rumta-Musigg ziemlich auf den Sa-*äh*-Geist. Natürlich unterstützten Henry und René ihre beiden unglücklich dreinschauenden Mädel. Und so nahmen auch Rolf und Hilla, die zwar keine Kalbacher waren, trotzdem solidarisch teil.

Dann wurde es richtig schlimm: Die derben Spiele der Kerb-Olympiade begannen. Für die Sieger gab es zwar kein Edelmetall, dafür aber Fässer mit Apfelwein. „Olympioniken" und Besucher motivierten sich mit zünftiger Musik: *„Isch bin valiebt in die Liüebä un viellaischt aaaach in Disch!"*

Das war nur mit *vüüel* Äbblwoi zu ertragen.

Zu den Disziplinen gehörte auch das Erbsenschlagen. Dafür wurde eine Erbse in einen Trichter geworfen, der mit einem Schlauch verbunden war, durch den die Erbse rollte und dann weiter über einen Tisch. Ehe die Erbse davon sausen konnte, musste sie mit einem Hammer zerschlagen werden.

Nicht jeder traf das kleine, flutschige Scheißerchen.

„Knapp daneben ist auch vorbei. Aber den Tisch hat er prima getroffen", kommentierte DJ High-Ko die dappige Aktion von Reinhard, der den Hammer mehrere Male voller Wucht auf den Tisch kloppte, die Erbse aber lebend davon kullern ließ.

Weitere Disziplinen erinnerten mich stark an die Kindergeburtstagsfeiern früherer Jahre: Kugelschreiber in eine Flasche manövrieren, während der Stift an einer Schnur am Gesäß baumelte, Äpfel mit dem Mund aus einer mit Wasser gefüllten Schale fischen und Luftballons mit den Knien zum Platzen bringen …

„*Jo-chen! Jo-chen! Jo-chen!*", feuerten wir unseren Freund lautstark an.

Svenja barg ihr Gesicht abwechselnd an Henrys und Renés Brust. Fine hatte die Arme resigniert auf dem Biertisch verschränkt und ihr Gesicht darauf gelegt, damit sie die peinlichen Aktionen ihres Vaters nicht mit ansehen musste.

Der letzte Luftballon, der platzte, war der von Jochen.

❄

Vor dem Feuerwerk am Ende der Kalbacher Kerb wurde die Kerbelies dann in einer hochoffiziellen Zeremonie vom Kerbebaum genommen. Dafür stellte wieder der Kalbacher Löschtrupp seinen Wagen samt Leiter zur Verfügung. Anschließend wurde die Lies feierlich und ehrenvoll verbrannt.

Zum Schluss flogen in einem minutenlangen Feuerwerk krachend, zischend und pfeifend Raketen in die Luft, zerstoben flirrend und in allen Farben schillernd am nächtlichen Himmel. Manche regneten als silberne und goldene Sternchen auf uns hernieder.

Die Kalbacher Kerb war vorbei.

❄

Zwischen Lenchen und mir ging es gerade mal wieder friedlich zu. Ich hatte meinen hammermäßigen Kaffeevollautomaten angeworfen und wollte uns eine schöne, dampfende, dunkelbraune Brühe zapfen, da fiel mir doch vor Schreck fast die Zuckerschale aus der Hand.

Sturmklingeln und Donnerschläge an der Haustür.

Ich sauste hin, auch Lenchen kam angelaufen.

Kreidebleich, mit ängstlich aufgerissenen Augen und völlig außer Puste stand Herta vor mir, die eine Hand noch immer auf der Klingel, die andere zur Faust erhoben. Die konnt ich grad noch schnappen, bevor sie mir auf die Brust sauste.

„Ganz schnell – Ihr – müsset – Ihr müsset ganz schnell – " Für mehr reichte ihr Atem nicht.

„Ruuuhig, Hertalein. Was müssen wir ganz schnell?"

„Mitkomme. Ihr müsset ganz schnell mitkomme. De – " Wieder brach ihre Stimme. Jetzt fing sie auch noch an zu weinen.

„Ist was mit Matteo?"

Sie schüttelte nur den Kopf und schluchzte.

Ich machte es wie früher mit Svenjalein. Ich nahm Herta in die Arme und strich ihr sanft übers Haar. Endlich beruhigte sie sich, zog noch einmal schniefend die Nase hoch und sah uns mit wieder klarem Blick an.

„Matteo-mein-Mann is in die Bank wesche so aane bleede außeoddentlische Beschpreschung. De *Joche* dräht dorsch. Wie aan Irrer rast de Kerle dorsch de Gadde, schreit un brüllt un schläscht all die Gaddezwersche dot."

„*What?!*"

Lenchen schubste mich schon, dann rannten wir alle drei los, die Straße runter, um die Ecke. Von Weitem war es bereits zu hören – Laute, wie von einem verwundeten Tier. Natürlich jede Menge untätige, sensationsgeile Gaffer auf der Straße. Und vor dem Zaun von Haus Nummer 7 standen sie sogar mit ihren Handys und filmten.

Ich erntete so manche Beschimpfung, als ich diese Geier recht unsanft zur Seite schob, damit wir drei den Garten betreten konnten.

Herta stellte sich wie ein bärbeissiger Wachhund vor das Törchen und verscheuchte die blöden Leute. Tatsächlich waren das alles Nachbarn, die noch vor zwei Wochen mit uns die Kalbacher Kerb gefeiert hatten.

Jochen kauerte wimmernd und zu einem elend zusammen gesunkenen Bündel am kleinen Teich. Überall traten wir auf Scherben von zerschlagenen Zwergen. Lenchen lief durch die sperrangelweit aufstehende Tür ins Haus, woher ebenfalls Weinen drang.

Die Scherben ignorierend setzte ich mich zu Jochen auf den Boden und legte ihm die Hand auf den Rücken. Ein Schluchzer nach dem anderen schüttelte ihn. Langsam wurde das Weinen weniger. Hier im Garten und auch im Haus. Die doofen Nachbarn vor dem Zaun zerstreuten sich dank Hertas energischem Auftreten ebenfalls so nach und nach.

Schließlich fassten wir beide Jochen unter die Arme und trugen ihn mehr, als dass er lief, ins Haus. Hilfe, der große, breite Kerl machte seinem Nachnamen alle Ehre! Es war ein gutes Stück Arbeit, bis wir ihn im Wohnzimmer hatten.

Dort saß Lenchen mit der immer noch leise weinenden Lydia und sah mir mit großen Augen, in denen dunkle Tränen schimmerten, entgegen. Wusste sie schon mehr?

Es war kein Streit zwischen Jochen und Lydia. Soviel war zu sehen, denn Jochen richtete sich auf und barg Lydia in seinen Armen, die sofort vom Sofa glitt und sich wie ein kleines Kind darein kuschelte.

Nun standen wir alle fünf im Raum wie früher die Gartenzwerge im Garten. Wir drei ratlos, die beiden in Trauer versunken. Was nur konnte so furchtbar sein, das die zwei Menschen, die ich für nahezu unerschütterlich in ihrer Ruhe empfunden hatte, dermaßen überwältigte?

Schließlich drehten die zwei sich mit roten, verheulten Gesichtern zu uns.

„Wir müssen jetzt los", kam es kryptisch von Jochen.

Lydia nickte zustimmend, aber stumm.

„Bevor Ihr wo auch immer hin entschwindet, sagt Ihr erst mal, was passiert ist." Ich schlug einen leisen, aber entschiedenen Captain-Ton an. Das zieht immer. Meine Team-Leute stehen dann regelmäßig stramm, formulieren klar und verständlich. Das funktionierte auch bei Jochen.

„Fine", kam es fast flüsternd, aber einigermaßen deutlich, „Fine."

„Was ist mit Fine?"

„Gestritten haben wir uns. Ganz fürchterlich."

Darum hatte Jochen sich so aufgeführt? Das glaubte ich nicht, blieb aber weiter ruhig und stellte vorsichtig Fragen.

„Warum habt Ihr Euch gestritten?"

„Sie findet all das hier so klein."

„Was meinst Du mit: all das hier?"

Hilflos zuckten seine Schultern. „Das Kalbach-Fest. Die Leute hier, die sie seit ihrer Kindheit kennt. Das Haus, die Zwerge. Uns und unser Leben."

„Kleinbürgerlich", flüsterte Lydia. „Kleinbürgerlich, provinziell und spießig findet sie uns. Nur die Professoren und Kommilitonen in der Uni und das geistig offene, kreative Berlin zählen noch für sie."

„Und was war noch?"

Jochen war inzwischen auf das Sofa gesunken, barg sein Gesicht in seinen großen Händen, wiegte sich mit dem Kopf schüttelnd immer hin und her. Ihn so zu sehen zerriss mir fast das Herz.

Lydia hockte sich neben ihn. Diesmal war sie es, die ihn im Arm hielt.

„Nun, es schaukelte sich hoch. Der Ton wurd immer lauter, die Worte immer verletzender. Schließlich warfen wir alle Drei uns gegenseitig nur noch böse Beleidigungen an die Köpf. Barney hatte sich schon längst verzogen." Sie stutzte. „Barney? Wo bist Du, Barney?"

Leises Wimmern unterm Sofa. Liebevoll und vorsichtig lockte Lydia den kleinen Elo-Hund aus der Sofa-Höhle heraus, nahm ihn auf den Schoß und streichelte ihn tröstend.

„Ich hab Fine quasi aus dem Haus geworfen", brummelte nun wieder Jochen. „,Pack Dein Gelärsch und komm erst wieder, wenn Du Deine Wurzeln wieder zu schätzen weißt.' Das hab ich ihr um die Ohren gehauen, als sie wütend und Türen schlagend aus dem Haus stürmte. Kurz drauf quietschten die Reifen. Weg war sie." Jochens Stimme brach.

Das war zwar schlimm, aber sicherlich nicht der Grund für sein Ausrasten.

„Keine drei Stunden später standen zwei Polizisten vor der Tür", kam es fast tonlos von Lydias Lippen. „Es gab einen heftigen Unfall auf der A 661. Fine haben sie in die Unfallklinik gebracht. Genaueres konnten sie uns nicht sagen. Von einem Besuch sollten wir erst mal absehen. Sie wird noch operiert."

Neben mir schnappten Herta und Lenchen hörbar nach Luft.

Mir selber stockte der Atem. Dieses Entsetzen konnte ich nachempfinden. Herta schob ihre Hand in meine, und ich hielt sie fest.

❋

An Fines Geburtstag standen wir alle an ihrem Bett und sangen *Happy Birthday*, bis uns die Tränen die Wangen in Sturzbächen herabströmten.

Denn Fine lag im Koma.

Fünfzehn lange Tage lag Fine im sogenannten Heilkoma.

In kleinen Schritten verringerten die Ärzte die Medikamente, die Svenjas Freundin im künstlichen Todesschlaf hielten. Wegen eines sogenannten Polytraumas. Also multiple Knochenbrüche, ein Schädelbasisbruch und diverse Wirbel waren gebrochen. An einer Querschnittslähmung war sie vielleicht noch mal vorbei geschrammt. Vielleicht.

Boah, selbst die Erinnerung daran schaudert mich …

Der Unfall war nicht Fines Schuld. An dem Sonntagnachmittag war es sehr windig gewesen. Sturmböen fegten ganze Bäume um. Auf der Autobahn erschütterten sie einen LKW so, dass sein Anhänger ins Driften kam.

Leider befand sich Fines Wagen genau neben ihm, wurde touchiert, drehte sich wie ein Kreisel, rauschte mit der Front unter die Räder, wurde wieder fortgeschleudert, hin und her, rammte noch zwei PKWs, deren Fahrer nicht mehr schnell genug bremsen konnten, um letztendlich in die Leitplanken zu krachen.

Der LKW stand quer zur Fahrbahn, der Anhänger umgekippt, die Ladung auf dem Asphalt verteilt.

Ein weiterer PKW raste genau in den Hänger hinein, Fahrer und Beifahrerin konnten nur noch tot geborgen werden, das Baby, auf dem Rücksitz in einer Babyschaukel gesichert, überlebte. Der LKW-Fahrer taumelte leicht verletzt aus seiner Kabine und wanderte unter Schock desorientiert auf der Autobahn umher, wurde von einem ankommenden, schlingernd bremsenden Fahrzeug erfasst …

Stundenlang sperrte die Polizei die Autobahn. Die Feuerwehr schnitt die schwer verletzte, bewusstlose Fine aus ihrem völlig demolierten Fahrzeug. Mit dem Hubschrauber wurde sie in die Unfallklinik geflogen.

Genau wie der so eben noch lebende LKW-Fahrer.

Die anderen Verletzten wurden in Sankas weggebracht.

Natürlich waren wir alle an dem Sonntag zusammen mit Jochen und Lydia ins Krankenhaus gefahren. Herta hatte Matteo angerufen, der sofort seine Besprechung in der Bank abbrach und ebenfalls in die Klinik kam. Svenja und die Debold-Zwillinge hockten ineinander verschlungen und im Schock zu einem einzigen Trostklumpen erstarrt auf den Besucherstühlen.

Es war tief in der Nacht, schon fast Morgen, als sich endlich die Türen vom OP öffneten und eine reichlich erschöpfte Mediziner-Truppe frei gab. Es war wie im Fernsehen. Irgendwie unwirklich. Ich kam mir auch so vor, als ob ich bloß in einem Film mitspielte. Nur, dass dies hier traumatische Realität war.

Es war noch unklar, ob Fine jemals wieder würde laufen können. Das würde sich erst erweisen, wenn sie aus dem Heilkoma erwachte.

Aber wenigstens lebte sie.

✻

Tatsächlich machte Fine ihrer Freundin Svenja ein besonderes Geschenk zum Geburtstag. Den verbrachte meine Elfe natürlich bei der bandagierten, einer Mumie sehr ähnlich sehenden und an jeder Menge Technik hängenden Fine im Komazimmer. Das war inzwischen liebevoll mit Bildern, Luftballons und Fines Lieblingsblumen geschmückt. Im Hintergrund lief immer Musik. Natürlich hatte Fine den gleichen Musikgeschmack wie Svenja. Samu Haber und *Sunrise Avenue* mit sämtlichen Alben und Veröffentlichungen.

Auch das neueste Album dudelte: *Nothing Is Over*.

Svenja war von Gerald beurlaubt worden. Fand ich gut. Meine geknickte Elfe konnte sich sowieso nicht gescheit konzentrieren. Das war aber für die Arbeit in einer Tischlerei unabdingbar. Auch die Zwillinge waren ihren Vorlesungen und München fern geblieben, obwohl sie gerade das dritte Semester begonnnen und ihre Schwerpunkte gewählt hatten. Gemeinsam mit Svenja hockten sie nahezu ständig an Fines Komabett. Auch an Svenjas Geburtstag.

Herta und Matteo waren gekommen und hatten Svenja die obligate Geburtstagstorte mitgebracht. In diesem Jahr hatte Herta eine Yin-Yang-Torte aus dunklem Kakao-Teig und hellem Kokos-Vanille-Teig gebacken. Natürlich prangte eine 19 obenauf. In Grün mit Glitzer. Die 1 auf dem hellen und die 9 auf dem dunklen Teig. Herta grinste frech, als Svenja beim Anblick der Torte rot anlief.

Ungewollt setzte ich noch einen oben drauf: „Tolle Torte, Hertalein. Aber eigentlich ist die doch eher was für Henry und René – oder?"

„Boah, Godi, manchmal startest Du echt *blöde* Aktionen", jammerte Svenja.

Ich glotzte zwischen den beiden Frauen hin und her und kapierte wieder mal nix. Gerade wollte ich um aufhellende Erklärungen bitten, da passierte es.

Ein zarter Duft nach Sommerwiese waberte durch den Raum.

Zuerst veränderte sich das monotone Piepsen der Überwachungsmonitore.

Alle wurden wir still und starrten auf Fine und die Bildschirme.

Dann bewegte sich ein Finger.

Die Lider flatterten. Fine holte tief Luft und öffnete die Augen.

Die verlorene Weite in ihrem Blick kannte ich nur zu gut.

Doch zum Glück blubberte ihr versunkenes Ich allmählich wieder an die Oberfläche ihres Bewusstseins. Langsam nahm sie uns wahr, und ein winziges Lächeln tauchte in den Winkeln ihrer Augen auf. Die und ein Teil ihrer Finger lugten aus all dem Wust von Schienen, Bandagen, Beatmungs- und anderen Schläuchen hervor.

In diesem Moment stürmten Ärzte und Schwestern das Zimmer und warfen uns allesamt hinaus. Nun standen wir auf dem Flur herum, flüsterten freudig aufgeregt durcheinander. Meine kleine Elfenprinzessin hing in den Armen von Henry und René und schluchzte Freudentränen.

Wir durften erst wieder hinein, als Fine vom Beatmungsgerät und diversen anderen Apparaten abgekoppelt und frisch versorgt worden war.

Vorher nahm der Arzt Jochen und Lydia beiseite und gab den neuesten Stand der Untersuchungen bekannt.

Mit ernstem Blick, in dem ein winziger Schimmer Hoffnung nistete, berichteten die beiden uns dann, dass das Aufwachen gut verlaufen und auch die kognitiven Fähigkeiten nach der ersten Überprüfung zufrieden stellend ausgefallen waren. Auch das noch nicht vorhandene Gefühl in ihren Beinen könne ebenfalls in den nächsten Stunden wiederkehren.

Oder Tagen. Oder gar nicht.

Nun ja, zumindest war Fine wieder wach. Alles andere würde sich finden.

✺

Aber es war ein sehr langer Weg, den Fine da vor sich hatte. Bei uns anderen kehrte langsam die Normalität des Alltags wieder ein.

Normalität des Alltags – was rede ich denn da? Was ist denn Normalität? Für jeden von uns wohl ein bisschen anders. Alles zusammen genommen und zig Mal durch Statistiken gejagt, ergibt gewisse menschliche Durchschnittswerte.

Menschlicher Durchschnitt. Tumbe Masse. Doch Geschehnisse und Gefühle verarbeitet ja jeder anders. Jeder leidet auf seine eigene Art. Jedes Lachen ist besonders. Jeder einzelne Mensch ein unwiederbringliches Individuum.

Hui, der Lagavulin haut doch ganz schön rein! Wenn sogar ich beginne, melancholische bis philosophische Gedanken zu hegen …

✺

In diesem Herbst und Winter gestaltete sich unsere ureigene Normalität des Alltags als vorsichtiger Eiertanz. Lenchen und ich gingen besonders höflich, selten, aber doch auch zärtlich miteinander um.

Und Svenja „beichtete" ihre aparte Art der Liebe.

Tja, was soll ich sagen? *Das* war mal ein Knaller.

Jedenfalls für mich. Alle anderen wussten es natürlich längst. Herta natürlich, sogar Lenchen. Ja, und auch Rolf und Hilla. Mein doofer Freund hatte tatsächlich niemals auch nur ein einziges Wörtchen in meine Richtung verloren.

Die anderen *Toffifees* und ihre Anhängsel zuckten grinsend mit den Schultern.

Harald und Tabea: „Stell Dich nicht so an."

Wolfgang und Silke: „Naja, ist doch schön – oder?"

Jochen und Lydia: „Es gibt, weiß Gott, Schlimmeres …"

Jaaa, sie hatten ja alle recht!!!

Irgendwie jedenfalls. Und irgendwie auch nicht. „Jeder Jeck is anners." Adenauers Meinung konnte mir da auch nicht weiterhelfen. Zack – auf einen Zettel geschrieben und ab an den Kühlschrank damit. Ich war erst mal baff. Ich, der sich Zeit seines Lebens für einen Freigeist gehalten hatte. Ich war nicht nur baff. Ich war entsetzt.

Von vorn: Eines schönen Herbstsonntags saßen wir bei strahlendem Sonnenschein in Hertas gemütlichem Gärtchen. Herta und Matteo hatten sich kein anderes Domizil gesucht. Matteos Vertrag mit der Treu&Glauben-Bank lief noch etwas über ein Jahr. Dann wollten sie vielleicht in die Schweiz. Oder doch verlängern und hierbleiben. Das war noch nicht ganz klar.

Also, wir lümmelten unterm großen Sonnenschirm in den bequemen Out-Door-Möbeln auf Hertas sonnendurchfluteter Terrasse, schlürften Kaffee aus Pötten und schwelgten in Pflaumenkuchen mit jeder Menge Zimtsahne.

„Du-hu, Papilein", fing Svenja auf einmal an.

Ich stutzte, schluckte und wappnete mich. Papilein! Solche Töne schlug sie nur an, wenn sie was Schwerwiegendes oder Teures von mir wollte.

„Was ich Dir schon länger sagen wollte – ", sie stockte erneut.

Eieiei, jetzt nickte Herta ihr auch noch aufmunternd zu.

„Also, ich bin verliebt. Nicht so, wie damals mit dem unreifen Pedro. So richtig. Und ich werde auch geliebt."

Na, das war doch mal ne tolle Nachricht! Ich hatte schon befürchtet, über diesen peinlichen Pedro wär sie immer noch nicht weg. Und ich ahnte auch schon, in welche Richtung es ging.

Ich grinste. „Wer ist es denn? Henry oder René?"

Svenja lief dunkelrot an und flüsterte: „Beide."

Mein Grinsen gefror. „*What?*"

Stille breitete sich in unserer kleinen Kaffeegesellschaft aus. Nacheinander sah ich sie alle an. Herta. Matteo. Malle. Sie hatten es gewusst. *Wahrscheinlich wusste es sogar Lilly, denn ihr zarter Sommerwiesenduft umschmeichelte meine Nase.* Und ich, doofer Papa, der ich war, hatte weder vom Herzensglück noch von den Seelennöten meiner einzigen Tochter, meiner Elfenprinzessin, nix, aber auch rein gar nix gewusst. Nicht mal geahnt.

Und nun war ich baff. Sogar entsetzt.

Aber nicht über Svenjas Geständnis.

Sondern über mich und meine nur rudimentär vorhandene Sensibilität, die meinem Svenjalein solche Seelenqualen beschert hatte.

Ich stand auf, zog sie aus ihrem Sessel hoch und nahm meine große Elfenprinzessin erst mal in die Arme.

„Na und?", machte ich dann locker. „Doppelte Liebe ist doppelter Genuss."

Svenja lachte und schluchzte gleichzeitig an meiner Brust und durchnässte mit ihren erleichterten Freudentränen mein Hemd.

❄

In diesem Herbst flog ich voller gemischter Gefühle nur mit Lenchen nach Madeira. Svenja brauchte ihre gesamten freien Tage und Urlaubszeit, um bei Fine und ihren langsamen Fortschritten, wiederholten Operationen und Reha-Maßnahmen sein zu können.

Naja, und um ihrer Liebe zu Dritt frönen zu können natürlich. Dass ich das nicht bemerkt hatte, wollte mir immer noch nicht in den Kopf.

Ich wunderte mich immer noch darüber, dass Svenja Angst gehabt hatte, mir ihre – zugegeben ungewöhnliche – Doppelliebe zu gestehen. Tatsächlich hatte ich ein bisschen daran zu knabbern, aber ich verurteilte es nicht. Wie könnte ich es auch verurteilen, da ich mich doch selbst in einer ähnlichen Situation befand. Nur, dass mir das damals selber nicht so klar war. Aber vielleicht hatte ja auch mein eigen Fleisch und Blut Schwierigkeiten gehabt, zunächst einmal sich selbst gegenüber einzugestehen, was in ihr vorging, ehe sie es nach außen tragen und gegebenenfalls verteidigen konnte.

Wie auch immer. Jedenfalls unternahm ich in diesem Urlaub häufiger allein Spaziergänge zu meinem Felsen mit dem weiten Blick. Um meinen Gedanken nachzuhängen. Um meine Gefühle zu sortieren. Und um mich an Träume von Lilly hinzugeben. Später flüchtete ich mich dann in reale und leidenschaftliche Umarmungen mit Lenchen.

Tja, was soll ich sagen? Eigentlich – ach, ist ja jetzt auch egal – oder?

❊

Unsere Heilig-Abend-Fahrt nach Thüringen war für Svenja und mich all die Jahre über stets auch Gesprächszeit von besonderer Qualität. So auch in jenem Jahr. Wir sprachen über ihre Ausbildung und welche Fortschritte Fine in ihrer Rekonvaleszenz machte.

Fine hatte immer noch Schwierigkeiten in der Wortfindung und Aussprache sowie einige Probleme in der Feinmotorik. Dafür durfte sie Fingerübungen machen wie in der Kinderecke von Onkel Doktors Wartezimmer: Dicke Holzperlen über achterbahnförmige Drähte schieben, Knautschbälle drücken, Stäbe greifen, imaginäres Klavierspielen. Hört sich vielleicht ein bisschen blöd an, war es aber nicht. Und täglich kam eine Logopädin für Sprechübungen.

Nur mit dem Laufen klappte es immer noch nicht. Fine saß im Rollstuhl.

„Das macht Fine ziemlich zu schaffen. Stell Dir mal vor, Papa, Du willst aufstehen, und es gelingt Dir nicht, weil Deine Beine sich nicht bewegen, wie Du es eigentlich gewohnt bist. Für alles, was sich über Deiner Sitzposition befindet, brauchst Du Hilfe. Jou, und die Leute erst! Fine sagt, die sprechen sie gar nicht mehr direkt an. Die sprechen einfach über sie hinweg. Oder eben von oben herab. Im wahrsten Sinne des Wortes. Und überall gibt es Schwellen oder Treppen. Selbst eine einfache Straßenüberquerung ist oft nur mit Hilfe möglich, weil der Bordstein ein Hindernis bildet. Zur Toilette gehen? Jedes Mal ein *fitness-act*."

Hm, über sowas macht man sich keine Gedanken, bis …

Apropos: Gedanken. Ich wollte natürlich auch noch über etwas anderes von ihr hören. Doch das Thema ihrer Liebe umschiffte meine Tochter wortgewandt.

Im Foyer stand wieder Lilly. War ich froh, sie wohlauf zu sehen.

Sie begrüßte uns mit ihrem goldigen Lächeln, intensiven Umarmungen und Küsschen auf die Wangen. Ich schmolz nur so dahin. Mit einem Dauerlächeln im Gesicht, einem heftig klopfenden Herzen in der Brust und viel Pudding in den Knien, war ich einfach nur froh, sie ansehen zu dürfen, ihre Nähe zu spüren, ihren zarten Sommerwiesenduft real wahrnehmen zu könen.

Es ging ihr gut. Selbstverständlich hatte sie die Heirat ihrer Freundin Herta mit Matteo als „Traumzeit" miterlebt. Das hatte sie sehr beschwingt und zu einigen, besonders fröhlichen Arbeiten inspiriert.

Und natürlich hatte sie auch Fines Unfall, die Zeit im Krankenhaus und während der Reha-Maßnahmen mitempfunden. Diese schwierigen Gefühle hatten sie zwar in ihrer Kreativität nicht beeinträchtigt, aber ihre geistige Verfassung, ihren *mind*, wie Lilly es nannte, wieder in eine etwas destabile Lage gebracht.

Mit einem kleinen Lächeln und Stolz in der Stimme, berichtete sie, dass sie das erneute Aufbegehren der Dunklen Dämonen sowohl mit Gesprächen in den Therapiezeiten als auch Entspannungstechniken in akuten Momenten in den Griff bekommen habe.

Ohne wieder Medikamente nehmen zu müssen.

Das war eine richtig gute Nachricht, und wir freuten uns mächtig mit Lilly.

Und ganz weit hinten in meiner Grauen Schaltzentrale flammte ein winziges Fünkchen auf und entfachte sehr vorsichtig einen sehr verwegenen Gedanken. Doch Vernunft und Erfahrung bildeten ein mächtiges Bollwerk. Zu mächtig, um dem Fünkchen Hoffnung wirklich Raum geben zu können.

Zunächst bewunderte ich mal wieder das unglaubliche Geburtstagsdiorama, das Lilly wie in jedem Jahr für Svenja gestaltet hatte.

Es zeigte das Komazimmer mit der Mumien-Fine, angeschlossen an Schläuche und Apparate. Das Zimmer selbst, geschmückt mit Luftballons, Girlanden, Bildern und Blumen. Und Svenja in enger Umarmung mit Henry und René an Fines Bett.

Die kleine Elfe schwebte über Fine, die gerade die Augen geöffnet hatte.

2015 – SCHNEETREIBEN
Man muss die Welt nicht verstehen,
man muss sich nur darin zurechtfinden.

<small>Albert Einstein</small>

❄

Die guten Wünsche zum Neuen Jahr verflüchtigten sich ziemlich rasch, aufgebraucht wie der schmelzende Matsch auf der Straße.

Wie immer hatten wir mit allen *Toffifees* und unserem Anhang auf dem Debold-Hof das alte Jahr verabschiedet und das neue mit Krach und Knall begrüßt. Herta und Matteo waren als Toffifee-Hardcore-Fans mit dabei. Zusammen mit dem Restkleeblatt konnten Lydia und Jochen ihre Tochter überzeugen, dass sie selbstverständlich auch im Rollstuhl mitfeiern konnte.

Wir machten selbst Musik, hatten aber auch einiges auf Konserve. So wurde auch getanzt. Svenja, Henry und René wirbelten Fine mitsamt Rollstuhl herum, bis sie kreischte und lachte. Lydia und Jochen verfolgten glücklich und endlich mal gelöst das Spektakel. Wir hatten alle viel Spaß miteinander.

Ja, gute Freunde sind manchmal besser als Familie. Nicht immer ist Blut dicker als Wasser.

Und dann kam auch schon der erste Wermutstropfen. Kaum waren die letzten Böller verschossen und die bunten Funken am Himmel zerplatzt, eröffneten Harald und Tabea, dass sie im Februar für das ZDF zu einer Doku über die Menschen von Feuerland für sechs Monate ans andere Ende der Welt aufbrechen würden. Suki würde sie zum ersten Mal nicht nur als Tochter sondern auch als Mitarbeiterin begleiten.

Wir tranken aus beiden Bechern der Götter Freude und Wehmut gleichzeitig. Trotzdem wir uns natürlich mit den beiden freuten, war das monatelange Fehlen unseres Keyboarders ein harter Schlag.

Nun feierten wir erst recht, die Stimmung wurde immer ausgelassener und unser Beisammensein ging bis in die Morgenstunden.

❄

In den ersten Fettnapf des Jahres platschte ich dann gleich am frühen Nachmittag des Neujahrstages.

Lenchen und ich waren zum Geburtstag bei ihrer Busenfreundin Jutta eingeladen. War ja schon klar, dass ich da kaum bis gar keine Lust drauf hatte. Warum die ausgerechnet ihre krummen 63 Jahre Erdendasein bejubeln musste, wollte mir nicht in den Kopf. Ihre runde 60 hatte sie schlicht ignoriert.

Ich fühlte mich schlapp und unausgeschlafen. Dass Harald bald für ein halbes Jahr verschwinden würde, lag mir auch schwer im Magen. Mir war also eher nach *extreme-couching* im lässigen Jogger-Outfit. Aber nein, ich musste mich in feinen Zwirn quälen, nur um mich wieder mal Juttas Sprücheklopperei auszusetzen.

Lenchen wuselte noch oben im Bad herum, während mein hammermäßiger Kaffeevollautomat mir den gezuckerten Becher vollbrodelte. Dann schäumte ich zischend die Milch dazu. Ich tat den ersten Schluck, schloss dabei genussvoll die Augen. *Hmmm, ja.*

Genau in diesem Augenblick kam Malle die Treppe herunter getappt und stellte sich Aufmerksamkeit heischend vor mich hin. Soviel zu ihrer angeblichen Sensibilität.

„Guck mal, Jan, fallen meine Augenringe sehr auf?"

Tja, was soll ich sagen? Sie war so blass, dass man sah, dass sie geschminkt war. Dazu ihre Haare, die inzwischen hauptsächlich grau und silbern schimmerten und die Schatten um ihre Augen betonten. Wie früher die Brille, die sie nicht mehr benötigte, seit sie sich die Augen hatte lasern lassen. Ein schlichtes, dunkelviolettes Kleid mit diagonaler Raffung schmiegte sich um ihren trainierten Körper. Eigentlich insgesamt doch ein angenehmer Anblick.

Aber genervt davon, dass die ach-so-spirituelle Yogini meinen speziellen Moment der Ruhe und Kraft so unsensibel zerstörte, war meine zeternde Zunge wieder mal schneller als mein harmoniesüchtiges Hirn.

„Krass! Der Panda kann sprechen." Es purzelte einfach so aus meinem Mund.

Malle nahm's gar nicht locker, sondern plärrte sofort los: „Verdammt, Jan, was ist los mit Dir? Warum musst Du gleich so beleidigend sein? Ich hab Dich ganz freundlich was gefragt, weil ich mich heute nicht besonders wohl fühle."

„Willkommen im Club, Malle. Du fühlst Dich nicht wohl? Ich mich auch nicht. Lass uns lieber zu Hause bleiben."

„Eigentlich eine gute Idee", lenkte sie halb ein.

„Eigentlich?", hakte ich nach.

„Naja, wir können Jutta an ihrem Geburtstag doch nicht hängen lassen."

„Lieber mit mieser Laune verderben", murmelte ich.

„Was hast Du gesagt?"

Himmel, war die Frau jetzt auch noch schwerhörig? „Ist Deine Freundin. Du könntest ja auch allein hinfahren."

Malle holte tief Luft, rollte mit den Augen und ließ dann eine gefühlt halbstündige Predigt los, warum wir unbedingt gemeinsam zur Geburtstagsfeier ihrer Jutta erscheinen mussten.

Ihr Wasserfall aus Worten zog mir das Herz zusammen. Ich hörte gar nicht richtig zu, schüttete nur meinen auf einmal schal schmeckenden Kaffee in die Spüle, ging in den Flur und nahm mein Jackett von der Garderobe.

Aus Erfahrung wusste ich: Widerstand war zwecklos.

In Sachsenhausen waren die Parkplätze rar. Wir mussten also ein paar Schritte durch die altbekannten Straßen laufen. War schon lange her, dass wir im Viertel unterwegs waren. Seit Malle bei mir wohnte, immer seltener.

„Marlalein! Schön, dass Du da bist. Und Deinen Lebensabschnittsgefährten hast Du ja auch wieder im Schlepptau." Dann, an mich gewandt: „Na? Alles frisch im Schritt?"

Uäh! Was für eine *blöde* Begrüßung! Konnt ich schon nicht leiden, wenn ein Mann diesen dämlichen Spruch brachte. Aber das war ja für Jutta wieder mal typisch: Jeder blamiert sich so gut wie er kann.

Musste sie jetzt halt mit meiner entsprechenden Antwort leben: „Ich wechsele meine Unterhose immer zu Neujahr. In geraden Jahren von rechts auf links, in ungeraden Jahren nutze ich mein Zweithöschen. Also, ich würd mal sagen – ja, alles frisch im Schritt. Und bei Dir?"

Raspelkopp Jutta zog beide Augenbrauen hoch und wackelte mit ihrem Quadratschädel. Dabei klimperte ihr wieder mal enormer Ohrbehang, wie man ihn eigentlich nur bei Bollywoodausstattungen erwartet. Ansonsten unterstrich ein strenger, anthrazitfarbener Overall passend zu ihren grau melierten Stoppelhaaren, ihr Ritter-Sport-Äußeres. Quadratisch, praktisch – äh?

Malle hatte ja wenigstens Farbe im Gesicht. Dunkelroter Lippenstift und so.

Aber Juttas Anblick war - cremefarben, fahl, fast farblos, bis auf den dicken Kajal rund um ihre Augenlieder. Als Farbtupfer dann dazu diese bekloppten Türkis-Ohrhänger. Und *türkise* Pumps. Und Türkis auf ihren extrem kurzen Fingernägeln. Sah seltsam aus an ihren alternden Bauarbeiterhänden.

Juttas Gäste allerdings waren ein bunter Haufen. Mit dem ein oder anderen konnte man sich sogar mal mehr als drei Sätze unterhalten.

❊

Haselsträucher hatten die ersten Knospen angesetzt, Schneeglöckchen lugten aus vorsichtig sprießendem Grün. Der Frühling schickte seine ersten Kundschafter. Und wir *Toffifees* verabschiedeten unser Herzstück, unseren Keyboarder Harald samt Silke und Suki am Frankfurter Flughafen.

Die Leute vom Fernsehteam des ZDF tauchten auf. Die wurden natürlich auch von ihren jeweiligen Liebsten verabschiedet. Der Regisseur gab schon jetzt lautstark gezielte Anweisungen. So lief das Chaos einigermaßen geordnet ab. Dann war es soweit. Letzte Umarmungen, letzte Küsse.

Die Truppe marschierte durch die Sicherheitsschleusen. War das ein Aufwand mit den vielen Leuten und dem Gepäck. Die technische Ausrüstung war zum Glück schon als Fracht unterwegs. Ein letztes Winken.

Wir standen ziemlich bedröppelt herum, der Rest der *Toffifees* und der Rest der Filmfamilie. Ein halbes Jahr war eine lange Zeit. Oder auch nicht. Je nachdem, wie man Zeit erlebt. Prallvoll mit einsamer Sehnsucht oder prallvoll mit eigenen Erlebnissen.

Auf jeden Fall würde es Sommer sein, bevor die Feuerland-Crew wieder daheim wäre. Hoffentlich allesamt wohlbehalten.

❊

Kurz drauf half ich Jochen bei der Umgestaltung des verwüsteten Gartens. Im Herbst zuvor hatte er bereits in wochenlanger, mühsamer Kleinarbeit die Scherbenreste der zerstörten Zwerge eingesammelt. In seinem damals rasenden Schmerz hatte er sie alle, *wirklich alle*, zerschlagen. Auch das Winni-Puuh-Törchen hatte dran glauben müssen.

„Nur aus der Leere kann Neues erwachsen", orakelte er nun.

„Seit wann tönst Du denn so philosophisch?", wunderte ich mich und stützte mich auf die Hacke. Wir waren dabei, den kleinen Weg vom neuen, perlgrau lasierten Holztörchen zum Eingang von Stufen, Platten und Pflastersteinen zu befreien.

„Wenn Du sonst nix mehr hast, musst Du Dich an Dir selber festhalten."

„Hast Du noch mehr Kühlschranksprüche auf Lager?"

Ich erntete nur einen undefinierbaren Blick. „Lydia und ich haben uns in eine Paartherapie begeben."

„*What?!*"

„Wir haben uns gegenseitig fast zerfleischt mit Vorwürfen, Selbstanklagen und Trostversuchen, drifteten dadurch immer weiter voneinander weg. Aber eigentlich lieben wir uns doch. Also haben wir es mit Paartherapie versucht."

„Und?"

„Jou. Scheint zu funktionieren."

Wir hackten weiter den Weg auf und stapelten Steine und Stufen zu späterer Wiederverwendung.

„Und wie?", machte ich nach einer Weile.

„Erst mal Verbot von weiteren Vorwürfen, Klagen und Weinen. Bringt nix. Zieht uns nur weiter runter."

„Hmm", nickte ich. Machte ich mit meinen Mitarbeitern auch so, wenn's mal schwierig wurde.

„Und keine Sorgen mehr machen um Fine."

„Häh?"

„Naja, Fürsorge und Achtsamkeit, liebevolle Zuwendung, das schon alles. Aber keine Sorgen mehr machen, ob sie jemals wieder laufen kann, ob die ganzen Therapien, Operationen und Rehas mehr bringen, außer weiteren Schmerzen und Mühen, ob sie vielleicht irgendwann mal wieder studieren oder arbeiten kann. Das eben nich mehr."

„Und? Könnt Ihr das so einfach abstellen?"

„Nö. Nich einfach. Klappt aber immer besser. Und macht den Kopf frei für neue Möglichkeiten."

„Die da wären?"

„Naja, nich immer nur warten, wann wir Fine besuchen oder mal für ein paar Tage nach Hause holen können. Sie dann auch nich vollquasseln mit unseren aus Ängsten und Sorgen geborenen Plänen, sondern Fine Raum geben für eigene Gedanken und Entwicklungen."

„Was sollt Ihr stattdessen tun?"

„Annehmen der Situation. Die Dinge sind, wie sie sind. Ist nicht zu ändern. Aber *wir* können uns ändern. Unseren Gedanken neue Richtungen geben durch gemeinsame Unternehmungen als Paar. Uns Zwei wieder neu entdecken."

„Hört sich gut an. Klappt das auch?"

Die Antwort war ein breites, zufriedenes Grinsen.

Nach einem körperlich fordernden Wochenende hatten wir es geschafft: Barrierefreier Zugang zum Haus und zur Garage mit sanftem Anstieg. Wir hatten alle Steine, Platten und Stufen dafür wieder verwenden können. Lediglich ein paar neue LED-Leuchtsteine waren an den Rändern dazu gekommen. Statt der ollen Zwergenparade mit den Laternen erhellten sie in der Dämmerung bereits sanft den Weg vom neuen Törchen zum Eingang.

Den flankierten nach wie vor die drei Leuchtbären. Die hatten Jochens Raserei überlebt.

Den Platz vor dem Eingang hatten wir verbreitert. Am Montag sollte noch vom Metallbauer ein größeres Vordach installiert werden. Das alte mit Zwergen bemalte Garagentor wurde durch eine Fensterfront mit breiter Schiebetür ersetzt. Die Garage selber wurde gerade umgebaut.

Dort sollte Fine ebenerdig ihr Zimmer und ein bequemes, großes Bad bekommen. Das Wort „rollstuhlgerecht" hatte keinen Platz im Wortschatz der Familie Baer.

❆

Da hatte ich doch extra ein Fläschchen Minzöl gekauft. Sollte prima gegen Muskelschmerzen helfen. Aber nirgends war es zu finden. Ich hatte mein Regalfach im Bad durchsucht und auch meine Medikamentenschublade mächtig umgekrempelt. Nix. Konnte nur die Malle haben.

Wie die schon da lag: Total entspannt auf dem Sofa mit nem Buch vor der Nase. Aus den Lautsprechern kam sowas Ähnliches wie Musik. Irgend son indisches Gezupfe, gewürzt mit ihrem Stinkeräucherkram.

Und *ich* quälte mich mit Muskelkater am ganzen Körper. Hatte ich meinem ungewohnten, körperlichen Arbeitseinsatz am Wochenende zu verdanken.

„Wo ist das Minzfläschchen?", raunzte ich sie an.

Malle lugte nur knapp über die Buchkante. „Was für ein Minzfläschchen?"

„Na, das Fläschen mit dem Minzöl, das ich extra gekauft habe."
„Weiß von keinem Minzöl. Wozu soll das gut sein?"
„Das ist zum Einreiben bei Muskelschmerzen."
„Tut Dir was weh?"
„*JA!* Sonst würd ich das Minzöl nicht benötigen." Nervensäge. „Und? Wo ist jetzt das Minzfläschchen?"
„Das weiß *ich* doch nicht. Schau halt im Bad nach."
„Hab ich schon."
„Dann eben in Deiner Schublade voll mit Medikamentenkram."
„Hab ich auch schon."
Endlich ließ sie ihr Buch sinken und sah mich nur noch über ihre Lesebrille hinweg an. „Und warum fragst Du *mich* jetzt?"
„Weil *Du* immer alles wegräumst." Jou. Solche Verallgemeinerungen zogen immer. Dazu noch ein finsteres Gesicht. Und schon hatte ich sie.
Sie plärrte los: „Verdammt, Jan, es ist *Dein* Fläschchen. Ich hab noch nicht mal gewusst, dass Du sowas wie Minzöl hast."
„Das sagst Du immer."
„Was. Willst. Du?"
„Steh gefälligst auf und hilf mir beim Suchen!"
Malle warf mir einen absolut abfälligen Blick zu, schnaubte kurz und nahm ihr Buch wieder vors Gesicht.
„Was soll das?", tobte ich.
„Hätt'st mich ja mal *freundlich* fragen können", kam es nur murmelnd hinter den Seiten hervor.
Ich drehte mich um, schnaufte intensiv durch und stapfte davon.
Den Rest des Abends verbrachten wir getrennt. Malle okkupierte weiter das Wohnzimmer. Ich verzog mich mit dem Minzfläschchen, das ich dann doch im Bad (natürlich hinter *ihrer* Shampoo-Flasche!) entdeckt hatte, zunächst in die Badewanne und anschließend in meinen Musigg-Raum.
Annehmen der Situation? Jou.
Aber auf gemeinsame Aktionen konnt ich grad gut verzichten.

❈

Malles Mieter waren ausgezogen. Die Amis waren wieder in ihre Heimat zurückgekehrt. Die Wohnung stand leer. Das Arrangement mit der

Bank galt zwar noch, aber Malle wollte keine neuen Mieter mehr.

Was auch immer sie jetzt vor hatte.

Wir trieben in unserer Lebensgemeinschaft so dahin. Über Pläne redeten wir nicht. Schon gar nicht über gemeinsame.

Immer öfter hingen so Zettel am Kühlschrank wie: *„Hab einen Termin übers Wochenende für Business-Yoga angenommen. Bis Montag."* Oder: *„Bin für ein paar Tage im Ashram. Küsschen."*

Und wenn sie mal zu Hause war, lag sie rum und las. Überall fand ich Bücher, groß und bunt bebildert mit indischer Folklore in weiter Landschaft und Reiseberichte über Indien.

Mir schwante da schon wieder was …

Und richtig: Wieder mal fing Malle an zu schwärmen.

„Innn-di-ennn", intonierte sie melodisch und mit nachhaltiger Betonung auf dem Konsonanten „n", ließ ihre Lider klimpern, wackelte mit dem Kopf und bewegte schlangengleich ihre Arme.

„Hmpf", war meine aussagekräftige Antwort.

„Ach, Jan, als inzwischen jahrelange Yogini begeistert die indische Kultur mich mehr und mehr. Und ich würd *sooo* gern Rishikesh erleben."

Ich verdrehte nur gelangweilt die Augen.

„Die Landschaft dort im Norden von Indien", ging es auch schon weiter. „Sie ist so unterschiedlich, so gewaltig. Grüne Landschaften, plätschernde Wasser, Schnee und Eis oben auf den Häuptern der gigantischen Felsen. Dort, in der *Stätte des Frostes*, ist der Sitz der Götter – "

„Häh?", unterbrach ich ihre poetische Schwärmerei.

„Na, der Himalaya, das höchste Gebirge der Welt, Sinnbild der Göttlichkeit und der Ewigkeit."

„What?!"

„Mount Everest. Kailash. Annapurna. Alles Sitze von Göttern."

„Kai und Anna?"

„Stell Dich nicht blöder als Du bist."

„Ich bin nicht blöd!"

„Hat ja auch keiner gesagt!"

Wir funkelten uns böse an. Lief wohl gar nicht so, wie Madam sich das gedacht hatte. Doch ganz in Bull-Terrier-Malle-Manier ließ sie nicht locker. Sie schwenkte nur um und wechselte die Taktik.

„Jan, machst Du uns bitte Kaffee?"

Das ließ ich mir nicht zwei Mal sagen. Kaffee geht immer. Kaffee beruhigt, wenn es zu hoch hergeht. Kaffee regt an, wenn der Energiepegel Richtung Bodensatz sinkt. Ich schmiss also meinen hammermäßigen Kaffeevollautomaten an und füllte zwei Becher mit dem göttlichen Gesöff. In meinen Becher kamen natürlich aufgeschäumte Milch und drei Löffel Zucker. Den schönen weißen Zucker hatte Malle inzwischen durch braunen Kokosblüten-Zucker ersetzt. War mir egal. Hauptsache süß. Schmeckte sogar.

Ungewohnt einträchtig hockten wir am kleinen Küchentresen, die Köpfe über den dampfenden Bechern.

„Also, Rishikesh ist ein hochspiritueller Ort und liegt zu Füßen des Himalaya. Er ist sowohl das Tor zum Himmelsgebirge als auch die *Welthauptstadt des Yoga*. Von dort aus kann man wundervolle Wanderungen zu heiligen Orten und auch zur Quelle der Kraft, also der Quelle des Ganges, unternehmen oder sich in inspirierende Meditationen versenken."

„Soso." Ich versenkte mich in meine Quelle der Kraft und schlürfte Kaffee.

„Ja, der Ganges fließt durch Rishikesh. Natürlich kann man darin ein Heiliges Bad nehmen. Er ist dort ziemlich sauber."

„Woher willst Du das wissen?"

„Naja, einige Leute aus meinem Westerwälder Ashram waren bereits da und schwärmen natürlich in den höchsten Tönen von der Klarheit und Erkenntnis, die man dort erlangen kann."

„Im Ganges oder auf dem Gipfel?"

Malle sah mich prüfend an, ob ich sie veräppeln wollte. Doch ich machte ein professionell-interessiertes Gesicht.

„Vielleicht könnte Dich eine Rafting-Abenteuer-Tour auf dem Ganges begeistern? Auch dafür ist Rishikesh bekannt."

„Was Du alles weißt …"

Wir beließen es erst mal dabei. Ich sagte weder nein noch ja. Aber ich konnte gewiss sein, dass dieses Thema noch nicht ausgestanden war.

Rafting-Abenteuer-Tour? *Pfft …*

❄

Unser privates Geplänkel war aber nix im Vergleich zu dem, was unser Schweizer Freund Matteo in der Bank auszuhalten hatte. Denn es brodelte mal wieder in der Leitungsetage der Frankfurter Treu&Glauben-Bank.

Herta klagte darüber, dass Matteo-mein-Mann mehr Zeit in Besprechungen verbringe als mit ihr. (Seit ihrer Heirat sprach unser Hertalein zu unser aller Belustigung stets von Matteo als: *Matteo-mein-Mann*. ☺.) Wenn der arme Kerl nach einem solchen Gesprächsmarathon nach Hause kam, war er fix und fertig, wollte nix mehr essen, nix mehr reden, nur noch duschen und schlafen.

Begonnen hatte es mit *Torpedro*, dem ehemaligen Investment-Mitarbeiter Peter Berger.

Lenchen lupfte die Brauen: „Tatsächlich? Der war ja immer schon ein intrigantes Trüffelschwein. Aber doch so mehr unter Kollegen und um die eigene Karriere anzutreiben."

„Is denn de Kerle damals net gefeuet wodde, nachdem bekannt wodde is, dass de des war, de Disch aus Daam Job gelinkt hat?", hakte Herta nach.

„Ja", nickte Lenchen, „hab ich damals von Dolores erfahren. Die war ja meine Assistentin, treu über die Zeit meiner Kündigung hinaus. Und inzwischen als Yogini eine gute Unterstützung in der Yoga-Schule."

„Jedenfalls hat er schwere Geschütze aufgefahren", berichtete Matteo weiter. „Bis hinauf in die Vorstandsetage hat der Berger Vorwürfe gegen ehemalige Kollegen und Vorgesetzte erhoben. Das war auch ein Grund, weshalb der Neu gegangen wurde und sie mich in den Vorstand berufen haben. Ich sollte Klarheit hineinbringen. Der Verdacht, dass Milliardenverluste in gefälschten Bilanzen versteckt worden waren, bestand intern ja schon länger."

Die vorgeblich weißen Westen von CEO Dietmar von Quering, verantwortlich für Handel & Wertpapiere sowie Jens Gottwald, CEO Investment und Vermögen wiesen dunkle Flecken auf: Ihre Unterschriften standen unter Bilanzen und Steuererklärungen, die im Nachhinein mit „alternativen Fakten" angereichert worden waren. Allesamt frech korrigiert, um diverse heftige und maßlose Finanzschiebereien zu verschleiern.

Aufgrund der Vorwürfe und Aussagen von *Torpedro* richtete die Frankfurter Staatsanwaltschaft ihr Augenmerk inzwischen auf über zwanzig Angestellte. Auch auf diese beiden Mitglieder vom Vorstand. Das war der Startschuss in die Öffentlichkeit.

Dutzende Polizisten stürmten die Zentrale der Treu&Glauben-Bank in Frankfurt, verhafteten fünf Angestellte und nahmen Ermittlungen auf. Nicht nur die Frankfurter Presse stürzte sich auf diesen schier bodenlosen Skandal. Funk, Fernsehen, Facebook und all die anderen medialen *networks* sorgten für eine mindestens europaweite Verbreitung.

Um zu klären, inwieweit die Bank auch noch an einem Umsatzsteuerkarussell europäischen Ausmaßes beteiligt war, sollten der Untersuchungskommission umfangreiche Daten zu den in Verdacht geratenen Mitarbeitern übergeben werden. Das passierte nur langsam und mit großen Verzögerungen, teilweise gar nicht.

Doch einer von den fünf Verhafteten plauderte. Dank seiner umfassenden Aussage konnten dann doch noch alle notwendigen Beweise gesichert werden. Kurz drauf wurde er in die Freiheit entlassen. Auch von der Bank, fristlos. Die vier anderen blieben weiter in Untersuchungshaft.

„Stellt Eusch des emol vor: De Vorstandsfuzzi Quering hat doch werklisch den Bouffier, den Ministerpräsidente, den hessische, aagerufe un sisch bei dem beschwert und wollt Amtshilfe ham. Abbä der is jo aach net bleed. Dä Bouffier hat den Quering schön abblitze lasse. In laafende staatsanwaltschaftlische Ermittlunge würder net aagreife, hatter gemaant."

„Behauptet zumindest die Presse. Vorsicht mit solchen Pistolen, mein Knöpfchen. Die können ganz schnell nach hinten losgehen." Matteo, ganz der vorsichtig und möglichst neutral formulierende Schweizer.

Auf jeden Fall hatte die Bank Derivate ins europäische Ausland verkauft, wo der Köder Aussicht-auf-niedrige-Zinsen gierig geschluckt worden war. Der Staatsanwalt hatte der Treu&Glauben-Bank vorgeworfen, mehrere 100 Millionen Euro durch diese Geschäfte abgesahnt zu haben.

Da alles an einem verantwortlichen Richter hing, ging es dann auf einmal ganz schnell.

Die vier Bankmitarbeiter wurden zu Bewährungsstrafen von je acht Monaten verurteilt. Die Bank selbst wurde zu einer Geldstrafe in Höhe von einer Million verdonnert. Außerdem ordnete das Gericht die Abschöpfung von knapp 20 Millionen Euro mutmaßlich erzieltem Gewinn an.

Die Treu&Glauben-Bank war weiter der Auffassung, dass ihre Mitarbeiter sich stets korrekt verhalten hatten und legte Berufung ein.

❄

Auch bei Fine war richtig was los.
Sie wurde aufmüpfig. Und womit? Mit Recht!
Röntgenaufnahmen ihrer Wirbelsäule hatten gezeigt, dass der fünfte

Lendenwirbel gebrochen war. Ein sogenannter stabiler Bruch, aber haarscharf neben dem Rückenmark. Alles soweit in Ordnung, um nach Gesundung wieder laufen zu können.

Dass Fine ihre Beine trotzdem weder spüren noch bewegen konnte, lag an den nur langsam zurückgehenden Prellungen und Schwellungen, die Nerven einquetschten. Und auch die langsam wieder frei werdenden Nerven bedurften der Erholung.

Um das Risiko auszuschließen, dass das Rückenmark doch noch Schaden erleiden könnte, wollten die Ärzte fünf Wirbel versteifen.

Da muckte Fine auf.

Sprechen ging ja schon wieder ganz gut. Und das tat sie auch. Vehement.

„Was soll das denn für eine Risikovermeidung sein, wenn ich mein Lebtag einen steifen Rücken hätte? *Hallo?!* Ich werd grad mal 20 in diesem Jahr! *Fünf Wirbel!* Das ist ja fast mein halber Rücken! Nicht mal Schuhe zubinden könnt ich mir mehr alleine. *Nix da!* Ich will eine solche Verstümmelungsaktion nicht."

Die Ärzte prophezeiten ihr, dass sie niemals in der Lage sein würde, ihren Rollstuhl länger als eine Stunde verlassen zu können. Immer wiederkehrende Lähmungserscheinungen würden dies nicht zulassen. Fortdauernde Schmerzen würden eine ständige Medikamentation erforderlich machen. Es könne sogar eine vollständige Nervenschädigung eintreten. Folge wäre, dass ohne die stützende Versteifung der fünf Wirbel eine endgültige Lähmung durch Überreizung eintreten könne.

Fine blieb hart. Sie hatte auch prima Unterstützung durch ihre Eltern, die ebenso überzeugt waren, dass Fine eine Operation, die nicht nur gefährlich war sondern auch noch so viel Lebensqualität zerstörte, nicht brauchte. Fine fertigte ein schriftliches Statement an, in dem sie erklärte, dass sie für mögliche Konsequenzen selbst die volle Verantwortung übernahm und blieb nicht länger als unbedingt nötig in der Klinik.

„Rumliegen und Rollstuhl fahren kann ich auch zu Hause."

Den Rollstuhl selbst bezeichnete sie ab sofort als *Überbrückungshilfe*.

Jochen und Lydia erzählten, dass Fine eine unglaubliche Hartnäckigkeit und Ausdauer entwickelt hatte. Jeden Tag kam ein Spezialtaxi. Samt ihrer Überbrückungshilfe schob der Fahrer Fine ins Fahrzeug und fuhr sie zur Physiotherapie. Dort machte sie regelmäßig unterschiedliche Übungen zur Stärkung ihrer Rücken- und Beinmuskulatur. Das war meist sehr schmerzhaft.

Im Warmwassertherapiebecken konnte sie sich dann bei fast spielerischen Übungen etwas vom strapaziösen Training erholen.

Lenchen bot Fine speziell auf sie abgestimmtes Yoga-Training an, das helfen sollte, sowohl ihren Körper als auch ihren Geist zu stärken und zu klären. Sie nahm dankend an, und so marschierte Lenchen regelmäßig alle zwei bis drei Tage in der Woche zu ihr und ergänzte das Mammutwochenprogramm, das Svenjas Freundin sich selbst auferlegt hatte.

Trotzdem dauerte es Monate, bis sie sich das erste Mal wieder auf ihre eigenen Beine stellen durfte. Die waren trotz des intensiven Trainings wahnsinnig dünn. Die Muskeln waren durch das viele und lange Liegen und Sitzen ziemlich verkümmert.

Aber Fine machte Fortschritte. Im wahrsten Sinne des Wortes.

Langsam, aber stetig kämpfte das mutige Mädel sich zurück ins Leben.

❃

Svenja war im zweiten Jahr ihrer Ausbildung. Die Berufsschule erledigte sie nebenbei, konzentrierte sich auf die praktische Mitarbeit in der Tischlerei. Sie war so gut, dass Gerald sie mit Beendigung ihres zweiten Ausbildungsjahres in die Abschlussprüfung schickte. Die bestand sie auch wieder mit Bravour, die olle Streberin. ☺.

Quatsch! Ich war stolz auf meine intelligente Tochter, die mit ihrer natürlichen Begabung jede Aufgabe mit Leichtigkeit und Eleganz bewältigte. Sogar mächtig stolz.

Feierlich ging es bei der Freisprechung durch die Innung zu, als den frischgebackenen Gesellen der Gesellenbrief überreicht wurde. Auch hier erhielt Svenja wieder besondere Auszeichnungen, sowohl für die Kürze ihrer Ausbildungszeit als auch für ihre herausragenden Leistungen: Ihr Gesellenstück hatte im Gestaltungswettbewerb *Die gute Form* den 1. Platz belegt.

So stolz ich auch war, irgendwo tief in meinem Papaherzen rumorte ein nagendes Gefühl. Und wie immer, wenn ich mich sorgte, hockte ich bei Herta im Stübchen ihrer *Knopp-Kiste* und nuckelte an meinem Kaffeebecher herum.

„Ei, was dann? Wo zwackt's denn widder emol?"

„Stehn meine Gedanken auf meiner Stirn?"

„Ha, naa!" Sie wies nur auf den gewesenen Keks vor mir. Statt ihn genüsslich zu verspeisen, wie ich es sonst immer tat, hatte ich ihn zwischen meinen Fingern zerbröselt, bis von ihm nur noch ein Haufen Krümel übrig war. Die duppte ich jetzt mit feuchtem Finger auf.

„Ach, Hertalein, Svenja ist so – so strebsam, tüchtig, fleißig, zielorientiert."

„Is sowas aan Grund zu Besoggnis?"

„Nein, natürlich nicht. Oder doch, ja. Meine Güte, Herta, sie ist 19! Wann will sie denn endlich mal pubertieren?"

„Ach, soll sie wohl besser plem-plem spiele, wie all die annern verrückte Teenies?"

„Ja. Nö. Ich mein, wenn sie jetzt nicht aufmuckt, irgendwann kommt die Krise. Aber je älter, desto heftiger. Doch, ja, der Gedanke daran lässt meinen Nacken unangenehm kribbeln."

„Denkste dadebei aach an die Lilly?"

Ich nickte nur.

„Ausschließe kammer so ebbes werklisch nie. Abbä isch glaab, die Gefahr is bei die Svenni eher klaan."

„So? Wie kannst Du Dir da so sicher sein?"

„Na, sie is zwar aan hochintelligentes, hochsensibles Persönsche, abbä sie hat aanen ganz starke Hang zum Handfeste."

„Häh?"

„Wer mit aane Super-Abi statt zu studiere aan Handwerk lerne dut, sisch liebevoll um die krange Freundin kümmere dut un sisch, statt in *aane* Kerl, glaisch in *zwaa* verliebe dut und des dann aach noch klappe dut, so zu dritt, muss schon oddentlisch die Baane uffem Bodde habbe."

Wie immer brachte Herta mich gleich doppelt zum Grinsen. Zum einen mit dem, was sie sagte, zum anderen mit dem, *wie* sie es sagte.

❄

In jenem Jahr setzte Malle sich *nicht* durch.

In jenem Jahr schmetterte ich ihre spinnerte Nordindienurlaubsidee ab.

In jenem Jahr hatte ich dabei auch große, offizielle Hilfe.

Durch den Bankenskandal waren die von der Sicherheit auf Alarmstufe Rot. Die gesamte technische IT-Infrastruktur musste überprüft, überarbeitet und mit brandneuen Sicherheitsstandards versehen werden. Ich durfte mit meinem Team mächtig Überstunden schieben und war mehr in der Bank als daheim.

Wenn ich mal zu Hause war, ging es mir wie Matteo vor ein paar Wochen: Ich war fix und fertig, wollte nur noch duschen und schlafen. Nix mehr essen, nix mehr reden. Schon gar nicht über irgendwelche obskuren Reisepläne. Es war eh unklar, ob ich überhaupt Urlaub machen konnte. Also auch: Adieu, Madeira.

Letzteres verursachte mir ein unangenehmes Gefühl in meiner Brust.

Svenja war in der *Möbelmanufaktur* nach ihrer Abschlussprüfung nahtlos als Gesellin übernommen worden. Noch immer zeigte sie kein Interesse an einem weiterführenden Studium. Im Gegenteil: Sie war der festen Überzeugung, dass es genug Gelehrte im Elfenbeinturm des Lebens gäbe. Im Handwerk dagegen sei eine frische und kreative Intelligenz dringend von Nöten.

Henry und René hatten sich nach ihrem gemeinsamen Grundstudium an ihrer privaten Münchner Hochschule für unterschiedliche Schwerpunkte entschieden. Während Henry seinen Fokus auf *Controlling & Finance* gerichtet hatte, wandte René seine Aufmerksamkeit den eng miteinander verzahnten Komponenten von *Marketing & Distribution* und den damit verbundenen psychosozialen Aspekten zu. Alles ziemlich theoretisch, aber es folgte auch noch ein Praxissemester.

Fines Laufkünste besserten sich zunehmend. Teilweise konnte sie bereits für einige Stunden ihre Überbrückungshilfe in die Ecke stellen.

Und Malle trieb sich zwischen den Kursen und Workshops ihrer Yoga-Schule des Öfteren in ihrem Westerwälder Ashram herum. Oder wo auch immer.

Das Einzige, was gleich blieb und einen festen Bestandteil meines Wochenablaufes bildete, waren die Bandproben an jedem Mittwochabend. Auch ohne Harald am Keyboard. Dafür liefen Wolfgang und Jochen zu Höchstform auf. Wolfgang entlockte seiner Gitarre Töne und Melodien, wie wir sie von ihm noch nicht gehört hatten. Jochen ließ sein Saxophon perlen, samtig hauchen, röhren oder quietschen. Die beiden lieferten Duette ab, die manchmal fast in Duelle ausarteten. Auf jeden Fall machte es uns allen saumäßig Spaß, in dieser Formation neue Wege zu gehen.

Wir kreierten sogar einen neuen Titel und nannten ihn: *Feuerland*. ☺.

Das Kleeblatt wurde in diesem Jahr Zwanzig. Ihre Geburtstage lagen in kurzem Abstand beieinander. Und weil den Vieren die Idee unserer 330-Jahre-Feier im Barock-Stil vor drei Jahren so gut gefallen hatte, organisierten sie eine 80-Jahre-Party in der Art der *roaring twenties*. Natürlich auf dem Debold-Hof. Und wir waren alle eingeladen. Und mit alle meine ich wirklich: *Alle*.

Eltern, Tanten, Cousins und Cousinen, Omas und Opas (soweit die noch auf dieser Welt wandelten), alte Freunde aus der Schulzeit, neue Freunde aus dem Münchner Kreis rund um Henry und René, Arbeitskollegen von Svenja.

Nur aus Berlin war niemand da. Nicht einer von Fines hippen Freunden hatte in all den Monaten mal nach ihr gefragt. Mit Berlin war Fine durch.

Natürlich gab es eine Bühne. Sogar mit einer Riesenleinwand, auf der bewegte Bilder aus der Anfangszeit der Filmerei flimmerten. Überschnell, in Schwarz-Weiß und ohne Ton. Stummfilme eben.

Musik aus den 1920er Jahren röhrte rasselnd aus den Boxen, die wie große Grammophone aussahen. Charleston, Shimmy, Black Bottom und Jazz.

Wir trugen die verrückt-lässige Mode der damaligen Zeit. Lenchen und ich machten einen auf *Great Gatsby*.

Svenja im waldgrünen, fransenbestückten Fummel tanzte so eine Art Charleston, warf ausgelassen ihre Beine hinter sich, in den Fingern eine lange Zigarettenspitze. Über ihrem Haupt wippte eine buschige Feder im funkelnden Stirnband.

Yang und Yin hatten sich wieder mal selbst übertroffen und trugen saloppe, weit geschnittene Smokings. Henry war natürlich weiß gekleidet – weißer Anzug, weißes Hemd und weiße Schuhe mit schwarzen Applikationen, die Fliege dazu in Schwarz. Ja, und René das passende Gegenstück, alles in Schwarz mit weißen Applikationen an den Schuhen und weißer Fliege. Nur den Kummerbund hatten beide in Waldgrün gewählt …

Fine war auf ihren eigenen Beinen unterwegs, machte sogar vorsichtige Bewegungen zur Musik und strahlte vor Glück. Ihr langes, aprikotfarbenes Kleid war mit Pailletten bestickt, und ein altmodischer Ebenholzstock mit silbernem Bärenkopfknauf diente ihrer Trittsicherheit.

„Krücken sind krank", meinte sie, „aber ein antiker Gehstock ist skurril. Ich wirke lieber skurril als krank."

Ihre Überbrückungshilfe hatte sie im elterlichen Fahrzeug gelassen.

Und wir *Toffifees* waren allesamt wieder miteinander vereint. Ende

August war die Feuerland-Crew froh und gesund zurückgekehrt, mit leuch-tenden Augen, braungebrannt (obwohl am anderen Ende der Welt Winter gewesen war) und jeder Menge beruflicher und privater *stories*.

Auf jeden Fall wirkte unser Feier-Gen in der jungen Generation weiter, und so tobten wir alltagsenthoben, ausgelassen und beschwingt durch den Abend und die sternklare Nacht, bis der Morgen rosarot am Horizont aufkeimte.

❋

Eines Abends saß Svenja nach der Arbeit beim Abendessen in der Küche und schaufelte genüsslich Käsespätzle mit Salat in sich hinein. Da klingelte es. Ich öffnete, und eine breit grinsende Fine stand vor der Tür.

„Komm rein, Svenja futtert grad. Magst Du auch was? Ist noch genug da."

„Danke. Nö, hab schon. Aber ich hab voll die tollen *news*!"

Fine wackelte in die Küche, drückte mir ihren bärigen Gehstock in die Hände und hockte sich zu Svenja aufs Bänkchen.

„Na, Schüsche, wasch gibsch'n scho Tollesch?"

„*ÄH!* Tochter, ab zwanzig Gramm im Mund wird's undeutlich. Mund zu, kauen, schlucken, so geht essen. Und dann erst reden."

Svenja schmunzelte nur, kaute deutlich und schluckte lautmalerisch.

„Stellt Euch mal vor: Der Kappel persönlich hat sich bei mir gemeldet und sich nach meinem Befinden erkundigt."

Zwei Augenpaare sahen Fine fragend und erwartungsvoll an.

„Na, der Dr. Kappel ist doch der Geschäftsführer von dem Institut, das mein Stipendium gestiftet hat."

Langsames Erkennen und Erinnern keimten auf.

„Ja, und der hat von meinem Unfall gehört und wie schlimm es mich erwischt hat."

Zarte Zufriedenheit in unseren Augen. Endlich mal einer, der Anteil nahm.

„Er hat sich lang mit mir unterhalten und mir angeboten, wenn ich mich wieder fit genug fühle, wird mein Stipendium für Architektur an der Humboldt-Uni in Berlin umgewandelt in ein Stipendium für das ich vielleicht physisch besser geeignet bin. Ich soll mir alle Zeit lassen, die mein Körper braucht."

Fine schniefte. Svenja legte ihre Gabel weg, nahm ihre Freundin in den Arm und schniefte auch ein bisschen. Freudenschniefer, prallvoll mit Rührung.

„Er hat mir sogar den Tipp gegeben, dass auch Fernstudium möglich ist. Sein Institut würd mich auf alle Fälle fördern."

„Das ist ja total geil! Mega! Also dann ab: Zurück in die Zukunft oder so. Hast Du schon eine Idee, wo's hingeht?"

„Nö. Is auch erst mal nich so wirklich wichtich. Wird sich schon zeigen …" Fine schniefte immer noch glücklich vor sich hin.

„Aber *ich* weiß es. Du studierst Journalismus. Und zwar per Fernstudium."

Svenja, die Freundin mit dem Sinn fürs Praktische.

❄

Im Oktober ergab sich doch noch ein Zeitfenster für eine kurze Erholung in der Wärme von Madeira. Malle gab sich die Ehre und flog mit. Es wurde ein sehr „höflicher" Urlaub, in dem wir viel Wert auf freundlichen Umgang miteinander legten und ständig irgendwelche Ausflüge, Wanderungen und Besichtigungen unternahmen.

Eher selten saßen wir in der Abenddämmerung auf der Terrasse unterm Blauregen und schlürften dunkelroten Mondeo. Oft gingen wir abends zum Essen aus. Und manchmal trafen wir uns mit Pedro Senior und Yara auf einen Schwatz.

Meine frühmorgendlichen einsamen Besuche auf meinem Felsen behielt ich bei. In dieser Zeit flogen meine Gedanken und Träume Richtung Norden. *Und manchmal umfing mich dabei ein feiner Duft nach Sommerwiese und machte das dumpfe Ziehen in meinem Herzen leichter.*

Tja, was soll ich sagen …

❄

Es duftete nach Zuckerwatte, nach Zimt, Glühwein und Glühbier, gemischt mit heißem Fettgeruch von Gebratenem, Gesottenem, Curry und Pommes. Weihnachtsmarktzeit in Sachsenhausen.

Und tatsächlich waren Lenchen und ich eines Freitagabends endlich mal wieder in den Gassen unterwegs. Natürlich tranken wir Glühbier, stopften unsere Mägen voll mit Bratwurst, Bratfisch, krachend süßen

Mandeln und heißen Maronen. Gemeinsam knabberten wir uns durch die klebrige Glasur eines Liebesapfels, um gleich danach wieder am Glühbierstand zu landen.

„*Hups!* Oje, isch glaup, wir brauchn heut n Taxi nach Haus." Ich hatte ein wenig Schlagseite, und meine Zunge gehorchte den kruden Befehlen von weiter oben aus der johlenden Hirnschaltzentrale auch nicht mehr so ganz.

„Nö, wir gehn eimfach die paar Meder ßu Fuß." Auch Lenchens Aussprache hatte ein wenig an Klarheit verloren.

„*What?!* Wo-ho-hin?"

„Na, ßu mia. So wie frü-ha. *Hui!* Isch glaup, ischap ein Schwips." Sie kicherte und zog ihre Nase dabei in so niedliche, krause Fältchen.

Mehr Glühbier brauchte ich nicht. Ich fand sie schon schön. „Auja, ßu Dia. Prima Idee. Is ja kein Mieter mehr da."

„Jou. Abba wia sin gleich da."

So machten wir uns lustig schwankend auf den altbekannten Weg.

Eng umschlungen fielen wir schließlich in die Federn.

Am nächsten Morgen weckte mich das Rauschen des Wassers aus der Dusche. Ich wühlte mich aus den Kissen. In den Knittern meiner Kleidung hingen noch die welken Weihnachtsmarktgerüche vom Vortag. Ich quälte mich dennoch hinein, tappte durch die Wohnung und sah mich um.

Lenchens „Heilige Hallen". Lange war ich nicht mehr hier gewesen. Es sah aus wie früher. Nix abgewohnt oder so. Aber gemütlich warm war es. Und es roch auch gut, weder abgestanden noch muffig. Lenchens Idee, in ihre Wohnung zu gehen, war wohl doch nicht ganz so spontan gestern Abend.

In der Küche summte der Kühlschrank. Neugierig warf ich einen Blick in sein Inneres – und riss erstaunt die Augen auf: Der war ja gut gefüllt! Da war mehr drin, als nur für ein Frühstück nach einem Suffabend. Nun guckte ich auch in den Vorratsschrank. Auch der war gut sortiert. Häh?

In dem Moment kam sie in einen Bademantel gehüllt (wo hatte sie *den* denn her?) barfuß in die Küche getappt. Mein Lächeln geriet wohl ein bisschen schief, doch sie strahlte mich an.

„Guten Morgen, mein Lieber. Na? Magst Du vor dem Duschen noch schnell einen Espresso zum Wachwerden?"

„Binichschon", brummelte ich. „Gewährst Du jemandem hier Unterschlupf?"

„Wieso?", piepte sie.

Jou. Stell Dich doof und Du hast es gut. Aber nicht mit mir. Ich kann auch Bull-Terrier. Unter zornig zusammen gezogenen Brauen starrte ich sie an.

„Ääh", sie schluckte, dann straffte sie die Schultern. „Na gut. Manchmal komm ich hierher, wenn ich mal ein paar Momente der Ruhe für mich allein brauche."

Jetzt fiel mir fast alles aus dem Gesicht. ***„What?!"***

Malle lehnte sich mit dem Rücken an die Arbeitszeile, verschränkte die Arme vor sich, und dann fing sie an zu reden, machte überhaupt mal so ihrem ganzen Beziehungsfrust Luft. Sie beschrieb ihr Unbehagen, weil wir uns so oft stritten, ritt auf meiner Geheimniskrämerei mit der Garage herum, bemäkelte meine fehlende Flexibilität in Sachen Urlaub, beanstandete meine mangelnde Mitarbeit im Haushalt, merkte meine Unfähigkeit an, unsere Unstimmigkeiten bis zu Ende auszutragen …

Ich hörte nur zu. Das heißt, ich versuchte es zumindest. Normalerweise hätte ich mich längst ausgeklinkt und wär davon gestürmt. Doch heute wollte ich ihr zumindest bis zu Ende zuhören. Ob ich Antworten hatte, stand noch auf einem anderen Blatt.

Malle laberte immer weiter. Inzwischen flog der der Sinn ihrer Worte an meinem Hirn vorbei. Tief in mir vibrierte es, meine Füße kribbelten. In meinem Kopf und in meinen Ohren breitete sich langsam ein wattiges Gefühl aus. Mein Herz klopfte zum Zerbersten. Dann wurd mir heiß. Ich bekam kaum noch Luft.

Dann nix mehr.

Leichtes Tätscheln auf meinen Wangen. Wie aus weiter Ferne die Stimme von Lenchen: „Jan? Mein Gott Jan! Hörst Du mich? – Au, Scheiße, wo ist das verdammte Telefon?"

Dunkle Watte.

Zarter Duft nach Sommerwiese. Sanftes Streicheln. Wispernde Worte: „Jan, Bleib bei Dir. Alles wird gut."

Irgendwann geräuschvolle Schritte, Rascheln, Poltern und volltönende Stimmen. Jemand klopfte kräftig meine Wangen und rief: „Herr Winter! Hören Sie mich? Herr Winter!"

Es wurde an mir herumgefummelt. Fand ich doof. Durch meine

flatternden Lider nahm ich verschwommen Rettungsleute um mich herum wahr.

Ich wurde abtransportiert, ins Krankenhaus verfrachtet.

Notaufnahme, grelle Lichter, piepsende Geräte, laute Stimmen. Hektik. Blutprobe, Urinprobe, Stuhlprobe. EKG, EEG, MRT – alles Abkürzungen für langwieriges Herumsuchen von ratlosen Medizinhandwerkern.

Zwischendurch die besorgten Gesichter von Malle und Svenja. Die hatte zur Unterstützung Henry und René dabei. Dann Herta und Matteo. Nach jeder Untersuchung waren mehr von meinen Freunden um mich. Alle *Toffifees* mit Anhang – Rolf und Hilla, Harald und Tabea, Wolfgang und Silke, natürlich auch Jochen und Lydia. Sogar Fine.

Verbrachten die doch alle tatsächlich ihr Wochenende bei mir im Krankenhaus, um die Ärzte und Schwestern mit ihren Fragen zu löchern.

Dann die Entwarnung:

Alle Befunde negativ. Herzinfarkt ausgeschlossen. Hirn in Ordnung.

Diagnose: Psychosomatische Stress-Situation.

Das war der Zeitpunkt, zu dem die Ärzte alle meine Lieben baten, mir noch ein paar Stunden der Ruhe zu gönnen. Vor allem wohl auch sich selber.

Am Montag durfte ich das Krankenhaus wieder verlassen.

Dolles Wochenende.☹.

❀

Die Stimmung zwischen Malle und mir blieb angespannt. Für ein paar Tage entschwand sie in ihren Ashram oder vielleicht doch nur nach Sachsenhausen. War mir egal. Ich hatte mich in der Bank zum *home-office* abgemeldet und genoss die Stille meines Hauses. Aber nur im übertragenen Sinn. Meinen hammermäßigen Kaffeevollautomaten ließ ich brummend meinen Becher füllen, meine Musigg drehte ich voll auf laut, und die Saiten meines Basses schickten dröhnende Töne durchs Haus.

Bis Heilig Abend hatte ich mich ausgetobt, packte Svenja und unsere Lilly-Gaben ins Auto, gab der inzwischen wieder daheim erschienenen Malle sogar ein Küsschen auf die Wange und fuhr Richtung Thüringen davon.

Nach einer schweigsamen halben Stunde warf Svenja mir einen Seitenblick zu und fragte: „Willst Du reden?"

Stur starrte ich auf die Fahrbahn vor mir. „Nö."

„Na, dann ..." Svenja startete Samu Habers Album *Fairytales*. Die rockigen Klänge erfüllten den Innenraum. Svenja wippte, schnippte und sang alle Songs mit. Textsicher. Wie oft sie die wohl schon gehört hatte?

Aber langsam fühlte auch ich mich behaglicher. Meine Finger dupperten den Rhythmus aufs Lenkrad, und ich lehnte etwas entspannter im weichen Ledersitz meines Wagens.

Mit meiner Tochter ließ es sich gut schweigen. Ich genoss unsere Fahrt.

Im Foyer versank ich in Lillys duftender Sommerwiesenumarmung. So lange, bis Svenja sich räuspernd bemerkbar machte.

„Hey, Ihr Zwei, ich will auch eine Mama-Umarmung!"

Lilly und ich öffneten jeweils einen Arm und schlossen unsere große Tochter mit in unsere Liebesblase ein.

„Is ja ekelhaft, so n Harmonieknubbel!", kreischte es auf einmal. Und: *„Küssen is hier nich erlaubt!"*, intonierte jemand den Teil eines Refrains aus einem alten Hit der Prinzen und stieß mit einem Stock auf uns ein.

„Aua! Was soll denn der Quatsch?"

Ich griff beherzt zu und erwischte das Teil. Die alte Vettel am anderen Ende quiekte, die Dame am Empfang hatte bereits reaktionsschnell den Alarmknopf gedrückt, zwei muskelbepackte Pfleger kamen angesaust, Dr. Burger und eine Pflegerin mit besorgtem Gesichtsausdruck hinterdrein.

Es gab ein kurzes Gewusel, dann wurde die schreiende und um sich schlagende Frau von den Pflegern fortgebracht. Die sorgenvolle Pflegerin wieder hinterdrein.

Meine beiden Mädels hingen stocksteif vor Schreck in meinen Armen, eine links, die andere rechts. Alle drei verfolgten wir stumm und schockiert das Geschehen.

„Ganz kurz nur – geht es Ihnen gut, Lilly?", erkundigte sich Dr. Burger. Blass und stumm nickte sie.

Dr. Burger hielt ihren Blick fest und kommandierte mit leiser, sanfter Stimme: „Atmen Sie langsam tief ein und aus. Durch die Nase ein – stopp – durch den Mund wieder aus – stopp – und von vorn – "

Lilly entspannte sich, Svenja und ich auch.

„Ich bitte um Entschuldigung. Emma ist im offenen Bereich eigentlich unter ständiger Aufsicht ihrer Pflegerin, aber irgendwie schafft sie es, immer wieder mal auszubüxen. Leider auch heute."

Dr. Burger hatte zu uns gesprochen. Nun wandte er sich wieder Lilly zu: „Wie geht es Ihnen jetzt, Lilly?"

„Danke, alles wieder gut." Lillys Stimme war leise, aber fest.

Dr. Burger nickte ihr noch einmal zu und ging raschen Schrittes in die Richtung, in der die vom üblichen Betrieb und Zutritt abgeriegelten Bereiche lagen. Ich erinnerte mich noch gut …

„Und? Hast Du uns wieder was Leckeres gekocht, Mama?", holte Svenja uns alle Drei pragmatisch wieder ins Hier und Jetzt.

❄

Erster Weihnachtsfeiertag. Immer noch traditioneller Schlafanzuggammeltag und Märchengucktag. Malle, Svenja und ich lümmelten äußerst leger im Wohnzimmer herum. Vor uns auf dem Wohnzimmertisch prangte Svenjas Geburtstagsdiorama, das wir wieder und wieder bestaunten.

Auf kleinstem Raum wimmelten jede Menge Menschen in einem Szenario der 1920er Jahre auf dem Debold-Hof. Ganz deutlich war in der Mitte die tanzende Svenja zu erkennen, an ihrer Seite Henry und René, Fine mit ihrem skurrilen Stock und ich mit Malle, ganz *gatsbylike*.

Die kleine Elfe tummelte sich verhältnismäßig groß auf der Filmleinwand. Schwarz-Weiß, aber frontal lächelnd, mit ausgebreiteten Armen und vorgestreckten Beinen, als ob sie aus der Leinwand heraus und auf die Bühne treten wollte.

❄

2016 – STURMTIEF

Glück würde seine Bedeutung verlieren,
hätte es nicht seinen Widerpart in der Traurigkeit.

C. G. Jung

❋

Das Jahr brauste los mit Hertas Geburtstag. Kein besonderer, sie wurde 54. Aber sie hatte eingeladen. Lenchen und mich sowie Svenja und deren geliebte Zwillinge. Sie hatte einen Tisch im D'Angelo reserviert. War schon länger her, dass wir dort waren. Ich freute mich also auf einen gemütlichen Abend bei leckeren Speisen und ausgesuchtem Wein. Ja, bei Nino trank sogar ich lieber Wein zum Essen statt Bier.

Wir tafelten gut und lange. Die Stimmung war prima. Bis zum Espresso. Da machten Herta und Matteo wieder mal eine Ankündigung. Kurz und bündig.

Matteo mochte nicht weiter für die Frankfurter Treu&Glauben-Bank tätig sein und hatte seinen Vertrag, der zum Ende des Vorjahres ausgelaufen war, nicht verlängert, obwohl er inständig darum gebeten worden war. Matteo mochte überhaupt nicht mehr als Banker arbeiten. Nach den ganzen Mauscheleien und Skandalen hatte er die Nase voll davon, für andere die Kohlen aus dem Feuer zu holen. Er war nun Privatier und konnte sich das auch locker leisten.

Wir ließen unsere Gläser erklingen und freuten uns mit ihm. Noch.

Denn dann kam erst der richtig dicke Klopper. Wenn die beiden uns das vor dem Essen mitgeteilt hätten, ich glaube, wir hätten keinen einzigen Bissen zu uns nehmen können.

Wollte der Kerl uns doch die Herta entführen!

Nicht bloß in einen ausgedehnten Urlaub.

Sondern ganz.

Total. Völlig.

Weg aus Frankfurt.

Hinaus in die Schweizer Berge.

Unsere Herta. Freundin, Vertraute, Godi.

❋

In der Nacht schlief ich schlecht. Träumte doof. Wälzte mich hin und her. Irgendwann zog Malle mit ihrem Bettzeug aus, nach nebenan auf die Couch. Sollte sie. Dann konnte wenigstens sie noch ein wenig Ruhe finden. Bald darauf hörte ich sie auch schon. Sie träumte wohl, sie wär bei einer Rodungstruppe im Regenwald. Jedenfalls fuhr ihr Rachen die ganz großen Brummer auf.

Boah, Ruhefinden konnte man *das* wohl kaum nennen!

Es war kurz nach Vollmond. Da strahlte der Bursche immer noch hell wie n Osramstudio ins Schlafzimmer. Machte mir ja sonst eher nix. Aber in jener Nacht war ich mächtig genervt.

Vom leuchtenden Mond.

Von Malles Schnarcherei.

Von Matteos Ansinnen.

Von Herta.

Besonders von Herta, die glückstrahlend wie ein Honigkuchenpferd neben ihm gesessen hatte und sich auf die Schweiz freute. Dafür wollte sie uns doch tatsächlich schnöde verlassen. Weg aus ihrer Heimat. Weg von uns.

Verdammt. Sie konnte doch nicht einfach so entschwinden. Sie war *immer* da gewesen. In all den Jahren. Mit Lilly. Mit Svenja. Mit mir.

Das wurd nix mehr mit Schlafen. Tappte ich also hinunter in die Küche, warf meinen hammermäßigen Kaffeevollautomaten an und braute mir einen schönen Nachttrunk. Mit viel aufgeschäumter Milch, hell wie der blöde Mond und mit drei Löffeln Zucker, süß wie der Schlaf, der mich floh.

Kaffeeschlürfend hockte ich auf dem kleinen Bänkchen. Meine Gedanken und Erinnerungen fuhren johlend Karussell in meinem Kopf.

Malle hatte gemeint, ich solle mich für Herta und Matteo freuen. Sie wären ja auch nicht sofort weg. Matteo hatte sein Stadthaus in Zürich bereits wieder an die Bank rückübertragen. Hertas Häuschen sollte veräußert werden. Und im Sommer wollten sich die beiden erst mal auf die Suche nach einem Domizil in den Schweizer Bergen machen.

„*What?* Du Stadtpflanze willst in die Wildnis auswandern? Lass das mal lieber mit dem Hausverkauf. Keine drei Monate geb ich Dir, dann bist Du wieder hier."

Fassungslos hatte ich Herta diese Prophezeiung an den Kopf geschleudert.

Die hatte mich nur ganz lieb angelächelt: „Des mag schon so wern, Jan. Abbä isch wills trotzdem mal versuche. Außädem binnisch net allaane do. Matteo-mein-Mann is mir mit Sischäheit aane liebevolle Unnerstützung."

Ich brummelte so dämmernd vor mich hin, *da nahm ich auf einmal den zarten Sommerwiesenduft von Lilly wahr.*

Und dann fühlte ich mich sanft in die Arme genommen und hörte ihre Stimme wie ein leises Raunen: „Liebden, gönn unserer Herta ihr Glück, auch wenn es sie in die Schweizer Berge führt. Du wirst noch staunen, wohin es die Beiden bringt."

Ich war mir nicht sicher, ob ich noch wach war oder doch schon wieder im Land der Träume herumsegelte.

❋

Der Alltag und der dazu gehörende „normale" Ärger gingen weiter.

„Verdammt, verdammt, verdammt", murmelte ich vor mich hin, während ich weiter wie wild herumsuchte.

„Was ist denn?", fragte Lenchen arglos.

„Ach, ich such die blöde Scheckkarte!"

„Scheckkarten pflegen im gemütlichen Dunkel einer Börse zu schlummern."

„What?!"

Malle rollte mit den Augen: „Hast Du ordentlich in Deinem Portemonnaie nachgeschaut?"

„Jaaa. Ich bin ja nicht blöd!"

Malle zog die Augenbrauen hoch. „Und?"

„Da ist sie natürlich nicht. Darum such ich sie ja."

Malle zuckte nur mit den Schultern.

Ich richtete mich auf, Hände in die Seiten gestemmt. „Weißt Du etwa, wo meine Scheckkarte ist?"

„Nö, aber wann hast Du sie denn das letzte Mal benutzt?"

„Gar nicht!"

„Häh?"

„Boah! Malle! Ich hab ne *neue* Scheckkarte bekommen!"

„Und?" Affektiert zog sie die Augenbrauen noch höher.

„Die wollte ich jetzt tauschen."

„Das dachte ich mir bereits." Spitz und noch einen Hauch affektierter.

„Jetzt rück sie schon raus."

„Weder weiß ich, wo Du Deine Scheckkarten herumschmeißt noch hab ich sie irgendwo versteckt."

Ich warf ihr einen bösen Blick zu und suchte weiter.

Ich griff in sämtliche Taschen meiner Jacken, die an der Garderobe hingen, kramte in der kleinen Schublade dort.

Ich wühlte im Wohnzimmer in der Schublade, in die ich immer erst mal alle Post hinein warf, ehe ich mir die Zeit nahm, sie zu öffnen und zu sortieren.

Ich grub sogar in der Schrömmelschublade in der Küche, in der wir alles verstauten, was vielleicht nochmal zu gebrauchen sein könnte.

Ich fand dort jede Menge Gummiringe, Kugelschreiber, Bleistiftstummel, Sicherheitsnadeln, Papierschnipsel für Einkaufszettel, Streichhölzer, Korken, Post-Its-Blöcke für unsere Zettel am Kühlschrank – all so n Schrömmel halt.

„Na? Immer noch nicht gefunden?", erkundigte Malle sich voller falscher Anteilnahme.

Die ging mir vielleicht auf die Nerven! „*Nein!!!*", brüllte ich los.

„Schrei nicht so. Ich bin nicht schwerhörig."

„Aber begriffsstutzig!"

„Selber blöd. Guck mal." Sie präsentierte mir meine Geldbörse mit dem aufgeklappten Scheckkartenteil. Daraus lugte unübersehbar meine alte Scheckkarte hervor.

„Boah, Malle, Du miese Eule! Du hattest sie doch!"

„Das ist *Dein* Portemonnaie."

„Wie soll die da rein gekommen sein?"

„Boah, Jan, Du grantiger Ganter! Indem Du sie da rein gesteckt hast."

„Nö. Das warst Du. Erst versteckst Du sie, dann tust Du sie wieder zurück."

Entgeisterter Blick von Malle. „Warum sollte ich sowas tun?"

„Einfach so. Weil Du mich ärgern wolltest."

„Bist Du doof?", dehnte sie verblüfft.

„Nö, Du bist doof. Das machst Du *immer* mit mir."

Malle schloss kurz die Augen und atmete hörbar aus. „Ich mach gar nix Doofes mit Dir. Schon gar nicht immer."

„Ja. Genau. Nix machst Du mehr mit mir. Dauernd bist Du nur noch mit Deinem Yoga-Zeug beschäftigt oder unterwegs mit Deinen Yoga-Leuten. Oder bei Deiner vierschrötigen Jutta."

„Ach, fühlt der Herr sich vernachlässigt?"

„Komm mir ja nicht so. Hab selber genug zu tun."

„Vielleicht wär ja auch für Dich mal ein Richtungswechsel gut."

Da langte es mir. „Jou. Mach ich. Jetzt. Sofort."

Ohne eine weitere Bemerkung abzuwarten, schnappte ich mir den Brief der Treu&Glauben-Bank mit der neuen Scheckkarte vom Küchentisch, meine Geldbörse aus Malles Hand, drängelte mich an ihr vorbei, stampfte in den Keller hinunter, sicherte mir einen Six-Pack aus dem Vorrat, um damit dann in meinem Musigg-Raum zu verschwinden. Schlüssel im Schloss umdrehen, Bass einstöpseln, Verstärker aufdrehen und - ***wuuummmmm***.

Ich hob den Blick und verlor mich in der lichtvollen Weite von Lillys Bild.

❋

Eines Abends kam ich wieder mal reichlich fertig nach Hause. Zum üblich stressigen Alltagsablauf hatte ich heute auch noch Tröstearbeit leisten müssen. Ausgerechnet an einem Freitag, dem wuseligsten Tag der Woche. Frederik war mir durch seine Fehler aufgefallen. Ich nahm ihn beiseite, sah in sein gequältes Gesicht und bot ihm meine Schulter zum Ausheulen.

Das hatte er dann auch weidlich getan. Ihm war die Frau mit ihrem Qi-Gong-Master durchgebrannt. Früher waren es die Tennislehrer, heute sind's die Yoga-Lehrer oder die Qi-Gong-Fuzzis. Trotzdem ist es immer noch das gleiche Spiel:

Mann schuftet wie blöde, damit Frau, Kind und Hund es gut haben. Frau genießt den materiellen Wohlstand, findet aber die ständige, arbeitsreiche Abwesenheit und die daraus resultierende Müdigkeit ihres Mannes doof und verfällt so nem Fuzzi – siehe oben. Es gibt jede Menge Streit und Tränen. Schließlich packt sie die Koffer, hinterlässt nur einen schnöden Zettel an der Kühlschranktür. Er sitzt mit einem Haufen Schulden allein im viel zu großen Haus. Falls sie ihm nicht auch noch Kind und Hund aufs Auge gedrückt hat.

Solch eine stereotype, deshalb nicht weniger schlimme, Situation hatte nun Auswirkungen auf die Qualität von Frederiks Arbeit, die in unserem Metier große Eigenständigkeit, Verlässlichkeit in den Absprachen und einen gewissen Perfektionismus in der Ausführung erfordert.

Tja, was soll ich sagen? Den Tröstepapa in meiner Crew spielen, strengt mich mehr an, als alle Projekte, Meetings und Testreihen zusammen.

Wochenende mit einem Feierabendbierchen einleiten, Füße hoch, Hirn aus und tumb in die Glotze gucken. Das war mein Plan, um meinen Kopf wieder frei zu kriegen.

Doch bereits beim Aufschließen der Haustür schallten mir Bollywoodklänge und lautes Lachen entgegen. Ausgerechnet heute war wohl die Hütte wieder mal voll. *Och, nö!*

Ich kam mir grad vor wie damals vor vier Jahren, als Malle sich mit ihrer Yoga-Schule selbständig machte. Ich holte tief Luft, betrat das Wohnzimmer – und glaubte, meinen Augen und Ohren nicht mehr trauen zu können.

Sofa, Sessel, Tisch und Teppich gab's dort nicht mehr. Stattdessen hüpfte ein lebendig gewordener Regenbogen zu laut vibrierenden, indischen Klängen durch den Raum. Sieben Mädels in langen, schwingenden Röcken und wehenden Schleiern, jede in eine andere Farbe gekleidet, bewegten sich im rhythmischen Gleichklang. Herta, Svenja, Fine, Lydia, Jutta, Dolores und allen voran Malle.

Die Choreo war auf Fines langsam wieder erstarkende Beweglichkeit abgestimmt. Das konnte sogar ich erkennen. Aber alle wuselten, schlängelten, wackelten, lachten und hatten sichtlich Riesenspaß miteinander.

Na gut, ich wollt mal kein Spielverderber sein, mich gleich zurückziehen und die Mädels weiter machen lassen. Doch die hatten mich erblickt und zogen mich in ihren Zappeltanz. Ich machte gute Miene und mit. Zumindest für fünf Minuten, dann ergriff ich doch die Flucht.

Diesmal erfolgreich. Dachte ich.

❦

Ich rettete mich zunächst in die Küche, schnappte mir einen Kaffeebecher und schmiss erst mal meinen hammermäßigen Kaffeevollautomaten an.

Kaum dampfte mein Kaffee blond und süß in meinem Becher, öffnete sich die Wohnzimmertür und Svenja kam grazil in schwingend grünem Rock und goldgesäumtem Tuch zu mir in die Küche getänzelt.

„Hallo, Papilein", begrüßte sie mich mit Küsschen auf die Wange.

Huch! Die Anrede *Papilein* brachte mich aus dem Gleichgewicht und ließ meine Haare im Nacken kribbeln.

„War toll, wie Du mitgetanzt hast. Du bist immer noch mein *Daddy Cool.*"

Ich warf ihr nur einen schiefen Blick zu, der mein misstrauisches Gefühl transportieren sollte, das mich gerade überkam.

„Was willst Du?"

„Gar nix, Papilein."

O-oh! Alarmstufe Rot! Sicherheit auf die Brücke! Schutzschilde hoch! Wieder klappte die Tür. Herta erschien und strahlte mit dem Sonnengelb ihrer schwingenden Stoffbahnen um die Wette.

„Hallo, Jannilein", begrüßte auch sie mich mit einem weiteren Küsschen auf die Wange. *Jannilein* – war die besoffen?

„*Klapp*" machte die Wohnzimmertür, und Fine näherte sich langsam wie die aufgehende Sonne in flammenden Orange- und Goldtönen.

„Halloho", sogar von ihr bekam ich ein gehauchtes Küsschen Richtung Wange. Oh, Mann, wenn das so weiter ging …

Keine Sekunde verstrich, da ging die Tür ein weiteres Mal und Lydia schaukelte in einem Traum aus Türkis und Silber heran.

„Hallo, Jan." Und Begrüßungsküsschen mitten auf die Wange.

Die Küche füllte sich, ich hielt mich krampfhaft an meinem Kaffeebecher fest, da ging die Wohnzimmertür erneut und Dolores schwebte funkelnd herbei wie der dunkelblaue, sternenübersäte Nachthimmel.

„Hallo, Jan." Und ein weiteres Begrüßungsküsschen auf die Wange.

Die Wohnzimmertür wurde mit Schwung geöffnet und vehement ins Schloss zurück geworfen. Kein bisschen grazil walzte eine knallrote Gewalt heran.

„Hallo, Jan." Jutta. *Ohne* Begrüßungsküsschen. *Puuuh*, Glück gehabt!

Und ein letztes Mal klappte die Wohnzimmertür auf, blieb geöffnet und ließ nicht nur die violett gewandete Malle sondern auch die indischen Katzenklänge in die Küche kullern.

„Hallo, Janni-Schatzi." Fetter Knutscher auf den Mund. Vor allen anderen. *Boah*, fand ich das doof! Und dann auch noch *Janni-Schatzi*!

Spätestens jetzt, in meiner von wilder Weiblichkeit überquellenden Küche, war mir die Absicht klar, die all dem zu Grunde lag. Aber das musste warten. Ich bekam kaum noch Luft, Kopf und Herz zum Platzen voll wie die Küche.

So schnell ich konnte, entzog ich mich dem Kichern, Schnattern und Raunen. Gab mir sogar Mühe, die Treppen nicht hinunter zu rennen, zog mich aber flugs in meinen Musigg-Raum zurück und drehte sicherheitshalber den Schlüssel im Schloss um. Doch keine der Damen behelligte mich in meinem Allerheiligsten.

Mein großer Ohrensessel bot mir ausreichend Schutz vor der verrückten Weiberwelt. Mit meinem Kaffeebecher als zusätzlichem Schild vergrub ich mich in ihm und legte die Beine hoch.

Abwartend verlor ich mich in der lichtvollen Weite von Lillys Landschaft, ihrer Sanftheit und ihrem unglaublichen Sommerwiesenduft.

Ich musste wohl eingeschlafen sein, denn irgendwann wachte ich auf, meinen Kaffeebecher immer noch krampfhaft umklammernd.

Tatsächlich waren Stunden vergangen, und es war spät in der Nacht, als ich fröstelnd durch das dunkle, stille Haus nach oben stapfte, um mich endlich in mein schönes, weiches, warmes Bett zu kuscheln.

Malle schlief schon. Glücklicherweise.

❋

Am nächsten Morgen weckte mich Geklapper. Erst ging die Haustür mit *Rumms*. Das war mit Sicherheit Malle. Immer ließ die alle Türen knallen. Das Ding mit den Türklinken konnte ich ihr irgendwie nicht näher bringen.

Dann klapperte sie in der Küche herum. Auch solche Werkelei passierte stets äußerst geräuschvoll. Dabei hatte ich genau gesehen, dass auch die Türen der Schränke in ihrer Wohnung Griffe besaßen. Benutzte die Malle bloß nie.

Jou, dann die Nummer mit Geschirr, Besteck und Schubladen. Muss ich dazu noch mehr sagen? Schließlich ging leise die Schlafzimmertür auf. Malle huschte herein und schloss die Tür ganz sacht. Soso, wenn sie wollte, konnte sie …

„Der Kaffee ist fertig", flötete sie und gab mir jede Menge Küsschen auf die Stirn. Hmm, weitermachen.

Ich öffnete die Lider und blickte direkt in die dunklen Tiefen ihrer Augen. Auf einmal hellwach griff ich ganz schnell zu und zog sie zu mir in die Federn. Sie quiekte belustigt, und kichernd rollten wir übers Bett.

Es gab tatsächlich Besseres im Leben als Kaffee. Der wurde erst mal kalt.

Dafür ging's bei uns umso heißer zu.

❋

Statt Mittagessen gab es dann für uns ein spätes Frühstück, zu dem sich eine total verschlafene Svenja gesellte. Sie hatte die halbe Nacht mit Henry und René geskypt, die sich zurzeit in ihrem Praxissemester befanden und kaum aus ihren jeweiligen Gastfirmen herauskamen. Das und die Tatsache, zum ersten Mal in ihrem Zwillingsleben so intensiv getrennt Erfahrungen sammeln zu müssen, ging den Herren Studiosi ziemlich auf den – äh – Geist.

„Und dann noch die Sehnsucht nach ihrer geliebten Svenja", stichelte ich. Meine Tochter kommentierte meinen Spruch mit heraus gestreckter Zunge.

Die beiden Damen schwenkten die Unterhaltung auf den gestrigen Abend. Lachend und kichernd wurde die Bollywoodaktion besprochen. Ich hielt mich mit meinen Kommentaren zurück und widmete mich hingebungsvoll meinem Brötchen. Ja, und dann ging es auch schon los.

Wie *toll* doch Indien wäre. Besonders *Nord*indien, mit dem *riesigen* Himalayamassiv. Und dass es dort *sooo* viel zu entdecken gäbe. Ganges-Quelle, Yoga-Weltzentrum und so. Und die interessanten *Menschen* dort. Und die *uuuralte* Kultur. Und überhaupt.

Malle und Svenja warfen sich die Wortbällchen nur so zu.

Boah! An dem Morgen aß ich definitiv zu viel und trank auch zu viel Kaffee, denn ich sah zu, dass ich möglichst dauerhaft meinen Mund gut gefüllt hielt, um nur kurze, leicht grunzende Statements abgeben zu müssen.

Schließlich nahm Malle mir das dritte Brötchen und meine zum vierten Male mit Kaffee aus meinem hammermäßigen Kaffeevollautomaten gefüllten Becher aus den Händen. Ich protestierte zwar, war aber aufgrund der kaffeegetränkten Brötchenmasse in meinem Mund nicht sehr eloquent.

„Jan! Hör bitte auf, unsinnig Zeug in Dich hinein zu stopfen."

„Hmpf!"

„Was ist denn los?"

Ich schluckte noch einmal kräftig, dann platzte essenzmäßig mein Beitrag zu Indien und Bollywood und alter Kultur und Himalaya heraus: „Ich will nich nach Indien! Ich will nich im Ganges raften. Und ich will auch nich meditativ den Mount Everest oder irgend so n andern Heiligberg erklimmen."

„Respekt, Papa, Kleinkindniveau hast Du grad perfekt hinbekommen", grinste Svenja mich frech an.

Ich zog eine schiefe Schnute und schob nuschelnd nach: „Ich will

Madeira. Ich will Finca. Ich will Sonne auf meinen faulen Bauch."

„Und ich will Kühe", brummelte Svenja vor sich hin, hielt sich aber mit weiteren Kommentaren zurück, als ihr Malle die Hand auf den Arm legte.

„Das habe ich sehr wohl verstanden, Jan." Malle artikulierte ihre Worte überdeutlich akzentuiert. „Könntest Du Dich damit anfreunden, die Idee eines Indien-Urlaubes für nächstes Jahr in Deine Gedankenwelt einzubeziehen?"

Was war *das* denn jetzt für ne Nummer? Konnte ich auch: „Aber ja, liebste Marlene", säuselte ich im gleichen Tonfall, fest darauf bauend, dass innerhalb eines Jahres noch viel Wasser den Main hinunterfließen würde.

Von mir aus auch den Ganges. Hauptsache ohne mich.

❉

Zunächst floss aber erst mal Wasser vom Himmel herab. Es war kalt, und es regnete in Strömen. Sowas nannte sich Frühling. Entsprechend nass und sauer stürmte Malle eines Abends in den Flur und schälte sich aus nassem Mantel und Schuhen.

„Jan, ich brauch ein Handtuch!", tönte sie gleichzeitig.

„Hat Dein Schirm wieder mal Urlaub?"

Malle schnaubte nur und triefte den Flur nass.

Ich reichte ihr ein Küchenhandtuch.

„Was ist *das* denn?" Angewidert nahm Malle das karierte Tuch entgegen.

„Für Deine Haare sollte das wohl genügen. Ist auch sauber und noch nicht im Gebrauch gewesen."

Sie seufzte, rubbelte an ihren Haaren herum und schimpfte los: „Boah, Jan! Ich musste wieder meilenweit durch stürzende Wassermassen laufen, nur, weil Du immer noch die Garage unter Verschluss hältst und den Platz davor mit Deinem Wagen besetzt."

Oje, jetzt ging *das* wieder los!

„Ich will jetzt endlich wissen, was Du alles da drin versteckst."

„Hmpf!" Ich verschränkte die Arme vor der Brust und guckte demonstrativ an ihr vorbei.

„Wir gehn jetzt zusammen in die Garage. Sofort."

„Nö."

„Was?"

„Nö."
„Wieso nicht?"
„Kein Schlüssel."
„Doch."
„*What?!*"
„Ist bestimmt der, der in Deinem Musigg-Raum neben Lillys Bild hängt."
„Äääh …"
„Also doch. Los jetzt."
Ich schob mich an ihr vorbei, raste die Treppe hinunter, in meinen Musigg-Raum und schloss erst mal ab. Dann riss ich den Schlüssel vom Haken, holte aus einem Holzkästchen eine kleine Filzelfe hervor und stopfte statt der Elfe den Schlüssel in das unauffällige, kleine Kästchen.

Die Elfe hatte ein Bändsel am Hut. Passte prima auf den Haken.

Inzwischen war Malle ebenfalls die Stufen herab geschossen, wummerte gegen die abgeschlossene Tür und rappelte an der Klinke.

„Jan, mach die Tür auf!"

Konnte Malle lange warten.

„Jan, mach hier nicht den störrischen Buben."

Malle rumpelte weiter.

„Du blöder Hund!"

So schon mal gar nicht. Doofe Ziege.

Dann – Stille. Ich wartete noch einen Moment, dann öffnete ich Schloss und Tür. Und guckte direkt in Malles wütendes Gesicht. Sie schubste mich beiseite, betrat mein Allerheiligstes und starrte auf die Filzelfe am Haken.

„Wo ist der Schlüssel?"

„Welcher Schlüssel?"

Sie zeigte mit dem Finger auf die Stelle. „Der dort hing."

„Da hing kein Schlüssel."

„Doch."

„Nie."

„Doch! Und mit Sicherheit war das der Garagenschlüssel."

„Kann nicht. Den gibt's nicht mehr."

„Weil Du ihn eben abgenommen hast."

„Hmpf!"

„Nu rück ihn schon raus."

Sie kniff die Augen zusammen und kam auf mich zu. Da drehte ich mich um, erklomm flott die Stufen, schnappte meinen Barbour und den Regenhut, sauste zur Tür hinaus und Richtung Herta.

Zum Glück brannte Licht. Also klingelte ich. Die Tür wurde aber weder von Herta noch von Matteo geöffnet. Ein fremder Mann stand im Eingang, der mich nun erstaunt begrüßte.

„Guten Abend. Hatten Sie auch einen Besichtigungstermin mit meinem Büro vereinbart?"

„Äh – nö. Wer sind Sie denn?"

„Mein Name ist Häusle, Friedemann Häusle von Häusle-Immobilien."

Da fiel es mir wieder ein! Herta und Matteo waren in der Schweiz, um sich ein Landhaus zu suchen. Seit Wochen schon.

„Schulligung. Hab mich vertan", nuschelte ich, drehte mich um und stapfte davon. Kein Tröstekaffee mit Keks bei Herta. So wie's aussah, nie mehr. Jochen und Lydia wollte ich nicht behelligen.

Ziellos und verloren wackelte ich in kalter Dunkelheit, stürmischem Wind und peitschendem Regen durchs Kalbachtal. Spürte ich aber nich.

Stattdessen umfing mich schützend warm ein zarter Duft nach Sommerwiese. Dann war Lillys Stimme in meinem Kopf: „Liebden, geh nach Haus. Mach Kaffee und versöhn Dich mit Marlene."

Wie ferngesteuert tappte ich heimwärts. Nun war ich es, der den Flur volltropfte. Ich war noch dabei, mich mit klammen Fingern aus meinen völlig durchnässten Klamotten zu schälen, da kam Malle mit einem Badetuch für mich die Treppe herab.

Kurz drauf hockten wir friedlich in der Küche und schlürften dampfenden Kaffee, den mein hammermäßiger Kaffeevollautomat uns gebraut hatte.

Aber das Thema Garage war wieder mal vom Tisch.

Für wie lange diesmal?

❄

Was für ein wuseliger Sommer!

Tatsächlich flogen Malle und ich gemeinsam nach Madeira, um in meiner heißgeliebten Finca schöne, faule Sonne-auf-Bauch-Drink-am-Pool-Ferien zu verbringen.

Schön? Faul? Tja, was soll ich sagen? Um mal den alten Einstein zu bemühen: „Alles ist relativ." Prima Spruch für den Kühlschrank. ☺.

Denn zunächst waren Restaurationsarbeiten angesagt. Die Hölzer der Terrassenüberdachung, die den buschigen, blühenden Blauregen trugen, waren teilweise morsch. Das Auswechseln war relativ einfach, aber zeitaufwendig.

Die Wände im Küchenbereich wiesen ziemliche Flecken auf. Also ran an den Kalk- und Kreide-Eimer. Danach fiel auf, dass auch die anderen Wände neue Farbe wollten. Das wurde dann doch eine größere Aktion.

Erschöpft standen wir in der Kaffee-Ecke und gönnten uns einen Espresso, während die Waschmaschine mit den bekleckerten Malersachen lief. Plötzlich quoll Wasser unter der Badezimmertür hervor. Vor Schreck fiel mir fast die Espressotasse aus der Hand. Ich schrie Malle zu, sie solle sofort Pepe anrufen, stürmte los und stellte erst mal Wasser und Strom ab. Dann mit Lappen und Wischmopp die Sauerei beseitigen.

Kurz drauf rückten auch schon die beiden Pepes an und konnten den Fehler glücklicherweise recht flott beheben. Schlauerweise guckten sie zuerst nach der Waschmaschine. Tatsächlich war der Zuleitungsschlauch porös geworden. Das Auswechseln war dann ein Kinderspiel. Nun musste das Bad noch wieder trocken werden. Kaum ein Problem hier im heißen Sommer mit den sanften Brisen vom Meer.

Aufatmend saßen wir vier unter dem Blauregen und schlürften Kaffee. Pepe Junior war inzwischen der Chef von *Instalações Sanitárias Oliveira*. Doch Papa Pepe half immer noch gerne mal mit. Außerdem hatte Pepe Junior seine Catarína geheiratet. Die Dynastie der Oliveiras wuchs, denn der junge Ehemann war auch ein stolzer, werdender Vater. Und Pepe Senior freute sich auf einen weiteren Enkel. Nun ja, ich freute mich zwar mit ihm, hoffte aber, dass Svenja sich noch Zeit damit ließ, mich zum Opa zu machen.

●

Ja, und endlich kam ich dann auch mal wieder dazu, alleine auf meinen Felsen zu klettern, dort zu sitzen und in die Weite übers Meer zu schauen.

Ich genoss die Stille dort oben. Lärm und Hektik waren ganz weit weg. Keine neue Aufgabe in Sicht, und niemand wollte irgendwas von mir.

Wärme umfing mich und zarter Sommerwiesenduft. Ach, Lilly, selbst nach all den Jahren noch – Du fehlst …

●

Doch kaum war ein Moment der Ruhe eingekehrt, als – Überraschung! – das Kleeblatt laut und fröhlich bei uns einfiel. Ich freute mich wie doof. Es war gerade Mittagszeit, also zauberte ich schnell was zu essen. Pasta ging immer. Auch in großen Mengen. Gemüse und Zwiebeln waren genug da, und das kleine Küchengärtchen bescherte uns noch sonnenreife Tomaten und Kräuter.

Dann saßen wir endlich alle rund um den Tisch unterm Blauregen, bereit für Essen und Neuigkeiten. Und die Vier hatten viel zu berichten.

Fine hatte sich schlau gemacht und entschieden: Ab Herbst würde sie Journalismus studieren, und zwar per Fernstudium bequem von zu Hause aus.

Henry und René hatten ihr Praxissemester gemeistert. In ein paar Wochen würden sie in ihr letztes Semester starten, das mit der Präsentation ihrer Bachelor-Arbeit enden würde. Danach planten sie den Ruhestand für Papa Rolf.

Auch Svenja hatte mit einer Neuigkeit aufzuwarten: Sie würde ab Mitte Oktober eine spezielle Weiterbildung für Restaurierungsarbeiten beginnen. Gefördert von Gerald und der *Möbelmanufaktur*. Für die Dauer eines halben Jahres. Und zwar in Paris. Bei Maître Bonnard, einem weltweit anerkannten Kunsthistoriker und Restaurateur. Außerdem war er der Enkel des berühmten Malers Pierre Bonnard.

Mir fielen fast die Nudeln wieder aus dem Mund. *„What?!"*

Svenja grinste: „Keine Sorge, Papa. Weihnachten bin ich auf jeden Fall zu Hause. Und zu Ostern bin ich überhaupt wieder da."

Bei so vielen beruflichen Plänen war mein Status als Mann und Vater ja *safe*. Ein Leben als Großvater lag noch in weiter Zukunft.

❄

Pünktlich zu Svenjas Geburtstag trafen Herta und Matteo aus der Schweiz wieder im Kalbachtal ein. Hertas Häuschen war noch nicht verkauft, die Möbel alle noch vorhanden, so dass die beiden einfach wieder einzogen. Erst mal.

Svenja bummelte Überstunden ab und war an ihrem Geburtstag zu Hause. Fine war da und natürlich hatten Henry und René ein paar Tage Pause in ihre Arbeiten zur Bachelor-Thesis eingelegt. Sogar Lenchen hatte extra einige Kurse für heute Nachmittag in ihrer Yoga-Schule getauscht.

So kam es, dass sich zur Kaffeezeit eine recht große Runde einfand, um mit Svenja die Geburtstagstorte nieder zu machen. Ja, das war wohl der richtige Ausdruck dafür, denn die kreative Herta hatte sich wieder mal selbst in ihrer Tortenbastelkunst übertroffen: Auf dem Tisch prangte der Eiffelturm.

Als Torte. Mit einer 21 oben als Spitze.

Insgesamt mehr als einen halben Meter hoch.

Sprachlos saßen wir alle staunend davor. Matteo hatte seinen Schaff gehabt, das Riesending sicher hierher zu schaukeln. Den „Back- und Bau-Plan" verriet Herta uns nicht, strahlte aber über sämtliche Backen, als Svenja ihr überschwänglich um den Hals fiel.

Zwei Tage später düsten Svenja und Fine von Meister Yoda getragen nach München. Henry und René waren schon voraus gefahren, um die Vorbereitungen für eine mächtige Party zu starten. Geburtstage, das Leben, die Liebe und *Überhaupt* waren wohl der Anlass. Allesamt saumäßig gute Feiergründe.

Und bevor Svenja dann nach Paris aufbrach, würde sie noch ein paar Tage daheim sein.

❋

Am Samstagvormittag kam ich gerade vom Einkaufen nach Hause und freute mich schon auf einen entspannten Kaffee mit viel Milchschaum aus meinem immer noch hammermäßigen Kaffeevollautomaten. Extrem gute Pflege und regelmäßige Wartung hielten ihn wie neu.

Ich schleppte den schwer gefüllten Einkaufskorb Richtung Haus. Lenchen hatte mir lächelnd die Haustür geöffnet, so dass ich ungehindert in die Küche stampfen konnte. Doch kaum hatte ich den Korb auf dem kleinen Küchentisch abgestellt, als mein Blick auf den Platz fiel, wo sonst mein Hammerbaby stand.

Weg.

Fort.

Nix mehr da.

Nur ne ömmelige Kaffeepröttelmaschine.

Entsetzen traf mich wie ein Faustschlag voll in die Magengrube.

„Was ist denn *hier* passiert?"

„Was soll sein?" Falsche Töne flötete Malle da.

„Wo ist mein hammermäßiger Kaffeevollautomat?"
„Ausgeliehen."
„WHAT?! Was hast Du gemacht?!"
„Reg Dich doch nicht gleich so auf. Du hast ja einen Ersatz dastehen."
„Wo. Ist. Mein. Automat?"
„Bei der ‚Bärenfamilie'."
„Bei der ‚Bärenfamilie'?", wiederholte ich stumpfsinnig.
„Ja." Malle. Kurz und knapp.
Ich sah sie völlig entgeistert an. Kurz und knapp konnte ich auch: „Warum?"
„Die brauchen den."
„Warum?!"
„Notfall."
„Wa-rum!"
„Boah, Jan", sie rollte genervt ihre großen, dunklen Augen, „weil sie heute das Haus voller Gäste haben und deren Kaffee-Automat grad heut Morgen den Geist aufgegeben hat."
„Äääh – häh?"
„Da hab ich ihnen mal eben unseren ausgeliehen."
„Meinen. Meinen hammermäßigen Kaffeevollautomaten, der Bestandteil *meiner* Küche und *mein* Heiligtum ist. Malle, *meinen* – nicht ‚unseren'."
„Hab Dich nicht so. Ich wollt nur helfen."
„Hehre Absicht", schnaubte ich.
„Ich hab's nur gut gemeint", legte sie nach. Statt um Entschuldigung zu bitten, was eher angebracht gewesen wäre.
„Gut gemeint! Was ist schlimmer als Scheiße? Gut gemeint!", blaffte ich.
„Du kriegst ihn ja wieder."
Das war der letzte Tropfen. Ich brüllte los: *„Ja spinnst Du jetzt völlig?!* Du kannst doch nicht meine kostbar gehüteten Sachen einfach so mir nix Dir nix ausleihen! Über meinen Kopf hinweg! Ohne mich zu fragen! Übergriffig ist das!"
Malle schwieg.
„Du gehst *sofort* los und holst meinen Kaffeevollautomaten zurück."
„Du hast sie wohl nicht mehr alle! Das mach ich nicht."
„Du hast ihn weggegeben. Du holst ihn wieder."
„Und was sollen die mit ihren Gästen heute machen?"
„Du kannst ihnen gern diese ömmelige Pröttelmaschine zur Verfügung

stellen, die Du *mir* zumuten wolltest."

„Sowas geht nicht. Was sollen denn die Leute sagen."

„Das interessiert mich einen feuchten Schmutz! Biete ihnen die Kaffeemaschine an oder schick sie los zum Einkaufen."

„Das wär eine Zumutung bei dem Haufen Gäste, die sie heute erwarten."

„*Du* bist eine Zumutung! Das ist *mir* doch egal! Ist *denen* das Gerät kaputt gegangen oder mir? Wie kommen die überhaupt auf die Schnapsidee, bei uns anzufragen, um sich *meinen* geheiligten Kaffeevollautomaten auszuleihen? Die arbeiten beide im Baumarkt. Da gibt's auch Automaten. So viele davon, dass die sogar verkauft werden."

„Ich hab Lydia draußen getroffen. Ich wollte ihr aus der Patsche helfen. Da hab ich ihr uns- äh – Deinen angeboten. Damit sie nicht in Zeitnot geraten."

Vor meinen Augen flimmerte es rot. **„RAUS!!!"**, brüllte ich, „*Raus!* Hol ihn sofort wieder oder ich vergess mich!"

Ich riss die Haustür auf und schubste Malle auf den Weg.

Die wollte zurück schubsen und wieder ins Haus, aber ich griff sie mir und hielt sie fest. Dann zischte ich ihr ganz leise ins Ohr: „Du holst jetzt *sofort* meinen Kaffeevollautomaten zurück. Und wenn ich Dich hintragen muss."

Es dauerte noch ein bisschen, aber dann standen wir vorm Haus der Bärenfamilie. Ich mit verschränkten Armen und böse Blicke schleudernd.

Das strahlende Lächeln, mit dem Lydia die Tür öffnete, erlosch augenblicklich, als sie uns beide sah. „Äh – war wohl doch nicht so gut, die Idee mit dem Ausleihen?"

Respekt. Sie erfasste die Situation wirklich schnell.

„Nein – äh – ich – " Malle stotterte herum. Ich half ihr kein bisschen.

„Jochen?", rief Lydia ins Haus. „Kommst Du mal bitte? – Kommt doch eben herein. Ihr müsst nicht so vor der Tür stehen."

Wir taten ihr den Gefallen, traten ein, blieben aber im Flur.

Auch Jochen besaß eine flotte Auffassungsgabe: „O-oh, Jans heiliger, hammermäßiger Kaffeevollautomat! Komm mit, Jan, ich trag ihn Dir sofort wieder rüber. Ich hab den beiden Damen gleich gesagt, dass Dir das sicher nicht recht ist. Wir werden eine andere Lösung finden."

Nach außen wahrte ich meine grimmige Mine, aber innerlich grinste ich bereits. Im Gänsemarsch ging es dann wieder zu uns. Mitsamt meinem Hammerbaby.

Malle stöpselte die ömmelige Kaffeepröttelmaschine aus und brachte sie schnell in Sicherheit. Ich glaube, ich hätte sie sonst aus dem Fenster geworfen.

Jochen schloss meinen hammermäßigen Kaffeevollautomaten selbst wieder an, klopfte mir auf die Schulter und meinte: „Nix für ungut, Kumpel. Morgen Abend trinken wir ein Bier zusammen, ja?"

„Jou", nickte ich, eine winzige Spur besänftigt.

Als er gegangen war, herrschte Stille. Nur der Kühlschrank summte leise.

Ich sah Malle an: „Kannst Du mir eine vernünftige Erklärung für Dein Verhalten geben?"

„Ich wollte nur helfen", trotzte sie.

„Das war keine Hilfe, das war nur übergriffig. Du kannst doch nicht einfach hingehen und meine Sachen verleihen. Wie würde es Dir gefallen, wenn ich Deinen Biedermeierstuhl verleihe?"

„Du vergleichst Äppel mit Birnen", motzte sie ablenkend.

Doch das zog nicht: „Völlig egal, ist beides Obst", stumpte ich zurück. „Wie kommst Du auf die Idee, dass ich meinen hammermäßigen Kaffeevollautomaten mal so eben verleihen würde? Vielleicht, weil Du so gut wie keinen Kaffee mehr trinkst? Nur noch Yogi-Tee?"

„Das täte Dir auch mal gut."

„Lenk nicht dauernd ab. Du bist schon wieder übergriffig. *Ich trinke Kaffee.* Wann ich will, soviel ich will. Wir können ja gerne Deine Yogi-Schlabberbrühe entsorgen, und Du trinkst stattdessen wieder gemütlich Kaffee."

„Jetzt bist *Du* übergriffig."

Ich grinste nur.

So ging es noch eine Weile zwischen uns hin und her. Dann machte Malle sich vom Acker, zog sich in ihr Räumchen zurück. Während ich den Inhalt des Einkaufskorbes endlich in die Schränke einräumte, hörte ich sie oben rumoren. Kurz darauf kam sie mit gepackter Reisetasche.

„Ich fahr für ein paar Tage in den Westerwald, in meinen Ashram. Ich brauch erst mal eine Auszeit."

Ich zuckte nur mit den Schultern. „Reisende soll man nicht aufhalten."

„Dann geh ich jetzt."

„Hmpf!" Ich drehte mich nicht mal um.

Als die Tür ins Schloss fiel, atmete ich tief durch und schmiss meinen hammermäßigen Kaffeevollautomaten an.

❋

Malle war schon ein paar Tage unterwegs, als Svenja und ich abends gemütlich in der Küche saßen und Pommes mit Fischstäbchen und viel *Quetschapp und Majonähse* (!) in uns hinein schaufelten. Solche kulinarischen Ausflüge in Svenjas Kindheit und meine anfänglichen Kochkünste erlaubten wir beide uns gerne immer wieder mal. Vor allem jetzt, wo sie doch in wenigen Tagen nach Paris aufbrach.

„Du, Papa, ich glaub, ich hab die Marlene gesehen."
„So?"
„Hattest Du nicht gesagt, dass sie in ihren Ashram fahren wollte?"
„Jou."
„Der liegt doch im Westerwald – oder?"
„Jou."
„Ich hab sie aber in Sachsenhausen gesehen, als ich dort ein restauriertes Schränkchen ausgeliefert habe."
„Ach."
„*Boah, Pappa!*" Pappa mit 3 P.
„Was weiß ich denn, was der im Kopf rumgeht!"
Svenja schmiss die Gabel auf den Tisch, dass es klirrte.
Ich zuckte zusammen. Solche Geräusche waren eine Tortur für meine zarten Musiker-Öhrchen.
„Habt ihr Euch nur heftig gestritten? Oder ist es schlimmer?"
„Woher soll ich das wissen?"
Ungerührt nahm Svenja die Gabel hoch und drohte, sie wieder klirrend auf den Tisch fallen zu lassen.
„Lass das! Ich verbitte mir solcherlei Verhörmethoden!", schnaubte ich.
Nun legte sie mir die Hand auf den Arm und schaute mich mitfühlend an.
„Tatsächlich so schlimm?"
Gegen Wetter und erwachsene Töchter ist kein Kraut gewachsen. Ich gab auf und erzählte ihr von dem Kaffeevollautomatendesaster und Malles daraufhin erfolgtes Entschwinden.
„Und was hast Du jetzt vor?"
„Ich? Vorhaben? Was?"
Svenja holte tief Luft und schüttelte ihr über zwei Jahrzehnte altes weises Haupt. „Das ist wohl eine besondere Gabe."
„Häh?"

„Intelligenz zu verstecken und Gefühle zu leugnen."

„Wer?" Noch ein letzter verzweifelter Versuch des Doofstellens.

„*Boah, Pappa!*" Schon wieder Pappa mit 3 P.

Ich gab mich geschlagen. „Ach, Svenjalein, ich weiß selber nicht, was ich will. Einerseits bin ich froh, dass hier im Haus endlich mal Ruhe herrscht. Ohne die ständige Nölerei von Malle. Andererseits – ja – öh – andererseits vermisse ich sie schon auch – so – irgendwie …"

Ich zuckte mit den Schultern, schniefte, trommelte unruhig mit den Fingern und warf einen vorsichtigen Seitenblick Richtung Kaffee-Ecke.

Svenja grinste breit: „Nu schmeiß ihn schon an, Deinen hammermäßigen Kaffeevollautomaten. Ich möchte übrigens auch einen Espresso. Den braucht mein Bauch jetzt nach so viel Quetschapp-Majonähse-Essen."

Aufatmend braute ich uns beiden zwei Espressi.

Svenja war in den letzten Jahren doch auch ziemlich von Malle geprägt worden. Sie ließ nicht locker, ging dabei aber wesentlich charmanter vor als Malle. Und so gelang es meiner Tochter, Gedanken und Gefühle aus mir heraus zu holen, von denen ich selber nur wenig bis gar keine Ahnung gehabt hatte.

„Und was genau hält Dich jetzt noch davon ab, zu ihr zu fahren?"

„Tja – öh – eigentlich – nix."

„Dann fahr nach Sachsenhausen und hol sie wieder zurück."

„*What?!*"

„Ja. Jetzt. Mach schon. Hier: Jacke, Schlüssel, los."

Meine pragmatische Tochter wies eindeutig Führungsqualitäten auf. Hat sie mit Sicherheit von mir.

❋

Tja, was soll ich sagen? Ich konnte sehen, dass Malle erstaunt war, als ich vor der Tür stand. Damit hatte sie wohl nicht gerechnet. Doch sie bat mich herein und wies mich ins Wohnzimmer.

Dort hockte Jutta. Tee schlürfend sah sie mich mit hochgezogenen Brauen über ihre Teeschale hinweg an.

„Ach, sieh an, der Jan. Du weißt ja tatsächlich noch, wo Marlalein wohnt."

Diese Tussi! Was fand eine kultivierte Frau wie Marlene bloß an dieser Ausgeburt? Die Leute in der Schaltzentrale meines Hirnes drückten den Schweigeknopf, doch meine unbändige Zunge war wieder mal schneller und legte los: „Dir auch einen schönen Tag, Jutta. Du wolltest gerade gehen?"

„Dies hier ist nicht Deine Wohnung, Jan. Du kannst mich hier nicht raus schmeißen. Ich gehe trotzdem, sonst kriegst Du als Mann sowieso kein gescheites Wort mehr heraus. Aber wehe, ich höre später, dass Du Dich daneben benommen hast ..."

Unbeeindruckt, doch leicht genervt von ihrem Gebaren, trat ich schweigend zur Seite, als der Vierschrot mit baumelndem Ohrbehang den Raum verließ.

Während Malle ihre wehrhafte Freundin verabschiedete, betrachtete ich den Platz an der Wand oberhalb des Kamins, in dem ein gemütliches Feuerchen flackerte. Das von Lilly gemalte Bild *Yes, I Can!* befand sich noch immer in Malles Zimmer in meinem Haus.

Hier hing ein auf Leinwand gezogener Schnappschuss aus unserem Angkor-Wat-Urlaub. Svenja hatte ihn gemacht, als wir Hand in Hand despektierlich in dem Lingam bestückten Bach herumtappten. Die Vertrautheit, die Wärme, das glückliche Lachen und Kichern konnte ich aus den Tiefen von Raum und Zeit noch vernehmen.

War sieben Jahre her. War anders jetzt.

Malle kam mit einer frischen Teeschale und schenkte mir ein.

Smalltalkmäßig sprachen wir nichtssagend über dies, das und jenes.

Und Malle ließ mich voll auflaufen. Kam mir nicht ein winziges bisschen entgegen. Fragte selber nix. Antwortete nur sehr reserviert auf mein bemüht freundliches Geblubber. Schließlich reichte es mir. Ich wollte ein Ergebnis.

„Um mal auf den Punkt zu kommen: Ich möchte, dass Du wieder mit mir nach Hause kommst."

„Warum?"

„*What?* Willst Du lieber alleine hierbleiben?"

„Ich will wissen, *warum* ich wieder mit zu Dir kommen soll."

Äääh??? Da war ja mein Teamsorgenkind Frederik einfacher zu verstehen.

„Wenn Du das nicht mal weißt, Jan, warum bist Du dann hier?"

„Weil ich möchte, dass Du wieder mit mir nach Hause kommst."

„Das sagtest Du bereits. Aber warum sollte ich das tun?"

Puuuh ... Ich guckte sie nur groß an.

„Ich formuliere es mal männerverständlich: Vermisst Du mich? Sehnst Du Dich nach mir?"

„Jou.", nickte ich.

„Warum mäkelst Du dann ständig an mir rum? Lehnst ab, was ich mag, blamierst mich vor unseren Freunden? Du benörgelst alles, was ich tue – oder auch nicht tue. Das ist völlig egal. Wenn ich was mach, mach ich es in Deinen Augen nicht richtig. Wenn ich nichts mach, passt es Dir auch nicht."

Ich wusste nicht so wirklich was darauf zu sagen.

Aber Malle nahm Fahrt auf: „Wir reden kaum noch miteinander. Wir gehen auch so gut wie nicht mehr aus. Du vergräbst Dich in der Bank oder in Deinem Musigg-Raum. Du bist weg zu Deinen Probenabenden und gelegentlichen Gigs mit Deinen *Toffifees*. Urlaub willst Du am liebsten immer nur in Deiner Finca auf Madeira machen. Und mein Auto muss ich nach all den Jahren immer noch irgendwo in den Straßen vom Kalbachtal parken, weil Deine Garage tabu ist."

Sie hatte ja irgendwie recht, aber das konnte ich so nicht auf mir sitzen lassen. Und rechtfertigen wollte ich mich schon gar nicht.

„Du willst mehr ausgehen? Gut. Gehen wir mehr aus. Die Probenabende mit meinen *Toffifees* sind und bleiben fester Bestandteil meines Lebens und meiner Wochenplanung. Exotische Urlaube können wir machen, wenn ich selber auch Ziele angeben kann, die dann entsprechende Berücksichtigung finden. Die Urlaubszeiten dann hälftig aufgeteilt mit Madeira. Die Garage *bleibt* Tabu-Bereich – diskussionslos. Zu meinem Verhalten: Mir ist nicht bewusst, dass ich Dich abfällig behandelt hätte. Und es ist mir *nicht* egal, was Du tust."

Ich holte kurz Luft und setzte noch ordentlich was drauf: „Es tut mir leid, wenn ich Dich missverständlich geringschätzig behandelt habe. Ich möchte, dass Du mit nach Hause kommst, denn ich schätze und ich liebe Dich."

Die Flammen knisterten im Kamin. Schwer hing die Stille zwischen uns.

Malles dunkler und ausdrucksvoller Blick war voll von Erstaunen, Skepsis, Verwunderung und Unglauben.

„Diese Ansage muss ich erst mal sacken lassen, Captain Winter. Geh jetzt, bitte. Ich brauch noch ein bisschen Zeit."

Ich stand auf, gab ihr einen sanften Kuss auf die Stirn und ging. Allein. Erleichtert?

Nö. – Doch. – Äh? – Nö. – Oder?

Eher nicht. Damals jedenfalls.

Zwei Tage später stand sie mit ihrer Reisetasche vor der Tür. Obwohl sie ihren Schlüssel natürlich noch immer besaß, klingelte sie.

Auf meinen erstaunten Blick meinte sie nur: „Bin ich wirklich willkommen?"

Puh, ging ja gut los. Ich hielt lieber meinen Mund, zog sie ins Haus und in meine Arme. Als ich sie küssen wollte, ließ sie ihre Tasche fallen, leider direkt auf meinen etwas ungeschickt platzierten Fuß.

„*Aua!*", entfleuchte es mir. Schmerzerfüllt hüpfte ich im Flur herum.

Malle glotzte nur blöd wie n Huhn, wenn's blitzt.

„Mein Fuß", brachte ich zähneknirschend hervor. „Deine Tasche ist auf meinem Fuß gelandet. Was hast Du da bloß alles drin? Ziegelsteine?"

„Ach, Du Armer. Ich glaub, ich geh jetzt besser wieder."

„Neinneinnein! Bleib bitte. Ist schon wieder gut."

Ich verkniff mir den Schmerz, humpelte in die Küche, schmiss erst mal meinen hammermäßigen Kaffeevollautomaten an und braute uns die vertraute Brühe. Mit den dampfenden Bechern hockten wir dann da, schlürften Kaffee, den Malle widerspruchslos entgegen genommen hatte und sahen uns an.

„Meinst Du, wir schaffen das?", murmelte Malle.

„Wenn wir uns wirklich Mühe geben", erwiderte ich voller Bereitschaft.

„Und wenn wir uns dabei helfen lassen würden?"

„Was meinst Du damit?"

„Lydia und Jochen hatten doch nach Fines Unfall schwer mit der Krise zu kämpfen."

Ich erinnerte mich lebhaft. Aber was sollte das mit uns zu tun haben?

„Sie haben damals die Hilfe einer Paarberatung in Anspruch genommen."

„Och, nö! Ich geh doch nicht zu so nem Seelenklempner!"

„Warum nicht? Wenn es helfen kann?"

„Ich mach doch vor so nem Hampel keinen Seelenstriptease. Das kriegen wir schon alleine wieder hin. Wir haben kein tragisches Unglück zu verkraften."

„Nö. Aber wir haben unsere Liebe an die Wand gefahren."

„Aus welcher *soap* stammt das denn?" Es lag mir schon auf der Zunge. Diesmal waren die Männchen in meiner Grauen Schaltzentrale schneller, hielten Zunge im Zaum und Lippen geschlossen. Ich wartete ab, bis Hirn eine entschärfte Version Richtung zappelnder Zunge schicken konnte.

Doch das dauerte. In der Zwischenzeit nahm ich Malle in den Arm und legte meinen Kopf an ihren.

„Das haben wir", bestätigte ich schließlich. „Aber ich bin der festen Überzeugung, dass wir es in diesem Bewusstsein von nun an besser machen können. Selber. Ohne Paartherapie."

Auch Lenchen war vorsichtig und ließ meine sorgfältig formulierte Weigerung unkommentiert. Aber sie kuschelte sich enger an mich.

❃

Dann brach Svenja auf, Richtung Paris.

Tags zuvor hatte es noch eine feierliche Verabschiedung mit vielen, guten Wünschen in der *Möbelmanufaktur* gegeben. Auch ihr Porträt zierte nun eine weiße Rose.

Nun standen Lenchen und ich Arm in Arm im Wohnzimmer. Fine war da, um ihre Freundin zu verabschieden. Auch Lydia und Jochen waren da, mitsamt Barney. Natürlich auch Godi Herta und Matteo.

Dann klingelte es. Rolf und Hilla standen vor der Tür. Hinter ihnen tauchten Henry und René auf.

Quietschend und kreischend sprang Svenja auf die beiden zu, die sie gemeinsam auffingen. Wenn man je hat von einem Harmonieknubbel sprechen können, dann mit Sicherheit von den Dreien.

Der Reihe nach fiel Svenja uns allen noch ein letztes Mal in die Arme, flüsterte mir ins Ohr: „Du schaffst das, Papa, bist ja schon groß."

Dann stieg sie in ihren mintgrünen Meister Yoda, winkte durch das geöffnete Fenster und rief fröhlich: „Bis Weihnachten!"

Und fuhr hupend davon.

❃

Komisch war es jetzt daheim. Svenja war ja des Öfteren unterwegs gewesen, auch über mehrere Tage hinweg, doch das Bewusstsein, dass sie nun auf längere Zeit fort war, ließ mich das Haus leerer anfühlen.

Gelegentlich oder auch öfter saß ich oben in ihrem Elfenreich und starrte auf die Dioramen. Zwanzig waren es. Für ihr erstes Lebensjahr gab es überhaupt keins. Und das für dieses Jahr gab es noch nicht. Schon seltsam, Svenjas Geburtstage Jahr für Jahr in stummer und erstarrter Entwicklung festgehalten zu sehen. War auf jeden Fall anders als auf

Fotos. Fotos waren wie Bilder. Man erwartete keine Bewegung. Aber die kleinen Figürchen dort in ihren Schachteln sahen so aus, als ob sie jeden Augenblick aus ihren Boxen springen und auf dem Regal entlang wandern würden.

Dann und wann hörte ich leises Geflüster, spürte die kleine Svenja, wie sie glücklich und voller Vertrauen auf meinen Knien schaukelte, hörte ihr Kinderlachen, bis ein zarter Duft nach Sommerwiese durch den Raum wehte. Dann war Lilly da und schenkte mir Frieden.

❈

Ja, und ich hielt mein Versprechen Malle gegenüber. Wir gingen wieder öfter aus, ins Kino, ins Museum, in Ausstellungen, gemeinsam einkaufen in die Kleinmarkthalle, zum *shopping* ins MyZeil, trieben uns in Cafés herum, aßen bei Nino im *Ristorante D'Angelo*, manchmal nur wir beide, manchmal mit Herta und Matteo oder mit Jochen und Lydia.

❈

Bis in den November reichten die angenehm temperierten Herbsttage, durchflutet von goldener Wärme und schimmerndem Licht. Und wir gingen doch tatsächlich wandern. Im Vogelsberg. Bisschen urwüchsiger als der Taunus.

Die Wälder wiesen die gesamte Farbpalette von Meistermaler Herbst auf. Tiefe und helle Rot-Töne, strahlendes Gelb, leuchtendes Orange wechselten mit hellem und dunklem Grün der Wiesen und Tannen.

Duft von raschelndem Laub, empor gewirbelt von unseren hindurch streifenden Füßen. Himmel, blau und ganz weit und manchmal graue und weiße Wolkenberge, vom Wind dahin gejagt. Wind, der Wangen rötete, Spinnweben vertrieb und alten Buchen rauschende Geschichten entlockte. Sonne, die den Wald in ganz eigenes Licht tauchte, Blätter kupfern, grün und golden und die Stämme silbern leuchten ließ. Ein leiser Duft von Pilzen, irgendwo tief in gefallenem, buntem Laub versteckt.

Ein Bach, der unter dichtem Brombeergesträuch hervor rieselte, den kleinen Weg überflutete und in mehrere winzige Teiche verwandelte, um dann unter weichen Grassoden glucksend zu verschwinden. Hand in Hand überquerten wir wacklig schreitend-hüpfend dieses Sümpfchen, um uns dann lachend einander in die Arme zu fallen, im Augen-Blick zu versinken.

Es tat gut, Nähe zu atmen, Wärme zu spüren, Kraft zu schöpfen aus diesen märchenhaften, fast unwirklichen Momenten, fernab vom hamsterradmäßigen Alltag.

Die Gegend rund um den Nidda-Stausee in Schotten und am Hoherodskopf erlebte ich so intensiv, dass dieser Ausflug mit Lenchen zu einer Perle in meinem Erinnerungskästchen wurde.

❄

Es gab auch einen kleinen Gig mit den *Toffifees* im *Summa Summarum* in Sachsenhausen, wo wir uns zum ersten Mal begegnet waren. Verträumt lächelnd stand Lenchen im Publikum und ihr dunkler, ausdrucksvoller Blick hing an mir, während ich auf der kleinen Bühne stand und nur für sie sang und meinen Bass spielte.

Kleiner Wermutstropfen für mich: Diesmal war Jutta dabei, samt ihren baumelnden Ohrgehängen.

❄

Mitte November waren wir alle auf dem Debold-Hof zum Vertilgen der Martinsgans eingeladen. Das Gelage artete nahezu in Völlerei aus. Hilla hatte *drei Riesengänse* gebraten. Dazu Knödel, Maronen, Rotkraut, jede Menge Soße und als Nachtisch: Heiße Rotweinbirnen mit Heidelbeeren und Walnuss-Eis.

Soviel Futter wollte gut gespült sein. Rotwein und Bier flossen in Strömen unsere Kehlen hinab, die Stimmung wurde immer ausgelassener, die Musik immer älter, bis wir schließlich lauthals die wohlbekannten Songs aus unserer Teenager-Zeit mitgrölten.

Irgendwann riefen wir Taxis. Eins für Harald und Tabea, eins für Wolfgang und Silke und ein Sammeltaxi für uns Kalbachtaler – Jochen und Lydia, Herta und Matteo – ahja, und wir zwei – Lenchen und meine Wertigkeit.

Zu Hause angekommen, verabschiedeten wir noch lautstark zunächst den Taxifahrer und dann uns gegenseitig. Das taten wir so lange und ausgiebig gibbelnd und kichernd, unterbrochen von überlaut gezischten:

„*Pscht!* Net so *lauet*. Die Leut schlafe doch schon!", bis reihum die Fenster aufgingen und die Nachbarn sich beschwerten, weil sie eben nicht mehr schlafen konnten.

Das fanden wir dann wieder dermaßen lustig, dass wir erneut vor Lachen laut losprusteten. Naja, irgendwann verschwanden wir in unseren jeweiligen Domizilen, und es kehrte wieder Ruhe ein im nächtlichen Kalbachtal.

❆

Im Advent verbrachten Lenchen und ich ein Wochenende in ihrer Wohnung, die sie nach wie vor nicht mehr vermieten wollte. Wir bummelten über den Weihnachtsmarkt in Sachsenhausen und steuerten schließlich den Glühbierstand an. Dort trafen wir auf Dolores, die mit ihrem Freund und Lebensgefährten Sven unterwegs war. Wir vier prosteten uns gegenseitig zu, bis die Lichter des Marktes mit den vielen Sternen am Himmel zu einem einzigen Gefunkel verschwammen.

Uns sowohl gegenseitig stützend als auch aus der Bahn werfend schunkelten Lenchen und ich in allerschönster Zweisamkeit schließlich Richtung Wohnung, wo wir unseren Glühbierrausch ausgiebig ausschliefen.

Nach dermaßen viel Unternehmungslust und Alkoholkonsum war es mir ein großes Bedürfnis, den Rest der Adventszeit in stiller Einkehr daheim zu verbringen. Während Lenchen stark in die Kurse ihrer Yoga-Schule eingebunden war, zog ich mich aus der Bank ins *home office* zurück, ernährte mich weitestgehend von Kaffee aus meinem hammermäßigen Kaffeevollautomaten, Wurschtsemmeln und Laugenbrezeln.

Aber Wein und Bier – davor grauste mir.

❆

Kurz vor Heilig Abend traf dann auch meine kleine Französin wieder in heimischen Gefilden ein.

„*Bon jour, Papá!*" sowie drei Wangenküsschen. So begrüßte sie mich mit glücklich strahlenden Augen.

„Na, Paris bekommt Dir aber sichtlich gut, mein Schatz."

„*Oui*, und es ist *tres interessant* und *abbentoierliesch* und alles so anders und dann doch auch, als würde ich alles dort kennen und der *Maître* ist voll orientiert und *charmant* und ich kann so viel von ihm lernen und – ach Papa, das ist total krass dort!"

„Hey, komm erst mal an", bremste ich lachend ihren Überschwang.

Viel hatte ich zunächst nicht von meiner Tochter, denn kurz drauf ging es los. Fine, die gerade ihre privaten Yoga-Trainings absolviert hatte, kam im Schlepptau mit Lenchen, um die Heimkehrerin zu begrüßen. Die ersten Begrüßungsquietscher und -küsschen waren kaum getauscht, da schallte der Türgong erneut durchs Haus und kündigte Herta und Matteo an, die ebenfalls überschwänglich empfangen wurden.

Das war aber alles nix gegen den Furor, der entfesselt wurde, als Henry und René eintrafen. Hilfe, kann die Jugend sich denn nicht leise freuen?

Lenchen meinte: „Immer schön cremig bleiben, Alder. Wir können sowas mindestens in der gleichen Lautstärke."

„Cremig? Alder?"

„Jugendsprache. Soll heißen: Bleib locker. Alles wird gut."

„Wo hast Du *das* denn her?"

„Von die voll krassn Jungdlischen, die ich auch übelst Yoga beibring", informierte sie mich mit kehliger Stimme.

„*What?!*"

Malle lachte sich schlapp. „Ist echt lustig, sich mit denen zu unterhalten. Die sind ja alle noch etliche Jährchen jünger, als unsere Süßen hier. Erst voller Skepsis und dann total begeisterungsfähig."

„Hmpf!"

„Zuhören, Interesse zeigen ist denen wichtig. Das finden die mega. Bloß nicht den Fehler machen, ihre Sprache nachahmen zu wollen. – Dann haste voll verkackt", fügte sie grinsend und augenzwinkernd hinzu.

Ich schüttelte mein greises Haupt. Aber dann tauchte aus den Tiefen meiner Erinnerungen die Erkenntnis auf, dass wir uns damals auch durch einen eigenen, moderneren Sprachgebrauch gegen unsere Elterngeneration abgrenzen wollten. Oh, Mann! Inzwischen gehörten wir zu den sprachlich Ausgegrenzten.

❈

Während unserer Heilig-Abend-Fahrt nach Thüringen hatte Svenja mir jede Menge zu erzählen. Begeistert berichtete sie von neuen Techniken zur Rettung antiken Mobiliars, von besonderem Material zur Restaurierung oder Veredelung und von speziellem Werkzeug. Total begeistert war sie von einem sogenannten *speedheater*, mit dem durch Infrarotwärme alte Farben oder Anstriche von Holzoberflächen ohne umständliches und aufwändiges Abbeizverfahren entfernt werden konnten. Nasen und Umwelt schonend. Und schneller ging es mit der infraroten Hitze auch noch.

Und wie intensiv der ganztägige Unterricht in der kleinen Gruppe von sechs Lernenden sei. Aus halb Europa waren sie zusammengewürfelt.

„Emmi kommt aus Österreich. Die hot eechtn Weaner Schmäh. Wir verstehen uns super. Dann der Bente aus Dänemark, so n wahrer Wikingertyp: Groß, blond und wortkarg. Der Guiseppe von Sizilien, das totale Gegenteil: Kaum größer als ich, spindeldürr und babbelt in einer Tour. Aber die zwei sind'n prima Team. Der Miro aus Polen ist so n ganz ruhiger, aber wenn Du mal nicht weiterweißt, hilft er sofort. Und tatsächlich haben wir auch einen Franzosen in der Gruppe, Hugo. Kommt aus irgend so ner uralten Familie. Sieht man dem auch an. So minimalistisch elegant irgendwie. Wie der sich bewegt, wie der spricht, sogar der Blick hat so eine innere Weite. Ich weiß auch nicht. Auf jeden Fall ein interessanter Typ."

„Und in welcher Sprache verständigt Ihr Euch?"

„Och, in allen uns zur Verfügung stehenden, hauptsächlich Französisch und Englisch, dann mischt noch jeder paar Brocken in seiner eigenen Sprache dazu, und der Rest geht mit Gesten. Wir haben sogar sowas wie eine eigene Gebärdensprache entwickelt."

So in der Art ging es die gesamte Fahrt. Zusätzlich dudelte nach wie vor Samu Haber aus den Lautsprecherboxen. Das alles zwei Stunden lang.

Als wir auf den Parkplatz rollten, wurde sie still. Die gewohnte Anspannung trat auf. Wie war Lillys Gemütszustand in diesem Jahr?

Wir betraten die Vorhalle und wurden gleich von zwei fröhlichen Menschen begrüßt. Lilly stand da, ihre dicken, langen, lockigen Haare zu einem lockeren Zopf geflochten in lässig blauer Bluse und Jeans. Mein Gott, die Frau wurde tatsächlich nicht älter. Weder die Zeit noch der Kampf mit ihren Dämonen über all die Jahre hatten ihrer zarten Schönheit etwas anhaben können. Sie strahlte von innen heraus.

Neben ihr stand Dr. Burger, auch er lässig, aber mit intensiven Silberfäden in den Haaren und im kurz gestutzten Bart. Mit ihm hatte es die Zeit nicht ganz so gut gemeint. Einige Falten und Fältchen betonten sein markantes Gesicht, aber in seinen dunklen Augen schimmerte eine intensive Lebensenergie.

Nach einer ausgesprochen herzlichen Begrüßung bat er uns alle in sein Büro. Dort erklärte er uns die Fortschritte in der Festigung von Lillys Handhabung ihrer Krankheit. Lilly lächelte stolz und hörte Dr. Burgers lobenden und begeisterten Äußerungen zu.

Sie hatte in den letzten Jahren eine intensive Entwicklung erfahren, hatte gelernt, ihre Dämonen als Teil ihrer selbst zu akzeptieren, der niemals verschwinden würde und ihnen endlich so die Macht nehmen können. Schon lange brauchte sie keine Medikamente mehr. Allerdings waren ein geregelter Tagesablauf mit Arbeits- und Ruhezeiten wichtig sowie Entspannungstechniken, wenn's mal nicht so gut lief.

„Was heißt das jetzt genau?"

„Lilly hat einen kleinen Job im Rathaus, den sie täglich für zwei Stunden ausübt. Jemand von unserem Personal bringt sie hin und ist auch während der Zeit in erreichbarer Nähe. Lilly soll sich langsam an die Alltagswelt außerhalb unserer schützenden Mauern gewöhnen. Das klappt ganz gut, nicht wahr, Lilly?"

„Ja, außerdem habe ich viel Zeit für den kreativen Teil meines Lebens und bald eine Ausstellung in der *Kleinen Galerie* im Zentrum von Eisenach."

Dr. Burger und Lilly lächelten einander an.

„Wird Mama denn irgendwann mal wieder ganz gesund?", hakte Svenja nach.

„Nun ja, alles ist relativ. Die gesunde Seite ihrer Persönlichkeit wird die schwierigen Teile ihres Ichs immer besser in den Griff bekommen. Aber verschwinden wird die dunkle Seite nie."

„Muss sie dann für immer hierbleiben?" Leichte Enttäuschung schwang in Svenjas Stimme.

„Durchaus nicht. Ich sehe sogar große Chancen, dass sie im kommenden oder darauf folgenden Jahr ihr Leben außerhalb der Klinik wieder aufnehmen kann."

Mein Herz klopfte laut und Svenja rutschte begeistert auf ihrem Stuhl herum, als wir die aufregende Neuigkeit vernahmen.

Entsprechend lebhaft waren unsere Gespräche beim Essen in Lillys Wohnung. Von Plänen für die Zukunft, und seien sie noch so vage, waren wir alle Drei noch weit entfernt. Doch das unermüdliche Pflänzchen Hoffnung trieb erste Blättchen.

Nach dem Espresso holte Lilly das Geburtstagsdiorama für Svenja. Es zeigte eine mir unbekannte Szene: eine Riesenparty in einem mit Luftballons, Blumen und Kerzen geschmückten Privatschwimmbad, gemeinsam mit Henry, René und Fine sowie jeder Menge anderer junger Leute. Im Mittelpunkt Svenja mit einer winzigen Elfe auf ihrer Schulter.

Ein kleiner Bereich war abgeteilt. Dort stand der fette Geburtstagskuchen auf dem Tisch in unserem Esszimmer – der Eiffelturm mit der 21 obenauf.

❋

2017 – REINIGENDE GEWITTER
Frieden kannst Du nur haben, wenn Du ihn gibst.
Marie Ebner-Eschenbach

❋

Was für ein besch- Jahr!
„Gutes Neues Jahr! Und besser als das alte war!"
Ha! War wohl nix! Die guten Wünsche zum Neuen Jahr vepufften schon, kaum dass sie ausgesprochen waren.
Svenja war in Paris. Immer noch. Und ich vermisste sie. Immer noch. Klar, telefonierten wir. Manchmal. Ich wollte ihr mit meinen Anrufen ja auch nicht auf den Geist gehen. Und – selten, aber doch – skypten wir sogar. Auf jeden Fall machte sie stets einen glücklichen Eindruck. Das war ja wenigstens etwas.
Malle nervte zunehmend. Die nette Zeit, die wir im Herbst hatten, schien Jahrhunderte her. Nun ging es wieder los, das alte Spiel, jedoch mit neuer Taktik. ☹.
Immer wieder streute sie die Parkplatzgaragengeschichte ein. Nicht so insistierend wie sonst, immer so häppchenweise, dass das Ganze nicht in Streit ausarten konnte. ☹.
Dann Indienurlaub. Genauso nadelstichmäßig platzierte Winke. ☹.
Und zusätzlich zu allem Überfluss stetig wiederkehrende Randbemerkungen zu Paarberatungen, speziell zu einer Frau Dornfeld, die Lydia und Jochen ja *sooo* gut hatte helfen können. ☹.
Und in diesem Jahr wurden wir Toffifees alle 60. ☹.
Auch Jochen. Aber erst im November. Aber der Enthusiasmus der 50er fehlte jetzt, zehn Jahre später. Den Reigen der Feierlichkeiten, die trotzdem sämtlich wieder wie gewohnt im *D'Angelo* stattfanden, eröffnete freilich Herta mit ihrer Schnapszahl 55. Der erste 60er war Rolf im Februar. Und es sollte auch wieder eine Sommerparty auf dem Debold-Hof geben.
Motto diesmal? Schau'n wer mal.

❋

Zum Glück weilten Herta und Matteo derzeit in heimischen Gefilden. Und so hockte ich oft auf einen Tröstekaffee mit Keks bei ihnen. Gentlemanlike verzog sich Matteo dann grinsend mit seinem Kaffeebecher in irgendeine andere Ecke des Hauses und überließ Herta die Herkulesarbeit mit meinen Stimmungen aufzuräumen.

Oder ich flüchtete ins Büro und verwöhnte meine Mitarbeiter mit meiner so lang durch *home office* entbehrten, tatsächlichen Anwesenheit. Frederik ging es so lalla. Jedenfalls litt die Qualität seiner Arbeit nicht mehr. Aber zum Ausheulen kam er trotzdem noch zu mir. Hmpf! Doch was tut ein guter Captain nicht alles für seine Crew.

Zu Hause überfiel mich regelmäßig der intensive Drang in meinen Musigg-Raum zu verschwinden, um übungsmäßig meinen Bass zu quälen oder Stücke für das Repertoire der *Toffifees* zu arrangieren.

Malle überließ ich es gern selber, ihren Tag oder Abend für sich zu gestalten. Die war sowieso wieder öfter unterwegs. Kurse, Ashram oder Sachsenhausen. Was weiß ich?

Es wurde mir zunehmend egal. Oder egaler. Oder so. ☹.

Jedenfalls, kurz vor Ostern und damit kurz vor Svenjas Heimkehr wurde Malle 65. Sie meinte, das sei zwar bedenkenswert, aber nicht feierwürdig. Sie entschied sich für Kaffee und Kuchen in *Amélies Wohnzimmer,* einem kleinen Bistro-Café in Sachsenhausen. Das war tatsächlich so gemütlich wie der Name vermuten ließ. Ungemütlich war nur, dass auch noch Vierschrot-Jutta dabei sein musste.

Von ihrer Familie kam keiner. Fällt mir eben in meiner Lagavulin-Klarheit auf: Ihre Familie traf sie immer nur zu Weihnachten. Kein Geburtstag wurde gemeinsam gefeiert. Häufiger ertrug sie die Leutchen nicht.

❦

Dann war endlich Ostern. Svenja kehrte heim. Mit vielen neuen Kenntnissen, Eindrücken und Erlebnissen. Ostern waren sie alle bei uns. Und wenn ich sage *alle*, meine ich wirklich *alle*. **Alle** wollten Svenja wiedersehen und begrüßen, die Geschichten aus Paris hören und Fotos gucken.

Ich hatte die Schnappschüsse extra auf mein iPad geladen, damit sie als Bilderkachelschleife über den großen Fernsehbildschirm im Wohnzimmer flimmern konnten. Untermalt mit Musik aus Frankreich.

Das Kleeblatt klammerte fest zusammen, und es war kaum möglich mal einen oder eine voneinander zu lösen.

Sogar Suki kam mitsamt Lebensgefährten Vuyo, der aus Swasiland stammte. Sein Name bedeutete *Friede*. Und so war Vuyo auch: Friedlich, freundlich und fröhlich. Man musste ihn einfach gernhaben. Er half Suki liebevoll, sich zu setzen, denn ihr dicker Bauch beherbergte ihrer beider Nachwuchs, der sich einen enormen Platz in Sukis zartem Körper geschaffen hatte und – so sah es aus – wohl bald die Wirrnisse dieser Welt erkunden wollte.

Wieder ein Opa in meinem Dunstkreis. Diesmal würde es Harald treffen. Und natürlich auch Tabea. Oma und Opa. Die Einschläge kamen näher.

Misstrauisch musterte ich möglichst unauffällig Svenjas Bauch, suchte nach noch so kleinen Anzeichen einer etwaigen Schwangerschaft. Theoretisch wär das trotz ihres langmonatigen Aufenthaltes in Paris tatsächlich möglich gewesen, denn Henry und René hatten sie regelmäßig besucht.

Nö, nix zu entdecken. Puuuh! Ich war einfach noch nicht bereit für Opasein. Schon gar nicht, da es dann gleich *zwei* verrückte, werdende Väter geben würde.

Wolfgang und Silke hatten einen ihrer Beagle dabei, der gleich lustig mit Elo Barney von Jochen und Lydia Kontakt aufnahm. Die zwei beschnüffelten sich ausgiebig, tobten dann wie bekloppt durch Haus und Garten und ernteten jede Menge Lacher für ihre drolligen Spielchen.

Herta und Matteo brachten wieder jede Menge Kuchen mit. Zum Glück hatten Herta und Hilla sich abgesprochen, so dass der Kuchentisch bunt und voll, aber nicht überladen wurde. Gemeinsam mit Malle, die mich auch wieder mal mit ihrer Anwesenheit beehrte, kümmerten sie sich um Teller, Tassen und Besteck.

An meinen hammermäßigen Kaffeevollautomaten ließ ich das eifrige Trio dann aber doch nicht ran. Becher um Becher zapfte ich Kaffee, bis alle versorgt waren. Rolf leistete mir Gesellschaft und nuckelte bereits an einem Bier.

„Na? Nich noch n bisschen früh für n Bier?"

„Ach, Du weißt doch: Irgendwo auf der Welt …"

„Was'n los?"

„Hmpf!"

Ich zog beide Augenbrauen hoch und guckte nur.

„Die Sprossen meiner Lenden."

„*What?!*"

„Die Zwei glauben tatsächlich, sobald die Bachelor-Arbeiten durch sind und sie ihr Studium beendet haben, übernehmen sie die Firma und schicken mich aufs Altenteil."

Ich grinste: „Ach – erinnert Dich das an was?"

„Jou! Aber damals war die Firma eine kleine Familienklitsche. Und Vattern war n alter Mann."

„Und was macht Dir solche Sorgen, dass Du sie mit Bier betäuben musst?"

Rolf grunzte ein erneutes: „Hmpf!"

„Na, was?"

„So alt bin ich noch nicht."

„Und? Die beiden brauchen Führung. Das muss ich doch einem Chef mit 153 Angestellten nicht sagen."

„Nö. Aber Deinem Freund mit Alterungsproblemen."

„*What?!*"

„Ich bin jetzt 60 Jahre. Manchmal fühl ich mich wie 30, könnte Bäume ausreißen und Berge versetzen. Dann wieder tut mir alles weh, mein Kopf ist voll mit Watte, beim Pinkeln steh ich ne halbe Stunde vorm Becken und ich komm mir vor wie n 90-Jähriger, will nur noch schlafen."

Kam mir bekannt vor. „Was sagt Hilla?"

„Die hat selber mit sich zu kämpfen. Muss ich nich auch noch jammern."

„Nicht gut, Alter. Äh – schulligung. Red mit ihr. Hilla ist ne patente Frau. Die hat mit Sicherheit Verständnis für Dich und wird Dir dankbar sein, wenn Du Klartext mit ihr redest."

„Jou. Hast sicher recht. Ich mach morgen einen langen Spaziergang mit ihr. Bleiben noch meine übereifrigen Söhne, die meinen, mit einem Studium inklusive Praxissemester die Wirtschaftsweisheit der Welt gefressen zu haben."

„Ihnen das Gegenteil zu beweisen, sollte *Dir* doch wohl ein Leichtes sein."

„Worauf Du …" Er hob seine Flasche, nahm einen tiefen Zug, schlug mir auf die Schulter, und flüsterte: „Ist übrigens auch ein prima Rat für Dich und Malle, das mit dem Klartext."

„Hmpf!", kam es nun von mir.

Rolf grinste, schnappte sich zu seinem Bier ein Stück Kuchen vom Tisch und trollte sich Richtung Garten.

Trotzdem war die allgemeine Stimmung gut und die Willkommensfeier am Ostersonntag für meine Elfenprinzessin gelungen. Abends verlagerten wir das Ganze ins *Ristorante D'Angelo*. Nur Suki hatte sich bereits am späteren Nachmittag erschöpft mit Vuyo zurückgezogen.

Noch während wir bei Nino saßen und ausgelassen tafelten, kam der Anruf, der Harald schreiend und lachend vom Stuhl riss: Kaum hatten Suki und Vuyo uns verlassen, setzten die Wehen ein. Vuyo schaffte es gerade noch, daheim die Tasche zu holen und ins Geburtshaus Frankfurt zu rasen. Dort waren sie bereits während der Schwangerschaft von den freundlichen und kompetenten Hebammen gut betreut worden.

Von wegen Erstgeburten dauern immer lang! Das kleine Sonntagskind drängelte sich innerhalb von zwei Stunden ans Licht der Welt. So kurz nach der Geburt war der kleine Kerl weiß mit blauen Äuglein und hellem, lockigem Flaum auf dem Köpfchen. Wir waren alle gespannt, wieviele Pigmente es aus Vuyos dunkelbraunem Erbgut zu seinem Sohn geschafft hatten. Das würde sich aber erst in den nächsten Tagen oder Wochen zeigen.

Suki und Vuyo nannten ihren kleinen Sonnenschein Ayo. Das bedeutet *Glück*.

Auf jeden Fall hatten wir nun einen weiteren Grund zu feiern und bezogen alle Gäste und Angestellten mit in unsere überschäumende Freude ein.

Und Nino schmiss eine Lokalrunde Grappa und Amaretto aufs Haus.

❊

Ein paar Tage später hockte ich mal wieder bei Herta und Matteo, schlabberte Tröstekaffee und knabberte einen Keks dazu. Diesmal verdrückte sich Matteo nicht, sondern blieb bei uns sitzen. Sollte er ruhig. Ich ließ trotzdem meinem Jammer freien Lauf. Malle setzte mir mal wieder mächtig zu mit der Öffnung der Garage.

„Un warum willste des immä noch net mache?"

„Nö. Alles in mir sträubt sich dagegen."

„Ei, warum dann? Lilly is doch uff aane guude Weech in die Werklischkait. Da kannste doch aach emol mit Deine Altlaste uffräume."

„Schon. Aber die Garage bleibt zu."

Herta setzte zu einer weiteren Erwiderung an, aber Matteo hielt sie zurück.

„Lass gut sein, mein Knöpfchen. Jan isch no nit so wit. Aber Jan, da Du hier bei uns bist, wollen wir Dir eine Information im Vorhinein geben."

In meinem Nacken spürte ich ein unangenehmes Kribbeln, und so hatte Matteo meine volle Aufmerksamkeit.

„Wir werden in ein paar Tagen wieder in die Schweiz fahren, um nach einem adäquaten Landhaus Ausschau zu halten."

„Das werd ich wohl kaum verhindern können", knirschte ich.

Matteo grinste nur. „Aber es geht darum, wenn wir eines finden, was dann mit Hertas Häuschen passiert."

„Häh? Ich dachte, das wollt Ihr verkaufen?"

„Das haben wir uns anders überlegt." Er lächelte sein *Knöpfchen* an.

„Ei, wie? Jaaa, mer wolle net mehr verkaafe."

„So? Woher der Sinneswandel?"

„Die potentielle Käufer date mer net gefalle."

„Wieso? Kann Dir doch Wurscht sein, wer Dein Häuschen kauft. Hauptsache, der Preis stimmt."

„*Ei, was!* Mein Häusche liegt mer schon noch am Herzje. Des soll net irgend so aan Urumpel bekomme."

„Um das Ganze abzukürzen", grätschte Matteo dazwischen, „ich habe meiner süßen Frau den Vorschlag gemacht, dass sie ihr Haus behalten und nur vermieten solle. Mein ehemaliger Arbeitgeber hier in Frankfurt hat sicherlich einen Mitarbeiter auf Zeit, der einen bezahlbaren Unterschlupf braucht."

Automatisch und langsam nickte mein Kopf ein allmähliches Begreifen. Ich schluckte. „Und wie lange wollt ihr diesmal wegbleiben?"

„Solang wie's halt brauche dut", grinste Herta mit den Schultern zuckend.

„Aber wir sind guten Mutes, dass wir dieses Mal erfolgreich sein und unser zukünftiges Domizil finden werden", schob Matteo nach.

„Habt Ihr etwa schon was in Aussicht?"

Sie sahen sich an, grinsten verschwörerisch und gaben im Duett eine vage Verneinung. Die ich nicht glaubte. Aber ich würd's ja sowieso erfahren, wenn es denn soweit wäre. So genau wollte ich es jetzt noch gar nicht wissen.

Wie unter Betäubung wackelte ich nach Hause. Ich hatte das Gefühl, dass sich in meinem Daseinsgefüge gerade mal wieder alles verschob. Mein Leben war wie Island: Es hockte auf tektonischen Platten, die auseinander brachen.

Im Mai zogen Herta und Matteo los Richtung Schweiz und in Hertas Häuschen ein netter, junger Mann ein, der aus Rumänien von seiner Bank für ein paar Monate hierher zur Treu&Glauben-Bank Frankfurt geschickt worden war.

Junger Mann! Jetzt bezeichne ich schon einen Enddreißiger als *jungen* Mann. Was bin ich denn dann?

❋

Nach Ostern fuhr Svenja los in die *Möbelmanufaktur*. Nach einem langen Arbeitstag kam sie endlich wieder nach Hause, wo ich sie bereits mit Spannung erwartete. Sie hielt einen dicken, bunten Frühlingsstrauß im Arm, den wir erst mal in eine Vase stellten.

Ganz nach Wunsch hatte ich eine Gemüsepfanne für sie zubereitet mit gebratenem Grünem Spargel. Für mich gehörte allerdings noch ein ordentliches Steak dazu. Gemütlich hockten wir zu dritt am von Malle nett gedeckten Esstisch.

Svenja erzählte von ihrem Wiedersehensempfang. War doch tatsächlich ein etwas holperiger Anfang, denn sie kam zu spät.

„Warum denn das? Du bist doch früh genug hier losgefahren."

„Schon. Aber son Döskopp ist mir an einer Ampel hinten in meinen Meister Yoda gefahren."

„Oje, schlimmer Schaden?", erkundigte sich Malle.

„Nö. Nur Ärger. Der Kerl wollt auch noch frech werden. Fährt *mir* ins Auto und meint ich sei schuld, weil ich nicht früh genug losgefahren bin, als die Blechschlange an der grünen Ampel sich wieder in Bewegung setzte."

„*What?!*"

„Hmm-mh, schabsftdpolseirfm", mummelte sie vollen Mundes.

Ihre Essmanieren hatte Svenja wohl in Paris gelassen.

Malle kicherte, ich guckte nur mit hochgezogenen Brauen. Ab 20 Gramm …

Svenja kaute, schluckte und äußerte sich dann deutlich: „Ich hab sofort die Polizei gerufen und mich auf gar keine Diskussion eingelassen. Kurz bevor der Babbsack handgreiflich wurde, ging die Sirene. Die Kavallerie war da. Naja, alles aufnehmen, Versicherungskärtchen von dem widerspenstigen Kerl einfordern, das dauerte halt. Zum Glück war es nur ein kleiner Auffahrunfall mit geringem Schaden. Irgendwann konnte ich dann endlich weiterfahren. Aber dadurch kam ich zu spät."

Trotzdem war der Empfang herzlich. Alle waren froh, dass Svenja wieder da war, und natürlich musste sie von ihren Erfahrungen berichten. Es gab ein kleines Frühstück mit Kaffee, Tee und Laugenbrezeln. Und den dicken Blumenstrauß, für den wir vorhin eine Vase gesucht hatten.

Dann gab es noch eine Überraschung. Mitten im ausgelassenen

Geplauder ging plötzlich die Tür auf und ein Mann in Zimmerertracht marschierte herein. Alle schwiegen und sahen ihm erwartungsvoll zu, wie er den langen Stab und das Ränzel an der Tür abstellte und seinen Hut abnahm.

Dann erkannten ihn alle, und es setzte ein großes Hallo ein, denn Paul Jost war von seiner Walz zurückgekehrt, in die er gestartet war, als Svenja ihre Ausbildung in der *Möbelmanufaktur* begonnen hatte.

An dem Tag hatte Chef Gerald Mühe, sowohl sich selbst als auch seine Leute an die Arbeit zu bekommen, weil alle hochgradig neugierig den Geschichten aus Paris und von der Walz lauschten.

Kurz vor Feierabend hatte Svenja dann noch eine Unterhaltung mit Gerald, in der er ihr offerierte, die offizielle Ansprechpartnerin für Restaurationen antiker Besonderheiten zu werden, die immer mehr nachgefragt wurden.

Lief für Svenja. ☺.

❄

Ja, und dann waren auch Henry und René soweit.

Wir saßen gemütlich bei *D'Angelo* und speisten mal wieder vorzüglich. Die Zwillinge hatten sowohl ihre Eltern als auch Svenja, Fine und mich eingeladen. Und Malle. War trotzdem eine angenehme Stimmung.

Die beiden hatten mächtig abgeräumt, waren mit Leistungspreisen ausgezeichnet worden. Henry besonders für seine exzellenten und innovativen Ideen, die er in seiner Bachelorarbeit beschrieben hatte, René wurde besonders für sein soziales und persönliches Engagement belobigt.

Beide hatten in Verbindung mit den Auszeichnungen ein ordentliches Preisgeld erhalten und ließen es jetzt so richtig krachen.

Die Mai- und Juni-Käfer Wolfgang und Harald feierten ihre 60er Geburtstage – na, wo? Klar! Im *D'Angelo*.

Zu Haralds Feier kam auch Suki mit Mann und Baby. Suki und Vuyo hatten inzwischen geheiratet. Ganz unspektakulär, aber mit viel Freude und goldenen Ringen an den Fingern. Haralds Enkelchen war jetzt zwei Monate alt, und seine Haut wies einen zarten, warmen Goldton auf. Auch in den weichen, braunen Locken schimmerte es golden.

Er war ein fröhlicher, kleiner Kerl, der genau zu wissen schien, wie sehr er geliebt wurde und strahlte uns alle aus silbergrauen Augen an.

Und die Diskussionen mit Malle rissen nicht ab:
Garage öffnen. Nö. *Doch.* Nö.
Paarberatung. Nö. *Doch.* Nö.
Urlaub in Nordindien. Nö. *Doch.* Nö.
Urlaub auf Madeira. Doch. *Nö.* Doch.
4 : 0 für mich. Aber …
… Madeira war Sch- äh – ein Flopp. Nach den ganzen Zankereien waren wir beide irgendwie lustlos. In jeglicher Weise.

Keine Lust auf Ausflüge. Keine Lust auf Essen gehen, wenn doch, guckte jeder für sich in eine andere Richtung, weil – wenn wir anfingen zu reden, fanden wir mit Sicherheit was zu meckern.

Keine Lust auf Treffen mit Pepe und Yara. Die strahlten viel zu viel Harmonie und Familienglück aus. Kriegte ich Magenschmerzen von.

Keine Lust auf – nä! Schon mal gar nicht.

Wir versuchten es mit Abstand. Wir versuchten es mit Höflichkeit.

Wir – sie – ich – *Boah!*

Jeden Morgen erklomm ich meinen Felsen und schaute in die dunstige Weite. Aber auch dort lauerte nur Enttäuschung. Kein Sommerwiesenduft. Keine Lilly.

Ich fühlte mich so einsam wie schon lang nicht mehr.

❋

Da die *Toffifees* nun seit Längerem aus fünf Bandmitgliedern bestanden, brachten wir 60er in diesem Jahr 300 Lebensjahre zusammen, mit Herta und Malle sogar 420. Hilfe! Fast ein halbes Jahrtausend! Vor 420 Jahren schrieb man das Jahr 1597. Zeit der Renaissance. Überwindung des Mittelalters und Wiederbelebung antiker Werte, antiken Wissens und antiker Kunst.

Die 95 Thesen, die Luther 80 Jahre zuvor an die Tür der Wittenberger Schlosskirche genagelt hatte, hatten längst die abendländische Kirche in römisch-katholische und reformatorisch-evangelische Anhänger gespalten.

England wurde von Elizabeth I. regiert und geprägt. Viele Kriege wurden geführt, aber auch große Entdeckungen gemacht. Überall in Europa und auch in deutschen Landen gab es jede Menge Hexenprozesse, ein ganz berühmter fand in der Nähe von Frankfurt, in Birstein, statt.

Künstler wie Leonardo Da Vinci, Albrecht Dürer und Shakespeare brachten ein neues Denken, Bauen und Leben in die Köpfe der Menschen.

Die Mode war weit, prächtig und bunt. Männer trugen unterschiedlich farbige Strumpfhosen, deren Hüftbereich ballonmäßig betont wurde. Um den Hals wanden sich Spitzenkrägen, die teilweise Mühlsteinausmaße erlangten. Weite Mäntel, sogenannte Schauben, weite, schwingende Röcke, die Kleidung insgesamt geschlitzt, die Schlitze mit andersfarbigem Stoff unterlegt, Barrets auf den Köpfen und breite Schuhe an den Füßen, die passenderweise als *Bärenklauen* oder *Entenschnäbel* bezeichnet wurden.

Die Renaissance war das Thema unserer Sommerparty auf dem Debold-Hof. Das Buffet hatte Randolf Dietzel, ein mit Hilla befreundeter Caterer, im Stil der Zeit gestaltet und bestückt. Die Feier selbst war natürlich wieder leicht bis mittelschwer anachronistisch durch die Technik und die Musik, auf die wir keinesfalls verzichten wollten.

Und je später es wurde, desto neuzeitlicher wurde die Musik.

❈

Im Herbst kam der Klopper mit Hertas Häuschen.

Herta und Matteo kehrten aufgrund einer Benachrichtigung durch die Bank vorzeitig aus der Schweiz zurück. Damir Ardelian, der nette, junge Mann, der Hertas Häuschen gemietet hatte, war verschwunden. Er kam nicht mehr zur Arbeit, und eine Nachfrage bei der Banca Transilvania in Cluj-Napoca hatte keinen Erfolg, denn dort hatte er sich auch nicht gemeldet. Die suchten ihn ebenfalls. Telefonisch war der Bursche nicht erreichbar.

Herta und Matteo hatten nur einen kurzen Blick ins Haus geworfen und waren dann zutiefst schockiert gleich zu mir gekommen. Nun hockten sie bei Malle und mir in der Küche, Herta heulend in Matteos Armen. Ich hatte meinem hammermäßigen Kaffeevollautomaten vier Becher voll mit Trost spendendem Kaffee entlockt. Außerdem schenkte ich uns allen einen Grappa ein. Der war auch bitter nötig, denn das Haus von Herta war nicht mehr bewohnbar.

Als sich Herta einigermaßen gefangen hatte, gingen wir vier gemeinsam rüber. Ich zückte mein Handy und rief sofort die Polizei. Dann sahen wir uns um. Der Zustand der Räume war unbeschreiblich.

Es sah aus, wie auf einer Müllkippe. Schränke aufgerissen, die Inhalte von Kleidern oder Geschirr wahllos heraus gerissen und auf den Böden verstreut, ein Pappkarton mit halb aufgegessener, schimmelnder Pizza, Bad und Toilette total verwüstet, der Kühlschrank mit offener Tür und völlig verschimmeltem Inhalt, zerrissenes Bettzeug, das Bett aus massivem Holz zerbrochen, Türen aus den Angeln gerissen, Trittlöcher in Schränken – und so weiter und so fort.

Über allem waberten fürchterlicher Gestank, Fliegen und Krabbelviecher. Aber das Schlimmste war das Blut.

Zwar gehörte es leider zum Alltag der herbei geeilten Polizisten, Wohnungen von verschwundenen Mietnomaden zu besichtigen und den Jammer der Vermieter aufzunehmen, doch selbst die waren schockiert, als sie das an den Wänden verschmierte Blut und die getrocknete Lache in der Diele entdeckten. Nach einer kurzen Inspektion der Räume meinten die Polizisten, verwahrloste Wohnungen sähen anders aus und riefen die Kripo und die Spurensicherung.

Damir Ardelian war kein Mietnomade. Ihm war anscheinend Schreckliches widerfahren. Er wurde zur Fahndung ausgeschrieben. International. Auch seine trauernde Familie suchte nach ihm. Leider erfolglos.

Der arme Kerl wurde nie gefunden.

❋

Hertas Häuschen wurde zum Tatort erklärt. Nachdem die Spurensicherung ihre Arbeit abgeschlossen hatte, rückten die Tatortreiniger an. Die hatten eine ganze Woche zu tun, aber dann war zumindest von Müll, Krabbelviechern, Schimmel und Blut nix mehr zu sehen oder zu riechen.

Wundersamerweise war Hertas Schneiderei, die *Knopp-Kiste*, verschont geblieben, die verschlossene Tür weder beschädigt noch aufgebrochen.

Die demolierten Gegenstände der Einrichtung waren auf dem Müll gelandet. Blieben noch die anderen Schäden. Matteo war ein Mann schneller Entschlüsse. Er ging mit Herta durch das Häuschen und fertigte eine lange Liste der Utensilien, die ersetzt oder repariert werden mussten, an.

Dann engagierte er die entsprechenden Handwerker, die tatsächlich auch sofort Termine für ihn frei hatten und mit ihren jeweiligen Mannschaften anrückten. Wie machte der Kerl das bloß? Normalerweise musste man nur auf einen Besichtigungstermin ewig warten. Außerdem bekam Hertas Häuschen ein neues Bad und eine neue Toilette. Dafür sorgten Leute aus Rolfs Team. Und die Tischlerarbeiten erledigte Svenja mit einem Kollegen der *Möbelmanufaktur*.

Ende September war das Häuschen wieder neu und wie aus dem Ei gepellt.

❋

Kurz vor Svenjas Geburtstag erhielt ich einen Anruf, der mich um Fassung ringen ließ. Lilly war in Frankfurt und bat darum, mich sehen zu dürfen.

Mich. Sehen. *Dürfen?* Mein Gott! Was für eine Frage!

Lilly war in Frankfurt – und ich völlig aus dem Häuschen.

Ich eilte. Ich flog.

Wir trafen uns im Palmengarten.

Die herbstliche Sonne strahlte vom knallblauen Himmel. Die Blätter wetteiferten in ihren Färbungen und letzte Schmetterlinge flatterten zwischen schwankenden Gräsern umher. Sie saß schon auf der Bank am kleinen See und beobachtete eine dicke, blaue Libelle, die über die Seerosenblätter brummte.

Mein Herz klopfte laut, als wolle es mir aus der Brust springen.

In dem Moment drehte Lilly sich um und strahlte mir entgegen.

Mein Herzchen tat einen kleinen Freudenextrahüpfer.

Als ich auf sie zuging, erhob sie sich. Meine kleine Sonne.

Und dann lagen wir uns in den Armen. Ihr zarter Duft nach Sommerwiese hüllte uns ein, und die Jahre fielen von unseren Schultern.

Ich weiß nicht, wie lange wir so standen, bis wir uns zögernd voneinander lösten und gemeinsam auf der Bank Platz nahmen. Auf unserer Bank, die bereits dort unter der Weide stand, als wir uns vor vielen Jahren gerade kennen gelernt hatten und romantische Spaziergänge durch den Palmengarten unternahmen.

Stets waren wir dann hier gelandet, um Stunden damit zu verbringen, eng umschlungen einfach nur da zu sitzen, in der Dämmerung auf den kleinen See zu schauen und später dann in die Weiten des nächtlichen Sternenhimmels.

War lange, lange her. War anders jetzt.

Mein Magen brannte, denn sauer stießen die jahrelang unterdrückten Enttäuschungen durch den Deckel der Vernunft, hauten die Glückseligkeit der Wiedersehensfreude mal eben so beiseite. Hin und her gerissen von meinen widerstreitenden Gefühlen, gewann mal wieder mein Teufelchen die Oberhand und boxte meinem Engelchen eins auf die empfindsame Nase.

Und so blubberte es aus meinem Mund: „All die Jahre ... Und jetzt bist Du mal so eben wieder hier in Frankfurt."

„Nicht mal so eben. Ich werde jetzt wieder hier leben."

„*What?!*"

„Ich hoffe, wieder Teil Eures Lebens werden zu dürfen", sagte sie leise.

„Aber Du weißt nix von uns und unserem Leben", wandte ich lahm ein.

„In meinen Gedanken war ich oft bei Dir und bei Svenja."

Und dann ging es los. Mein Hirn hatte Sendepause, meine Zunge Logorrhö: „Von einer *mentalen* Mama hatte Svenja nicht wirklich was. Und Du weißt *nix* von Svenja. Weißt nix von ihren Masern, als sie von juckenden, roten Pusteln überzogen, hoch fiebernd, nackt auf dem Leintuch lag, weil sie nicht mal ein kleines Hemdchen auf ihrem geschundenen Körperchen ertragen konnte. Du warst nicht da, um ihr Linderung zu verschaffen, mit lauwarmen Waschungen und Zinksalbe. Ich war da. Und Herta hat damals, wie so oft, *Deinen* Part übernommen.

Du weißt auch nix von der alten Frau auf dem Markt, die im Gemüse herum suchte. Svenjalein erkannte die Hexe aus dem Märchenbuch in ihr – eine dicke Warze auf der krummen Nase, gebeugter Rücken und von Gicht krumme Hände. Mit ausgestrecktem Zeigefinger und piepsiger Kleinmädchenstimme verkündete sie lauthals: ‚Guck mal, Papa, da ist die Hexe von Hänsel und Gretel!'

Du weißt nix von dem kleinen Stalker in der dritten Klasse, der Svenja verfolgt hat mit frühreifen Liebeserklärungen und abstruser Schulkindromantik.

Und auch von ihren späteren Erlebnissen weißt Du nix.

Von ihrem Frauwerden, samt meiner Schwierigkeiten und Kümmernisse mit einem Teenie-Mädel weißt Du nix.

Von ihren Klassenfahrten weißt Du nix und von unserer Finca auf Madeira ebenso wenig. Oder davon, als ich sie sturzbesoffen aus einer Disco geschleppt habe und sie mir zum Dank mein T-Shirt vollgekotzt hat. Nix von der Segelohren-OP, zu der Marlene ihr verholfen hat, weil auch ich zu blöd war, zu erkennen, was in ihrer kleinen Teenieseele so alles abging, weil sie von ihren Mitschülern gehänselt und gemobbt wurde.

Du weißt nix von so Vielem, das wir erlebt haben, von Svenjas Ängsten und Nöten, von ihren Freuden, ihren Wünschen oder ihren Plänen. Oder von ihrem Ordnungsfimmel und ihrer Sorge, nicht gut genug zu sein für was auch immer.

Von mir will ich gar nicht reden. Aber Du weißt nix, absolut nix von unserem Leben ohne Dich. Und nun platzt Du wieder herein. Glaubst Du allen Ernstes, dass Du einfach so an uns anknüpfen kannst? An das Leben Deiner Tochter? An *mein* Leben?"

Kopfschüttelnd saß ich da und schaute Lilly fassungslos an. Alle Kraft und Spannung waren aus meinen Muskeln gewichen. Ich verstand mich ja selber nicht mehr. All die Jahre lang hatte ich es mir so sehr gewünscht, dass Lilly wieder da wäre. An meiner Seite. Und an Svenjas.

Und jetzt, so kurz vorm Ziel, haute ich ihr all den Frust meines Alleinseins und mit Svenjas verlorenen Kinder- und Teenie-Jahren um die Ohren, als wollte ich sie endgültig verscheuchen. Das Herz klopfte mir bis zum Hals.

Lilly sah mich lange stumm an.

Ich blieb ebenfalls stumm, hatte all mein emotionales Pulver verschossen. Schließlich holte Lilly tief Luft. Dann begann sie zu reden.

„Es stimmt alles, was Du sagst, Jan. Ich war nicht da für Euch, all die Jahre. Ich war auf Dämonenjagd. Hab gekämpft mit Wesen, die eigentlich allesamt ich waren. Da waren nicht nur dunkle Wesen, auch licht- und kraftvolle, die ich dann weiter auf meiner Suche mitnehmen konnte, nach den Wurzeln meiner Ängste. Die reichten nicht nur in meine Vergangenheit sondern auch weit darüber hinaus in die vergangenen Leben meiner Mutter, meiner Großmutter und Urgroßmutter.

Das soll jetzt keine Entschuldigung sein für meine vielen Versäumnisse Euch gegenüber. Ich konnte es nur nicht besser. Hätte ich es besser gekonnt – ich hätte es ganz sicher besser gemacht.

Doch trotz all der Schwierigkeiten in all dieser Zeit war ich irgendwie immer bei Euch, bei Dir und Svenja. Das müssten Dir doch die Dioramen gezeigt haben, die ich von Svenjas Geburtstagen und auch von dem Diamantfest Deiner Eltern gemacht habe, ohne jegliche Gelegenheit, physisch an einem davon dabei gewesen zu sein. Etwas von mir war immer Teil Eures Lebens.

Und jetzt, wo all die Scherben und Splitterstücke meiner Persönlichkeit zu einer mehr oder weniger harmonischen Einheit gefunden haben, halten sowohl Dr. Burger und sein Team als auch ich mich selbst für fähig, wieder ein Leben außerhalb der Klinik und ohne Medikamente führen zu können.

Ja, ich hatte gehofft – und tue es noch – in irgendeiner Form von Dir und Svenja in Eurem normalen Alltag angenommen zu werden. Keinesfalls bin ich aber so vermessen, zu glauben, *einfach so* wieder an unser gemeinsames Leben anknüpfen zu können."

Sie schwieg und ein Flehen stand in ihren großen, himmelblauen Augen.

Mein Herz und mein Atem beruhigten sich langsam, ich nickte ihr zu: „Und was willst Du genau? Wie sind Deine Pläne?"

„Ohne klare Ziele und Möglichkeiten für ein Leben mit und unter Menschen mit üblichem Alltagsablauf hätte mich Dr. Burger nicht entlassen können. Geist und Seele habe ich zwar gut aufräumen können, aber ich weiß, dass ich immer eine gewisse Labilität aufweisen werde. Und ich habe in der Zeit meines langen Klinikaufenthaltes viele psychisch entstressende Werkzeuge mentaler Art erhalten. Ohne gleich immer zu Medikamenten greifen zu müssen, wie Du bereits weißt.

Konkret heißt das: Ich habe immer noch Kontakt mit Gerald von der *Möbelmanufaktur*, bekomme immer noch Tantiemen aus dem Programm mit den Wurzelholzmöbeln und Filzfelsen. Über ihn habe ich eine kleine, feine Wohnung in der Nähe der Werkstatt bekommen. Dort werde ich wohnen und arbeiten. Ich bin gerade beteiligt an neuen Entwürfen.

Außerdem hab ich, wie Du auch weißt, während meines Klinikaufenthaltes in meinen immer klarer werdenden Jahren wieder angefangen zu malen.

Ausstellungen in der Klinik und auch in der Eisenacher *Kleinen Galerie* waren recht erfolgreich. Das Rathaus Eisenach hat die ‚Unterwasserwand' meiner ersten Ausstellung von mir erworben und schmückt dort die Halle.

Und hier in Frankfurt präsentiert demnächst ebenfalls eine Galerie einige meiner Werke."

Sie machte eine kleine Pause, in der mir klar wurde, dass auch ich so gut wie nichts von dem wusste, was sie in den vergangenen Jahren auszufechten hatte.

Sie lächelte sanft und reichte mir einen zartgrünen DIN-A-5-Briefumschlag. Ich entnahm ihm eine geklappte Karte. Auf der Vorderseite prangte ein bekanntes Motiv – die kleine, lichtvolle Elfe, die stets in den Dioramen auftauchte. Ich klappte die Karte auf. Es war die Einladung zur Vernissage ihrer Bilder Mitte Oktober.

„Ich freue mich, wenn Du kommst. Svenja und Herta werden ebenfalls eine Einladung erhalten."

Mit diesen Worten stand sie auf, beugte sich zu mir herunter, küsste mich zart auf die Stirn und entschwand.

Ich saß noch lange da und starrte auf das Gedicht, das auf der linken Innenseite der Karte stand. In ihrer Handschrift, aber nicht mehr zittrig, sondern kräftig.

PHÖNIX
Und Phönix gleich
entsteige ich der Asche meiner Träume -
blicke auf zu klarem, warmem Licht.

Mein Lächeln wie der Mond noch kühl und bleich,
schwing ich auf in neue, weite Räume -
werfe ab das schwere Tränengewicht.

So finde ich mich und fühle mich reich,
schlage Wurzeln, werde stark wie uralte Bäume -
und neue Lasten und Mühen brechen mich nicht.

❋

Natürlich kam sie zu Svenjas Geburtstag.

Ich hatte Malle informiert, dass Lilly die Klinik hatte verlassen können und nun wieder in Frankfurt wohnte und arbeitete. Ich hatte ihr auch erzählt, dass sie uns an Svenjas Geburtstag besuchen käme.

Malle war mächtig nervös an dem Tag, hatte alle Termine in der Yoga-Schule Dolores überlassen oder abgesagt, zog sich drei Mal um, brachte keinen Bissen runter, trank dafür jede Menge Yogi-Tee und musste entsprechend oft die Toilette aufsuchen.

Schließlich konnte ich ihr Elend nicht mehr mit ansehen, nahm sie in meine Arme und drückte sie sanft an mich. Sie ließ es wortlos geschehen, wurde tatsächlich etwas ruhiger, verhielt sich aber weiterhin ungewöhnlich gehemmt.

Svenja hatte früher Feierabend machen dürfen und kam bereits am Nachmittag nach Hause. Da Lilly in der Nähe der *Möbelmanufaktur* wohnte, brachte Svenja sie einfach mit. Stolz wie Oskar fuhren die beiden vor.

Lilly strahlte uns alle glücklich an, und mir schien es, als würde es heller im Haus. Die Begrüßung war dank ihrem Charme recht locker. Sie nahm Malle einfach in die Arme, gab ihr Küsschen auf die Wangen.

Kaum hatte Lilly mit feuchten Augen die „neue", inzwischen zehn Jahre alte Küche mit den vor so langer Zeit von ihr bemalten Fronten bestaunt, erschallte der Türgong. Herta kam mit Matteo und einer riesigen Pistazientorte. Auf der thronte heute mal keine Jahreszahl, sondern eine kleine Elfenprinzessin.

Zum Glück trug Matteo die Torte, denn als Herta Lilly entdeckte, rannte sie mit einem kleinen Freudenschrei auf sie zu. Lilly breitete die Arme aus und fing ihre Freundin auf. Zwanzig Jahre der Trennung verflogen in einem Husch, und die beiden lachten und weinten und tanzten in gegenseitiger Begeisterung wie kleine Mädchen im Raum herum.

Dann traf die Debold-Family ein. Rolf und Hilla kannten Lilly auch noch von früher und schlossen sie tief bewegt in ihre Arme. Henry und René, mal ungewohnt leise und höflich, gaben Lilly artig die Hand, stellten sich vor und deuteten ein leichtes, respektvolles Kopfnicken an. Sie wollten unbedingt einen guten Eindruck auf die Mama ihrer Liebsten machen.

Auch Harald und Tabea sowie Wolfgang und Silke erschienen, freuten sich, lachten und weinten und umarmten Lilly glücklich.

Dann tauchte auch noch Fine auf. Lilly freute sich, Svenjas Freundin kennen zu lernen, war damit aber am Rande ihres Fassungsvermögens angelangt. Ich verschaffte ihr eine kleine Verschnaufpause, indem ich alle an den Kaffeetisch bat, auf dem bereits die Pistazientorte mit der Elfe prangte.

Nachdem wir uns ordentlich die Bäuche mit Kaffee und Torte vollgeschlagen hatten, kam das Gespräch auf den Pariser Aufenthalt von Svenja. Sie holte ein überquellendes, in Leder gebundenes Notizbuch, dessen Deckel mit dicken Gummibändern gehalten werden musste, damit er schloss.

Sowohl Lilly als auch ich guckten erstaunt und gespannt auf das Buch. Dann schlug Svenja es auf und ließ uns alle an ihren Skizzen, Aufzeichnungen und Bemerkungen teilhaben, die sie während der gesamten Dauer angefertigt hatte.

Es war wie eine kleine Reise durch Paris mit seinen Straßencafés, der eindrucksvollen Kuppel von Montmartre, dem Eiffelturm, Notre Dame, elegante Bogengänge im Marais, *Shakespeare & Company* – der grüne, prallvolle Buchladen mit den roten Türen im Quartier Latin, Porträts ihrer Mitschüler sowie Maître Bonnard und natürlich alte Möbelstücke, Detailzeichnungen, Stichworte, Notizen, kleine Gedichte und Beschreibungen. Und zwischendrin immer wieder getrocknete Blüten oder Blätter.

Ich schaute zu Lilly, die fasziniert im Ideenbuch ihrer Tochter blätterte, das Svenja ohne es zu wissen genau so führte, wie Lilly ihr eigenes.

Damals. Vor langer Zeit.

Lilly spürte wohl meinen Blick, sah auf und wir lächelten einander an.

Dann war der Zauber des Moments auch schon wieder verflogen, denn ich spürte ein Kribbeln im Nacken, drehte mich um und sah in ein anderes Augenpaar, dessen dunkler Blick mein Lächeln gefrieren ließ: Malle, tieftraurig.

Herta stand auf und räusperte sich. Als sie alle Aufmerksamkeit hatte, nahm sie eine Mappe in die Hand und wandte sich an Svenja.

„Mein liebes Padekind, mit Daane 22 Johr biste nu voll im Lebe aangekomme. De Beruf, den De gewählt hast, dut stimme. Un die Liebe dut glaisch dobbelt für Disch stimme. Matteo-mein-Mann – " Herta grinste, als ihr diese Worte über die Lippen rutschten, machte aber weiter: „Matteo un isch habbe des Domizil unserer Träume gefunne. Abbä maan Häusche möscht isch net an irschend so aan Hannebambel verkaafe. Vermiete aach net mehr. Maan Häusche dut mer noch immä am Herzje liesche. Du, Svenja, dust des aach. Un desdewesche möscht isch es gerne an Disch übbätraache. Meine liebe Svenja – hättst es gern? Dann gebb isch diese Urkund noch heut an de Notar."

Mit dem letzten Satz ihrer für Herta ungewöhnlich langen Rede, öffnete sie die Mappe und streckte sie ihrem Patenkind entgegen.

Verdattert griff Svenja zu. Gemeinsam mit ihren sie eng umringenden Freunden starrte sie auf das Dokument. Sie schwankte, doch Fine hielt sie fest im Arm und die Zwillinge flankierten die Mädels und hielten sie ebenfalls eng umschlungen.

‚Harmonieknubbel', wischte es mir durchs Hirn. Glücklicherweise klebte meine Zunge am trockenen Gaumen und meine Lippen bappten aufeinander.

Matteo und Herta hatten tatsächlich ihr Traumdomizil in der Schweiz gefunden. Es war die Alpe, auf der sie sich vor fünf Jahren kennen gelernt hatten. Im Sommer waren sie dort hinauf gewandert und hatten erfahren, dass der Senner den Betrieb nicht mehr schaffte. Aber er hatte keinen Nachfolger.

So hat es nicht lange gedauert, bis die Beiden erst sich selbst und dann auch ihn überzeugt hatten, ihnen die Alpe zu verkaufen. Natürlich mit lebenslangem Wohnrecht für ihn.

Es dauerte ein bisschen, bis Svenja sich gefasst hatte, dann schmiss sie sich in die Arme ihrer Godi und verteilte jede Menge Küsschen übers Gesicht, wie sie es schon als kleines Mädchen gemacht hatte, wenn sie sich freute.

Als wir später die Feier wie gewohnt ins *D'Angelo* verlagern wollten, verabschiedete Lilly sich. Sie sah ein wenig erschöpft aus. Ich konnte nur ahnen, wie sie sich fühlte. Vertraut und doch fremd, sowohl in ihrem früheren Heim als auch mit den Menschen. Alles war annähernd so wie früher, aber eben doch anders. Zwanzig Jahre sind eine wirklich sehr lange Zeit.

In dieser Nacht fanden Malle und ich nicht wirklich in die Ruhe. Sie robbte sich in meinen Arm. Ich spürte sie und die warme Nähe ihres durchtrainierten Körpers – aber ihr Duft stach mir in die Nase.

Irgendwie ertrug ich ihn nicht mehr. Er nahm mir buchstäblich den Atem.

❃

Nur widerwillig hatte ich mich nach ewigen Diskussionen breitschlagen lassen, zu einer Paartherapie zu gehen. Als die Tür zur Praxis der Therapeutin aufging, wünschte ich, dass mir schnell flatternde Hermesflügel an den Fersen für eine rasante Flucht zur Verfügung stünden. Doch Sagenhelden gab es nicht mehr, Fluchtmöglichkeiten auch nicht, und so blieb mir nichts anderes übrig, als Malle und der Therapeutin in die Praxis zu folgen. Die trug ein aufgesetztes Lächeln um den Mund, wie fest getackert.

Bald saßen wir in einem wohnlich eingerichteten Raum, jeder für sich in einem kleinen Clubsessel. Viel Weiß und helles Grau gab es hier, mit ein paar Farbtupfern in zarten Grün- und Rosé-Tönen und pastelligem Gelb.

Und in einem Gestell aus dicken Bambusrohren hing ein großer Gong.

Ich atmete tief durch, betrachtete das große Bild mit der sommerlichen Blumenwiese an der Wand und ließ meinen Gedanken freien Lauf. Auf solch einer Wiese wäre ich jetzt viel lieber. An jedem anderen Ort der Welt wäre ich jetzt viel lieber. *Außerdem erinnerte mich das Sommerwiesenbild in seiner Leichtigkeit an Lilly und ihren zarten Duft, der sie stets begleitete.*

„Jan?" tönte es fragend an mein Ohr. „Wo bist Du schon wieder? Frau Dornfeld hat uns was gefragt. Deine Antwort bitte."

Malle! Kurz und knapp, das konnte sie gut. Verdammt! Also schwieg ich demonstrativ, ignorierte meine insistente Lebensgefährtin und sah mit leicht hochgezogener Augenbraue die Therapeutin an.

Die beschwichtigte erst mal. „Ja, also, Herr Winter, wir sind gerade erst dabei, uns näher kennen zu lernen. Was halten Sie davon, wenn wir uns bei den Vornamen nennen?"

„Nix." Einsilbig nuschelte ich meine Antwort dahin.

„Ich finde die Idee gut, Jan. Das senkt die Hemmschwelle." Malle war mal wieder ganz schön tonangebend.

„Soso." Schwellen waren schließlich dazu da, um zu hemmen. Und ich wollte hemmen. Und heim. Vor allem wollte ich heim.

„Sie müssen das nicht, Herr Winter. In diesem Raum wird niemand zu etwas gezwungen. Alles geschieht freiwillig."

Nicht so ganz, fand ich. Aber dieses Mal behielt ich meine Murmelei lieber für mich, denn ich konnte sie bereits sehen, die dunklen Gewitterwolken, die um Malles schöne Stirn waberten.

„Nun, Marlene erwähnte bei der Terminvereinbarung eine leichte Diskrepanz in Ihrer beider Beziehung."

Ich schnaubte nur.

Malle sah mich eindringlich auffordernd an und ließ dann den Blick Verständnis heischend zu Frau Dornfeld wandern. Frauen!

Wenn schon Paartherapie, warum dann nicht wenigstens bei einem männlichen Therapeuten? Aber auch bei dieser Auswahl war meine Mitsprache eher gering geschätzt worden. Malle hatte vehement die Therapie gefordert, hatte trotz meiner Einwände den Termin hier bei dieser Psycho-Tante gemacht, nur, weil die auch schon Jochen und Lydia gut hatte helfen können.

„Dann beschreiben Sie mir doch bitte mal, worin Ihre Schwierigkeiten bestehen, Marlene." Die Therapeutin blieb freundlich-ruhig.

„Das erleben Sie doch gerade, Ella. Er verweigert sich. Wenn Jan was gegen den Strich geht, sagt er nichts. Er ist in keinster Weise kooperativ."

„Das ist so nicht richtig, Malle. Ich – " Weiter kam ich nicht.

Malle schnellte von ihrem Clubsessel und wies mit der flachen Hand auf mich: „*Da!* Hören Sie, Ella? *Nur* Widerspruch."

„Bitte setzen Sie sich wieder hin, Marlene, und beruhigen Sie sich bitte."

„Und Du? Von Dir kommen keine Vorschläge oder Fragen mehr wie früher. Nur noch Ansagen im Befehlston", konterte ich, die bemühte Therapeutin ignorierend.

„Gar nicht! Ich wünsche mir konkrete Antworten auf konkrete Fragen."

„Du stellt keine konkreten Fragen, auf die ich konkret antworten könnte."

„Und überhaupt! Immer rennst Du davon oder redest von was ganz Anderem, wenn ich mal ein Problem mit Dir klären will."

„Und Du bist nur noch kratzbürstig. Statt ständig über irgendwelche Probleme quatschen zu wollen, die sowieso nur in Deiner Phantasie bestehen, könntest Du ja auch mal wieder sanfter mit mir umgehen."

„Ach, das ist ja wieder mal typisch! Ich bilde mir wohl meine Verwirrung nur ein und soll den Herrn auch noch beschmusen, damit er wieder lieb ist?"

„Jetzt schwatz doch nicht daher wie ein Kind."

Malles wütende Antwort ging in einem runden, rollenden **GONNNG!** unter. Rigoros beendete die Therapeutin Runde Eins.

„Marlene. Herr Winter. So geht das nicht. Sie sind beide emotional tief verletzt. Da braucht es ruhige Sachlichkeit, um Klärung zu erlangen."

Stumm saß Malle in ihrem Clubsesselchen und sah demonstrativ aus dem Fenster. Ich tat es ihr gleich, aber statt aus dem Fenster, starrte ich wieder auf die gemalte, große Blumenwiese.

„Hm-m", räusperte sich die Therapeutin Ella Dornfeld. „Marlene, Herr Winter, bitte sehen Sie sich an."

Widerstrebend und langsam drehten wir einander die Köpfe zu und beschossen uns mit bösen Blicken.

„Gut. Und das Ganze jetzt ein bisschen freundlicher."

Ich holte tief Luft, und im Ausatmen nuschelte ich wieder vor mich hin.

„Was haben Sie gesagt, Herr Winter?" Gnadenlos hakte die Therapeutin nach.

„Naja, das mit dem Kind nehm ich zurück", brummelte ich.

„Ach! Sowas nennt der Herr dann wohl auch noch Entschuldigung?" Malle.

„Was willst Du denn noch? Soll ich vielleicht auf die Knie fallen in meinem Alter? Du weißt schon, dass ich Schmerzen in beiden Knien habe oder?"

„Wenn das lustig sein sollte, dann ist *der* Witz aber an mir vorüber gegangen."

„Ja, klar, an Dir gehen meine Witze nur noch vorüber."

„Du machst ja auch keine mehr. Du bist nur noch beleidigend oder selber beleidigt."

„Danke, dito."

GONNNG! Ende von Runde Zwei. Die Therapeutin sah uns strafend an.

„Sie sollten sich beide den Ernst Ihrer Lage klar machen. Ihre Beziehung war doch mal von Liebe geprägt. Nun schauen Sie mal in sich hinein, wo die Liebe zu Ihrem Partner, Ihrer Partnerin sich im Moment befindet."

Malle war unversöhnlich. Als sie bemerkte, wie ich meinen Blick senkte, ritt sie eine weitere Verbalattacke: „Typisch! Du kannst Liebe nur über Sex definieren."

Verblüfft sahen sowohl ich als auch Frau Dornfeld sie an.

Aber Malle war noch lang nicht fertig: „Ich hab Deinen Blick gesehen, Jan. Der ging eindeutig zum Reißverschluss Deiner Hose. Aber das kannst Du knicken, mein Lieber", ätzte sie weiter und hackte ihren Zeigefinger in meine Richtung. „Wenn Du Dich nicht änderst, dann läuft da gar nix mehr."

„Daran habe ich jetzt gerade überhaupt nicht gedacht. Auch nicht im kleinsten Winkel meines ärmlichen, männlichen Hirnes. Aber was willst Du, Malle? Beziehung? Keine Beziehung?"

„So will ich jedenfalls keine Beziehung mehr mit Dir. Du müsstest Dich ändern, sonst – " Malle bis sich auf die Lippe, ließ den weiteren Satz in der Schwebe. Sie war wohl gerade voll in eine eigene innere Falle getappt.

Ehe noch mehr schwerwiegende Worte fallen konnten, grätschte Ella Dornfeld zwischen unsere erhitzten Gemüter. „Marlene, Herr Winter, bitte bewahren Sie Ruhe. Wir sind nicht hier, um Forderungen zu stellen, sondern um mittels Fragen Irritationen aus Ihrer Beziehungswelt zu schaffen."

Doch wiederum ignorierte ich die Therapeutin. Diesmal war ich es, der fett nachhakte: „*Iiich?* Nur *ich* muss mich ändern? Sonst – sonst was, Malle?"

Sie straffte die Schultern: „Sonst ziehe ich ganz aus."

So. Jetzt war es raus.

Die Therapeutin schnappte nach Luft, wollte noch rettend eingreifen, doch da kam es bereits von mir: „Dann mach das." Kurze, knappe Captain-Ansage.

Dröhnende Stille.

Ich erhob mich aus dem kleinen Sesselchen, in dem ich eigentlich recht bequem gesessen hatte. „Es reicht, Marlene. Ich mag nicht mehr. Nimm die paar Brocken, die Du noch in meinem Haus belassen hast und zieh endgültig aus. Und das bitte so schnell wie möglich."

Ich wandte mich an Ella Dornfeld: „Danke für Ihre Bemühungen, aber mir reicht es jetzt. Gehaben Sie sich wohl. – Und Du auch, Marlene."

Im Hinausgehen hörte ich Marlene aufschluchzen.

Seltsamerweise rührte das in meinem Inneren keine Saite mehr an.

❈

Nach meinem furiosen Abgang aus der Praxis der Paartherapeutin war ich erst ziellos in der Abenddämmerung durch Sachsenhausen gewandert. Dann am Fluss entlang und später über den „Eisernen Steg". Hatte von dort den darunter her schippernden Frachtkähnen zugesehen. Und dem letzten Sonnenlicht, das sich funkelnd in den Wellen brach.

Die Straßenbeleuchtung glomm auf. Ringsum schmückten sich die hohen Häuser mit leuchtenden Fenstern. Immer noch stand ich auf der Brücke, beobachtete nun die bunten Lichtreflexe im zitternden Wasser. Ich zitterte auch, denn langsam spürte ich die Kälte.

Die tief in meinen Hosentaschen vergrabenen Hände waren in Fausthaltung verkrampft. Genauso wie die gekrümmten Zehen in meinen Schuhen.

Schließlich raffte ich mich auf, ging den langen Weg zurück zu meinem Auto. Natürlich prangte ein fetter Strafzettel an der Scheibe. Auch egal. Wenigstens war der Wagen nicht abgeschleppt worden. Ich zupfte den hochoffiziellen Fetzen Papier hinter dem Wischer hervor, zerknüllte ihn und warf ihn achtlos in die Gosse.

Das Auto war brav. Es trug mich sicher nach Hause, während meine Gedanken und meine Aufmerksamkeit immer noch im Nirgendwo weilten. Ich schloss auf. Dunkle Stille empfing mich. Ich spürte, dass Marlene nicht da war.

Und Svenja schlief schon längst oben unterm Dach in ihrem Elfenreich. Noch. Auch so n Klumpen, an dem mein armes Papaherz kräftig zu knabbern hatte.

Ich ging sofort ins Wohnzimmer, kramte im untersten Fach meines Regales die kleine Zigarrenkiste hervor, die mal meinem Opa gehört hatte. Die begleitete mich nun schon seit meiner Kindheit. Je nach Lebensabschnitt war da immer mal was anderes drin gewesen, das ich für wichtig genug befand, um es aufzuheben. Seit der Zeit mit Marlene hob ich dort die kleinen Zettel vom Kühlschrank auf, akribisch nach Jahren geordnet.

Dann klaubte ich die letzten bunten Post-Its vom Kühlschrank, die sich in diesem Jahr dort versammelt hatten, stopfte sie zu den anderen in die Kiste, verschloss den Deckel und brachte das Teil wieder an seinen dunklen Aufbewahrungsort.

Schließlich schrieb ich einen neuen Zettel. Ganz allein klebte er nun dort an der Kühlschranktür: „Marlene! Bitte zieh bis Ende des kommenden Monats aus. Nimm mit, was Du willst."

Mit meinem Handy machte ich ein Foto davon, schickte es an Malle und machte das *mobile* aus. Wenn sie denn überhaupt eine Antwort darauf hatte, wollte ich die nicht hören. Oder lesen.

Ich setzte meinen immer noch hammermäßigen Kaffeevollautomaten in Gang, brühte einen Kaffee auf, löffelte dreimal gehäuft Zucker hinein und schüttete ordentlich viel Milch hinzu. Voll konzentriert betätigte ich ausgiebig den Milchaufschäumer. Mit dem randvollen Becher tappte ich vorsichtig ins Wohnzimmer, setzte mich aufs Sofa, schlürfte das heiße Gebräu und starrte durch das Glas der Terrassentür in den finsteren Garten.

Da saß ich nun mitten in meinen wirbelnden Gedanken an die Lieben meines Lebens. Lilly, meine kleine Sonne, die ich lange Zeit an ihre Dämonen verloren hatte. Marlene, die gegen meine Dämonen nie wirklich eine Chance gehabt hatte.

In den letzten Jahren war für mich das Zusammenleben mit Marlene immer schwieriger geworden. Nun war ein endgültiger Punkt erreicht worden, den ich auch nicht gewillt war zu revidieren. Doch diese Erkenntnis lähmte mich, meine Gedanken, meinen Körper, mein Sein.

Dunkel und träge flossen die Stunden der Nacht dahin. Irgendwann wurde der Himmel heller. In meinem Herzen blieb kalt die Dunkelheit hängen.

Oben fing es an zu rumoren. Svenja wurde munter, marschierte ins Bad und bereitete sich auf den Tag vor. Ich blieb weiter in meiner knittrigen Kleidung und mit dem kalten Kaffeebecher in den Händen auf dem Sofa hocken. Auch egal. Ich musste heute nirgendwo hin. Und es erwartete auch niemand etwas von mir.

Schließlich kam Svenja die Stufen herunter getappt. Sie ging in die Küche, um sich einen Morgenkaffee aufzubrühen. Ich hörte ein leises: „Oh, mein Gott!" Sie hatte wohl den Zettel an der Kühlschranktür bemerkt.

Kurz darauf schaute sie um die Ecke ins Wohnzimmer und entdeckte mich auf dem Sofa. „Huch, Papa, was machst Du denn schon hier unten?" Ihr Blick glitt über mein derangiertes Äußeres und mein übernächtigtes Gesicht mit den keimenden Bartstoppln. „Oder muss ich eher fragen: noch?"

Ich sah sie nur an.

Sie nickte verstehend. „Jetzt ist wohl endgültig Schluss."

Ich riss mich zusammen. „Ja. Und das ist auch gut so."

„So siehst Du aber nicht aus."

„Macht nix. Bisschen Trauer darf sein. Waren schließlich mehr als zehn gemeinsame Jahre. Aber jetzt ist genug."

Svenja rollte mit den Augen, atmete tief und hörbar ein. „Wie Du meinst."

„Ja. Mein ich."

„Dann ist ja gut. Bist ja schon groß, Papa, Du schaffst das. Ich muss jedenfalls jetzt los zur Arbeit." Sie hauchte mir ein leises Küsschen auf die unrasierte Wange. „Und geh duschen."

Ich schnitt eine Grimasse und blieb sitzen.

❦

Herta und Matteo hatten die *Knopp-Kiste* ausgeräumt, die Kostbarkeiten in einen kleinen LKW geladen und in die Schweiz gefahren. Jetzt waren sie wieder da und halfen Svenja, ihre Wünsche an ihr neues Heim umzusetzen.

Sie baute die ehemalige Schneiderei um in eine Schreinerei für Restaurationen und besondere Einzelstückanfertigungen. Gerald fand die Idee gut und unterstützte Svenja seinerseits. So bekam die *Möbelmanufaktur* eine Filiale im Kalbachtal.

In der Bank absolvierte ich Dienst nach Vorschrift, erledigte ansonsten alles im *home office*. Svenja war neben der Arbeit viel unterwegs, meistens mit Herta, um das Häuschen einzurichten.

Die Vernissage zur Ausstellung von Lillys Bildern wurde ein grandioser Erfolg. Am Ende des Abends waren bereits alle Bilder verkauft oder vorgemerkt. Die beiden Galeristen waren begeistert und boten Lilly eine weitere Ausstellung an, sobald sie wieder genügend Werke fertig gestellt hatte.

Manchmal telefonierten wir. Aber treffen wollte sie mich erst mal nicht.

❋

Dann kam Marlene. Sie war überrascht über meine Anwesenheit, kam aber mit der Situation ganz gut klar. Ich auch. Sie hatte einen Sprinter gemietet, um ihre letzten, noch hier im Haus verbliebenen Habseligkeiten abzuholen. Ich half ihr sogar dabei, ihre Möbel aus dem Lavendelzimmer zu räumen.

Zuletzt stand sie vor Lillys Bild *Yes, I can!*. Sie schaute es noch einmal intensiv an und sagte dann leise: „Das bleibt hier." Halb Feststellung, halb Frage.

Irgendwie konnte ich sie zwar verstehen, lehnte aber ab. „Danke für Dein Angebot. Aber Du solltest es mitnehmen. Es soll Dich daran erinnern, dass Du alles schaffen kannst, was Dich im Leben herausfordert."

Als ich die kleine Träne entdeckte, die ihr die Wange herabrollte, schlug ich einen etwas burschikoseren Ton an: „Komm, Marlene, ich schmeiß meinen hammermäßigen Kaffeevollautomaten an, und wir trinken noch einen Kaffee."

Zum Abschied umarmten wir uns noch einmal. Dann ging ich durch mein Haus, das ich nun ganz allein bewohnte. Svenja war bereits vor ein paar Tagen umgezogen. Zum Glück nur ein paar Häuser weiter.

Und nun war auch Marlene endgültig weg.

❋

Was soll ich sagen? Es war Weihnachten. Es gab keinen Schnee und ich war allein mit meinem alten, schottischen Freund Lagavulin. Zehn lange Jahre gut gelagerter Whisky mit rauchigem Aroma und einem Hauch von Seetang und Meer. Romantik für einsame Männer. Pur.

Da saß ich nun an meinem Tisch in meiner Küche, starrte blicklos durchs regentropfenbeperlte Fenster. Draußen war alles grau und still. Hier drinnen auch. Kein Lachen, kein Rufen, kein trippelndes Laufen die Treppen rauf und runter, kein Klappern mit irgendwelchem Geschirr und auch keine Heilig-Abend-Fahrt mit Svenja nach Thüringen.

Marlene war weg. Das war auch gut so.

Svenja war auch weg. Das war zwar auch gut so, nur nicht für mich. Aber sie war glücklich mit ihrer Zwillingsliebe im alten Herta-Häuschen – äh – neuen Svenja-Häuschen. Am zweiten Weihnachtsfeiertag waren Rolf und Hilla sowie meine Wertigkeit bei ihnen zu Besuch. Ja, und Lilly. *Ach, Lilly ...*

Tja, alles ändert sich. „Nix ist beständiger als der Wandel." Hat der schlaue Mister Darwin mal von sich gegeben. Vielleicht mach ich ja neue Zettel an den Kühlschrank. Einfach so. Für mich.

„Nur wer sich ändert, bleibt sich treu." Wolf Biermann. Jou. Also los. Ab ins Wohnzimmer, hin zu dem halb leer geräumten Regal. Ein wilder Schaffensdrang überfiel mich. Ich säuberte, sortierte, räumte und gestaltete alles so, dass das Wohnzimmerregal nicht mehr wie ein halbiertes Leben aussah.

❄

Silvester mussten meine Freunde mal ohne mich auskommen. Statt mit ihnen zu schlemmen und Raketen krachen zu lassen, stapfte ich in den Keller. Im Musigg-Raum nahm ich den Schlüssel an mich, den ich vor Monaten in der kleinen Schachtel verstaut hatte und stieg wieder empor, ging durchs Wohnzimmer, durch den Garten und stand schließlich vor der Hintertür der Garage.

Noch einmal tief Luft holen, dann drehte ich den Schlüssel im Schloss und ließ die Tür aufschwingen. Düster war's da drin, und ein kalter, leicht muffiger Hauch wehte mir entgegen. Ich überwand mein eigenes Tabu und betrat die von mir zum Niemandsland erklärte Garage. Langsam. Schritt für Schritt.

Vier Jahre war es her, seit ich das zum letzten Mal versucht hatte.

Ich betätigte den Lichtschalter. *Klack* machte es, dann brummte es, und tatsächlich nahm auch diesmal die olle Neonbeleuchtung unter der Decke flackernd und plinkernd ihren Dienst auf.

Aug' in Aug' standen wir uns wieder gegenüber: Der Alte Schwede und ich. Ich heulte, ich lachte, ich zitterte. Aber ich machte mich daran, alles zu prüfen, zu säubern, was schmutzig war, entfernte, erneuerte und reparierte, was kaputt war. Alles in Allem war ich etliche Tage damit beschäftigt.

Und jeden Tag fielen mir die Handgriffe leichter.

Jeden Tag wurde das Gefühl in meinem Herzen freier.

Nachts verkroch ich mich in meinem Bett. Allein in der Finsternis starrte ich hinaus in die Dunkelheit. Tief reichte die Schwärze der Nacht vom sternenlosen Himmel bis direkt auf mein Fensterbrett. Dann lag ich da und lauschte der nächtlichen Stille, wie sie sanft die schlafende Stadt in ihren rauschenden Regenarmen wiegte.

Und meine Gedanken sponnen lange Fäden hinein in die hintersten Winkel meiner Erinnerungen …

❋

MEINE ZEIT MIT LILLY
1982-1996 – Jahre wie Marmor

Marmor, Stein, und Eisen bricht,
aber unsere Liebe -

Drafi Deutscher

1982 – AUFBRUCH

Lösen aus gewohnten Formen,
aus starren, überholten Normen,
taumeln aus antiquierten Zwecken
und aus verstaubten Ecken.
Aufbruch in neue Welten,
wo bess're Regeln gelten,
wo Farben heller schwingen
und Töne reiner klingen.
Freisein für den Augenblick –
mittenrein ins Lebensglück.

Sie war anders, als alle Mädchen, die ich kannte, als wir uns im Sommer 1982 bei einem Rolling-Stones-Konzert in der Frankfurter Festhalle begegneten. Aber das war gerade das, was ich an ihr so mochte.

Mann, waren wir da noch jung! Ich war gerade 25 und hatte meinen ersten Job nach dem Studium.

Rolf war noch dabei, die Diplomarbeit zu schreiben. Er hatte zwei Jahre nach mir angefangen zu studieren, weil er nach dem Abi erst mal eine Ausbildung im väterlichen Sanitärbetrieb absolvieren musste.

„Wenn ich mein Diplom in der Tasche habe, übernehme ich den kleinen Betrieb, den Vattern aufgebaut hat und mach einen richtig großen Laden draus", erzählte er jedem, ob der es hören wollte oder nicht.

Jaja, die Geschichten wiederholen sich … ☺

Auf jeden Fall war Rolf damals schon mit Hilla zusammen, die ebenfalls an ihrer BWL-Diplomarbeit werkelte.

Wolfgang kam aus einer Rechtsanwaltsdynastie. Für ihn war vorgesehen, dass er nach erfolgreich in Rekordzeit absolviertem Studium der großen Kanzlei der Familie beitrat und die Tradition zukunftsträchtig weiterführte. Naja, im Moment zumindest tobte er wie ein Wilder in der Frankfurter Festhalle herum und spielte Luftgitarre.

Harald war seit dem Abi in der Welt herumgetingelt und in Israel in einem Kibbuz hängen geblieben, denn dort hatte er Tabea kennen gelernt und sich Knall auf Fall in sie verliebt. Er war schon damals ein Filmfreak und drehte mit seiner Super 8 ständig irgendwelche Filmchen.

Mit Super-8-Kamera filmte Harald grandiose 6 Minuten von dem Konzert – ohne Ton. Das gab die Technik damals noch nicht her. Aber für Tonaufnahmen hatte er noch einen Cassetten-Recorder dabei, mitsamt zwei Musikcassetten, deren Kapazität er natürlich voll nutzte. Daheim hat er dann mehr schlecht als recht mit den damals begrenzten technischen Möglichkeiten den Super-8-Film nachvertont. Heutzutage, mit der ganzen digitalen Technik, müsste es eigentlich möglich sein, das Ganze mal zu bearbeiten – naja, egal …

Jedenfalls sprang da auch so ein unglaublich goldiges Mädel herum, goldig im wahrsten Sinn des Wortes – unglaublich goldblonde, wilde Lockenmähne mit blauem Schleifenband, ein unglaubliches, goldfarbenes, knöchellanges Flatterkleid, mit breitem, unglaublich blauem Gürtel um eine unglaublich schmale Taille und goldenen Sandaletten an den unglaublich kleinen Füßchen. Sie war eine unglaubliche Erscheinung aus Licht, als ich sie entdeckte.

Einfach unglaublich – hm – äh – ja, ich bemerke gerade die *unglaubliche* Eloquenz meiner Worte … Selbst in der Erinnerung an unsere erste Begegnung unterliegen einige intellektuelle Fähigkeiten in den Windungen meines armen kleinen Männerhirns der Blendung dieses unglaublichen ☺ Anblicks.

Jedenfalls stand ich wie gebannt da und schaute sie an, saugte ihre geschmeidigen Bewegungen zum Klang von *Under my thumb* tief in mich hinein und wünschte, sie würde mich in ihre wild rudernden Arme einschließen.

Sie hingegen tanzte mit geschlossenen Augen und ließ ihre Goldfüßchen wirbeln, ihr Kleid wehte und schwang im Takt, ihre langen Locken flogen.

Und plötzlich – plötzlich schlug sie ihre Lider auf, verharrte in ihrem Schwung mit direktem Blick auf mich.

Und ich - ich versank in ihren *unglaublich* großen, himmelblauen Augen, die mich gefangen hielten für den Rest meines Lebens.

Und dann – dann kam dieses überirdische Wesen tanzend und flirrend auf mich tumb starrenden Glumpf zu und sprach mich an: „Komm, mein Schöner, tanze mit mir. Dreh Dich, umfass mich, denn wir sind das Leben! Wir sind wild, wir sind frei, wir sind jung, und wir sind das Leben!"

Klar, war sie stoned – von der Musik der Rollings und vom Gras, aber die Hauptsache war, dass sie *mich* auserkoren hatte, an ihrem Libellenflug teilzuhaben.

Es wurde das verrückteste und heißeste Konzert, das ich je mitgemacht hatte. Und das wirklich Unglaubliche geschah – wir trennten uns auch nach dem Konzert nicht. Wir blieben zusammen.

❋

1983-1984 – AUF ALLEN EBENEN

Lass mich sehnsuchtsvoll in Deine Arme sinken,
oh, Liebden mein.
Lass mich in Deinem tiefen Kuss ertrinken,
denn nur Du allein
hast die Macht, mich zu berührn.
In meinen innersten Bereichen
kann Deine Seele meine so verführn,
dass ich nicht mehr mag entweichen –
und wenn unsre Geister ineinander münden,
mag ich gerne Dir entgegen gehn,
so dass auch unsre Körper zueinander finden
und unsre Liebe kann entstehn.

❋

Lilly war knapp zwanzig, als sie zu mir in meine Höhle zog. Mein Haus, in dem ich auch heute noch lebe, hatte ich damals schon. Geerbt von meinen Großeltern, hauste ich dort in deren 60er Jahre-Schick. Fand ich eigentlich so in Ordnung.

Klar, dass Lilly das etwas anders sah. Mit ihr kam endlich Schönheit in meine ziemlich abgewohnte Bude, obwohl ich alles gut in Schuss hielt und regelmäßig sauber machte und reparierte, wenn mal was nicht mehr so funktionieren wollte.

Lilly machte sowohl mein Leben schön als auch aus meiner Höhle ein Heim. Sie hatte einen guten Blick für Möbel und Tapeten und das ganze Drum-Herum. Auch der kleine Garten bekam eine Rundum-Erneuerung.

Einmal schleppte sie mich mit in den Baumarkt. Zuerst waren die Teppiche dran, denn Lilly fand, dass Sofa, Tisch und Sessel erst dann eine Einheit bildeten, wenn ein Teppich ihnen die nötige Plattform bot.

„Jan, hör mal zu, wenn die sich unterhalten. So ein armer Tisch fühlt sich verloren, nahezu bodenlos. Aber der Sessel kann ihn nicht trösten. Und das Sofa schon gar nicht. Zumal die ja selber nichts haben, an dem sie Halt finden."

Lillys große, himmelblaue Augen waren tief umwölkt von bekümmertem Mitempfinden für unsere Möbelgefährten im Wohnzimmer. Und ich folgte amüsiert ihren bewegenden Ausführungen. Natürlich wurde ein Teppich erstanden und landete direkt nach unserer Heimkehr unter dem Tisch.

Ebenso erhielten die Puschelgräser aus der Gartenabteilung ihren Platz im Garten. Neben dem kleinen Teich, den wir vor Kurzem erst angelegt und mit fünf Goldfischen bestückt hatten. Weil 5 Lillys Glückszahl ist.

Entzückt stand Lilly vor den Gräsern und ließ ihre zarten Hände sanft über deren puschelige Spitzen streichen. „Hör nur, wie froh sie sind, hier bei uns sein zu dürfen, wo wir sie vor den bösen anderen Pflanzen aus dem Baumarkt beschützen können."

❋

Ich liebte diese kleinen Schrulligkeiten. Bei anderen Themen dagegen kamen erstaunlich klare und präzise Angaben ihrer Vorstellungen und Wünsche und wie sie diese in die Tat umzusetzen gedachte. Ich bestärkte sie in ihren Fähigkeiten. Und endlich fand sie Mut und Muße, ihren Schulabschluss zu machen. Immerhin war sie bis kurz vors Abi gelangt.

„Weißt Du, Jan", fing sie eines Abends an, „ich bin ja schon lange unzufrieden mit dem, was ich bisher beruflich so erreicht habe. Ich würde so gerne Psychologin sein, schon als Jugendliche habe ich mich für Psychologie interessiert. Und jetzt sitze ich im Supermarkt an der Kasse."

„Das ist aber auch eine ehrenwerte Tätigkeit, an der nichts auszusetzen ist. Wo wären wir denn ohne Kassiererinnen, wenn wir einkaufen und unsere Waren mit nach Hause nehmen wollen?" Ich weiß, das ist eine ziemlich lahme Anerkennung, wenn jemandem solch eine Arbeit auf den Keks geht.

„Ja, sicher", bestätigte Lilly ernsthaft, „deswegen werde ich meinen Job ja auch behalten. Aber ich will endlich meiner Berufung folgen und Psychologie studieren."

„Wie willst Du vorgehen? Du hast keinen Schulabschluss", wandte ich ein.

„Stimmt. Und deswegen habe ich mir Unterlagen von einer Fernuni kommen lassen. Bis zur Mittleren Reife habe ich es ja in der Schule geschafft. Jetzt hole ich mein Abi per Fernstudium nach, kann dabei gleichzeitig meinem Brotjob nachgehen und das nötige Alltagsgeld verdienen."

„Das hört sich nach einem wohldurchdachten Plan an. Find ich gut. Wenn das Dein Wunsch ist, hast Du meine volle Unterstützung."

❋

❋

Ihre Begeisterung brach sich strahlend Bahn. Mit Vehemenz stürzte Lilly sich auf ihr neues Ziel. Innerhalb starrer Schulvorschriften kam sie früher weder mit ihren Lehren noch mit dem Lehrplan klar.

Umso rasanter folgte sie ihrem eigenen, strukturierten Konzept, absolvierte die Lerninhalte und Aufgabenstellungen mit bewundernswerter Leichtigkeit und in Rekordzeit. Sie machte ihren Abschluss mit Bestnoten.

Ich war mächtig stolz auf sie. Und ihre Mutter konnte es kaum glauben, dass ihre Tochter endlich mal was zustande brachte.

„Ach, ich hab doch Hilfe", tat sie ihre Leistung ab. Bevor ich sie stolz und dankbar an mich ziehen konnte, fuhr sie fort: „Da sind doch meine kleinen Helfer um mich herum, die mir prima Infos und Lösungen vorsagen. Die haben ihre Augen und Ohren überall in den Unterlagen und Aufgaben, so dass ich ihnen nur zuhören und alles aufschreiben muss, was sie für mich herausgefunden haben."

Ich lachte glücklich über die grandiose Phantasie meiner kleinen Sonne.

❋

1985 – VOM WINDE VERWEHT …

Wie ein irrlichterndes Flämmchen
über glucksend morastigem Grund,
stets tänzelnd nah
am alles verschlingenden Schlund.

Ein Schiff im sonnigen Licht
zieht im Strom vorbei und sieht mich nicht.
So droh ich zu versinken in ewiger Nacht,
wenn nicht hilft eine göttliche Macht.

❋

Tatsächlich fing sie an zu studieren – Psychologie. Sie machte ihren Traum wahr. Und zwar nicht wieder per Fernstudium, sondern in einem Diplom-Studiengang an der Johann Wolfgang Goethe-Universität zu Frankfurt am Main. Mann, sie war wirklich der Kracher!

Ja, aber dann, Lilly war wohl im zweiten Semester, ging es los mit ihr.

Der Anfang eines Psychologie-Studiums ist wohl eher trocken. Da geht es mehr um Statistiken, Erhebungen und empirische Verläufe als um Krankheitsbilder und Therapien. Das machte Lilly schwer zu schaffen. Sie ist ja doch eher kreativ als statistisch veranlagt.

Mehr und mehr beklagte sie sich über den Professor, der scheinbar Unmögliches verlangte. Dann war es der Tutor, der ihr nicht behagte. Und die Studienkollegen waren auch nicht das Gelbe vom Ei. Statt einander zu unterstützen, wollten sie sich alle gegenseitig in der Gunst des Professors ausstechen.

Ich konnte zu all dem nicht viel Konstruktives beitragen. Ich befand mich selber im Umbruch. Als frisch gebackener Informatiker arbeitete ich mich so nach und nach in die damals neu aufkommende Elektronik- und Computer-Branche ein. Informationen mit Hilfe von Technik speichern zu können, faszinierte mich. Und um da auf einen qualifizierten Stand zu kommen, musste ich ziemlich viel Zeit investieren.

❋

Eines Abends kam ich heim, da war es ganz still im Haus.

„Hallo? Lilly, ich bin zu Hause!"

Ich wusste, dass sie da war, aber auf meinen Begrüßungsruf erfolgte keinerlei Reaktion. Sonst kam sie immer angelaufen und freute sich, strahlend wie eine kleine Sonne.

Ich ging nach oben in unser Arbeitszimmer, da saß sie an ihrem Schreibtisch und las in einem ihrer Fachbücher. Im Rudel lagen die Wissensbunker auf dem Tisch und auf dem Boden um sie herum, teilweise aufgeschlagen oder gestapelt. Mit einem Stift in der Hand saß sie dort, ganz still, wie eine Statue. Sie war hochkonzentriert.

Ich blieb in der geöffneten Tür stehen und sah ihr eine Weile zu, fasziniert von ihrer skulpturhaften Unbeweglichkeit. Dann gab es ein Geräusch, ich weiß nicht mehr so genau, irgendwas knackte im Haus oder die Heizung sprang an. Jedenfalls schreckte sie auf und schaute mich an. Mit einem entrückten Blick von so weit, weit her, dass es mir kalt den Rücken runter lief.

„Lilly", sagte ich leise und lächelte vorsichtig. „Du bist ja richtig andächtig bei Deiner Arbeit. Hast Du mich gar nicht kommen hören?"

„Ja – nein – das – ach, das Thema von der Semesterarbeit ist so blöd. Der Prof hat wieder mal mir das schwerste Thema gegeben."

„Wieso ausgerechnet Dir? Wieder mal?"

„Ach, der kann mich nicht leiden."

„Lilly – übertreibst Du da nicht ein bisschen?"

„Was weißt Du denn schon? Du bist ja nicht dabei."

„Das stimmt. Aber – "

„Nix *aber!* Immer hacken nur alle auf mir rum. Und jetzt Du auch noch!" Wut und Lautstärke erhöhten sich von Wort zu Wort.

Erschrocken ging ich auf sie zu, wollte sie in den Arm nehmen und sie beruhigen. Aber sie steigerte sich richtig in ihre Aufregung.

„Lass mich bloß in Ruhe! Du willst mich doch auch nur in eine Dir genehme Richtung schubsen. Dir bin ich ja auch nicht gut genug. Nur so ne blöde Supermarkt-Kassiererin reicht dem feinen Herrn IT-Techniker nicht. Darum musste ich erst mein Abi nachmachen, nebenbei weiterschuften und jetzt auch noch studieren. Dazu noch so was Saublödes wie Psychologie …"

Sie machte immer so weiter. Ich war wie vor den Kopf geschlagen. Was war bloß mit ihr los? Sie trampelte auf ihren Lebensträumen herum. Und auf meinem Herzen. Schließlich konnte ich ihr Gekeife nicht mehr ertragen, drehte mich um und schlug die Tür zu.

Lilly reichte es aber noch nicht. Erst hörte ich etwas gegen die Tür poltern, wahrscheinlich einer ihrer Wälzer, dann schnelle Schritte. Die Tür wieder aufreißend, stürmte sie auf mich zu, umarmte mich wild und weinte laut und bitterlich.

„Jan, Liebden, es tut mir leid. Es – ich – ach, allsisso sröckelig …"

Darauf wusste ich erst mal nichts zu erwidern. Ich ließ ihre Umarmung geschehen. Ihre ungestümen Küsse und Zärtlichkeiten rissen mich aus meiner Bestürzung, und ihre ungeduldigen Hände zogen heftig an meiner Kleidung, die wir uns schließlich leidenschaftlich und wild gegenseitig vom Leib zerrten.

Nach stürmischen Stunden lagen wir trunken vor Glück in zerwühlten Decken und Kissen.

❋

1986 – ENDLOS

Es senkt sich herab
der dunkle Vogel der Traurigkeit.
Klauen krallen das Herz,
das krampfhaft zuckt
und die Luft zum Atmen nimmt.
Weite Schwingen aus Finsternis
und kein Licht am Ende des Tunnels.

❄

Immer mehr seltsame Momente häuften sich um Lillys Verhalten. Sie wurde immer reizbarer. Schon Kleinigkeiten konnten bei ihr das Fass zum Überlaufen bringen, und dann tobte sie los. Und immer öfter starrte sie erst minutenlang aus dem Küchenfenster, bevor sie sich aus dem Haus wagte und wild mit ihrem Rad davon sauste.

Der Job, in dem ich gerade kräftig auf der Karriereleiter empor kletterte, forderte eine beträchtliche Menge Hirnschmalz. Und so lümmelte ich nach einem langen und anstrengenden Tag zwischen den Sofakissen mit den Füßen auf dem Tisch vorm Fernseher und zappte mich durch die Programme. Lilly war noch unterwegs, doch eine gut gekühlte, zischend geöffnete Flasche Bier leistete mir Gesellschaft.

Mit einem Krachen flog plötzlich die Haustür auf.

Ein gequälter Schrei drang durch die Diele. „*JAN!*"

Prustend versprühte ich den Schluck Bier, den ich soeben sehr zufrieden genommen hatte, in den Raum, schwang die Füße vom Tisch, schaffte es gerade noch, die Flasche heil abzustellen und stürmte einer aufgelösten Lilly entgegen, die sich verzweifelt in meine Arme stürzte.

Ihr Herz raste trommelnd an meiner Brust. Beruhigend strich ich über ihr duftendes Haar und ihren bebenden, zierlichen Rücken. „Schschsch, alles ist gut", murmelte ich. „Du bist bei mir. Und bei mir kann Dir nichts Böses geschehen."

Als sie sich endlich langsam beruhigte, konnte ich so nach und nach hervorlocken, was sie dermaßen aufgewühlt hatte. Am Nachmittag hatte ein Tutorium stattgefunden, zu dem sie mit akribischen Vorbereitungen erschienen war. Doch als sie endlich ihre Ausführungen vortragen durfte, wurden die von ihrem Tutor gnadenlos zerpflückt, begleitet von hämischen Lachern einiger Mitstudenten. Doch damit nicht genug, hatte eine kleine Truppe sie wohl bis zu ihrem Fahrrad verfolgt und weitere Beschimpfungen gegen sie ausgestoßen.

Ich war irritiert. Warum sollten die so was tun?

Mit zitternden Fingern war es ihr gelungen, ihr Rad zu befreien und eilends davon zu fahren. Diesmal brauchte sie keine halbe Stunde, um vom Campus Westend durchs Ginnheimer Wäldchen zu uns ins Kalbachtal zu radeln. Immer wieder warf sie zwischen tiefen Schluchzern und stammelnd vorgetragenen Ereignissen ängstlich kontrollierende Blicke nach draußen. Sie befürchtete, immer noch von ihren perfiden Studienkollegen verfolgt zu werden.

Schließlich gelang es mir doch, Lilly zu besänftigen. Dann drehte sich ihre Stimmung fast in Sekundenschnelle: Sich aus meinen Armen lösend, lachte sie ihre Tränen fort und erkundigte sich nach unserer Abendgestaltung.

„Mann, bin ich hungrig. Ich könnte jetzt richtig was zwischen die Kiefer brauchen. Hör mal, wie mein Magen rumpelt. Machst Du uns was zu essen? Oder sollen wir ausgehen? Auja, komm, wir gehen Pizza essen."

Ich war viel zu verdattert, um irgendwas dagegen einzuwenden. Oder noch irgendwelche Fragen zu stellen. Ich war nur froh, dass meine kleine Sonne wieder strahlte. Und so zogen wir los und fuhren zu unserem Lieblingsristorante *D'Angelo* in die Stadt, nach Frankfurt.

Als wir bestellen wollten, änderte Lilly dreimal ihren Speisenwunsch.

„Ich hätte gerne eine Pizza Hawaii."

„Bene. Und Sie Signore?"

„Äh – bitte doch lieber Tortelloni dello Chef", preschte Lilly noch einmal dazwischen.

„Gerne doch, Signora." Der Kellner strich die Pizzabestellung und schrieb die Tortelloni auf. Dann wandte er sich wieder mir zu. Doch ehe ich auch nur den Mund aufmachen konnte, haute Lilly eine weitere Änderung heraus.

„Ach, bitte, ich hätte doch lieber eine Pizza Calzone, ja? Da liegt der Teig so schön beschützend um den leckeren Inhalt." Ihr Lächeln und ihr Blick aus ihren himmelblauen Augen strahlten um die Wette.

Der Kellner nahm's gelassen. Ich auch.

❄

1987 – RÜCKZUG
eingezogene fühler ·
in den augen traurigkeit ·
schutzsuche im gedämpften licht ·
verschanzung in bekannter geborgener einsamkeit ·
erstarrter schlaf ohne träume ·
die nacht hat keine seifenblasen ·
und der regenbogen
ist eine schillernde
MAUER AUS PANZERGLAS.

※

Eines Tages kam ein Anruf aus der Uni mitten in aufwändige Arbeiten um die Einrichtung eines Rechenzentrums in der Treu&Glauben-Bank. Man habe eine tobende Lilly Schöneborn isoliert und den Notarzt alarmiert, doch sie würde nur nach mir schreien und deshalb – ich ließ die gar nicht mehr weiterreden: „Ich komme sofort!"

Zum Glück hatte ich schon damals ein prima Team, das mir in diesem Moment alles abnahm, was ich buchstäblich aus den Händen fallen ließ.

Als ich ankam, war ein Krankenwagen da, und der Notarzt hatte Lilly bereits sediert. Angeschnallt lag sie auf einer Bahre und brabbelte vor sich hin: „Jan – Jan soll komm. Jan – Jan soll komm. Jan – Jan soll komm." Immer so weiter.

Der Anblick erschreckte mich dermaßen, dass ich kaum ein Wort herausbrachte. Ich versuchte es zunächst mit Räuspern: „Hmhmm – äh – ich – ich bin Jan. Jan Winter. Darf ich zu ihr?"

Der Notarzt winkte, ich trat an die Bahre und nahm ihre kleine, kalte Hand. „Lilly, ich bin da."

„Jan", schluchzte sie mit einem zarten, kaum hörbaren Stimmchen. „Sisalls so sröckelig. Die sin so bös hier. Unich bin gansalleine."

„Jetzt bin ich ja bei Dir."

Tatsächlich wurde sie ruhiger, sie hörte auch auf zu brabbeln. Ich wandte mich an den Notarzt. „Guten Tag, ich bin Jan Winter. Was ist mit Lilly?"

„Guten Tag, mein Name ist Dr. Schnuck. Wir sind gerufen worden, weil die junge Frau hier die Vorlesung gesprengt hat. Zuerst hat sie ihre Kommilitonen angepöbelt, dann auch den Professor angegriffen und fürchterlich herumgeschrien und um sich geschlagen. Man konnte sie kaum bändigen. Den Grund konnten wir bislang nicht feststellen."

Mir blieb vor Schreck die Luft weg.

„Sie leben zusammen?"

„Ja."

„Ist zwischen Ihnen beiden alles in Ordnung?"

„Ja." Was sollte das?

„Nun ja, die junge Frau hier macht mir keinen gefestigten Eindruck."

„Wie bitte? Außerdem heißt *die junge Frau hier* Lilly Schöneborn."

„Schulligung."

„Ja. Was passiert jetzt mit ihr? Kann ich sie wieder mit nach Hause nehmen?"

„Nun ja, nach diesem Vorfall sollten wir die junge – äh – Frau Schöneborn erst mal in die Klinik bringen. Dort haben sie andere Möglichkeiten, um fest zu stellen, was mit ihr los ist."

„Aber sie haben doch sicherlich einen ersten Eindruck gewonnen?"

„Nun ja, körperlich fehlt ihr wohl nichts."

„Was vermuten Sie denn?" Herrjeh, wenn ich *so* arbeiten würde, würde das Rechenzentrum noch Jahre auf Innovationen warten!

Dr. Schnuck schien wohl meine langsam schwindende Geduld zu bemerken. „Sie scheint an irgendeinem Trauma zu leiden. – Wir müssen jetzt auch los. Wenn sie wollen, können Sie Frau Schöneborn begleiten."

„Ja, sicher will ich das. Wo bringen Sie sie hin?"

„Wir bleiben gleich hier an der Uni und bringen sie in die Psychiatrische Abteilung der Klinik."

Das traf.

Das traf mich heftig.

Wie mit einer Faust in die Magengrube.

Ich schluckte schwer und fand kein Wort der Erwiderung.

Dr. Schnuck sah mich noch einmal an und klopfte tröstend mit der Hand auf meine Schulter.

❄

In den nächsten Tagen wurden, begleitend zu psychotherapeutischen Gesprächen, umfangreiche Untersuchungen mit Lilly angestellt. Das ging von Drogenscreening (fand ich doof – die Zeiten, in denen wir mit Drogen herumexperimentiert hatten, waren schon lange vorbei – ich rauchte manchmal so dünne, schwarze Zigarillos, aber Lilly überhaupt nix) über ein sogenanntes EEG – ein Elektroenzephalogramm (das ist so was mit Elektroden auf dem Kopf, die aufzeichnen, was im Hirn so passiert) bis hin zu einer damals ganz neuen Form der technischen Untersuchung – einer Magnetresonanztomographie. Auch hier gab es eine abkürzende Buchstabenkombination – MRT. Der Clou dabei war, dass die Untersuchung wohl ganz ohne gefährliche Röntgenstrahlung funktionierte.

Lilly wurde sediert und in eine Riesenröhre geschoben, wo ihr Gehirn schicht- und scheibchenweise sichtbar gemacht werden konnte.

Dass Lillys Mutter wie ein aufgeregtes Huhn durch die Krankenhausflure zu ihr geflattert kam, war auch nicht besonders hilfreich. Jammernd saß sie an Lillys Bett und musste selbst mehr beschwichtigt werden, als dass sie ihrer Tochter Trost zusprach. Als sie endlich wieder weg war, war ich genötigt, die Schwester zu holen, weil Lilly sich kaum beruhigen konnte. Vor Aufregung litt sie unter Schnappatmung, bis ihr schwindelig wurde.

Die Schwester nahm ihre eine Hand zwischen ihre beiden Hände und bedeutete mir, das gleiche mit Lillys anderer Hand zu tun. Dann sprach sie leise und bedächtig mit Lilly, brachte sie dazu, ihr in die Augen zu schauen und langsam mit ihr zusammen in einem gleichmäßigen Rhythmus zu atmen. Es funktionierte. Lilly wurde ruhiger.

❀

Im Laufe ihrer Untersuchungen musste Lilly spezielle Tests absolvieren, mit denen die Ärzte verschiedene Funktionen in ihrem Hirn überprüften – so was wie die Leistung von ihrem Gedächtnis, organisatorisches Denken und wie gut es mit ihrer Fähigkeit sich zu konzentrieren bestellt war.

Schließlich stand das Ergebnis fest. Und als die Ärzte es uns mitteilten, traf es uns erneut wie ein Keulenschlag. Schizophrenie. Heute nennen sie es: Dissoziative Störungen in der Wahrnehmung ...

Sie sagten, meine süße, zarte Lilly sei schizophren, eine gespaltene Persönlichkeit – nicht so nach der Art wie Dr. Jekyll und Mr. Hyde, sondern sie litt eher unter sowas wie Realitätsverlust, einer Verschiebung der Wirklichkeit.

Sie erklärten uns, dass eine solche Fehlleistung jahrelang verborgen in den Windungen und Winkeln eines menschlichen Hirnes schlummern kann. Unter Stress hat so eine latente Psychose große Chancen, sich akut an die Oberfläche zu schieben und das Alltagsbewusstsein zu verdrängen. Schizophrene Zustände könnten zu jeder Zeit im Leben auftreten, doch meistens passiere dies jungen Menschen Anfang Zwanzig. Lilly war jetzt 24.

Die Frage nach dem Woher konnten die Ärzte uns aber nicht so wirklich beantworten. Sie waren jedoch der Überzeugung, dass es sicherlich mehrere Faktoren gab, die zusammenwirken mussten, um solch ein psychisches Ereignis auszulösen – genetische, biologische, psychosoziale Einflüsse und Kräfte. Aber Lilly hätte gute Chancen, mit der richtigen Behandlung auch weiterhin ein normales Leben führen zu können.

Ganz tief in meinem Inneren blubberte die Frage, was denn schon auf dieser Welt als *normal* zu bezeichnen sei? Je nach Land, Kultur, Religion oder politischer Anschauung konnten innerhalb einer Erziehung unterschiedliche Regeln für *normal* gelten.

Und Zeit. Ja, die Zeit, in der man lebt, spielt natürlich auch eine große und wesentliche Rolle in dem, was Mensch so als *normal* empfindet. Was manche heutzutage als leichte Sommerkleidung tragen, wäre vor 100 Jahren gerade mal so als Unterwäsche durchgegangen. Gekleidet in Hemdchen und kurze Höschen auf der offenen Straße herumspazierend, wäre man ziemlich flott abgeholt worden und als *irre* diagnostiziert hinter dicken Mauern verschwunden.

Bei uns, im Deutschland der 1980er Jahre, bekam Lilly eine medikamentöse Behandlung mit einem Neuroleptikum. Das sollte die akuten Symptome verringern oder sogar beseitigen und einem eventuellen Rückfall vorbeugen.

So weit, so gut. Oder auch nicht. Das Zeug hatte nämlich ziemlich heftige Nebenwirkungen. Lilly war nun ständig müde, fand aber gleichzeitig kaum Ruhe. Manchmal zuckten ihre Waden oder Finger oder die Augenlider. Ganz oft war ihr schwindelig, und ständig hatte sie Durst. Obwohl sie sich angewöhnte, stets eine Wasserflasche bei sich zu haben, war ihr Mund dauernd trocken.

Was Lilly besonders bedrückte, waren die Kilos, die sich rund um ihren Körper ansammelten. Sie hatte keinen Appetit, aß nur noch wie ein Spätzchen, doch der Zeiger auf der Waage rückte unerbittlich voran. Ihre Klamotten passten ihr nicht mehr.

Mir waren die paar Kilos egal, Hauptsache, Lillys Kopf funktionierte wieder. Ich versuchte, sie mit einer ausgiebigen Shoppingtour in Frankfurt zu erfreuen. Nach einer Sitzung bei ihrem Therapeuten, den sie auch verordnet bekommen hatte, um psychische Ursachenforschung zu betreiben, holte ich sie ab.

Wir bummelten über die Zeil und suchten alle Geschäfte auf, die Lilly interessierten. Wir alberten viel herum, und ich kaufte alles, was ihr gefiel. Ich wollte das Blau des Himmels wieder in ihren schönen Augen leuchten sehen.

In einem Hutladen probierten wir Hüte, Mützen und Kappen, schnitten die passenden Gesichter und lachten uns schlapp, bis die Verkäuferin uns strafend ansah. Den zuletzt probierten fein gewirkten Strohhut mit btreiter Krempe behielt Lilly gleich auf. Ich bezahlte, und dann machten wir uns kichernd und Hand in Hand aus dem Staub.

Schon lange hatten wir nicht mehr solch einen entspannten Nachmittag verbracht. Gegen Abend landeten wir rechtschaffen müde und hungrig im *D'Angelo* und gönnten uns unsere Lieblingspizza.

So langsam leuchtete ein zarter Silberstreif am Rand unserer dunklen Lebenswolke. Ich fand sogar wieder Zeit, mit meinen Jungs regelmäßig Musik zu machen. Ich war damals schon ein recht guter Bassist und Sänger. Jeder von uns Vieren knappste sich die gemeinsame Zeit ab. Schon damals waren es die Mittwochabende, die wir in unseren jeweiligen Kalendern als *Heilige Zeit* reservierten.

Keyboarder Harald war trotzdem oftmals nicht dabei. Er und Tabea waren ins Filmgeschäft gerutscht, frönten ihrer Leidenschaft weltweit und verkauften ihre Filmberichte über Menschen in anderen Kulturen prima ans ZDF.

Tabea war im sechsten Monat schwanger, als sie nach Japan aufbrachen. Es traten Komplikationen auf. Also verlängerten sie ihren Aufenthalt in Osaka bis zur Geburt ihrer kleinen Tochter, der sie den japanischen Namen Suki gaben. Das bedeutet auf Deutsch soviel wie *Mögen* oder *Liebhaben*.

Rolf hatte tatsächlich seine Pläne verwirklichen können. *Vattern* hatte seine Ideen tatsächlich für gut befunden und unterstützte seinen Sohn nach Kräften beim Ausbau und der Erweiterung von *Bäder Debold*. Außerdem hatten er und Hilla geheiratet und den Hof im Taunus erworben. Beim Umbau halfen die jeweiligen Handwerkerkumpel tatkräftig mit. Schon damals sicherte er sich den Raum für unsere Bandproben.

Wolfgang tat sich schwer mit seinem juristischen Erbe. Er ist ja eher ein sanftmütiger Mensch. Ihm fehlen die nötigen Rechtsanwaltsellbogen. Zum Glück lernte er damls gerade eine junge Tierärztin kennen, die er mit seinem alten Hundekumpel, dem Beagle Laird, aufgesucht hatte. Schwärmend erzählte er von ihren Sternenaugen, und seinem geliebten Laird konnte sie auch noch das Leben retten und für einige Jährchen mit Hilfe von Herztabletten fröhlich verlängern. Seine Gefühle für sie wurden immer tiefer.

Das Beste an unseren Mädels war, dass sie sich alle prima miteinander verstanden. Meine kreative Lilly stand ja eher mit beiden Beinen voll in der Luft, während Hilla anpackend und pragmatisch war. Tja, was soll ich sagen? Gerade die Beiden schlossen innig Freundschaft.

✻

1988 – ELFENREIGEN

*Bevor ich fall in schwarze Tiefen,
entzieh ich mich
und schwinge hoch –
hülle mich in Silbernebel,
flieh dahin als Wolke noch.
Lass mich regnen auf das Land,
das Wärme atmet –
und ich werde weißer Dunst,
der über Wiesen schwebt
und am Waldrand sich erhebt.
Wenn die Elfen Reigen tanzen,
füg ich mich ein zum Ganzen.*

❉

Lilly vertrug die Medikamente nicht gut. Ständig war ihr schwindelig, so dass sie sich nicht aus dem Haus wagte, fühlte sich schlapp, konnte sich zu nichts mehr richtig aufraffen.

Regelmäßig fuhr ich sie zu ihren Therapiestunden. Der Psychiater sprang in den Pfützen ihrer Lebenserinnerungen herum, wirbelte dabei viel alten Familienschlamm auf, ohne dass Lilly zu einer einigermaßen erkennbaren Klärung hätte finden können.

Irgendwann weigerte sie sich, weiterhin diese Sitzungen zu besuchen, von denen sie verstörter zurückkehrte als sie hingegangen war. Ich hinderte sie nicht daran, denn ich war es, der ihren Unmut auszuhalten hatte. Lieber ging ich mit ihr spazieren oder ins Schwimmbad. Das konnten wir aber nur abends oder am Wochenende, denn jobmäßig ging bei mir die Post ab.

Ihr Studium setzte Lilly nicht mehr fort, wollte aber auch nichts anderes anfangen. Kassiererin im Supermarkt wollte sie auch nicht mehr sein, denn da waren ihr die Leute, die Geräusche und das künstliche Licht zu viel. Da nutzte auch keine Kappe, die sie sich angewöhnt hatte nahezu ständig zu tragen.

Der Hutladen auf der Zeil, in dem wir im letzten Jahr so viel Spaß hatten, hatte eine neue Stammkundin bekommen. Inzwischen besaß Lilly eine kleine Sammlung unterschiedlichster Hüte, Kappen und Mützen zu jeder Kleidung passend. Sie ging keinen Schritt mehr vor die Tür ohne ihren Kopf zu bedecken, weil sie so ihre Gedanken besser zusammenhalten konnte.

Im Garten trug sie den fein gewirkten Strohhut mit breiter Krempe. Sie kicherte schelmisch, wenn ich sie neckend *Mylady Lilia* nannte. Ganz stolz war sie, als das ungeliebte Hüftgold so nach und nach wieder schwand. Was ich zunächst nicht bemerkte, sie nahm auch ihre Medikamente nicht mehr. Ich fand nur gut, dass Lilly fröhlicher und munterer war, als in den Monaten zuvor.

❋

Drei Häuser weiter in unserer Nachbarschaft wohnte eine junge Frau, die eine kleine Schneiderei, die *Knopp-Kiste*, betrieb. Sie änderte und reparierte Kleidung, und ab und zu nähte sie auch Sachen auf Bestellung. Dorthin brachte Lilly ihre neuen Lieblingsteile, die ihr inzwischen zu weit geworden waren.

Wir gingen wieder öfters aus und trafen uns auch wieder mit unseren Freunden. Es gab sogar wieder ein Zeitfenster für mich, in dem ich mit meinen Kumpels Musik machen konnte. Ich war damals schon ein recht guter Bassist und Sänger.

Lilly wollte sogar wieder studieren. Psychologie war aber kein Thema mehr. Jetzt wollte sie Malerei belegen. Schließlich malte und zeichnete sie seit ihrer Kindheit und bei fast jeder Gelegenheit. Manchmal machte sie Skizzen von mir bei irgendwelchen Tätigkeiten, die ich im Haus oder im Garten ausführte.

Ich fand ihre Arbeiten immer gut und mochte ihre Idee, und so bewarb Lilly sich an der renommierten Frankfurter Städelschule mit einer Mappe voller Zeichnungen und Skizzen – und sie wurde angenommen.

Nun radelte sie etwas länger, so etwa eine ¾ Stunde. Aber das machte ihr nichts aus, denn sie fühlte sich in diesem freien künstlerischen Kreis sehr wohl.

Und sie blühte geradezu wieder auf.

❋

1989-1991 – REGENBOGEN
In Deinen Armen vergess ich die Welt ·
bekommt meine Seele Flügel ·
und mein Geist fährt Karussell.

In Deinen Armen leb ich das Leben neu ·
spüre mich in nie gekannter Weise ·
und Konventionen sind mir egal.

In Deinen Armen fühl ich nur Dich ·
sprüht das Feuerwerk voll Kraft ·
und der Regenbogen trägt uns fort.

❋

Eines Abends kam ich erst ziemlich spät heim, weil wieder irgendwas bei irgendwelchen Installationen und Verbindungen falsch gelaufen war und die neuen Rechner nicht so funktionierten, wie sie sollten. Es hatte ziemlich viel Zeit in Anspruch genommen, bis wir die fehlerhafte Ursache endlich gefunden hatten. Und dann dauerte es nochmal so lange, die entsprechenden Korrekturen vorzunehmen, weil natürlich alles miteinander zusammenhing und sich gegenseitig beeinflusste.

Ich wollte gerade meinen Begrüßungsruf durchs Haus schallen lassen, da hörte ich oben aus ihrem Arbeitszimmer murmelnde Laute. Ich stutzte und ging nach oben, um nachzuschauen, wen Lilly da zu Besuch hatte.

Sie stand vor ihrer Staffelei, beleuchtet von der Taglichtlampe, fuchtelte mit zwei Pinseln, einen links, einen rechts in der Hand haltend, herum und drehte sich immer wieder mal zur Seite, um mit jemandem zu reden, den ich nicht sehen konnte. Und sie trug eine Mütze zu ihrem Malerkittel, der inzwischen ziemlich bunt bekleckert war, weil sie ihre Farben immer wieder daran abwischte.

Um sie und ihren Besuch nicht zu erschrecken, machte ich mich nun doch bemerkbar: „Hallihallo, bin wieder zu Hause!"

Strahlend kam sie mit beiden Pinseln in den Händen aus dem Zimmer, drückte mir einen fetten Schmatzer auf den Mund und plapperte gleich los: „Hallihallo, mein Schatz, komm rein in meine Farbenhöhle und sieh, was ich dabei bin, Neues zu entwickeln."

Schwupp, war sie auch schon wieder im Raum, lächelte mich weiter an und winkte mich zu sich. Als ich das kleine Zimmer betrat, schaute ich mich suchend um. „Wo ist denn Dein Besuch?"

„Wieso Besuch?"

„Ich hab Dich doch reden hören."

„Ach so, das – da hab ich mit meinen kleinen Helferlein gesprochen. Die geben mir immer prima Ideen und helfen mir bei der Umsetzung."

„*Helferlein?*" Alarmiert schoss meine Stimme gemeinsam mit meinen Augenbrauen in die Höhe.

Lilly lächelte beruhigend. „Ich *weiß*, dass die nur imaginär sind, aber ich sehe sie trotzdem, wenn sie um mich herum hüpfen. Und ich höre sie auch sprechen. Aber – nochmal – ich *weiß*, dass sie *nicht wirklich* da sind."

Das beruhigte mich nur halb. Aber als ich auf ihre Leinwand sah, fiel mir die Kinnlade runter, und ich sog die vielen, kleinen Einzelheiten und zarten Nuancen des Bildes in mich hinein, unfähig, auch nur einen winzigen Gedanken zu äußern, durch den Aufruhr, in den ich beim Anblick dieses Bildes geriet.

Es war, als blickte ich in eine lichtvolle Weite. Da war kein Kitsch aus den Bildern mit Alpenbergen oder röhrenden Hirschen. Sondern da war die tiefe Dimension einer endlos scheinenden Landschaft mit einem See in der Ferne, auf dem, wenn man ganz genau hinschaute, zwei Schwäne schwammen.

Alles war getaucht in friedvolles Licht, und über allem schwebte ein Gefühl von absoluter Freiheit.

In diesem Moment war es mir egal, ob Lilly weiterhin ihre dämpfenden Medikamente nahm, die sie alltagstauglich machen sollten. Anscheinend hatte sie ihre Erscheinungen als kleine Helferlein im Griff. Sie war fähig, ihre überbordende Phantasie in unfassbar schöne Arbeit fließen zu lassen. Sie konnte mit mir darüber reden. Und – das war das Wichtigste für mich – in ihren großen, schönen, himmelblauen Augen schimmerte das pure Glück.

❃

Fast zwei Jahre hielt diese fröhliche, kreative Phase an. In dieser Zeit verlagerte sie ihre Malerei auf immer größere Formate, verließ die Leinwand in ihrem Schaffensdrang, indem sie manche ihrer gemalten Dinge *aus dem Rahmen fallen* ließ. Ihr Professor, zu dem sie inzwischen großes Vertrauen gefasst hatte, unterstützte sie dabei mit gutem Rat. Und so entwickelte sie ihre eigene, besondere Art in der uralten Technik der Tromp l'oeil-Malerei. Dann bemalte sie die ollen Schranktüren unserer alten Oma-Küche mit einem wunderschönen Sonnenuntergang.

Schon längst hatte ich unser gemeinsames Arbeitszimmer geräumt und meinen Musigg-Raum mit Schreibtisch, Computer und meinen Bassgitarren im Keller eingerichtet. Um ihr noch mehr Platz und Licht zu verschaffen, baute ich den damals noch rohen Dachboden aus, Dabei hatte ich natürlich fachliche Hilfe von Handwerkern aus Rolfs Sanitärbetrieb. Die legten Heizung und Wasser nach oben. Kollegen aus dem Fensterbau setzten großzügige Dachfenster ein, mit Rollos für den Sonnenschutz im Sommer. Die Dämmung der blanken Ziegel gegen Kälte und Hitze machte ich dann wieder selber und zog Rigipsplatten ein. Dann überließ ich Lilly die Gestaltung des Raumes.

Meine kleine Sonne platzte fast vor lauter Freude und Schaffensdrang, spachtelte eifrig die Ritzen zwischen den Rigipsplatten sowie die Mulden über den versenkten Schraubenköpfen, schmirgelte alles fein glatt und rollerte die Schrägen, Giebel und kurzen Drempel zunächst mit strahlendem Weiß. Schließlich schaffte sie einen kleinen Arbeitstisch, ein Regal sowie ihre Farben und Pinsel nach oben.

Danach saß Lilly tagelang in ihrem kleinen Zimmer und fertigte jede Menge Skizzen an, die ihre Grundlage zur Ausgestaltung des gesamten Dachraumes bildeten. Dann lud sie ihren Professor zu uns ein.

Ich war schon ganz gespannt auf den Mann, von dem sie mir fast täglich vorschwärmte. Es erschien ein legerer Typ in Anzugjacke und Jeans, mit silbrig-weißem Lockenkopf, lässig einen dezent gemusterten Seidenschal um den Hals gelegt. Ein kleines Lächeln umspielte seinen Mund und hing in den Fältchen rund um seine Augenwinkel. Von ihm ging eine große Ruhe und interessierte Zuwendung aus. Ich wusste sofort, dass es dieses Gefühl von Geborgenheit war, das man in seiner Gegenwart empfand, in dem meine Lilly sich wohl fühlte. Auch mir war er auf Anhieb sympathisch.

„Guten Tag, mein Name ist Volker Hahn. Ich bin Lillys Professor für Malerei."
„Herzlich willkommen, Professor Hahn."

Nachdem wir uns alle drei mit Bechern voll dampfenden Kaffees versorgt hatten, marschierten wir hinauf in die weißen Gefilde von Lillys neuem Wirkungskreis, wechselten noch einige Worte small talk, dann ließ ich die beiden mit Lillys malerischen Plänen allein. Über eine Stunde dauerte die intensive Unterhaltung, bis sich der Professor verabschiedete.

„Lilly hat ihr Thema für ihre Diplom-Arbeit gefunden. Ich freue mich, dass Sie Ihre Frau so wundervoll unterstützen."

„Danke, aber wir – äh – wir sind nicht verheiratet."

Er lächelte. „Was heißt das schon – Lilly ist eine Frau, und im Herzen ist sie die Ihre, nicht wahr?"

„Ja."

„Ein Papier mehr oder weniger macht da wohl nicht viel aus."

Das war ja vielleicht ein Typ! Er hob noch einmal grüßend die Hand, nickte uns beiden wohlwollend zu und schlenderte davon.

❦

Während der nächsten Monate war Lilly mit dem Ausmalen beschäftigt. Ich durfte immer wieder mal hinauf, um den Fortschritt in ihrem kreativen Schaffensprozess zu bewundern. Es war spannend mitzuerleben, wie sich ständig etwas änderte. Nicht nur, dass die Arbeit voranschritt, auch die Stimmung und die Gefühle schwangen jedes Mal in anderen Klängen.

Lilly trieb in dieser Zeit durch einen lichten Nebel voller Glückseligkeit, sprühte vor phantasievollen Einfällen zu immer neuen, illusorischen Bildern und Szenen, fast greifbar in ihrer ausdrucksstarken Realität.

Es blieb nicht nur bei der bildhaften Ausgestaltung. Das Waschbecken kleidete Lilly mit flachen Kieselsteinen aus, und um das Becken selbst modellierte sie mit Kaninchendraht und Gips die Skulptur eines Baumstammes, bemalte auch den, so dass es aussah, als ob eine Mulde mit Steinen sich in einem abgebrochenen Baumstumpf befände.

Außerdem hatte sie sich mit unserer benachbarten Schneiderin aus der *Knopp-Kiste* angefreundet. Herta Knopp war etwa ein Jahr älter als Lilly. Sie bewunderte Lillys Malkünste, und Lilly bewunderte Hertas Nähkünste. Herta kam nun öfters zu uns, eigentlich mehr zu Lilly.

Ich fand das gut, weil sie auch dafür sorgte, dass meine begeisterte Künstlerin in ihren Tromp l'oeil-Welten regelmäßig etwas aß.

Zwischendurch erschien Professor Hahn immer wieder zu konstruktiven

Arbeitsgesprächen, denn Lillys Arbeit musste auch schriftlich dokumentiert werden.

Schließlich schleppte meine kleine Sonne mich in ihren Lieblingsbaumarkt, um *Waldboden* zu erstehen. Wir fanden einen weichen Teppichboden in Grüntönen. Zum Glück fuhr ich damals einen VW-Bus, da konnten wir gleich die benötigte Menge mit nach Hause nehmen. Gemeinsam machten wir uns dann ans Verlegen.

Zuletzt saßen wir eng umschlungen auf unserem fertigen Werk, das nun die Illusion verstärkte, sich in einer Waldlandschaft zu befinden, durch deren Blätterdach sich verspielte Lichter kringelten.

Und überall schien es zu rascheln und zu wispern, denn Lilly hatte die Waldlandschaft märchenhaft belebt: Mit Eichhörnchen, die hinter Blättern hervor lugten, mit Mäuschen, die aus Laubhaufen huschten, Häschen, die über die Waldwiese hoppelten, auf der eine Familie von Rehen graste, kleinen Schmetterlingen auf Blüten, zarten Elfen, die zwischen Gräsern herum sausten und farbenprächtigen Vögeln, die am blauen Himmel schwebten.

❀

Als ich eines Abends nach Hause kam und Lilly mich aufgeregt nach oben führte, war ich total baff. Ich stand auf einer Waldlichtung, in deren Mitte drei dicke Felsbrocken lagen. Lilly führte mich zu der Felsengruppe und forderte mich auf, mich zu setzen. Vorsichtig ließ ich mich auf einem der Felsen nieder.

„*Wow!* Der ist ja total *weich*! Wie hast Du *das* denn gemacht?"

Lilly lachte glücklich wie eine kleine Waldelfe, dass ihre Überraschung gelungen war. Sie hatte die Felsen bei ihrer neuen Freundin in Auftrag gegeben. *Dreidimensionale Tromp l'oeil-Felsen*. Und die hatte Herta aus dickem Filz genäht und prall mit Möbelschaumstoff gefüllt.

Natürlich führte Lilly auch ihrem Prof die fertige Waldlandschaft mitsamt der Felsengruppe vor. Der war genauso begeistert wie ich und meinte sogar, dass die kuscheligen Sitzfelsen eine prima Geschäftsidee wären. Außerdem erkundigte er sich, wie weit sie mit dem schriftlichen Teil ihrer Diplom-Arbeit sei. Als Antwort überreichte Lilly ihm ihr Manuskript.

Lächelnd nahm Professor Hahn ihre Unterlagen entgegen. „Nun, wenn die Dokumentationen so sind, wie die praktischen Ausführungen, ist das Diplom in Reichweite."

Tatsächlich war es so. Professor Hahn segnete Lillys Diplom-Arbeit ab und erschien mit einem Professoren-Gremium, das ihre praktische Arbeit erleben und beurteilen sollte. Einhellige Begeisterung brach aus, besonders die Filzfelsen hatten es den Herren angetan.

Professor Hahn besaß ausgezeichnete Kontakte zu verschiedenen Firmen und Möbelherstellern, und so meldete sich Gerald Stegmann, Chef der kleinen, aber feinen *Möbelmanufaktur*, der Lillys Idee in sein Programm aufnehmen wollte. Mit Hilfe ihres Professors erhielt sie ausgezeichnete Beteiligungskonditionen sowie einen ordentlichen Ankaufpreis.

❈

Der Erfolg in der Alltagswelt machte meine Lilly stärker. Sie krönte ihre neue Kraft mit einem Heiratsantrag, den *sie mir* machte. *JA!* Meine kleine Sonne bekundete ganz powerfraumäßig ihren Wunsch, den Mann, den sie liebte, zu ehelichen. Ich war so glücklich darüber, dass wir sofort los sausten und am Standesamt einen Termin beantragten.

Während der sechs Wochen, die wir im Aushang stehen mussten, informierten wir meine Eltern und ihre Mutter über unsere Heiratsabsicht. Die überschlugen sich bald mit allen möglichen Ideen, wie man denn unsere Hochzeitsfeierlichkeiten gestalten sollte.

Es war ein bisschen schwierig, ihnen klar zu machen, dass wir das total anders angehen wollten. Nix so mit Kirche und Kuchen und allen unmöglichen Tanten, Onkeln, Cousins und Cousinen, die wir eh am liebsten von hinten sahen. Das schockte unsere Altvorderen zwar zunächst, doch fanden sie sich schließlich damit ab und auf dem Standesamt ein, so wie auch unsere Freunde.

Die kleine Suki war inzwischen drei Jahre alt und trippelte stolz im rosa Rüschenkleid mit schwingendem Blumenkörbchen vor uns her. Die Blüten darin verteilte sie strahlend und mit eleganten Handbewegungen überallhin, bloß nicht auf den Weg. ☺.

Zeremonie, Kuss, Konfetti, Reis und Foto auf den Stufen des Standesamtes, Blumenstrauß den Mädels zuwerfen (Silke fing ihn, und tatsächlich heirateten sie und Wolfgang kurz drauf ☺) und ab in die

Flitterwochen mit dem VW-Bulli, den Lilly in ihrer Schaffenseuphorie mit bunten Strandszenen, Pipi Langstrumpf, ihrem gepunkteten Pferd Kleiner Onkel und dem Affen Herrn Nilsson bemalt hatte. Anschließend hatten wir eine Miniflasche Champagner über dem bunten Bulli versprüht und ihm den Namen *Alter Schwede* gegeben.

Und tatsächlich klapperten an der Stoßstange Blechbüchsen hinter uns her.

❂

Unsere Heirat krönten wir mit grandiosen Flitterwochen, die wir mit einer Rundreise durch Schweden feierten – auf den Spuren der Geschichten von Astrid Lindgren, der Lieblingsautorin unserer Kinderzeit.

Nach zehn Stunden, in denen wir die Fehmarnsundbrücke überquerten und mit der Fähre von Puttgarden nach Dänemark schipperten, gönnten wir uns erst mal eine Nacht Pause. Am nächsten Morgen ging es dann weiter über Kopenhagen und Malmö durch malerische Landschaften, die meiner kleinen Sonne zarte Jubelrufe entlockten.

Am frühen Nachmittag hatten wir es geschafft: Wir waren in Bullerbü angelangt. Nun ja, eigentlich waren wir in Sevedstorp angekommen, wo auch noch heute nur knapp zehn Einwohner leben. Denn das ist eigentlich Astrid Lindgrens Bullerbü, wo Lisa, Lasse und Bosse auf dem Mittelhof, Britta und Inga auf dem Nordhof und Ole und Kerstin auf dem Südhof eine idyllische Kindheit verbrachten.

Etwa eine Viertelstunde von Bullerbü entfernt liegt Michels Hof Katthult. Allerdings mussten wir da ein wenig suchen, denn Lönneberga aus dem Buch ist eigentlich die Ortschaft Gibberyd. Dort in der Nähe liegt auch tatsächlich der Hof *Gibberyds gård* alias Katthult, wir erkannten ihn sofort an dem langen Fahnenmast vor dem roten Holzhaus, an dem Michel sein Schwesterchen Klein-Ida hinaufzog, um ihr den ganzen Ort zu zeigen.

Auch der Tischlerschuppen war da, in den Vater Anton den kleinen, blonden Frechdachs ständig eingesperrte, für diesen und die vielen anderen Streiche, die Michel täglich aushecke. Besonders fasziniert war Lilly von den vielen Schnitzfiguren, die auf zwei langen Regalen unter der Decke des Schuppens wimmelten. Michel hatte sie stets während seiner Strafaufenthalte geschnitzt.

Übernachtet haben wir dann in Gibberyd bei netten Leuten, die in ihrem Haus *Säng & Frukost* anboten. Gestärkt und fröhlich winkend von unseren Gastgebern verabschiedet, machten wir uns auf die etwa vierstündige Fahrt nach Stockholm, wo wir uns eine Nacht im *Grand Hotel* gönnten. Was für ein Kontrast! Genossen haben wir beides – sowohl die Gemütlichkeit der privaten Unterkunft als auch den grandiosen Luxus des altehrwürdigen Hotels.

Zu Fuß schlenderten wir zur Wohnung von Astrid Lindgren, in der sie damals immer noch lebte. Eis schleckend bummelten wir durch den angrenzenden Vasapark und stellten uns vor, dass sie vielleicht gerade jetzt dort oben in ihrer Wohnung im Arbeitszimmer saß und eine Geschichte schrieb.

Am nächsten Morgen gingen wir an Bord unseres gecharterten Bootes und ließen uns durch die traumhafte Schärenwelt nach Norröra schippern. Unserer Lieblingsautorin diente diese phantastische Kulisse als Inspiration für ihre Geschichten über die Ferieninsel Saltkrokan, denn eine Insel dieses Namens gibt es nicht. Als das Buch *Ferien auf Saltkrokan* verfilmt wurde, fand ein Großteil der Filmaufnahmen auf der Insel Norröra statt.

Auf Furusund fanden wir, ganz romangetreu, Unterschlupf in einer *Stuga*, einem typisch schwedischen, bunten Inselferienhaus. Allerdings war dieses Haus glücklicherweise weder baufällig noch von Fröschen bewohnt. Wir verbrachten dort wunderschöne, verträumte Flitterferientage, die angefüllt waren mit Spaziergängen, Schwimmen, Muschelsuchen und *gaaanz* viel Liebe.

Während einer unserer Bummeleien am Strand trafen wir auf drei kleine Mädchen mit einem Bernhardiner. Das allein ließ uns schon schmunzeln. Als die Kinder dann den Hund auch noch *Bootsmann* riefen, mussten wir laut lachen.

Diese Jahre waren unsere glücklichsten Jahre. Doch wir rauschten bereits über den Regenbogen hinab in wechselvolle Zeiten.

❄

1992-1993 – HERZWEH

Leise kommt der Morgen
mit Fliederschleier und Rosengewölk –
doch mein Horizont bleibt Nacht,
während der Blaue Mond
bitt're Tränen weint
und bizarre Schatten wirft.

❋

Wieder daheim hatte Lilly zwei große Ziele vor Augen. Zum einen wollte sie als freie Malerin arbeiten, zum anderen wollte sie ein Kind. Wir waren damals 29 und 35 Jahre jung. Mir gefiel die Idee einer kleinen, krähenden Jan-Ausgabe. Oder auch einer kleinen, zappelnden Lilly-Ausgabe. Also übten wir.

Lilly setzte die Pille ab, schrieb regelmäßig die Dauer ihrer Tage auf, rechnete die fruchtbaren Tage aus, besorgte zusätzlich ein Thermometer, um die optimalste Zeit zu erzielen, in der die Wahrscheinlichkeit am stärksten war, dass unsere große Liebe zu einem kleinen Leben führte.

Trotzdem klappte es nicht. Lilly wurde nicht schwanger.

Was klappte, waren Aufträge für Lilly, Räume mit ihrer Tromp l'oeil-Malerei zu gestalten. Mit den zusätzlichen Tantiemen aus der *Möbelmanufaktur* verdiente sie jetzt fast mehr als ich. Finanziell ging es uns also supergut.

Aber Lilly wurde nicht schwanger.

❋

Meine kleine Sonne entwickelte jede Menge mehr Merkwürdigkeiten und Schrullen wie den Hut-Tick.

Zunächst meinte sie, dass regelmäßige Bewegung ihrer Fruchtbarkeit helfen würde. Also fing sie an zu laufen. Sie konnte sogar unsere Nachbarin Herta, mit der sie inzwischen eine anregende Freundschaft verband, begeistern, mit ihr so einige Runden zu drehen.

Doch mit dem Laufen hörte sie bald wieder auf, denn sie hatte ein ständig wachsendes Gefühl, dass irgendwelche Wesen hinter ihnen her wären. Obwohl Herta nichts dergleichen bestätigen konnte, blieb sie hartnäckig bei ihrer Überzeugung.

Dann war es wichtig, die Ernährung umzustellen.

Sie aß nur noch Lebensmittel, die von einer Farbe waren. Jeden Tag eine andere – montags war Rot angesagt: Tomaten, Erdbeeren, rote Kartoffeln, rote Paprika, rotes Fleisch und so. Dienstag gehörte Orange – also Orangen, Kürbis, Möhren und Ähnliches. Mittwochs kam Gelb dran – Brot, Kartoffeln, gelbe Paprika, Brathähnchen, donnerstags dann jede Menge grünes Gemüse, freitags Blau – da war auch Fisch erlaubt, weil der aus dem Wasser kam, weil Wasser ja blau ist *(äh-häh?)* und samstags Violett – ganz schwierig, weil es, außer Heidelbeeren, Pflaumen und Auberginen oder Miesmuscheln (die wir aber beide nicht mochten), nicht viel Auswahl gab.

Sonntags durften wir dann essen, worauf sie gerade Appetit hatte. Das war dann *Fressorgientag*, weil dann Pizza mit allem Drauf oder Gemüsepfanne mit allem drin, oder Rouladen mit Spätzle und danach Eis und Schokolade und Kuchen und was noch alles hintereinander weg gefuttert wurde. Und ich musste ihre mehr als ausgefallenen Essideen mitfuttern.

An manchen Tagen trug sie Kopfhörer, die Umgebungsgeräusche mildern sollten, weil sie den Krach des Alltags nicht ertrug. Mit Herta führte sie aber stundenlange Gespräche. Was die Mädels sich da so alles zu erzählen hatten, konnte ich nicht mal ahnen. Wollte ich auch gar nicht.

❊

Mir schlugen die vielen Aufs und Abs in Lillys Gedankenwelt langsam aber sicher aufs Gemüt. Verständnis und Nachsicht mit ihren Schrullen erreichten so nach und nach die Grenzen meiner Belastbarkeit, denn Lillys Stimmungen wurden immer schlimmer.

Sie fühlte sich wieder verfolgt, überwacht, kontrolliert. Ihre Zorn- und Wutanfälle kehrten ebenfalls zurück. Kleinigkeiten reichten aus, dass sie völlig austickte. An einem Tag, an dem sie sämtliches Geschirr aus dem Schrank riss und mir entgegen schmetterte, weil ich die Wesen, die angeblich hinter ihr her waren, nicht verscheuchte, rief ich in meiner Not die 112 an.

Der Krankenwagen kam, der Arzt stellte Lilly ruhig. Nach einem längeren Gespräch mit mir wollte er sie nicht bei mir lassen, sondern ordnete wieder mal eine stationäre Aufnahme an. Lilly wurde wegen schizophrener Züge therapiert, mit Medikamenten eingestellt und nach Wochen wieder nach Hause entlassen.

❋

Es ging uns dann wieder beiden gut.

Bis Lilly erneut meinte, ihre Medikamente hätten sich erübrigt, sie hätte alles im Griff, bis auf ihre Figur. Nicht einmal ihre diversen Kopfbedeckungen benötigte sie mehr. Das mit dem Absetzen der Medikamente klappte gut, auch Lillys Körperumfang normalisierte sich (was ihr wichtiger war, als mir) und dann wollte sie auch das Baby-Thema wieder aufgreifen.

Da war ich aber inzwischen etwas unsicher geworden. Meine zögerliche Reaktion löste in Lilly zunächst Unverständnis aus, dann wurde sie ärgerlich, schließlich gingen ihre Zornausbrüche wieder los.

Das Rad von Notruf, Klinikaufenthalt, Therapie, Medikamenteneinnahme, sich wieder besser fühlen, nach Hause kommen, eigenmächtig Medikamente und Therapie absetzen drehte sich erneut.

Herta war in dieser Zeit viel bei uns, oder besser gesagt, bei Lilly. Ich war froh darüber, denn mein IT-Job forderte jede Menge Konzentration und Aufmerksamkeit meinereiner. Da war ich natürlich erleichtert, Herta in stets erreichbarer Nähe von Lilly zu wissen.

Ich will ja jetzt nicht *nur* jammern, denn in dieser Zeit passierten auch schöne Dinge. Die beiden Mädels entdeckten das Filzen. Herta nähte aus dem selbst hergestellten Walk Jacken, Schals und Hüte. Lilly fertigte zauberhafte Blüten, Ranken, Vögelchen und kleine Elfenwesen aus dem Filz, die sie als Dekoration auf Hertas Kleiderstücke setzten.

Außerdem funktionierte die Zusammenarbeit mit der *Möbelmanufaktur* so gut, dass Lilly dort als Freie Designerin fest im Team eingeplant war. Solche Momente und Erfolge bescherten Lilly Frieden in ihrem gequälten Herzen.

Und mir auch.

❋

1994 - BEGEGNUNG

In der Nacht schien die Sonne,
und sie sang mir ein Lied
in Klängen, so mächtig und klar,
ein Lied voller Farben und Wärme.
Und die schwebende Melodie
war eine goldene Schwinge,
die mich sanft fort trug
ins unendliche Blau zu den Sternen.

❋

Nach einem weiteren schwierigen Jahr mit wechselnden Klinikaufenthalten kamen wir auf die grandiose Idee, über Weihnachten und Silvester weg zu fahren. Wir landeten in einem kleinen verschneiten Dorf namens Hasliberg im Haslital in der imposanten Umarmung der Schweizer Alpen.

Es war ein bisschen wie zur Zeit unserer Flitterwochen. Wir waren dem fordernden Alltag und unserer gewohnten häuslichen Umgebung enthoben, so dass die schimmernden Goldfäden unserer Liebe zwischen unseren Herzen nur so flogen.

Dick eingemummelt in Felle und Wolldecken mit Wärmflaschen an Füßen und Bauch, machten wir im großen, von zwei mächtigen Kaltblütern gezogenen Schlitten lange Fahrten durch die weiße Winterwelt der Schweizer Berge.

Bei Nacht sausten wir eng zusammengekuschelt auf einem hölzernen Rodel mit lodernden Fackeln den Berg hinab, fielen um, die Fackel verlosch zischend im Schnee, in dem wir uns kichernd wälzten. Über uns der weite, dunkle Nachthimmel, von blinkenden Sternen übersät, zum Greifen nah.

Es gab Käsefondue und Feuerwerk, Trychler, die mit Rasseln und Glocken durchs Dorf zogen, um die bösen Geister aus Vergangenheit und Zukunft zu vertreiben.

Meine kleine Sonne war außer sich und lachte und berichtete begeistert, dass es genau solche Wesen waren, die sie in den letzten Jahren oft in Angst und Schrecken versetzt hatten. Sie war überzeugt, dass dies aber nun nie mehr geschehen werde, da diese Wesen jetzt an dieses kleine Bergdorf in einem kleinen, hinteren Winkel der Schweiz gebunden seien.

Nun ja, ich nahm es hin, wie ich schon so Vieles hingenommen hatte.

❄

Kurz nach Neujahr war unser Urlaub zu Ende, und wir traten unsere Heimfahrt an. Wir waren gelöst, ein wenig albern und freuten uns auf das kommende Jahr.

Mit roten Wangen und blitzenden Augen drehte Lilly sich zu mir und sagte: „Dieses Jahr wird ein gutes Jahr, denn im Herbst werden wir endlich unser Kind haben. Und es wird ein Mädchen sein. Ich bin schwanger."

Als Lilly nach monatelangen Versuchen und Enttäuschungen verkündete, endlich tatsächlich schwanger zu sein, freuten wir uns wie die Schneekönige. Lilly war ganz sicher, dass ein kleines Lebensfünkchen in ihr pulste.

Auf der Heimfahrt redeten wir von nichts anderem mehr. Noch bevor wir unser Zuhause erreicht hatten, musste ich an der Apotheke halten, damit Lilly einen Schwangerschaftstest besorgen konnte. Gleich drei Tests verschiedener Firmen erstand sie, damit sie auch ja sicher sein konnte.

Sie lief dann auch gleich ins Haus und überließ das Auspacken des Wagens mir. Ich hatte noch nicht alles hinein getragen, als der erste Freudenschrei erklang. Bald darauf der zweite, und natürlich ertönte noch ein dritter Jubelschrei.

Meine kleine Sonne flog aus dem Haus in meine Arme, ich fing sie auf und drehte mich mit ihr wirbelnd im kleinen Vorgärtchen.

❄

1995 – FRÜHLINGSHASEL
jetzt
einen augenblick lang
still sein können
und mit feinsten lichtfingern
das freche leuchten des frühlings fangen
das durch das keimende grün der hasel stürmt

❄

So eine Schwangerschaft dauert wirklich sehr lange – zu lange, wenn man als schizophrener Mensch eigentlich Medikamente nehmen müsste, um die Episoden unter Kontrolle zu halten. Und Lilly hatte schon länger keine Medikamente mehr genommen.

Sie kramte wieder ihre Hüte hervor, ging ohne Kopfbedeckung keinen einzigen Schritt mehr aus dem Haus, gewöhnte sich abermals an, auch im Haus eine Mütze oder Kappe zu tragen und sogar im Bett eine Schlafhaube. So sollten ihre Gedanken bei ihr im Kopf bleiben. Vor allem: Niemand von außerhalb sollte Zugriff darauf haben.

Ich versuchte mit besonders viel Zuwendung, Zärtlichkeit und Fürsorge ihr weiterhin Stütze und Halt zu sein. Die Wesen, von denen sie geglaubt hatte, sie in der Schweiz matt gesetzt zu haben, hatten sich wohl befreit und den Rückweg gefunden. Lilly traute sich nicht mehr allein vor die Tür. Auf allen ihren Wegen begleiteten sie entweder ich oder ihre Freundin Herta.

Manchmal kam Hilla zu Besuch, die ebenfalls einen dicken Bauch vor sich herschob. Sie war schwanger mit Zwillingen. Gegen Ende, kurz vor der Geburt, war die eigentlich gut trainierte Hilla nicht mehr in der Lage, ihr Gleichgewicht zu halten. Die findige Frau nutzte den Krückstock ihres Großvaters, um weiterhin eigenständig herumwackeln zu können. Die meiste Zeit aber verbrachte sie dann doch liegend.

Lilly stürzte sich in ihre kreativen Aufgaben in der *Möbelmanufaktur*. Außerdem fertigte sie jede Menge märchenhafter Formen und Figuren aus Filz für die Modekollektion, die sie mit Herta zusammen aufgebaut hatte.

Und sie verbrachte viel Zeit oben auf dem Dachboden in ihrem Elfenreich und entwarf eine kleine Kinderzimmerkollektion aus Wildholz. Gerald und das Team in der *Möbelmanufaktur* waren begeistert. Auch diese Idee wurde ins regelmäßige Programm aufgenommen.

So entstanden auch die großen Wurzelholz-Regale in unserem Wohnzimmer.

❆

Als sie die ersten kleinen Bewegungen in sich spürte, lächelte sie entzückt und sagte, es wäre, als würden winzige Schmetterlinge mit ihren Flügelchen schlagen. Sie nahm meine Hand und legte sie auf die kleine Wölbung ihres Bauches. Und da spürte auch ich das Zittern der zarten Schwingen.

Wie immer versank ich im lächelnden Blick ihrer unglaublich himmelblauen Augen. Und für einen Moment schwebten wir im Auge des Sturms in einer schillernden Blase purer Glückseligkeit.

❆

Tja, was soll ich sagen? Bis zur Geburt war es noch lange hin.

Es gab Phasen, da hockte sie bei meiner Heimkehr von der Arbeit wimmernd im hintersten Winkel des Wohnzimmers. Ohne Licht, allein in der Dunkelheit konnte sie sich der böse flüsternden Wesen nicht erwehren. Einzig, dass ich sie in die Arme nahm, schien ihr etwas Ruhe und Sicherheit zu geben.

Dann wieder war sie fröhlich und voller Schaffensdrang. Sie räumte das kleine Arbeitszimmer im Obergeschoss aus, malerte die Wände in zarten, pastelligen Farben und richtete es mit Möbeln aus ihrem Wildholz-Programm ein. Gerald, der Chef höchstselbst, ließ es sich nicht nehmen, die Möbel persönlich zu liefern und aufzubauen.

Und ein besonderes Geschenk hatte er auch noch für sie: In Lillys Elfenreich zog eine Arbeitsecke mit großem Schreibtisch aus Wildholzmöbeln ein, die sich wunderschön in die Waldlandschaft einfügte.

An die Wand über dem Babybettchen hängte sie das Bild mit der lichtvollen Weite und den Schwänen auf dem See, das sie ganz in ihrer Anfangszeit ihres Studiums gemalt hatte. Über dem Wickeltisch schwebten bunte Blümchen, Vögelchen und Elfen in einem Mobile, das sie aus Filz gefertigt hatte. Lange Vorhänge aus weichem, fließendem Stoff rahmten das Fenster, vor dem sie einen bequemen Sessel platzierte, damit sie dort ganz kuschelig stillen konnte.

※

Ende August bekamen wir die Nachricht, dass Hila zwei gesunde Jungen zur Welt gebracht hatte. Den älteren und auch ein bisschen größeren, schmaleren nannten sie Henry. Den eine halbe Stunde jüngeren Bruder, etwas kleiner, dafür etwas kräftiger, nannten sie René. Die Debold-Family war komplett.

Und dann war auch unser Baby endlich da. Geboren wurde unser Mädchen an einem lauen, von goldenem Licht erfüllten Tag Anfang Oktober. Es war der 5.

Der Winzling war rund und rosig, kaum so groß wie mein Unterarm, mit kleinen rosa Öhrchen, einem Stupsnäschen und süßen, kleinen Fingerchen, fünf an jeder Hand und schnuckeligen, kleinen Zehchen, fünf an jedem Füßchen.

Alles war gut, denn 5 war ja Lillys Glückszahl. Unsere winzige Tochter war natürlich das schönste Baby, das die Welt je erblickt hatte.

Wir nannten sie Svenja. Und Herta wurde ihre Gote.

※

1996 – MÜD

viele kleine seelen
schweben durch die zeit
    schweben durch die zeit

und immer immer wieder
schlüpfen sie in leben
    schlüpfen sie in leben

und sind es doch so müd
    so müd

❋

In den ersten Monaten nach der Geburt unseres kleinen Wunders lief es ganz gut. Lilly war ziemlich ausgeglichen und ruhig. Freundin und Patin Herta war oft da und half ihr durch den Haushalt.

Weihnachten feierten wir mit einem Tannenbaum, den wir mit bunten Kugeln, echten Kerzen und kleinen Figürchen schmückten. Meine Eltern und Lillys Mutter saßen mit strahlenden Gesichtern in unserem Wohnzimmer.

Gote Herta war auch da und hatte ihrem Patenkind einen kleinen grünen Hasen mitgebracht.

„Wieso ist der Hase grün?", fragte ich irritiert.

Herta lachte: „Desdewesche, weil des de weichseste, flusefreie Stoff war, wo isch da hatte. Un weil Svennies Aache blitzegrün sin."

Alle hielten wir unsere Kleine abwechselnd in den Armen. Svenjalein blinzelte schläfrig nach den Kugeln im Baum, die im Schein der Kerzen schimmerten, machte ein zufriedenes Bäuerchen, dessen Lautstärke alle zum Lachen brachte und gluckste und schmatzte leise vor sich hin.

Silvester kamen alle unsere Freunde. Rolf und Hilla hatten ihren Zwillingsnachwuchs Henry und René dabei, der gemeinsam die Welt mit fröhlichem Krähen erfüllte. Suki, inzwischen ein fast 9jähriges Schulmädel, war hin und weg von den drei Winzlingen und wich ihnen nicht von der Seite. Bis der junge Beagle kam ...

Silke schmiegte sich in Wolfgangs Arme. Beide schauten sehnsüchtig und ein bisschen traurig auf die Kinder. Sie übten nun schon eine ganze Weile für Nachwuchs, aber bei Silke tat sich nix. Sie hatten es mit allen möglichen Empfehlungen versucht und sich schließlich testen lassen. Ergebnis: Keine Chance auf Nachwuchs. Weder konnte Wolfgang Kinder zeugen noch konnte Silke welche empfangen.

Natürlich diskutierten wir alle über den vergeblichen Kinderwunsch der beiden: Adoption. Künstliche Befruchtung. Irgendwie nicht so das Richtige. Nun hatten sie sich erst mal einen Beaglewelpen angeschafft, nachdem Laird hochbetagt einfach eingeschlafen war …

Lilly hatte mit Hilfe von Herta ein super Buffet gezaubert. Die Stimmung war ausgelassen lustig, meine Musik-Kumpel und ich gaben zusammen eine kleine Session, zu der alle wippten, schnippten oder sogar tanzten. Um Mitternacht stießen wir alle mit rotem Sekt an. Der war damals der Knaller auf allen unseren Partys.

Apropos Knaller – klar, liefen wir dann auch alle auf die Straße und knallten und böllerten und schossen Raketen in den Himmel, wo sie zu Millionen bunter Funken zerplatzten. Die *große* Tabea hielt stolz rot und grün leuchtene Bengalische Feuerhölzchen in beiden Händen, während der coole Beagle Ramses ziemlich entspannt neben ihr saß und das krachende Spektakel am nächtlichen Himmel verfolgte.

Da tönte lautes mehrstimmiges Weinen durch den Lautsprecher der Babyüberwachung, den Lilly in ihrer Manteltasche trug. Sofort liefen wir beide sowie Rolf und Hilla gleich ins Haus und nach oben zu unseren Kleinen, die schreiend und weinend zusammen in Svenjaleins Bettchen lagen. Die blöde Knallerei hatte die Drei zutiefst erschreckt.

Zutiefst erschreckt war auch meine Lilly. Nix mehr mit ausgeglichen und ruhig. Völlig verstört hob sie Svenjalein samt ihrem grünen Hasen aus dem Bettchen und lief konfus im Zimmer mit ihr hin und her, drehte sich im Kreis und brabbelte beschwörend vor sich hin.

Es dauerte eine Weile, bis mir klar war, dass sie wieder mal mit den bösen Wesen redete und versuchte, sie von sich und dem Kind fern zu halten. Das Einzige, was mir einfiel, war, sie beide schützend zu umarmen.

Ich hatte Glück. Es half. Lilly wurde ruhiger, und gleichzeitig hörte auch Svenja auf zu weinen. Herta blieb bei Lilly und Svenja im Kinderzimmer, während ich freundlich aber bestimmt unsere Freunde nach Hause schickte.

Die Feier war gelaufen.

❄

Tja, und damit ging es wieder mit den Hüten los. Lilly lief nur noch mit irgendeiner Kopfbedeckung aus ihrer umfangreichen Sammlung herum, trug auch nachts wieder ihre Schlafhaube. Statt einkaufen oder Essen machen malte sie, entwarf Möbel für die *Möbelmanufaktur* oder fertigte Filzfigürchen für die Modekollektion. Gerade mal, dass sie nach Svenja schaute, sie wickelte und stillte und nach und nach an Breichennahrung gewöhnte.

Ab und an auch wieder ein paar Lichtstrahlen in unserem Familienleben: Lilly pustete für Svenja Luftballons in allen Regenbogenfarben auf und ließ sie durch die Luft tanzen. Svenja lachte und versuchte, nach ihnen zu greifen, wenn sie über ihr schwebten oder ihr Näslein stupsten. *Ball* war dann auch Svenjas erstes Wort.

Die ersten Zähnchen kamen zu zweit und pünktlich zu Ostern. Außerdem standen ihre Öhrchen rosig und lustig vom rotgoldenen Lockenköpfchen ab. Wir nannten Svenja zärtlich *Hasli* nach dem schweizerischen Ursprungsort ihres kleinen Lebens Hasliberg im Schweizer Haslital, denn sie sah mit den zwei Zähnchen und den niedlichen Segelöhrchen aus wie ein kleiner Osterhase.

Im Sommer saß Lilly lachend mit Svenjalein und jeder Menge Entchen in einem kleinen Schwimmbecken. Das Sonnenlicht ließ Svenjaleins lustige Öhrchen, die seitlich unter dem zierlichen Sonnenhütchen hervor lugten, rosig aufleuchten und samtig schimmern. Die zwei plantschen so wild herum, dass bald mehr Wasser im Garten auf der kleinen Wiese war als im Plastikpool.

Und an ihrem Geburtstag im Herbst tat sie ihre ersten Schritte, plumpste auf den dicken Pampers-Po, lachte laut, stand unverdrossen wieder auf und versuchte erneut einige tapsige Schritte. Lilly jubelte glücklich, als Svenjalein nach ihrem winzigen Fußmarsch mit dem freudigen Ausruf: „Mama!" in ihre Arme sank.

❄

Doch dann ließ ihre Hingabe für unseren Wonneproppen nach. Einmal kam ich nach Hause und hörte Svenja weinen. Lilly war nirgends zu sehen. Ich ging nach oben bis hinauf in Lillys Elfenreich. Da saß sie seelenruhig an ihrem Arbeitstisch und fertigte Skizzen an. Überall im Raum verteilt lagen große Skizzenblätter auf dem Boden.

„Lilly! Hörst Du nicht, dass Svenja weint?"

Blinzelnd sah Lilly von ihrer Arbeit auf. „*What?*"

Ich atmete erst mal tief durch.

„Was schnaubest Du durch Deine große Nase, sprich?"

Nun sah ich sie nicht nur perplex sondern auch besorgt an.

„Mein Bildlein fast fertich ist."

Bevor ich etwas erwidern konnte, purzelte es munter weiter aus Lillys Mund: „Dann kümmer ich um das Kindlein mich."

„Lilly, bitte – ", begann ich stammelnd.

„Sorg Dich nich", unterbrach sie mich, legte lächelnd die Stifte weg, kam tänzelnd auf mich zu, hauchte einen flüchtigen Kuss auf meine Wange und entschwand hinunter ins Kinderzimmer. Nun erst recht besorgt stolperte ich ihr hinterher, ohne weiter ihre ach so wichtigen Zeichnungen auch nur mit einem Blick zu streifen.

Aber da saß sie auch schon mit Svenja auf dem Schoß in ihrem Sessel, hielt sie sanft in ihren Armen und murmelte leise, tröstende Worte.

In dem großen Teil wirkte meine zarte Lilly selbst fast wie ein Kind, zumal sie ihre lange Lockenmähne zu einem dicken Bauernzopf geflochten hatte. Ich mochte diese Frisur, aus der sich immer vorwitzige Löckchen stahlen und um ihre Stirn und Wangen ringelten. Svenja liebte dagegen das offene Haar ihrer Mama, in das sie gerne hineingriff und fest daran zog.

Lilly blickte auf und sah mich mit ihren himmelblauen Augen an. „Ich hab Hunger, Jan. Machst Du uns was zu essen?"

So lief das bei uns.

❋

In den kommenden Wochen schwand Lillys Fürsorge und Begeisterung immer mehr. Und es wurde ihr auch zunehmend egal, wie sie aussah. Da sie sowieso keinen Schritt mehr vors Haus tat, zog sie sich gar nicht erst an.

Essen war für sie Nebensache, denn sie war völlig appetitlos. Also fiel das ihr sowieso leidige Kochen flach. Wenn ich abends nach Hause kam, musste ich mir mein Essen selber machen. Naja, ich war ja schon groß und setzte auch Lilly etwas zu essen vor. Doch die stocherte dann nur lustlos auf dem Teller herum, hielt Svenja auf ihrem Schoß und versuchte, ihr die Brocken zerdrückt in den Mund zu schieben.

„Lilly, was machst Du denn da? Wir haben doch extra Babybrei für Svenja."

„Die soll sich mal langsam an richtige Kost gewöhnen."

„Da geb ich Dir durchaus recht. Aber die Betonung liegt auf *langsam*."

„Ach, Du! Immer weißt Du alles besser."

Ohje, Lilly war wohl wiedermal auf Krawall gebürstet.

„Hier, nimm Deine Tochter, und sieh zu, wie Du Nahrung in sie hinein bekommst. Ich hab noch ein paar Skizzen zu machen."

Sprach's und entschwand hinauf ins Elfenreich.

❅

Als ich einige Abende später heimkam, zog aromatischer Essensduft durchs Haus, und der Tisch war bereits gedeckt. Svenja saß glucksend und brabbelnd in ihrem Babystuhl und nuckelte an ihrem Hasen. Sie strahlte über ihr ganzes, kleines Gesichtchen als sie mich sah und krähte fröhlich: „Papa!"

Empfangen wurde ich allerdings nicht von einer aufgeräumten Lilly, sondern von Herta.

„Hallo Herta, wo ist denn Lilly?"

Herta sprach mit gedämpfter Stimme: „Lilly schläft nu."

In meinem Kopf gellten und schrillten sämtliche Alarmglocken. Gedanken und Szenarien purzelten wild durcheinander, dass ich kaum einen vernünftigen Satz formulieren konnte.

„Was ist denn los?", presste ich schließlich hervor.

„Is scho widdä gut. Lilly hadde aanen akuten Übbäfall von diese bösartische Dämone. Die wollte dorsch die offene Terrassetür komme. Zum Glück hat se misch aagerufe. Isch konnt se denn aach bändische."

„Wen? Die Dämonen oder Lilly?" Die Worte waren schneller aus meinem Mund, als ich sie sortieren konnte.

„Sowohl als aach", erwiderte Herta ernst.

Wir setzten uns an den Tisch. Ich genoss es, nach einem (wie meistens) aufreibenden Arbeitstag, der stets vollgestopft war mit Problemen, die nach Lösungen schrien, das Essen sowohl gekocht als auch vor die Nase gestellt zu bekommen. Und es schmeckte hervorragend. Als Herta dann auch noch mit selbst gekochtem Äbblbrei zum Nachtisch daherkam, tat sich für mich seit Langem mal wieder ein kleines Stückchen Himmel auf.

Doch dann, beim Espresso, holten mich die Sorgen um Lilly wieder ein.

„Hör emol, Jan", begann Herta.

Ihr Tonfall ließ meine Alarmglöckchen leicht klingeln. Ich sah sie gespannt an, sagte aber kein Wort, sondern hielt die Luft an und wartete ab.

„Du waaßt, dass isch die Lilly gerne mag, sonst wär isch aach gar net Svenjas Gode gewodde."

Oje, wenn sie so umständlich anfing, bereitete sie einen dickeren Klops vor, den ich zu verdauen hätte.

„Diesmal is ihr Episod glimpflisch ausgegange, abbä isch fürscht, dass des schlimmä werd mit die Lilly, so insgesamt."

„Wie meinst Du das?"

„Naja, ihr schaant nix mehr wischtisch …"

„Wie kommst Du darauf?"

„Se riescht. Ihr Haar sin fettisch. Ihr Klaidung, also ihr Nachthemd, riescht und is fleckisch."

„Hm-hmm", räusperte ich mich umständlich. „Ich weiß. Aber ich kann sie ja schlecht zwangsmäßig in die Badewanne verfrachten."

„Un se macht seltsame Zeischnunge."

„Was?"

„Haste ihre letzte Bildä gesehe? Nix mehr mit lischte Landschafte un märschenhafte Fabelwese. Un ihre Filzfigürsche kannisch höchstens als en Gag zu Hellowien brauche."

Auf meinen fragenden Blick meinte sie nur noch: „Schau se Dir selbä an. Die Skizze sin alle obbe uff dem Elfebode."

Als Herta gegangen war, brachte ich Svenjalein nach einer ausgiebigen Schmuserunde ins Bettchen. Dann schaute ich ins Schlafzimmer. Lilly schlummerte friedlich. Schließlich stapfte ich nach oben in Lillys Elfenreich.

Was ich dort zu sehen bekam, schockierte mich zutiefst. Der Boden war rundum bedeckt mit Skizzenblättern. Das hatte ich zwar schon vor ein paar Tagen aus dem Augenwinkel mitbekommen, doch nun schaute ich genauer hin. Es sah so aus, als wolle Lilly die Bemalung der Wände umgestalten.

Aber die Motive …

Nur noch Düsternis, Abgründe, aus denen verzerrte Gesichter und bleiche, dürre Arme sich empor reckten, irgendwelche fratzenhafte Gestalten, die flüchtend durch geisterhaft-mystische Wälder schwebten, dazu dämonische Wesen auf Verfolgungsjagd. Die Eichhörnchen, Häschen und Rehe tot oder blutend auf dem Waldboden und der Wiese, Schmetterlinge mit zerdrückten Flügeln, Elfen niedergemetzelt mit verrenkten Gliedern und Vögel, die von Pfeilen durchbohrt vom Himmel fielen.

Fassungslos stand ich vor diesem grauenvollen Szenario, das an die wilden Fantasien eines Hieronymus Bosch erinnerte.

Auf ihrem Schreibtisch lag aufgeschlagen eine dicke Kladde. Ich blätterte darin. Es war eine Art Tagebuch. Gedichte, kleine Geschichten, getrocknete Blätter und Blüten sowie jede Menge Skizzen. Alles über Jahre hinweg aufgezeichnet und gesammelt.

Eigentlich wollte ich nicht wirklich darin lesen, aber der letzte Eintrag war erst ein paar Tage her. Vielleicht bekam ich daraus einen Hinweis, wie ich wieder zu Lilly vordringen konnte, ohne gleich wieder psychiatrische Hilfe in Anspruch nehmen zu müssen.

Doch mein Entsetzen wuchs mit jedem Satz, den ich las:

Das Einzige, was dem Ganzen hier einen Sinn verleiht, ist unsere süße Svenja. Wenn sie nicht wäre, wüsste ich nicht, wozu ich noch leben sollte. Alles Studieren, alle Zukunftspläne, alles Mühen um Erfolg, alles Suchen nach einem Menschen, der all dieses Wimmeln und Wurschteln teilt und versteht – wozu?

Alles fließt ein in Zeit und Raum, nichts überdauert. Wir sind wie die Sandkörner in der Wüste oder tief unten im Sand des Meeres, werden hin und her geschoben und sind irgendwann verschwunden, aufgelöst, ersetzt. Und alles geht weiter ohne uns. Wenn es uns nicht gegeben hätte, wäre es auch irgendwie gegangen.

Keine Kunst der Musik, der Malerei, keine Philosophie und keine Medizin, auch die Religion nicht – nichts kann sie beantworten, die großen Fragen des Lebens nach dem Warum und Wozu.

Was heißt Glück – was heißt Unglück?

Wir können uns aus dem Dualismus nicht lösen. Gibt es das Eine für sich selbst, so fehlt es dem Anderen. Die Erde hat sich mit den Menschen einen tödlichen Luxus geleistet, der sie und sich selbst irgendwann in die Dunkelheit hinaus schießt.

Ach, Gott, gibt es Dich wirklich? Gibt es Dich nicht? Wahrscheinlich gibt es Dich, und Du bist auch der Ursprung des

Ganzen. Aber Du einst wohl auch ein paar Eigenschaften Deiner Geschöpfe in Dir – wahrscheinlich sind Dir schon vor längerer Zeit die Fäden aus der Hand gerutscht. Zuerst hast Du wohl nur erschreckt geschaut und versucht, zu retten, was zu retten war, aber die Dinge sind letztendlich doch eskaliert, und wir sind der letzte Funke im Feuerwerk.

Aber immer und immer wieder – warum? Wozu?

Menschen, Weltall – Laune und Spielball der Götter? Jawohl, Götter! Niemand kann solche Äonen einsam sein, auch Du nicht, Gott. Denn Du hast ja die Menschen nach Deinem Ebenbild geschaffen. Und die mögen gar nicht gerne einsam sein.

Aber wozu? Wäre ich nicht mehr da, würden ein paar Leute eine Zeitlang schrecklich traurig sein, mein geliebter Jan und meine Freundin Herta. Manche nur eine Weile betroffen, unsere Freunde, Jans Eltern, vielleicht sogar meine Mutter.

Wirklich schlimm wäre es für Svenja.

Aber alles, alles endet letztendlich doch nur in der großen Dunkelheit. Was ist dahinter? Gibt es ein Dahinter? Ist dort auch alles so zweifelhaft und mit Leiden beladen wie hier?

Wozu Gefühle von höchster Intensität?

Wozu sprühender Geist?

Wozu größte Talententfaltung?

Alles verschwindet früher oder später im Meer der Zeit. Van Gogh hat nun auch nichts mehr von seinem Ruhm.

Ist Wahnsinn wirklich Wahnsinn? Oder ist er nur eine besondere Art der Wahrnehmung, die die Anderen nicht verstehen, weil es nicht die ihre ist? Was ist normal? Was die Masse tut und fühlt?

Aber wenn tausend Fliegen schreien: „Scheiße ist schön!", dann kann ein Schmetterling trotzdem nicht mit einstimmen. Außerdem ist es egal. Auch Scheiße hört irgendwann auf zu stinken.

So kurze Zeit sind die Menschen hier auf der Erde und doch machen sie sich gegenseitig und sich selbst das Leben schwer, statt es so schön und gut wie möglich zu genießen. Aber es versucht wohl jeder so effektiv wie möglich auf seine Kosten zu kommen. Nur, was man sich auf der einen Seite nimmt, fehlt auf der anderen und verursacht dort Schmerz, Wut und Ärger. Ganz elementare Gefühle.

Warum? Wozu? Was haben die Menschen getan, um solche Leiden durchstehen zu müssen? Dabei ist es auch noch verfemt, dieser Sinnlosigkeit selbst ein Ende zu bereiten. Es soll sogar Menschen geben, die niemals nach dem Sinn oder Warum fragen.

Zeitweise kann ich diesen Fragen auch entschweben. Aber dann tauchen sie wieder auf, ganz plötzlich, wenn ich gar nicht darauf gefasst bin, kommen sie dann mit Vehemenz. Wie die Trychler aus dem Haslital stürmen sie dann auf mich ein und brüllen ihre Hilflosigkeit in meine Ohren.

Wozu dieses Krauchen in die Endlosigkeit der Zeit? Wir sind gefangen in Zeit und Raum, in diesem Jetzt, in diesem Körper. Erdgebunden ist unser Geist, auch, wenn er ohne Fesseln scheint. Doch wirklich frei wird er erst, wenn er sich von unseren plumpen Körpern lösen kann.

Aber wo fliegt er dann hin, und wozu hat er sich in diese Gefangenschaft begeben? Oder hat er sich darein begeben müssen? Sind diese Fragen Wahnsinn? Oder sind die Anderen wahnsinnig, die sie nicht stellen und einfach drauf los leben?

Dessen Leben war gut und erfüllt, der es nach menschlichen Maßstäben und Regeln richtig bestückt hat. Aber diese Maßstäbe und Regeln schwanken und ändern sich je nach Kultur und Wertstellung. Alles künstlich geschaffen, um die Sinnlosigkeit des Werdens und Vergehens zu verdecken.

Aber die Decke hat Löcher. Und diese Löcher werfen Fragen auf.

Ich muss sie stopfen, ehe ich ganz hinein falle!

Aber wo ist die passende Nadel, das passende Garn?

❋

Nach einer schlaflosen Nacht, es war Samstag und ich musste nicht zur Arbeit, bot ich Lilly an, ihr ein Bad einzulassen, mit jeder Menge Schaum.

„Wozu?"

Ich umging ihre Frage. Stattdessen versuchte ich sie zu verlocken: „Und eine Heiße Schokolade mit Sahne bring ich Dir auch."

„Nö. Mag ich nich mehr."

Mühsam hielt ich mein Lächeln aufrecht: „Ich bring Dir auch gerne einen Tee an die Wanne."

„Willich gaa nich. Will nich innie Wanne. Nö!"

Ich ignorierte ihre Kleinkindersprache und auch den aufstampfenden Fuß. „Lilly, Du riechst, Du *brauchst* ein Bad."

„Du machs mich krank!" Schmerz und Wut verzerrten die feinen Züge ihres Gesichtes. Abwehrbereit hielt sie die Hände zu Fäusten geballt vor ihren Leib.

Es tat mir in der Seele weh, meine schöne Lilly so erleben zu müssen – barfuß, schlotternd und zitternd in ihrem Nachthemd, das sie seit vielen Nächten und Tagen nicht mehr gewechselt hatte und mit einer Baumwollmütze auf dem Kopf, unter der ihre langen, blonden Haare strähnig und stumpf über ihre Schultern fielen. Ihr sonst so goldiges Schimmern, das sie stets umgeben hatte, war verblasst, eigentlich gar nicht mehr da. Und nichts war mehr übrig von dem feinen Sommerwiesenduft, der sie früher mal umfing.

Ich überwand meinen aufsteigenden Ekel, ging nah an sie heran und schlang meine Arme um sie. Ganz dünn und zart spürte ich ihren Körper durch das olle Nachthemd. Und auch, wie sie sich völlig verkrampfte, wehrte, boxte und trat. Und sie schrie, immer lauter, jaulte fast vor Wut und Empörung, weil ich sie nicht losließ.

Ganz fest halten sollte ich sie, hatte mir der Psychologe in der Therapie gesagt, wenn sie wieder in eine akute Episode geriet.

Diesen Rat befolgte ich nun.

So lange, bis sie mich biss.

Reflexartig ließ ich nun doch los. Leider hatte ich keine Gewalt über meine Hand, die, unabhängig vom denkenden Teil meines Hirns, einzig auf den Biss reagierend, zuschlug.

Lilly schoss durch den Raum, prallte an die Wand, rutschte daran herunter und blieb halb an die Wand gelehnt liegen.

Nun war ich es, der schrie: Vor Schmerz, vor Schreck, vor Angst. Ich flog geradezu zu ihr, schmiss mich auf den Boden neben sie und hob die nun nahezu reglose Gestalt in meine Arme, vergrub meinen Kopf an ihrem Hals. Einer schwirrenden Libelle gleich spürte ich ihren Puls an meiner Stirn.

So kauerten wir dort auf dem Boden, und ich versuchte zum wohl gefühlt millionsten Mal zu ergründen, wann denn die Veränderung in Lilly, meiner süßen kleinen Sonne, begonnen hatte.

❃

Da war die Mutter, die aufwuchs mit einer Mutter, die Grenzen niederriss: „Das musst Du nicht machen, das hast Du nicht nötig." Das war nicht gut, denn so wurde sie zu einer grenzenlosen Mutter: „Mach mal."

Die Tochter widerte diese Mach-mal-Mutter ohne Grenzen an und flüchtete sich in die Arme der Das-musst-Du-nicht-Oma.

Gut war auch das nicht. Denn Oma war ursprünglich geprägt von ihrer Mutter, einer Verfechterin strenger Regeln und Grenzen: „Das darfst Du nicht!" - „Lass das!" – „Was sollen denn die Leute sagen!"

Mit diesem immensen Ballast von Restriktion, Rebellion und Resignation im Gepäck wuchs Lilly auf und durchlief alle diese Stadien, um dann selbst irgendwann in Auswegslosigkeit zu versinken.

Sie kannte Regeln – erkannte sie aber nicht an. Sie rebellierte, was aber zu nichts führte, weil es keine Grenzen gab, gegen die ihre Auflehnung eine Chance gehabt hätte. Sie resignierte und konnte keine Perspektiven erkennen, die ihr einen Weg ins Leben weisen konnten.

Sie war sehr intelligent, äußerst phantasievoll und überaus sensibel, war aber nicht in der Lage, ihre Talente innerhalb der schulischen Ausbildung wirklich zu nutzen. Dort waren mathematische Formeln, Vokabeln, Grammatik und Jahreszahlen von irgendwelchen Schlachten irgendwelcher versunkenen Völker wichtiger als Kreativität und Feinfühligkeit.

Lilly muckte gegen Lehrer auf, schmiss die Schule, bevor sie einen Abschluss erreicht hatte. Fing diverse Ausbildungen an, brachte aber keine zu Ende. Aus Intelligenz wurden verquere Gedanken, aus Phantasie wurden illusionäre Vorstellungen, die vermeintlich Halt in ihrem haltlosen Leben gaben.

Das sanfte Verständnis ihrer Grenzenlos-Mutter, die es immer noch nicht schaffte, ihr bei der Zielfindung zu helfen, weil sie beide den Zugang zueinander völlig verloren hatten, stieß sie ab.

Ihr milder und ruhiger Vater konnte er ihr zwar Anker sein aber keine Reling bieten, die ihr Orientierung hätte sein können. Und dann starb er. Er starb so leise, wie er gelebt hatte. Eines Abends schlief er ein und wachte einfach nicht mehr auf.

Lilly hielt es danach zu Hause nicht mehr aus. Schließlich saß sie im Supermarkt an der Kasse, um sich ein Leben außerhalb des Dunstkreises ihrer Mutter zu ermöglichen. Träume lebte sie Anfang der 1980er

Jahre auf Rock-Konzerten aus, wo sie Gras rauchte und tanzte bis zum Umfallen.

Das war die Zeit, in der wir uns begegneten. Unsere Liebe begann. Viel zu spät merkte ich, dass ich ihren einzig wirklichen Halt in ihrem Leben bildete.

Nun war es fast zu viel für mich. Mir liefen die Tränen über die Wangen. Ich konnte gar nichts dagegen tun.

※

Das Weinen von Svenja drang aus ihrem Zimmer. Unser lauter Streit hatte sie aus dem Schlummer gerissen. Ich wischte mir mit einer Hand über die Augen, legte Lilly vorsichtig auf den Boden, schnappte mir das Telefonteil und wählte wieder mal die 112.

Dann rief ich Herta an. Die ließ auch gleich alles stehen und liegen und kam sofort rüber. Ich empfing sie mit Svenjalein auf dem Arm. Meine Kleine hatte sich schniefend beruhigt und kuschelte sich mit ihrem Hasli fest an mich.

Trotzdem drückte ich sie in die Arme ihrer Patentante, denn gerade traf das Notfallteam ein. Ich führte sie nach oben, und dann nahm ich alles nur noch wie durch einen Schleier wahr. Die Untersuchung, die Fragen, die ersten Maßnahmen, das Betten auf die Trage, meinen Kuss auf die Stirn von Svenja, dann saß ich bei Lilly und hielt ihre Hand im rumpelnden Krankenwagen über dem das Blaulicht schwirrte. Mit gellendem Martinshorn ging es dieses Mal zunächst in die Unfallaufnahme.

Zum Glück war Lillys körperliche Verletzung nicht so schlimm. Sie war auch wieder bei sich, brabbelte aber nur unverständliches Zeug vor sich hin. Man hatte ihr schon Beruhigungsmittel gegeben. Wieder mal wurde sie in die psychiatrische Abteilung eingeliefert.

Wenigstens wurde sie dort gewaschen, gebadet und in ein frisches Nachthemd gekleidet, das mir Herta noch schnell mit ihren Toilettensachen unter den Arm geklemmt hatte.

Lillys Aufenthalt in der psychiatrischen Abteilung der Uniklinik Frankfurt dauerte ungefähr zwei Wochen, dann war sie mit Medikamenten neu eingestellt worden und ihr Gemütszustand einigermaßen stabil. Aber an eine Heimkehr in ihren gewohnten Alltag war in absehbarer Zeit nicht zu denken.

So kam Lilly nach Thüringen in die Rhönland-Klinik von Dr. Bert Burger.

※

MARLENE - MEIN WEIHNACHTSABEND 2017

Mitten im Winter habe ich schließlich gelernt,
dass es in mir einen unbesiegbaren Sommer gibt.

Albert Camus

MEMORIES & MONDEO
„Hundert kleine Zettel …"

★

Da saß ich nun an meinem Tisch in meiner Küche, starrte blicklos durchs regentropfenbeperlte Fenster. Draußen war alles grau und still. Hier drinnen auch. Kein Lachen, kein Reden, kein Gezupfe auf einem Bass und auch keine Frage, ob ich mal einen Tee aufbrühen könne.

Es war Weihnachten, es gab keinen Schnee, und ich war allein.

Ich hatte zwar eine Kerze angezündet, aber es gab kein üppiges Festmahl. Vor der geschlossenen Kühlschranktür starrte ich auf die paar Zettel, die dort hingen. Kleine Zettel, so wie sie für Notizen oder Randbemerkungen oder zum Einkaufen gebraucht werden. Weiße, gelbe, rosa Zettel. Post-its.

Verliebte Albernheiten, Alltagsmitteilungen gemixt mit klugen Sinnsprüchen, zum Schluss sogar Ermahnungen. Und mein letztendlicher Rausschmiss aus seinem Leben. Als Foto per Handy erhalten.

Ich hörte der Sängerin zu, die mit ihrer Band den Song meines Lebens aus dem CD-Player in Dauerschleife erklingen ließ. „Hundert kleine Zettel …"

Wann hatte es angefangen, dass wir einander nicht mehr verstanden? Vielleicht war es aber wohl eher so, dass in all den Jahren unsere Liebe nie eine wirkliche Chance gehabt hatte. Ich wollte es so sehr, doch gegen eine immer noch bestehende Liebe aus der Vergangenheit ist jeder Kampf vergebens. Die Wurzeln reichen zu tief. Die kurze Befriedigung des Zu-sehr-Wollens war nun dem langen Nachbrennen des absoluten Verlustes gewichen.

„Wenn nichts sicher ist, ist alles möglich." Dies stand auf einem der Zettel. Von mir zu Dir. Ha, ha, selten so gelacht.

Halblaut mitsingend stand ich auf und holte meinen alten, portugiesischen Freund Mondeo an den Tisch. Kraftvoll geprägt mit samtig-rauchigen Nuancen. Romantik für starke Frauen. Pur.

„Wir müssen bereit sein, uns von dem Leben zu lösen, das wir geplant haben, damit wir das Leben finden, das auf uns wartet." Schlauer Spruch von Oscar Wilde auf noch so'm doofen Zettel! Von Dir zu mir.

Na, dann – ich hob mein Glas. Der Mondeo darin funkelte dunkelrot im Licht der Kerze vor mir: „*Saúde, Vida!*" Ha, ha, ha …

100 KLEINE ZETTEL – Song der *BAND REININGHAUS* ©
Text 2020 by Heike Reininghaus ©

Hundert kleine Zettel erinnern mich an Dich –
und jeder sagt: „Ich liebe Dich!"
Hundert kleine Zettel verblassen Jahr für Jahr –
Du bist so lang schon nicht mehr da.

Auch wenn ich sie heut zerknüll
und werf sie in den Müll –
das, was ich Dir dort schrieb,
ist, was bis heute blieb.

Hundert kleine Zettel, es war liebevoll gemeint –
doch keine Antwort: zu wenig, wie es scheint.
Hundert Mal versucht, doch nie hab ich gefühlt –
Dein Herz war lang schon abgekühlt.

Auch wenn ich sie heut zerknüll
und werf sie in den Müll –
das, was ich Dir dort schrieb,
ist, was bis heute blieb.

Hundert kleine Zettel ha'm mich jahrelang verfolgt –
Warst mir so wichtig: doch Du hast mich nicht gewollt.
Hundert kleine Zettel – hast Du mich hundert Mal belogen?
Sie kommen nicht mehr an – bin „unbekannt verzogen".

Häng sie nicht mehr an die Wand –
nehm mein Leben in die Hand.
Ein weißes Blatt Papier,
diesen Zettel schick ich mir.

Von Dir zu mir – von mir zu Dir –
Von Dir zu mir – von mir zu Dir …

Aus-Blicke - 2019

… und jedem Ende
wohnt ein neuer Anfang inne …

Miguel de Unamuno

... AUFBRUCH IN UNENDLICHE WEITEN ...

„Verdammt!", flucht die Wut.
„Es ist, wie es ist", sagt das Leben.
„Was wäre, wenn?", fragt das Bedauern.
„Ach, hätt ich nur …", jammert die Verzweiflung.
„Verzeihe und finde Frieden", spricht die Liebe.

Metaré Hauptvogel

✻

Tja, was soll ich sagen? Die Dinge entwickeln sich. Natürlich entwickeln sie sich für jeden von uns anders.

Herta ist zusammen mit Matteo glücklich in die Schweiz gezogen, wo sie die Alpe erwarben, auf der sie sich kennen gelernt hatten. Der Hammer ist, dass die oberhalb des Dorfes Hasliberg im Haslital liegt! Ja, genau! Da, wo in einem sehr, sehr glücklichen Winterurlaub Svenjas Lebensfunke begonnen hat zu glühen. Jedenfalls leben und wirtschaften die Beiden nun dort. Herta betreibt sowas wie einen Souvenir-Shop mit gefilzten Kostbarkeiten. Und Matteo gibt Jodel-Kurse für interessierte Touris.

Svenja ist glücklich in ihrem Häuschen. Die ehemalige *Knopp-Kiste* hat sie in eine Werkstatt verwandelt und einen prima Namen gefunden: *Möble* ☺. Phonetisch verbindet Svenja so Frankfurt und Paris. ☺ . Mit ihren ehemaligen Mitschülern der Restauratorenschule hat sie immer noch Kontakt. Manchmal quillt das Haus über, weil Besuch aus halb Europa Einzug hält. Außerdem wohnen Henry und René mit im Haus.

Jochen und Lydia sind immer noch verliebt und mächtig stolz auf ihre erfolgreiche Tochter. Fine hat ihr Journalismus-Studium abgeschlossen und arbeitet als Jungmoderatorin beim hr-Fernsehen. Gerade hat sie eine Doku über Die *Hundeflüsterer vom Feldberg* abgeliefert. Wer das wohl ist? Na?

Jou. Wolfgang und Silke. Eine ganze Sendung hat sie über die Arbeit in der Hundestation *Wow!Wau* gemacht. Haben wir natürlich alle zusammen bei Rolf und Hilla auf dem Debold-Hof geguckt, als die gesendet wurde. Wolfgang und Silke werden jetzt überhäuft mit Anfragen und bilden weitere Hundeflüsterer aus. Und das ZDF will eine Serie mit ihnen drehen.

Hilla hat ihren Back-Service an den befreundeten Caterer Randolf Dietzel verkauft, der stets unsere Hofpartys beliefert. Rolf hat zwar noch weiter die Leitung von *Bäder Debold*, ist aber offen und dankbar für neue Ideen und Möglichkeiten, die Henry und René liefern. Die zwei haben sich inzwischen erfolgreich in die Geschäftsführung eingearbeitet.

Wir *Toffifees* halten natürlich unsere heiligen Mittwochprobenabende bei, spielen ab und zu Gigs in der näheren Umgebung, aber irgendeiner von uns ist immer im Urlaub. Trotzdem feiern wir jedes Jahr eine Sommerparty auf dem Debold-Hof. Immer mit einem anderen Motto.

Zur Sommerparty sind sie immer da: Harald und Tabea. Nachdem sie ihr Leben lang beruflich und privat durch die Welt gereist sind, haben sie sich ein Wohnmobil gegönnt, touren jetzt durch ganz Deutschland und sind erstaunt, wieviel Schönes es hier zu entdecken gibt. Und manchmal fliegen sie nach Madeira, denn Suki und Vuyo haben mir meine Finca auf Madeira abgekauft und sind mit ihrem kleinen goldenen Glück dorthin ausgewandert.

Marlene hat ihre Yoga-Schule erfolgreich an Dolores weitergegeben. Ihre vierschrötige Freundin Jutta ist inzwischen pensioniert. Die beiden haben sich aufgemacht und bereisen Nordindien. Einen Blick in meine Garage hat Marlene nie werfen können.

Aber Lilly. Während ihres ersten Besuches, nachdem meine Reparatur- und Aufräumarbeiten beendet waren, nahm ich sie bei der Hand und marschierte mit ihr zur Garage. Nein, nicht durch den Garten! Ich öffnete vorne das wieder gangbar gemachte Rolltor und ließ Tageslicht hinein.

Lilly japste nach Luft, hielt sich beide Hände vor den Mund.

Ihre himmelblauen Augen strahlten glücklich und vor lauter Begeisterung war ihre Stimme nur ein Hauchen: „*Alter Schwede!* Du hast ihn noch! Läuft er?"

Auf mein Nicken enterten wir den VW-Bulli, ich startete, und wir machten eine erst Probefahrt. In ein paar Tagen fahren wir gemeinsam mit dem Alten Schweden ins Haslital. Und dann werden wir bei Matteo im Jodelkurs ausprobieren, was unsere Stimmbänder so hergeben.

Vielleicht gibt es ja sogar ein Jodel-Diplom?